8년도 정부(교육과학기술부)의 재원으로 한국학중앙연구

ㅡ)의 지원을 받아 수행된 연구임(AKS-2008-AIA-3101)

증편 한국구비문학대계

2-11

강원도 정선군

이 저서는 200

원(한국학진흥사업

증편 한국구비문학대계

2-11
강원도 정선군

강등학·이영식·박은영·유태웅

한국학중앙연구원

역락

발간사

　민간의 이야기와 백성들의 노래는 민족의 문화적 자산이다. 삶의 현장에서 이러한 이야기와 노래를 창작하고 음미해 온 것은, 어떠한 권력이나 제도도, 넉넉한 금전적 자원도, 확실한 유통 체계도 가지지 못한 평범한 사람들이었다. 이야기와 노래들은 각각의 삶의 현장에서 공동체의 경험에 부합하였으며, 사람들의 정신과 기억 속에 각인되었다. 문자라는 기록 매체를 사용하지 못하였지만, 그 이야기와 노래가 이처럼 면면히 전승될 수 있었던 것은 그것이 바로 우리 민족의 유전형질의 일부분이 되었기 때문이며, 결국 이러한 이야기와 노래가 우리 민족을 하나의 공동체로 묶어 주고 있는 것이다.

　사회와 매체 환경의 급격한 변화 가운데서 이러한 민족 공동체의 DNA는 날로 희석되어 가고 있다. 사랑방의 이야기들은 대중매체의 내러티브로 대체되어 버렸고, 생활의 현장에서 구가되던 민요들은 기계화에 밀려 버리고 말았다. 기억에만 의존하여 구전되던 이야기와 노래는 점차 잊히고 있다. 한국학중앙연구원이 1970년대 말에 개원함과 동시에, 시급하고도 중요한 연구사업으로 한국구비문학대계의 편찬 사업을 채택한 것은 바로 이러한 시대적 상황에 대한 우려와 잊혀 가는 민족적 자산에 대한 안타까움 때문이었다.

　당시 전국의 거의 모든 구비문학 연구자들이 참여하였는데, 어려운 조사 환경에서도 80여 권의 자료집과 3권의 분류집을 출판한 것은 그들의 헌신적 활동에 기인한다. 당초 10년을 계획하고 추진하였으나 여러 사정으로 5년간만 추진되었으며, 결과적으로 한반도 남쪽의 삼분의 일에 해당하는 부분만 조사하게 되었다. 그럼에도 불구하고 한국구비문학대계는 주관기관인 한국학중앙연구원의 대표 사업으로 각광 받았을 뿐 아니라, 해방 이후 한국의 국가적 문화 사업의 하나로 꼽히게 되었다.

21세기에 들어서면서 한국학중앙연구원에서는 미완성인 채로 남아 있는 구비문학대계의 마무리를 더 이상 미룰 수 없다는 생각으로 이를 증보하고 개정할 계획을 세웠다. 20년 전의 첫 조사 때보다 환경이 더 나빠졌고, 이야기와 노래를 기억하고 있는 제보자들이 점점 줄어들고 있었던 것이다. 때마침 한국학 진흥에 대한 한국 정부의 의지와 맞물려 구비문학대계의 개정·증보사업이 출범하게 되었다.

이번 조사사업에서도 전국의 구비문학 연구자들이 거의 다 참여하여 충분하지 않은 재정적 여건에서도 충실히 조사연구에 임해 주었다. 전국 각지의 제보자들은 우리의 취지에 동의하여 최선으로 조사에 응해 주었다. 그 결과로 조사사업의 결과물은 '구비누리'라는 이름의 데이터베이스에 탑재가 되었고, 또 조사자료의 텍스트와 음성 및 동영상까지 탑재 즉시 온라인으로 접근할 수 있는 시스템을 갖추었다. 특히 조사 단계부터 모든 과정을 디지털화함으로써 외국의 관련 학자와 기관의 선망의 대상이 되고 있다.

이제 조사사업의 결과물을 이처럼 책으로도 출판하게 된다. 당연히 1980년대의 일차 조사사업을 이어받음으로써 한편으로는 선배 연구자들의 업적을 계승하고, 한편으로는 민족문화사적으로 지고 있던 빚을 갚게 된 것이다. 이 사업의 연구책임자로서 현장조사단의 수고와 제보자의 고귀한 뜻에 감사를 표하지 않을 수 없다. 아울러 출판 기획과 편집을 담당한 한국학중앙연구원의 디지털편찬팀과 출판을 기꺼이 맡아준 역락출판사에 감사를 드린다.

2013년 10월 4일
한국구비문학대계 개정·증보사업 연구책임자 김병선

책머리에

구비문학조사는 늦었다고 생각하는 지금이 가장 빠른 때이다. 왜냐하면 자료의 전승 환경이 나날이 달라지고 있기 때문이다. 전승 환경이 훨씬 좋은 시기에 구비문학 자료를 진작 조사하지 못한 것이 안타깝게 여겨질수록, 지금 바로 현지조사에 착수하는 것이 최상의 대안이자 최선의 실천이다. 실제로 30여 년 전 제1차 한국구비문학대계 사업을 하면서 더 이른 시기에 조사를 했더라면 하는 아쉬움이 컸는데, 이번에 개정·증보를 위한 2차 현장조사를 다시 시작하면서 아직도 늦지 않았다는 사실을 실감했다.

구비문학 자료는 구비문학 연구와 함께 간다. 자료의 양과 질이 연구의 수준을 결정하고 연구수준에 따라 자료조사의 과학성이 결정되기 때문이다. 실제로 1차 조사사업 결과로 구비문학 연구가 눈에 띄게 성장했고, 그에 따라 조사방법도 크게 발전되었다. 그러나 연구의 수명과 유용성은 서로 반비례 관계를 이룬다. 구비문학 연구의 수명은 짧고 갈수록 빛이 바래지만, 자료의 수명은 매우 길 뿐 아니라 갈수록 그 가치는 더 빛난다. 그러므로 연구활동 못지않게 자료를 수집하고 보고하는 일이 긴요하다.

교육부에서 구비문학조사 2차 사업을 새로 시작한 것은 구비문학이 문학작품이자 전승지식으로서 귀중한 문화유산일 뿐 아니라, 미래의 문화산업 자원이라는 사실을 실감한 까닭이다. 따라서 학계뿐만 아니라 문화계의 폭넓은 구비문학 자료 활용을 위하여 조사와 보고 방법도 인터넷 체제와 디지털 방식에 맞게 전환하였다. 조사환경은 많이 나빠졌지만 조사보고는 더 바람직하게 체계화함으로써 누구든지 쉽게 접속하여 이용할 수 있는 데이터베이스를 구축했다. 그러느라 조사결과를 보고서로 간행하는 일은 상대적으로 늦어지게 되었다.

2차 조사는 1차 사업에서 조사되지 않은 시군지역과 교포들이 거주하는 외국지역까지 포함하는 중장기 계획(2008~2018년)으로 진행되고 있다. 한국학중앙연구원 어문생활연구소와 안동대학교 민속학연구소가 공동으로 조사사업을 추진하되, 현장조사 및 보고 작업은 민속학연구소에서 담당하고 데이터베이스 구축 작업은 한국학중앙연구원에서 담당한다. 가장 중요한 일은 현장에서 발품 팔며 땀내 나는 조사활동을 벌인 조사자들의 몫이다. 마을에서 주민들과 날밤을 새우면서 자료를 조사하고 채록하여 보고서를 작성한 조사위원들과 조사원 여러분들의 수고를 기리지 않을 수 없다. 조사의 중요성을 알아차리고 적극 협력해 준 이야기꾼과 소리꾼 여러분께도 고마운 말씀을 올린다.

구비문학 조사를 전국적으로 실시하여 체계적으로 갈무리하고 방대한 분량으로 보고서를 간행한 업적은 아시아에서 유일하며 세계적으로도 그 보기를 찾기 힘든 일이다. 특히 2차 사업결과는 '구비누리'로 채록한 자료와 함께 원음도 청취할 수 있는 데이터베이스를 구축해서 세계에서 처음으로 인터넷과 스마트폰으로 이용할 수 있는 디지털 체계를 마련했다. '구슬이 서 말이라도 꿰어야 보배'인 것처럼, 아무리 귀한 자료를 모아두어도 이용하지 않으면 소용이 없다. 그러므로 이 보고서가 새로운 상상력과 문화적 창조력을 발휘하는 문화자산으로 널리 활용되기를 바란다. 한류의 신바람을 부추기는 노래방이자, 문화창조의 발상을 제공하는 이야기 주머니가 바로 한국구비문학대계이다.

2013년 10월 4일
한국구비문학대계 개정·증보사업 현장조사단장 임재해

한국구비문학대계 개정·증보사업 참여자 <small>(참여자 명단은 가나다 순)</small>

연구책임자

김병선

공동연구원

강등학　강진옥　김익두　김헌선　나경수　박경수　박경신　송진한　신동흔
이건식　이인경　이창식　임재해　임철호　임치균　조현설　천혜숙　허남춘
황인덕　황루시

전임연구원

장노현　최원오

박사급연구원

강정식　권은영　김구한　김기옥　김월덕　노영근　서정매　서해숙　유명희
이균옥　이영식　이윤선　조정현　최명환　최자운

연구보조원

강소전　구미진　김보라　김성식　김영선　김옥숙　김유경　김은희　김자현
문세미나　박동철　박은영　박현숙　박혜영　백계현　백은철　변남섭　서은경
송기태　송정희　시지은　신정아　오세란　오정아　유태웅　이선호　이옥희
이원영　이진영　이홍우　이화영　임 주　장호순　정아용　정혜란　편성철
편해문　한유진　허정주　홍현성　황진현

주관 연구기관 : 한국학중앙연구원 어문생활사연구소
공동 연구기관 : 안동대학교 민속학연구소

일러두기

■ 『증편 한국구비문학대계』는 한국학중앙연구원과 안동대학교에서 3단계 10개년 계획으로 진행하는 "한국구비문학대계 개정·증보사업"의 조사 보고서이다.

■ 『증편 한국구비문학대계』는 시군별 조사자료를 각각 별권으로 간행하는 것을 원칙으로 한다. 서울 및 경기는 1-, 강원은 2-, 충북은 3-, 충남은 4-, 전북은 5-, 전남은 6-, 경북은 7-, 경남은 8-, 제주는 9-으로 고유번호를 정하고, -선 다음에는 1980년대 출판된 『한국구비문학대계』의 지역 번호를 이어서 일련번호를 붙인다. 이에 따라 『증편 한국구비문학대계』는 서울 및 경기는 1-10, 강원은 2-10, 충북은 3-5, 충남은 4-6, 전북은 5-8, 전남은 6-13, 경북은 7-19, 경남은 8-15, 제주는 9-4권부터 시작한다.

■ 각 권 서두에는 시군 개관을 수록해서, 해당 시·군의 역사적 유래, 사회·문화적 상황, 민속 및 구비 문학상의 특징 등을 제시한다.

■ 조사마을에 대한 설명은 읍면동 별로 모아서 가나다 순으로 수록한다. 행정상의 위치, 조사일시, 조사자 등을 밝힌 후, 마을의 역사적 유래, 사회·문화적 상황, 민속 및 구비문학상의 특징 등을 중심으로 설명하고, 마을 전경 사진을 첨부한다.

■ 제보자에 관한 설명은 읍면동 단위로 모아서 가나다 순으로 수록한다. 각 제보자의 성별, 태어난 해, 주소지, 제보일시, 조사자 등을 밝힌 후, 생애와 직업, 성격, 태도 등을 중심으로 서술하고, 제공 자료 목록과 사진을 함께 제시한다.

- 조사자료는 읍면동 단위로 모은 후 설화(FOT), 현대 구전설화(MPN), 민요(FOS), 근현대 구전민요(MFS), 무가(SRS), 기타(ETC) 순으로 수록한다. 각 조사자료는 제목, 자료코드, 조사장소, 조사일시, 조사자, 제보자, 구연상황, 줄거리(설화일 경우) 등을 먼저 밝히고, 본문을 제시한다. 자료코드는 대지역 번호, 소지역 번호, 자료 종류, 조사 연월일, 조사자 영문 이니셜, 제보자 영문 이니셜, 일련번호 등을 '_'로 구분하여 순서대로 나열한다.
- 자료 본문은 방언을 그대로 표기하되, 어려운 어휘나 구절은 ( ) 안에 풀이말을 넣고 복잡한 설명이 필요할 경우는 각주로 처리한다. 한자 병기나 조사자와 청중의 말 등도 ( ) 안에 기록한다.
- 구연이 시작된 다음에 일어난 상황 변화, 제보자의 동작과 태도, 억양 변화, 웃음 등은 [ ] 안에 기록한다.
- 잘 알아들을 수 없는 내용이 있을 경우, 청취 불능 음절수만큼 'ㅇㅇㅇ'와 같이 표시한다. 제보자의 이름 일부를 밝힐 수 없는 경우도 '홍길ㅇ'과 같이 표시한다.
- 『증편 한국구비문학대계』에 수록된 모든 자료는 웹(gubi.aks.ac.kr/web)과 모바일(mgubi.aks.ac.kr)에서 텍스트와 동기화된 실제 구연 음성파일을 들을 수 있다.

차례

3. 북평면

민요

4. 사북읍

▌조사마을

▌제보자

● 설화

● 민요

● **근현대 구전민요**

8. 화암면

● 근현대 구전민요

정선군 개관

삼국이 정립되던 시기에 정선군은 고구려의 영역에 속해 잉매현(仍買懸)이라 하였다. 그러다가 신라가 삼국을 통일한 후인 경덕왕 16년(757)에 지금의 이름인 정선(旌善)으로 개칭하여 명주(지금의 강릉)의 관할 현에 두었다. 고려 충렬왕 17년(1291)에는 정선현을 도원군으로 승격되었으며, 충선왕 2년(1310)에는 침봉군(沈鳳郡)으로 바뀌었다가 공민왕 2년(1353)에 정선군으로 환원되었다.

조선시대에도 고려 공민왕 때 개정된 정선의 이름은 그대로 이어졌다. 이후 1895년 8도 체제에서 23부(府) 체제로 개편되면서 충주부(忠州府)의 관할로 편제되었으나, 1896년 13도제 실시로 다시 강원도로 환원되었다.

1906년 면리제의 개편에 따라 군내면과 동하면을 통합해 정선면으로 하고, 동상면과 동중면을 병합해 동면으로 개칭하였다. 또 남상면과 남하면을 합하여 남면으로 하였고, 서상면과 서하면을 합해 서면으로, 북면에 여량면을 편입시켰다. 이때 강릉군으로부터 임계면과 도암면이, 평창군으로부터 신동면이 편입되어 8개면이 되었다. 1924년 서면을 정선면에 병합하였고, 1935년에는 도암면을 다시 평창군으로 이관되었다. 아울러 1935년에는 정선면의 도암동, 백일동 일부가 평창군 진부면 간평리로 각각 이관되었다.

1973년 7월 1일에는 삼척군 하장면 가목리와 도전리가 임계면에, 명주군 왕산면 남곡리와 구절리가 북면으로 편입되었고, 신동면 천포리와 석항리의 일부가 영월군 상동면으로 각각 이관되었다. 그리고 이날에 정선면과 동면 사북출장소가 각각 읍으로 승격하여 2읍 5면이 되었다. 사북지역 탄전이 본격적으로 개발되고 1974년 태백선이 완공되면서부터는 사북, 고한 일대가 우리나라 대표적인 석탄 채광지가 되어 정선군 인구가 급격히 늘어났다. 1980년 신동면이 읍으로 승격되었고, 1985년에는 사북읍이 고한읍과 사북읍으로 분할되고, 1986년에는 북면 북평출장소가 북평면으로 승격되었고, 1989년에는 임계면 봉정리가 북면에 편입되었다.

2009년 5월 1일에는 동면을 화암면으로, 북면을 여량면으로 면 명칭을 각각 변경하여, 현재 정선군은 정선읍, 고한읍, 사북읍, 신동읍, 화암면, 남면, 여량면, 북평면, 임계면 등 4읍 5면으로 편성되어 있다.

정선군의 인구는 석탄개발이 한창이던 1980년대에는 12만 명에 달하였다. 그러다가 1990년대 석탄산업합리화로 석탄공사 함백광업소, 나전광업소가 문을 닫고, 고한의 삼척탄좌, 사북광업소 등 규모가 큰 광산들이 폐광이 되면서 인구가 급속히 줄어 2008년 12월말 기준으로 정선군 인구는 18,292세대에 41,551명이다. 이를 읍면별로 살펴보면 정선읍이 4,688세대에 11,873명으로 가장 많고, 고한읍이 2,992세대에 5,270명, 사북읍이 2,544세대에 6,041명, 신동읍이 1,847세대에 4,144명, 화암면이 781세대에 1,794명, 남면이 1,451세대에 3,378명, 여량면이 1,061세대에 2,317명, 북평면이 1,203세대에 2,785명, 임계면이 1,725세대에 3,949명이다. 그리고 지역별 65세 이상 고령자는 정선읍이 1,776명, 고한읍이 541명, 사북읍이 651명, 신동읍이 931명, 화암면이 426명, 남면이 539명, 여량면이 542명, 북평면이 618명, 임계면이 1,013명이다.

정선군은 평창군·영월군과 함께 영서남부의 남한강유역에 속해 있다. 군청소재지는 정선읍 봉양리이다. 정선군의 면적은 1,219.93km²로, 이는 강원도의 7.2%를 차지한다. 서쪽은 평창군과 경계를 이루고, 남동쪽은 영월군과 경계를 이루며, 동쪽은 태백시·삼척시·동해시와 경계를 이루며, 북쪽은 강릉시와 경계를 이룬다. 정선군은 동해시와의 경계에 고적대 (1253.9m), 삼척시와의 경계에 중봉산(1259.3m)이 있으며, 강릉시와의 경계에 노추산(1322m), 덕구산(1009m), 석병산(1055m)이 있고, 평창군과의 경계에 가리왕산(1560.6m), 중왕산(1376.1m), 벽파산 북봉(1144.8m), 청옥산(1249m)이 있다. 그리고 영월군과 경계에 백운산(1426m), 두리봉 (1466m), 곰봉(1014m), 계봉(1028m)이 있고, 태백시와의 경계에 함백산 (1572.9m), 금대봉(1418.1m) 등 15개의 산이 정선을 싸고 있다.

정선군의 하천은 여량면에서 정선읍을 거쳐 영월군으로 빠져나가는 조양강이 본류이다. 이를 자세히 살펴보면, 삼척시 대덕산에서 발원한 골지천과 강릉시 석병산에서 발원한 임계천이 여량면 아우라지에서 만나고 다시 평창군 오대산에서 발원한 오대천과 합류한다. 그렇게 해서 만난 하천이 비로소 강의 이름을 얻어 조양강(朝陽江)으로 바뀐다. 이 조양강은 화암면 백전에서 흘러내리는 어천과 합류하여 남쪽으로 흐르다가 고한읍과 사북읍을 거쳐 남면으로 흘러드는 지장천이 합류한다. 이렇게 해서 만난 강은 이름이 동강으로 바뀐다. 이 동강이 영월 쪽으로 빠져나가 평창군에서 흘러내리는 평창강과 합류하여 남한강을 이룬다. 이들 강이 흐르는 하천 바닥은 보통 300~400m의 고도를 이루고 있다. 따라서 주변의 높은 산들과 비교하면 그 차이가 크다. 이러한 까닭에 정선군의 지형은 산지 사면이 급하고 골짜기 또한 급해서 농사짓기에 알맞은 넓은 농경지가 많지 않다.

정선군의 총면적은 1,219.93km²이며, 이 중에 임야는 1,046.87km²로 전체 면적의 85.8%를 차지하고 있다. 그리고 전체 경지면적은 108.39km²이나 이 중에 밭이 99.75km²이고, 논은 8.64km²에 불과해 정선군의 논의 비율은 밭에 비해 상당히 낮다. 위에서 살폈듯이 정선군은 산이 많은 지역이기 때문에 예전부터 화전을 일군 밭농사가 대부분이었다. 기후도 내륙성 기후로 일교차가 심하고, 서리가 늦가을에 내리기 시작하여 봄 늦게까지 내리므로 식물의 생육 기간이 짧아 재배작물도 옥수수, 감자, 메밀, 콩 등이 주종을 이룬다. 최근에 이르러서는 영농기술의 발달로 해발고도가 높은 산지를 이용해 고랭지 배추와 무 등을 재배하고 있다. 정선군 경지면적의 66%는 해발 400m 이상인 지대에 위치하고 있고, 산간 고랭지 석회암과 점질토양으로 약초재배에 알맞아 황기, 당귀, 시호 등을 재배하여 전국 생산량의 19%를 차지하며, 특히 황기의 경우는 전국 생산량의 44.7%를 차지하고 있다.

정선군의 농경지 및 농가 수는 정선읍이 22.64km²에 1,253가구이고, 고한읍은 1.07km²에 27가구, 사북읍은 4.11km²에 75가구, 신동읍은 17.30km²에 502가구, 화암면은 15.18km²에 557가구, 남면은 11.40km²에 455가구, 여량면은 8.05km²에 542가구, 북평면은 8.09km²에 562가구, 임계면은 20.53km² 1013가구이다. 이 중에 정선읍에 8.62km², 신동읍에 0.39km², 화암면에 0.75km², 남면에 0.31km², 여량면에 1.05km², 북평면에 1,85km², 임계면에 3.61km²의 논이 각각 있으나 고한읍, 사북읍에는 논이 전혀 없다.

정선군 일대에는 지금도 많은 지하자원이 매장되어 있는데, 석탄의 경우는 전국 생산량의 28%인 연 1,279천 톤을 생산하고 있으며, 철은 전국 생산량의 99%인 연 208천 톤을 생산하고 있다. 아울러 석회석은 100억 톤이 매장되어 있는데, 이는 전국 매장량의 25%에 해당한다. 그리고 정선군에는 자연적으로 발생된 경승지가 36곳이 있으며, 석회동굴은 37개소, 1,000m 이상의 명산이 22개소나 산재해 있다.

정선군은 산지로 둘러있는 산간마을로 교통이 불편하다. 외부로 나가기 위해서는 평창군 미탄면으로 통하는 비행기재, 강릉시 왕산면로 통하는 삽당령, 동해시와 삼척시로 통하는 백봉령, 생계령 등 험준한 고개를 넘어야 했다. 대부분의 도로는 하천변을 따라 발달하였고, 조선시대와 일제 강점기 때의 주요 도로는 지금의 국도이다. 현대의 도로는 이들 국도에다 가 영월~신동~사북~고한~태백으로 이어지는 국도가 신설되었고, 이들 국도와 국도 사이에 정선에서 진부로 이어지는 구간, 정선에서 사북으로 이어지는 구간, 증산에서 장전으로 이어지는 구간이 연결되었다. 그리고 1960년대 이후에는 석탄개발로 산업철도까지 부설되었는데, 산업철도는 석탄 산지를 주로 통과하므로 남부에 동서 방향으로 발달해 있다. 영월~ 신동~증산~사북~고한~태백으로 이어지는 태백선과 이 태백선의 증산 에서부터 정선~여량~구절리로 이어지는 정선선이 있다.

정선군은 교통이 불편하여 문화 혜택은 물론이고 의료혜택을 제대로 받지 못하는 지역이었다. 이러한 까닭에 환자가 발생하면 귀신의 조화라 고 믿고 경쟁이를 데려다가 경을 읽게 하거나 서낭당에 가서 빌기도 했 다. 한때는 경쟁이가 마을마다 있었다고 할 정도로 많았으나 지금은 찾기 힘들다. 반면에 서낭당은 지금도 마을 곳곳에 있는데, 마을에 따라서는 주민들이 없는 까닭에 당집만 있고 동제를 지내지 않는 곳도 많이 있다. 그리고 정선군은 아라리의 고장으로 널리 알려져 있다. 아라리와 관련하 여 정선군의 최대 문화행사인 정선아리랑제가 있으며, 정선아리랑문화재 단, 정선아리랑 전수관, 정선아리랑연구소, 정선아리랑학교 등 아라리 관 련 전수관 및 연구소가 있다. 뿐만 아니라 지역민들에게 노래를 청하면 아라리 한두 마디씩은 다들 부른다. 어떤 제보자는 이야기하는 것보다 아 라리를 노래라는 것이 더 쉽다고 얘기할 정도로 지역민의 아라리에 대한 애정은 남다르다.

정선군 조사는 2009년 2월에 집중적으로 이루어졌다. 첫 조사는 2월 3 일 여량면 여량리 김남기 자택에서 실시했다. 이후 2월 4일에는 여량면 봉정리를 조사하였고, 2월 5일에는 임계면 봉산리와 골지리 조사, 2월 10 일에는 북평면 남평리 그리고 정선읍 애산리와 덕송리 조사, 2월 11일에는 봉양리 그리고 북평면 북평리와 장열리 조사, 2월 12일에는 임계면 반천리와 북평면 숙암리 조사, 2월 16일에는 정선읍 회동리 조사 및 애산리 보충조사, 2월 17일에는 화암면 건천리와 화암리 조사, 2월 28일에는 남면 문곡리, 무릉리 조사, 3월 1일에는 남면 무릉리와 사북읍 직전리 그리고 고한읍 고한리 조사, 4월 2일에는 여량면 봉정리의 장례식 현장 조사, 4월 24일에는 화암면 화암리 보충조사와 남면 유평리 조사, 4월 25일에는 봉양리 보충조사와 임계면 직원리 조사, 7월 21일에는 사북읍 직전리를 보충 조사했다. 따라서 정선군 조사는 신동읍을 제외한 3개의 읍과 5개의 면에서 21개의 리를 다루었다. 그리고 6월과 7월에는 부분별 보충조사를 하였는데, 이때는 미비한 답사지역의 마을사진 및 설화관련 증거물 사진을 찍고 제보자 인적사항 그리고 마을개관 작성에 필요한 사항 등을 조사하였다.

	설화	민요	무가	현대 구전설화	근현대 구전민요	무경	기타
정선읍	23	184		1	2		
고한읍		10					
사북읍	10	19					
신동읍							
화암면	4	41			8		
남 면	5	54					
여량면	14	160			11		
북평면	6	18					
임계면		29			10		
소계	62	515		1	31		

위의 표에서처럼 설화 62편, 민요 515편, 현대 구전설화 1편, 근현대 구전민요 31편 등 총 609편을 정리하였다. 그런데 민요의 515편 중 337

편수는 아라리다. 따라서 정선군에서 조사된 민요는 아라리가 65.4%를 차지한 셈이다.

조사자인 강등학, 이영식, 박은영, 유태웅 등은 정선군을 조사하면서 가능한 아라리는 담지 않으려고 하였다. 하지만 정선군에서 아라리를 빼고 다른 노래를 조사하기란 쉽지 않았다. 물론 전래동요나 근현대 구전민요를 제한적으로 조사하였으나 그 또한 형편이 좋은 것은 아니다. 정선은 아라리의 고장이다. 그러한 까닭에 정선지역에서 아라리를 빼고는 이야기할 수가 없다.

강원도 정선군 중심지 전경

1. 고한읍

증편 한국구비문학대계 • 강원도 정선군

▌조사마을

강원도 정선군 고한읍 고한14리 고토일

조사일시 : 2009.3.1, 2009.7.21
조 사 자 : 강등학, 이영식, 박은영, 유태웅

강원도 정선군 고한읍 고한14리 고토일 마을 전경

　고한읍(古汗邑)은 원래 정선군 동면(현재 화암면)에 속한 지역이었는데, 1914년 행정구역 폐합에 따라 물한리과 고토일을 병합하여 고한리로 되었다. 1962년 광산지역개발에 따른 인구증가로 사북리에 동면 사북출장소를 설치하고, 1973년에는 사북출장소에서 사북읍으로 승격하면서 읍사무소는 고한리에 사북출장소는 사북리에 위치하여 직전리와 사북리를 관할했다. 이후 1985년에는 사북출장소 관할은 사북읍으로 승격하였으며, 고한지역은 사북읍에서 고한읍으로 명칭이 변경되었다.

고한읍은 정선군의 남동부에 위치하고 있다. 읍소재지는 고한리로, 고한읍 전체 면적은 52km²이다. 서북쪽은 사북읍, 남쪽은 태백시, 동쪽은 삼척시와 화암면 일부와 각각 경계를 이루고 있다. 산은 북서쪽에 지장산(931m)이 있고, 남쪽에는 백운산(1,426m), 남동쪽에는 함백산(1,572m)이 있다. 고한읍은 태백산지의 북서 사면에 위치하여 남한강과 낙동강, 오십천의 분수계 역할을 하고 있다. 따라서 고한읍의 지형은 남동쪽이 높고 북서쪽이 낮다. 주변의 산에서 발원한 계류들은 지장천을 이루어 사북읍 쪽으로 빠져나가 남한강의 근원이 된다. 고한읍은 본래 인구가 많지 않았던 지역이었는데, 광산개발로 인구가 모여들고 그로 인해 형성된 읍이다. 따라서 대부분의 취락은 광산취락이다. 때문에 광산이 소재했던 곳에는 산지의 사면을 계단식으로 이용하는 모습도 보이고 있다. 한때는 폐광에 따른 지역민의 급격한 이주로 지역의 공동화가 우려되었으나, 지금은 <폐광지역개발지원에관한특별법 및 시행령> 제정으로 설립된 강원랜드의 카지노 리조트 운영에 따른 경제적 혜택을 대부분의 지역민들이 직간접적으로 받고 있다. 이에 따라 폐광에 따른 인구 감소 현상이 현저하게 둔화되고 있다.

고한읍은 고한리 1개의 법정리에 19개의 행정리로 구성되어 있다. 고한읍의 전체 면적은 52.33km²인데, 이 중에 밭이 1.07km²이고 논은 없다. 2007년 12월 기준으로 고한읍의 세대수는 2,899호이며, 인구는 5,221명이다. 이 중 농가는 고한3리에 7가구, 고한14인 고토일에는 20 가구만이 농사를 짓는데, 주로 더덕, 황기, 고추, 배추 등을 재배한다.

고한14리는 흔히 고토일로 통한다. 예전 이 마을에는 40여 가구가 농사만 짓고 살았으나, 지금은 100여 가구가 농사뿐만 아니라 카지노 리조트와 관계되는 업계에 종사하거나 숙박업, 식당 등을 운영하고 있다. 고토일은 해발 700m 이상인 까닭에 예전에는 콩 재배가 제대로 되지 않아 주로 감자, 옥수수, 메밀 등을 심었다. 장은 30리 거리에 있는 영월 상동장을 봤는데, 그곳은 오래 전부터 중석광산이 발달하여 장이 컸다고 한다. 그리고 소금은 삼척에서 가져오거나 화암면 화암리에서 배급을 받았다.

고토일에는 김씨가 가장 먼저 들어와 마을을 개척하였으며, 이후 이씨가 그리고 전씨가 차례로 들어왔다고 하여 '김이전'이라는 말이 전해온다. 실제로 이들 성씨가 한때는 많았으나 대부분 돌아가시거나 이주하였으며, 지금은 각성바지로 구분하기 어렵다.

고토일에는 지금도 윗마을과 아랫마을 서낭이 각각 하나씩 있는데, 윗마을 서낭당은 남서낭이고, 아랫마을 서낭당은 여서낭이라 한다. 당고사는 정월 열 나흗날에 저녁으로 지낸다. 당고사 순서는 윗마을 사람들이 남서낭당에서 먼저 지낸 후 아랫마을에 연락하면 그때서야 여서낭당에 고사를 지낸다.

밭을 갈 때는 초기에 겨리로 했으나, 중년에 호리로 갈기 시작했다. 화전을 일군 새밭은 호리로 갈기 힘들기 때문에 겨리로 했는데, 겨리로 하면 더 깊이 갈고 일을 빨리 할 수 있다. 겨릿소로 밭을 갈면 하루에 보통 1,000평을 갈고, 호리로는 500평가량을 간다. 이곳 밭에는 잔돌이 많다.

▮ 제보자

김세호, 남, 1942년생

주 소 지 : 강원도 정선군 고한읍 고한14리 고토일
제보일시 : 2009.3.1
조 사 자 : 강등학, 이영식, 박은영, 유태웅

　고토일 토박이다. 젊어서 광산은 몇 년
다녔으나 주로 농사를 지었다. 나이에 비해
건강했다. 마을에 대해서는 많이 알고 열심
히 일러주었으나, 이야기나 노래에는 취미
가 없다고 했다.

제공 자료 목록
03_10_FOS_20090301_KDH_KSH_0001 잠자리 꽁꽁

김순옥, 여, 1946년생

주 소 지 : 강원도 정선군 고한읍 고한14리 고토일
제보일시 : 2009.3.1
조 사 자 : 강등학, 이영식, 박은영, 유태웅

　고토일 토박이로 17세에 같은 마을 총각
과 결혼했다. 적극적인 성격은 아니며, 수줍
음도 많았다. 자신이 알고 있는 노래도 웃음
때문에 제대로 못했다. 어렸을 때 친구들과
함께 소 풀 먹이러 다니기도 했다.

제공 자료 목록
03_10_FOS_20090301_KDH_KSO_0001 메요 메요 소리
03_10_FOS_20090301_KDH_SJY_0001 아라리

김원주, 남, 1941년생

주 소 지 : 강원도 정선군 고한읍 고한14리 고토일
제보일시 : 2009.3.1
조 사 자 : 강등학, 이영식, 박은영, 유태웅

충청남도 대전 태생으로 40년 전 고토일
로 이주했다. 이곳에 와서는 퇴직할 때까지
줄곧 광산에 다녔다. 현재 고토일경로당 노
인회장이다. 나이에 비해 건강했으며, 자신
이 못하면 주위에 권하는 등 적극적인 성격
이다.

제공 자료 목록
03_10_FOS_20090301_KDH_KWJ_0001 각시방에 불켜라

송재용, 남, 1935년생

주 소 지 : 강원도 정선군 고한읍 고한14리 고토일
제보일시 : 2009.3.1
조 사 자 : 강등학, 이영식, 박은영, 유태웅

동면 백전리 태생으로 60년 전 고토일로
이주했다. 원래 농사를 지었으나 군에 다녀
와서부터는 광산에 다녔다. 광산을 28년 동
안 다녔으나 광산에서 다리를 다쳐 퇴직했

다. 이후 다리에 관절이 와서 19년째 양 다리를 제대로 쓰지 못하는 고생을 하고 있다. 적극적인 성격은 아니며, 쑥스러움이 많았다.

제공 자료 목록
03_10_FOS_20090301_KDH_SJY_0001 아라리
03_10_FOS_20090301_KDH_SJY_0002 했노 했노 구했노

잠자리 꽁꽁 / 잠자리 잡는 소리

자료코드 : 03_10_FOS_20090301_KDH_KSH_0001
조사장소 : 강원도 정선군 고한읍 고한리 162번지 고토일경로당
조사일시 : 2009.3.1
조 사 자 : 강등학, 이영식, 박은영, 유태웅
제 보 자 : 김세호, 남, 67세
구연상황 : 경로당을 방문했을 때 몇 분은 화투를 하고 있었고, 몇 분은 운동을 하고 있
었다. 방문 취지를 말씀드리고 협조를 요청하자 모두들 모여 앉았다. 처음에
는 마을의 일반적인 얘기를 듣고 지명에 대해 물었으나 제대로 답변을 못했
다. 이야기를 청하니 다들 말주변이 없다며 피했다. 그러다가 조사자가 장을
어디 봤냐고 하자 꼴두바우 있는 영월 상동장을 봤다고 했다. 이에 조사자가
꼴두바우 노래 있지 않느냐고 하니 웃었다. 주위에서 좋은 기회라며 계속 권
하자 노래가 갑자기 나왔다. 이어서 한 곡을 더 부르니 주위에서 송재용과 김
순옥이 아라리를 주고받아보라고 해서 두 곡씩 했다. 이에 조사자가 '풀 써는
소리'와 '밭가는 소리'를 청했으나 신통치 않았다. 할 수 없이 전래동요에 대
하여 이것저것 묻다가, 김세호가 산에 꼴 베러 가면 참 다람쥐 많이 봤다고
해서 조사자가 다람쥐 어떻게 놀렸냐고 하니까 사설에 욕이 들어간다고 웃으
면서 꺼려했다. 조사자가 그럼 잠자리는 어떻게 잡았냐고 묻자 그건 욕이 안
들어간다며 노래를 했다.

앉을 꽁 질 꽁 앉을자리 좋다

이렇게 해요.
(조사자 : 그걸 두 번씩, 연속해서.)
그러면 여게 앉은다고요 [엄지와 검지를 벌리며]

앉을 꽁 질 꽁 앉을자리 좋다

메요 메요 소리 / 소 부르는 소리

자료코드 : 03_10_FOS_20090301_KDH_KSO_0001
조사장소 : 강원도 정선군 고한읍 고한리 162번지 고토일경로당
조사일시 : 2009.3.1
조 사 자 : 강등학, 이영식, 박은영, 유태웅
제 보 자 : 김순옥, 여, 63세
구연상황 : 소 민속에 대해 묻다가 여럿이 어울려 소를 데리고 산에 간 일이 없었냐고
하자 김세호와 김순옥이 해봤다고 했다. 이에 조사자가 그럼 소를 부를 때 어
떻게 했냐고 하자 김세호는 중얼거리듯 말했다. 김순옥에게 재차 청하니 조금
망설이다가 했다. 소를 데리고 나갈 때는 소등에 타고 가며, 돌아올 때는 꼴
을 베어 소등에 가득 싣고 온다고 김세호가 설명했다.

메- 호

메- 호

메- 호

계속 그래 불러요. 그래 부르면 이 소가 산에서 싹 몰려와.

각시방에 불켜라 / 개미 부리는 소리

자료코드 : 03_10_FOS_20090301_KDH_KWJ_0001
조사장소 : 강원도 정선군 고한읍 고한리 162번지 고토일경로당
조사일시 : 2009.3.1
조 사 자 : 강등학, 이영식, 박은영, 유태웅
제 보 자 : 김원주, 남, 68세
구연상황 : 할 수 없이 전래동요에 대하여 이것저것 묻다가, 김세호가 산에 꼴 베러 가면
참 다람쥐 많이 봤다고 해서 조사자가 다람쥐 어떻게 놀렸냐고 하니까 사설
에 욕이 들어간다고 웃으면서 꺼려했다. 조사자가 그럼 잠자리는 어떻게 잡았
냐고 묻자 김세호는 그건 욕이 안 들어간다며 노래를 했다. 이후 조사자가 호
박꽃에 개미를 넣고 어떻게 했냐고 묻자 다들 모르는 눈치를 보이자 김원주
가 불렀다.

각시방에 불케라

신랑방에 불케라

이랬지, 우리 클 때는.

(조사자 : 그거 다시 한번만 해주시죠.)

각시방에 불케라

신랑방에 불케라

이래.

아라리 / 가창유희요

자료코드 : 03_10_FOS_20090301_KDH_SJY_0001

조사장소 : 강원도 정선군 고한읍 고한리 162번지 고토일경로당

조사일시 : 2009.3.1

조 사 자 : 강등학, 이영식, 박은영, 유태웅

제보자 1 : 송재용, 남, 74세

제보자 2 : 김순옥, 여, 63세

청　　중 : 김원주, 김세호 외 4인

구연상황 : 경로당을 방문했을 때 몇 분은 화투를 하고 있었고, 몇 분은 운동을 하고 있었다. 방문 취지를 말씀드리고 협조를 요청하자 모두들 모여 앉았다. 처음에는 마을의 일반적인 얘기를 듣고 지명에 대해 물었으나 제대로 답변을 못했다. 이야기를 청하니 다들 말주변이 없다며 피했다. 그러다가 조사자가 장을 어디 봤냐고 하자 꼴두바우 있는 영월 상동장을 봤다고 했다. 이에 조사자가 꼴두바우 노래 있지 않느냐고 하니 웃었다. 주위에서 좋은 기회라며 계속 권하자 노래가 갑자기 나왔다. 이어서 한 곡을 더 부르니 김순옥과 주거니 받거니 한번 해보라고 또 권했다.

제보자 1 아저씨 싫은 거는 꼴뚜바우 아저씨

맛보라고 한번 줬더니 볼 쩍 마듬(마다) 달라네

사람이 못났거든 돈이나 몇(몇) 추럭 되든지
송장이 못나구 돈조차 없으니 요즘 고통이 너무 많구나

눈이 올라나 비가 올라나 억수장마가 질라나
만수산 검으네 구름이 막 모여 든다

(조사자 : 받으셔야지?)

제보자 2 그 소리 꼭지는 증말(정말) 좋소마는
　　　　이수가 멀구 멀어서 못 받어 주겠소

(조사자 : 아, 참!)
(청중 : 또 받어야지.)
(조사자 : 받으셔야지 또 그러면, 어르신도.)

제보자 1 당신은 반다시(반듯이) 보니는 본처가 있는 남자요
　　　　나는야 만경청파에 돛대 없는 여잘세

(조사자 : 어르신, 한번만 더.)
(제보자 2 : 이제 고만 하세요.)
(조사자 : 한번만 더 하시죠 뭐.)

제보자 2 산이야 높어야 골이 깊으지
　　　　쪼만한 여자 몸이 깊을 수 있겠소

했노 했노 구했노 / 다리뽑기 하는 소리

자료코드 : 03_10_FOS_20090301_KDH_SJY_0001
조사장소 : 강원도 정선군 고한읍 고한리 162번지 고토일경로당

조사일시 : 2009.3.1
조 사 자 : 강등학, 이영식, 박은영, 유태웅
제 보 자 : 송재용, 남, 74세
청   중 : 김순옥, 김원주, 김세호 외 4인
구연상황 : 시간이 많이 흘러 다들 지루해 하는 눈치가 보이자 끝으로 다리 뽑기 하는
           시늉을 하면서 어떻게 했냐고 하자 송재용이 웃으면서 이 노래를 해주었다.

　　　　했노 했노 구했노
　　　　방구 꼈다 구사이노

이랬는데.
(조사자 : 했노 했노 구산로!)

　　　　방구꼈다 구사이노

이러지.

2. 남면

증편 한국구비문학대계 • 강원도 정선군

강원도 정선군 남면 무릉2리

조사일시 : 2009.3.1, 2009.7.21
조 사 자 : 강등학, 이영식, 박은영, 유태웅

강원도 정선군 남면 무릉2리 마을 전경

남면은 정선군의 남쪽에 위치하고 있으며 면소재지는 문곡리이다. 남면은 1291년인 고려 충렬왕 17년에 주진(朱陳)에서 도원(桃源)으로 개칭하였다. 이후 1906년에 남상면 무릉리 증산과 남하면 낙동리 하선평을 통합하여 남면이라 하고 유평리 음지촌에 면사무소를 개설하였다. 그 후 1936년 병자년 수해로 인하여 면사무소를 지금의 문곡리로 이전하여 현재에 이르고 있다.

남면은 동쪽으로 사북읍과 화암면, 서쪽으로 정선읍, 남쪽으로 신동읍과 영월군 상동읍, 북쪽으로 정선읍과 화암면에 각각 접해있다. 서쪽에는 곰봉(1,014m)이 있고, 남쪽에는 죽엽산(1,059m)과 두위봉(1,466m)이 있으며, 동쪽에는 지억산(1,117m)이 있다. 하천은 남동쪽의 고한읍 주변 산들에서 발원한 계류들이 모여 지장천(地藏川)을 이루고, 이 하천이 북동쪽으로 흐르다가 선평에서 유로의 방향을 바꾸어 가수리로 빠져나가 조양강과 합류하여 동강(東江)을 이룬다.

남면은 선평과 증산에 약간 밀도 높은 취락이 있고 그 외에는 농가가 듬성듬성한 산촌이며, 농경지들은 동남천과 그에 부수하는 계류를 끼고 산재해 있다. 남면은 문곡리, 무릉리, 유평리, 낙동리, 광덕리 등 6개의 법정리에 15개의 행정리로 구성되어 있다. 2007년 12월 기준으로 남면의 세대수는 1,439호에 농가 400호이며, 주민수는 3,393명이다. 총면적은 130.97km^{2}인데, 이 중에 밭이 11.09km^2, 논은 0.31km^2, 임야가 112.64km^{2}이다.

무릉리(武陵里)는 면소재지 동쪽에 있는 마을로 동쪽으로는 고부산, 북쪽으로는 지억산, 남쪽으로는 두위봉이 솟아있고 가운데에는 증봉(甑峰)이 있어 보통 증산(甑山)이라고 한다. 무릉리는 고려 충렬왕 때 도원군의 읍촌, 조선시대 때는 남상면의 소재지였으나 지방행정 개편 시에 증산, 능전, 묵산, 척산 등을 합쳐 무릉리라 하였다.

무릉리는 1960년대에 흥국광업소가 처음 들어온 이후 여러 곳에서 광산이 본격적으로 개발되어 각처에서 사람들이 모여들었다. 석탄광산 개발이 활성화되자 1970년대 후반에는 마을에 아파트가 들어서는 등 지역이 발전하였으나 1990년대 후반 정부의 석탄산업합리화조치로 현재는 868세대에 2,071명이 거주하고 있다. 석탄산업합리화 이후에도 남면의 여타 지역보다 인구가 많은데, 이는 무릉리에 농공단지가 조성되어 있고, 억새풀 군락지로 유명한 민둥산이 위치해 있으며, 강원랜드 카지노 리조트가 있는 사북읍과 인접해 있어 산업체와 서비스업에 종사하는 분들이 많기 때문이다.

무릉리는 남면에서 가장 넓은 지역으로 5개의 행정리로 나뉘어져 있으나, 무릉 1리, 3리, 4리, 5리와 무릉2리 등은 38번 국도를 기준으로 두 개 지역으로 구분된다. 뿐만 아니라 무릉 1, 3, 4, 5리는 도시화가 된 지역이라면 무릉2리는 순수 농촌마을이다. 이는 경지면적 및 농가의 비교에서도 구분되는데, 무릉2리는 1.5km²의 경지면적에 총세대수인 45호 모두가 농가인 반면, 무릉1리는 0.28km²의 경지면적에 총세대수가 247호이나 농가는 12호, 무릉3리는 0.42km²의 경지면적에 총세대수는 82호이나 농가는 32호, 무릉4리는 0.04km²의 경지면적에 총세대수가 242호이나 농가는 6호, 무릉5리는 0.03km²의 면적에 총세대수가 220호이나 농가는 3호이다. 현재 무릉리의 농경지는 논이 없고 밭만 2.27km² 있다. 무릉2리는 배추 농사를 많이 짓는데 비해 무릉1,3,4,5리는 옥수수, 고추 등을 많이 재배한다.

무릉2리는 임계와 통하는 421번 지방도 옆으로 10리에 걸쳐 마을이 분산되어 있는데, 자고치, 덕만, 싸리실, 능전 등 네 개의 자연마을로 구성되어 있다. 이 마을을 개척한 분들은 황씨들로 발구덕에서 내려와서 정착하였으며, 다음으로 이씨네가 정착하였다. 현재 골짜기마다 서낭당이 있으나 당고사를 지내지는 않는다. 예전에는 모든 마을들이 정월 초에 각자 날을 받아 지냈다.

예전 무릉2리는 136가구가 주로 콩, 팥, 메밀 등을 심어 생활했으나, 지금은 마을의 전체 가구인 45호가 모두 농가인데 대부분 수익성이 높은 배추와 콩을 주로 심는다. 예전에 콩을 많이 하는 집에서는 50가마 정도를 생산하기도 했다. 이곳은 건천이기 때문에 원래부터 논이 없었다. 따라서 예전에는 콩과 쌀을 1대 1로 맞바꿔 먹었다. 밭을 갈 때는 소 한 마리인 호리로 했다. 인구는 남자 62명, 여자 55명 등 총 117명이다.

강원도 정선군 남면 무릉3리

조사일시 : 2009.3.1

조 사 자 : 강등학, 이영식, 박은영, 유태웅

강원도 정선군 남면 무릉3리 마을 전경

무릉리(武陵里)는 면소재지 동쪽에 있는 마을로 동쪽으로는 고부산, 북쪽으로는 지역산, 남쪽으로는 두위봉이 솟아있고 가운데에는 증봉(甑峰)이 있어 보통 증산(甑山)이라고 한다. 무릉리는 고려 충렬왕 때 도원군의 읍촌, 조선시대 때는 남상면의 소재지였으나 지방행정 개편 시에 증산, 능전, 묵산, 척산 등을 합쳐 무릉리라 하였다.

무릉리는 1960년대에 흥국광업소가 처음 들어온 이후 여러 곳에서 광산이 본격적으로 개발되어 각처에서 사람들이 모여들었다. 석탄광산 개발이 활성화되자 1970년대 후반에는 마을에 아파트가 들어서는 등 지역이 발전하였으나 1990년대 후반 정부의 석탄산업합리화조치로 현재는 868세대에 2,071명이 거주하고 있다. 석탄산업합리화 이후에도 남면의 여타 지역보다 인구가 많은데, 이는 무릉리에 농공단지가 조성되어 있고, 억새풀 군락지로 유명한 민둥산이 위치해 있으며, 강원랜드 카지노 리조트가 있는 사북읍과 인접해 있어 산업체와 서비스업에 종사하는 분들이 많기 때문이다.

무릉리는 남면에서 가장 넓은 지역으로 5개의 행정리로 나뉘어져 있으나, 무릉 1리, 3리, 4리, 5리와 무릉2리 등은 38번 국도를 기준으로 두 개 지역으로 구분된다. 뿐만 아니라 무릉 1, 3, 4, 5리는 도시화가 된 지역이라면 무릉2리는 순수 농촌마을이다. 이는 경지면적 및 농가의 비교에서도 구분되는데, 무릉2리는 1.5km²의 경지면적에 총세대수인 45호 모두가 농가인 반면, 무릉1리는 0.28km²의 경지면적에 총세대수가 247호이나 농가는 12호, 무릉3리는 0.42km²의 경지면적에 총세대수는 82호이나 농가는 32호, 무릉4리는 0.04km²의 경지면적에 총세대수가 242호이나 농가는 6호, 무릉5리는 0.03km²의 면적에 총세대수가 220호이나 농가는 3호이다. 현재 무릉리의 농경지는 논이 없고 밭만 2.27km² 있다. 무릉2리는 배추 농사를 많이 짓는데 비해 무릉1,3,4,5리는 옥수수, 고추 등을 재배한다.

광산이 본격적으로 개발되기 전인 1960년대 말에는 현재의 무릉1,3,4,5리는 170여 가구에 논이 약 1,000마지기 정도 있었던 까닭에 당시 남면에서는 논이 가장 많은 마을로 알려졌다. 그러던 것이 광산개발에 따른 인구유입으로 대부분의 논은 주택지로 개발되어 현재에 이르렀는데, 이곳의 1마지기는 130평이다. 논농사 지을 그 당시에도 두레와 농악은 없었고, 논농사와 관계된 노래 또한 없었다. 노래는 술 한 잔 하고 흥이 나면 아라리를 몇 마디씩 불렀다. 논이나 밭을 갈 때는 호리로 했다.

무릉리에서는 예전에 70리 떨어져 있는 정선장을 봤다. 1990년대 후반부터 4일과 9일에 증산장이 서고 있다. 증산장은 원래 북평면 소재지에 4일과 9일에 서던 것이나 북평면에 있던 나전광업소가 광산합리화로 정책

으로 폐업하고 인구가 극감하자 상인들이 이곳으로 이전한 것이다. 장의
규모가 작으나 요즘도 장날이면 10여 명의 외지 장사꾼이 모인다.

무릉3리 증산경로당 마당에는 큰 소나무가 한 그루 서 있는데, 이 나
무는 원래 서낭으로 위하던 나무였으나 오래 전부터 당고사는 지내지 않
는다.

강원도 정선군 남면 문곡1리

조사일시 : 2009.2.28, 2009.7.20
조 사 자 : 강등학, 이영식, 박은영, 유태웅

강원도 정선군 남면 문곡1리 마을 전경

문곡리(文谷里)는 별어곡, 문은단, 고무골의 일부를 폐합하여 문은단과
별어곡의 이름을 따서 붙여진 지명으로, 3개의 행정리에 257가구 592명

이 거주하고 있다. 예전 문곡리에는 문곡1리인 별어곡에만 논이 약 200마지기(이곳은 1마지기가 130평이다.) 정도 있었을 뿐이며, 2리인 고무골과 3리인 자미원에는 논이 전혀 없었다. 지금은 1마지기에서 쌀 2가마니 이상을 수확하지만, 당시에는 쌀 1가마니만 소출되어도 많다고 했다. 1960년대에 철도가 들어오면서 그나마 있던 논도 대부분 철도용지로 수용되고, 현재는 8,000㎡ 정도 남아있다.

철도가 들어오기 전인 1960년대 초 문곡1리에는 30여 가구가 살았으나, 자미원, 증산 등에 석탄광산이 본격적으로 개발되면서 1970년대부터 인구가 급속도로 늘어나 한 때는 5백여 가구가 거주하였다. 이후 1990년대 정부의 석탄합리화 성책으로 다들 떠나고 현재 문곡1리에는 178가구에 443명이 거주하고 있다. 현재는 문곡리, 유평리 등 몇 곳에 석회석광산이 개발되어 있으나 석탄광산처럼 규모가 큰 산업은 아니다.

예전 문곡1리에서는 화전밭을 일구어 옥수수, 감자, 조 등을 심었다. 삼베 농사를 지어 길쌈도 많이 했지만, 이것도 소를 키워 거름을 많이 낼 수 있는 집에서나 가능했다. 이러한 까닭에 겨릅대로 지붕을 하던 집은 그래도 형편이 괜찮은 편에 속했다. 벼농사를 지어도 워낙 볏짚이 부족하여 대부분의 집에서는 산에 가서 억새를 베다가 지붕을 이었다. 몇 명씩 어울려 벼농사를 지었으나 농사와 관련된 노래는 하지 않았으며, 심심하면 간혹 아라리나 불렀다. 현재 문곡1리에는 농가가 14호 있는데 이들은 주로 옥수수, 감자, 콩 등을 심는다. 예전에 장은 60리 거리의 동면장(동면은 2009년 5월 1일자로 화암면으로 행정명이 바뀜)을 보았는데, 화암리에서는 1920년대 초에 금광을 크게 해서 많은 사람들이 모였다. 1945년 이후 금광의 채광양이 점차 줄고 광산이 문을 닫게 되자 동면장 규모도 줄어 이후로는 정선장을 보게 되었다.

현재 면사무소 옆에 서낭당이 있으나 개인적으로 지내던 곳이며, 마을 구성원 전체가 당고사를 지낸 적은 없었다고 한다.

강원도 정선군 남면 유평1리

조사일시 : 2009.4.24
조 사 자 : 강등학, 이영식, 박은영, 유태웅

강원도 정선군 남면 유평1리 마을 전경

유평리는 북쪽으로 고두산, 남쪽으로 팔봉산이 서 있으며 지장천이 남에서 북으로 흐르고 있다. 유평리는 문곡리의 별어곡역과 낙동리의 선평역 사이에 있으나 33번 국도변에 위치한 소마평, 새마을, 버드내 등을 제외하고는 마을이 산 정상부위에 있어 교통이 불편하다.

유평리는 2개의 행정리로 나뉘어 있는데, 2007년 12월 현재 유평1리에는 67가구에 157명이 거주하고 있으며, 이 가운데 농가는 65호이다. 경지면적은 밭이 0.94km², 논이 0.04km²이다. 유평2리는 전체가구가 25호인데, 이들 모두가 농가이며 63명이 거주하고 있다. 논은 없으며 밭만 0.95km²있다. 유평리 몇 곳에 석회석광산이 개발되어 있으나 예전의 석탄광산처럼 규모가 큰 산업은 아니기 때문에 지역민의 고용에 크게 도움이 되지 않는다.

　예전 유평리에서는 화전밭을 일구어 옥수수, 감자, 조 등을 심었다. 삼베 농사를 지어 길쌈도 많이 했지만, 이것도 소를 키워 거름을 많이 낼 수 있는 집에서나 가능했다. 이러한 까닭에 겨릅대로 지붕을 하던 집은 그래도 형편이 괜찮은 편에 속했다. 벼농사를 지어도 워낙 볏짚이 부족하여 대부분의 집에서는 산에 가서 억새를 베다가 지붕을 했다. 몇 명씩 어울려 벼농사를 지었으나 농사와 관련된 노래는 부르지 않았으며, 심심하면 간혹 아라리나 불렀다. 지금도 유평1리에서는 벼농사를 짓고 있으며, 밭에는 주로 옥수수, 감자, 콩 등을 심는다. 예전에 장은 60리 거리의 동면장(동면은 2009년 5월 1일자로 화암면으로 행정명이 바뀜)을 보았는데, 화암리에서는 1920년대 초에 금광을 크게 해서 많은 사람들이 모였다. 1945년 이후 금광의 채광양이 점차 줄고 광산이 문을 닫게 되자 동면장 규모도 줄어 이후로는 정선장을 보게 되었다.

▮ 제보자

김진철, 남, 1934년생

주 소 지 : 강원도 정선군 남면 문곡1리
제보일시 : 2009.2.28
조 사 자 : 강등학, 이영식, 박은영, 유태웅

유평리 태생으로 1970년에 문곡리로 이주하였다. 문곡에서 초등학교를 마치고 어렵게 고학으로 영월에서 중학교를 마쳤다. 농사를 짓지는 않았으며, 술을 좋아한다고 했다. 일반적인 이야기는 많이 알고 있으나 노래는 그렇지 못했다. 풍채도 좋고 목소리도 걸걸하다. 어렸을 때 유평리에서 화전을 했는데, 당시 제보자의 할아버지 별명이 '지게 할아버지'였다. 이유는 화전 밭을 일구려고 36명의 일꾼을 얻었는데 먹을 것이 없었다. 이에 할아버지가 새벽에 50리 길인 정선읍에 가서 쌀 한 가마니를 지고 와서 그것으로 점심을 하여 일꾼과 부인들 그리고 아이들까지 함께 먹었다고 한다. 이렇듯 힘든 왕복 100리 길을 한나절에 다녀왔다고 하여 붙여진 것이라 한다.

제공 자료 목록
03_10_FOS_20090228_KDH_KJC_0001 메요 메요 소리

나승렬, 남, 1932년생

주 소 지 : 강원도 정선군 남면 무릉2리
제보일시 : 2009.3.1
조 사 자 : 강등학, 이영식, 박은영, 유태웅

무릉리 토박이이다. 40대까지 농업에 종
사했으나, 이후 지역에서 가게를 운영하고
있다. 광산 일은 하지 않았다. 나이에 비해
젊어보였고 차분한 성격으로 웃을 때도 조
용히 웃었다.

제공 자료 목록
03_10_FOT_20090301_KDH_NSR_0001 어산가 조진가
03_10_FOT_20090301_KDH_NSR_0002 가마솥에 아기 잃은 효부

박분옥, 여, 1940년생

주 소 지 : 강원도 정선군 남면 유평1리
제보일시 : 2009.4.24
조 사 자 : 강등학, 이영식, 박은영, 유태웅

정선군 남면 문곡3리에서 태어났다. 19세
에 자신보다 한 살 연하인 이용성과 결혼하
여 현재까지 정선군 남면 유평1리에서 살고
있다. 이용성과의 사이에서 3남 2녀의 자녀
를 두었으며 현재는 모두 출가하여 유평1리
에는 부부만 살고 있다. 지금도 약 2만평의
농사를 짓고 있는 까닭에 고된 노동으로 다
리와 허리가 많이 아프다고 한다.

친정 부모님이 부르는 아라리를 들으며 자란 것은 아니며, 증산으로 시집 간 언니네 집으로 놀러갔을 때 집 주변의 술집에서 사람들이 부르는 것을 들은 것이 계기가 되어 배우게 되었다고 한다. 아라리는 한두 번만 들어도 다 외울 수 있는데, 다른 노래는 아무리 들어도 할 줄 모른다고 한다.

박분옥의 특징은 독특한 '엮음 아라리'를 많이 알고 있다는 것이다. 24년 전의 조사 때에도 그녀만의 개성적인 '엮음 아라리'가 많았는데 이번 조사에서도 여전히 재미있는 '엮음 아라리'를 여럿 구연해 주었다.

제공 자료 목록
03_10_FOS_20090424_KDH_PBO_0001 엮음 아라리
03_10_FOS_20090424_KDH_PBO_0002 엮음 아라리
03_10_FOS_20090424_KDH_PBO_0003 엮음 아라리
03_10_FOS_20090424_KDH_PBO_0004 엮음 아라리
03_10_FOS_20090424_KDH_PBO_0005 아라리
03_10_FOS_20090424_KDH_PBO_0006 아라리
03_10_FOS_20090424_KDH_PBO_0007 잠자리 꽁꽁
03_10_FOS_20090424_KDH_PBO_0008 한나라 한 대장군
03_10_FOS_20090424_KDH_PBO_0009 남원읍에 성춘향이
03_10_FOS_20090424_KDH_PBO_0010 장수야 낮게 모여라
03_10_FOS_20090424_KDH_PBO_0011 아라리
03_10_FOS_20090424_KDH_PBO_0012 아라리
03_10_FOS_20090424_KDH_PBO_0013 엮음 아라리
03_10_FOS_20090424_KDH_PBO_0014 엮음 아라리
03_10_FOS_20090424_KDH_PBO_0015 아라리
03_10_FOS_20090424_KDH_PBO_0016 엮음 아라리
03_10_FOS_20090424_KDH_PBO_0017 엮음 아라리

이기옥, 여, 1935년생

주 소 지 : 강원도 정선군 남면 유평1리
제보일시 : 2009.4.24
조 사 자 : 강등학, 이영식, 박은영, 유태웅

정선군 남면 무릉2리에서 태어나 19세에 남면 유평1리로 시집을 오면서 지금까지 거주하고 있다. 예전에는 농사를 많이 지었으나 지금은 짓고 있지 않다. 아라리는 처녀 시절 친구들과 나물을 뜯으며 많이 불렀다고 한다.

제공 자료 목록

03_10_FOS_20090424_KDH_LKO_0001 앉을꽁 서울꽁
03_10_FOS_20090424_KDH_LKO_0002 봉아 봉아 천지봉아
03_10_FOS_20090424_KDH_LKO_0003 아라리
03_10_FOS_20090424_KDH_PBO_0006 아라리
03_10_FOS_20090424_KDH_PBO_0011 아라리
03_10_FOS_20090424_KDH_PBO_0014 엮음 아라리

이홍의, 남, 1932년생

주 소 지 : 강원도 정선군 남면 무릉2리
제보일시 : 2009.3.1
조 사 자 : 강등학, 이영식, 박은영, 유태웅

무릉2리 토박이로 9대째 거주하고 있으며, 24세에 마을 처녀 임옥녀와 결혼하여 평생 농사짓고 살았다. 현재 무릉2리 노인회장을 맡고 있다. 사람 만나는 것을 좋아하며 술도 좋아한다. 가능한 많은 것을 일

러주려고 노력하였으나 노래에는 취미가 없고 이야기 또한 지역의 지명 및 서낭당 전설에 대해서만 알고 있었다.

제공 자료 목록

03_10_FOT_20090301_KDH_LHU_0001 살쾡이를 잡으려다 발견한 샘물
03_10_FOT_20090301_KDH_LHU_0002 살아서 서낭이 된 임씨
03_10_FOT_20090301_KDH_LHU_0003 쌀을 바쳐야 길을 열어주는 서낭당

최해순, 남, 1938년생

주 소 지 : 강원도 정선군 남면 문곡1리
제보일시 : 2009.2.28
조 사 자 : 강등학, 이영식, 박은영, 유태웅

문곡리 토박이다. 평생 농사만 지었다. 처음에는 별로 말이 없다가 몇 가지 묻는 것에 흥미를 느꼈는지 마을 얘기를 해주었다. 전설 및 민담과는 거리가 먼 일상적인 이야기를 많이 해주었다. 농사지으면서 부르던 노래는 아라리였던 까닭에 농요와 관련된 노래는 아는 것이 없었다.

제공 자료 목록

03_10_FOS_20090210_KDH_CHS_0001 잠자리 꽁꽁
03_10_FOS_20090210_KDH_CHS_0002 다람아 다람아 동동

어산가 조진가

자료코드 : 03_10_FOT_20090301_KDH_NSR_0001
조사장소 : 강원도 정선군 남면 무릉리 463번지 증산경로당
조사일시 : 2009.3.1
조 사 자 : 강등학, 이영식, 박은영, 유태웅
제 보 자 : 나승렬, 남, 77세
청　　중 : 전병용 외 5인
구연상황 : 전날 저녁 노인회장인 전병용과 약속을 하여 3월 1일 오전에 경로당을 방문
하니 아무도 없었다. 10여 분을 기다리니 노인회장이 먼저 오셔서 경로당 문
을 열었다. 잠시 후 한 두 분씩 할아버지들만 오셨다. 처음에는 이 마을 사정
에 대하여 이것저것 묻다가 이야기를 청하니 애깃거리가 없다고 했다. 이에
조사자가 기존의 자료를 보면서 물으니 전병용이 지명과 관련된 애기를 해주
었다. 그러나 이야기 중간이 많이 생략되어서 구성이 제대로 되지 않았다. 이
후 여러 방송사에서 모두 취재해 갔다는 말만 할 뿐 이렇다 할 얘기가 없다
가, 나승렬이 우스운 얘기 하나 한다면서 이 이야기를 해 주었다.
줄 거 리 : 욕 잘하는 농사꾼이 있었는데, 하루는 지나가는 암행어사에게 욕을 했다. 괘
씸하게 여긴 암행어사는 볼일을 다 본 후 농사꾼을 혼내주려고 그 집에 묵었
다. 이에 농사꾼은 암행어사에게 잘 해주려고 열심이었으나 계속 욕을 하였
다. 암행어사는 농사꾼이 하는 욕이 악의 있는 것이 아니라는 걸 알고 용서해
주었다.

옛날에 인제, 인제 골짜구니 인제 농사를 짓구 살았는데, 암행어사가
일루 지내간다고 이 질을(길을) 좀 닦으라고 그랬단 말이야.

그래 그 질을 인제 동네 사람들이 마커(모두) 모여 닦고 앉어 이제 쉬
다니까네, 진짜 암행어사가 글루 지나왔단 말이야.

그래 지나오면서네 "아 이 바쁜데 왜 이래 길을 닦느냐?" 이러니까네.
그 한사람이 있다가 "어산가 조진가 지내간다고 질을 닦으라고 그래서 그

랬다고” 그래.

그래서 어사가 생각하니까 아주 그놈 괘씸한 놈이거든!

‘그놈 갔다 오다가 좀 혼을 내봐야지 하고’ 갔단 말이여.

갔는데, 옆에서 모두 있다가

“너는 큰일 났다! 어사, 암행 어산데 큰일 났다.”

그래 일하고 지냑에(저녁에) 집에 와 있다니까네 진짜로 왔단 말이에요.
이 혼을 낼라고 왔는데,

“이집에 좀 자고 가자고” 그러니까네,

“아이 방이 누추하다.” 그러니까네.

“아이 그래도 좀 자자.” 그러니까.

“그럼 손님이고 조지고 사랑에 드가라” 그랬단 말이여.

(조사자 : 손님이고 조지고!)

그러니까, 그래 드가 인제 자는데 아무래도 이거 큰일 났는데. 지냑에
(저녁에) 뭘, 인제 여자보고 뭘 좀 장만하라하고 뭘 막 인제 장만해가지고
한 열두 시 넘은 년에(녘에) 인제 깨웠어요.

드가서 “손님이고 조지고 일라라고” 이랬단 말이에요.
그러니까네, 일라니까

(청중 : 그래 원 말투가 그런데.)

응, 상을 아주. 그래야 음식을 방에다 차려가지고 가니까,

“아니 밤에 왜 음식을 이렇게 차려가지고 왔냐고” 하니까네.

“오늘 저녁 할아버지 제산가 조진가 지내믄선”

그래 인제 “잡쑤라고” 이래미.

그래 이 놈이 가만히 그 어사가 생각하니까 저놈이 아주 말투가 저랜
데, 저걸 혼낼 수도 없고.

그래 아침에 식사를 하고 자구 간다고, “잘 자고 간다고” 이러니.

“손님이 조지구 잘 가시우!”

그래 그놈이 그래서 그걸 먼 하드라구.

가마솥에 아기 잃은 효부

자료코드 : 03_10_FOT_20090301_KDH_NSR_0002
조사장소 : 강원도 정선군 남면 무릉리 463번지 증산경로당
조사일시 : 2009.3.1
조 사 자 : 강등학, 이영식, 박은영, 유태웅
제 보 자 : 나승렬, 남, 77세
구연상황 : 전날 저녁 노인회장인 전병용과 약속을 하여 3월 1일 오전에 경로당을 방문
하니 아무도 없었다. 10여 분을 기다리니 노인회장이 먼저 오셔서 경로당 문
을 열었다. 잠시 후 한 두 분씩 할아버지들만 오셨다. 처음에는 이 마을 사정
에 대하여 이것저것 묻다가 이야기를 청하니 얘깃거리가 없다고 했다. 이에
조사자가 기존의 자료를 보면서 물으니 전병용이 지명과 관련된 얘기를 해주
었다. 그러나 이야기 중간이 많이 생략되어서 구성이 제대로 되지 않았다. 이
후 여러 방송사에서 모두 취재해 갔다는 말만 할 뿐 이렇다 할 얘기가 없다
가, 나승렬이 우스운 얘기 하나 한다면서 '어산가 조진가'를 이야기 해주었다.
이에 조사자가 재미있는 얘기가 더 있을 것 같다고 하면서 청하니 이 이야기
를 했다.
줄 거 리 : 옛날 효부가 있었다. 노망든 시어머니가 닭고기가 먹고 싶어서 갓난아이를 닭
인 줄 알고 가마솥에 넣고 삶았다. 일하다 온 며느리가 이것을 보고는 원망은
커녕 오히려 닭을 잡아서 해드렸다.

옛날에 그 인제 한 집이 인제 일꾼을 많이 은어(얻어) 가지고 인제 김
매러 보냈는데. 그때는 인제 이 아주머이가 아침을 해먹고 같이 따러가서
인제 일하다가 한 열시쯤 되면은 집에 와가지고 밥을 해 가지고, 인제 거
가서 점심을 갖다 주는데. 인제 일 좀 하고 와서 한 열시까지.

그래 하고 왔는데, 그래 가서 일을 하다가 열시 돼서 집에 밥하러 오이
까네. 인제 막 솥에 막 누가 불을 막 때서 이제, 할머니가 있었는데. 막
때 가지고 막 드리(몹시) 끓드래요.

그래 '이 할머니가 뭘 하느라고 그랬나!' 이래고 이 솥을 이래 열어보니까네, 아주 햇언날(갓난아이를) 내비두고(내버려두고) 갔는데, 언내를(아기를) 고마 거다 넣어서 쌂, 쌂았단 말이야.

그래 "어머이, 왜서 이렇게 그랬느냐" 니까네

"내가 이 고기가 먹고 싶, 닭고기가 먹고 싶어가지고 닭을 지금 앉혔났으니까네, 그래서 쌂어 먹을라 그랬다." 이래.

그거 아주머니가 가만히 생각하니까 참 그거 우스운 일이야. 언나를 고만 엎고 쌂어놔서.

그래 갖다가 그 뒤뜰 산에 가서 우선 파묻고 인제 그 머시기를 마커(모두) 청소 하구서네, 할머이가 닭고기가 얼마나 먹고수와 이랬나 하고, 인제 닭을 한 마리 잡아가지고 인제 쌂아 앉혀서 그걸 인제 어머이를 인제 잡쑤라고 주고 밥을 해가지고 인제 가는 판인데.

그 남자가 산에서 이놈우 열두 시 되도 밥이 안 오고, 1시가 되도 밥이 안 오고, 2시나 다 됐는데. '니는 아주 내려가면 때려잡는다고' 막 욕을 디리 이제 하고 이랬는데.

그래 인제 한 2시 되니까 밥을 해 이고 올라온단 말이여. 그렇게 욕을 하고 그랬는데, 그 일하는 사람들이 내다보니까, '저 놈이, 저 놈은 인제 내려가면 여자 뚜드려 팰 거다' 이랬는데.

뭐라고 가서 만나서 쏠쏠 하더니만은 고만 여자를 보고 절을 막 드리하거든!

'아 저게 뭔 일이나!' 그래가지고.

그렇게 그러구 인제 집에 그 얘기를 하니까네, 그, 고만 그 남자가 참 기가 맥힐 노릇이 아이야.

그래서 그 여자가 아주 효부상 타고 이랬다는 그런 전설.

그 아를(아기를) 글쎄 잡아서 그리 해놔도, 또 닭을 잡아서 고길 해주고. 그래 가지고. 그런 전설도 있고 뭐 그저.

살쾡이를 잡으려다 발견한 샘물

자료코드 : 03_10_FOT_20090301_KDH_LHU_0001

조사장소 : 강원도 정선군 남면 무릉2리 1반 이홍의 자택

조사일시 : 2009.3.1

조 사 자 : 강등학, 이영식, 박은영, 유태웅

제 보 자 : 이홍의, 남, 77세

구연상황 : 전날 방문했으나 마을 행사관계로 제보자가 약주를 많이 해 다음 날로 미뤘
다. 3월 1일 오전에 댁에 방문하니 전날 드신 약주 탓인지 자리에 누워계셨
다. 방문한 취지를 말씀드리고 마을 지명에 대하여 얘길 들었다. 그리고 이야
기를 청하니 특별히 아는 얘기는 없다고 하면서 이 이야기를 해 주었다.

줄 거 리 : 발구덕에는 원래 샘물이 없어서 우물을 파서 먹었는데, 어느 날 닭 잡아먹는
살쾡이를 잡으려고 구덩이를 파다가 샘이 나와 그 마을 사람들은 그 물을 먹
고 살았다.

인제, 그 옛날에 인제 살쾡이라는 게 있었거든요?

(조사자 : 예, 살쾡이.)

살쾡이가 인제 닭을 잡아가지고 인제 물고 갔단 말이요. (조사자 : 예.)
그래 인제 그 주인이 인제 따라갔거든요. 따라가니까 인제 요런 구녕이
(구멍이) 있는데 글로 드갔단 말이에요. (조사자 : 예.)그래, 그게 드가니까
그걸 잡을라고 그 인제 구덩이를 들이 팠거든요.

(조사자 : 사람이?)

사람이요. 파니까 그, 그래서 파니까누 거기서 물이 나왔어요. (조사
자 : 아.)

그래, 그래가지고 물이 고만 어떻게 그 구덩이를 들이 파니까 그 산속
에서 물이 나왔거든. 그래 지금 그 물이 나와 가지고 발구덕 그 동네 먹
어요.

(조사자 : 아 원래는 물이 없었는데요?)

예. 그 땅을 구덩이 물이. 전에는 어떻게 해먹었냐 하면, 땅을 사람이
인력으로 내리 파가지고 우물이라는 게 있잖아? (조사자 : 예.) 우물을 해

가지고 퍼서 먹었는데, 그 살쾡이 따라가서 구덩일 파니까 물이 나왔거든요. 그래가지고 그 발구덕서 그 지하수를 나오는 물을 가지고 먹고 살았어요.

(조사자 : 그러면, 지금도 잘 나오고요?)

지금 나와요.

(조사자 : 그러면 그 어르신 전의 얘긴가요?)

그렇지요! 우리 전이죠. 우리 몇 대되는. 그러니까 우리가 9대 여 들어와서 사는 거니까. 여 입정선(入旌善) 핸(한) 지가 9대쨉니다.

(조사자 : 네. 아, 그럼 어르신 태어나시기 전에 얘기가?)

아 그렇죠. 우리도 전설. 그거 할아버지네한테 얘기만 들었죠.

(조사자 : 음 그니까, 발구덕은 아까 팔구덕 팔구덕 그러던 것이 인제?)

인제 그래 자꾸 내려오는데 그만 발구덕으로 변했죠.

(조사자 : 네, 여덟 개의 구덕이. 구덕, 구멍이 있어서, 엉덩이같이 있던 게 있어서 그런 건데?)

예.

(조사자 : 거기 마을이 꽤 됩니까, 어르신?)

딱 한 집 밖에 안 살아요. (조사자 : 지금요?) 예. 삼십육 호가 살던 덴데.

살아서 서낭이 된 임씨

자료코드 : 03_10_FOT_20090301_KDH_LHU_0002
조사장소 : 강원도 정선군 남면 무릉2리 1반 이홍의 자택
조사일시 : 2009.3.1
조 사 자 : 강등학, 이영식, 박은영, 유태웅
제 보 자 : 이홍의, 남, 77세
구연상황 : 전날 방문했으나 마을 행사관계로 약주를 많이 해 다음 날 방문하기로 했다.
　　　　　3월 1일 오전에 댁에 방문하니 전날 드신 약주로 인해 자리에 누워계셨다.

방문한 취지를 말씀드리고 마을 지명에 대하여 얘길 들었다. 그리고 이야기를 청하니 특별히 아는 얘기는 없다고 하면서 발구덕에서 샘물을 발견한 얘기를 해 주었다. 이후 조사자가 마을 서낭당 실태에 대해서 묻자 이 이야기를 해 주었다.

줄 거 리 : 싸리실에 살던 임씨 성을 가진 분이 충주에서 산 서낭으로 지내다가 죽었다. 자손들은 그 분을 싸리실 서낭당에 모시고 마을 분들과 함께 서낭으로 섬겼다.

(조사자 : 그러면 혹시 여신이, 어느 데는 여신이라고 그러고 어디는 남신이라고 그런 게 있었나요?)

그기 있는 데가 여게 여 싸리실이라는데 뺀에 없어요.

(조사자 : 싸리실, 예.)

예. 다른 데는 모르죠. 다른 데는 다 모르고, 지내 지냥(그냥) 제사만 지내지마는 이 싸리실으는 인제 우애는(위하는) 서낭이 둘인데, 우에는 여당이고 아래는 남당이예요. 그런데 우엣당으는 뭐 생기를 모르겠는데, 이 아랫당으는 임씬데, 임씨 거든, 임자생이래. 임씬데 임자생.

(조사자 : 예. 근데 그걸 어떻게 아시는?)

아. 거게 그 서낭으는 옛날부터 나왔지마는, 그 서낭된 지가, 인제 그 할아버지는 삼 대니까 지금 200년도 채 안 됐어요. 그 할아버이 안죽(아직) 손자들은 지금 저 부산도 가 있고 서울도 가 있고 이래요. 그러니 몇 대 안 됐죠.

(조사자 : 그러니까 아니, 저 싸리실에 서낭이, 우에 있는 게 여서낭당이고?)

예 예.

(조사자 : 저저 우에가 여여저고(여자고) 아래가 남인데, 그 임씨 아래에 계신 분, 모시는 분이 임씨 성을 가지신 분이라구요?)

예.

(조사자 : 근데 그 어떻게 임씨 성을 가지신 분을 뫼시게 됐는지?)

어이 그기야 그 서낭을 처음 지 놓고, 지을 적에 임자생 서낭님이라고 하고, 임자, 임자생 서낭이라 이래 놨거든요? 그러니까 임자생으로 알고. 임씨는 그 확실하니까. 할아, 아버지가 거 살고, 그 아버지가 저 충주, 여 살면선 충주에 가서 산 서낭을 했대요. 살아서 서낭 노릇을 했대요, 충주에 가서.

(조사자 : 어느 분이요?)

그 임서낭이.

(조사자 : 어. 그 어르신, 그 전설 좀 얘기 좀 잘 좀? 예.)

그래 인제 충주 가다가 그 재 위에, 요즘은 교통이 좋지만 옛날엔 재를 막 재를 넘어 댕겼거든요? 그래 충주 그 무슨 재라 하던데? 뭐 재는 이름을 잊어버렸습니다만, 그 잿말랑에 가다가 거게서 잠이 들어 갔대요, 여름인데. 그 자다가 꿈을 꿨는데, 꿈을 꾸니까,

"니는 더 가지 말고, 여게서 자고 깨더래도 가지 말고 여 있으라고" 그런 꿈을 드렸드래요.

그래 꿈을 뀌구서 나가지고, 깨어나서 그래 어드로 갈 수도 없고. 그래 있다니까 자연히 뭐 여러 가지를 알게 되더래요. 그 마실 일을 쫘악, 어느 집은 뭐 어떻다 어느 집은 어떻다 이게 자연히 알게 되드라 이기야.

(조사자 : 예.)

그래서 거게서 인제 동네 내려가서 그런 얘기를 하니까느루, 그래 그 집을 그 재말랑에다 집을 하나 지어주더랍니다, 동네서.

(조사자 : 아!)

그래서 상, 그렇게 잘 아니까 그러면 서낭으로 모시겠다고 산 사람을, 서낭으로 모시겠다고. 그래서 산 서낭 노릇을 하고. 그 동네, 무슨 옛날에는 뭐 이렇게 감기나 뭐 이렇게 병이 좀 있고, 들고 이래가지고 몸이 아프믄, 그 할아버지 앞에 와서 메를 한 그릇 지다놓고 제사를 지내면 낫고 낫고 이랬대요.

(조사자 : 예.)

그래 충주에서 산 서낭을 받아먹다 죽었거든요?

(조사자 : 거기서 돌아가셨어요?)

예. 돌아가셨으니까, 여 자손들이 알고, 여 갖다 서낭당을 짓구선 모셨어요.

(조사자 : 그 어르신을, 할아버지를요?)

예.

(조사자 : 그럼, 거기서 서낭이 있고요?)

거기도 그대로 있죠, 지금 있죠.

(조사자 : 그런데 어르신이 그럼 임씨인데, 같지 않으신데 연관되시나요?)

그럼. 친 징조(증조) 할아버인데요. 임서낭이 징조(증조) 할아버이, 친 징조(증조) 할아버이래요.

(조사자 : 아!)

그 서낭당 앞에서 큰 기요 뭐. 집, 토지를 줬고 집을 지어가지고. 서낭당은 여 서낭당 있고 집은 고 안에 드가 있는데, 집은 뜯었고 읎어요. 마카 저 부산으로도 가고 서울도 가고 뭐.

(조사자 : 서낭당을 뜯었다고요?)

아이, 집을. 서낭당은 있어.

(조사자 : 음. 그, 그 어르신도 그 어렸을 때 자라시면서 그 소리를 들으셨나요, 그 말씀을?)

아이 고 뭐 들었기야 들었겠죠 뭐.

(조사자 : 음, 그러면 서낭당이 생긴 지는 얼마 안 된 거네요?)

(조사자 : 따지고 보면 증조할아버지 되시니까, 어르신 증조할아버지시니까?)

그렇죠, 얼마 안 되죠. 할아버지하고 아버지 ○○할아버지 그래니까. 그래 한 200년, 그저 될, 200년 조금 넘었을 끼래요.

(조사자 : 어 그럼 거기 이렇게 내력 같은 거 써 있나요?)

그 읖어요. 내력은 없고 그 서낭 거기다 써 붙여났어, 써서 모셔난 기 인제 서낭당만. 서낭, 임씨 거든. 임자생 서낭님이라고 이래 써났죠.

(조사자 : 그러시며는 지낼 때 우에 여서낭부터 들리나요, 아니면 남서 낭부터 지내나요?) 제사 지낼 쩍에요? (조사자 : 예.)

그 우에 여서낭부텀 지냈습니다. 여서낭이 먼저 들었다 해서.

(조사자 : 예. 거기 그러면 두 분 합방 안 시켜드리나요?)

안 시켰어요, 아즉(아직). 근데 우에 서낭은 오래 되니까누 고마 인제는 이래 무너졌어요, 집이. 집이 무너졌고. 여 아래서낭은 안즉 까딱없고.

(조사자 : 그럼 음식은 따로 따로 같이 하구요? 따로 거기 하시고 그 음 식 그냥 놔두구, 여기 저 음식하고, 여기도 음식 따로 준비하구요?)

예 예 예.

(조사자 : 그 예를 들어서, 뭐 저기 깃발 같은 걸 갖다가 거서 혼을 받 아갖고 이러구 이런 건 없었구요?)

그런 건 안 했습니다. 그냥 인제 제사.

(조사자 : 저기 저런 저기 대관령처럼,)

아!

(조사자 : 그런 식으로 이렇게?)

안 하죠. 그렇게는 안 했어요.

(조사자 : 아니, 하필이면 임씨 성을 가지신 분이 됐나요? 그 왜냐면 개 척을 하신 분이 마을에 황씨도 있고. 그 어르신 두 번째 왔는데?)

아 그런데, 이 다른 서낭들으는 아 옛날부터 있었으니까 뭐 누군지도 모르죠. 모르고 기냥 무태놓고(무턱대고) 제사만 지낼 뿐이죠. 유래가 모 르죠 하나도. 성이 뭔지도 모르고.

(조사자 : 그러면 사리실은, 사리실은 임씨들이 개척한 마을인가요?)

그럼 거 살았으니까.

(조사자 : 아니, 사리실은 임씨들이 개척한?)

강원도 정선군 남면 무릉2리 싸리골 임씨서낭당. 살아서 서낭이 된 임씨 서낭당

강원도 정선군 남면 무릉2리 싸리골 임씨서낭당(내부). 살아서 서낭이 된 임씨 서낭당

아 임씨들이 개척 안 했습니다.

(조사자 : 그럼 거기 제일 많이 사셨나요?)

아이 이가가 더 먼저 살았죠.

(조사자 : 아니, 사리실두요?)

싸리실두.

(조사자 : 그런데 임씨 성을 가지신 분이 어떻게 그렇게 됐지, 아!)

그래 뭐 신을 탔으니까 아마 그런 모양이지요.

(조사자 : 근데 그 이씨 성 분들도 같이 그 분을 다 같이 모신 거잖아요?)

그럼. 그래 그, 그 그 모신, 다 같이 모신 분들은 다 상사 나고 없어.

(조사자 : 그러니까요.)

예.

쌀을 바쳐야 길을 열어주는 서낭당

자료코드 : 03_10_FOT_20090301_KDH_LHU_0003
조사장소 : 강원도 정선군 남면 무릉2리 1반 이홍의 자택
조사일시 : 2009.3.1
조 사 자 : 강등학, 이영식, 박은영, 유태웅
제 보 자 : 이홍의, 남, 77세
청   중 : 임옥녀
구연상황 : 전날 방문했으나 마을 행사관계로 약주를 많이 해 다음 날 방문하기로 했다. 3월 1일 오전에 댁에 방문하니 전날 드신 약주로 인해 자리에 누워계셨다. 방문한 취지를 말씀드리고 마을 지명에 대하여 얘길 들었다. 그리고 이야기를 청하니 특별히 아는 얘기는 없다고 하면서 밭구덕에서 샘물을 발견한 얘기를 해 주었다. 이후 조사자가 마을 서낭당 실태에 대해서 묻자 살아서 서낭이 된 임씨 얘기를 해주고 이어서 이 이야기를 해주었다.
줄 거 리 : 능전에 있는 서낭당은 싸리실에 있는 임씨 서낭당의 할아버지 서낭당이다. 예전에 이곳으로 경상도에서 온 쌀장수들이 많이 다녔는데, 이 서낭당에 쌀을 바치지 않으면 말이 그 자리에 멈추고 발을 뗄 수가 없었다고 한다. 이에 쌀

장수들은 이곳을 지날 때마다 쌀을 조금씩 바쳤다.

그 여기 임서낭 할아버지가 저 능전이라는 데 올라가면 또 있어요, 임서낭이.

(조사자 : 어, 능전이요?)

예, 능전에 있는데, 그 서낭님으는 옛날에 그 말이 가다 그 신주를 안 하며는 말이 발자국이가 안 떨어졌데요. 말이 못 갔대요. 말이가 서낭 앞을 지나 댕기는데. 그 옛날에 말은 인제 쌀을 싣고 댕겼거든요? 쌀을 실고 인제 팔러 댕겼단 말이요. 그 저 경상도에서 쌀을 실고 일루 드와서(들어와서) 여 마카 사람들이 패머었거든요(○먹었거든요). 그래 그 쌀을 인제 한 되 노면 한 움큼 이렇게 신주를 해고 가야 말 발이 떨어졌지, 안 하고 가면 말 발이 안 떨어져서 못 갔답니다. 그기 인제 내려오는 유세 그렇죠.

(조사자 : 거기도 인제 임씨 성을 가진?)

예. 거기도 임서낭이래요.

(조사자 : 같은 서낭?) 할아버이랍니다. (조사자 : 같은 할아버지네요 그럼?)

예. 이 서낭당, 여게 서낭당 할아버지랍니다.

(조사자 : 그럼 더 더 높으신 분이네요?)

아, 높으죠. (조사자 : 윗사람이네요?) 네. 윗사람이죠.

(조사자 : 그러면 생긴 거는 거쪽이 먼저 생겼습니까?)

그렇죠! 저쪽이 먼저 생겼죠. (조사자 : 능전에 있는, 능전이라는데?) 예. 할아버이니까 먼저 생겼죠.

(조사자 : 거기도 저기 여기 같은 내나 무릉 2립니까?)

2리죠.

(조사자 : 응, 그 동네 이름이 능전이라는?)

예. 거 능전입니다.

(조사자 : 거기 해발이 굉장히 높은가 보죠?)

아니 높지 아네요.

(조사자 : 아, 근데 길이. 글로가면 어디로 나오는 겁니까?)

동면으로. (조사자 : 동면, 아!) 동면 몰운이로 나갑니다. (조사자 : 아, 동면 몰운이요?) 예, 이 길이 동면 몰운이로 가는 길입니다.

(조사자 : 그러면은, 제가 약간 그거 한지는 모르지만, 그 쌀을 이렇게 한 움큼씩 한 움큼씩 놔뒀잖아요? 쌀장수두 여러 명이 갈 거 아니에요, 그죠? 그럼 한 사람마다 이렇게 하나씩 놨을 꺼 아니에요?)

아 지내는 사람마다 다 놔야지.

(조사자 : 놔야죠. 그 만큼씩 놔야 될 거 아니에요? 그, 그 쌀은 어떻게 하셨나요?)

그 뒀다가 인제 제사도 지내고 그러지죠.

(조사자 : 음, 그렇게 되는구나. 아, 다시 정리하자면, 그 싸리실. 싸리실 이에요, 싸리실?)

사리실입니다. (조사자 : 사리실?) 모래 사자. (조사자 : 아, 사리실?) 예, 사리실.

(청중 : 자꾸 쎄게 부르니까 싸리실래요.)

(조사자 : 그렇죠. 예, 사리실이라는 데가 서낭이 두개 있는데, 우에는 여서낭이고 아래는 남서낭이고, 여서낭이 먼저 생겼고, 근데 밑에는 남서 낭이 나중에 생겼는데, 그 거긴 임씨, 임자, 임씨 성을 가지신 분인데, 그 분이, 그 서낭이 생긴 이유가, 충청도 충주에 가는 어딘지는 모르지만 거 기에서 인제 살아서 서낭이 되셨는 분이, 그러니까 어르신의 저기 그 증 조부 되시는 분께서 그렇게 되셨다는 거잖아요?)

예.

(조사자 : 그런데 어느 동네 이름은 정확히 모르시구요? 거기 충청도?)

모르죠. 그냥 충주라고 했어요. 충주 (조사자 : 충주? 예.) 쟤는 몰래요, 뭔 잿말랑하는데.

(조사자 : 그러다가 거기서 그렇게 돌아가셔 갔고, 그 후로 후손들이 모셔 와서 여기 서낭에 모신 거군요?)

예.

(조사자 : 아. 그런데 그전에 능전, 능선에는 그때 집안의 임씨 성인 서낭이 또 있었고요? 원래부터?)

예, 그 서낭은 지금도 있어요.

강원도 정선군 남면 무릉2리 능전 서낭당 모습(쌀을 바쳐야 길을 열어주는 서낭당)

메요 메요 소리 / 소 부르는 소리

자료코드 : 03_10_FOS_20090228_KDH_KJC_0001

조사장소 : 강원도 정선군 남면 문곡리 325-1번지 연봉경로당

조사일시 : 2009.2.28

조 사 자 : 강등학, 이영식, 박은영, 유태웅

제 보 자 : 김진철, 남, 75세

구연상황 : 경로당에 도착하니 커다란 방에 15여 명의 할아버지와 할머니들이 모여 있었다. 방문취지를 말씀드리고 할아버지들만 따로 모이도록 부탁했다. 처음에는 마을에 관한 이야기를 들었다. 이후 김진철이 민둥산에 나무가 별로 없고 풀만 무성하게 된 사연에 대해 이야기 했다. 이어서 다른 이야기를 청했으나 이어지질 못했다. 이에 농요에 대해 물으니 아라리를 불렀다고 할 뿐 농사와 관계된 노래에 대해서는 소득이 없었다. 소 키웠던 얘기를 묻다가 이 노래를 청하게 되었다.

메에-

메에-

그랬죠. 그러면 저기서 송아지가 메엥 울어요.

엮음 아라리 / 가창유희요

자료코드 : 03_10_FOS_20090424_KDH_PBO_0001

조사장소 : 강원도 정선군 남면 유평리 546-1번지 유평1리경로당

조사일시 : 2009.4.24

조 사 자 : 강등학, 이영식, 박은영, 유태웅

제 보 자 : 박분옥, 여, 70세

구연상황 : 24년 전 답사를 할 때 '엮음 아라리'를 잘 하던 박분옥을 수소문하여 다시 찾

았다. 당시 40대의 박분옥은 70대가 되어 있었으며 전에도 이같은 조사를 여러 번 받은 경험이 있다고 했다. 조사자 앞에서 노래하기 멋쩍다는 박분옥을 설득하여 편안하게 노래해 줄 것을 요청하였다. 아라리를 배우게 된 계기를 이야기하던 중, '엮음 아라리' 한 수를 앞부분만 짧게 풀어놓았다. 끝까지 불러줄 것을 요청하자, 다른 노래를 불러주겠다며 아래의 '엮음 아라리'를 불렀다. 무슨 말인지 잘 알아들을 수 없었던 까닭에 말로 해줄 것을 요청해서 천천히 다시 들었다. 어떤 뜻의 노래인지 물었더니, 박분옥은 악착같이 돈을 벌었으나 남평 유평리에 들어와서 다 털어 먹었다는 뜻이라고 했다.

옛날 아리 배우실 적 명산굴래 술래바꾸 ○○○○ ○○○ 은전가
지에 아 박박 긁어서 한짐 담빡 졌는데
남면 유평리 들우 와서 다 털어났구나

엮음 아라리 / 가창유희요

자료코드 : 03_10_FOS_20090424_KDH_PBO_0002
조사장소 : 강원도 정선군 남면 유평리 546-1번지 유평1리경로당
조사일시 : 2009.4.24
조 사 자 : 강등학, 이영식, 박은영, 유태웅
제 보 자 : 박분옥, 여, 70세
구연상황 : '엮음 아라리' 한 수를 부른 후, 듣기 좋지 않은 소리라며 겸연쩍어했다. 조사자가 박분옥씨의 특징이며 장기가 다른 사람들이 잘 부르지 않는 '엮음 아라리'를 많이 알고 있다는 것이라며 추켜세우자 곧 이어서 이 노래를 불렀다.

니나 내나 죽어지면 겉매끼 일곱매끼 속매끼 일곱매끼 이칠에 십
사 열네매끼 소나무 댓가지 노가지나무 양춧대 스물 둘에 상도꾼
아 여호넘차 발 맞춰라 북망산천 올라서 슥자석치 폭폭파고 홍대
칠성 깔고 덮고 폭 묻어주면 폭 썩어질 인생인데
남 듣기 싫은 소리를 하지를 맙시다

(조사자 : 좋습니다.)

송나무 옥지게 참나무 뻐덕지게 뿌끔덕 세반디기 턱 걸머지고 동
면 직전리 삼춤에를 갔는데
한울님이 감동하시려믄 세벌문이하세요

(조사자 : 아이구 좋아요.)

이 빠진데 박씨 박고 머리 신데(흰데) 먹칠하고 한단은 시모세초
마(가는 모시 치마) 주름으는 잘게 잡고 말기는 넓게 달고 칠푼어
치 도화분을 살짝 바르고
신동면 함백 광산에 막걸리 장사 가자

엮음 아라리 / 가창유희요

자료코드 : 03_10_FOS_20090424_KDH_PBO_0003
조사장소 : 강원도 정선군 남면 유평리 546-1번지 유평1리경로당
조사일시 : 2009.4.24
조 사 자 : 강등학, 이영식, 박은영, 유태웅
제 보 자 : 박분옥, 여, 70세
구연상황 : '옛날 아리 배우실 적'으로 시작하는 '엮음 아라리'에 관한 조사를 마친 후,
　　　　　 다른 곳에서는 잘 나오지 않고 있으며 박분옥만 알고 있는 독특한 사설이라
　　　　　 칭찬해주자 박분옥 또한 기존의 아라리 테이프를 들어봐도 이같은 노래는 나
　　　　　 오지 않더라며 자랑스러워했다. 그리고 이어서 아래의 '엮음 아라리'를 불러
　　　　　 주었다.

옛날 예적 까막까치 말씀하고 나무들이 금니고 헌필이 꽃지고 도
라지꽃 보내고 맹경 죽반에 소천장 매장칠 적에 사구든 그분들
아니요
오늘날 모인짐에 유쾌히 놀다 갑시다

엮음 아라리 / 가창유희요

자료코드 : 03_10_FOS_20090424_KDH_PBO_0004
조사장소 : 강원도 정선군 남면 유평리 546-1번지 유평1리경로당
조사일시 : 2009.4.24
조 사 자 : 강등학, 이영식, 박은영, 유태웅
제 보 자 : 박분옥, 여, 70세
구연상황 : 박분옥이 부르는 '엮음 아라리'의 의미 파악이 잘 되지를 않아 여러 번에 걸쳐 질문을 했다. 그러나 그녀 또한 의미 파악을 정확히 하고 부르는 것 같지는 않았다. 노래가 아닌 천천히 말로 하도록 요청했을 때에는 오히려 더 어려워하며 부르던 노래조차도 자연스럽게 부르지 못하는 모습을 보였다. 분위기를 바꾸자는 의도에서 의미 파악은 잠시 멈추고 다른 '엮음 아라리'를 불러줄 것을 요청하자 아래 노래를 불렀다.

한질 두질 석질 넉질 다서 여서 일곱 여덟 아홉 열질 담 너매 뚝 떨어져서는 살어도
당신하고 나하고 정 떨어져서는 못 산다

아라리 / 가창유희요

자료코드 : 03_10_FOS_20090424_KDH_PBO_0005
조사장소 : 강원도 정선군 남면 유평리 546-1번지 유평1리경로당
조사일시 : 2009.4.24
조 사 자 : 강등학, 이영식, 박은영, 유태웅
제 보 자 : 박분옥, 여, 70세
구연상황 : '엮음 아라리'와 '긴 아라리' 중 '엮음 아라리'를 더 좋아하지 않느냐는 조사자의 질문에 박분옥은 꼭 그런 것은 아니라고 했다. 노인들이 모였을 때 자꾸 해보라고 해서 하는 것뿐이라고 하며 자진해서 '긴 아라리'를 몇 마디 불러보겠노라 했다.

행지초마를 똘똘 말어서 옆옆에다 끼구서
총각낭군이 가자고 할 적에 왜 못 따러 갔나

아라리 / 가창유희요

자료코드 : 03_10_FOS_20090424_KDH_PBO_0006
조사장소 : 강원도 정선군 남면 유평리 546-1번지 유평1리경로당
조사일시 : 2009.4.24
조 사 자 : 강등학, 이영식, 박은영, 유태웅
제보자 1 : 박분옥, 여, 70세
제보자 2 : 이기옥, 여, 75세
구연상황 : '긴 아라리' 한 수를 부른 후, 화투를 치고 있는 할머니들 중 한 명이 아라리
　　　　 를 잘 한다며 이기옥을 불러왔다. 이기옥은 감기에 걸려 목이 아파 노래를 잘
　　　　 부를 수 없다고 마다하였다. 박분옥과 이기옥이 번갈아가며 아라리를 불러달
　　　　 라고 요청하자 박분옥은 멋쩍다며 잠시 망설였으나 곧 먼저 노래를 부르기
　　　　 시작했다. 박분옥이 노래를 부르자 이기옥도 바로 이어서 노래를 불러주었다.

제보자 1　당신이 죽고서 내가 산다면 무슨에 영화를 보겠나

　　　　　 갈랑잎(가랑잎)에 고연(고인) 물이라믄 풍당 빠져 죽자.

제보자 2　정선에 구명은 무릉도원 아니나

　　　　　 무릉도원은 다 어드로 가고서 산만 충충 하나.

　　목이 아파서.

　　(조사자 : 아 잘하셨어요.)

　　(조사자 : 아 좋아요, 괜찮아요.)

제보자 2　아, 목이 지끔 아주 탁 목감기가 와가지고.

　　(조사자 : 아우.)

제보자 1　막걸리 삼석잔이 십이원 팔전이라도

　　　　　 낭군님 한잔 못 주고 다 팔었구나

제보자 2　울타리 밑에 쫓는 병아리 모시만(모이만) 주믄 오잖나

저 건네 다 큰 아기는 무얼 주믄 오나

우스워요?

(조사자 : 재밌잖아요.)

제보자 1 아끔(아까)에 먹던야 술잔에는 금가시가 떴더니
　　　　요번에 먹는 술잔에는야 복록이가 떴구나

아 좋다.

제보자 2 뒷동산 쑥대밭에는 임 부르는 소리
　　　　귀에 쟁쟁 눈에 삼삼해 잠 못 이루겠구나

제보자 1 앞남산 철두야 꽃이야 정든님 얼굴만 같다면
　　　　가지가지 똑똑 꺾어서 한아름 답삭 안지요

제보자 2 당신이 내 속 썩는 걸 모르시면 모르면
　　　　앞남 산천에 봄눈이 썩는 걸 들여다만 보게

제보자 1 불봉산 떡갈잎이야 지화짝(지화돈)만 같다면
　　　　우련(우리) 님 댕기는(다니는) 길에다 철로를 깔지

제보자 2 오늘 갈는지 내일 갈는지 정수야정망이 없는데
　　　　만두라미 줄봉숭화를 왜 심어 놨나

제보자 1 비빙 빙 틀어서 더딜미 수건
　　　　겉멋만 들었지 실속이 있나

제보자 2 울다리 밑에 새 삼밭은 시누올게가 망치고
　　　　집안에 검둥송아지 몽매질을 왜 하나

하하하. 우습지요?

(조사자 : 아니오, 재밌어요.)

제보자 1 이팔이 십육에 내 나이 적소
　　　　우리 어머니 자치야 동갑에 외손주를 봤다네

제보자 2 뒷동산 갈밭에 불이나 질러놓고
　　　　어듬에 더듬에 임상봉 가자

제보자 1 너두 안고야 나도 안고야 단둘이 꼭 끈 안고
　　　　여선 폭폭(폭포)에 돌 구굴듯이 데굴데굴 궁글자

제보자 2 죽어서 이별으는 남되도록 있지만
　　　　살어서 산 이별으는 생초목에 불이여

제보자 1 우리나라 잘 되라고야 금강산이 생기고
　　　　못난 여자 잘 나라고선 화장품이 생겼네

제보자 2 얼룽덜쑹에 호랑담요가 변변찮아서 잠을 못 이루거든
　　　　간난 아버지 타시던 배나마 잠시 빌려 타시죠

잠자리 꽁꽁 / 잠자리 잡는 소리

자료코드 : 03_10_FOS_20090424_KDH_PBO_0007
조사장소 : 강원도 정선군 남면 유평리 546-1번지 유평1리경로당
조사일시 : 2009.4.24
조 사 자 : 강등학, 이영식, 박은영, 유태웅
제 보 자 : 박분옥, 여, 70세
구연상황 : 박분옥과 이기옥이 번갈아가며 아라리 판을 벌인 것이 어느 정도 마무리가
　　　　　되자, 조사자들은 어릴 적 부르던 동요들로 분위기를 바꾸어 보기로 했다. 잠

자리를 잡으며 부른 노래가 없었느냐는 질문에 이기옥이 '앉을꽁 서울꽁'을 부른 후, 박분옥은 아래 노래를 불렀다. 엄지와 검지를 모으고 그 손가락에 잠자리가 앉기를 기다리며 부른 노래라고 했다.

[엄지와 검지를 모으고 잠자리 잡는 시늉을 하며]

소금자리 꽁꽁
앉을 자리 좋다
소금자리 꽁꽁
앉을 자리 좋다
소금자리 꽁공
앉을 자리 좋다
소금자리 꽁꽁
앉을 자리 좋다

한나라 한 대장군 / 신 부르는 소리

자료코드 : 03_10_FOS_20090424_KDH_PBO_0008
조사장소 : 강원도 정선군 남면 유평리 546-1번지 유평1리경로당
조사일시 : 2009.4.24
조 사 자 : 강등학, 이영식, 박은영, 유태웅
제 보 자 : 박분옥, 여, 70세
구연상황 : 방망이 점 치면서 부른 노래가 없었느냐는 조사자의 질문에 박분옥이 이 노래를 불러주었다. 방망이를 붙들고 앉아서 이 노래를 부르면 방망이가 마구 흔들린다고 한다. 물건을 숨겨 놓고 그것을 찾기 위해 부르던 노래라고 했다.

한나라 한대장군
천나라 천대장군
역마당에 대장군아

어깨잡고 석개잡고

수리수리 내리시오

이러고는 그걸 또 돌아서 하고 하고 그랬어.

남원읍에 성춘향이 / 신 부르는 소리

자료코드 : 03_10_FOS_20090424_KDH_PBO_0009
조사장소 : 강원도 정선군 남면 유평리 546-1번지 유평1리경로당
조사일시 : 2009.4.24
조 사 자 : 강등학, 이영식, 박은영, 유태웅
제 보 자 : 박분옥, 여, 70세
구연상황 : 방망이 점 치면서 부른 노래가 없었느냐는 조사자의 질문에 박분옥이 '한나
라 한대장군'을 부른 후, '남원읍에 성춘향이'도 불러주었다. 한 사람이 방망
이를 붙들고 앉으면 여러 사람이 동시에 이 노래를 부른다고 했다. 신이 내리
면 방망이가 마구 흔들리기도 하며 신이 내려 정신을 차리지 못하는 친구가
있으면 마구 주물러 깨우기도 했다고 한다. 결혼 전, 친구들끼리 삼을 삼고
난 후 모여서 이 노래를 불렀다고 한다. 이 노래를 부르면 경 읽는 소리 같다
며 청승스럽다는 이야기도 많이 들었다고 한다.

남양읍에 성춘향이

나이는 십팔세요

생일은

사월 초파일이요

경치 좋고

자리 좋은데

놀다 가세요

남양읍에 성춘향이

나이는 십팔세요

생일은

사월 초파일이요

경치 좋고

자리 좋은데

놀다 가세요

남양읍에 성춘향이

나이는 십팔세요

생일은

사월 초파일이요

경치 좋고

자리 좋은데

놀다 가세요

장수야 낮게 모여라 / 벌 모으는 소리

자료코드 : 03_10_FOS_20090424_KDH_PBO_0010
조사장소 : 강원도 정선군 남면 유평리 546-1번지 유평1리경로당
조사일시 : 2009.4.24
조 사 자 : 강등학, 이영식, 박은영, 유태웅
제 보 자 : 박분옥, 여, 70세
구연상황 : 꿀벌을 모이게 하면서 부르던 노래가 있었느냐는 질문에 지금도 벌을 치고
있다며 박분옥이 이 노래를 불러주었다. 벌들이 높은 나무 위로 모이면 받기
가 힘이 들기 때문에, 낮은 곳에 모이라는 의미라고 한다. 음력 4~5월 경이
면 새끼를 많이 쳐서 살림을 내기 위해 벌들이 밖으로 나오는데, 그 때 벌들
을 향해 재와 흙을 뿌리며 이 노래를 불렀다고 한다.

장수(여왕벌)야 낮게 모래라(모여라)
장수야 낮게 모래라

장수야 낮게 모래라

아라리 / 가창유희요

자료코드 : 03_10_FOS_20090424_KDH_PBO_0011
조사장소 : 강원도 정선군 남면 유평리 546-1번지 유평1리경로당
조사일시 : 2009.4.24
조 사 자 : 강등학, 이영식, 박은영, 유태웅
제보자 1 : 박분옥, 여, 70세
제보자 2 : 이기옥, 여, 75세
구연상황 : 전래동요를 비롯한 여러 가지 노래에 관한 조사를 한 후, 다시 한 번 아라리
를 번갈아 가며 불러줄 것을 요청했다. 스스럼없이 박분옥이 먼저 입을 열었
고 이기옥이 그 뒤를 받아서 노래를 이어갔다.

제보자1 세상 천지에 못할 것으는 막걸리 장사

　　　　부어다와 들어다와 멕여꺼지 달라네

제보자2 한치 뒷산에 곤드레 딱주기 임에 맛만 같다면

　　　　그것만 뜯어 먹어도 봄은 살어나지

제보자1 갈까부나 갈까부나 니가 갈까부나

　　　　도랑물이 뿌러져(불어서) 자져도 니가 갈까부나

제보자2 사람을 볼라면 저대루나(제대로나) 보지

　　　　메물만두(메밀만두)나 빚어 줄듯이 가루눈은 왜 뜨나

제보자1 남산 첩산에 쌓인 눈으는 봄비나 오면은 녹지만

　　　　요 내 가슴에 쌓이는 수심은 봄비가 와도 안 녹네

제보자2 산천초목과 물각유지(物各有主)는 줄줄이 임자가 있잖나

당신은 뭘로 생겨서 임자가 없나

제보자 1 서산에 지는 해가 지고 싶어서 지나
　　　날 버리고 가시는 낭군이 가고 싶어 가나

제보자 2 청청한 하늘에는 잔별도 많잖나
　　　이내야 가슴에는 수심도 많다

제보자 1 전봇줄 끊어 진 것은 구리 철사로 잇지요
　　　당신하고 정 떨어진 것은 무엇으로 잇나

제보자 2 네거리 종로야 쇠(솥) 때우는 저 노인
　　　우러 둘의(우리 둘의) 정 떨어진 거는 못 때워 주나

제보자 1 갈 적에 보니는 젖을 먹던 아기가
　　　올 적에 보니는 술반머리에 앉았네

제보자 2 개구랑가이야 포름포름에 날 가자고 하더니
　　　온산천이 아우래져도 정문소식(종무소식)이여

아라리 / 가창유희요

자료코드 : 03_10_FOS_20090424_KDH_PBO_0012
조사장소 : 강원도 정선군 남면 유평리 546-1번지 유평1리경로당
조사일시 : 2009.4.24
조 사 자 : 강등학, 이영식, 박은영, 유태웅
제 보 자 : 박분옥, 여, 70세
구연상황 : 박분옥에게 '엮음 아라리'를 불러 줄 것을 요청했다. 박분옥이 몇 번 시도를
　　　　　해보았으나 잘 되지 않는다고 했다. 조사자가 '꼴두바우 아저씨'가 들어가는
　　　　　아라리를 불러달라고 하자 이기옥이 이 노래를 불렀다. 이기옥이 부른 노래를

들은 박분옥이 자신들은 이렇게 불렀다며 아래의 노래를 불러주었다.

아저씨 나쁜 것은 경상도의 아저씨

맛보라고 조금 줬더니 볼 때마다 달라네

우리는 이렇게 불렀어.

엮음 아라리 / 가창유희요

자료코드 : 03_10_FOS_20090424_KDH_PBO_0013
조사장소 : 강원도 정선군 남면 유평리 546-1번지 유평1리경로당
조사일시 : 2009.4.24
조 사 자 : 강등학, 이영식, 박은영, 유태웅
제 보 자 : 박분옥, 여, 70세
구연상황 : '우러리'를 부를 줄 아느냐는 질문에 듣기는 많이 들었지만 잘 알지는 못한다
고 했다. 이어서 아라리 조사에 관한 이러저런 이야기를 나누다가 박분옥이
이 노래를 불렀다. 다시 한 번 불러줄 것을 요청해서 다시 부른 노래이다. 본
인이 지은 노래냐는 질문에 자신이 지은 노래는 없으며 이 노래 또한 예전부
터 내려오던 노래를 들은 것이라고 했다.

소주 약주 정종 사이다 삐루 배갈 같다면은 홀랑 마시고 간다죠

마시고도 못가고 데리고도 못가고 어찌하면 되나

엮음 아라리 / 가창유희요

자료코드 : 03_10_FOS_20090424_KDH_PBO_0014
조사장소 : 강원도 정선군 남면 유평리 546-1번지 유평1리경로당
조사일시 : 2009.4.24
조 사 자 : 강등학, 이영식, 박은영, 유태웅
제보자 1 : 박분옥, 여, 70세

제보자 2 : 이기옥, 여, 75세
구연상황 : 재미있는 '엮음 아라리'를 두어 가지 더 가르쳐달라고 하자 박분옥이 아래 노
래를 불렀다. 박분옥이 노래를 마친 후 이기옥에게도 '엮음 아라리'를 불러줄
것을 요청하자 이기옥도 받아서 노래를 불렀다.

제보자 1 저 근네 저 산봉우리 애기씨 나무 애기씨 나무 동박낭구 이들래
기 노릇노릇 꾀꼬리 단풍 들어라
꽁지갈보 옆에 끼구선 화전놀이 가자

제보자 1 : 사둔댁도 엮음 아라리 있더구만. 해 봐요.

제보자 2 : 못 해.

제보자 1 : 해 봐요.

(조사자 : 한번 해 보시죠.)

제보자 1 : 내 하는 게 아니던데 뭐. 다르던데. 운제 한번 들어 봤어.

(조사자 : 네, 한 번 해 보세요.)

제보자 1 : 다르더라구.

(조사자 : 다르겠죠.)

(조사자 : 어르신 한 번, 엮음 한 번.)

제보자 2 울치고 담 치고 열무김치 소금 치고 오이지미 초 치고 칼로 물 치
던 날마다구야 뚝 떠나를 가더니
평창 팔십 리 못 돼 가고선 왜 되돌어 왔나

아라리 / 가창유희요

자료코드 : 03_10_FOS_20090424_KDH_PBO_0015
조사장소 : 강원도 정선군 남면 유평리 546-1번지 유평1리경로당
조사일시 : 2009.4.24
조 사 자 : 강등학, 이영식, 박은영, 유태웅

제 보 자 : 박분옥, 여, 70세

구연상황 : '엮음 아라리'를 부른 후 사설의 의미를 파악하다가 박분옥이 갑자기 이 노래
를 불렀다. 어릴 적 친정 마을에 둥둥재라는 이름의 재가 있었는데 그 곳에
두만이라는 사람이 살았다고 한다. 두만이에게 새 조밭만 파는 일만하지 말고
그의 아내인 이순탄을 데리고 놀러가라는 의미라고 했다.

두마니 둥둥재 두마니 둥둥재 새 조밭 파지를 말고선
이순탄이 데리고 화전놀이 가자

엮음 아라리 / 가창유희요

자료코드 : 03_10_FOS_20090424_KDH_PBO_0016

조사장소 : 강원도 정선군 남면 유평리 546-1번지 유평1리경로당

조사일시 : 2009.4.24

조 사 자 : 강등학, 이영식, 박은영, 유태웅

제 보 자 : 박분옥, 여, 70세

구연상황 : 박분옥이 부르는 아라리가 다른 사람들이 부르는 아라리와는 사설이 많이 다르
다는 이야기를 해주며 그녀 스스로 이것을 알고 있어야 한다고 하자, 박분옥이
'엮음 아라리' 한 수를 더 불러주겠다고 했다. 이 노래는 첫 아들을 낳은 후 22
살 된 남편을 군대에 보내고 나서 삶이 고달파 직접 지어 부른 노래라고 했다.

우리집의 서방님은 잘 났던지 못 났던지 깎고 깎고 머리 깎고 씨
고 씨고 모자 씨고 차고 차고 에무앙 차고 일선지국에 전장하러
갔는데
요 내 몸으는 빈 방 안에서 잠 못 이루겠구나

엮음 아라리 / 가창유희요

자료코드 : 03_10_FOS_20090424_KDH_PBO_0017

조사장소 : 강원도 정선군 남면 유평리 546-1번지 유평1리경로당

조사일시 : 2009.4.24

조 사 자 : 강등학, 이영식, 박은영, 유태웅

제 보 자 : 박분옥, 여, 70세
구연상황 : 독특한 '엮음 아라리'를 많이 알고 있다는 조사자의 계속된 칭찬에 박분옥 또
한 새로운 '엮음 아라리'를 많이 들려주고 싶어 했다. 예전에는 더 많이 알고
있었는데 이제는 잊어버렸다며 안타까워하다가 이 노래를 불러주었다.

강냉이쌀은 사절치기 적두팥은 이절치기 불알같은 통록(작은 솥)
에다 오글박짝 끓여서

당신은 어드로 가실라고 보선 신발을 합니까

앉을꽁 서울꽁 / 잠자리 잡는 소리

자료코드 : 03_10_FOS_20090424_KDH_LKO_0001

조사장소 : 강원도 정선군 남면 유평리 546-1번지 유평1리경로당

조사일시 : 2009.4.24

조 사 자 : 강등학, 이영식, 박은영, 유태웅

제 보 자 : 이기옥, 여, 75세
구연상황 : 박분옥과 이기옥이 번갈아가며 아라리 판을 벌인 것이 어느 정도 마무리가
되자, 조사자들은 어릴 적 부르던 동요들로 분위기를 바꾸어 보기로 했다. 잠
자리를 잡으며 부른 노래가 없었느냐는 질문에 이기옥이 '앉을꽁 서울꽁'을
떠올렸다. 두세 번 연속에서 불러줄 것을 요청하였으나 부끄러워하며 요구대
로 불러주지를 못했다. 어릴 적에는 '잠자리'를 '소금쟁이'라고 불렀다 한다.

앉을꽁 서울꽁

앉을자리 좋다

여기 여기 붙어라

이래지.

봉아 봉아 천지봉아 / 신 부르는 소리

자료코드 : 03_10_FOS_20090424_KDH_LKO_0002
조사장소 : 강원도 정선군 남면 유평리 546-1번지 유평1리경로당
조사일시 : 2009.4.24
조 사 자 : 강등학, 이영식, 박은영, 유태웅
제 보 자 : 이기옥, 여, 75세
구연상황 : 박분옥이 방망이 점을 치면서 부르는 노래를 한 후, 이기옥에게도 이런 노래를 부르지 않았느냐는 질문을 했다. 이기옥은 박분옥과는 전혀 다른 형태의 노래를 불러주었다. 뜻도 모르고 그냥 불렀던 노래라고 했다.

봉아 봉아 천지봉아
용마름에 대신 봉아
어깨 잡고 소매 잡고
어리설설 내리소사
봉아 봉아 천지봉아
용마름에 대신 봉아
어깨 잡고 소매 잡고
어리설설 내리소사

아라리 / 가창유희요

자료코드 : 03_10_FOS_20090424_KDH_LKO_0003
조사장소 : 강원도 정선군 남면 유평리 546-1번지 유평1리경로당
조사일시 : 2009.4.24
조 사 자 : 강등학, 이영식, 박은영, 유태웅
제 보 자 : 이기옥, 여, 75세
구연상황 : 박분옥에게 '엮음 아라리'를 불러 줄 것을 요청했다. 박분옥이 몇 번 시도를 해보았으나 잘 되지 않는다고 했다. 조사자가 '꼴두바우 아저씨'가 들어가는 아라리를 불러달라고 하자 이기옥이 이 노래를 불렀다. 상동에서 중석 광산이

있을 때 막걸리집이 많이 있었는데, 맛보라고 막걸리는 주었더니 자꾸 달라고 한다는 뜻이라고 했다.

아저씨 못된 거는 꼴두바우 아저씨
맛보라고 한번 줬더니 볼적마둥 달라네

잠자리 꽁꽁 / 잠자리 잡는 소리

자료코드 : 03_10_FOS_20090228_KDH_CHS_0001
조사장소 : 강원도 정선군 남면 문곡리 325-1번지 연봉경로당
조사일시 : 2009.2.28
조 사 자 : 강등학, 이영식, 박은영, 유태웅
제 보 자 : 최해순, 남, 71세
구연상황 : 경로당에 도착하니 커다란 방에 15여 명의 할아버지와 할머니들이 모여 있었다. 방문취지를 말씀드리고 할아버지들만 따로 모이도록 부탁했다. 처음에는 마을에 관한 이야기를 들었다. 이후 김진철이 민둥산에 나무가 별로 없고 풀만 무성하게 된 사연에 대해 이야기 했다. 이어서 다른 이야기를 청했으나 이어지질 못했다. 이에 농요에 대해 물으니 아라리를 불렀다고 할 뿐 농사와 관계된 노래에 대해서는 소득이 없었다. 소 키웠던 얘기를 묻다가 김진철로부터 소 부르는 소리를 들었다. 이어서 다른 노래도 물었으나 별반 소득이 없어 잠자리 잡을 때 부르던 소리를 청하니 옆에서 가만히 있던 최해순이 나서더니 이 노래를 해 주었다. 처음에는 한 마디만 한 것을 조사자의 요청에 세 마디 연속해서 불렀다.

소방자리 꼴꼴 앉을자리 좋다
소방쟁이 꼴꼴 앉을자리 좋다
소방쟁이 꼴꼴 앉을자리 좋다

이러면 요요와 앉는다고.

다람아 다람아 동동 / 다람쥐 잡는 소리

자료코드 : 03_10_FOS_20090228_KDH_CHS_0002
조사장소 : 강원도 정선군 남면 문곡리 325-1번지 연봉경로당
조사일시 : 2009.2.28
조 사 자 : 강등학, 이영식, 박은영, 유태웅
제 보 자 : 최해순, 남, 71세
청   중 : 김진철 외 5인

구연상황 : 경로당에 도착하니 커다란 방에 15여 명의 할아버지와 할머니들이 모여 있었
다. 방문취지를 말씀드리고 할아버지들만 따로 모이도록 부탁했다. 처음에는
마을에 관한 이야기를 들었다. 이후 김진철어 민둥산에 나무가 별로 없고 풀
만 무성하게 된 사연에 대해 이야기 했다. 이어서 다른 이야기를 청했으나 이
어지질 못했다. 이에 농요에 대해 물으니 아라리를 불렀다고 할 뿐 농사와 관
계된 노래에 대해서는 소득이 없었다. 소 키웠던 얘기를 묻다가 김진철로부터
소 부르는 소리를 들었다. 이어서 다른 노래도 물었으나 별반 소득이 없어 잠
자리 잡을 때 부르던 소리를 청하니 옆에서 가만히 있던 최해순이 나서더니
이 노래를 해 주었다. 처음에는 한 마디만 한 것을 조사자의 요청에 세 마디
연속해서 불렀다. 이후 다람쥐 잡을 때 어떻게 했냐고 하자, 그게 양반 말은
아니라며 이 노래를 불렀다.

다람쥐 꼴꼴 니할애비 감투써라

이러면서 고걸 홀쳤단 애기지.

(청중 : 그러면 요놈의 걸 지 발로 뒤집어써요 그걸. 올개미를 뒤집어쓴
다고. 그럴 때 톡 채우지.)

3. 북평면

▌조사마을

강원도 정선군 북평면 남평2리

조사일시 : 2009.2.10
조 사 자 : 강등학, 이영식, 박은영, 유태웅

강원도 정선군 북평면 남평2리 마을 전경

북평면은 북서쪽으로는 평창군과 경계를 이루고, 남쪽은 정선읍, 북동쪽은 북면과 각각 경계를 이루고 있다. 서쪽의 평창군과 정선읍이 분기되는 곳에 가리왕산(1,561m)이 있고, 동쪽에는 북면과 경계를 이루고 있는 곳에 상원산(1,421m)이 있다. 하천은 동쪽의 북면에서 흘러드는 조양강이 북평면 남동쪽의 장열리, 북평리, 남평리를 지나 정선읍으로 흘러간다. 밀집된 취락은 이 조양강변에 자리하고 있다.

북평면은 본래 정선군 북면의 관할구역으로 1956년에 남평리에 북면 남평출장소가 설치되었다. 1984년 출장소를 북평리로 옮기면서 북평출장소로 명칭이 바뀌었다. 이후 1986년 4월 1일 북평면으로 승격되면서 오늘에 이르고 있다.

북평면이 출장소에서 면으로 승격할 수 있었던 것은 북평에 대한석탄공사 나전광업소가 들어섰기 때문이다. 1950년대부터 석탄을 생산하던 나전광업소를 1967년 대한석탄공사가 매입하고 본격적으로 석탄을 생산하면서 외지에서 사람들이 모여들어 지역이 활성화되었다. 하지만 1990년 대한석탄공사의 나전광업소 매각과 정부의 석탄합리화사업에 정책에 따라 1992년 폐광을 하면서 이주해 왔던 많은 광부들은 대부분 떠나고 현재에 이르렀다.

북평면은 정선군의 북서쪽에 위치하고 있으며, 33번과 42번 국도가 교차해 지나고 있어 교통사정이 좋은 편이다. 북평면은 장열리, 북평리, 남평리, 문곡리, 나전리, 숙암리 등 6개의 법정리에 14개의 행정리 그리고 56개의 자연마을로 구성되어 있다.

북평면은 2007년 12월 기준으로 총면적이 140.78km²인데, 이 중에 밭이 6.24km², 논이 1.85km², 임야가 125.86km²이다. 총세대수는 1,170호에 농가가 562호이며, 인구는 2,740명이다. 농경지는 조양강 가인 장열리, 북평리, 남평리에 상대적으로 넓은 논밭이 있으나 대부분 골짜기 주변에 조그마한 농경지를 이용할 뿐 토지이용은 매우 단조롭다.

남평리(南坪里)는 1779년(정조 9년)에 임계천 하류로 정선군내에서 가장 넓은 평야지대이고 강의 남쪽에 있는 평원지라 하여 남평이라 하였다. 자연마을로는 본동, 다슬, 봉화치, 한대곡, 새을동 등 5개 마을로 형성되어 있다.

남평리는 2개의 행정리로 나뉘어져 있으며, 세대수는 남평1리가 177호, 남평2리가 110호이며, 인구는 남평1리가 449명, 남평2리가 253명이다. 마을 앞으로 조양강이 흐르고 있어 물이 부족하지는 않았지만, 예전에는 수리시설이 제대로 되어 있지 않아서 본동에 논이 조금 있을 뿐 대부분

모래밭이었다. 따라서 농사는 밭농사가 중심이었다. 소로 밭을 갈 때는 호리로 했는데, 마을 앞 강가 밭을 제외하면 대부분의 밭이 경사가 심하기 때문에 겨리로는 밭을 갈지 못해 호리로 했다고 한다. 현재 경지면적은 남평1리의 경우 밭이 0.74km², 논이 0.79km²이며, 남평2리는 밭이 0.68km², 논이 0.16km²이다.

남평리에는 석기시대의 지석묘군 3기가 보존되어 있으며, 다슬마을과 한대골에는 옹기를 만드는 옹기점이 있었다. 남평리는 변도백이라고 하여 예전에는 변씨와 도씨 그리고 백씨가 집성촌을 이뤘으나, 지금은 유씨와 전씨가 많다. 도씨의 경우는 성주(星州) 도(都)씨로 다슬마을을 중심으로 집성촌을 이루고 있는데, 제보자 도재봉, 도재하의 12대조 되는 도하익(都夏益)이 남평리에 정착을 했다고 한다.

강원도 정선군 북평면 북평리

조사일시 : 2009.2.11, 2009.7.22
조 사 자 : 강등학, 이영식, 박은영, 유태웅

북평리(北坪里)는 본래 뒷두루, 후평(後坪)이라 불리어 오다가, 조선 중엽에 남한강 상류인 임계천을 중심으로 강의 남쪽 지역을 남평, 강의 북쪽 지역을 북평으로 각각 분리하여 불리던 것이 현재까지 북평리라 칭하게 되었다.

북평리는 6개의 행정리로 나뉘어져 있으며, 자연마을로는 상동, 하동, 항동, 내항동, 강선암 등 5개 마을로 구성되어 있다. 마을에 비교적 넓은 논이 개간되어 있으며, 면사무소 소재지로 많은 주민들은 농업보다는 상업 및 기타 서비스업에 종사하고 있다.

북평리에는 1970년대 말부터 1990년대 초까지 4일과 9일에 장이 섰으

강원도 정선군 북평면 북평리 마을 전경

나, 폐광에 따른 인구의 급격한 감소로 1990년대 말에 문을 닫았다. 이후 북평리에 섰던 북평장은 상인들이 남면 무릉리로 옮겨갔다. 현재 무릉리에 서는 장의 규모는 작으나 북평에서와 같이 4일과 9일에 장이 서고 있다. 북평리의 세대수는 513호이며, 인구는 1,221 명이다. 경지면적은 밭이 0.68km²이고, 논이 0.3km²이다.

강원도 정선군 북평면 숙암리

조사일시 : 2009.2.12
조 사 자 : 강등학, 이영식, 박은영, 유태웅

숙암리(宿巖里)는 옛날에 인가가 전혀 없었다고 한다. 그래 이곳을 지나던 한 나그네가 바위 밑에서 노숙하고는 자연의 혜택에 감사하여 그 바위에 '숙암(宿巖)'이라 써 놓았다는 데서 지명이 유래되었다고 한다.

강원도 정선군 북평면 숙암리 마을 전경

　지금은 평창군 진부로 통하는 33번 국도가 있어서 교통이 비교적 편리하지만, 30여 년 전까지만 해도 이곳 숙암리는 길이 험했다. 이러한 사정은 바위를 안고 돌아야만 길을 갈 수 있다는 안도리, 바위를 등지고 간다는 지돌이, 다람쥐도 그 바위를 넘으려면 한숨을 쉰다는 다래미한숨바우 등의 지명 유래를 통해서 길의 험한 정도를 파악할 수 있다. 이처럼 대부분의 농경지는 많은 돌과 가파른 경사로 인해 벼농사는 일부 다랑이 논에서 조금 경작하였으나 그것도 기온이 안 맞아 소출이 없었다. 이러한 까닭에 벼농사를 포기하게 되었으며, 현재 마을에는 논이 없다.

　예전에는 화전을 많이 했으며 주로 콩, 옥수수, 메밀 등을 심었다. 마을에 백석폭포 및 졸드루계곡 등이 있어 관광객들이 찾고 있다. 1970~1980년대에는 면사무소가 있는 북평리 장이 섰으므로 그곳을 이용하였지만, 그 전에는 주로 평창군 진부에 소재한 진부장을 다녔다. 지금은 교통이 좋아서 정선장을 이용한다.

숙암리의 세대수는 95호이고, 인구는 188명이다. 현재 마을에는 논이 없고 밭만 0.69km² 경작하고 있다. 농작물은 주로 콩, 팥, 옥수수 등을 주로 심고 있으며, 젊은 노동력이 있는 집에서는 배추를 심기도 한다.

강원도 정선군 북평면 장열1리

조사일시 : 2009.2.11
조 사 자 : 강등학, 이영식, 박은영, 유태웅

강원도 정선군 북평읍 장열1리 마을 전경

장열리(長悅里)는 평탄지가 길게 뻗쳐있고 토질이 비옥하다고 하여 붙여진 이름으로, 옛날에는 뒷산에 긴 굴이 있다하여 '장혈리'라고도 표기하였다. 장열리는 1973년에 시범농촌 사업의 일환으로 농경지정리와 더 붙어 밭을 논으로 개간하여 분산되어 있던 가옥을 집단화하여 현재와 같이 본동과 가평 등 2개의 큰 마을로 만들었다. 장열리는 2개의 행정리로 분리되어 있다. 장열1리는 72세대에 167명이 거주하고 있으며, 장열2리는 34세대에 69명이 거주하고 있다.

장열1리인 본동의 논은 원래 밭이었던 것을 1973년에 논으로 개간한 것이다. 예전에는 본동 다리 건너 골짜기에 논이 30여 마지기가 있었다. 당시에는 소나무를 파서 만든 수통에 계곡물을 흘려서 벼농사를 지었다. 이 마을에서는 예전에 논농사가 활발하지 않은 까닭에 마지기라는 말을 잘 쓰지 않았으며, 대신 소 1마리가 밭을 갈 수 있는 양으로 가름하여 800평을 하루갈이라 한다. 장열1리의 경지면적은 밭이 $0.24km^2$, 논이 $0.38km^2$로 논이 밭보다 더 많다. 논 1마지기는 120평이다.

■ 제보자

김순희, 여, 1939년생

주 소 지 : 강원도 정선군 북평면 숙암리
제보일시 : 2009.2.12
조 사 자 : 강등학, 이영식, 박은영, 유태웅

북평면 숙암리 토박이로 20세에 같은 마
을 청년과 결혼했다. 최순옥이 이야기를 하
고 노래할 때는 조용히 듣고만 있다가 자신
이 노래할 때는 적극성을 보였다. 성격이
차분해 보였다.

제공 자료 목록
03_10_FOS_20090212_KDH_KSH_0001 다람아 다람아 동동
03_10_FOS_20090212_KDH_KSH_0002 앵기땡기
03_10_FOS_20090212_KDH_KSH_0003 고모네 집에 갔더니

도재봉, 남, 1942년생

주 소 지 : 강원도 정선군 북평면 남평2리
제보일시 : 2009.2.10
조 사 자 : 강등학, 이영식, 박은영, 유태웅

남평리 토박이다. 평생 농사만 지었다. 말
이 별로 없고 상당히 차분하다. 이야기를 할
때는 이치에 맞게 논리적으로 설명하려고
하였다. 그리 적극적인 편은 아니나 도씨 집
안 얘기를 할 때면 가능한 많은 이야기를

하려고 하였다.

제공 자료 목록
03_10_FOT_20090210_KDH_DJB_0001 집안 어른들이 안반으로 눌러 죽인 아기장수

도재호, 남, 1942년생

주 소 지 : 강원도 정선군 북평면 남평2리
제보일시 : 2009.2.10
조 사 자 : 강등학, 이영식, 박은영, 유태웅

남평리 토박이다. 평생 농사만 지었다. 적
극성을 보이면서도 도씨 집안 이야기를 할
때는 다소 조심스럽게 얘길 했다. 현재 정선
군 성주 도씨 종친회장을 맡고 있다.

제공 자료 목록
03_10_FOS_20090210_KDH_DJH_0001 이랴 소리

박병금, 여, 1934년생

주 소 지 : 강원도 정선군 북평면 북평리
제보일시 : 2009.2.11
조 사 자 : 강등학, 이영식, 박은영, 유태웅

충청도 대전 태생으로 22세에 이곳으로
시집을 왔다. 몇 가지 얘기를 해 주었으나
구성이 제대로 되지 않았다. 적극적인 성격
으로 자신은 못하더라도 주위 사람들에게
열심히 권했다. 현재 북평노인회 회장을 맡
고 있다.

제공 자료 목록

03_10_FOS_20090211_KDH_PBG_0001 잠자리 꽁꽁

박복순, 여, 1945년생

주 소 지 : 강원도 정선군 북평면 북평리
제보일시 : 2009.2.11
조 사 자 : 강등학, 이영식, 박은영, 유태웅

경상북도 봉화 태생으로 26세에 제천으로 시집갔다가 이곳에는 30여 년 전 이주하였다. 과묵한 성격으로 별다른 말없이 남들이 얘기하거나 노래하는 것을 열심히 들었다. 현재 북평노인회 총무를 맡고 있다.

제공 자료 목록

03_10_FOS_20090211_KDH_PBS_0001 잠자리 꽁꽁

박신옥, 여, 1942년생

주 소 지 : 강원도 정선군 북평면 장열리
제보일시 : 2009.2.11
조 사 자 : 강등학, 이영식, 박은영, 유태웅

여량면 여량리 태생으로 19세에 장열리로 시집왔다. 유병대와 부부 사이로 키가 컸다. 조사에 많은 관심을 보였다. 적극적인 성격으로 노래를 할 때는 그에 따른 동작을 보여주려고 하였다.

제공 자료 목록

03_10_FOS_20090211_KDH_PSO_0001 일월성신님
03_10_FOS_20090211_KDH_PSO_0002 돌아간다 돌아간다

위연석, 남, 1932년생

주 소 지 : 강원도 정선군 북평면 장열리
제보일시 : 2009.2.11
조 사 자 : 강등학, 이영식, 박은영, 유태웅

북면 고양리 태생으로 39세에 이곳 장열
리로 이주하였다. 10대부터 지금까지 농사
만 지었다. 조사하는 일에 관심이 많으면서
별반 말이 없었으나, 자신이 알고 있는 노래
에 대해서는 알려주려고 했다. 말도 조용하
고 차분하게 해주었고, 키가 작은 편이다.

제공 자료 목록

03_10_FOS_20090211_KDH_WYS_0001 이랴 소리
03_10_FOS_20090211_KDH_PSO_0002 돌아간다 돌아간다

유병대, 남, 1941년생

주 소 지 : 강원도 정선군 북평면 장열리
제보일시 : 2009.2.11
조 사 자 : 강등학, 이영식, 박은영, 유태웅

장열리 토박이로 평생 농사만 지었다. 목
소리가 크고 말이 무척 빨랐다. 자신이 잘
모르면 주위 사람들을 독려하여 하나라도
가르쳐주려고 애썼다. 적극적인 성격이다.

제공 자료 목록

03_10_FOS_20090211_KDH_YBD_0001 다람아 다람아 동동
03_10_FOS_20090211_KDH_PSO_0002 돌아간다 돌아간다

유옥순, 여, 1932년생

주 소 지 : 강원도 정선군 북평면 장열리
제보일시 : 2009.2.11
조 사 자 : 강등학, 이영식, 박은영, 유태웅

장열리 토박이로 21세에 동네 분과 결혼
했다. 조사가 진행되는 동안 특별한 관심을
보이지 않다가 판이 끝날 무렵에 노래를 해
주었다.

제공 자료 목록

03_10_FOS_20090211_KDH_YOS_0001 춘향아 춘향아
03_10_FOS_20090211_KDH_PSO_0002 돌아간다 돌아간다

차옥순, 여, 1932년생

주 소 지 : 강원도 정선군 북평면 북평리
제보일시 : 2009.2.11
조 사 자 : 강등학, 이영식, 박은영, 유태웅

임계면 송계리 태생으로 24세에 북평면
북평리로 시집을 왔다. 책을 좋아해서 처녀
때부터 책을 많이 읽었다. 시집올 때 친정아
버님께서 책을 2권씩 엮어서 총 8권을 주셨
는데, 그것을 읽고 또 읽었다. 남편이 갑자
기 쓰러져 몇 년간 병 수발을 했던 까닭에

지금은 지쳐서 당시 읽었던 내용을 설명하기가 어렵지만 텔레비전에 홍길동 얘기가 나오면 그 줄거리는 다 알고 있다고 한다. 체격은 좀 마른 편이다.

제공 자료 목록

03_10_FOT_20090211_KDH_COS_0001 탁발 온 스님에게 시주하고 목숨 구한 며느리
03_10_FOT_20090211_KDH_COS_0002 미륵돌이 된 며느리
03_10_FOS_20090211_KDH_COS_0001 잠자리 꽁꽁
03_10_FOS_20090211_KDH_COS_0002 우리 아기 잘도 잔다

최순옥, 여, 1939년생

주 소 지 : 강원도 정선군 북평면 숙암리
제보일시 : 2009.2.12
조 사 자 : 강등학, 이영식, 박은영, 유태웅

북평면 나전리 태생으로 18세에 시집을 북평리로 갔다가 45년 전에 이곳 숙암리로 이주하였다. 키는 작은 편이나 다부져보였다. 목소리는 크고 빨랐으며, 성격도 밝고 얘기도 재미있게 했다. 조사취지를 이해하시고 방귀쟁이 며느리를 얘기할 때도 실제 흉내를 내는 등 적극적으로 말씀해 주셨다. 답사에서는 전래동요를 중심으로 정리하였으나, 주위에서 장구도 잘치고 소리도 잘한다고 말한다.

제공 자료 목록

03_10_FOT_20090212_KDH_CSO_0001 방귀쟁이 며느리
03_10_FOT_20090212_KDH_CSO_0002 누워서 보면 안 맞잖아
03_10_FOT_20090212_KDH_CSO_0003 온전치 못한 놈은 제대로 못 먹어

집안 어른들이 안반으로 눌러 죽인 아기장수

자료코드 : 03_10_FOT_20090210_KDH_DJB_0001

조사장소 : 강원도 정선군 북평면 남평리 150번지 도재호 자택

조사일시 : 2009.2.10

조 사 자 : 강등학, 이영식, 박은영, 유태웅

제 보 자 : 도재봉, 남, 68세

청   중 : 도재호, 김형조, 도경환 외 1인

구연상황 : 이 마을에 도씨 집안의 조상과 관련된 아기장수 얘기가 전해온다고 해서 정
선아라리 소리꾼 김형조와 함께 남평리 도재호 댁을 방문하였다. 방에 들어가
니 미리 연락을 받고 마을에 사는 도씨 집안사람들이 몇 분 와 있었다. 처음
에 방문한 취지를 설명하고 개인 신상에 대해 물은 후 이야기를 청하였다. 그
러자 제보자는 이 마을에 정착한 12대조 도하익(都夏益) 할아버지에 대하여
설명하면서 자연스럽게 이 이야기를 해 주었다.

줄 거 리 : 남평리에 입정한 제보자의 12대조 할아버지가 돌아가셔서 묏자리를 쓸 때
"이 산지 쓰고 후손에게 반드시 좋은 일이 있을 것이다"고 지관이 얘기를 했
다. 그 후 세월이 흘러 제보자의 10대조 때 아기장수가 태어났다. 태어나 얼
마 안 있어 혼자서 시렁에 올라가기도 하고 솔가지를 세우는 등 조화를 부렸
다. 이에 집안에서는 멸문지화를 당하지 않으려고 아기장수를 죽이기로 하였
다. 아기장수를 죽이기 위해 큰 안반을 아기장수한테 엎어놓고 그 위에 콩 한
섬을 얹어놓았으나 움직여서 콩 한 섬을 더 올려놓아 죽였다. 그 후 용소에서
용마가 나와 울부짖으며 주인을 찾다가 배미 뒷산에 올라가서 뒹굴어 죽었다.
그래 용마가 죽은 그 산은 용마가 하도 뒹굴어 민둥산이 되었다. 이 아기장수
가 죽은 후 남평리의 도씨네는 손이 귀하다.

(조사자 : 이 할아버지에 얽힌 얘기가 있습니까? 어떻게 해서 하자 익자
어르신이 여기에.)

선대 어른은 아마 저, 당시 그래도 베슬(벼슬) 했던가 봐요. 그러다가
하향하면서 영월 공기에 와 있다가. (조사자 : 영월?) 영월 공기. (조사자 :

공기라는 데가 있습니까?) 네, 영월 공기에 있다가 부인이 거기서 젊어서 사망했어요. 사망하니까 그만 있지 못하고 다시 옮겨가지고 이 남평이라는 데 들어왔는데, 정선 남평, 이 마을에 들어와 가지고 입정, 그래 입정 하셨죠, 처음에. 처음 들어와 가지고 입정해서 오늘날까지 그 후손이 14 대가 지금 눌러있습니다.

이 할아버지 들어와 계실, 있을 때 또 인제 그 어느 한계에 살면 돌아 가시잖아요? 돌아가실 때 그 그전엔 풍수라 합니까, 지원(지관)이라 합니까? 고 얘기가 두 가지로 나오죠.

풍수, 저 지관이 하는 얘기가 "이 산지 쓰고, 이 산지 쓰고 후손에게 반드시 좋은 일이 있을 것이다" 이렇게 예언을 해 주시더랍니다. 지금 예언이지 그전에는 뭐 예언인지 뭐인지 모르잖습니까? 그 예언해 주시고 그 손자 대에 가서 장수가 났어.

그 손자 대에 가서. 손자 대에 가서 장수가 났는데, 그 장수 나니, 나니 나면서 모를 거 아닙니까? 뭐 애기가 나서 유언이 생각이 났지.

이 애기가 어려서부터 하마 조화를 부리더랍니다. 그 애기가 난 지 삼일 만에 산모가 빤, 뭐 들은 애깁니다 저도. 들은 애기기 때문에 실제 실담은 모르죠. 선대 어른들이 늘 애기하는 걸 들었을 때, 산모가 삼일 만에 빨래하러 나가서 빨래를 해가지고 들어오니까, 방에 들어오니까 애기가 없더랍니다.

애기가 없으니, 애기가 어디 갔나하고 찾으니 그 아이가 하마 그때, 옛날에 지금은 선반이라고도 하고 그전에는 실괭(시렁)이라 그랬습니다. 그 실괭(시렁), 실괭(시렁)에 올라가 앉아 있더랍니다, 그 애기가.

그러니 애기가, 저 엄마가 놀래가, 산모가 놀래가 놀래가지고 얼른 내려서 눕혀놓고 그래도 애길 안 했대요. 그 좋지 않은 애기니까, 좋지 않은 애길 안 하고.

그 다음에 또 볼일 보러 나갔다가, 그래 아마 며칠 지났겠죠. 나갔다 돌아오니 이 아이가 조화를 부려가지고, 옛날에는, 지금은 없습니다만 옛날에 그 코클이 있어요. (조사자 : 코클?) 코클. 코클이란 건 뭔가 하면은 그 기름이 없는 시대이기 때문에 소까지를(솔가지를) 때가지고 그것을 피우는 것이 코클이거든요.

(조사자 : 불을 밝힐라고? 네.)

네. 코클에 그 불을 피우자면 소까지를(솔가지를) 많이 해다가 그 밑에 쌓아놓거든요, 코클 밑에. 그 소까기가(솔가지가) 전부 섰더랍니다, 방에.

(조사자 : 아, 서 있더라고요!)

방에 짝 섰더라는 거예요. 조화를 부려가지고. 그래서 그 다음에는 안 되겠어서 어른들한테 얘기를 했답니다. 어른들한테 얘길 하니 "아차 이거 큰일 나겠구나!" 잘못하면 멸문지화(滅門之禍) 당한다는 얘기 있죠? 옛날엔 그 역적 뭐 이런 걸 따지니까.

그래서 그 아이를 결국은 그 선조 어른들이 죽였어요, 일부러. 일부러 죽인 과정이 여 책에도 [북평면에서 발행한 지명 유래집을 가리키며] 기록이 돼 있는 걸 봤는데.

그래서 그 옛날 안반이라 하면은 지금 모릅니다, 안반이 뭐인지. 엔 옛, 지금은 떡을 하자면 기계로 전부 하니까, 떡을 하잖습니까? 옛날에는 안반이라 하면 그 안반이 커요, 아주 기가 막히게 큽니다. 그것을 놓고 거기다, 뭐든 행사에 떡을 거, 치는 기래요. 치, 치는 게 안반이야.

그 안반을 아기 우에다 엎어놓고, 아기 우에다 엎어놓고 또 안 돼서 콩을 뭐, 여기는 [북평면에서 발행한 지명 유래집을 가리키며] 보면 여러 가지로 좀 돼 있는데, 저희도 잘 자세히는 모르겠는데, 콩을 한 섬을 엎으니, 엎어도 곧 움직이고 안 죽더랍니다. 그래서 뭐 콩을 또 한 섬 더 엎었다는 얘기가 나와요.

그래서 결국은 그 죽였, 죽였어요. 죽인, 그 장수 난 대가 저희들한텐 10대조 할아버지예요. 12대조 할아버지가, 대에서 예언이 돼가지고 손주

(손자) 대에서, 손자에서 장수가 났으니까. 그래 우리들한테 10대조 할아버지가 그 장사를 났다 하는 얘기가 있어요.

그래 이 장수를 죽인 다음에, 죽인 다음에 어 용마, 용이 아니고 용마, 말이랍니다. 그게 지금, 그럼 옛, 그전에는 뭐라 그랬냐면 소독뱃가(소독 배나루, 소돌이 와전되어 소독이 되었다고 한다)라 했는데, 그 책이 게따(이따) 저 보시면 알겁니다. 소독뱃가랬는데, 그, 그곳에 그 용마 나는 곳에 그 못이 이 강이, 강이 빠졌는데, 옛날 그 명주구리가(명주꾸리가) 있습니다, 명주 짜는, 잘 모르실 겁니다. 아세요?

(조사자 : 아, 말씀하세요.)

(조사자 : 명주고리?)

명주꾸리! (조사자 : 아 실꾸리.) 그 실구리가(실꾸리가) 굉장히 길어요. 그걸 풀어도 그 연못에 모자랐답니다. 그런 전설이 내려와요.

그 실제 그런지 뭘 모르죠, 저희들은. 푸니까 그게 모자르는 그 연못이었었는데, 그래 거기서 용마가 나가지고, 나가지고 딛고 올라갔다는 바위가 지금 저 책에도(북평면에서 발행한 지명 유래집을 가리키며) 있고, 거 현재 있습니다. 그 횟집 바로 옆이래요. 있습니다.

그 용마가 나가지고 올러와보니, 아마 그 아기장수는 여기서 낳는지 하여튼 이 여기 어디 난 모양이래요. 낳는데, 올라왔다 내려가 보니 주인이 없으니, 주인이 없으니 울고 부르짖다가 결국은 어딘가 하면, 야미라고도 하고 배미라고도 그럽니다. 거기를, 지명을, 그 뒷산.

(청중 : 배미가 맞죠. 야미는 지금 현재 부르는 야미고, 배미가 오래된.)

그러니까 고걸 수정해지.

그래가 그 배미 뒷산 높은 곳에 올라가가지고 뭐 죽느라니 오죽했겠습니까! 그 궁글렀어요(굴렀어요). (조사자 : 용마가?) 네. 용마가 궁글어서(굴러서) 하도 이제 한탄스러우니까 죽었겠죠, 주인이 없으니까. 그래 궁글어(굴러서)가지고 죽은 그 장소가 지금까지 민둥산이 됐습니다. 그 산이 민둥산. 민둥산에 사뭇 남개(나무) 없었는데 조림해가지고 인제 몇 개(몇 개) 있어요. 요즘 한 십여 넌? 십여 년 됐겠어. 10년 좀 넘었고, 조림 한지.

그런 유래가 저희 집안에 있고, 그 다음에 인제 저희들 후손으로써 기릴 기, 선대 어른이 효부상 받은 게 있어요. 효부상.

(조사자 : 예예, 효부상 얘기는, 말씀 좀 있다 듣고요. 그러면 민둥산에서 인제 그 용마가 뒹굴어?)

궁글러서 죽은 자리가 나무가 사뭇 못나고. 그 대 수를 따지면 저희가, 한 대가 30년을 봐도 저희들이 하마 10대면 300년이 넘습니다. 그래 선대 어른들이 얘길 하기를 이 양반, 이 장수가 날 시기가 임진왜란 초기라 이러는 얘기를 들은 거 같아요. 그런데 그 문제는 선생님들이 냉중에 학술적으로 보시면 더 잘 아실기고. 임진왜란, 하여간 임진왜란 때라 그래요, 초기. 그 때를 타고 난 걸 부모님들이 잘못해가지고 죽은 거, 죽은 거 다 이렇게.

(조사자 : 그 용마가 올라온 연못이 이름이 있습니까?)

소독뱃가.

(청중 : 네, 소독, 바위 앞에 용소라고 있었어요. 길가 안짝 바로 ○○)
(조사자 : 바위 앞에 용소?) (청중 : 예, 지들이 전에 여 한 30년 전 쪽에는 있었어요.)

그래가지고 인제 그 소독뱃가 그기(그게) 없어지면서 도로를 돌리고 그 마종선 씨가 다 미우고(메우고).

인제 그렇게 안 될 거 같애요.

천작으로 그기(그게) 자연히 맥히고(막히고) 그 못이, 천시로 이 아마 물이 마이(많이) 와, 비가 마이(많이) 와가지고 개회를 해서 묻혔든지 하여튼 그기(그게) 자연히 묻히고 난 다음에 여 편등소(평둔소, 坪屯沼)라고 또 있었어요. 여기. 알겠네?

(청중 : 소가 또 하나,)

여기 편등소(평둔소, 坪屯沼)가 있었잖어? 이 소에 빠졌답니다.

거기가 맥히고 여기가. 여기가 빠졌는데, 여기 빠지면서도 역시 명지쿠리(명주꾸리) 하나가 모자랐답니다.

그기 저 기록에 있더라구, 그거는. 저기 기록에 돼 있는데(북평면에서 발행한 지명 유래집을 가리키며).

(조사자 : 그러면은 이쪽 소에서.)

네, 그기 맥히고(막히고).

(조사자 : 다 막히니까?)

편등소라고. (조사자 : 편등소?) 네. 편등소라고 여기 그 또 뚤버진(뚫어진) 게 있었어요.

그것도 그렇게 짚이(깊이) 뚤버져(뚫어져) 있었는데, 그기 스스로 맥힌(막힌) 게 아니라 그건 저희들도 알아요. 어렸을 때 이 물이 되게 나가면서 그만 물이 넘치면서 이쪽으로 쏟아져가지고 맥했었어요(막혔었어요). 맥혀도 아주 맥힌 게 아니죠. 아주 맥힌 게 아이고 굉장히 깊었었는데, 그 다음에 인제 시대가 자꾸 바뀌면서 농지정리 하느냐고 그거를 사람 이력으로 싹 막아, 막아버린 거죠.

(조사자 : 네, 선생님 말씀은 용마가 그 저쪽, 아까 처음에 무슨?)

민, 민둥산. 저저. (조사자 : 민둥산 앞에.) 야미 뒤에. 그 소독배.

(조사자 : 그 용마가 어디서 올라왔다는 거죠?)

소독배. (조사자 : 소독배!)

뱃가라는 거는 냉중에(나중에) 생긴 기요. 그 당시에는 용소라 해야지.

(청중 : 용소에서 용마가 올라와가지고 민둥산에 올라가서 여게 이제 장수가 없으니까 탈, 자기가 모시고 댕길 주인이 없으니깐 거기 가서 한 하고 이제 민둥산에 가서 구부러 죽었고.)

네 그리고 백가라는 거는 그 이, 그 후, 아주 그 후, 그 후에 여게에 찻배로, 여 인제 그냥 배로, 그래가지고 그 배 터, 나루터를 가지고 뱃가 그랬고, 제가 알기로는, 그리고 이 용마, 용소가 난 거는, 용소에서 이제 용마가 나가지고 그래 죽었고.

지금까지도 그 옆에 가면 인제 그, 그 말발자국이 있답니다. 이제 그 우에.

(청중 : 바위 우에 아직 있어.)

(조사자 : 네, 보셨어요?)

못 봤죠 뭐. 봤어? 난 안 올라가 봤어.

(조사자 : 아까 바위 있는 데 거기가, 물이 거기까지 들어왔었다는 얘기죠?)

옛날엔 거기가 소래요. 거기가 소래요.

(청중 : 바위 앞에 아주 물이 엄청나게 물이 깊었어요.)

양어장이지. 지금 양어장이 전부 소이라는 얘기죠.

(조사자 : 아, 양어장 자리가.)

(청중 : 그 양어장이, 그전에 우리 한, 제가 한 여기 북평면사무소 첫 발령 받아가지고 왔었는데, 86년도 그때만 해도 거 물이 많았어요. 물이 많아 거다 고기 넣어놓고 인제 키우고 그랬습니다. 그런데 이게 수해가 나, 2001년도 수해가 나가지고 물이 이렇게 모래가 막 들어가는 바람에 이게 지금 맥혀졌죠.)

(조사자 : 그거를 저기, 그 장수가 결국은 죽었네요?)

그래가(그렇게 하고) 며칠 안 죽어 죽었죠.

(청중 : 죽은 다음에 인제 용마가 났으니깐요. 그러니까 용마가 인제 한을 고만 풀지 못하고 저 산으로 올라가서 뭐 구불고(뒹굴고) 이런.)

(조사자 : 장수 무덤이 있나요? 아기장수 무덤이?)

글쎄 저희들은 뭐 자세히는 모릅니다만, 선산 옆에 쪼마한 묘 있잖아? 그기 그렇다 그러는데 그기(그게) 확실한 건 알 수가 있어야죠.

(조사자 : 아, 선산 묘 옆에 조그만.)

묘가 하도 많으니까요.

(청중 : 여, 도씨네 여 선산이 있습니다.)

(조사자 : 그전에 어른들이 그런 얘기를, 어느, 그 위에, 선생님들도 그 웃대 어른들로부터 이런 얘기를 들으셨죠?)

네, 할아버지네가.

(조사자 : 그, 그런 분들이 이렇게, 이런 이렇게 해서 용마가 나, 어 용마가 죽었다. 장수가 죽으니까? 그런 얘기를 하시는데, 그러면서 뒤 끝에 뭐 붙인 얘기는 없었어요? 그래서 뭐 어떻게 됐되든지. 또는 뭐 우리 집안이 그 장수가 어떻게 됐으면 어떻게 됐을 텐데, 장수가 제대로 피지 못하고 죽어서 어쨌다든지 뒤에 붙이는 말은 없었어요? 혹시 기억 되는 게 없을까요?)

그러니까 후손이, 후손이 잘 될 수가 없죠. 잘 될 수가 없잖아요. ○○ 어렵게, 어렵게 내려왔어요. 외대로.

(조사자 : 외대로?)

(청중 : 그래 저저 그 양반, 그 양반, 저저 선생 하시던 분?)

도낙형 씨.

(청중 : 네. 그 양반한 테 대충, 얼추 들었는데, 그 이 도씨 집안들이 장수가 그 죽고부터 도씨 집안들이 안 됐답니다. 모든 게 다. 다 그 쉽게 생각해서, 그 양반한테, 내 그 저 도낙형 선생님한테 아주 장수가 나고 이런 얘기를 이제, 그, 그 양반 술 한 번 드시면 인제 얘기 잘 하신단 말이예요. "야, 이 사람아! 우리 옛날 할아버이가 장수가 나가지고 일으킬 도씨네 달렸는데, 그 장수가 지금 살아있으면 우리가 다 죽었었지, 살았어도 우리가 대를 끊어질 수도 있고, 살아 있을 수 있다. 그렇지만은 그 죽는 바람에 우리 도씨네가, 지금 ○○ 도씨네가 이렇게 살아서 생활하는데." 그, 그 양반 그 장수 죽고 도씨네가 잘 안 됐답니다, 이렇게. 예, 부분적으로. 그래가지고.)

그러니까 요새 손이, (조사자 : 어려웠군요?) 예, 손이 귀하고.

(청중 : 손세가 많이, 뭐 이 저 퍼지질 못하고 외손으로 계속 내려왔어요.)

강원도 정선군 북평면 남평리 용바위

탁발 온 스님에게 시주하고 목숨 구한 며느리

자료코드 : 03_10_FOT_20090211_KDH_COS_0001

조사장소 : 강원도 정선군 북평면 북평리 704-1번지 북평경로당

조사일시 : 2009.2.11

조 사 자 : 강등학, 이영식, 박은영, 유태웅

제 보 자 : 차옥순, 여, 77세

구연상황 : 북평경로당 옆에 게이트볼장이 있는데, 다소 쌀쌀한 날씨임에도 게이트볼장
에서는 할아버지들이 공을 치고 있었다. 너무 열심히 놀이를 즐기고 있어 말
을 붙이지 못하고 경로당 안으로 들어갔다. 경로당에는 세 분 할머니들이 계

서서 노인회장님을 찾았더니 박병금이 나섰다. 조사자가 의외라는 표정을 짓자 웃으면서 여자가 노인회장하는 데가 없냐고 물었다. 자연스러운 분위기가 되고 우리가 찾아온 이유를 설명한 후 이야기를 청하자 박병금이 돌아가신 영감한테 들은 얘기라고 몇 가지 들려주었다. 하지만 이야기 구성이 제대로 되지 않았다. 이에 차옥순에게 알고 있는 얘기 좀 부탁하니 이 이야기를 해 주었다.

줄 거 리 : 여랑 다리 건너 부잣집에 스님이 탁발을 오자 주인이 머슴을 시켜 쇠똥 한 덩어리를 바랑에 넣어주었다. 이를 본 며느리는 물동이에다 쌀을 담아 물 이러 가는 척하며 나가서 스님에게 전했다. 스님은 며느리에게 뒤도 돌아보지 말고 길을 떠나도록 하였다. 잠시 후 벼락이 쳐서 그 기와집은 흔적도 없이 사라졌다.

(조사자 : 어르신 한번 해 주시죠.)

예. 여 여량이라는 데 있는데요, 여량, 배 근네, 다리 건네 가가지고. 거 이렇게, 이렇게 여 여량서 올라가미 이래 보면은, 거 요래 맞은편에 건너다보면 아주 성담이 요롷게 내려, 산에서 무너진 밭머리로 글리 내려왔어요.

네, 그랬는데 거기 중, 스님이 세제(시주), 인제 그거 하러 갔는데, 세주(시주) 하러, 인제 세쥬(시주) 좀 하시라고, 인제 부자.

아주 거기 옹골이 이렇게 참 좋은 옹골이 있고, 큰 기와집이 있는데, 가니까 머슴이 인제 이렇게 마구를 치는데, 주인 영감이 아주 이렇게 그 옷갓을 하고 이렇게 관을 씨군(쓰곤) 내다보곤 "저기 중이 왔으니까 쇠똥이나 한 덩거리(덩어리) 떠 줘라."

그러니까, 그 주인 만, 그 뭐시키가(거시기가) 그렇게 하니까, 이 그 일꾼이 어떻게 할 수 없으니까 인제 이렇게 거(그) 안에다 쇠똥을 한 덩거리(덩어리) 떠서 인제 이렇게 줬어. 주니까, 그 며느리가 얼른 물동에다가 쌀을 한 바가지 떠가지고 물 이러 가는 척 하고 그 안에다, 중이 따러 오셨어. 그 이제 주인아주머니가 물동우를 이고 막 물 이러 가니까, 따러가니 물동우를 내려놓고는 그 바개이다(바가지다) 쌀을 한 바개이(바가지)

떠가지고 얼른 그 스님을 뵈 드렸어요.

응, 그 바랑에다가 뵈 드리니까

"될도(뒤도) 돌아다보지 말고서는 빨리 가시라고, 당신으는!"

"그래, 이 뒤돌아보면 당신도 집에 못 돌아가고 영영 뭐시기, 뭔 사고가 날 테니까 빨리 물동우를 놔두고 빨리 어디로 가든 당신 맘대로 가시오."

이러고는 시님이(스님이) 이제 막 부지런히 가더니, 캄캄 금방 쾅 하더니까 금방 아주 시커먼 구름이 막 모여들더니 그 기와집을 베락을(벼락을) 내리쳐가지고 그냥 산이 쾅악 성담이 무너져가지고, 그래가지고 거게(거기) 예 그랬는데.

미륵돌이 된 며느리

자료코드 : 03_10_FOT_20090211_KDH_COS_0002
조사장소 : 강원도 정선군 북평면 북평리 704-1번지 북평경로당
조사일시 : 2009.2.11
조 사 자 : 강등학, 이영식, 박은영, 유태웅
제 보 자 : 차옥순, 여, 77세
구연상황 : 차옥순에게 알고 있는 얘기 좀 부탁하니 '시주하고 목숨 구한 며느리' 얘기를 한 후 이어서 이 이야기를 해 주었다.
줄 거 리 : 임계 선래에 사는 이씨 부잣집에 스님이 탁발을 오자 주인이 머슴을 시켜 쇠똥 한 덩어리를 바랑에 넣어주었다. 이를 본 며느리는 아이를 업고 물동이에다 쌀을 담아 물 이러 가는 척하며 나가서 스님에게 전했다. 스님은 며느리에게 무슨 일이 있어도 뒤도 돌아보지 말고 길을 떠나도록 하였다. 잠시 후 벼락 치는 소리에 놀라 아이와 함께 뒤를 돌아보다가 그대로 굳어서 미륵돌이 되었다.

저기 또 선래라는 거는 미륵재가 있어요. 미륵재. (조사자 : 어디 선래?) 예, (조사자 : 그건 어디?) 임계 선래. (조사자 : 임계 선래?) 예, 임계 그 선

래는, 인제 또 그렇게 인제 참 아주 부자가 이씨네가 사는데, 그 부잣집에 인제 사는데.

또 인제 시님(스님)이 인제 세주, 세주를 또 갔는데, 그 늙은이가 또, 또 이제 거름을 치는 걸 보구서는, "당신, 저저 야 여봐라! 저 중놈이 왔으니까 말이야 거 쇠똥이나 한 덩거리(덩어리) 또 떠줘라." 이래.

그래 또 쇠똥거리를 떠줬는데 ○○있든 며느리가 언나를(아이를) 해 업고는 물동우에다 또 바가지다 쌀 한 바가이 떠서 물동우다 담아가지고.

그래가지고 인제 막 물 이러 가니까 그 시님(스님)이 따러가며, 그 세주를 받으니 쌀을 붜주니까 "당신은 저 미륵재를 빨리 올라가야지만 산다." 그래 이 어떡해 어떡해 막 올라갔는데 그 집이 한 개도 없이 베락을 내리치고는. 그러니까 언나를(아이를) 업고 욜러 [고개를 옆으로 쳐다보는 시늉을 하며] 돌아다 봤어. 돌아다보지 않았으면 되는데. 돌아다봐가지고 미륵돌이요, 언나를(아이를) 요래 업곤 요래가 [고개를 약간 돌리는 자세를 취하며] 돌아보는 미륵돌이 있다고.

(조사자 : 아, 그래서 그게 돌이 된 거예요?)

예, 미륵재, 미륵재.

(조사자 : 미륵재 돌이? 아, 미륵재 전설이군요. 예 예.)

그래, 그래가지고 옛날에는 그렇게 이 절이 그렇게 미시운(무서운) 절이 됐어요. (조사자 : 어디가? 절이요!) 이 절에 왜, 절이 있잖아요, 이렇게. (조사자 : 예, 사, 예예 절이요.)

그래 절에 시님(스님)들을 이렇게 오시면 문구녕으로(문구멍으로) 요래 내다보면 죄가 엄청 많아요. 항상 문을 열고, 세주(시주) 할 게 없으며는 이렇게 아주 소원성취 합니다. 이렇게 이렇게 하고 보내시고. 또 뭐 곡식이 다만 옥수수라도 있으며는 요렇게 뭐 많은 대로, 없으면 없는 대로 떠서 세주를(시주를) 하고 이러믄 그게 잘되는데. 문구녕으로(문구멍으로) 요래 내다보면 그렇게 죄를 많이 짓는 거래.

그래 그래서 옛날에 시님들이(스님들이), 참 옛날에는 돈이 있어요! 집 집마다 없이 사는데도 가 강냉이도 좀 받고 콩도 좀 받고, 뭐 팥도 세주(시주) 좀 받고 이래가지고. 그걸 팔아가지고 절을 이룩하고 막 예 그래니라고.

그래 미륵재가 그렇게 언나를(아이를) 업고 대가리 요렇게 돌아다봐.

팡 소리 지르니까, 돌아다보지 마라고, "아무 소리가 나더라도 돌아다보지 말아라!" 시님이(스님이) 그렇게 했는데, 돌아봐가지고 아주 언나(아이) 대가리까지 둘이 요래 돌아가. 여자가 요러 언날(아이를) 업고.

(조사자 : 어르신, 그거 보셨어요? 미륵재.)

미륵재, 그러믄요! 우리 임계서 살았으니까, 그 미륵.

(조사자 : 아, 그러시지.)

그래 그 미륵재여.

방귀쟁이 며느리

자료코드 : 03_10_FOT_20090212_KDH_CSO_0001
조사장소 : 강원도 정선군 북평면 숙암리 500번지 숙암리경로당
조사일시 : 2009.2.12
조 사 자 : 강등학, 이영식, 박은영, 유태웅
제 보 자 : 최순옥, 여, 70세
구연상황 : 숙암리경로당을 방문하자 할아버지들은 화투를 하고 할머니들 일부는 그것을 보고 있었다. 분위기를 살펴 방문 취지를 말씀드렸으나 쳐다보지도 않고 다음에 오라고 하였다. 그래도 조사자가 나가지 않고 있자니 최순옥이 방귀쟁이 며느리 얘기를 안다며 녹음 준비도 돼 있지 않은데 말을 했다. 이에 조사자가 여기는 시끄러우니 제보자 집으로 가자고 하니까, 최순옥은 할머니들이 쉬고 계신 옆방으로 안내하였다. 방에는 몇 분이 누워서 쉬고 있었다. 녹음 준비를 하고 이야기를 청하자 웃으면서 해주었다.
줄 거 리 : 예전에 방귀쟁이 며느리가 있었다. 아무 때나 방귀를 뀌자 시어머니는 그 며

느리를 친정으로 보냈다. 시아버지가 며느리를 데려다주는 길가에 키 큰 배나무에 먹음직스러운 배가 열려있었다. 시아버지가 먹고 싶어 하자 며느리가 방귀로 배를 떨어트려 드렸다. 며느리의 방귀 힘을 본 시아버지는 며느리를 다시 집으로 데려왔다. 시어머니는 계속 구박했다. 얼마 후 방귀시합이 있었다. 며느리가 참가하여 우승했다. 부상으로 탄 소 한 마리를 가지고 집에 오니 시어머니가 "니 방구도 쓸 만하다!"고 했다.

옛날엔 그 시집살이 하자면은 방구도 참 뭐 참말로 제대로 못 꼈오(뀌었소). 가만히 끼나가(나가) 하다 보니 점점 크게 나오고 한 모양이에요.

그랬는데 아 이놈우 메느리가(며느리가) 부잣집 메느린데(며느린데), 부잣집 메느린데(며느린데) 두루두룩 하게 잘생겼는데 아 이놈우 밥상만 갖다놓면 방구를 뀐다우. 이래서 방굴 꺼서.

참 시아버이 앞에도 민망시레워 시어머이도 있어도 그렇고 시할아버이도 계시고 그런데 참 민망시레워 가지고 하는데 하도 방궐 너무 퀴니(뀌니),

"에이 안 된다고" 시어머이 고만 며느릴 소박을 시겼어요(시켰어요).

소박을 시기니(시키니) 그 옛날에 뭐, 지금 차가 있으니 드룩 타고 가면 되지만, 그것도 시아버이가 메느리 옷을 조모아(주워 모아) 짊어지고, 친정으로 인제 소박을 시겨(시켜) 보내느라고.

그래서 인제 가는데, 어느 무인지경을 참, 참 참 재를 넘어서 인제 무인지경을 가다데 낮이 훌떡 넘었고, 배는 고프고, "야야, 인젠 기진맥진해지니 좀 쉬나 가자." 그래.

"아, 아버님 쉬세요," 그래 앉아서 쉬는 판인데.

아이 뭔 참 뭐 고목낭기(고목나무) 배낭기(배나무) 커단(커다란) 기 워낙이 높은 데서 배가 그냥 갈기(가을이) 되노니(되니) 뭐 누렇게 익은 기(게) 그 따먹었으면 좋겠는데, 먹고 수어(싶어) 죽겠는데 재주가 있어야 따지.

그래 재주가 없어, "아이 저 놈의 배를 하나 따서 먹어 보겠다 만은 참

높아서 딸 수가 있나!" 이러니,

"아이, 아버님 드시고 싶어요?" "글쎄 먹고 숨기나(싶기는) 하나마는(하지만) 뭐 먹을 수 있나?" 이러니,

"아버님 걱정 마세요. 내가 하나 따드리죠."

"니가 따겠나?"

"네."

어디 두런 두러미 살피더니 발구돌(바위돌), 돌이 이만한 걸 그저 까꿀러 그저 엎드려해가(엎드려서) 여따 들이 대고는 [궁둥이를 내밀며] 고만에 방구를 팡하고 들여놓으니, 고만에 까꿀러 돈이, 돌이 고만 허억 날아가더니 고만 대번에 배낭굴 탁 후리치니 우시시 하고 떨어지니. 그 내려온 놈을 한 번 더 끼래(끼워) 또 올려가 또 때리네 고만. 세 번을 때려 놓으니 배가 푹 쏟아줬지.

푹 쏟아지니 "아이고 야야 이제 고만 따라, 고만 따라."

"아버님 되겠어요?"

"됐다, 됐다."

아이고 고만 따래. 그럼 고만 따네.

아 이만큼 따 제켜놓으니, "앉아 잡숴요."

"야야 니 방구 쓸 만하다."

시큰 쉐(쉬어) 가지고는 "인제는 가자!" 그러니,

"어데로 가실라 그래요?"

"집으로 돌아가자." 그러니,

"아버님 친정으로 가야 되잖아요?" 그러니,

"아니다 됐다. 그만하면 됐다. 집으로 가자"

그래가지고는 잡에 돌아왔는데 이놈우 시어머이라는 기 아이 조조발거리민 뭘,

"아이고 그걸 뭐 하러 또 들여놓소. 그걸 뭐 하러 또, 전다지 방구만 끼

고 대니 아무것도 살림도 못하고 뭐 하러 들여놓소!"

이러드래.

"아이고, 이 사람아 놔두게. 그게 다 복 방구다 복 방귀야."

그래가주서는(그래가지고서는) 참 놔뒀데. 놔두니 뭐 일 잘하지 뭐. 단지 방굴 켜서 탈이지만 딴 탈이 어디 있노? 그래가지고 일 잘하거든. 그래 놔 뒀는데, 인제 그 해 갈게(가을에), 그 다음 해 갈게(가을에) 무슨 또 시합이 있어가지고.

발구, 방구 잘 뀌는 사람은 또 시험을 본다네. 시합이 인제 있다네.

그래서 시아버지가 "야야 애미야, 니 이번에 나가볼라는가?"

그래 "아버님 나가보죠."

"그러면 가자." 그래 가가지곤 이제 방구뀌는 시합을 하는데, 어 시합을 하는데 뭐 참 뀌는 사람 많지.

그런데 방, 인제 그 바앙공이(방아공이)를, 시아버지는 바앙공이(방아공이)를 해서 빼서 짊어지고 갔는데. 시아버이가 오○ 메느리 방구차례가 돌아와노니,

"아버님요, 준비는 되셨죠?" 그래.

"오냐, 됐다."

"그럼 이리 주세요." 그래.

고만에 뭐이 궁뎅이 훨짝 까잡어 그만에 똥구녕에다 들이대고는 방, 그 방, 방공이(방아공이)를 들이대고 [궁둥이를 내밀며 공이를 끼는 시늉을 하며] 고만에 방구를 한 번 뀌니 나갔다 들어오고, 한 번 뀌니 나갔다 들어오고. 뭐 그까지놈우 사람 뭐 다 그까지네노 뭐뭐 다 졌지. 시끈 뀌고나니 다 뭐 다 떨어, 우승 일등.

그래가지고는 방구를 워낙 잘꺼가져요 황쇠를 하나 받아가지고 왔대.

그래서 큰 쇠를 한 마리 받아가지고, 시아버이는 쇠를 몰고, 메느리는 (며느리는) 고만에 방구켜서 쇠를 타노니, 메누릴 고만 그 소에 앉혀가지

고, 태워가지고 이래 왔대요.

그래 태워가져오니 시아버이 보며 시어머이 그러잖아. 아무 소리도 안 하더래. 아무 소리도.

"오냐 그래 방구도 쓸 만하다!" 이래더래.

"니 방구도 쓸 만하다!" 이러더래요.

누워서 보면 안 맞잖아

자료코드 : 03_10_FOT_20090212_KDH_CSO_0002
조사장소 : 강원도 정선군 북평면 숙암리 500번지 숙암리경로당
조사일시 : 2009.2.12
조 사 자 : 강등학, 이영식, 박은영, 유태웅
제 보 자 : 최순옥, 여, 70세
구연상황 : 최순옥은 녹음 준비를 하고 이야기를 청하자 웃으면서 해주었다. '방귀쟁이 며느리' 얘기를 듣고 조사자가 이런 얘기를 원한다고 하니까, 조사자는 무엇이 생각났는지 웃다가 이 얘기를 해주었다.
줄 거 리 : 방이 하나라 자식들과 함께 잤다. 하루는 아버지가 어머니와 잠자리를 같이하는데 큰 놈이 앉아서 그것을 보았다. 화가 난 아버지가 그 자식의 뺨을 때리자 누어있던 동생이 "거봐. 성이는 앉아서 보니 맞지만 나는 누워서 보니 안 맞잖아!"라 했다.

그전에, 참 옛날에는 데릴사우를 모두 마이(많이) 봤는데, 데릴사우(데릴사위) 얘기래. 데릴사우(데릴사위)를 마이(많이) 봤는데, 마칸(모두) 뭐 옛날에 뭐뭐,

지금은 집두 넓고 방두 넓고, 뭐 딸네미구 아들이구 방방이 다 가지고 있지만은, 옛날에는 아들이건 딸이건 그저 마카(모두) 한방에다 마카(모두) 이래 재우니.

[잠깐 웃으면서 헛기침을 했다.]

한방에다 마카 재웠는데, 아이 이노무 아버지하고 어머이하고 좀 따로 가서 뭐이 일을 좀 할라니 아들이 있어 일을 못핸 모앵이라(모양이라).

그래든 말든 이제 꾹꾹 찔르믄서 한번 일을 할라 하는데, 이놈우 딸이 먼저 새간에(사이에) 알고서, 알고서 아버지 일 못하도록 이제 망치느라구서는 새간에(사이에) 따고 들어눴다.

그래도 어떠이 넘어가서 인제 실지루 일을 하는데, 한 놈이 우두커니 앉아서 보다니, 앉아서 구경한다고 귀빵매이(빰따귀) 후려가 때리드래.

아버지가, "망할 놈 좀 자든가!"

귀빵매이(빰따귀) 후려갈기니, 밑에 자는 동생이 하는 소리가 "거봐. 성이는 앉아서 보니 맞지만 나는 누워서 보니 안 맞잖아!"

온전치 못한 놈은 제대로 못 먹어

자료코드 : 03_10_FOT_20090212_KDH_CSO_0003
조사장소 : 강원도 정선군 북평면 숙암리 500번지 숙암리경로당
조사일시 : 2009.2.12
조 사 자 : 강등학, 이영식, 박은영, 유태웅
제 보 자 : 최순옥, 여, 70세
청   중 : 심학실, 김순희 외 2인
구연상황 : 최순옥이 '웃다가 누워서 보면 안 맞잖아' 얘기를 한 이후 심학실이 꼬마신랑 얘기를 하였으나 주위의 반응이 신통치 않았다. 이에 최순옥이 이 얘기를 해주었다.
줄 거 리 : 똑똑치 못한 아들이 둘 있었는데 모두 군대생활을 마치고 집에 돌아왔다. 하루는 어머니가 팥죽을 불에 올려놓고 아들에게 보라고 해놓고는 우물에 물을 뜨러갔다. 아들은 팥죽이 끓으면서 퍽퍽 튀는 것이 자신에게 욕하는 것으로 생각하여 바가지로 팥죽을 모두 퍼서 버렸다.

그전에 아들을 둘을 낳는데, 아들이 둘 다 우떡해(어떻게) 군대를 가게 됐네. 군대를 가게 됐는데, 이놈우 아들이 군대를 가가지구,

[이야기를 생각하는지 잠시 말이 없었음.]

하는 얘기가 "에잉, 저 다, 저 다영(달은) 우리 어머이도 보고 마누래도 보건만은. (청중 : 저 달으는?) 응, "저 다영(달은) 우리 어머이도 보고 마누래도 보건만은" (청중 : 뭐 얘기 하다 울겠네!)

이래니, 동생이 하는 소리가 "어이, 엉아(형아) 말하는 거 또때이(똑똑히) 해." 말 할라 거든 또때이(똑똑히) 하래, 똑땍이(똑똑히) 하래.

"뭐 저 다르는 우떡해 형님, 뭐 형수도 보고 뭐 지수씨도 보고 다 해야디 어때, 어디 어머이만 보고 뭐 그러는가!"

"마이(말을) 할라면 또땍이(똑똑히) 해. 내가 보기는 저 다여는(달은) 형수도 보고, 어머이도 보고 다 보겠는데야." 이러더래.

옛날에 그 말이 어중쭈 한 기 그 참 군대를 갔는데.

그래도 군대를 다 가가지고선 마치고 오는데. 아 이놈우 집에 왔는데, 어머이가 팥죽을 쑤는데, 팥죽이 욕을.

이 팥죽이 펄떡펄떡 펄떡펄떡 끓으니, 동짓달인데, 팥죽을 쑤는데, 펄떡펄떡 끓으니. 어머이 물 이러 가면서는 "야야 이 팥죽이 끓는데 잘 니가 좀 봐라!" 인제 그래 "물구덩이 이고 오마." 이러니.

팥죽이 여서도 부고, 여서도 팥죽이 너른 솥에 디들(지글) 끓어대니 지를 팔뚝질 한다고 부애가(부아가) 얼마나 나는지 그만 바가지를 가지고 팥죽을 다 퍼내 떤지고(던지고) 부지깽이를 가지고선 가마솥을 다 휘저(휘저어) 놓더래.

그래 그 온전치 못한 놈우 아들은 먹는 것도 제대로 못 얻어먹겠드래 그래서.

다람아 다람아 동동 / 다람쥐 놀리는 소리

자료코드 : 03_10_FOS_20090212_KDH_KSH_0001
조사장소 : 강원도 정선군 북평면 숙암리 500번지 숙암리경로당
조사일시 : 2009.2.12
조 사 자 : 강등학, 이영식, 박은영, 유태웅
제 보 자 : 김순희, 여, 70세
구연상황 : 처음에 다람쥐 놀리면서 부르던 노래를 심학실이 불렀으나 중간에 웃음이 나
와 끝까지 부르지 못했다. 이에 김순희가 불렀는데 주위가 시끄러워 조용히
시킨 후 다시 부르도록 요청했다. 노래를 부른 후 제보자는 부끄러운 듯 웃으
면서 두 손으로 얼굴을 가렸다.

다람아 다람아 동동
니미 씹이 동동

다람아 다람아 동동
니미 씹이 동동

다람아 다람아 동동
니미 씹이 동동

앵기땡기 / 다리뽑기 하는 소리

자료코드 : 03_10_FOS_20090212_KDH_KSH_0002
조사장소 : 강원도 정선군 북평면 숙암리 500번지 숙암리경로당
조사일시 : 2009.2.12
조 사 자 : 강등학, 이영식, 박은영, 유태웅

제 보 자 : 김순희, 여, 70세
구연상황 : 조사자가 손으로 무릎을 치며 다리 뽑기 하는 시늉을 하면서 아느냐고 묻자 최순옥이 일본 노래를 부르며 심학실과 함께 다리 뽑기를 하였다. 이에 조사 자가 우리 것을 해보라고 하자 김순희가 옆 사람과 짝이 되어 다리 뽑기를 하면서 이 노래를 불렀다.

앵기 땡기 두달 박달 충청 감재 고두레 땡

고모네 집에 갔더니 / 다리뽑기 하는 소리

자료코드 : 03_10_FOS_20090212_KDH_KSH_0003
조사장소 : 강원도 정선군 북평면 숙암리 500번지 숙암리경로당
조사일시 : 2009.2.12
조 사 자 : 강등학, 이영식, 박은영, 유태웅
제 보 자 : 김순희, 여, 70세
구연상황 : 조사자가 손으로 무릎을 치면서 '이거리 저거리 갓거리'의 앞부분을 부르며 해봤냐고 묻자 김순희는 그거는 잘 모른다고 했다. 그러면서 옆 사람과 같이 실제 다리 뽑기를 하면서 '앵기땡기'를 했다. 이에 조사자가 '고모네 집에 갔 더니'를 모르냐고 하자 실제 다리 뽑기를 하면서 이 노래를 불렀다.

고모네 집에 갔더니
암탉 수탉 잡어서
지름이 동동 뜨는 걸
나 한술 안 주고
우리 집에 와 봐라
수수팥떡 해가지고
주나 보아라

이랴 소리 / 밭가는 소리

자료코드 : 03_10_FOS_20090210_KDH_DJH_0001
조사장소 : 강원도 정선군 북평면 남평리 150번지 도재호 자택
조사일시 : 2009.2.10
조 사 자 : 강등학, 이영식, 박은영, 유태웅
제 보 자 : 도재호, 남, 68세

구연상황 : 이 마을에 도씨 집안의 조상과 관련된 아기장수 얘기가 전해온다고 해서 정
선아라리 소리꾼 김형조와 함께 남평리 도재호 댁을 방문하였다. 방에 들어가
니 미리 연락을 받고 마을에 사는 도씨 집안사람들이 몇 분 와 계셨다. 처음
에 방문한 취지를 설명하고 개인 신상에 대해 물은 후 이야기를 청하자 도재
봉이 도씨 집안에 탄생했던 아기장수 얘기를 해주었다. 이어서 이런저런 얘기
를 나누다가 소로 밭을 갈아봤냐고 하자 제보자가 경운기 나오기 전까지는
많이 갈았다고 했다. 이에 '밭가는 소리'를 부탁하자 제보자는 쟁기 챙기는
일부터 열심히 설명해 주면서 중간 중간에 소리를 넣었다. 조사자가 설명은
하지 말고 1분 동안 계속 노래를 해달라고 해서 불렀다. 이곳은 호리로 논밭
을 갈았다고 한다.

이러-

올러서라 올러서

이놈의 소가 왜 안 올러시나

올러서

어서가자 빨리 갈아야지 집에가 여물을 먹지 빨리 가자

이놈의 소 빨리 가자

올러서라

이놈의 소 왜 대구(자꾸) 올리시나 내려서 내려서

돌어서자 하면

어치- 하면서 인제 돌어서

빨리 돌어서 이놈이 우떠게 천천히 도나 빨리 돌어서

어서 가자

이러-

빨리 가자

뭐 이게 그 끝이죠 뭐.

잠자리 꽁꽁 / 잠자리 잡는 소리

자료코드 : 03_10_FOS_20090211_KDH_PBG_0001
조사장소 : 강원도 정선군 북평면 북평리 704-1번지 북평경로당
조사일시 : 2009.2.11
조 사 자 : 강등학, 이영식, 박은영, 유태웅
제 보 자 : 박병금, 여, 75세
구연상황 : 조사자는 의도적으로 아라리가 아닌 노래를 찾았으나 쉽지 않았다. 이에 어렸을 때 불렀던 노래를 청하여 경로당에 있던 박병금, 박복순, 차옥순 등의 잠자리 잡는 소리를 차례로 들었다.

잠자리 꽁꽁

멀리멀리 가지마라

앉을자리 앉아라

멀리가면 똥물에 죽는다

잠자리 꽁꽁 / 잠자리 잡는 소리

자료코드 : 03_10_FOS_20090211_KDH_PBS_0001
조사장소 : 강원도 정선군 북평면 북평리 704-1번지 북평경로당
조사일시 : 2009.2.11
조 사 자 : 강등학, 이영식, 박은영, 유태웅
제 보 자 : 박복순, 여, 64세
구연상황 : 조사자는 의도적으로 아라리가 아닌 노래를 찾았으나 쉽지 않았다. 이에 어렸

을 때 불렀던 노래를 청하여 경로당에 있던 박병금, 박복순, 차옥순 등의 잠
자리 잡는 소리를 차례로 들었다.

　　잠자라 꽃자라

　　앉을자리 앉아라

　　안 앉고 멀리가면 똥물에 빠진다

　이랬죠.

　(조사자 : 어, 잠자라 꽃자라?)

　(조사자 : 다시 한 번만 어르신.)

　(조사자 : 쪼금만 큰소리로 해주시겠어요.)

　　잠자라 꽃자라

　　앉을자리 앉아라

　　멀리멀리 가면은 똥물에 빠진다

　그랬어.

일월성신님 / 삼선눈 삭히는 소리

자료코드 : 03_10_FOS_20090211_KDH_PSO_0001

조사장소 : 강원도 북평면 장열리 431번지 장열1리경로당

조사일시 : 2009.2.11

조 사 자 : 강등학, 이영식, 박은영, 유태웅

제 보 자 : 박신옥, 여, 67세

구연상황 : 경로당에 도착하니 남녀 10여 명이 있었는데 다들 집으로 가려고 하였다. 집
　　　　　으로 가려는 어른들을 붙들고 방문한 취지를 설명하자 처음에는 뭔가 의심하
　　　　　는 눈치였다. 농사 애기를 하다가 자연히 '밭가는 소리'에 관심이 모였다. 조
　　　　　사자의 요청에 위연석이 그렇게 망설이지 않고 '밭가는 소리'를 해 주었다.
　　　　　이어서 이것저것 청하다가 '다람쥐 잡는 소리'를 부탁하니 유병대가 그 소리

를 불러주었다. 조사자가 삼눈이 생기면 어떻게 했냐고 하자 주위에서 박신옥이 삼눈을 잘 잡았다고 추천을 하였다. 그 방법을 물으니 동이 틀 때 환자를 데리고 밖으로 나와 동쪽을 향해 세워놓고 칼로 삼눈이 생긴 눈앞에서 돌리며 이 주문을 왼다. 그리고 삼눈이 생긴 반대쪽의 발을 그린다. 그림을 그린 후 발을 옮겨 발 모양의 그림 안을 칼끝으로 세 번 찌른 후 꽂아둔다. 그리고 뒤돌아보지 않고 환자와 돌아온다. 제보자가 이 노래를 부를 때에도 실제 이복녀를 세워놓고 나무젓가락으로 위의 설명대로 했다.

일월성신님
임오생 이복녀씨가 왼쪽 눈에 삼이 섰다니
시름 간시를 걷어주시옵소서

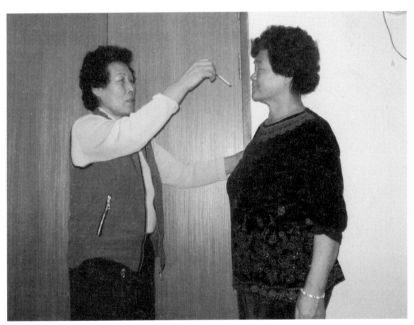

장열리 박신옥이 이복녀를 앞세워 '삼선눈 삭히는 소리'를 하는 장면

돌아간다 돌아간다 / 종지 돌리는 소리

자료코드 : 03_10_FOS_20090211_KDH_PSO_0002
조사장소 : 강원도 북평면 장열리 431번지 장열1리경로당
조사일시 : 2009.2.11
조 사 자 : 강등학, 이영식, 박은영, 유태웅
제보자 1 : 위연석, 남, 77세
제보자 2 : 유병대, 남, 68세
제보자 3 : 박신옥, 여, 67세
제보자 4 : 유옥순, 여, 77세 외 5인
구연상황 : 조사자가 삼눈이 생기면 어떻게 했냐고 하자 주위에서 박신옥이 삼눈을 잘
잡았다고 추천했다. 박신옥은 삼선눈 삭히는 소리를 하면서 자세히 설명을 해
주었다. 이어서 조사자가 종지 돌리기를 해보았냐고 물으니 여성들의 권유로
방에 있던 남녀 모두가 둥그렇게 모여서 그 안에 술래 두고 함께 노래를 해
주었다. 노래를 부를 때는 가운데 술래를 빼고 모두 무릎을 구부려 실제 종지
를 가지고 무릎 아래 오금 속으로 돌리면서 불렀다. 모두들 같이 노래를 했기
때문에 사설에 종지라고 표현하는 분들도 있으나 표기의 어려움으로 그냥 돌
아간다만 정리하였다.

돌아간다

돌아간다

돌아간다

돌아간다

돌아간다

돌아간다

돌아간다

돌아간다

돌아간다

강원도 정선군 북평면 장열리 박신옥 외 8명이 '종지 돌리는 소리' 하는 모습

이랴 소리 / 밭가는 소리

자료코드 : 03_10_FOS_20090211_KDH_WYS_0001

조사장소 : 강원도 북평면 장열리 431번지 장열1리경로당

조사일시 : 2009.2.11

조 사 자 : 강등학, 이영식, 박은영, 유태웅

제 보 자 : 위연석, 남, 77세

구연상황 : 경로당에 도착하니 남녀 10여 명이 있었는데 다들 집으로 가려고 하였다. 집으로 가려는 어른들을 붙들고 방문한 취지를 설명하자 처음에는 뭔가 의심하는 눈치였다. 농사 애기를 하다가 자연히 '밭가는 소리'에 관심이 모였다. 처음에 위연석은 그렇게 망설이지 않고 노래를 해주었으나, 목소리가 작고 사설이 너무 짧아 좀 길게 해줄 것을 재차 부탁했다.

이러 이 소야 어서가자

올러서라 이 소야

돌어서라

나가지 말고 돌어서라

어디여차 저소야

돌어서 가자

이려

어서 가자

서산에 해 넘어 간다

어서 갈고 집으로 가자

다람아 다람아 동동 / 다람쥐 잡는 소리

자료코드 : 03_10_FOS_20090211_KDH_YBD_0001

조사장소 : 강원도 북평면 장열리 431번지 장열1리경로당

조사일시 : 2009.2.11

조 사 자 : 강등학, 이영식, 박은영, 유태웅

제 보 자 : 유병대, 남, 68세

구연상황 : 조사자의 요청에 위연석이 그렇게 망설이지 않고 '밭가는 소리'를 해 주었다. 이어서 이것저것 청하다가 '다람쥐 잡는 소리'를 부탁하니 이 노래를 유병대가 해주었다. 제보자가 노래를 하면서 자꾸 웃는 까닭에 여러 번 반복해서 연습한 후 불렀다. 다람쥐를 잡을 때에는 낚싯대 끝에 올가미를 만들어 다람쥐 머리에 가까이 접근하면서 이 노래를 부르면서 순간적으로 낚아챈다.

다람아 다람아 동동

네 애미(어미) 장구쳐라

니 앞에 간 꼬깔(고깔)을 뒤집어쓰면 니 호사한다

춘향아 춘향아 / 춤추게 하는 소리

자료코드 : 03_10_FOS_20090211_KDH_YOS_0001
조사장소 : 강원도 북평면 장열리 431번지 장열1리경로당
조사일시 : 2009.2.11
조 사 자 : 강등학, 이영식, 박은영, 유대웅
제 보 자 : 유옥순, 여, 77세
구연상황 : 조사자의 요청에 위연석이 그렇게 망설이지 않고 '받가는 소리'를 해 주었다.
이어서 이것저것 청하다가 유병대의 '다람쥐 잡는 소리', 박신옥의 '삼선눈
삭히는 소리'를 들었다. 아울러 함께 '종지 돌리기 하는 소리'를 한 후 흥이
나자 조사자가 합장을 해보이며 이것도 했죠? 하고 물으니 조사 내내 조용히
있던 유옥순이 불러주었다. 유옥선은 이 노래를 실제 놀이 하는 것처럼 다른
사람과 서로 마주보고 합장 자세를 취하며 불렀다.

강원도 정선군 북평면 장열리 유옥순의 '춤추게 하는 소리' 하는 장면

춘향아 춘향아 남아남아 서춘향아

나으는 십팔세고 생일으는 사월 초파일날인데

정자 좋고 물 좋은데 한번 놀다가 갑시다

춘향아 춘향아 남아남아 서춘향아

나으는 십팔세고 생일으는 사월 초파일날인데

정자 좋고 물 좋은데 한번 놀다가 갑시다

잠자리 꽁꽁 / 잠자리 잡는 소리

자료코드 : 03_10_FOS_20090211_KDH_COS_0001

조사장소 : 강원도 정선군 북평면 북평리 704-1번지 북평경로당

조사일시 : 2009.2.11

조 사 자 : 강등학, 이영식, 박은영, 유태웅

제 보 자 : 차옥순, 여, 77세

구연상황 : 우리가 찾아온 이유를 설명한 후 이야기를 청하자 박병금이 돌아가신 영감한
테 들은 얘기라고 몇 가지 들려주었다. 하지만 이야기 구성이 제대로 되지 않
았다. 차옥순에게 알고 있는 얘기를 청하니 '부잣집에 탁발 온 스님' 얘기를
두 가지 해주었다. 좀 더 많은 얘기를 듣고 싶었으나 별 소득이 없었다. 조사
자는 의도적으로 '아라리'가 아닌 노래를 찾았으나 쉽지 않았다. 이에 어렸을
때 불렀던 노래를 청하게 되었다.

잠자리야 꽁꽁 앉아라

꽁꽁 앉아라

이러면 요기와 잠자리가 앉아요, [손가락을 위로 세우며]

(조사자 : 음, 설명하지 마시고, 어르신.) 예, 그렇게.

(조사자 : 설명하지 마시고 노래만.)

예, 그래 꽁꽁.

꽁꽁 앉아라

잠자리야 꽁꽁 앉아라

자리 좋다 꽁꽁 앉아라

이렇게, 해보고.

우리 아기 잘도 잔다 / 아기 재우는 소리

자료코드 : 03_10_FOS_20090211_KDH_COS_0002
조사장소 : 강원도 정선군 북평면 북평리 704-1번지 북평경로당
조사일시 : 2009.2.11
조 사 자 : 강등학, 이영식, 박은영, 유태웅
제 보 자 : 차옥순, 여, 77세
구연상황 : 조사자는 의도적으로 아라리가 아닌 노래를 찾았으나 쉽지 않았다. 이에 어렸
을 때 불렀던 노래를 청하여 경로당에 있던 박병금, 박복순, 차옥순 등의 '잠
자리 잡는 소리'를 차례로 들은 후 차옥순에게서 '아기 재우는 소리'를 들었
다. 차옥순은 현재 네 살짜리 손자를 돌보고 있다고 한다.

자장 자장 워리 자장 [아기를 품에 안고 두드리는 시늉을 하며]
자장 자장 워리 자장
뒷집 개야 짖지 마라
우리 애기 깬다 짖지 마라

이래미 재우니 자더라고. (조사자 : 음, 그거를 어르신 죄송합니다만 한
번만 조금 더 길게만 해주시겠어요.) 아이.

자장 자장 워리 자장
우리 애기 잘도 잔다
앞집 개야 짖지 마라
우리 애기 깬다 짖지 마라

이렇게, 그렇게 했죠. 우리는.
(조사자 : 네, 고맙습니다.)

쥐야 쥐야 어디서 잤니 / 줄넘기하는 소리

자료코드 : 03_10_FOS_20090212_KDH_CSO_0001
조사장소 : 강원도 정선군 북평면 숙암리 500번지 숙암리경로당
조사일시 : 2009.2.12
조 사 자 : 강등학, 이영식, 박은영, 유태웅
제 보 자 : 최순옥, 여, 70세
구연상황 : 최순옥으로부터 '방귀쟁이 며느리'를 비롯해서 몇 개의 이야기를 들은 후 더
이상 이야기가 나오지 않아 노래를 듣게 되었다. 노래는 주로 시집가기 전에
불렀던 것을 청했다. 먼저 다람쥐 놀릴 때 부르던 노래를 김순희가 불러주었
다. 이후 조사자가 '쥐야 쥐야 어디서 잤니' 이 노래를 아느냐고 묻자 최순옥
이 불렀다. 노래가 끝난 후 뭐 할 때 불렀냐고 물으니 줄넘기할 때 불렀다고
했다.

쥐야 쥐야 니 어데 잤니
부뚜막에 잤다
뭘 덮고 잤나
행주 덮고 잤다
어떻게 울었나
찍찍 울었다

원숭이 똥구멍은 빨개 / 줄넘기하는 소리

자료코드 : 03_10_FOS_20090212_KDH_CSO_0002
조사장소 : 강원도 정선군 북평면 숙암리 500번지 숙암리경로당
조사일시 : 2009.2.12
조 사 자 : 강등학, 이영식, 박은영, 유태웅
제 보 자 : 최순옥, 여, 70세
구연상황 : 조사자가 '쥐야 쥐야 어디서 잤니' 이 노래를 아느냐고 묻자 최순옥이 부른
후 줄넘기 할 때 불렀다고 했다. 이에 조사자가 줄넘기할 때 부른 노래가 더
없냐고 하자 이 노래를 불렀다.

원숭이 똥구멍 빨개

빨간 거는 사과

사과는 맛있어

맛있는 건 (그기 그기여)

사과는 맛있어

맛있는 건 빠나나

빠나나는 길어

긴 거는 기차

기차는 빨러

빠른 거는 비행기

비행기는 높어

높은 거는 백두산

가갸 가다가 / 한글 풀이하는 소리

자료코드 : 03_10_FOS_20090212_KDH_CSO_0003
조사장소 : 강원도 정선군 북평면 숙암리 500번지 숙암리경로당
조사일시 : 2009.2.12
조 사 자 : 강등학, 이영식, 박은영, 유태웅
제 보 자 : 최순옥, 여, 70세
구연상황 : 다람쥐 놀릴 때 부르던 노래를 김순희가 부른 후에 최순옥이 줄넘기 할 때
불렀다는 '쥐야 쥐야 어디서 잤니'와 '원숭이 똥구멍은'을 노래해 주었다. 이
어서 조사자가 이것저것 청하다가 '가갸 가다가'를 물으니 한글 풀이라며 해
주었다.

가이갸 가다가

거이겨 거게서

고이교 고기 잡어

구이규 국끓애

너이녀 너도 먹고

나이냐 나도 먹고

다이댜 다먹었다

잠자리 꽁꽁 / 잠자리 잡는 소리

자료코드 : 03_10_FOS_20090212_KDH_CSO_0004
조사장소 : 강원도 정선군 북평면 숙암리 500번지 숙암리경로당
조사일시 : 2009.2.12
조 사 자 : 강등학, 이영식, 박은영, 유태웅
제 보 자 : 최순옥, 여, 70세
구연상황 : 다람쥐 놀릴 때 부르던 노래를 김순희가 부른 후에 최순옥이 줄넘기 할 때
불렀다는 '쥐야 쥐야 어디서 잤니'와 '원숭이 똥구멍은'을 노래해 주었다. 이
어서 조사자가 이것저것 청하다가 '가가 가다가'를 물으니 한글 풀이라며 해
주었고, 잠자리 잡을 때 하는 소리를 아느냐고 하자 이곳에서는 잠자리를 소
금쟁이라고 한다며 이 노래를 했다.

소금쟁이 꽁꽁

앉을자리 좋다

여기 여기 앉아라

잡았다

아침방아 쩌라 / 메뚜기 부리는 소리

자료코드 : 03_10_FOS_20090212_KDH_CSO_0005
조사장소 : 강원도 정선군 북평면 숙암리 500번지 숙암리경로당
조사일시 : 2009.2.12

조 사 자 : 강등학, 이영식, 박은영, 유태웅
제 보 자 : 최순옥, 여, 70세
구연상황 : 조사자가 이것저것 청하다가 '가갸 가다가'를 물으니 한글 풀이라며 해주었고, 잠자리 잡을 때 부르던 '소금쟁이 꽁꽁'에 이어서 이 노래를 불러주었다. 노래하며 싱겁다는 생각이 들었는지 웃었다.

아침방아 찌라
저녁방아 찌라

4. 사북읍

증편 한국구비문학대계 ● 강원도 정선군

▌조사마을

강원도 정선군 사북읍 직전리

조사일시 : 2009.3.1, 2009.7.21
조 사 자 : 강등학, 이영식, 박은영, 유태웅

강원도 정선군 사북읍 직전리 마을 전경

　사북읍(숨北邑)은 원래 정선군 동면에 속한 지역이었는데, 사음대, 북일, 고토일, 물한리, 발전, 피내, 무널 등 7개 마을이 있었다. 그러다가 1914년 행정구역 폐합에 따라 사음대(숨흡岱)와 북일(北日)을 병합하여 사북리, 고토일과 물한리를 합하여 고한리, 피내와 무널 그리고 발전을 합하여 직전리가 되었다. 1962년 광산지역개발에 따른 인구증가로 사북리에 동면 사북출장소를 설치하고, 1973년에는 사북출장소에서 사북읍으로 승격하면서 읍사무소는 고한리에 사북출장소는 사북리에 위치하여 고한리와 직전리, 사북리를 관할했다. 이후 1985년에는 사북출장소 관할은 사북읍으로 승격하였으며, 고한지역은 사북읍에서 고한읍으로 명칭이 변경되었다.

사북읍은 정선군의 남동부에 위치하고 있다. 읍소재지는 사북리로, 사북읍 전체 면적은 47km²이다. 서쪽은 남면, 남쪽은 영월군, 동쪽은 고한읍, 북쪽은 동면과 각각 경계를 이루고 있다. 산은 동쪽에 지장산(931m)이 있고, 북쪽에는 노목산(1,148m)이 있다. 주변의 산들에서 흘러내리는 계류들이 고한읍에서 흘러드는 지장천에 합류하여 서쪽의 남면으로 빠져나간다. 본래 사북읍은 고한읍과 함께 인구가 많지 않았던 지역인데, 동원탄좌 사북광업소가 1962년 지장산에 매장된 석탄을 채굴하면서부터 인구가 모여들고 그로 인해 형성된 읍이다. 그래서 직전리를 제외하면 농촌 취락보다 광산취락이 보편적이다. 한때는 폐광에 따른 지역민의 급격한 이주로 지역의 공동화가 우려되었으나, 지금은 <폐광지역개발지원에관한특별법 및 시행령> 제정으로 설립된 강원랜드의 카지노 리조트 운영에 따른 경제적 혜택을 대부분의 지역민들이 직간접적으로 받고 있다. 이에 따라 폐광에 따른 인구감소현상이 현저하게 둔화되고 있다.

사북읍은 사북리와 직전리 2개의 법정리에 13개의 행정리로 구성되어 있다. 사북읍의 전체 면적은 47.09km²인데, 이 중에 밭이 4.11km²이고 논은 없다. 2007년 12월 기준으로 사북읍의 세대수는 2,580호이며, 인구는 6,213명이다. 이 중 농가는 사북1리에 20가구, 직전리에 45가구만이 있는데 주로 배추, 더덕, 황기 등을 재배한다.

직전리는 피내, 무낼, 발전 등의 3개의 자연마을로 구성되어 있는데, 이들은 광산지인 사북읍에 속해 있으면서도 광산과는 거리가 있는 마을이다. 예전 광산이 본격적으로 개발되기 전인 1960년대에 직전리에는 130여 호에 600여 명의 주민들이 있었으나, 현재는 67가구에 166명이 거주하고 있으며, 농가는 45호이다.

직전리는 해발 600m 이상의 고지대에 위치하고 있고 건천지역이므로 논농사가 없다. 제보자 나일수의 말에 따르면, 직접 보지는 못했지만 1920년대에 논이 있었다는 얘기를 윗대 어른들께 들었다고 한다. 예전에는 감자, 옥수수, 콩, 메밀, 삼베 등을 주로 심었으나, 지금은 고랭지 배추와 약초를 많이 경작한다. 밭을 갈 때는 저리로 하다가 호리로 했다.

직전리에는 밀양 박씨, 제주 고씨, 금성 나씨 등의 순으로 정착을 하였는데, 금성 나씨의 경우 한때는 50~60호가 집성촌을 이뤘으나, 현재는 20여 호가 거주하고 있다. 마을은 300여 년 전에 개척이 되었다. 장은 40리 거리의 화암장을 보다가 후에 50여 리의 거리에 있는 영월군 상동장을 보았는데, 상동은 오래 전부터 중석광산이 발달하여 장이 컸다고 한다. 그리고 소금은 삼척에서 지게에 지고 왔다.

광산이 번창할 때는 직전리 주민들도 농한기를 이용하여 광산에서 근무하는 경우가 많았다. 직전리에는 지금도 1반인 무넬과 3반인 발전 등 두 곳에 서낭당이 있는데, 당고사는 두 곳 모두 정월 초에 날을 받아 반별로 지낸다.

▌제보자

고석룡, 여, 1939년생

주 소 지 : 강원도 정선군 사북읍 직전리
제보일시 : 2009.3.1
조 사 자 : 강등학, 이영식, 박은영, 유태웅

남면 유평리 버드내 태생으로 17세에 직
전리로 시집왔다. 목소리가 남자처럼 걸걸해
서인지 말이 별반 없었다. 돌아가면서 아라
리를 한마디씩 할 때야 겨우 한 곡 불렀다.

제공 자료 목록

03_10_FOS_20090301_KDH_NMY_0001 아라리

김춘자, 여, 1941년생

주 소 지 : 강원도 정선군 사북읍 직전리
제보일시 : 2009.3.1
조 사 자 : 강등학, 이영식, 박은영, 유태웅

직전리 토박이로 17세에 마을 총각과 결
혼했다. 이야기는 아는 것이 별로 없으나
전래동요와 아라리는 잘 불렀다. 주위에 마
을 윗사람들이 많아서 그런지 조심스러워
했다.

제공 자료 목록

03_10_FOS_20090301_KDH_KCJ_0001 이거리 저거리 갓거리
03_10_FOS_20090301_KDH_KCJ_0002 가갸 가다가

03_10_FOS_20090301_KDH_NMY_0001 아라리

나명윤, 여, 1925년생

주 소 지 : 강원도 정선군 사북읍 직전리
제보일시 : 2009.3.1
조 사 자 : 강등학, 이영식, 박은영, 유태웅

직전리 토박이로 15세에 마을 총각과 결혼했다. 이야기는 아는 것이 별로 없었다. 노래는 '성님 오네 성님 오네', '비야 비야 오지마라', '아기 어르는 소리' 등을 불렀으나 시작만 했을 뿐 계속되지 않았다. 적극적인 성격으로 많이 일러주려고 하였으나 기억이 잘 안 난다고 했다. 키가 작은 편이나 건강했다.

제공 자료 목록
03_10_FOS_20090301_KDH_NMY_0001 아라리

나일수, 남, 1941년생

주 소 지 : 강원도 정선군 사북읍 직전리
제보일시 : 2009.3.1
조 사 자 : 강등학, 이영식, 박은영, 유태웅

직전리 토박이로 지금까지 평생 농사만 지었다. 현재 직전리 노인회장을 맡고 있다. 소리나 이야기 하실만한 분들을 연락해서 참여하도록 홍보를 해주시는 등 적극적인

성격이다. 목소리가 굵고 키도 큰 편이다.

제공 자료 목록

03_10_FOS_20090301_KDH_NIS_0001 이랴 소리
03_10_FOS_20090301_KDH_NIS_0002 잠자리 꽁꽁
03_10_FOS_20090301_KDH_NIS_0003 우러리
03_10_FOS_20090301_KDH_NMY_0001 아라리

박영금, 여, 1930년생

주 소 지 : 강원도 정선군 사북읍 직전리
제보일시 : 2009.3.1
조 사 자 : 강등학, 이영식, 박은영, 유태웅

사북리 지장산 자락에서 태어나 21세에
직전리로 시집왔다. 차분한 성격으로 별반
말이 없었다. 돌아가면서 아라리를 한마디
씩 할 때야 겨우 한 곡 불렀다.

제공 자료 목록

03_10_FOS_20090301_KDH_NMY_0001 아라리

이하옥, 여, 1933년생

주 소 지 : 강원도 정선군 사북읍 직전리
제보일시 : 2009.3.1
조 사 자 : 강등학, 이영식, 박은영, 유태웅

직전리 토박이로 18세에 마을 총각과 결
혼했다. 이야기에 대해서는 취미가 없고 노
래는 전래동요와 아라리를 불렀으나 수줍음

이 많았다.

제공 자료 목록
03_10_FOS_20090301_KDH_LHO_0001 잠자리 꽁꽁
03_10_FOS_20090301_KDH_NMY_0001 아라리

전상준, 남, 1916년생

주 소 지 : 강원도 정선군 사북읍 직전리 큰배래치
제보일시 : 2009.7.21
조 사 자 : 강등학, 이영식, 박은영, 유태웅

　남면 증산리 덕만이 태생으로 5~6세 경에 직전리 먼지골로 이주하였다. 현재 거주하고 있는 큰배래치에는 10년 전에 옮겨왔다. 전상준은 23세에 결혼하여 평생 농사만 지었다. 그러던 중 40세에 눈을 다쳐 갖가지 민간요법으로 치료를 했으나 소용이 없어 45세에는 두 눈을 완전히 잃게 되었다. 워낙 연세가 많아 귀가 약간 어둡고 치아가 없을 뿐 건강하다. 지금도 건강만 허락하면 소나무에 있는 봉양을 젊은 사람보다 더 캘 수 있다고 자랑한다.

　결혼을 두 번했는데, 첫째 부인에게서 아들 넷을 낳았으나 병과 사고로 모두 죽었다. 막내아들이 사고로 죽었을 때는 첫째 부인의 나이가 너무 많아, 사별해 자식이 있는 젊은 부인을 맞이하여 삼남매를 얻게 되었다. 첫째 부인과는 작년에, 둘째 부인과는 5년 전에 사별하고 현재는 양자로 들인 아들내외와 생활하고 있다. 이야기는 젊어서 여기저기 다니면서 들었다고 한다. 아라리는 이야기 중간에 쉬면서 몇 곡 불렀다.

제공 자료 목록

03_10_FOT_20090721_KDH_JSJ_0001 만리성을 쌓는 남자
03_10_FOT_20090721_KDH_JSJ_0002 샅으로 천 냥 빚 갚은 여자
03_10_FOT_20090721_KDH_JSJ_0003 일본인을 굴복시킨 서산대사
03_10_FOT_20090721_KDH_JSJ_0004 마피쌈지 덕에 도지사가 된 영감
03_10_FOT_20090721_KDH_JSJ_0005 비렁뱅이를 데리고 사는 백정 딸
03_10_FOT_20090721_KDH_JSJ_0006 톳재비 도움 받아 부자가 된 동생
03_10_FOT_20090721_KDH_JSJ_0007 복 빌러 가서 복 얻은 사람
03_10_FOT_20090721_KDH_JSJ_0008 호랑이를 중국으로 모두 보낸 강감철
03_10_FOT_20090721_KDH_JSJ_0009 여자의 거시기로 호랑이 잡은 여자
03_10_FOT_20090721_KDH_JSJ_0010 귀신을 물리치고 금도 얻고 색시도 얻은 가난
                                    뱅이 청년
03_10_FOS_20090721_KDH_JSJ_0001 아라리

만리성을 쌓는 남자

자료코드 : 03_10_FOT_20090721_KDH_JSJ_0001
조사장소 : 강원도 정선군 사북읍 직전리 4반 큰배래치 전상준 자택
조사일시 : 2009.7.21
조 사 자 : 강등학, 이영식, 박은영, 유태웅
제 보 자 : 전상준, 남, 93세
구연상황 : 3월 1일에 직전리를 1차 방문하였을 때는 전상준에 대한 정보가 부족했던 까
　　　　　닭에 경로당에 계신 분들로부터 노래를 몇 곡 들었다. 이러한 사정은 3월 1
　　　　　일 직전리 답사 때 노인회장 노일수가 예전에 막걸리를 사들고 전상준을 방
　　　　　문한 적이 있었는데 별 시원치 않은 얘기만 했다는 소리를 듣고 확인을 안
　　　　　했다. 이후 보충조사를 위해 직전리에 갔을 때 전상준 댁을 방문하게 되었다.
　　　　　전상준은 40세에 눈을 다쳐 45세에는 완전히 실명했고, 연로해서 귀도 약간
　　　　　어두웠다. 방문했을 때 다행히 며느리가 있어서 도움을 많이 받았다. 처음에
　　　　　는 눈을 다치게 된 까닭과 치료하려고 애쓴 사연을 듣고 조사자가 이야기를
　　　　　청하자 쉬운 얘기부터 하자면서 이 이야기를 해 주었다.
줄 거 리 : 남편이 만리성을 쌓으러 가고 여자만 집에 있는데, 하루는 글을 모르는 남자
　　　　　가 와서 집안일을 거들었다. 부인은 이 남자와 하룻밤을 지내고 남편 대신 만
　　　　　리성 쌓는 일을 맡게 하였다.

　그전에 대국서 멫(몇) 만 리를, 대국 저저 성을 쌓았거든요? 대국을.

　(조사자 : 예예.)

　돌메이를(돌멩이) 가지고 한질 여기 성을 멫 천 리를 돌려 싸니, 대국천
재가 씨게가지고(시켜가지고). 그래 대국천재가 돌메이를 마아(모아) 들이
미(들이며) 몇 십 년을 쌓으니, 아침에가, 젊어가서 그 돌메이를 쌓다 나
이 많아 짐 죽으믄 거 고마 끌어 묻고.

　또 ○○를 지고 지고 몇 백 명이 모여 만리성을 대국에다 쌓습니다. 쌓
아까네(쌓으니까), 하룻밤에 만리성을 쌓았다는 그 뭔 얘긴지 아시우? 하

룻밤에 만리성을 싸.

(조사자 : 그 뭐 부부관계 말씀하시는 거 아닌가요?)

그래서 하룻밤에 만리성을 쌓는데 으떠게(어떻게) 쌓나하면, 한 사람이 만리성을 싸러 오라 그래서 안갈 순 없고 가. 만리성을 싸러가니 여자가 농사를 지으미 남글(나무를) 해 때미, 그래가 애를 먹고 불쌍히 사다니 웬 사램이 하내이(하나가) 와서.

"여보시오, 여보시오 좀 자고 갑시다." 이러거든.

"우리 집엔 못 자오."

"왜 못 자는가?"

"주인도 없고 내 혼차(혼자) 있고, 가라고."

그래 이놈이, 이 사람이 혼차 있다고 이러니 점점 이놈이 안가고 처마 앉아서 어둡도록 앉아 안 가네요.

그래 밥을 할 수 없이 해주고,

"그래 웃방에 들어가 자라고."

웃방에 들어가 자더이만,

"아, 아주머니 저 남게 마당에 우째(어째) 하나도 없소?"

"나무할 사람이 없어서 내가 해 때니 읇소(없소)."

"내가 남게 해주라우?"

"아 그럼 좀 해줘요."

그래 남구 하루 닷짐도 하고 엿짐도 하고. 하더이 한 이레여드레 하니까 마당에 수북해 한 가득해.

'아 그 사람이 그 남군 잘하는구나!' 남글 한가득 수북해 무저놓곤.

'저 사람을, 저를 글을 배웠나 안 배웠나 알아볼 수 뱆에 없지'

"당신 편지 씰(쓸) 줄 아오?"

"아이고 나 편지 쓸 줄 본래 몰래요."

"왜 글을 안 배웠소?"

"아, 글을 안 배와 한자도 모르오."

"아, 그래요!"

"그럼 오늘 가 남글 하오."

그 남겔 시게(시켜) 보내놓고 여자가 펜지(편지)를 씬다. 펜지를 펜지봉투우다(에다) 썩썩 써내려 써가지고,

'집에 아버지가 죽었으니까 집에 와서 영장을 하고 이 펜지 가주간(가져간) 사람을 당신이 그 만리성을 쌓게 해라!' 그래 펜지를 썼거든?

펜지를 써가지고 주민서는(주면서는),

"당신 오늘 저녁에 내 옆에 와 자오!"

그래 하룻밤 몸을 빌려줬단 말이야.

그래 저놈이 좋아서, 참 하룻밤 몸을 빌려주니 장난을 치고.

그 이튿날을 펜지를 주민서는,

"당신이 이 펜지를 가주(가저) 가서 우리 집 주인이 거 만리성을 쌓는데, 찾아서 주고, 연때를 보케지(보여주지) 말고 꼭 개화(주머니) 넣어 가지고 가다가 주인을 찾아가지고 주인만 주지 연때를 보케지 말고 꼭 가주가라고."

"그럼 그래라고."

그래 하룻밤 그 여자를 데리고 자보니 재미가 있으니 이 놈우 편지를 가지고 은어 먹어 가미 대국에 드갔던 말이야.

드가서 이름이, 그 사램이 진봉준인데.

(조사자 : 진봉준?)

어. 진봉준인데,

"봉준이 여게 있소?" 이러니.

"아 봉준이 없소. 저 건네 저 가보오."

거 가서 또 "진봉준이 여 있소?" 이러니.

"여 봉준이 없소. 저 건네 저 가보오."

만리성을 사방 군데군데 이제 돌려 쌓는데.

그래 거가,

"왜 그러냐고, 내가 진봉준이라고."

"이리 오라고."

저 외딴 델 데려가서,

"이 펜지를 당신 아주머이가 써 주민서는 꼭 갖다 주고 오라. 연장이 보키지 말고 펜지를 가마이 보라 하더우." 이랬단 말이야.

"그럼 그래 그래라구."

그럼 내가 펜지를 봉투에다 이제 썼는 데 보니까네,

'이 사람은 만리성을 쌓기고, 당신은 외딴 데 가 펜지 봐라!' 이래 났다 말이야.

그래노이 "참 당신 가 저 만리성을 쌓는데 일 좀 하라고, 내가 펜지를 보고 오마."

펜지를 저기 가 외딸가서 가 가마이 뜯어가주 보니, '당신은 아바이가 집에서 죽었으니 와서 영장을 하고 이 사람을 만리성을 쌓케라!' 아 그랬단 말이야.

그래 보이, '그 여자가 이상히 편지를 썼구나!' 자기 여자지만 그래.

그래 감독을 보고, "여보 여보 우리 아버지가 죽어서 구들에 누워 있으이 내 어떡하오."

"내가 영장을 하고 올께이 저 사람을 만리성을 쌓키우."

"아 그러미 다 있으니, 그 사람을 쌓키기만 하고 가라고."

그래 집에 와서 고마 이 여자하고 본남편하고 같이 잘 살았지.

샅으로 천 냥 빚 갚은 여자

자료코드 : 03_10_FOT_20090721_KDH_JSJ_0002
조사장소 : 강원도 정선군 사북읍 직전리 4반 큰배래치 전상준 자택
조사일시 : 2009.7.21
조 사 자 : 강등학, 이영식, 박은영, 유태웅
제 보 자 : 전상준, 남, 93세
구연상황 : 전상준은 40세에 눈을 다쳐 45세에는 완전히 실명했고, 연로해서 귀도 약간
　　　　　 어두웠다. 방문했을 때 다행히 며느리가 있어서 도움을 많이 받았다. 처음에
　　　　　 는 눈을 다치게 된 까닭과 치료하려고 애쓴 사연을 듣고 조사자가 이야기를
　　　　　 청하자 쉬운 얘기부터 하자면서 '만리성을 쌓는 남자' 얘기를 해 주었다. 그
　　　　　 리고 며느리가 갖다 준 복숭아 통조림으로 목을 축이고는 이야기를 했다.
줄 거 리 : 부잣집한테서 돈 천 냥을 빌렸는데, 부인만 혼자 있는 집에 와서 자꾸 빌린
　　　　　 돈을 내 놓으라 했다. 이에 부인이 가진 거라곤 샅 밖에 없다고 하자 그것이
　　　　　 라도 내 놓으라고 해서 줬다.

옛날에 부잣집한테 돈을 천냥을 취해 썼내요.

돈을 천냥을 썼던데, 아 이놈이 만나믄, 심심하믄, "돈 다와!"

"아 돈 없다." 하믄 가고.

또 며칠 있다 와서 "돈 다와, 돈다와."

"아 돈이 없다고, 가라고."

할루는(하루는) 있다이(있자니), 이놈이 돈 받으러 와가지고 단박 돈 내
놓으라고 얼매나 고만 지랄 발거둥이를 치는지 베길 수 있나.

"내놔, 내놔!"

"아 내놓을 기 없다고."

"난 내놓을 기 뭐 샅태기 밖에 없다고."

"그럼 그기래도 내놔."

그럼 중의를 홀떡 벗고 샅태기를 내놓으이 이놈이 깔고 올라 앉아서
고만 일을 한다. 그러고는, 일하고는 이불 한 깔고 앉아 있으니 줘야지 으
찌하노.

조금 있다 또 그러고 조금 있다 하루 밤에 열 번 스무 번 지랄하고. 거고만 샅태이가 이를 사발때이 매름(모양) 부어가지고 일 년씩이나 아파서 홀떡 벗겨져가지고 따재이가(딱지가) 속에 홀떡 벗겨져가. 그래 이불을 덮어 씌고 둘너 앓타니 남자 어디 갔다가 며칠 만에 갔다 와

"아 왜 일 안하고 둘너 있노?"

"아 나 샅태기를 보라고."

"아, 왜 그러냐고?"

"아 그놈이 하도 돈 내라 해 내놓을 게 없다 하이 사태기라도 내놓으라고 지랄을 해 싸 사태기를 내놓으이 아 그래 그렇다고."

"마한 놈(망할 놈)의 새끼, 돈 천 냥이 있어도 살고 읊어도 살 텐데 그놈의 새끼 못된 놈일세."

그래 들깨 지름을 뜨수어 가지고 수건을 적셔가지고 슬슬 문대니까 한 열흘 있으니 그만 나아졌어.

그래 하룻밤에 천 냥 빚을, 말 한마디에 천 냥 빚을 갚았어.

(조사자 : 그 한 마디에?)

옛날에 그 천 냥 빚을 갚는다는 그 기여.

일본인을 굴복시킨 서산대사

자료코드 : 03_10_FOT_20090721_KDH_JSJ_0003
조사장소 : 강원도 정선군 사북읍 직전리 4반 큰배래치 전상준 자택
조사일시 : 2009.7.21
조 사 자 : 강등학, 이영식, 박은영, 유태웅
제 보 자 : 전상준, 남, 93세
구연상황 : 전상준은 40세에 눈을 다쳐 45세에는 완전히 실명했고, 연로해서 귀도 약간 어두웠다. 방문했을 때 다행히 며느리가 있어서 도움을 많이 받았다. 처음에는 눈을 다치게 된 까닭과 치료하려고 애쓴 사연을 듣고 조사자가 이야기를

청하자 쉬운 얘기부터 하자면서 '만리성을 쌓는 남자' 얘기를 해 주었다. 그리고 며느리가 갖다 준 복숭아 통조림으로 목을 축이고 '삯으로 천 냥 빚 갚은 여자'를 이야기 하고는 이어서 절 이야기를 한다고 하면서 해 주었다.

줄 거 리 : 일본인이 서산대사를 죽이려고 했으나 소용이 없었다. 오히려 서산대사는 우리를 괴롭힌 보복으로 수백 개의 불알과 음부를 바치게 했다. 몇 해 바치던 일본인이 그러다가 자신의 종족이 없어질 것을 걱정해서 서산대사에게 용서를 빌었다.

옛날에 서산대사가 꽃이 피른, 작대기에, 서산대사 작대기에 꽃이 피른 낸중에(나중에) 살아온다고 이랬는데. 갈래 절에 가보면 작대기라고 박달나무 작대기가 이만침 큰기 한 서너 줄 된데. 그기 서산대사 작대기라고 말은 그래지요, 그래는데.

서산대사가 참 아주 서산대산데, 일본사램이 서산대사 잡으러, 얘길 잘 들어보오.

서산대사 잡으러 찾아 댕기유. 댕기다 보이, "당신이 뭐요?"

"내 서산대사요."

"아, 그래믄 이리오라고."

서산대살 붙들어 가지고 놓고, 방석을, 미영을(무명을) 몇 필 사가지고 미영방석을 이불만침 너끌이(넓게) 해 바닷물에다 확 띄우고, 비단방석을 해가지고 또 바닷물에 홱 띄우고 저 들어 앉아 타고 댕겨 보라고. 비단방석을 타고 댕기믄 요물이라고 죽일끼고, 미영방석을 타야 되겠거든. 미영방석을 타고 바닷물에 나갔다 드갔다, 나갔다 드갔다 돌아치미 몇 백리를 막 돌아 댕기도 뭐 가라앉도 안하고 막 돌아 댕게.

"아유 됐다고 나오라고." 그래 나왔지.

'아 그놈이 참 영웅은 영웅이구나!' 일본 놈들이 그래.

그래 또 메칠(며칠) 밥을 해주 멕이미 있다가, 한 열흘 있다가 무쇠집을 지었어. 쇠꼿(쇠)으로 가지고 저 백석을 하고 집을 짓고, 숯을 사다가 네 귀에 싸고 대풍구를 디리(힘껏) 부으미,

"저 안에 드가 앉으라고." 그래.

그래 서산대사가 그 안에 드가 앉아 있으니 네 귀에다 대풍구를 들이 부우니, 쇠꽂집 물이 주르르 흘러내려.

'에이 인지는 얼어 죽어, 데 죽었겠지.'

문을 펄떡 열어보이 수염에 고드름이가 주렁주렁주렁. 이마가 쉰 서리가 허해.

"일본이 남방이 이래 듭다디이(덥다더니) 왜 이리 춥나!" 고래 같은 소리 지르니까,

"아이 이놈들 날 잡을라고 해지만 내 안 잡, 안 죽는다." 고래 같은 소리 지르니 나오라고 그래. 그래 나오니 떡 있다 보이. 이놈들이 서산대사 잡을라고 별 지랄을 다해.

쇠꽂을 가지고 말을 하나, 무쇠 말을 하나 크게 맨들어 가지고. 하루는 불에다가 발갛게 달궈가지고 말이 고마 불덩거리가 돼.

"여 올라앉으라고."

거 올라 앉아 있다 보면 궁뎅이가 확 탄기 죽지 으찌(어떻게) 되겠어.

'아 이거 열 두 가지 계고 중에 제일 어려운 계고로구나!'

하눌님은 치다보고 사뱅 하민서는,

"날 살릴라면 살리고, 죽일라믄 죽여주시오!"

사배를 세 번 하니까 우르르드르르 하더이,

[기침을 함.]

우르릉 드르릉 하데이만 비가 고만 장대비가 쫴 내리 때루이 말이 고만 확 씨러삐래(쓸어버려). 그러니 죽긴 뭐 죽어. 서산대사가 멀쩡히 살아났는데.

'참 서산대사가 서산대사로구나!'

그래 못 잡고 하이, 서산대사가 가마이 생각해보이 이놈의 일본노무새끼 아주 미워 못 배기겠단 말이야.

'이놈우 새끼들 보를 갚아야 되겠구나!'

"한 달에 이백 명, 삼백 명씩 나와서 느(너희들) 내 씨긴대로(시키는 대로) 번을 서라."

"저 차을(찾을) 적에 와서 번을 서라."

삼년만큼 번을 세웠다 보내고 보내고. 아 그 삼년만큼 번을 세워 보내 보니 그 멀쩡한 기 그까이 뭐 분이 들 풀이(분이 덜 풀려) 안 되겠거든.

'에이 이노무 새끼들 번을 세(세워) 봐도 안 되고 인피를(전상준은 여자들 음부를 깐 거라 했다.) 깍히이 되겠구나!'

"네 이놈우 새끼들 열 살 우로 부랄 서 말을 까라. 열 살 우로 부랄 서 말을 까서 배싹 말려워서 서 말을, 봉지 서 말을 하고, 여자들 인피를 서른 장, 어 삼백 장을 깎기서 바싹 말려. 인피를 삼백 장을 까서 메기면 안 되고 아주 잘 까서 삼백 장을 까서 말려워서 내한테 갖다 바쳐라."

아 그래이 삼백 장을 까서 인피를 갔다 삼백 장을 바치니, 이런 애기, 및 해(몇 해) 그래 보니까 일본에 씨가 지겠네. 아이고 고만 인피를 못 갖다 바친다고 항복을 하고 빌고, 다시 안 그런다고 비니깐에 그래 고만 일본 놈들을 다 잡지 안하고 놔뒀지요.

그래 서산대사가 그랬습니다.

마피쌈지 덕에 도지사가 된 영감

자료코드 : 03_10_FOT_20090721_KDH_JSJ_0004
조사장소 : 강원도 정선군 사북읍 직전리 4반 큰배래치 전상준 자택
조사일시 : 2009.7.21
조 사 자 : 강등학, 이영식, 박은영, 유태웅
제 보 자 : 전상준, 남, 93세
구연상황 : 전상준은 40세에 눈을 다쳐 45세에는 완전히 실명했고, 연로해서 귀도 약간 어두웠다. 방문했을 때 다행히 며느리가 있어서 도움을 많이 받았다. 처음에

는 눈을 다치게 된 까닭과 치료하려고 애쓴 사연을 듣고 조사자가 이야기를 청하자 쉬운 얘기부터 하자면서 '만리성을 쌓는 남자' 얘기를 해 주었다. 그리고 며느리가 갖다 준 복숭아 통조림으로 목을 축이고 '삼으로 천 냥 빚 갚은 여자'를 이야기 하고는 이어서 절 이야기를 한다고 하면서 '일본인을 굴복시킨 서산대사'를 들려주었다. 목을 축이며 잠깐 쉬면서 가족관계 및 예전 지역의 얘기를 들었다. 조사자가 또 부탁하자 이번에는 좀 긴 얘기라고 하면서 시작했다.

줄 거 리 : 담배를 좋아하는 한 영감이 있었다. 하도 담배를 피우니 담배쌈지가 금방 망가졌다. 이에 말가죽으로 쌈지를 만들어 가지고 다녔는데, 이 쌈지가 비가 올 때면 축축해지고 날이 맑으면 보송보송했다. 그 쌈지 덕분에 영감은 마을에 큰 행사가 있을 때면 날씨를 예언해주곤 했다. 이 소문은 대국천자에게까지 들어갔다. 당시 대국천자는 자신의 옥새를 잃어서 한껏 걱정이었다. 이에 이 영감을 불러다가 그것을 찾도록 했다. 영감은 자신의 쌈지를 원망하며 '마피야, 마피야'를 외쳤다. 마침 옥새를 훔친 놈들이 마씨와 피씨였는데, 이들은 숨어서 영감의 동태를 살피던 차에 자신의 잘못이 탄로난 걸로 착각하여 영감 앞에 스스로 나타나 용서를 빌었다. 이에 영감은 옥새를 찾아주고 대국천자의 권유로 도지사가 되었다.

그전에 한 사램이, 영감이 담배를 참 지지해 마이 피웠어. (조사자 : 담배를요?) 어. 담배를 이 쇠꽂대 이런 거. 잘 모르는지?

(조사자 : 저기 쇠로.)

쇠꽂 담뱃대! (조사자 : 이렇게 긴 거?) 이만침 설대를 매어 가지고.

(조사자 : 예, 저 어렸을 때 할아버지 하시 던 거 봤습니다. 그 이래 피우다가 다 타면 툭툭툭. 또 담아가지고 또 피우다가 다 타면 툭툭툭.)

(조사자 : 풍년초?) 어, 풍년초. (조사자 : 예.)

이놈우 지갑이 하루 열 번 스무 번을 넣었다 꺼냈다, 넣었다 꺼냈다 하이 아 지겝이(지갑이) 떨어져 배길 수가 있나. 그래 지겝이 떨어져 배길 수가 없어.

하루는 이래 있다니 마실 아들이 달이 환해 놀러 왔어. 놀러 오는데, 아 이놈우 지겝이 담배를 피우다니 꽁지 떨어지이 "야들아, 담배샘(담배쌈지)이 사다와.” 하니.

아들네들 담배샘(담배쌈지)이 사다 몇 달 안 돼 또 사다 다와. 아 이놈우 담배샘(담배쌈지)이가 헝겊이 담배샘(담배쌈지)이니 배기나.

그래 하루는 이래 있다니, “할아버지요, 할아버지요!”

“왜?”

“저 밑에 마방 말이 죽었오.”

“말이 죽었어?”

“우떠 했노?”

“저근네 증평에가 파묻었소.”

“어, 그랬구나.”

그래서 담배샘(담배쌈지) 이가 자주 떨어지니깐에 이놈우 칼을 실근실근실근 갈아가지고 말가죽 벳기러 내려와. 말가죽을 갈비 찍어 널븐데를 거를 훌떡 칼을 가지고 뺏겨 가지고 터래기를 막하 깎아 내 삐리고. 담배샘(담배쌈지) 이가 풍년초가 세 봉 네 봉 들게로 크게 쟀거든요.

(조사자 : 아 크게 해서, 예.)

응, 크게 재가지고 여기다 놓고, 담배 피우고 피우고 또 피우고 피우고 또 피우고. 아 그래고나이 담배가 우떠해 된 게 물이 흘러, 폭 젖어서.

‘어 시원하다!’

‘아도 안 들어오고 어른도 안 들어왔는데 담배가 왜 젖었노! 이상하다.’

그래 담배를 말루우미, 화로에 말루우미 피우고 말루우미 피우고 하다 이 담배 지절로 배싹 말랐어.

‘아 그 이상하다. 담배가 우떠해대(어떻게) 말랐노.’

또 피우지. 피우다 보이 담배가 물이 조르르 흘러.

‘이놈우 담배 왜 또 젖었노?’

아 그러다 보이 비가 막 오네.

‘아 이놈우 담배가 비가 올라하이 젖고, 해가 나이 마르는구나!’ 그랬

단 말이야. 그래보이 젖었다가 해가, 담배 버썩 마른 걸 피우다보이 해가
나네.

'어 이기 해가 날라 하이 담배가 마르고, 비가 올라 하이 젖는구나!' 그
래고 있지. 이래 피우고 있다이 이놈아들이 동네에 있는 아들이 한 대여
섯 아들이 놀러 오잖아.

"아이고, 내일은 보리를 떨어야 되는데 보리가 저 큰 기 세 가진데, 도
리깨질 잘하는 사람 여나무썩 은어 가지고 저 보리 세 가질 다 떨어야 되
는데." 그래구 있네.

"야들아, 보리 떠지(떨지) 마라!"

"내일은 비가 온다."

담배 젖었거든?

그러니까 "내일은 보리 떠지 마라, 비가 온다."

"저 할아버이 미쳤네. 저렇게 달이 환한데 뭔 비가 와."

그래 이놈아들이 보리 비러가 보리를 비다 보니 비가 막 내려 쏟아 고
마. 그래 보리를 또 말려가지고 보리를 가리고, 메칠(며칠) 베, 보리를 큰
걸 세 가지를 해 갈라났어.

메칠 있다 보이 저놈아들이,

"할아버지요, 할아버지요 내일은 보리 떨라우?"

"내일 보리 떠지 마라, 내일 비가 온다."

"저 할아버이 접때도 그러이 비가 오긴 오더이만, 저렇게 달이 좋은데
뭔 비가 와?"

"아무래도 저놈우 할아버이 미쳤어." 그래거든.

그래 참 보리를 세 가리를 해다 놓고 일꾼을 여남우 얻어가지고 뚜드
리다이, 우르릉 드르릉 하더이만은 비가 고만 장대비가 쾅 여매우이 보리
세 가리가 싹 떨어져 나가고 고만 하낙이(하나가) 되네.

"아 참 저놈우 할아버이 영홍(영웅)이다."

담배샘(담배쌈지) 이 때민에 아는데, 저놈우 할아버지 영홍이라고. 하늘 조화를 아는 저놈우 할아버이 영홍이라고 소문이 났네.

소문이 나이, 대국천재가 옥사(옥새)를 여 내따 져노모 총칼을 들고 천년(청년) 마음이 모애(모여), 몇 백 명이 모애 주인장 하러 오는데, 옥사를 내 데려오면 ○○○부터 오지 못해요. 예. 오지 못해.

그러다가 "가그라!" 하믄 인제 옥사를 내던지미 가그라 하믄 마크(모두) 끼 가고. 오믄 내따 ○○○ 못 오고. 그러니 옥사를 고만 잃었다 말이야.

(조사자 : 옥새를 잃었다니요?)

응, 옥사를. (조사자 : 도장, 도장 옥새 말씀하신 거죠?) 응, 도장. 그래 대국천자가 도장을 잃었는데 삼 년을 수문하이 찾을 수가 있나? 참 그거 암만 수문해도 못 찾고. 그래서 대국천자가 이 조선에 이인이 있다 소문을 들었단 말이야.

(조사자 : 뭐가 있다?)

아는 사람이 있다.

(조사자 : 아, 위인이 있다?)

이인 있다.

(조사자 : 이인, 아.)

하늘 조화 아는 사램 있다! 대국천자가 들었단 말이야. 도에다가 공문을 써내려 보내. 도에서는 군으로 보내, 군에서는 면으로 보내 면장이 그 공문을 들고 와서,

"할아버지요, 할아버지요 대국천자가 오래요."

"왜 오라우."

"아 하늘 이수를 알고, 비오는 거 알고, 해 나는 거 알고 그래 잘 아니, 대국천자가 옥사를 잃었는데 옥사를 찾는다고 꼭 오래요. 안 오면 죽인대요." 아 그래거든.

'아 이거 큰일 났구나!'

'난 이 담배샘(담배쌈지)이 때문에 아지 아무 것도 모르는데 큰일 났구나.', '안 오면 죽인다이 까이꺼 가서 몇 달 읃어 먹다 죽어야지 안 되겠구나.'

대국으로 읃어 먹으러 간다. 가니 깐에 대국천자가 쫓아 나오미 "아이 친구 오느냐고" 영접을 해가지고 붙들어 주이. 그래 드가이 맛좋은 술에다 맛좋은 안주에다가 아 밥에다가 뭐 뭐 얼음이 설설 녹는. 산골에서 강냉이 먹던 이밥 먹고 고기반찬 잘 먹고 술 잘 먹고 참 재미가 있어.

가마이 생각해보이 슥 달(석 달) 얻어, 슥 달 읃어 먹다 죽어야 하지. 낼 금방 죽을라이 안 되겠고.

"석 달만 멀미(말미)를 주슈. 그러면 내가 옥사를 찾아준다." 이래거든.

"아 내 삼년을 찾아도 못 찾은 기 그까짓 슥 달이야 아무것도 아니지." 슥 달에 찾았다(찾겠다) 하니 그러라고.

그래 인제 대국천자 있는 데 한 열흘 읃어 먹어 같이 앉아 노다가, 대국천자가 "당신 저 짝(쪽) 저 집에 가 있으라고."

"거 가 있다 석 달이 되면 옥사를 찾아달라고" 이랬거든?

"그래라고."

그래 거 가서 큰집에 가서 누구 말따나 이밥에다 괴기반찬에다 잘 먹고 들앉아 이따이(있다니),

"아이고, 니하고 내하고 대국천자 옥사를 찾은 우리가 도둑놈이잖나?"

"도둑놈인데 뭐이라고 하는지 밤으로 가 들어보자."

"잡는다고 하나 뭐이라고 하나 지켜보자."

그 두 놈이 훔친 게 저녁마듬(저녁마다) 마루 밑에 와 숨아 들여 보거든요?

들여 보다이, 이 담배샘(담배쌈지) 이 영감이 가마이 생각해보니 인제는 앞으로 한 달이 남은 거 두 달이 어중간 다 갔네.

'아 씨발 인제는 죽을 날이 인제 한 달 남았으니 큰일 났구나!' 속으로

중노 걱정을 해민서 담배를 피미 앉았다가, 을메나 부애(부아)가 나는지,

"이 씨팔놈의 담, 마피야! 왜 사람 죽은지 모르나?"

"이 시팔놈늬 마피야!" 하미 담배샘(담배쌈지) 이를 갖다 땅바닥에 벼락치듯 하거든.

아 가마이 들어보이 "니는 마가고 나는 피가니 마피가 맞지 않나?"

"아 저렇게 잘 안다."

"우릴 내일 잡을 라 하이 ○○○○○○○○ 아이 참 잘 안다."

니는 피가고 나는 마가니 마피가 맞지 뭐. 말가죽이 말피거든.

(조사자 : 맞아요.)

"아 참 큰일 났다."

"드까(들어가) 비자(빌자)."

"아, 니 먼저 드가거라."

"아 니가 먼저 드가."

겁이 나 서로 먼저 드가. 그러다가 할 수 없이 한 놈이 먼저 드간다. 드가서 절을 꺼벅꺼벅 하미,

"선생님 살려주시오 살려주이오."

"이놈우 새끼 거 앉아!"

뭐이라고 해이될 지 알 수 없거든. 뭐이라고 해지. 거 앉으라고 이랠 수 밖에 없거든.

"이놈우 새끼 거 앉아." 거 아랫목에 의자에 앉아.

또 한놈우 새끼가 절을 꺼벅꺼벅.

"살려주시오, 살려주시오."

"이놈우 새끼 거 앉아."

"이 죽을놈우 새끼들 죽을라나 살라나?"

"살려주시오."

"그럼 바로 얘기해라."

"니 이놈우 새끼 바로 얘길하면 살려주고 바른 얘기 안하면 잡는다."
이랬거든.

"예, 바로 얘기 하지요."

"그래 바로 얘기해."

"대국천자 옥사를 우리가 훔쳤습니다."

"그래 내가 니 잡으러 왔다. 그 으뜨게(어떻게) 했노?"

"저 근네 저 근네 저 물 근네 염장못에 싸가지고 넣었습니다."

(조사자 : 염장봉이요?) 염장못에. (조사자 : 염장못.) 염장못이라고. (조사자 : 염장못, 아.)

물이 뭐 물이 몇 천만 동우가 된 염장못이라고. 염장못이라고.

"저 근네 염장못에 갖다 넣었습니다."

"그 옥사 거 있나?"

"있습니다."

"그래. 그러면 몇 월 며칟날 그 염장못가로 오니라."

"오면 살려주고 안 오면 죽인다."

"아이고 가겠습니다, 가겠습니다." 항복했단 말이야.

그래 인제 대국천자 있는 대로 쫒아오이,

'아 친구가 석 달이 안즉 덜 찬데 하마 찾아오네 마' 이래거든.

"아 내 부른 대로 물건을 대 주시오."

"뭐를 대줘?"

"왕대를 삼백 개를 구해주시우." (조사자 : 왕대?) 왕대라고 왜 설대 왕대 있잖애? (조사자 : 예예예, 왕대.) 왕대,

"왕대를 삼백 개를 구해주시우."

"아 그기야 구해주지."

"못을 스 근만(서 근만) 구해주시우."

(조사자 : 못이요?) 쇠꽂 못. (조사자 : 네.)

"스 근만 구해주슈."

"구해주지."

"초로을(초롱을) 물 뜨는 초롱을 열 개만 구해주시우."

"아 그 구해주지."

"구해가지구 저 근네 염장못가 갖다 주시우."

"그래라."

염장못가다가 왕대 삼백 개, 못 스근, 물 초롱 열 개, 사람 이백 명 구해 달라 했거든? (조사자 : 예.)

"사람을 그날 이백 명을 구해다와."

"아 구해주지."

그 사람을 이백 명을 구해주고, 왕대를 삼백 개를 구해주고, 못을 서근을 구해주고 그래 다 구해주이, 그 왕대를 가시 남굴 맨들어 가지고 새다리(사다리)를 맨들거든요.

(조사자 : 예.)

새다릴 맨들어가지고 염장못에다 집어너니까 두 칸이 모지래. 두 칸이 모지래서 두 칸을 마저 해가지고 내리 서니 마치 맞어. 여 옆에 마치 맞단 말이야.

그래서 "사람 하낙에 저 물 있는 데까지 내려 가 서라!"

물이 있는 데 내려 가 서이(서니), 또 고 위에 한층 내려서고 고 위에 한층 내려서고 여나무씩(여남은씩) 넘게 서이(서니) 물이 인제 닿았단 말이야.

물을 한 초롱 떠서 고 위에 올려주면 또 받고, 물을 한 초롱 떠서 올려주면 고 위에 받고 자꾸 물을 빼내.

물을 사흘을 제초니까(퍼내니까) 물이 빼색 말랐지.

(조사자 : 아, 사흘을.)

사흘 만에 물이 말랐어, 물을 퍼내니까.

"니 이놈우 새끼들 옥사 가 꺼내 오니라."

그래 두 놈이 엉금엉금 엉금 기 내려 가더이, 여러 해 되노이 고만 파묻히서 손으로 가지고 자꾸 두 놈이 허비질 지리며, 이래 만치미 만치미 자꾸 허비질 이래 만치다니까 만직힌단 말이야. 껀저(건져) 가지고 나오는 거 이래 주니,

"됐다!"

"이놈우 새끼들 잡으러 왔더이 인제는 살려주마."

"잘 가거라."

"아이 고맙습니다, 고맙습니다." 인사를 막하고 그만 갔다.

가고 그래 친구가 옥사를 구해주니, 그렇게 반가우니 도지사를 하라 이랬거든. (조사자 : 도지사를?) 도지사를 맡으라고.

"아이 내 글도 안 배우고 아무 것도 모르는 기 도지사를 못한다고."

"아이 저런. 내가 도지사다 하고 앉아있기만 하면 되고, 서사를 두라." 이랬거든.

"그럼 되느냐고?"

"아, 된다고."

"내가 도지사다 하고 앉아있기만 하믄 서사를 두면 된다고." 그러미 그러드라구.

(조사자 : 서사, 서사요?) 어? (조사자 : 서사를 둬요?) 도지사! (조사자 : 아니 그러니까, 도지사 앉아 갖고 뭐 서사만 둔다 그래요.)

내가 도지사다, 이름만 도지사고 서사를 두고 뭘, 글을 시키거든.

(조사자 : 음, 예예예.)

그래 그래서 도지사를 했어. 담배 피우다 도지사를 했단 말이야.

(조사자 : 하하하, 담배 피다 도지사 된 분이구나?)

그럼요.

비렁뱅이를 데리고 사는 백정 딸

자료코드 : 03_10_FOT_20090721_KDH_JSJ_0005

조사장소 : 강원도 정선군 사북읍 직전리 4반 큰배래치 전상준 자택

조사일시 : 2009.7.21

조 사 자 : 강등학, 이영식, 박은영, 유태웅

제 보 자 : 전상준, 남, 93세

구연상황 : 전상준은 40세에 눈을 다쳐 45세에는 완전히 실명했고, 연로해서 귀도 약간 어두웠다. 방문했을 때 다행히 며느리가 있어서 도움을 많이 받았다. 처음에는 눈을 다치게 된 까닭과 치료하려고 애쓴 사연을 듣고 조사자가 이야기를 청하자 쉬운 얘기부터 하자면서 '만리성을 쌓는 남자' 얘기를 해 주었다. 그리고 며느리가 갖다 준 복숭아 통조림으로 목을 축이고 '샅으로 천 냥 빚 갚은 여자'를 이야기 하고는 이어서 절 이야기를 한다고 하면서 '일본인을 굴복시킨 서산대사'를 들려주었다. 목을 축이며 잠깐 쉬면서 가족관계 및 예전 지역의 얘기를 들었다. 조사자가 또 청하자 이번에는 좀 긴 얘기라고 하면서 '마피쌈지 덕에 도지사가 된 영감'을 했다. 이 이야기가 끝난 후 복숭아 통조림을 조금 들고는, 이번에도 긴 얘기라고 하면서 시작했다.

줄 거 리 : 옛날에 김석순이라는 조선의 부자가 있었다. 그에게는 외아들이 있는데 빌어먹을 관상을 타고 났다. 이에 김석순은 복 있는 며느리를 얻으려고 전국을 다니다 백정의 딸을 며느리로 맞이하였다. 후에 아들이 이 사실을 알고 백정의 딸이라고 내쫓았다. 며느리는 어느 깊은 산속에서 숯 굽는 총각을 만나 살았다. 그곳에는 황금덩이라가 많았다. 며느리는 그 황금덩어리를 팔아 집과 땅을 마련하자 거지들 잔치를 베풀어 김석순의 아들을 기다렸다. 김석순의 아들이 거지가 되어 나타나자 호통을 치며 꾸짖다가 함께 살려고 그를 데리고 길을 떠났다.

옛날에 우리 한국에 김석순이라고 있었소. (조사자 : 김?) 김석순이. (조사자 : 김석순이?)

이름이 김석순이야.

(조사자 : 김석순이요, 예.)

큰 토지가 다섯 개거든. 석순이 부재(부자). (조사자 : 아, 예예.) 김석순이 부재라고, 조선에서는 부잰데 토지가 큰 게 다섯 개요, (조사자 : 예.)

김석순이 부재. 그런데 김석순이 그키 부잔데 아들이 외아들이래. 아들이 외아들인데 석순이가 가마이 보른 십년을 글을 가르채. 석순이 아들 십년을 글을 가르채 한문을. (조사자 : 예.)

한문을 십년을 가르치는데 날마다 이래 봐도 아들이 빌어먹을 상이야. 상이 빌어먹을 상이야.

'참 큰일이다!'

'내가 이렇게 부잰데 조선에서는 부잰데 아들이 빌어먹을 상이니 저 재물을 다 우가 먹노?', '큰일 났구나!'

그래서 메누리 구하러 댕긴다.

메누리가, 복 있는 메누리를 은, 구해오믄 이 재물을 지켜갈 것 같거든. 그래서 돈을 괴발 보따리에다가 돈을 싸 짊어지고 메누리 구하러 간다. 돈을 한보따리 싸지고 메누리를 구하러 사방 돌아 댕기 보이 복 있는 메누리 어디 복히 있나.

'에이 이게 안 되겠다.'

어디 개구장가에(개울가에) 댕개야 남의 딸내미가 물 질러(길러) 나와도 복 있는 메누리를 보지, 질(길)로 댕기니 복 있는 메누릴 볼 수 있나.

할루는(하루는) 그만 개구장가 가서, 이 개구장가 가 돌아댕기고 저 개구장가 돌아댕기고 며칠을 개구장가를 돌아댕기다이, 아 물 질로(길러) 나왔는데 얼굴이가 돈땡이 같은 기 복이 땅에 뚝뚝뚝뚝뚝뚝 떨어지는 복 있는 여자가 나온단 말이요.

'옳다 저기 색시면 내 메누리 정하고 남우 집 신분이면 안 되겠구나.'

이래보고 섰다이 물동이를 쩍 놓고 앉는 거 보이 머리를 땋아 젖히고 색시거든.

'옳다 저기 내 메누리 정해야 되겠다.'

그래 이래 어디로 가나 하고 이래 보이, 저짜 드가드니만 지해(지하) 집으로 드가거든.

(조사자 : 기와집이요?)

지해 집. 집이 지해, 지해, 지해래. (조사자 : 아, 지하집.) 지하집으로 드가 거든.

(조사자 : 아, 지하에요?)

어.

어 저 집을 드가는군. 걸(거길) 따라 갔다.

"이집에 좀 자고 갑시다."

"자고 갈라면 자고 가요."

그래 자기로 했지 .

"여보, 여보 우리 심심한데 얘기 좀 합시다."

석순이가 주인을 보고 그랬거든.

주인을 보고, "심심한데 우리 얘기 좀 합시다."

"아 얘기를 하시우."

"내가 저게 저게 어데 사는 김석순이요."

"그런데 내가 복 있는 메누리를 구하러 댕기는데 이 집 딸이 물질을 나오는 걸 보이 아 복이 고만 땅에 뚝뚝 떨어지우."

"그 딸을 우리 메누리 정하게르 주우." 이래거든.

"글쎄요. 말씀은 고마운데 내가 쥐도 잡아먹고, 돼지도 잡고 백정이 돼나서 되겠소?" 이래거든.

"내가 백정이 돼나서 사돈 지내면 되겠소?" 이래거든.

"그래요?"

그래 아침 자고 나 문패를 보니 백정이야.

'아, 그 성이 좋으면 참 다행 좋은데 백정이로구나!'

"그래 당신 저 내가 날을 받아가지고 오거든 사돈을 꼭 지냅시다."

"아 그러면 그럭하오."

그래 집에 가서 날을 받으이 몇 월 며칟날 날이 좋다고 이래거든, 잔칫

날이. 잔칫날이 몇 월 며칟날 좋다고 하니 그날 잔치를 지내줘야겠구나 하고.

그 날 받은 걸 들고, 개화에(주머니에) 넣고 그 백정 집으로 온다.

와서, "저 앞에 저 상점 보는 집이 저 큰집이 저 집이, 한 달에 월급을 을맨큼(얼마만큼) 받나, 을맨큼 버나 가 물어보라고."

그리간에 한달 버면 돈을 몇 십 만원 번다 이래거든.

"아, 그르믄 그 집을 비우믄 몇 십 만원 보다가 내가 돈을 두 매이를 (두 배를) 줄께니까, 그 집을 열흘만 비워다와."

그랬거든. 석순이가. 석순이가 그러이,

"아 그러라고."

그래 한 달 버면(벌면) 을매를(얼마를) 버는데, 아 돈을 두 매이를 준다 했더만. 석순이 돈 많은 기 그까이 거 뭐 암매를 줘도 돼지. 그래 돈을 그 상점집을 만일 백만 원을 번다면 이백만 원을 줬거든. 이백을 한 달에 이 백만 원을 주고 집을 열흘만 비워 달라 했다.

잔채이(잔치가) 며칟날이니 그 집에 와서 잔채를 바수우라고. 뭐 떡도 하고, 뭐 과자도 하고 뭐. 음식을 준, 장만하고. 그래 그 집에 와서 잔채를 바수우고 거와서 행렬을 해니, 잔채집이 와 백정집이라고 하믄 아주 남새 스럽거든 석순이가.

그래 인제 거 인제 한 달에 백만 원을 벌면 이백만 원 주구서는 집을 비워 달래 해가 잔채를 지냈다. 그래 잔치를 지내니 이 아들내미가, 옛날 에 사흘만큼 장인 만나보러 간다고 잔채를 지내믄 옛날 말이 그렇소. 사 흘만큼 장인 보러가고 처갓집에 간다고요.

"아버지, 아버지 처갓집에 가게 돈 좀 줘요."

"아, 이 녀석아 글을 배워야지 뭔 처갓집에 가."

"아이 가야 돼요."

"아 글 배와."

"처갓집에 뭘 가."

가면 백정의 집이라고 저놈아가 고마 안 되겠거든?

그럴 꺼 아이요? (조사자 : 예.) 아들이 백정의 집에 갔다가 아들이 지랄하면, 말하면 뭐이라 하오.

"그래 가지마라고" 그랬어.

아 이놈우 자슥 가지말래도 꼭 가야된다고.

하도 간다고 해 싸서 몇 달 후에 보내이 오더이만, "아 우리가 부잔데 백정 딸을 데리고 왔다고" 지 아버이를 ○○○하미 지랄을 하거든.

"니 이년의 간나 버뜩 가거라!"

"백정년의 간나 난 안 데리구 살아."

"백정년의 간나 가."

막 뚜드리네. 막 뚜드리 이 여자가 가마이 생각허니 맞아보이 분하지.

그래, 그르구 ○○ 있다 보니, 아 며칠 있다 보면 이놈우 간나 왜 안 가노 왜 안 가노. 작대기가 또 때리네. 눈물을 딱으미 엉엉 우다가 앉아 생각하다가 내가 가믄 이렇게 부잣집이 있겠나 하고 또 있지.

그러니 석순이가 "한시를 참으면 백날이 편타" 이래거든.

그래 며느리가 가마이 생각해보이 내가 참으면 되는가 하고 만날 참지.

"한시를 참으면 백날이 편타" 석순이가 만날 그래거든. 그래 참지.

참고 이따이, "이년의 간나 가라이 왜 안 가나 왜 안 가나."

아 죙일(종일) 작대기가 패네.

'에이 이놈우거 내가 도망을 가야지 안 되겠다.'

가마이 생각해보니 돈을 보이(보니) 돈이 아숩고 쌀을 보이 쌀이 복미덥고 곳간에 쌀이 몇 백 가마있는데.

"저 쌀 좀 달라고 내 가주 간다고."

"아 저 쌀 가주가."

한 가마이래두 가주, 두 가마이래두 가주가.

아 퍼내 여 보이 뭐, 쌀을 서 말을 퍼내 여 보이 뭐 겨와 여니지 뭐 더 가주 갈 수 있나.

"아 돈 좀 달라고."

돈을 을매를 멫(몇) 뭉탱이를 꺼내 가주가.

그 쌀에다가 돈을 넣어가지고 이렇커럼 북을 해 묶어가지고 이고 간다. 갈라이 분해서 눈물이 막나 눈물을 딱으미 가고, 눈물을 딱으미 가고 자꾸 가다보니, 이런 지랄할놈우 거 마실을 안 가고 산으로 그만 갔네. 큰 산으로 갔어.

아 이놈우 산이 올라가보이 그택, 나가보니 그택, 올라가보이 그택, 나가보이 그택 어두워서 어뜩하노. 쌀자루를 앉혀 놓고 우지. 우다가, 우다가 생각하믄 배가 고파서 생쌀을 조 먹으미 앉았지.

뭐 저위에 와뜩버뜩 와뜩버뜩. '아이고 큰 산에 호랭이가 있다더니 날 잡아 먹으로 오는 기다.' 앉아가 고만 눈물을 흘리미 울지. 우다이 기척 없지.

그 이튿날 또 이노무 쌀자루를 해 이고 음매를(얼마를) 올라가 봐도 그택. 그러니 저짝으로 나가봐도 그택. 어디로 가도 갈 데가 없네. 아 그러니까 또 어두워지네. 쌀자루를 그 놓고 엉엉 우미 탄식을 하미 우지. 우다이(울다니) 날이 새네.

'예기 이놈우거 내일으는 나갔다 드갔다 하지 말고, 산꼭대길 자꾸 올라가다 몇 달 며칠이래도 올라가다 그 너매 내려가면 설마 구렁이 있겠지.', '구렁이 내려가믄 물이 내려갈 테이 그 물을 따라 내려가다 보면 큰 동네가 나설끼다.'

'그리로 가야되겠구나.'

그래 할루는(하루는) 자꾸 한 군 데로만 산꼴데이로 올라가다이. 산꼴데이를 만냈단 말이야. 이래 내려다 보이 저 아주 골이 뭐 몇 십리 묵은 골이 있잖아.

'에이 저 골을 찾아 내려가야 되겠다.'

그래 저 골을 찾아 내려가다니 안갠지 연갠지(연긴지) 뭐이 자부룩하단 말이야.

'아 저게 뭐이 안개냐 연개냐?'

내려가 보니 산수 걸 비가지고 네 귀퉁이 기둥을 세우고 뭐 해 있고, 머리가 하얀 할머이가 부엌에 불을 내미 쓱쓱 피우구선 불을 넣거든.

"할머이요, 할머이요!"

"왜?"

"아이, 이 여디 서울 사는 아씨가 왔네."

"저리도 이쁜 아씨가 여를 어뜩케 와 고상시리와서."

"할머니 밥 좀 줘요."

"아이 밥이 우린 읎아요(없어요)."

저 산, 꿀밤이라고 왜 참남개(참나무) 밤이 열린 거. 그래 그걸 따가지고 꿀밤 꽈 먹고 산단 말이요. 그래 사이 밥이 읎사(없어).

"아 그러미 내가 할머이 쌀을 줄 끼 밥 좀 해 줄라오."

"아 그럼 쌀을 달라고."

쌀을 한 되 푹 퍼 내주이 밥을 했드만.

밥을 해가지고 할머이하고 둘이 실컷 먹었어.

한 줄을 먹어도 뭐 밥이 많이 남았어.

이래 앉았다이 뭐 나판떼기 시커머니 나가 커다르니 나가, 뭔 검정을 뭐 이만큼 차라리 쌀을 가져올 걸 가지고 발을 맨들어 가지고, 검정을 이래 한 통을 짊어지고 마당에 갖다 놓고, 마당에 이제 앉았어.

"야야 야야, 저 서울 사는 아씨가 이밥을 해먹자고 해 입쌀을 밥을 해 먹었는데, 이 이밥 들어와 먹어봐라."

○집에 와 이래 보니, 아휴 색시가 얼굴이가 이른 기, 이쁜 기 내다보이 남사스래 드갈 수가 있나. 못 드가고 앉았네. 못 드가고, 암만 들어오

래도 안 들어와. 밥을 내다주이 그 마당에서 밥을 먹네, ○○.

마당에서 밥을 먹고, 처마에서 자 고만. 그 색시하고 할머이 하고는 그 구들에 거 자고.

그래 되니 할머이가 아침에 밥을 해달라고 또 쌀을 한 짐 떡 내 주니 밥을 지끼리 해먹고.

"아씨아씨, 저 자가 저 저 아래 숯을 꿔었는데 점심을 갖다 주고 올께 이 아씨는 집에 여 앉아 있으라고."

"내가 갔다주고 오마, 밥 달라."

"아 아씨는 못가."

"저 고쟁이 내려가서 저 짝 나가야 되는데 험해서 꾸부라 안 돼."

"아이고 할머이가 가믄 나도 간다. 나도 만판 간다. 날 달라고."

"아이고 아씨가 꾸부믄 어떠할라 그래." 밥을 줬단 말이야.

밥을 주니깐에 그 끝에 고쟁이를 내려가다가 그 저짤로 나간 뭔 질이 삐꼼한 기 그 질을 이래 나가이, 이만하고 흙을 가지고 뭉쳐서 지리 재고 돌메이를 치 싸고 돌메이 쌓은 겉에다가 흙을 바르고 남글 베다가 그 안에 가득 채우고 뷕에 불을 자꾸 넣네.

그이 숯을 꽈요, 숯을. 숯을 꽈가지고 검정이 되면 그 검정을 시장에 가 팔아먹거든. 그랜데 불을 냈구나.

밥 먹으라 갔더니 이낙이 남새스러워 밥을 안 먹네. 저 아래 여 앉았어. 그래 앉아 있으이 이낙이 밥을 먹어.

밥을 다 먹으이 밥보재기에 밥을 이래 싸가지고.

"총각, 총각 낼 아침에 저 이맷돌(이맛돌)을 저 빼 지고 오라고."

속으로 '이 시팔년이 지랄을 하지. 남우 공장을 뭐 뿌그댈라고 이맷돌을 빼달라고, 빼 지고 오라고.' 욕을 하지 속으로. 듣는 데는 못하고, 욕을 하지.

아 그러이 지낙에(저녁에) 안 빼 지고 갔다 보면 맞을 쯤 욕을 할 지 알

수 없거든. 이놈우 이맷돌을 빼 지고 온다.

이맷돌을 빼 지고 오이 그 문지를(먼지를) 비가 싹 돌리 씨라고. 검정을 돌려 씨라고 그 색시가 씨기네(시키네). 그 그래 그 검정을 빗자루로 가지고 싹 둘려 씰어 가지고 저 웃방 ○○○ 갖다 세워 놓으라고.

'시팔 지랄하지. 뭘 하러 검정 돌메이를 그 웃방 갖다 논다.'

그래 뭐 안 갖다 놓으면 또 맞을지 알 수 없고. 때리면, 때려주면 어떡해. 또 거 갖다 세워 놔.

그 이튿날 또 가서 흙을 이 가지고 이맷돌을 갖다 이래 들려놓고 흙을 바르고 욕을 한다.

'그 시팔년이 지랄해가지고 남우 불도 못 놓게 남우 공장을 뿌그대고.'

그이나 그 검정을 공장이라 한다. 하하 그 공장이야 그기.

그래 점점 지끼리 욕을 해미 이맷돌을 또 놓고 바르고 불을 또 넣지. 넣다이 점심을 해가지고 또 가지고 간다. 가지고 뒤에가 이래보이 아 뒤에 굴뚝 이맷돌 똑 금정을, 황금덩거리야(황금덩어리야).

'아, 이 황금덩거리 또 하나 있구나.'

"총각, 총각 지낙에 올 제 저 저 굴뚝의 이맷돌 빼 지고 와."

뻔이 보더니만 입을 요불요불요불 대미 욕을 해.

'시팔 저 어쩨도(어제도) 남우 공장만 뿌그대가지고 이맷돌 지고 오라고 해 지고 갔더니 또 지고오라고. 남우 공장만 뿌끄대. 시팔년.' ○○ 욕을 해 대.

그래 또 와서 안 지고 올 수 없고, 이맷돌을 또 빼 지고.

"저기 저 갖다 놔."

"총각, 총각 내일으는 그 검정 공장 있는데 가지 마라고."

"안 가면 굶어죽는데 안 가면 우뚜하노(어떡해)."

"내가 쌀이 여 많애, 가지 말라고."

가지마라고 붙잡았네. 아 그래서 붙잡으이, 그 쌀을 서 말을 놔두고 며칠을 먹어보이 이밥을 먹어보이 좀 맛있나.

'인지는 말을 들어야겠구나.'

'이밥은 먹으니 참 좋은데, 저 여자 말을 들어야 되겠구나.'

여자가 참 이쁘단 말이야. 그런데 말을 듣고 안 갔어.

그래 쌀을 건죽 다 먹다이 돈을 주민서는,

"저 쌀을 시장에 가 한 가마이 사오라고."

"한 가마니 사면 이 돈을 가지고 사라고."

그래 나려가서 쌀을 한 가마니 사 지고 왔다. 사지고 와서 몇 달 며칠을 먹다보이 쌀이 다 떨어졌어.

몇 달 며칠 서이 먹다 보이. 쌀이 한가마니 다 떨어지니, "인지는 쌀이다 떨어졌다고."

"그럼 내일으는 저 저 이맷돌 저거 하나 지고 시장에 가서 장○○가 갖다 이래 세워놓고 눈을 지지깜고 앉아 있으라" 이래거든.

"음, 그래라고."

시장에 지고 가서 자고 오므리다가 세워 놓고 눈을 지지 깜고 지가 앞에 이래 앉았어. 뭐 사램들이 쭉 가져와.

"아이고, 이거 오늘 좋은 황금덩거리가 났구나!"

그러미 지내 가거든. 쪼금 있다 보니 뭐 또 지내가.

"아이고, 오늘 참 좋은 보물이 났구나!"

그러미 또 지내가. 그러다이 해가 쥐꼬리만 돼서, 두루매기를 입고 갓을 쓰고 잘 차려가즌 나 많은 할아버이가 작대기를 지고 꺼벅꺼벅 오더이, 하이 작대기 가(가지고) 뚝뚝뚝 뚜르민서,

"참 이 좋은 황금덩거리가 났구나!"

"총각총각 이 내한테 팔게."

"값이 얼매야?"

"아직 이만침 무값이래요."

아직 이만침 무값이래. 무값이라 하라고만 시겠거든. 얼매나 하지말고 값이 무값이라고. 그래기만 하라고.

그래 "총각, 총각 여 있으라고."

집에 드가서,

"내 논이 여게 앞에 논이 저게 한 삼백 마지기 되고, 저 곳간에 쌀이 된양 몇 백 가마이가 있고 그렇다고." 집문서를 갖다가 총각을 주거든.

"이걸 날 달라고."

바꿨단 말이야.

그래 이걸 가지고 개화에(주머니에) 넣어가지고 집으로 가주 가.

그래 가주 가이 "뭐이라 하더냐고, 팔았냐고?"

"팔았다고."

"으뜨했노?"

"여 가지고 왔다고."

이래 끄내주니, 그 여자가 이래 보이 논이 앞에 한 삼백 마지기 되고 쌀이 곳간에, 큰 곳간으로 쌀이 몇 수십 가마이고 토지문서를 갖다가 주거든.

'아 이제 됐구나!'

"그래 내일모레 내려가서 이사를, 한 달만 있다 이사를 내려온다고 내려가 알구치라구(알려주라고)."

"그래라고."

그래 내려가서,

"한 달 후에 이사를 오게 집을 비우라고."

"어, 그러라고."

그래 이놈우 영갬이 여느 데 동네로 이사를 가고 집을 비웠단 말이야. 그래 한 달 후에 집을 비워 이사를 내려갔지. 이사를 내려가 가마이 생각해보이, 이놈우 여자가 생각해 보이 석순이 아들이 빌어먹을 상인기 빌어

먹을 ○○○ 같이 집에 읊겠거든? 집에 없을 거 아니요?

빌어먹으러 가이. 거르뱅이 돼 가지고. 토지를 마카(모두) 팔아먹고 빌어먹으러 가.

'아 이놈우 걸뱅이 잔치를 지내자.'

'걸뱅이라, 걸뱅이라 하는 거는 석 달 열흘 잔치를 지내는데 밥 먹으러 다 오니라.' 몇 동네를 공문을 돌래. 그 색시가.

공문을 돌내노이 이놈우 걸뱅이들이 열도 오고 다섯도 오고 작대기 짚고 질뜨벅 질뜨벅 질뜨벅 해미 숱한 뭐 걸뱅이들이 막 모여온다. 막 모여오이, 큰 매미(배미) 논바닥에다가 재를 치고 걸뱅이가 수십 명이 돌아 앉이고 여자는 집에 앉아 내다보고 앉았어. 잘 차려가 여자는 걸뱅이만 내다보고 앉았지.

그래서 걸뱅이 잔치를 섣달 열흘을 지낸다 한기 이놈우 바래보이 걸뱅이가 다 오고 안 와. 하마 수백 명이 왔는데.

'이놈우 석순이 아들이 빌어먹을 상인데 올 테인데 어찌 안 오나' 하고 바랬고 며칠 이따이 저 아랫마을 뭐 걸뱅이가 하나기 온단 말이야.

'이 저게 석순이 아들이 안 오나' 하고 지키고 앉아 내가보지.

아 곁에(곁에) 오는 걸 보니 석순이 아들이야.

'아 됐구나!'

가만 놔두고 보지. 그래 그 놈이 글을 한 십 년 배워노이 웃좌석에 가네, 으른 노릇하니라고. ○○ 밑에서 웃좌석에 가 앉네. 걸뱅이 그렇게 많은데. 웃좌석에 가 이래 앉아. 그래 앉았다이,

"술 메주, 술을 질독에다 해 논 걸 술을 걸러가지고 걸뱅이 하낙에(하나에) 한 대접씩 ○○ 한 대접씩 돌려주게." 이래 돌래주더라고.

"저 우에 걸뱅이는 술이 모재르네요."

"그럼 그 술을 한 대접 더 갖다 줘."

석순이 아들은 술이 모지랜 거 한 대접 더 갖다주이 술을 먹었다. 그리

고 한참 나앉아 노다이 지녁상이 나온다.

(조사자 : 뭐가요, 저녁상?)

어. 이밥을 ○○○ 같이 저 채려가지고 고기반찬에다 국에다가 걸뱅이 쭉 갖다 다 돌려 주네.

"한 사램이 모지랩니다," 이래거든.

"인제 온 걸벵이는 누룽갱이나 한 사발 끓여가지고 줘라." 그랬거든.

'아 이런 놈우 거 여느 걸뱅이는 이밥을 이렇게 채려주고 반찬이 이렇게 잘 주는데, 난 뭔 팔자로 누룽갱이를 끓여갖다 주나.'

쭐쭐 울미 자꾸 눈물을 딱으미 눈물 딱으미 먹고 눈물 딱으미 먹고.

누룽갱이 한 사발을 먹어. 그래 앉았지.

그 이튿날 아침에 밥을 또 채려가지고,

"저 걸벵이 앉안 데 놔두고 이짝 걸뱅이부터서 돌려 줘라."

이랬거든, 그 색시가.

그러이 이 걸뱅이는 놔두고, 석순이 아들이야. 놔두고 이짝 걸뱅이부터 돌려 줘.

"한 사램이 모자랍니다."

"그럼 그 걸뱅이는 누룽갱이나 한 사발 끓여가지고 줘라."

'아 이런 지랄할 놈우. 엊저녁에도 누룽갱이를 주고 울미 먹었더이 아 누룽갱이를, 내 팔자에는 밥이 안 오고 누룽갱이가 또 오나.'

'내 팔자 우째 이랬나.'

엉엉 울미 눈물을 딱으미, 먹어야지 되지 그래도 안 먹으면 안 되거든.

먹었다. 먹고 이래 앉았다이 이놈우 석순이 아들 우다가 누룽갱이 먹다가 먹어.

아침에 와서 밥을 돌려주니 또 그래 주네.

'아 이 지랄 이놈우 팔자가 내가 암만 읃어 먹어도 여느 걸뱅이 저렇게 잘 주는데, 내 왜 누룽갱이만 주나 내 팔자가 우째 이러나.'

우민서는 와 곤드박질 친다.

"가마이 앉아 있으라고" 여자가 소리를 질러. 그래 으떡 그 가만 앉아 있지 으떡해. 가마이 앉아 있다이, 아 여느 걸뱅이가, 저 앉은 걸뱅이가 저기 소매(소변) 보러 멀리 갔네.

'에이 내가 저 가야지.'

'저 가 앉으면 밥이 내 차례가 올끼다.'

자리를 바꿔 앉아.

'저 가면 이 밥을 은어 먹을 끼다.'

거, 거 아랫목에 가 앉아.

여느 걸뱅이, 여느 걸뱅이 거 오이,

"저 가 있으라고."

그 걸뱅이 저가 앉네. 자리를 바꿔 가 앉아. 자리를 바꿔 가 앉아 보이 또 택이야. 자리를 바꿔 가 앉아도 또 밥 안 주네.

'이런 지랄 놈우 내가 석순이 아들 부잰데, 이래 복이 없나.'

엉엉 운다.

"단박 이빨이 그치라고, 귀 따갑다고."

냅다 호랭이니까(호령이니까) 고만 우지도 못해. 우지도 못하고 거 앉아 있어.

"이젠 여느 걸뱅이 싹 가라고, 싹 가라고 잔치 마쳤다고."

여느 걸뱅이가 엉엉 우미,

"이 좋은 데를 가믄 어데가 밥 먹나, 어데가 밥 먹나"

찔뜨벅 찔뜨벅 찔드벅 하미 막 간다.

"저 걸뱅이는 꼼짝말고 거 있으라고."

가라, 가 가 가다 보믄 붙잡아가 뚜드리 조차 알 수 없고 못가고 거 있고. 여느 걸뱅이 싹 갔네.

"저 걸뱅이 날 좀 봐!"

소리를 고래 같은 소릴 질렀거든, 그 여자가.

"이놈우 걸뱅이 날 봐!"

소리를 지르이,

뻔히 한참 보더니 고개 고만 탁 숙여.

"저리도 지지리 못난 놈의 걸뱅이가 어딨어?"

"니 석순이 아들이지?" 이래이까 고마 엉엉 울미 눈물을 막 닦네.

"니가 석순이 아들이지?" 이래그던.

그래 고만, 그 여자가 고만 석순이 아들이라고 하이 고개를 못 들고 엎드려 우네.

"담박 고개 들라고" 베락을 내니 우지도 못하고 고개 고만 이렇게.

"일루 들으와."

그래 드가니깐에 한복을 한 벌을 잘해놨다가 오믄 입힐라고 해놨다.

한복을 한 벌 입혔드만, 한복을 한 번 잘 입혀가지고,

저 금덩거리 한 개를 갖다가 명을 한필 사가지고 돌리 가며서 웃방에 갔다 놨던,

"이 금덩거리를 지고 가자."

할루는 따라간다. 거 인제 그 총각놈아는 거 아들 삼형제를 놔줬거든?

삼형제를 놔 주니, "인제는 당신은 아들 삼형제만 하믄 먹고 살끼니 먹고 사라고. 나는 저 걸뱅이를 가 도와줘야 된다고."

그래 인제 황금덩거리 한 개를 팔아서 집 바꿨던 거 그 아들 낳아 준 집에 몇 개 주고, 황금덩거리 한 개 질, 짊어지고 가보이 토지를 다섯 개를 그 부재 토지를 다 팔아먹어 ○○○○. 그 황금덩거리를 팔아가 집을 싹 물리 가지고 그래 사다가, 어제 그저께 저 양반한테 편지가 왔지.

톳재비 도움 받아 부자가 된 동생

자료코드 : 03_10_FOT_20090721_KDH_JSJ_0006
조사장소 : 강원도 정선군 사북읍 직전리 4반 큰배래치 전상준 자택
조사일시 : 2009.7.21
조 사 자 : 강등학, 이영식, 박은영, 유태웅
제 보 자 : 전상준, 남, 93세

구연상황 : 전상준은 40세에 눈을 다쳐 45세에는 완전히 실명했고, 연로해서 귀도 약간 어두웠다. 방문했을 때 다행히 며느리가 있어서 도움을 많이 받았다. 처음에는 눈을 다치게 된 까닭과 치료하려고 애쓴 사연을 듣고 조사자가 이야기를 청하자 쉬운 얘기부터 하자면서 '만리성을 쌓는 남자' 얘기를 해 주었다. 그리고 며느리가 갖다 준 복숭아 통조림으로 목을 축이고 '샅으로 천 냥 빚 갚은 여자'를 이야기 하고는 이어서 절 이야기를 한다고 하면서 '일본인을 굴복시킨 서산대사'를 했다. 목을 축이며 잠깐 쉬면서 가족관계 및 예전 지역의 얘기를 들었다. 조사자가 또 청하자 이번에는 좀 긴 얘기라고 하면서 '마피쌈지 덕에 도지사가 된 영감'을 했다. 이 이야기가 끝난 후 복숭아 통조림을 조금 들고는, 이번에도 긴 얘기라고 하면서 '비렁뱅이를 데리고 사는 백정 딸' 얘기를 들려주었다. 이야기가 끝나고 잠깐 목을 축이는 동안 얘기 중에 모르는 낱말에 대해서 묻고 설명을 들었다. 이후 생각하는 기색도 없이 쉬운 거부터 한다고 하면서 이 이야기를 했다.

줄 거 리 : 가난한 두 형제가 있었다. 동생은 성실하지만 형은 게을렀다. 영남지방에서 머슴살이를 하고 돌아오는 길에 형은 동생의 눈을 실명시키고 돈을 가지고 혼자서 집에 돌아왔다. 동생은 구걸하며 다니다가 우연히 톳재비들이 눈 치료 방법과 금이 있는 곳에 대해 말하는 것을 듣게 되었다. 동생은 톳재비들로부터 들은 얘기를 따라 하여 눈도 고치고 금도 얻어 부자가 되어 집에 돌아왔다. 형은 소문을 듣고 와서 동생에게 부자가 된 사연을 듣고는 자신의 눈을 스스로 다치게 하여 톳재비들이 나타났던 장소에서 기다리다 굶어죽었다.

아들이 한 사램이 두 형제가 있는데 아들 두 형제가 살림을 살아 보이까 만날 살아도 살림살이가 느지도 안 하고, 남자는 나무장사나 하고 여자는 남우집에가 방아 째(찧어) 주고.

옛날 방아라고 있어. (조사자 : 예. 디딜방아.) 방아를 째 주고 쌀을 한 복개이 읃어 가져와 지낙 해 먹고 그랬단 말이야.

하루는 이래 나서 보니 돈도 안 벌리고 허겁부단 말이야. 그래 이따이 영남에 머슴살이로 가먼 논일 잘하는 사람으는 나락을 열 가마니를 주고, 그 다음에 여덟 가마이 주고 그런다고 소문이 나거든? 그래 두 형제가 머슴살러 간다.

"형님, 형님 내일 우리 머슴살러 갑시다."

"나락을 여덟 가마이 주고, 즈일(제일) 잘하는 사람 열 가마니 준다이 영남으로 머슴살러 갑시다."

"그래민 가자."

머슴살이 영남으로 간다.

가자 한집에 드가이 주인 영갬이 이래 앉았다가, "이 사람들 자네 어데 들어 왔나?"

"저 아무데 아무데 있는데, 우리 머슴 살러왔습니다."

"머슴 살러 왔어?"

"논 일 할 줄 알아?"

"썩 잘은 못해도 대충하지요."

"썩 잘하지 못 하믄 여덟 가마이 주지."

"그렇게 하시우."

"둘이 왔습니다."

"그러믄 한 사람은 내 집에 있고, 한 사람은 저근 네 저 집에 가."

그래 한 사람은, 성(형)이라는 거는 저근 네 저 집에 가고 동상은 이집에 있다. 이 집에 있는데, 동상은 이 집에 있는데, 동상으는 일하다 비가 오면 가만 들앉아 놀고, 그 성님으는 일하다 비만 오면 술집에 가네. 술만 만날 가 처먹어. 일하다 비만 오믄 또 가고, 또 가고.

"아 당신 왜 술값을 안 주냐?"

"아이, 내가 돈이 오니 외상으로 술을 먹으이 갈게(가을에) 나락을 여덟 가마이를 받는데 나락 팔아가지고 준다고" 이랬거든. 그래구 그 비만 오믄 만날 그 집에가 술만 먹어. 해나면 일하고, 비만 오믄 거가 술을 먹고.

동생은 술도 안 먹고 만날 일만 한다. 비가 오믄 집에 있고. 그래 있다 이 머슴 마저 살고 집에 온다.

동상으는 여덟 가마이 값을 돈을 받어서 보따리 싸 짊어지고, 성님으는 나락 여덟 가마이 팔아 술값주고 십원도 없이 맨주먹으로 온다. 아 이놈우 꼴이 있나. 동상이 짐을 짊어지고 꺼벅꺼벅 앞에 가이, 아 성님이 오양, 성님이 뒤에 따르미 오미 그 돈이 허욕이 나고 아니꼽거든. 집에 가믄 마누라한테 나무랄 끼고, 동네사람 욕할 끼고

'에기 이놈우 안 되겠구나.'

"동상, 동상, 동상이 돈을 지고 앞에가이 우째 맘이 안 됐다."

"니가 뒤에 오니라."

"그러지요."

돈을 짊어지고 뒤에 오고 성님이 앞에 간다. 잿목에 꺼벅꺼벅 올라가서 눈깔이 콱 찔러. 두 손 이래가 [오른손 검지와 가운데 손가락을 벌려 펴서 실제 눈 찌르는 시늉을 하며] 눈깔이 콱 찔러, 동상 눈깔이 푹 까졌지. 저런 놈우 꼴이 있나.

동상이 돈을 짊어지고 땅바닥 뚝뚝 구비미(구르며) 엉엉 우네. 돈보따리를 빼서 짊어지고 결국 들고튄다. 성놈우 새끼가!

돈 보따리 뺏어가 들고튀니 그 동상은 고만 돈 보따리 잃고 눈이 까지고 엉엉 울미 돌아 댕기다 보이, 개구장에 이래 가다보이 개구장이 이만치 긴데 개구장에 가서 이래 앉아 있다이 저 근네 모퉁이 뭐이 닭이 꽥꽥 이래그든?

'아이 닭이 꽥꽥 하는 거 보이 사람이 저 있구나!'

찾아간다. 엉금엉금 개매루(개처럼) 기어가서, 찾아 거서 집이 있단 말이야.

○○○○ 찾아가이.

"밥 좀 주시오!" 이러이.

"야들아, 저 뭔 봉사가 와 밥 좀 달란다."

"밥 좀 줘라."

그 밥을 은어먹고, 또 엉금엉금 기어 나와 이쯤 기나와 앉았지.

앉았다이, 그 근네 모퉁이 개가 공공공공 하미 개가 막 짖거든.

'아이, 저 개 짖는 걸 보이 저 사람이 있구나!'

거 또 엉금엉금엉금 기어가서,

"밥 좀 줘요."

"야들아, 야들아 저 밥 좀 줘라."

"뭔 봉사가 와서 밥 좀 달란다."

그럼 밥을 잘 은어먹었지. 잘 얻어 먹고, 또 엉금엉금 기어 거 가네.

거 가이 한 밤중 되니깐에 저 아랫마을서 뭐 지지부리한 소리 막 나거든? 그이 사람소리래요. 잘 들어봐요. 아 뭐이 점점 올리미 지지부리해, 덤불 밑에 앉았다이.

'뭐이 날 잡으러 오나!' 뭐이 그래.

덤불 밑에 우둑하니 앉았더니, 개차이 오미 점점 지걸이.

"이키, 저 봉사가 있구나!" 이래거든.

"이키, 저 봉사가 ○○나." 이랜단 말이여.

"글쎄 봉사가 거 있다." 그래이더만.

"야 모른 기 봉사다." 그래.

"아 저 짝에 큰 고목나무 밑에 약물이 있는데, 그 약물을 손으로 디뎜, 쥐다 먹고 눈에 바르고 하믄 일주일이면 눈이 확 밝게 지는데 모르는 기 사람이다." 그래거든.

"그래, 모르는 기 사람이야." 그래 씨게 준단 말이야.

"그래 되면, 야 모르는 기 사람이다."

"왜?"

"아 저 근네 저기 양지에 저 큰 죽댐(축대가) 하나 있잖나?"

"그래."

"그 죽댐(축대) 밑에 대추남개 있재?"

"그래."

"그 대추나무 뒤에 죽댐이 있재?"

"그래."

"그 죽댐 밑에, 죽댐 하나에만 금이 한 독 있다."

그 금을 끄내면 팔자가 되는데 모르는 기 사람이드라. 그래. 아 그래 그러이, 간 데 온 데 없어 고마 아무 소리도 읎고.

(조사자 : 아, 도깨비였나?)

그기 톳재비래요. 톳재비가 그 봉사를 ○○ 주니라고 불쌍해서 그랬더만. (조사자 : 토깨비요?) 톳재비, 톳재비라고 있어 옛날에. (조사자 : 톳재비요?) 톳재비라고. (조사자 : 아, 톳재비라고.) 톳재비가 사람을 홀캐, 정신을 홀키믄 쇠가 똥을 노으난 걸 떡이라고 이래미 갖다 주믄 맛있다 맛있다 하며 먹어.

(조사자 : 아 허깨비라 아니고 톳재비라 그래요?)

톳재비라고 산에 돌아 댕기는 톳재비가 있어. (조사자 : 아 있구나.) 귀신이 톳재비야, 귀신. 귀신이야 톳재비가.

(조사자 : 그러니까 귀신이름이 톳재비군요?)

그럼. 그 톳재비란 놈이 쇠똥을 노은 난 걸 사람을 갖다 주미 먹으라고 하믄, 아이 맛있다 맛있다 하미 쇠똥을 막 먹어. 그 톳재비가 사람을 홀캐. 홀캐가지고 그랬는데.

톳재비가 그래노이 이놈우 저 동상놈이 눈이 밝아져가지고 고목나무 밑에 이래 만치다(만지다) 보이, 갈빌 설설 나무껍데기를 긁다이 뭐 너랜 식이 넓적한 기 일쿨라고(일으키려고) 해보이 무가와(무거워) 못 일쿠네. 손으로 가지고 홀러 파고 이래노 보이 뭐 물이 철벙철벙. 먹고 먹고 먹고,

눈에 바르고 눈에 바르고 아 눈이 고마 확 밝아져 이레 만에 봉사가 눈이 밝아져.

저 근네 저 대추나무 밑에 금이 한 독 있다더이 가봐야 되겠다. 혼차 근네가, 쫓아 근네가 보이 대추나무 뒤에 돌메이를 헐어내 보이 이만한 단지가 하나 있는데 금이 한 독 가득이야. 그걸 꺼내 짊어지고 시장에가 팔아가지고 돈을 ○○ 한 짐 받았네.

지게에다 돈을 한 짐 짊어지고 집으로 온다. 집으로 오이,

"아 저 아래 그 사람으는 돈을 지게에다 한 짐 지고 왔대!" 이래거든.

"아 그놈우 새끼 내 눈깔이를 까줘 났더이 어째 돈을 어데서 또 한 짐 지고왔노!"

아 이놈우새끼가 동상한테 물어 보러왔네.

"아, 니가 으떠 해 돈을 또 한 짐 지고와노?"

"아 그래서 그러고, 그래서 그러고." 그랬지.

"아 그래?"

그 고목나무 밑에서 약물을 바르고 봉사가 눈깔이 확 밝아. 그래 금을 그 죽담 밑에가 꺼내가지고 팔아가 돈 한 짐 지고 왔다. 아 그럼 내한테도 가 그래 봐야겠다.

이놈우 새끼가 거 와가지고 고목나무 밑에 와가지고 제 눈깔이를 지가 꽉 까줘. 제 눈깔이를 꽉 찔러 지가 까줬거든. 제 눈깔이 지가 꽉 까져가지고 한 달 있어보이 뭐 뭐이가 아구쳐(가르쳐) 주나, 두 달 있어보이 아구쳐(가르쳐) 주나. 거서 굶어죽었어, 그놈우 새끼가. 그 옹골지지 뭐.

그만 굶어 죽었어, 그 봉사 놈이. 제 눈까리 지가 까줘 가 굶어죽었어. 동상으는 눈을 고치가 팔자를 고치고. 그건 그래 마치고.

복 빌러 가서 복 얻은 사람

자료코드 : 03_10_FOT_20090721_KDH_JSJ_0007
조사장소 : 강원도 정선군 사북읍 직전리 4반 큰배래치 전상준 자택
조사일시 : 2009.7.21
조 사 자 : 강등학, 이영식, 박은영, 유태웅
제 보 자 : 전상준, 남, 93세
구연상황 : 전상준은 40세에 눈을 다쳐 45세에는 완전히 실명했고, 연로해서 귀도 약간
　　　　　어두웠다. 방문했을 때 다행히 며느리가 있어서 도움을 많이 받았다. 처음에
　　　　　는 눈을 다치게 된 까닭과 치료하려고 애쓴 사연을 듣고 조사자가 이야기를
　　　　　청하자 쉬운 얘기부터 하자면서 '만리성을 쌓는 남자' 얘기를 해 주었다. 그
　　　　　리고 며느리가 갖다 준 복숭아 통조림으로 목을 축이고 '샅으로 천 냥 빚 갚
　　　　　은 여자'를 이야기 하고는 이어서 절 이야기를 한다고 하면서 '일본인을 굴복
　　　　　시킨 서산대사'를 했다. 목을 축이며 잠깐 쉬면서 가족관계 및 예전 지역의
　　　　　얘기를 들었다. 조사자가 또 청하자 이번에는 좀 긴 얘기라고 하면서 '마피쌈
　　　　　지 덕에 도지사가 된 영감'을 했다. 이 이야기가 끝난 후 복숭아 통조림을 조
　　　　　금 들고는, 이번에도 긴 얘기라고 하면서 '비렁뱅이를 데리고 사는 백정 딸'
　　　　　얘기를 들려주었다. 이야기가 끝나고 잠깐 목을 축이는 동안 얘기 중에 모르
　　　　　는 낱말에 대해서 묻고 설명을 들었다. 이후 생각하는 기색도 없이 쉬운 거부
　　　　　터 한다고 하면서 '톳재비 도움 받아 부자가 된 동생' 얘기를 했다. 그리고
　　　　　이어서 팔자 고친 사람 얘기를 한다며 이 이야기를 했다.
줄 거 리 : 가난한 사람이 있었다. 하도 가난해서 하늘에 복을 빌러 간다고 길을 떠났다.
　　　　　하늘에 가는 중에 부자 과부를 만나 그의 소원도 함께 빌기로 했다. 또 가다
　　　　　가 용을 만났는데, 용이 자신의 복도 빌어주면 하늘까지 태워준다고 하였다.
　　　　　그렇게 하기로 하고 용을 타고 하늘에 가서 과부와 용이 복을 왜 못 받는지
　　　　　알아왔다. 내려와 용에게 여의주의 두 개 가지고 있기 때문에 소원이 안 이루
　　　　　어진다고 하니까 하나를 가난한 사람에게 주었다. 그 여의주를 가지고 과부댁
　　　　　에 가서 여의주 있는 남자와 결혼하면 소원이 이루어진다고 하니까 함께 살
　　　　　자며 고향의 처자식을 데려오라고 하였다.

　　한 사람이 춥고 배고픈 사람이 헐벗고 거렁이 옷을 입고 은어먹으로
댕기다, 할루는 나서서 이래 보이 저 북쪽이 이제 보이깐에 하눌하고 산
하고 똑같거든. 그 땅이 하늘에 닿았어. 저 북쪽을 디다 보이.

'아 저 가먼 하늘에 올러가서 복을 빌어야지, 안 되겠다.'

'복 빌러 가야되겠다.'

"낼 아침에 이 사람, 이 사람 밥을 좀 마이 해주게."

"금방 먹을 것도 없는 거 뭐 할라고 밥을 대번에 마이 하노?"

"아 저 하늘에 올라가 복 빌을라 그래."

"하늘에 으뜨으(어떻게) 복을 올라가나?"

"아이 저 가먼 하늘하고 땅하고 닿았어."

"거 가먼 복을 빌어."

그래 이 여자가 있는 거 없는 거 뫄서 밥을 여러 그릇 해서 보따리를 싸 짊어지고, 그 복 빌러 가니라고 보따리를 밥을 싸 짊어지고 간다.

몇 며칠 가보이 뺑때(절벽)가 고마 이 하늘에 닿았는데 손으로 붙잡고 땅으로 붙잡고 게울라(기어올라) 가다가, 또 팽이(평편한) 한 데 가서는 서서 걸어가다, 또 뺑때인 데 가서는 에울라 가다가 그래 날이 저무니, 뺑때 밑에 가서 마이 먹으믄 밥이 모자랄 까베(까봐) 밥을 딱 세 숟가락씩 먹거든, 한 때에. 밥을 한 때에 딱 세 숟가락씩만 먹고, 거 엎드려 자고.

또 그 이튿날 올라가다 날이 저물문 밥이 세 숟가락 먹고 또 엎드려 자고. 아이 이놈우 거 하루 종일 올라가보이 뭐 개코도 뭐 하늘에 닿긴 뭐이 닿아. 집에서 보나 똑같애.

'저런 십팔놈의 거, 내가 팔재가(팔자가) 하늘에 못 올라가 복을 못 빌겠구나!' 내려왔다.

그 밥을 먹으미 내려와 가지고 집에 오이,

"복 빌었냐고?"

"아, 복은 못 빌었다고."

"거봐, 하늘에 가도 못한 기 뭐 복을 빌어!" 여자한테 욕만 먹었네.

여자한테 욕만 질끈 먹고 우두커이 앉아. 그래 복 빌러 가서 저 동짝을 (동쪽을) 내다 보이, 거가 부산이란 말이야. 부산 쪽을 내다보니 바닷물하고 하늘하고 닿았거든, 부산 쪽에.

'에이, 저게 가먼 하늘하고 바닷물하고 닿았으이 복 빌겠구나!' 그래 간다. 그래 어정어정 가다가 저무믄 이집에 가 밥 먹고, 은어먹고 자고, 또 저 집에 가 은어먹고 자고 자꾸 가다이 커다란 집에 한집에 가이,

"이집에 좀 자고 갑시다." 이러이.

"아 우리 집엔 못자요."

"여느 집에 가라고."

"왜 못자느냐고?"

"아이 우리 열두 소실이 다 죽고 내 혼차 남았는데 가라고."

"아, 그거 큰일 났군. 그 왜 그렇소?"

"모르지, 내가 시집을 열두 번을 가이 과택이 열두 번이 과택요." 이래거든 그 여자가. 자든 집 여자가.

"시집을 열두 번 가이 열두 번 다 과택이 됐으이, 하늘로 복 빌러 가거든 내 얘기를 좀 해보오."

"왜 그루, 왜 과택이 열두 번이냐."

"지고 가는 건 무거워 못 지고 가지만 말만 하믄 되이 내가 올러가 물어보지요."

그래 올라가 복 빌러 간 지(간 김에) 물어 보마 했거든? 그래 또 간다. 또 며칠을 이럭저럭 가다가 아 동해바닷물에 가 이래 가보이 개코도 뭐 하늘하고 바닷물하고 뭐이 닿아. 바닷물은 여 있고 마 하늘은 저 있고.

'하하 이런 제기 또 복을 또 못 빌겠네!'

'이놈우 팔자가 왜 이리나!' 하미.

바닷물으 가 백모래밭에서 뚤뚤 구미며 어부쟁이 지르며 엉엉 우지. 엉엉 우다이(울다니) 바닷물이 뭐 쎄이 한단 말이야. 우다 눈물 막 딱으미 이래 보이 뭐 눈깔이가 자동차 후라시 같은 기 뭔 불을 확 켜가지고 앞발 척 올래미 모래밭, 모래밭에다가 앞발을 척 올려대미 내다 봐.

"니 뭐이노?" 이러거든.

"아이고 내가 춥고 배고픈 놈이 하늘에 복 빌러 갈라고 하늘에, 하늘하고 바다하고 닿았거든 복 빌러 와보이 하늘하고 바다하고 안 닿았습니다."

"그래서 내가 기가 맥해서 웁니다."

"아 니가 하늘에 올라가믄 복을 비나?"

"아 올라가기만 하믄 복을 빌어요."

"그래! 그럼 니가 내 소원을 물어볼라면 내가 올려놔주마."

아 그래거든?

아 소원 으떠해나?

"내가 용이다!"

"내가 용인데 하늘에 복 빌러 갈라하믄 천벌이 칠라하고 벼락이 칠라하고 번개가 확확하고, 그래 목은 올라가고 쫓기서 돌용이 돼서 저 바닷물에 들어가 삼년을 하마 산다."

"왜 그래 삼년이, 복 빌러 못 오게 했지 물어볼래나?"

"물어보지요."

"그럼 내한테 올래앉어."

쭈르르 바닷물을 타고 모래밭에 나와 척 엎드리미,

"내 모가지에 올라앉아 얼른!"

"내 뿔 위에 앉아 꼭 쥐고 엎드리라!"

양쪽 뿔을 꼭 쥐고 엎드리니까 꼬래이를 툭툭툭툭 치더이만 안개가 자부룩하며 하늘이 캄캄해. 휘적 하더니만 하늘에 올라가.

"저 우에 저 가면 옥황상제 사무실이 있는데 거 빨리 가봐라!"

거 막 ○○○ 가이 옥황상제 사무실이 있거든?

"니 뭐이요?"

"아이 내 복 빌러왔습니다."

"어데서 왔노?"

"이 하늘밑에 옥황상제한테 복 빌러 왔습니다."

"아 니가 으떠게 돼 올라왔노?"

"아 저 용이 올러 올라고 하면 천벌을 치미 못 올로오고 못 올로오고 돌용이 돼서 바닷물에 드가 삼년을 고생한다이, 그 용이 나를 올라 놔줘서 내가 여를 왔다고."

"아 그래?"

"그러믄 이 길로 내려가면 니가 큰 부재가 되겠구나!" 이랜단 말이야.

"아 그래요? 고맙습니다." 절을 열 번 스무 번 해.

"또 한 가지 있습니다."

"뭐이노?"

"시집을 열 번을 가도 과택이 되니 그 왜 그렇습니까?"

"아 그 여자는 시집을 열 번 백번을 가도 과택이 돼."

"여우줄을 가진 사내를 얻으믄 과택이 안 된다!" 이래거든?

(조사자 : 음, 여의주 가진 사내?)

여우줄! (조사자 : 네.) 여우줄이란 거 알우? (조사자 : 용이 갖고 있는 여의주 말씀하시는 거예요?) 어? (조사자 : 용 여의주?)

응. 그런데 여자 사치개(사타구니) 터래기(털) 한 기(한 개) 난기 여우줄이야. 여자 사치개. 바로 알라믄.

(조사자 : 아 여우줄?)

어. 여자 보재에(보지에) 한 개가 난 거. 먹구쟁이가 한 개가 난 거.

(조사자 : 여러 개 없이 그거 하나만 달랑 났어요?)

한 개만 난 거. (조사자 : 아 그런 것도 있어요?) 그기 여우주야. (조사자 : 아, 여우줄이요 아.) 응, 그기 여우주야.

"그래서 그 여잔 여우줄을(여의주를) 가진 사나를(사내를) 얻어야 사지, 백번을 시집을 가도 과택이 된다." 이래거든.

"잘 알았습니다." 절을 꺼벅 꺼벅.

그 용이가 엎드려 있다가,

"니가 복빌었나?"

"복 빌었습니다."

"내 소원은 물어봤나?"

"물어봤습니다."

"그럼 올나 앉아라!"

그 모가지에 척 올라앉아 뿔 위에 앉아 붙들고 이래 엎드려 있으이 꼬랭이를 뚝뚝뚝 하더이만 안개가 자부룩하더이 번쩍하더이만은 모래밭에 척 내려.

거 올라가서 거 내려와.

"니 내 몸이, 소원 뭐이라 하드나?"

"아 그 여우, 그 영우, 그 용이, 그놈우 용이 여우줄을 하나만 가재있으면 벌써 용을 씨겨 줄테인데, 여우줄(여의줄을) 두 개를 가져있어 천, 천벌을 칠라 했다."

"그럼 여우줄(여의주를) 하나만 가지믄 올려나 주는가요?"

"그래 올려놔 주지."

그래거든.

"아 여우주를(여의주를) 두 개를 가져서 용을 안 씨겨주고 천벌을 칠라 하고 여우, 여우줄(여의주를) 하나만 가지믄 금방 올려나 준댄요."

"그래 니 하나 가재(가져)."

이놈우 용이 여우줄 두 개를 가져 있다가 그 복 빌러 가던 놈을 줬단 말이야. 좋다고 하 불러 쌌더이만 쌀에다 넣었다. 넣고,

"니가 이질로 가면 부자가 된다." 이러거든.

그래 참 온다. 오다가 은어먹으미 오다가 그 과택이 집으로 왔네.

"아 인제 오느냐고"

"인제 온다고."

그래 지녁(저녁) 상을 이밥을 수북히 해 채리고(차리고) 잘 채리 준다. 그래 지냑 먹고 설거지를 하고 여자가 오더이,

"내 소원을 물어 봤오?"

"물어 봤지."

"뭐이라고 해요?"

"여유주를(여의주를) 가진 사나를(사내를) 은어야지 여유주를 가진 사내를 못 은으믄 금방 죽, 백번을 은어도 과택이 된다."

"아이고 내 팔재야 아이고 내 팔재야 어데 가서 여우줄 사나를 얻나." 엉엉 운다.

"내가 하나 가잿데이!" 이랬드니.

"아 그 날 주우." 그 여우주를 가진 그 여자가 뺐었다.

"그 당신 내하고 삽시다."

"응, 그래라고."

아 거 있어보이 뭐 쌀밥에다가 괴기반찬에다 을매나 잘해주는지 뭐.

한 달이 뭐 하루보다 더 쉽게 가. 한 달의(한 달을) 밥 은어먹고 살다가, 한 달으 밥 은어먹고 살다가,

"아이고, 내가 저 집에 식구가 굴마 죽었는지 살았는지 가보고 와야 된다고."

"집에 식구가 몇이냐고?"

"언나가(아이가) 둘이고 안식구하고 서이라고."

"아이 그까지 거 아무것도 아니야. 마카 가 싹 데려오라고!"

"우리 쌀이 저게 곳간으로 하나있지."

"논이 삼 백마지기 이 백마지기 막 부잔데 뭐, 먹고 살게 남는데 가 데리고 오라고."

그래 그 여자를 가, 아하고 마카 데려와 그 하늘에 복 빌러와, 복을 빌

어가지고 잘 살다 어제 그저께 죽었어.

호랑이를 중국으로 모두 보낸 강감철

자료코드 : 03_10_FOT_20090721_KDH_JSJ_0008
조사장소 : 강원도 정선군 사북읍 직전리 4반 큰배래치 전상준 자택
조사일시 : 2009.7.21
조 사 자 : 강등학, 이영식, 박은영, 유태웅
제 보 자 : 전상준, 남, 93세
구연상황 : 전상준은 40세에 눈을 다쳐 45세에는 완전히 실명했고, 연로해서 귀도 약간
어두웠다. 방문했을 때 다행히 며느리가 있어서 도움을 많이 받았다. 처음에
는 눈을 다치게 된 까닭과 치료하려고 애쓴 사연을 듣고 조사자가 이야기를
청하자 쉬운 애기부터 하자면서 '만리성을 쌓는 남자' 얘기를 해 주었다. 그
리고 며느리가 갖다 준 복숭아 통조림으로 목을 축이고 '쌀로 천 냥 빚 갚
은 여자'를 이야기 하고는 이어서 절 이야기를 한다고 하면서 '일본인을 굴복
시킨 서산대사'를 했다. 목을 축이며 잠깐 쉬면서 가족관계 및 예전 지역의
얘기를 들었다. 조사자가 또 청하자 이번에는 좀 긴 얘기라고 하면서 '마피쌈
지 덕에 도지사가 된 영감'을 했다. 이 이야기가 끝난 후 복숭아 통조림을 조
금 들고는, 이번에도 긴 애기라고 하면서 '비렁뱅이를 데리고 사는 백정 딸'
얘기를 들려주었다. 이야기가 끝나고 잠깐 목을 축이는 동안 얘기 중에 모르
는 낱말에 대해서 묻고 설명을 들었다. 이후 생각하는 기색도 없이 쉬운 거부
터 한다고 하면서 '톳재비 도움 받아 부자가 된 동생' 얘기를 했다. 그리고
이어서 팔자 고친 사람 얘기를 한다며 '복 빌러 가서 복 얻은 사람' 이야기를
했다. 커피를 마시며 잠시 쉬는 동안 눈을 다치고 서울, 동해시 등 사방으로
다녔던 애기, 젊어서 영월에 소금 사러갔던 애기 등을 들었다. 조사자가 소리
를 하시냐고 여쭸더니, 한번 해볼까 하며 아라리를 연속해서 불렀다. 노래가
끝나고 한참 호랑이에 대한 이야기를 나누다가 이 이야기를 했다.
줄 거 리 : 강감철이는 어려서 마마를 앓을 때 일부러 얼굴에 흠이 많이 나도록 했다. 후
에 커서는 사람으로 변신하여 나쁜 짓을 하는 동물들을 잡아 처리하는 등 많
은 재주를 보였다. 한번은 호랑이가 사람을 잡아먹자 부적으로 호랑이들을 불
러 모아 모두 중국으로 보냈다. 그러기 때문에 우리나라에 호랑이가 없다.

호랭이 한 사람 달고 간 거 모르지요?

(조사자 : 네.)

어, 내 얘길 하래.

(조사자 : 예, 어르신.)

그전에 호랭이가 사람을 이 동네도 잡아먹고 저 동네도 잡아먹고. 옛날에 호랭이가 사람을 많이 잡아먹었어. 많이 잡아먹었는데 강감철이라고 성이 강가야, 이름이 강철인데. 아가, 그거 강서방이 집에서는 외아들이거든요? (조사자 : 아, 예.) 딱 외아들인데 이놈아가 이래 앉았다이 저 짝 개구장에서 뭐 비송을 한다. 뭐 비송하는 소리 자꾸 나거든.

"아버지, 아버지! 뭘 좀, 개구장가에 뭘 비는 소리가 나우?"

"손님하고 손님 내 보내니라고 빈다."

옛날에 손님이라고 하믄 얽잖애요. 사람 얼리가(얼굴이), 낮이. 그런데 손님하고 정성으로 내보내, 잘 가라고. 손님 만일 우리 집에 오믄, 우리 집에 손님을 다하믄 여느 집으로 가라고, 손님보고 가라고 빌어 내보내요.

(조사자 : 예.)

그래 강감철이가 들어보이 뭐 비는 소리야.

"아버지, 아버지! 뭘 저래우?"

"손님이 내보낸다."

"손님이래, 손님이 뭐요?"

"손님이라는 게 오믄 낮이 고마 얽는다."

"그게 손님이다."

"그럼 손님 날 좀 보내줘요."

이놈아야 어서, 너 얼굴이 이뻐야 되지 얽으믄 뭐이 좋나?

"아이 얽어야이 돼, 얽어야 돼!"

"그래 이놈우 새끼 얽어봐라."

손님을 불렀네. 아들한테 손님을 붙여놔. 손님을 며칠 한 달을 앓다 보

이 맨경을(거울을) 이래 들이다보이 양쪽에 약간 얽은 게,

"아 이래가 안 된다. 더 얽개야 된다고."

"이놈우 새끼, 약간 얽어야지 되게 얽으면 보기 싫잖나!"

"아, 되우 얽어야지, 되우 얽어라,"

"에이, 이놈우 새끼야 많이 얽가라!"

음매나 얽어난 지 이만큼 씩 음북음북 해, 낯이. 참마가 하나씩 박혀 음매나 얽어났는지. 그래 얽었단 말이야. 그래 강감철이가 그래 얽었는데, 이웃집에 가믄 이웃사람이,

"저놈우 새끼 보기싫다 오지마라!" 이래거든. 그랠 거 아니요? 이웃집에 가믄 보기 싫다고.

그래 할루는(하루는) 어머이 아버이가 웃마을로 잔채(잔치)보러 오래해 잔채보러 갔다. 잔채보러 갔는데,

"니 집에 가마 있거라. 떡 하고 괴기하고 많이 읃어다 줄께이 집에 가만히 있그라!"

"그래 가마이 있지요."

그래고 이놈아가 가마이 있다 보이 그 잔채 집이 가고 싶어 지랄이 나거든. 가고 싶어서. 잔채를(잔치를) 간다. 잔채보러 이래 가다보이 신부도 나섰고 새신랑도 나섰고 행렬을 하잖애.

(조사자 : 예 예.)

이래이래이래 살피더이, 강감철이가 이래이래 살피더이 저 쫓아가더이 얼룩재이를 하나 쭈룩 끌고 오더이 신랑을 냉기 때려잡는다.

"아 저놈우 새끼가 신랑 잡는다고!" 그 잔채꾼이 들썩하네.

(조사자 : 그렇죠.)

"아 이놈우 새끼가 남우 신랑 잡는다고."

아 막 때리니깐에 여깽이가 돼서 쭉 자빠지네.

(조사자 : 뭐가 돼요?)

여깽이.

(조사자 : 여깽이가 뭐에요?)

여깽이라고 산에 있어요. 사람 여깽이가 홀캐. 사람을 홀캐 잡아요 여깽이가. 여깽이라고 누런 기, 개 같은 기 굵다란 기 산에. 여깽이라고. 그 여깽이 부여깽이라고 아주 여깽이, 이름이 부여깽이.

(조사자 : 부여깽이 예.)

그런데 여깽이가 저 잿말랑 오다가 신랑을 홀캐냈거든.

(조사자 : 예.)

여깽이가 새신랑을 잿말○○ 홀캐내고 여깽이가 가매를 타고 왔어, 여깽이가. (조사자 : 예.)

그래 여깽이하고 행렬을 하거든. 그래 강감철이가 때려잡았지. 때려잡으이,

"하 이거 우짼 일이나, 이거 우짼 일이나!"

이상하다고 강감철이 보고 그랬거든.

"여 그림 잘하는 아들 두 사람 데리러 오라고!"

그래 그림 잘하는 사람 누가 오고 누가 왔노 둘이 왔단 말이야.

"느이들 잿마리께 가그라!"

"가메 오거든 잿마리께 가믄 고목남기 큰 기 아름드리가 이래있는데 그 고목나무 밑에 거 새신랑이 있다."

"가 귀때기 세 차례 봉두(연속) 때려라!"

"세 차례 봉두 때리믄 눈깔이 번뜩 뜨고 온다."

귀때기 봉두 세 차례 때리구 눈깔이 번뜩 뚜더니 정신이 나니 나려가자, 따러 왔단 말이야. 둘이가 데려 왔다. 행렬이 다시 하고 다시 살았어.

(조사자 : 예.)

그 강감철이가 그래, 그 강강철이가 그 저 여깽이를 잡고 신랑으 색시를 올캐(제대로) 지내져, 행렬을 잔채를. 올캐 지내고 그 강감철이가 이

동네 저 동네 은어먹으로 돌아 댕겨.

은어먹으러 댕기다이 하룻밤에는 주인하고 둘이 사랑에 자다이 뭐 "이놈, 이놈" 하미 동네가 들썩해, 아랫마을서. 머이 그러나 하고 문을 열고 나가보이, 뭐 횃불을 솔캥에다가, 광이 솔캥에다가 불을 붙여가지고 왔다 갔다 하미 동네가 들썩해 "이놈, 이놈" 해미.

"뭘 저래오?"

사랑에 들어와서,

"뭘 저래오?"

"아휴 호랭이가 사람을 잡아먹으로 왔어."

"아 그러면 호랭이 마카 때려잡지 왜 놔두오?"

"아 저양반이 호랭이를 우떠해 사람이 때려잡노?"

"아 그까지 거 호랭이 마카 때려 잡어."

"날 따르우."

"내말대로 할라나?"

"아 그럼 어떠하나?"

"날 술 한 초롱 받아주고, 돼지 뒷다리 하나 갖다 달라!"

"그럼 내가 호랭이 마카 잡아 치운다."

"아이 그래라."

마실 사람들이 돈을 모아가지고 술을 한 초롱 받고, 돼지 뒷다리 하나 사가지고 왔더이, 술을 한 초롱 입에 물고 쭐쭐 한 반 번, 한 반 초롱 마시다가 돼지 뒷다리 뚝뚝뚝 뜯어 먹어. 막 뜯어 먹어. 다 뜯어 먹고 그러미 술 한 통을 마저 먹었네. 아이 참 술을 한 초롱을 대번에 다 먹고 돼지 뒷다리도 대번에 다 먹고. 그래가지고 있다이,

"어데 호랭이가 어데 지일(제일) 많이 댕규(다니오)?"

"저 근네 저 잿말에 호랭이가 질 많이 댕겨."

"날 따러 오라고."

동네사람 몇 데리고 올라 갔다. 잿말로 호랭이. 부적을 써가지고 암호랭이, 수호랭이, 새끼호랭이, 큰호랭이 싹 오니라. 부적에 써가지고 막 날리에. 몇 시간을 있다이 갈밭이 와싹버쓱 와싹버쓱. 호랭이가 암호랭이 수호랭이 막 온다.

"너 이놈우 새끼들, 왜 동네사람들 잡아먹노?"

"니 이놈우 새끼들, 죽을나나 살아갈라나?"

"살려주시우, 살려주시우." 절을 하거든.

"니 이놈우 새끼들, 여 있지 말고 저 대국으로 싹 도망가그라!"

"요 이 잡아 먹을 놈우으 새끼들, 안 잡아, 안 가면 마카(모두) 잡아."

그러고는 대국로 간다고, 호랭이들 대국으로 싹 갔네요. 아 수놈도 가 암놈도 막 가고 열 수십 마리의 호랭이가 싹 도망을 대국으로. 다 갔나하고 바래다 보이 저물게 호랭이가 한 마리 갈밭에 와싹버쓱 와싹버쓱 호랭이가 또 온다.

"니 이놈우 새끼, 여느 호랭이는 마카 대국으로 싹 갔는데 니는 왜 인제 오니?"

"아이고 나는 암호랭이가 되다보이 새끼를 가져 가지고 배가 불러서 부지런히 오는 기 인제 와요."

"살려주시우, 살려주시우." 자꾸 절을 하거든.

"아 그러면 니는 암호랭이가 돼 불쌍하다."

"그러면 니 호랭이가 사람을 평생을 가도 안 잡아먹을라나?"

아이 안 잡아먹지요.

"그래 그러면 살려주께이 다시는 호랭이 사람 잡아먹지 미라!"

"이놈우 새끼, 호랭이 사람만 잡아먹으면 다 잡는다."

그래 시방 호랭이가 마카 도망 가삐리구 대국으로 가삐리구.

여자의 거시기로 호랑이 잡은 여자

자료코드 : 03_10_FOT_20090721_KDH_JSJ_0009
조사장소 : 강원도 정선군 사북읍 직전리 4반 큰배래치 전상준 자택
조사일시 : 2009.7.21
조 사 자 : 강등학, 이영식, 박은영, 유태웅
제 보 자 : 전상준, 남, 93세
구연상황 : 여러 이야기가 끝나고 제보자 목을 축이며 잠깐 쉬었다. 이때 가족관계 및 예
전 지역의 얘기를 들었다. 조사자가 또 청하자 이번에는 좀 긴 얘기라고 하면
서 '마피쌈지 덕에 도지사가 된 영감'을 했다. 이 이야기가 끝난 후 복숭아
통조림을 조금 들고는, 이번에도 긴 얘기라고 하면서 '비렁뱅이를 데리고 사
는 백정 딸' 얘기를 들려주었다. 이야기가 끝나고 잠깐 목을 축이는 동안 얘
기 중에 모르는 낱말에 대해서 묻고 설명을 들었다. 이후 생각하는 기색도 없
이 쉬운 거부터 한다고 하면서 '톳재비 도움 받아 부자가 된 동생' 얘기를 했
다. 그리고 이어서 팔자 고친 사람 얘기를 한다며 '복 빌러 가서 복 얻은 사
람' 이야기를 했다. 커피를 마시며 잠시 쉬는 동안 눈을 다치고 서울, 동해시
등 사방으로 다녔던 얘기, 젊어서 영월에 소금 사러갔던 얘기 등을 들었다.
조사자가 소리를 하시냐고 여쭸더니, 한번 해볼까 하며 아라리를 연속해서 불
렀다. 노래가 끝나고 한참 호랑이에 대한 이야기를 나누다가 '호랑이를 중국
으로 모두 보낸 강감철'을 들려주었다. 이야기를 한 지 3시간이 되고 점심시
간이 한참 지났다. 밭에 갔던 며느리가 와서 점심을 준비할 동안도 호랑이 이
야기는 계속 되었다. 밥상을 앞에 두고 이 얘기를 했다.
줄 거 리 : 한 재에 호랑이가 사람을 잡아먹으려고 기다리고 있기 때문에 이 재를 넘으
려면 열 명 이상이 모여야 갈 수 있다. 그런데 어느 한 여자가 혼자서 오더니
자신의 속곳을 벗어 목에 감고 거재걸음으로 재를 넘었다. 이런 모습을 처음
본 호랑이는 자신을 잡아먹는 입이라는 소리에 그만 놀라 자빠졌다.

한 재에 호랭이가 사람만 넘어가면 사람을 잡아먹고, 잡아먹고. 몽둥일
들고 열다섯이나 열이나 돼야 그 재를 넘어가. 한 둘이는 못가! 호랭이가
사람 잡아 겁이 나서.

그런데 남자 서이 그 재 밑에, 재 넘어 갈라고 몽둥이 들고 와보이 딱
셋뿐이지 사람이 안 오네. 거 앉아 사람이 올 때를 바래코(바라고) 앉았다.
앉았다이 뭔 여자가 웃통에 꺼무한 거 해 입고 하나이 덤벙덤벙 올라오

네. 그 재를 넘어갈라 덤벙덤벙.

"여보, 여보 아주머이, 아주머이!"

"왜 그러냐고?"

"거 가지 말라고." 쫓았네.

"왜 그러냐고?"

"그 호랭이가 하나 둘이 가면 사람을 잡어, 여서 열이나 열, 열다섯이나 몽둥이를 들고 올라가지 그러지 않으면 못 간다고."

"아 그럼 날 따라 오라고."

아 이런 망할놈의 여자가 따라 오라네.

얘기 듣소?

(조사자 : 네.)

여자를 따라 간다.

(청중 : 아버지 밥 잡수시고 하세요.) [며느리가 하는 말]

(조사자 : 아, 요거만, 요거만 하시고, 예.)

여자를 따라가다이 이놈우 여자가 속에서 후떡 벗어서 모가지에다 청청청 매가지고 까재(가재) 매로(처럼) 뒷걸음질해 올라간다. 기 올라가 산으로. 까재 매로. 기어올라가이 잿마리에 와서 이래 보더이 호랭이가 한마리 갈밭에 와짝 하고 쫓애오더이 달구질 섞으미

"아치 저 뭔 구녕이 저런 구녕이"

호랭이가 여자 사태이를 보고 그러거든.

"호랭이 잡을 입이다!" 이래거든.

"왜 구영이(구멍이) 뭐, 왜 구영이 호랭이 잡을 입이야."

"이치!" 해미 고마 이놈우 호랭이가 똥을 내리 깔미 들고 띈다.

그래 그 여자가 그 밑에 넘어가 시장에 가서 그 남자 서이 그 여자를 뭐 마실루 마이 사주고. 그래 호랭이를 그 여자가 달고 가네.

그 여자가 까꾸로 기 올라가다. 처음 봤다 빤히 치다보다가, 호랭이가.

귀신을 물리치고 금도 얻고 색시도 얻은 가난뱅이 청년

자료코드 : 03_10_FOT_20090721_KDH_JSJ_0010
조사장소 : 강원도 정선군 사북읍 직전리 4반 큰배래치 전상준 자택
조사일시 : 2009.7.21
조 사 자 : 강등학, 이영식, 박은영, 유태웅
제 보 자 : 전상준, 남, 93세
구연상황 : 여러 이야기가 끝나고 제보자 목을 축이며 잠깐 쉬었다. 이때 가족관계 및 예
전 지역의 얘기를 들었다. 조사자가 또 청하자 이번에는 좀 긴 얘기라고 하면
서 '마피쌈지 덕에 도지사가 된 영감'을 했다. 이 이야기가 끝난 후 복숭아
통조림을 조금 들고는, 이번에도 긴 얘기라고 하면서 '비렁뱅이를 데리고 사
는 백정 딸' 얘기를 들려주었다. 이야기가 끝나고 잠깐 목을 축이는 동안 애
기 중에 모르는 낱말에 대해서 묻고 설명을 들었다. 이후 생각하는 기색도 없
이 쉬운 거부터 한다고 하면서 '톳재비 도움 받아 부자가 된 동생' 얘기를 했
다. 그리고 이어서 팔자 고친 사람 얘기를 한다며 '복 빌러 가서 복 얻은 사
람' 이야기를 했다. 커피를 마시며 잠시 쉬는 동안 눈을 다치고 서울, 동해시
등 사방으로 다녔던 얘기, 젊어서 영월에 소금 사러갔던 얘기 등을 들었다.
조사자가 소리를 하시냐고 여쭸더니, 한번 해볼까 하며 아라리를 연속해서 불
렀다. 노래가 끝나고 한참 호랑이에 대한 이야기를 나누다가 '호랑이를 중국
으로 모두 보낸 강감철'을 들려주었다. 이야기를 한 지 3시간이 되고 점심시
간이 한참 지났다. 밭에 갔던 며느리가 와서 점심을 준비할 동안도 호랑이 이
야기는 계속 되었다. 밥상을 앞에 두고 '여자의 거시기로 호랑이 잡은 여자'
얘기를 했다. 식사 후 제보자가 담배를 한 대 태우고 있는 동안 소와 관련된
민속을 묻고는 얘기를 더 청했다. 이에 제보자는 "여러 마디하면 부실하다고
그래!" 하면서 마지막으로 한 마디만 한다면서 이 얘기를 시작했다.
줄 거 리 : 어려서 부모를 잃은 사람이 있었다. 스무 살이 되도록 돈을 안 받고 남의 집
에서 머슴살이를 했다. 그런 자신을 주위의 청년들이 놀리자 그 집을 떠나 돌
아다녔다. 하루는 처녀 혼자 있는 흉가에 가서 자게 되었다. 처녀 식구들이
이유 없이 귀신에 모두 잡혀갔다는 얘기를 듣고 그 귀신을 물리칠 계략을 세
웠다. 며칠 후에 나타난 귀신을 물리치고, 덕분에 마루 밑에 있던 금도 얻고
그 처녀를 부인으로 맞이했다.

옛날에 한 사램이 아버이, 어머이 다 죽고, 아가 대여섯 살 돼 은어 먹
으러 댕기는 아가 있었어.

(조사자 : 몇 살이요?)

은더 먹으러 (조사자 : 얻어먹으러?) 밥 은더 먹으러. (조사자 : 예.)

아가 쪼매 한 기 대여섯 살 먹은 기 어머이, 아버이 다 죽고 은어 먹으러 댕겨. 은어 먹으러 댕기다가 한 집에 가니까,

"○○○ ○○ 니 어데 있노?"

"난 일로 절로 밥 은더 먹으로 댕겨요."

"어머이, 아버이도 다 죽고 없고, 밥 은어 먹으로 댕겨요."

"그럼 우리 집에 니 있그라."

"그럼 있지요."

밥을 은어 먹으러 댕기다가 우리 집에 있으라 하이 있다. 그래 그 집에 고마 그 집 할아버이가 아를 귀워 하민서,

"니 우리 집에 있그라!"

그래 안 가고 있지. 그래 나이만이지 여나무 살 넘으니 같이 따라 댕기미 일을 한다, 들에 나가서.

들에 나가 같이 일 하이, 이웃 놈 아들이 나이 한 이십 살 먹도록 그 집에 안 가고 곤(계속) 있거든. 나이 스무 살 먹도록 안 가고 곤 있으이,

"저 노무 새끼 숙맥이야!"

"남우 집에 있으면 돈을 받고 있지, 밥만 먹고 일하나."

"저 노무 새끼 숙맥이야!"

그래니까 가만히 생각해보니 그 말이 맞기는 맞거든.

"예기 이놈우 하늘, 이놈우 도망을 가야 되겠구나!"

도망을 간다 하믄 못 가게 할 기고, 짚을 적세 들고 짚시기를 삼는다

"니 뭔 짚시기를 자꾸 삼노?"

할아버이가 그래거든.

"이래 마이 삼아놓고 일할 찍에 신어요."

"아 그럼 됐다."

그래 짚시기를 다섯 커레(켤레) 삼아 이래 꺼내서 놓고,

"할아버이, 할아버이!"

"왜?"

"날 돈 좀 줘요!"

"니가 돈을 뭐할라고?"

"쓸 디가 있어요."

"이놈아 난 돈이 없다."

"주인아저씨 오거든 달라 해봐라."

그래 거든. 그래 주인아저씨가 저녁에 온다. 오니까,

"아저씨 나 돈 좀 줘요!"

"니가 돈을 뭐할라고?"

"아 쓸 데가 있어요, 돈 좀 줘요."

그래가 돈을, 옛날이 되노니 돈에 구멍이 뚫버졌데.

(조사자 : 예.)

냉큼 딱 뀌어가지고 돈을 댓 냥을 주거든 다섯 냥. (조사자 : 예, 다섯 냥 예.) 한 냥, 두 냥, 석 냥, 넉 냥, 댓 냥. 댓 냥을 주는 거 허리띠에다가 댓 냥을 찼다. 차고, 짚세기 다섯 커리 삼은 거 허리띠에 차고, 작디기 들고 뽀연 달밤에 새벽에 도망을 간다. 낮에 가면 붙잡을까 봬. 도망을 가. 도망을 가 이 마실을 가다 은어 먹고 자고, 저 마실 가다 은어 먹고 자고. 그래 도망을 가다니, 한 집에서 이래 건네 마을 건네다 보이 갈봉쟁이 누런 산이 있는데, 산 밑에 집이 큰집이 하나 있다 말이야.

(조사자 : 예.)

집이 큰집이 하나 있어.

'저 집에 가면 밥을 은어 먹고 잘 자고 가겠다.' 하고 길에 서서 이래 보고 있다이 물동을 지고 쫓아 나오는 거 보이 색시가 물, 물 이러 나오거든.

(조사자 : 예.)

‘아 저노무 색시가 저 집에 물 길으러 나오는 거 보이, 저 집이, 집이 저래 큰 거보니 사람이 많이 있겠는데, 저 집에가 자고 가야겠다.’

그 집에 어정어정 건너가 마루에 가서,

“주인 있소, 주인 있소!” 하이 아 귀척이 없네.

“주인 있소, 주인 있소!” 자꾸 불러도 귀척이 없어.

‘그 저 이상하다 집이 그 큰데 사람이 많을 틴데 왜 대답 안 하노.’

정지에(부엌에) 가 작때기 가지고 마루 끝을 뚝딱뚝딱 뚜드리미.

“주인 있소, 주인 있소!” 하이,

색시가 하나 뿌시시 나온다.

“왜 그러냐고?”

“아 이집에 좀 자고 가요.”

“아이 못 잔다고.”

“왜 못자냐고?”

“우리가 열두 식구가 이 집에 사는데, 사램이 다 죽고 내 혼차 남았는데, 오늘 저녁에 마저 잡으러 올지, 내일 저녁에 마저 잡으러 올지 모르니 당신 여 자다보면 죽으니까 가라고.”

“아 뭐이 그러냐고?”

“아 모르지. 자다보면 뭐 으르르 하믄 대문을 와장창 걸어 치미 대문을 열고 들어오면, 키가 커다란 늠이(놈이) 들어오믄 사람을 잡아 가구, 가구 열두 식구 다 잡아가고 내 혼차 남았네.”

“당신 여 자다, 오늘밤 자면 죽을지 내일 밤 죽을지 모르니 가라고, 니 이 집으로 가라!”

“아 정말 그러냐고?”

“아 그렇다고.”

“그것도 이상하다.”

"그러면 내가 이집에 자고, ○○○ 벌어 갚으면 될 테니 색시하고 같이 여 자면 어떠냐고?

"아 어떠해 벌어 갚느냐고?"

"아 갚을 수가 있다고."

그래 그날 밤에 거 자이 기척 없어. 잘 자고.

그 이틀 날에 "이 집 저 시루기(시루) 있느냐고?"

"아 시루기야 우리 열두 식구가 떡 쪄 먹던 시루기, 구녕이 열두 구녕이 대실기 있다고."

열두 구녕이 대실기라고 말이 있지!

"열두 구녕 대 숲을 가져오라고."

마리에(마루에) 앉아 그걸 덮어서 보니까, 아 앉은 키 하고 마치 맞아. 따에(땅에) 닿는 기. 열두 구녕 대실기. 이 놈아한테 마치 맞거든? 그래서 열두 구녕 대실기 덮어 씌고, 뺏겨 놓고,

"칡 뜯어 난 게 있느냐고?"

"칡 뜯어 난 게 우리 칡을 말려가 떡 해 먹을라고 말려놓은 기 저 그 밑에 여래 타리 있다."

"한 타리를 가져오라고!"

부엌에서 불을 넣고 그 칡을 패 말려가지고, 이래 이래 비비고 말려가 지고 비비고 이 주먹탱이 겉거로(같이) 한 대모탱이 비벼 놔. 주먹탱이 만 큼 하게 비벼놓고

"담뱃대 있느냐고?"

"담뱃대가 아버이 피우던 거, 어머이 피우던 거, 할머이 피우던 거 할 머이 피우던 거 담뱃대 저 네 개가 있다고."

"이만큼 진 거. 설대 맞춘 니 개가 있다고."

"그럼 세 개만 어디가 더 읃어 오라고."

아 읃어 오마. 담뱃대 세 개를 읃어 오면 네 개가 있는데 일곱 개 되재?

(조사자 : 예. 일곱 개죠.)

세 개 덮어 씌고 그 칡을 비벼난 걸 쑥쑥 비벼서 담뱃대 일곱 개에다가 이렇게 수북하게 담아라, 담아라.

(조사자 : 예.)

담고 담뱃대 일곱 개를 시루 구녕에다 빙 돌려 꼽아 놔라. 마카(모두) 마아서(모아서) 일곱 개 한군데 미고 그 색시를 성냥을 기래 불을 일곱 군데 붙이라 해. 쭉쭉 판에다 피우니 이게 불이 번쩍번쩍 하미 이 주먹댕이 같은 게 불이 번쩍번쩍 하거든.

"됐다고,"

불을 꺼줬네. 불을 꺼주고 오늘 저녁에 뭐이 오나 봐라, 내일 저녁에 뭐 여 오나 한번 봐라. 닷새 만에 뭐이 으르르 소리 나네.

"아이 인제 저 뭐이 온다고!" 색시가 그래거든.

칡을 푹 덮어 쓰고, 담배 꼬가리 일곱 갤 마 물고, 성냥을 불을 빨리 붙여 쭉쭉 빨아 댕기니 불이 이 주먹쟁이 같은 기 번쩍 번쩍 번쩍 하거든. 저놈우 새끼가 대문을 와장창 걷어차더이, 들어오더이,

"이키, 저 눈까리 일곱 가진 선생님이 왔구나!" 이래거든.

"그래 왔다."

아 그래고, "이놈우 새끼 거 앉아!"

"거 아랫묵에 앉아!"

그 여짜 앉아.

아 조금 있다가 또 뭐 와장창 하더이 또 한 놈우 새끼.

"니 이놈우 새끼!"

"이키, 저 선생님이를, 눈깔이 일곱 가진 선생님이 왔구나!" 그러니.

"이놈우 새끼 거 앉아!"

거 앉네.

아랫목에 두 놈이 앉아 있네.

두 놈이 앉으이, "니 이놈우 새끼 바로 말 해야지 바로 말 안 하면 잡아 죽인다!"

"내가 느이 잡으러 왔다." 이래거든?

"살려 주시우, 살려 주시우." 두 놈우 새끼가 절을 막 하거든?

"그래 살려줄끼 바로 말해."

"니 이놈우 새끼 왜 이집 식구 다 잡아가고 올 저녁에 마저 잡으러 왔노?"

"이노무 새끼를 잡아야지."

"아 살려주시우, 살려주시우!" 자꾸 빈다.

"그러면 살려줄기니 바로 얘기해!"

"니가 뭐이래서 왜 사람을 잡아 가노?"

"예. 이집 저 대청마루 밑에 단지가 하나 있소."

"그 단지에 금이 한독 가뜩 들어있는데, 그 금을 읋애 치우믄 우리가 다시 안 와요."

"그래 그 금을 으뜨해야 되노?"

"그 단지를 파내 치우면 안 와요."

"니 이놈우 새끼 단지를 파내 치우면 다시는 안 오나?"

"다시 안 와요."

"오냐. 이놈이 오기만 하면 잡는다. 내가 꼭 지키고 있다."

그래 그 단지를 참 그 이튿날 대청마루 밑에 파내 보이 금이 단지로 하나야. 그 금을 파니깐에 그 놈아가 부자가 됐어.

그 짚시기 저 삼아가지고 저 도망가던 놈아가, 그 집에 자다가 그 색시하고 같이 살어. 그 부자가 됐어, 고마.

예.

이거리 저거리 갓거리 / 다리뽑기 하는 소리

자료코드 : 03_10_FOS_20090301_KDH_KCJ_0001
조사장소 : 강원도 정선군 사북읍 직전리 585번지 직전리경로당
조사일시 : 2009.3.1
조 사 자 : 강등학, 이영식, 박은영, 유태웅
제 보 자 : 김춘자, 여, 68세
구연상황 : 경로당을 방문했을 때 노인회장인 나일수와 여자 회원 몇 분이서 얘기를 나누고 있었다. 방문 취지를 말씀드리고 협조를 요청하자 모두들 모여 앉았다. 차를 마시며 처음에는 마을의 일반적인 얘기를 듣고 지명에 대해 묻자 기존의 자료와 크게 다르지 않았다. 그러다가 조사자가 밭갈이를 해봤냐고 묻자 지금껏 하고 있다고 답했다. 이에 조사자가 밭갈 때 소리를 어떻게 했냐고 묻자, 겨리는 어려서 구경만 하고 경운기 나오기까지 사뭇 호리로 했다고 설명하면서 이랴 소리를 했다. 이곳은 논농사가 없는 지역이기 때문에 농사와 관련된 노래가 별로 없어 전래동요를 부탁했다. 처음에 잠자리 잡을 때 어떻게 했냐고 하자 모두들 웃다가 먼저 나일수가 집게손가락을 위로 세우면서 불렀다. 나일수의 노래가 끝난 후 이하옥에게 어떻게 불렀는지 부탁하자 우린 그렇게 안 불렀다고 하면서 노래했다. 계속해서 '물 맑게 하는 소리'를 부탁하자 제대로 아는 분들이 없었다. 이에 조사자가 다리 뽑는 시늉을 하면서 어떻게 했냐고 하자 김춘자가 불렀다.

이거리 저거리 갓거리

스만에 바꾸 돗바꾸

앤지 참깨 열두 양

딸으(딸을) 줄라이(주려니) 마다(싫다)

며느리 줄라이(주려니) 아껍다

내나 홀쩍 마시자

가갸 가다가 / 한글 풀이하는 소리

자료코드 : 03_10_FOS_20090301_KDH_KCJ_0002
조사장소 : 강원도 정선군 사북읍 직전리 585번지 직전리경로당
조사일시 : 2009.3.1
조 사 자 : 강등학, 이영식, 박은영, 유태웅
제 보 자 : 김춘자, 여, 68세
구연상황 : 이곳은 논농사가 없는 지역이기 때문에 농사와 관련된 노래가 별로 없어 전
래동요를 부탁했다. 처음에 잠자리 잡을 때 어떻게 했냐고 하자 모두를 웃다
가 먼저 나일수가 집게손가락을 위로 세우면서 불렀다. 나일수의 노래가 끝난
후 이하옥에게 어떻게 불렀는지 부탁하자 우린 그렇게 안 불렀다고 하면서
노래했다. 계속해서 '물 맑게 하는 소리'를 부탁하자 제대로 아는 분들이 없
었다. 이에 조사자가 다리 뽑는 시늉을 하면서 어떻게 했냐고 하자 김춘자가
불렀다. 김춘자의 노래가 끝나고 잠시 다른 애기를 나눴다. 조사자가 '풀 써
는 소리'를 청하자, 예전에 풀을 썰 때는 20명이 풀을 해오면 10명이 풀을 썰
어 그 크기가 웬만한 집채만 했다고 설명을 한 후 노래를 했다. 자리에서 최
고 연장자인 나명윤에게 '성님 오네 성님 오네', '비야 비야 오지 마라'를 청
했으나 시작만 할 뿐 계속 잇지를 못했다. 이후 이것저것 묻다가 '한글 풀이
하는 소리'를 청하자 김춘자가 노래했다.

가이갸 가다가
거이겨 거랑에
고이고 고기 잡아
구이구 국 끓애(끓여)
너이너 너도 먹고
나이나 나도 먹고
다이다 다 먹었다

아라리 / 가창유희요

자료코드 : 03_10_FOS_20090301_KDH_NMY_0001
조사장소 : 강원도 정선군 사북읍 직전리 585번지 직전리경로당
조사일시 : 2009.3.1
조 사 자 : 강등학, 이영식, 박은영, 유태웅
제보자 1 : 나명윤, 여, 84세
제보자 2 : 이하옥, 여, 76세
제보자 3 : 김춘자, 여, 68세
제보자 4 : 나일수, 여, 68세
제보자 5 : 박영금, 여, 70세
제보자 6 : 고석룡, 여, 70세
구연상황 : 이곳은 논농사가 없는 지역이기 때문에 농사와 관련된 노래가 별로 없어 전래동요를 부탁했다. 처음에 잠자리 잡을 때 어떻게 했냐고 하자 모두를 웃다가 먼저 나일수가 집게손가락을 위로 세우면서 불렀다. 나일수의 노래가 끝난 후 이하옥에게 어떻게 불렀는지 부탁하자 우린 그렇게 안 불렀다고 하면서 노래했다. 계속해서 '물 맑게 하는 소리'를 부탁하자 제대로 아는 분들이 없었다. 이에 조사자가 다리 뽑는 시늉을 하면서 어떻게 했냐고 하자 김춘자가 불렀다. 김춘자의 노래가 끝나고 잠시 다른 애기를 나눴다. 조사자가 '풀 써는 소리'를 청하자, 예전에 풀을 썰 때는 20명이 풀을 해오면 10명이 풀을 썰어 그 크기가 웬만한 집채만 했다고 설명을 한 후 노래를 했다. 자리에서 최고 연장자인 나명윤에게 '성님 오네 성님 오네', '비야 비야 오지 마라'를 청했으나 시작만 할 뿐 계속 잇지를 못했다. 이후 이것저것 묻다가 '한글 풀이하는 소리'를 청하자 김춘자가 노래했다. 더 이상 전래동요도 조사가 안 이루어짐에 아라리를 청해서 들었다.

제보자 1 : 그래 우리 시어머이 하던 노래 해 볼까?

제보자 4 : 네, 해 봐요.

제보자 5 : 몇 마디 해 보오.

제보자 1 쭈물럭 쭈물럭 묵나물 상투
        저걸 언제나 길러서 내 낭군 삼나

        스발(세 발) 장대가 똘똘 구는 신작로 길에
        하이칼래가 가잘 적에 왜 못 간나

제보자 4 앞남산천에 딱따구리는 참나무 구멍도 뚫는데
        우리 집의 저 멍텅구리는 뚫어진 구영도(구멍도) 못 뚫나

제보자 2 색씨 색씨 할 적에 가매 채 붙들고 통곡을 말고
        우리 집의 뒷집으로 땅 머슴 살러 오세요

제보자 5 정선읍 밖에 백모래밭에야 비가 오나 마나
        어린 가장 옆에 찌구야 내 잠자나 마나

제보자 6 정선읍에 일백오십호 몽땅 잠들어라
        꽁지갈보 연연히 찌구서 성마령 넘자

제보자 3 정선같이도 살기 좋은데 한번 구경 오세요
        검은산 물밑이라도 해당화가 핍니다

이랴 소리 / 밭가는 소리

자료코드 : 03_10_FOS_20090301_KDH_NIS_0001
조사장소 : 강원도 정선군 사북읍 직전리 585번지 직전리경로당
조사일시 : 2009.3.1
조 사 자 : 강등학, 이영식, 박은영, 유태웅
제 보 자 : 나일수, 남, 68세
구연상황 : 경로당을 방문했을 때 노인회장인 나일수와 여자 회원 몇 분이서 얘기를 나

누고 있었다. 방문 취지를 말씀드리고 협조를 요청하자 모두들 모여 앉았다. 차를 마시며 처음에는 마을의 일반적인 얘기를 듣고 지명에 대해 묻자 기존의 자료와 크게 다르지 않았다. 그러다가 조사자가 밭갈이를 해봤냐고 묻자 조사자가 밭갈이를 해봤냐고 묻자 지금껏 하고 있다고 답했다. 이에 조사자가 밭갈 때 소리를 어떻게 했냐고 묻자, 겨리는 어려서 구경만 하고 경운기 나오기까지 사뭇 호리로 했다고 설명하면서 노래를 했다.

이러이러 가자—
소야 가자—
이러
어 잘간다 이러
이랴
잘간다
올러서
올러서 가자
이러
아 잘간다
내려서 내려서
좀 내려서라
이러
이러이러 가자
오 춰—
돌아서라
이러 가자
아 이소 잘간다
올러서 올러서
올러서라 조금 올러서라

이러 가자 이 소야

이러이러 이러 가자

잠자리 꽁꽁 / 잠자리 잡는 소리

자료코드 : 03_10_FOS_20090301_KDH_NIS_0002
조사장소 : 강원도 정선군 사북읍 직전리 585번지 직전리경로당
조사일시 : 2009.3.1
조 사 자 : 강등학, 이영식, 박은영, 유태웅
제 보 자 : 나일수, 남, 68세
구연상황 : 경로당을 방문했을 때 노인회장인 나일수와 여자 회원 몇 분이서 얘기를 나누고 있었다. 방문 취지를 말씀드리고 협조를 요청하자 모두들 모여 앉았다. 차를 마시며 처음에는 마을의 일반적인 얘기를 듣고 지명에 대해 묻자 기존의 자료와 크게 다르지 않았다. 그러다가 조사자가 밭갈이를 해봤냐고 묻자 지금 껏 하고 있다고 답했다. 이에 조사자가 밭갈 때 소리를 어떻게 했냐고 묻자, 겨리는 어려서 구경만 하고 경운기 나오기까지 사뭇 호리로 했다고 설명하면서 이랴 소리를 했다. 이곳은 논농사가 없는 지역이기 때문에 농사와 관련된 노래가 별로 없어 전래동요를 부탁했다. 처음에 잠자리 잡을 때 어떻게 했냐고 하자 모두들 웃다가 먼저 나일수가 집게손가락을 위로 세우면서 불렀다.

잠자리 꽁꽁

앉을자리 좋다

앉으면 살고

스면(서면) 죽는다

잠자리 꽁꽁

앉을자리 좋다

앉으면 살고

스면(서면) 죽는다

우러리 / 풀 써는 소리

자료코드 : 03_10_FOS_20090301_KDH_NIS_0003
조사장소 : 강원도 정선군 사북읍 직전리 585번지 직전리경로당
조사일시 : 2009.3.1
조 사 자 : 강등학, 이영식, 박은영, 유태웅
제 보 자 : 나일수, 남, 68세
구연상황 : 이곳은 논농사가 없는 지역이기 때문에 농사와 관련된 노래가 별로 없어 전
래동요를 부탁했다. 처음에 잠자리 잡을 때 어떻게 했냐고 하자 모두를 웃다
가 먼저 나일수가 집게손가락을 위로 세우면서 불렀다. 나일수의 노래가 끝난
후 이하옥에게 어떻게 불렀는지 부탁하자 우린 그렇게 안 불렀다고 하면서
노래했다. 계속해서 '물 맑게 하는 소리'를 부탁하자 제대로 아는 분들이 없
었다. 이에 조사자가 다리 뽑는 시늉을 하면서 어떻게 했냐고 하자 김춘자가
불렀다. 김춘자의 노래가 끝나고 잠시 다른 애기를 나눴다. 조사자가 '풀 써
는 소리'를 청하자, 예전에 풀을 썰 때는 20명이 풀을 해오면 10명이 풀을 썰
어 그 크기가 웬만한 집채만 했다고 설명을 한 후 노래를 했다.

어 잘 썬다
우물할미 둥둥 치기다
오리 밖에 옻나무요
십리 밖에 심나무
아 개다리 심올렀다
어 잘 썬다
우러리야
어 잘 썬다

잠자리 꽁꽁 / 잠자리 잡는 소리

자료코드 : 03_10_FOS_20090301_KDH_LHO_0001
조사장소 : 강원도 정선군 사북읍 직전리 585번지 직전리경로당

조사일시 : 2009.3.1
조 사 자 : 강등학, 이영식, 박은영, 유태웅
제 보 자 : 이하옥, 여, 76세
구연상황 : 이곳은 논농사가 없는 지역이기 때문에 농사와 관련된 노래가 별로 없어 전
래동요를 부탁했다. 처음에 잠자리 잡을 때 어떻게 했냐고 하자 모두를 웃다
가 먼저 나일수가 집게손가락을 위로 세우면서 불렀다. 나일수의 노래가 끝난
후 이하옥에게 어떻게 불렀는지 우린 그렇게 안 불렀다고 하면서 노래했다.

소금쟁이 꽁꽁

앉을자리 좋다

날보고 커라

나는 니보다가(너보다) 더 큰다

앉을자리 좋다

앉어라 앉어라 앉어라

소금쟁이 꽁꽁

앉을자리 좋다

놀았어요.

(조사자 : 네, 특이하시네. 어르신, 다시 한 번만. 죄송합니다만, 다시 한,
다시 한 번만 고거 해주시겠어요! 좀 약간 다르네.)

소금쟁이 꽁꽁

앉을자리 좋다

여게 앉어라

여게 앉어라

꽁꽁 올러간다

소금쟁이 꽁꽁

여 앉을자리 좋다

앉을자리 좋다

날보고 서라

날보고 앉어라

꽁꽁

앉을자리 좋다

날어가거라

앉어라

아라리 / 가창유희요

자료코드 : 03_10_FOS_20090721_KDH_JSJ_0001

조사장소 : 강원도 정선군 사북읍 직전리 4반 큰배래치 전상준 자택

조사일시 : 2009.7.21

조 사 자 : 강등학, 이영식, 박은영, 유태웅

제 보 자 : 전상준, 남, 93세

구연상황 : 전상준은 40세에 눈을 다쳐 45세에는 완전히 실명했고, 연로해서 귀도 약간 어두웠다. 방문했을 때 다행히 며느리가 있어서 도움을 많이 받았다. 여러 편의 이야기를 끝내고, 커피를 마시며 잠시 쉬는 동안, 눈을 다치고 서울, 동해시 등 사방으로 다녔던 얘기, 젊어서 영월에 소금 사러갔던 얘기 등을 들었다. 조사자가 소리를 하시냐고 여쭸더니, 한번 해볼까 하며 아라리를 연속해서 몇 곡 불렀다.

앞뒷산에 황국단풍은 구시월이믄 드지만은
이내가슴에 속단풍으는 시시로 든다

아이 숨이 차.

만첩청산에 우는 뻐꾸기 우리 님만 겉으면
어느 때 연분에 만내드래도 또 상봉하지

술맛 좋고야 안주가 좋거든 주모님 얼굴을 쳐다보고
술잔이 비거나 말거든 주모님 젖통을 만져보자

서산에 지느네 저 해가 지구나 싶어서 지겠나
날 버리고 가느네 그대가 가고 싶어 가겠나

종로 네거리에 솥 때우는 저 영감
우리 둘이 정 떨어진 거는 왜 못 때우나

닉타이가(넥타이) 풀아진 거는 다시나 매믄 되지만은
우리 둘이 정 떨어진 거는 왜 다시나 못 매나

5. 여량면

증편 한국구비문학대계 ● 강원도 정선군

▌조사마을

강원도 정선군 여량면 봉정리

조사일시 : 2009.2.4, 2009.4.2, 2009.7.10
조 사 자 : 강등학, 이영식, 박은영, 유태웅

  봉정리의 면적은 12km²이며 경지면적은 밭1.04km² 논 0.34km² 임야 9.6km²이다. 예전에는 밭에 콩, 옥수수를 주로 심었으나, 지금은 고추, 마늘, 토마토, 피망 등을 많이 심는다.

강원도 정선군 여량면 봉정리 마을 전경

  자연마을로는 마을과 마을사이에 고개가 있다고 해서 이름이 붙여진 새치, 유천리와 임계면 반천리 경계 지점에 위치하였다고 하여 명명된 지경, 산이 마을을 둘러싸고 있어 기온이 따뜻해 목화 재배가 잘 된다는 발면, 마을이 가장 큰 본동 등 네 개 마을이 있다. 봉정리에는 30여 년 전만 해도 140여 가구가 있었으나 지금은 90여 가구에 200여 명이 거주하고 있는데, 농가는 50여 가구이다.

봉정리에서는 30리 거리에 있는 임계장을 봤다. 30~40년 전만 해도 정선장이 지금처럼 크지 않았기 때문에 정선읍에서도 임계장으로 소 팔러왔다. 예전에는 마방이 남평, 지경, 소란에 있었는데, 봉정리에서 임계장으로 소 팔러 갈 때도 소란에서 하루 묵었다. 이유는 30리 길을 하루에 다 걸으면 소가 축나기 때문에 하룻밤 편히 쉬게 하고 여물을 많이 먹여야 소가 좋아 보이기 때문이다.

예전 정선군 대부분의 마을은 논이 귀했으나 봉정리에는 비교적 많은 논이 있었던 까닭에 다른 지역 사람들이 부러워했다고 한다. 벼농사는 마을 앞으로 흐르는 골지천에 보를 설치해 논에 물을 댔다. 보를 막을 때 필요한 경비나 노동력은 마을에서 선출된 청수의 지시에 따랐는데, 청수는 마을 어른 중에서 가장 존경받는 분으로 마을주민들이 투표를 해서 뽑았다. 한번 뽑히면 특별한 일이 없는 한 계속 그 일을 담당했다. 3~4년 전까지만 해도 청수는 상을 당하거나 당고사를 지내는 등 마을의 애경사 때면 필요한 일꾼들을 동원하고 제관 선출, 제수 음식을 마련하는 데 관여했다. 하지만 지금은 여러 가지 번거로움으로 인해 마을 이장이 이 일을 대신한다.

봉정리에는 현재 서낭당이 있으며 당고사도 해마다 지낸다. 서낭당은 원래 마을회관 가까이에 있었으나 마을과 인접한 것이 불편하다고 하여 50여 년 전 당시 이장을 보던 배억길 씨가 현몽하여 지금의 자리로 정했다. 현재 서낭당은 동일 자리에 2005년에 다시 지은 것으로, 서낭당 몫으로 땅이 250평 있다.

음력 12월에 생기를 따져 음식을 준비하는 제수집 한 집, 소지를 올리며 당고사를 진행할 제관 세 명을 선출한다. 소지를 올리고 당고사를 진행하는 제관 세 명은 각 반에서 한 명씩 뽑는데, 각 반에서 뽑힌 세 명의 제관은 각자 자기 반 사람들의 소지를 올린다.

당고사는 정월 첫정일 새벽 1시에 지낸다. 당고사를 지내기 전 날이 어두워지면 제관은 먼저 촛불을 켜고 정화수를 떠서 서낭당에 갖다 두는데, 정화수는 1시간마다 새것으로 바꿔준다. 정화수는 당고사를 지낼 때까지 보통 다섯 번 정도 갈아준다. 봉정리 서낭당 위패에는 '토지지신위(土地之神位)'라 적혀있는데, 이곳에 모신 분은 중이라 한다. 그래서 고기와 생선은 물론 북어포도 놓지 않으며, 단지 과일과 떡 그리고 메밥에 나물과 탕만을 놓는다.

강원도 정선군 여량면 여량1리 녹고만

조사일시 : 2009.2.3, 2009.7.11
조 사 자 : 강등학, 이영식, 박은영, 유태웅

여량면은 원래 북면으로 불리었으나, 동서남북 방위로 붙여진 면 이름으로는 지역 이미지가 너무 약하다는 지역민의 의견을 따라 2009년 5월 1일자로 북면에서 여량면으로 변경하였다. 여량면은 면소재지가 있는 여량리를 중심으로 유천리, 구절리, 남곡리, 고양리, 봉정리 등 6개의 법정리에 14개의 행정리 그리고 66개의 반으로 구성되어 있다. 여량면은 산간 고지대인 까닭에 고랭지 채소, 고추, 감자, 옥수수 등이 생산의 주종을 이루고 있다.

여량면은 2007년 12월 현재 총면적이 136.18km²인데, 이 중 밭이 7.00km², 논이 1.05km², 임야가 121.98km²이다. 세대수는 1,059호인데, 이 중에 농가는 429호이며, 인구는 2,377명이다. 여량(餘糧)은 산수가 수려하고 토질이 비옥하여 농사가 잘돼 식량이 남아돈다는 뜻에서 붙여진 이름이라고 한다.

강원도 정선군 여량면 여량1리 녹고만 전경

여량리는 면사무소 소재지로 5개의 행정리로 나뉘어 있다. 여량1리의
자연마을로는 샘물과 보가 풍부해 농사가 풍년을 이룬다는 하동마을, 상
옥갑사와 하옥갑사가 있어 이름이 붙여진 절골, 마을이 아름답고 농사도
잘돼 복과 양식이 가득한 마을이란 뜻인 녹고만, 반륜산 오르는 길목에
있는 마을로 옛날에 절과 소원을 기원하는 제단이 있던 곳이라 하여 이름
이 붙여진 제단곡이 있다. 여량리 전체면적은 15.3km²이며, 경지면적은
밭이 1.92km², 논이 0.36km², 임야가 11.7km²이다.

여량리 주민들은 1970년대 초반 이전까지만 해도 임계장을 주로 다녔
다. 그러다가 1970년대 후반부터 1980년대 말까지 구절리, 송천, 옥갑산
등에 있던 석탄광산이 활발하게 생산 활동을 하자 여량에도 1일과 6일에
장이 서게 되었다. 그러나 1990년대 정부의 석탄산업합리화정책으로 광
산이 문을 닫자 현재는 외지 상인 5~6명과 현지인 두세 명이 여량장을

지키고 있다. 지금은 마을 사람 대부분 정선읍장과 임계장을 본다.

여량1리에는 143세대에 400여 명이 거주하고 있으며, 농가는 67호이다. 경지면적은 밭이 0.37km², 논이 0.05km², 기타 3.76km²이다. 녹고만은 여량1리에 속해 있는데, 북면소재지 서쪽에 있는 마을로 여량면민을 비롯한 정선군민들은 흔히 녹고마니라 부른다. 일제강점기 때에는 녹고마니 마을에서 조금 떨어진 곳에 금광이 개발되면서 많은 사람들이 몰려들어 살았다. 하지만 오래가지 않아 금광이 폐광되자 대부분의 사람들은 떠나가고, 지금은 15가구 40여 명이 생활하고 있다. 녹고마니 마을에는 원래 논이 없었던 까닭에 많은 사람들이 화전을 일궈 조나 수수 등을 심어 생활했다. 요즘은 논이 있어 쌀을 생산하지만 논도 넓지 않고 수확량이 적어 논농사에는 별반 관심을 기울이지 않는다. 녹고마니 사람들은 주로 감자, 고추, 옥수수, 배추 등 밭작물 중심으로 농사를 짓는다. 특히 고랭지 배추를 많이 심는데, 이는 다른 작물에 비해 높은 수익이 따르기 때문이라고 한다. 하지만 몇 년째 배추 소비가 급격하게 줄어들어 거래되지 않은 배추가 밭에서 썩는 경우가 흔하다고 한다.

동제는 해마다 정월에 날을 받아 윗마을인 절골에서 당고사를 지냈으나, 절골 가구수가 급격히 줄어든 10여 년 전부터는 지내지 않는다. 녹고마니 마을에서는 별도로 동제를 지내지 않았다.

█ 제보자

권금출, 여, 1938년생

주 소 지 : 강원도 정선군 여량면 봉정리
제보일시 : 2009.2.4
조 사 자 : 강등학, 이영식, 박은영, 유태웅

정선군 여량면 지경리에서 태어나 17세에
결혼하여 지금까지 봉정리에서 살고 있다.
부끄러워하여 적극적으로 나서지는 않았으
나 조사 작업에 흥미를 가지고는 있었다.

제공 자료 목록
03_10_FOS_20090204_KDH_BOY_0001 아라리
03_10_FOS_20090204_KDH_LOJ_0001 아라리
03_10_FOS_20090204_KDH_LOJ_0002 아라리

김남기, 남, 1937년생

주 소 지 : 강원도 정선군 여량면 여량1리 녹고만
제보일시 : 2009.2.3
조 사 자 : 강등학, 이영식, 박은영, 유태웅

김남기(金南基)는 평생 밭을 일구며 살아
온 농사꾼이며, 아라리도 구수하게 부르는
소리꾼이다. 그는 1937년 12월 10일(음) 부
친 김사현과 모친 천선녀 사이에 8남 8녀
중 막내로 여량1리 절골에서 태어났다. 호
적에는 1941년 생으로 되어 있는데, 이는

예전에 면사무소의 화재로 소실되었을 때 호적을 제대로 정리하지 않았기 때문이라고 한다.

아버님과 둘째 형님이 아라리를 잘 부르셔서 어렸을 때부터 그 소리를 듣고 자랐다. 두 분의 영향으로 12살 때부터 아라리를 부르기 시작했다. 낮에는 힘든 농사일을 하고 밤에는 아라리 가락을 떠올리며 가사를 만들어 붙이기도 했다. 22세에 결혼을 하여 5남매를 두었으며, 부인인 변춘자도 아라리를 잘 부른다. 1962년에 군에 가서 1964년 4월에 제대를 했는데, 군에서도 아라리를 많이 불렀다고 한다. 이후 소리꾼 나창주를 만나 본격적으로 아라리 공부를 했으며, 나창주가 사망한 후 1981년부터는 최봉출로부터 소리지도를 받았다.

김남기는 1977년 제 3회 정선 아리랑제 정선아리랑경창대회에서 우수상을 받으면서 그의 소리는 인정을 받기 시작했다. 그때부터 크고 작은 행사에 참가해 아라리를 시연하고 전수활동에 몰두해 대표적인 정선의 소리꾼으로 자리매김했다. 현재 정선아리랑 기능보유자이다.

김남기는 아리리와 더불어 다양한 노래를 부른다. 뿐만 아니라 이야기도 잘한다. 이야기는 절골에서 같이 생활하던 김용덕, 전홍기, 전동근 등으로부터 많이 들었는데, 이들은 김남기보다 3~4세 위였다. 예전에는 기억력이 뛰어나 한번 들었던 이야기나 노래는 금방 따라 할 수 있었는데, 요즘은 사정이 그렇지 못하다고 한다. 그는 술을 약간씩 하나 담배는 피우지 않는다.

제공 자료 목록

03_10_FOT_20090203_KDH_KNG_0001 화재를 막아주는 염장봉
03_10_FOT_20090203_KDH_KNG_0002 일본인이 혈을 잘라 죽은 아기장수
03_10_FOT_20090203_KDH_KNG_0003 산삼 캐다 피를 토하고 죽은 중
03_10_FOT_20090203_KDH_KNG_0004 탁발 온 스님에게 시주하고 목숨 구한 며느리
03_10_FOT_20090203_KDH_KNG_0005 오는 손님 막으려다 집안 망하게 한 며느리
03_10_FOT_20090203_KDH_KNG_0006 바닷가 돌로 쌓은 장창성
03_10_FOT_20090203_KDH_KNG_0007 일암사 중과 과부

03_10_FOT_20090203_KDH_KNG_0008 앞으로는 두 손이고 뒤로는 한 손이오

03_10_FOT_20090203_KDH_KNG_0009 밥 말아 잡수 국말아 잡수

03_10_FOT_20090203_KDH_KNG_0010 어느 중의 여자 맛보기

03_10_FOS_20090203_KDH_KNG_0001 한냥 주고 떠온 댕기

03_10_FOS_20090203_KDH_KNG_0002 담바구 타령

03_10_FOS_20090203_KDH_KNG_0003 동그랑땡

03_10_FOS_20090203_KDH_KNG_0004 메밀 간 지 사흘 만에

03_10_FOS_20090203_KDH_KNG_0005 황장목 타령

03_10_FOS_20090203_KDH_KNG_0006 이랴 소리

03_10_FOS_20090203_KDH_KNG_0007 곡소리

03_10_FOS_20090203_KDH_KNG_0008 정월 송학에 속속한 마음

03_10_FOS_20090203_KDH_KNG_0009 걸어보라면 걸어봐

03_10_FOS_20090203_KDH_KNG_0010 곱새치기

03_10_FOS_20090203_KDH_KNG_0011 아라리

03_10_FOS_20090203_KDH_KNG_0012 나무하러 가세

03_10_FOS_20090203_KDH_KNG_0013 아라리

03_10_FOS_20090203_KDH_KNG_0014 아라리

03_10_FOS_20090203_KDH_KNG_0015 자진 아라리

03_10_FOS_20090203_KDH_KNG_0016 허영차 소리

03_10_FOS_20090203_KDH_KNG_0017 영차 소리

03_10_FOS_20090203_KDH_KNG_0018 일자나 한 자 들고 보니

03_10_FOS_20090203_KDH_KNG_0019 엮음 아라리

03_10_FOS_20090203_KDH_KNG_0020 춘향아 춘향아

김옥녀, 여, 1946년생

주 소 지 : 강원도 정선군 여량면 봉정리

제보일시 : 2009.2.4

조 사 자 : 강등학, 이영식, 박은영, 유태웅

정선군 여량면 지경리에서 태어나 21세
에 장석배와 결혼하여 봉정리에서 살고 있
다. 적절히 농담을 던져주어 판의 분위기를

부드럽게 띄워주었다. 알고 있는 노래들은 되도록이면 제보자들에게 알려주고자 노력하는 등 구연에 적극적으로 응해주었다. 남편의 영향에서인지 노래와 조사에 대한 자세가 조금 남달랐다.

제공 자료 목록

03_10_FOS_20090204_KDH_KOY_0001 춘향아 춘향아
03_10_FOS_20090204_KDH_KOY_0002 아침방아 찧어라
03_10_FOS_20090204_KDH_KOY_0003 풀풀 풀무야
03_10_FOS_20090204_KDH_BOY_0001 아라리
03_10_FOS_20090204_KDH_LOJ_0001 아라리
03_10_FOS_20090204_KDH_LOJ_0002 아라리
03_10_MFS_20090204_KDH_KOY_0001 띵까라붕
03_10_MFS_20090204_KDH_KOY_0002 띵까라붕

김종권, 남, 1940년생

주 소 지 : 강원도 정선군 여량면 봉정리
제보일시 : 2009.2.4, 2009.4.2
조 사 자 : 강등학, 이영식, 박은영, 유태웅

정선군 여량면 봉정리에서 태어나 현재 봉정리 432번지에서 살고 있다. 마른 체구에 비교적 발음은 정확했으며 노래 부르기를 즐기는 듯 했다. 주변 사람들의 권유에 '출상하는 소리', '묘 다지는 소리' 등에서 선소리를 맡아 주었으나, 처음에는 알지 못한다며 여러 번에 걸쳐 마다하였다. 술이 몇 잔 돌고 분위기가 무르익자 자연스럽고 보다 적극적으로 조사에 응해주었다.

제공 자료 목록

03_10_FOS_20090204_KDH_KJK_0001 엮음 아라리

03_10_FOS_20090204_KDH_KJK_0001_s01 나무여 소리

03_10_FOS_20090204_KDH_KJK_0002_s03 달구 소리

03_10_FOS_20090204_KDH_KJK_0003_s02 어호넘차 소리

03_10_FOS_20090402_KDH_KJK_0001_s01-1 어허넘차 소리

03_10_FOS_20090402_KDH_KJK_0001_s01-2 어허넘차 소리

03_10_FOS_20090402_KDH_KJK_0001_s01-3 어허넘차 소리

03_10_FOS_20090402_KDH_KJK_0001_s02-1 달구 소리

03_10_FOS_20090402_KDH_KJK_0001_s02-3 달구 소리

03_10_FOS_20090204_KDH_JSB_0001 아라리

03_10_FOS_20090204_KDH_YKY_0001 이랴 소리

03_10_FOS_20090204_KDH_YKY_0002 아라리

03_10_FOS_20090204_KDH_YKY_0003 허영차 소리

박옥매, 여, 1934년생

주 소 지 : 강원도 정선군 여량면 봉정리

제보일시 : 2009.2.4

조 사 자 : 강등학, 이영식, 박은영, 유태웅

정선군 임계면 고양리에서 태어나 17세
에 봉정리로 시집을 와 지금까지 살고 있다.
마른 체구에 머리가 하얗게 세었다. 아라리
판이 돌아가면 노래를 부르기는 하나 조사
에 적극적이지는 않았다. 표정에 변화가 없
으며 조사자와 잘 눈을 맞추지도 않았으나
끝까지 판을 지키고는 있었다.

제공 자료 목록

03_10_FOS_20090204_KDH_BOY_0001 아라리

03_10_FOS_20090204_KDH_LOJ_0001 아라리

박종복, 남, 1934년생

주 소 지 : 강원도 정선군 여량면 봉정리
제보일시 : 2009.2.4
조 사 자 : 강등학, 이영식, 박은영, 유태웅

정선군 여량면 봉정리에서 태어나 현재
봉정리 89번지에 살고 있는 토박이이다. 마
른 체구에 머리가 희고 코끝이 빨갰다. 처음
에는 제보의 방법을 잘 이해하지 못하고 노
래 중간중간 설명을 끼워넣어 조사의 어려
움을 겪었다. 술은 마시지 않는다고 하며 조
사자들이 내놓은 술을 마다하였다.

제공 자료 목록
03_10_FOS_20090204_KDH_JSB_0001 아라리
03_10_FOS_20090204_KDH_KJK_0001_s01 나무여 소리
03_10_FOS_20090204_KDH_KJK_0002_s03 달구 소리
03_10_FOS_20090204_KDH_KJK_0003_s02 어호넘차 소리
03_10_FOS_20090204_KDH_YKY_0003 허영차 소리

방순자, 여, 1947년생

주 소 지 : 강원도 정선군 여량면 봉정리
제보일시 : 2009.2.4
조 사 자 : 강등학, 이영식, 박은영, 유태웅

정선군 여량면 고양리에서 태어났다. 20
살에 결혼하여 현재까지 봉정리에서 살고

있다. 조사 작업에 흥미를 가지고는 있었으나 부끄러움을 많이 타는 까닭에 노래 부를 순서가 돌아왔을 때 부르는 정도이지 적극적으로 나서지는 않았다. 슬하에 5남매를 두었다.

제공 자료 목록

03_10_FOS_20090204_KDH_BSJ_0001 이거리 저거리 갓거리
03_10_FOS_20090204_KDH_BSJ_0002 까치야 까치야
03_10_FOS_20090204_KDH_BSJ_0003 아라리
03_10_FOS_20090204_KDH_LOJ_0001 아라리
03_10_FOS_20090204_KDH_LOJ_0002 아라리

배옥년, 여, 1935년생

주 소 지 : 강원도 정선군 여량면 봉정리
제보일시 : 2009.2.4
조 사 자 : 강등학, 이영식, 박은영, 유태웅

정선군 여량면 봉정리에서 태어나서 같은 마을에 살던 윤광열에게 시집을 와 지금까지 봉정리에서 살고 있다. 자녀는 모두 객지에 나가 있으며 지금은 두 부부만 살고 있다고 한다. 나이에 비해 상당히 젊고 고운 외모를 지니고 있었다. 구연에 적극적으로 응해주었다.

제공 자료 목록

03_10_FOS_20090204_KDH_BOY_0001 아라리
03_10_FOS_20090204_KDH_BOY_0002 새야 새야 파랑새야
03_10_FOS_20090204_KDH_BSJ_0003 아라리
03_10_FOS_20090204_KDH_LOJ_0001 아라리
03_10_FOS_20090204_KDH_LOJ_0002 아라리

변춘자, 여, 1941년생

주 소 지 : 강원도 정선군 여량면 여량1리 녹고만
제보일시 : 2009.2.3
조 사 자 : 강등학, 이영식, 박은영, 유태웅

정선군 임계면 골지리에서 태어났다. 한
국전쟁 때 부모님을 잃고 여량리에서 성장
했다. 김남기를 만나 18세에 결혼해서 줄곧
여량리 녹고마니에서 살고 있다. 어려서부
터 처량하게 들리는 아리랑이 좋아 배우기
시작했다고 한다. 정선아리랑제 때 열린 정
선아리랑 경창대회에서 최우수상을 받은 경
력도 있다.

아라리는 적극적으로 해주었다. 이야기는 남편인 김남기의 권유로 해주
었다. 이야기의 내용이 다소 외설적이라 처음에는 좀 망설였다.

제공 자료 목록
03_10_FOT_20090203_KDH_BCJ_0001 안주면 가나 봐라
03_10_FOS_20090203_KDH_BCJ_0001 아라리
03_10_FOS_20090203_KDH_BCJ_0002 아라리
03_10_FOS_20090203_KDH_KNG_0013 아라리

안옥선, 여, 1936년생

주 소 지 : 강원도 정선군 여량면 여량1리 녹고만
제보일시 : 2009.2.3
조 사 자 : 강등학, 이영식, 박은영, 유태웅

여량리의 옆 마을인 여량면 고양리 태생
으로, 18세에 여량1리 녹고마니로 시집왔다.

상당히 차분한 성격으로 노래도 조용히 불렀다. 자신이 아는 노래나 얘기가 나올 때는 옆에서 많이 거들었다.

제공 자료 목록

03_10_FOS_20090203_KDH_BCJ_0001 아라리
03_10_FOS_20090203_KDH_BCJ_0002 아라리

안옥희, 여, 1937년생

주 소 지 : 강원도 정선군 여량면 봉정리
제보일시 : 2009.2.4
조 사 자 : 강등학, 이영식, 박은영, 유태웅

정선읍 북실리에서 태어나 18세에 봉정리로 시집을 와서 지금까지 살고 있다. 많이 쉰 목소리라 초성이 좋지 않다하여 노래 부르기를 마다하였으나, 그래도 아라리판이 돌아가 자기 차례가 오면 노래를 불렀다. 조사에 호기심을 많이 보였으나 조사 의도를 잘 깨닫지 못하고 가요를 부르기도 했다.

제공 자료 목록

03_10_FOS_20090204_KDH_BOY_0001 아라리
03_10_FOS_20090204_KDH_LOJ_0001 아라리
03_10_FOS_20090204_KDH_LOJ_0002 아라리

윤광열, 남, 1936년생

주 소 지 : 강원도 정선군 여량면 봉정리
제보일시 : 2009.2.4
조 사 자 : 강등학, 이영식, 박은영, 유태웅

정선군 여량면 봉정리에서 태어나 현재 봉정리 146번지에 살고 있다. 윤태열의 동생이라고 한다. 붉은 얼굴에 키가 작고 단단한 체구를 지니고 있었다. 아는 노래가 나오면 먼저 불러주면서 다른 이들이 따라 부를 수 있도록 분위기를 띄우는 등 조사에 적극적으로 호응해 주었다.

제공 자료 목록
03_10_FOT_20090204_KDH_YKY_0001 용소와 벼락재
03_10_FOS_20090204_KDH_YKY_0001 이랴 소리
03_10_FOS_20090204_KDH_YKY_0002 아라리
03_10_FOS_20090204_KDH_YKY_0003 허영차 소리
03_10_FOS_20090204_KDH_KJK_0001 엮음 아라리
03_10_FOS_20090204_KDH_JSB_0001 아라리

윤씨, 여, 1933년생

주 소 지 : 강원도 정선군 여량면 여량1리 녹고만
제보일시 : 2009.2.3
조 사 자 : 강등학, 이영식, 박은영, 유태웅

강릉시 옥계면 태생으로 15세에 여량1리 녹고만이로 시집왔다. 옥계에서는 아라리를 잘 몰랐으며 시집와서 배웠다고 한다. 너무 어린 나이에 시집온 까닭에 살림살이를 제대로 못해 시어머니한테 야단도 많이 맞았다고 한다. 노래를 많이 해주려고 했으나 중간에 자꾸 막히는 까닭에 다소 조심스럽게

노래를 선택하는 느낌을 받았다. 이름은 따로 없고 그냥 성을 따서 '윤씨'이며, 마을에서도 '윤씨 할머니'로 통한다. 키가 작은 편이다.

제공 자료 목록
03_10_FOS_20090203_KDH_BCJ_0001 아라리
03_10_FOS_20090203_KDH_BCJ_0002 아라리

윤태열, 남, 1929년생

주 소 지 : 강원도 정선군 여량면 봉정리
제보일시 : 2009.2.4
조 사 자 : 강등학, 이영식, 박은영, 유태웅

정선군 여량면 봉정리에서 태어나 현재 봉정리 147번지에 살고 있다. 봉정리에는 5대째 거주 중인 토박이이다. 윤광열의 형인 그는 처음 설화 한 편을 구연해 준 후, 이후 노래판에는 적극적으로 참여하지는 않았다. 판이 돌아가는 것을 주로 구경만 했다.

제공 자료 목록
03_10_FOT_20090204_KDH_YTY_0001 홀아비가 되는 환고개

이규열, 남, 1933년생

주 소 지 : 강원도 정선군 여량면 봉정리
제보일시 : 2009.2.4
조 사 자 : 강등학, 이영식, 박은영, 유태웅

정선군 여량면 봉정리에서 태어나 현재까지 거주하고 있는 토박이다. 조사가 끝나갈 무렵에 판에 참여하였으며 아라리를 불러주었다.

제공 자료 목록

03_10_FOS_20090204_KDH_JSB_0001 아라리

이옥자, 여, 1946년생

주 소 지 : 강원도 정선군 여량면 봉정리
제보일시 : 2009.2.4
조 사 자 : 강등학, 이영식, 박은영, 유태웅

정선군 여량면 유천2리에서 태어났다. 22
세에 결혼하여 현재까지 봉정리에서 살고
있다. 이미자를 닮은 외모에 목소리는 가는
편이었다. 조사 작업에 매우 흥미를 보이며
적극적으로 도와주고자 하였으나 수줍음을
타는 편이었다. 알고 있는 아라리의 사설은
매우 일반적인 것이었다. 제보자들 중에서
는 젊은 축에 속했으나 감각적인 면에서는
또래마다 좀더 나이 많은 사람의 특징을 보였다.

제공 자료 목록

03_10_FOS_20090204_KDH_LOJ_0001 아라리
03_10_FOS_20090204_KDH_LOJ_0002 아라리
03_10_FOS_20090204_KDH_LOJ_0003 뱃노래
03_10_MFS_20090204_KDH_LOJ_0001 가라소 가라소

이현수, 남, 1963년생

주 소 지 : 강원도 정선군 여량면 봉정리
제보일시 : 2009.4.2
조 사 자 : 강등학, 이영식, 박은영, 유태웅

정선 태생으로 대구대학교에서 민요로 박
사학위를 받았다. 고등학교 때 민요를 공부
하였던 까닭에 노래를 잘 한다. 현재 정선에
서 민요를 지도하고 있다. 답사를 왔다가 주
위의 권유로 달구 소리를 하게 되었다.

제공 자료 목록
03_10_FOS_20090402_KDH_JBK_0001_s02-5 달
구 소리

장봉규, 남, 1932년생

주 소 지 : 강원도 정선군 여량면 봉정리
제보일시 : 2009.2.4, 2009.4.2
조 사 자 : 강등학, 이영식, 박은영, 유태웅

정선군 여량면 봉정리에서 태어나 현재
봉정리 650번지에 살고 있다. 하얀 머리에
키가 작은 편인 그는 앞서서 구연에 응하지
는 않았으나, 아는 노래가 나오고 판이 형
성되면 함께 불러주는 것은 주저하지 않았
다. '허영차 소리', '나무여 소리'처럼, 주로
선소리에 맞춰 받는 소리에 많이 참여하였
으며, 아라리도 불러주었다.

제공 자료 목록
03_10_FOS_20090402_KDH_JBK_0001_s02-2 달구 소리
03_10_FOS_20090402_KDH_JBK_0001_s02-4 달구 소리
03_10_FOS_20090204_KDH_JSB_0001 아라리
03_10_FOS_20090204_KDH_KJK_0001_s01 나무여 소리

03_10_FOS_20090204_KDH_KJK_0002_s03 달구 소리

03_10_FOS_20090204_KDH_KJK_0003_s02 어호넘차 소리

03_10_FOS_20090204_KDH_YKY_0001 이랴 소리

03_10_FOS_20090204_KDH_YKY_0003 허영차 소리

장석배, 남, 1947년생

주 소 지 : 강원도 정선군 여량면 봉정리

제보일시 : 2009.2.4

조 사 자 : 강등학, 이영식, 박은영, 유태웅

장석배(張錫培)는 1947년 부친 장봉명과 모친 이순문 사이에서 3남 1녀 중 막내로 태어나 이곳 봉정리에서 6대째 살고 있다. 학교는 마을에 있던 반천초등학교 봉정분교를 거쳐 여량중학교를 졸업하였다. 17세에 4H에 가입하여 회장으로 활동하다가 군대를 다녀와서는 청년회장, 예비군 소대장, 재향군인회장, 새마을지도자, 이장을 역임하는 등 마을 일을 도맡아 했다. 결혼은 21세에 같은 마을에 살던 김옥녀와 결혼하여 3남 1녀를 두었다.

1978년 봉정리 이장을 맡고 있던 시절 장석배는 임계면 아라리 경창대회에 나가 우승을 하였고, 그 해 임계면 대표로 정선군 경창대회에 나가 우승을 하는 등 주위로부터 아라리를 잘한다는 소리를 들었다. 이때 본격적으로 소리를 하려는 마음이 있었으나, 당시 도로확장사업을 비롯한 마을의 산적한 일로 인해 지역 어른들이 적극 만류하여 그러지 못했다.

장석배 부모님께서는 소리를 잘하셨던 까닭에 장석배는 어려서부터 자연스럽게 아라리를 익혔다. 특히 마을 이장을 하던 시절, 지금은 다들 돌

아가셨지만 김형기, 김종철, 함영하, 장봉진, 장병환 등 마을의 소리꾼들이 모여 있던 자리에서는 의례 장석배가 초청되어 아라리를 같이 부를 기회가 많았었다.

장석배는 기능보유자에 못지않은 소리를 지녔다고 주위로부터 인정받고 있었지만 여러 사정으로 인하여 소리꾼으로 나서지 못했다. 그러다가 아라리를 본격적으로 부르게 된 것은 여량에서 식당을 잠시 운영할 때인 2002년 정선아리랑전수회관에 나가 소리를 하게 된 것이 계기가 되었다. 이에 2005년부터 2006년까지 정선아리랑 전수회장을 맡아서 활동하다가 2007년 10월에는 늦깎이 전수아리랑 전수장학생이 되었다.

장석배는 김남기, 배귀연, 이정순, 조금자, 이정희, 김옥광, 장옥년, 최종현, 전재선 등과 함께 2006년 정선아리랑 공연단을 결성하여 현재 단장을 맡고 있는데, 이 공연단은 눈이 오나 비가 오나 2일, 7일 정선장날이면 어김없이 장터 공연장에서 소리를 하여 많은 사람들로부터 사랑을 받고 있다. 장석배는 현재 정선아리랑학교, 함백 여자중고등학교에서 아라리를 지도하고 있다.

제공 자료 목록

03_10_FOT_20090204_KDH_JSB_0001 금티미소
03_10_FOS_20090204_KDH_JSB_0001 아라리
03_10_FOS_20090204_KDH_JSB_0002 어머니 어머니 내 죽거든
03_10_FOS_20090204_KDH_KJK_0001_s01 나무여 소리
03_10_FOS_20090204_KDH_KJK_0002_s03 달구 소리
03_10_FOS_20090204_KDH_KJK_0003_s02 어호넘차 소리
03_10_MFS_20090424_KDH_LJH_0001 떵까라붕

진순옥, 여, 1944년생

주 소 지 : 강원도 정선군 여량면 봉정리
제보일시 : 2009.2.4

조 사 자 : 강등학, 이영식, 박은영, 유태웅

정선군 여량면 고양리 태어나 19세에 봉
정리로 시집을 와서 줄곧 봉정리에서 살고
있다. 성격이 활달하며 목소리가 크고 노래
부르기를 상당히 즐거워하여 구연에 누구보
다 적극적으로 응해 주었다. 노래 중간중간
추임새를 넣어가며 판의 흥을 돋우었으며,
다른 사람들이 머뭇거리면 바로 끼어들어
노래를 부르기도 했다.

제공 자료 목록
03_10_FOS_20090204_KDH_BOY_0001 아라리
03_10_FOS_20090204_KDH_LOJ_0001 아라리
03_10_FOS_20090204_KDH_LOJ_0002 아라리
03_10_MFS_20090204_KDH_JSO_0001 너영나영
03_10_MFS_20090204_KDH_KOY_0002 떵까라붕

최인식, 여, 1931년생

주 소 지 : 강원도 정선군 여량면 봉정리
제보일시 : 2009.2.4
조 사 자 : 강등학, 이영식, 박은영, 유태웅

삼척 하장에서 태어나 15세에 당시 17세
의 남편과 결혼했다. 남편이 19세가 되어
입대를 하였으나 군에서 다치는 바람에 부
산에 있는 병원에서 지냈다 한다. 그 때 남
편은 작은부인을 얻어서 40여 년 간 그쪽에
서 살며 일 년에 한두 번쯤 집에 다녀갔다

고 한다. 20년 전 남편이 집으로 들어와 최인식과 함께 살았으며 4년 전
에 죽었다. 슬하에 2남 3녀를 두었다. 소리를 하기보다는 자신이 고생스
럽게 살아온 이야기를 조사자들이 더 많이 들어주기를 원했다.

제공 자료 목록

03_10_FOS_20090204_KDH_CIS_0001 풀풀 풀무야
03_10_FOS_20090204_KDH_BOY_0001 아라리
03_10_FOS_20090204_KDH_LOJ_0001 아라리
03_10_FOS_20090204_KDH_LOJ_0002 아라리

화재를 막아주는 염장봉

자료코드 : 03_10_FOT_20090203_KDH_KNG_0001
조사장소 : 강원도 정선군 여량면 여량리 435-3번지 김남기 자택
조사일시 : 2009.2.3
조 사 자 : 강등학, 이영식, 박은영, 유태웅
제 보 자 : 김남기, 남, 73세
구연상황 : 사전에 전화로 약속을 하여 2009년 2월 3일에 제보자 김남기 댁에서 조사가
　　　　　이뤄졌다. 만나서 이번 조사의 취지를 설명한 후 오전에는 이야기를, 오후에
　　　　　는 소리를 중심으로 해달라는 주문을 하였다. 처음에는 여량리, 녹고만, 고양
　　　　　리 등 지역의 지명 유래에 대한 짧은 정보를 주었다. 이에 조사자가 좀 더 길
　　　　　고 재미있는 얘기를 부탁하였다.
줄 거 리 : 마을에 있는 염장봉이라는 산에는 소금을 묻어놓은 항아리가 있다. 이 항아리
　　　　　에 소금이 없으면 마을에 화재가 발생한다고 전해진다. 그래서 마을 사람들은
　　　　　해마다 정월 보름이면 그곳에 가서 항아리에 소금을 보충해 넣는다. 그리고
　　　　　이 산에는 왕후가 날 좋은 묏자리가 있다고 전해지는 까닭에 지관들이 자주
　　　　　찾는다.

　여게가(여기가), 앞에 보이는 이 산이 염장봉이라고 하는 데가 있어요.
이 소금 염(鹽)자 염장(鹽臟). 그래서 여게가 그 유명하다면, 뭐가 그러
냐면, 시방도 거다가(거기에) 간수를 갖다 넣어놓고 이래 있는데.

　옛날에는 거다가 간수를, 간수가 두 가지 종류가 아입니까? 양간수라는
기 있고 물간수가 있고. 양간수는 둥거리고(덩어리고) 물간수는 물이죠.

　그런데 인제 그걸 갖다가 뒤비해(두부해) 먹고 그랬는데, 그래 간수가
있었는데. 옛날에는 그 간수를 갖다가 그 이 정상 말랑(마루)에다 갖다가
넣어 놨댔어요. 거 가면 절벽이 요로하게 돼있는데 고 밑에다 갖다가 넣
어 놨는데. 왜 간수를 갖다 너 놓느냐?

간수는 항시 그 이 염기가 있는 거는 추져 있기 때문에(축축하게 젖어 있기 때문에) 그래서 인제 그 예방적으로다가 간수를 갔다가 넣어 났는데, 요즘으는(요즘은) 간수도 그 좀 귀하다가 보니까 그거 안 넣고 소금을 갔다가 너 났죠, 소금을. 그래서 인제 정월대보름날로 갔다가 거다 갔다가, 이 여량 주민들이 번영회서 갔다가 해년(매년) 넣죠.

그래 너 놓고 있는데, 그걸 군이 그걸 뭐 넣을 필요가 왜 있느냐? 어 이런 그 내가 말씀을 드릴 거 같으면, 간수가 거기가 소금이든 간수든 떨어지면 화재가 나믄 못 배겨요. 이 산 그 높은 산에서 이래 봐가지고 산에서 이 보이는 데는, 어데 어덴가는(어딘가는) 다 나요, 화재가 난다고. 그래서 그 예방적으로다가 거다 갔다가, 꼭 갔다가 정월 대보름날로 갔다가 넣죠.

너 놓고 있는데, 시방도 거기를 올라가보면 있어요. 그래 인제, 그런 그게 있고. 그래서 이 산이 그 화산이죠! 화산인데, 화산인데도 그 아마 뭐 뭇자리(묏자리)는 어데 그 좋은 기 있는지? 그는 소문에 옛날부터 내려오는 거는 왕후지가 하나 있다.

(조사자 : 왕후지?)

예, 거다가 묘를 씨믄(쓰면) 나라 왕이 되는, 시방으로 말하면 대통령이겠죠. 이런 왕후지가 하나 있다. 이래서 그, 이 저 풍수지리 보는 분들은 많이 댕겼댔습니다.

그래 댕겼는데 어덴지를 몰래요, 어덴지를. 거게도 묏자리가 거게 같게 요렇게 생기고, 어 이렇게 좋게 보이고 이렇기 때문에. 요 산이 아주, 아주 요렇게 어디서 뭐 주령이 내려와서 요렇게 산이 된 것도 아니고 드러나길 요렇게 아주 딱 있죠, 이산이.

(조사자 : 아 그 산만 오똑하게?)

예 예, 염잠봉이라는 그 산이. 그래가지고, 요 밑에 여기서 봐도 묘자리처럼 생겼고, 장등을 타고 장등에서 봐도 그래 생겼고 이래요.

강원도 정선군 여량면 여량리 염장봉 모습

고렇게 생겼는데, 그게 인제 묘를 쓰자면은 소를 백 마리를 잡아서 제사를 지내고, 금 그 홍대를 갖다가 금으로다가 금 홍대를 해야 된답니다.

그 왕후지가, 그래야 된다는데. 그래서 어떤 지관들이 와서 뭐이라고 얘기를 했냐면은,

"그건 쉽다."

"묫자리만 찾기만 하믄 쉽다."

"왜 쉬우냐? 백 쇠를 한 마리 잡으면 될 거 아니냐?"

(조사자 : 백쇠?)

예, 털이가 하얀 놈.

"털이가 하얀 놈을 한 마리 잡으면 백 마리 잡은 거와 같다." 그렇고.

금으는 홍대를 하는 것, 옛날 그 귀리라는 그 곡석이(곡식이) 있어.

(조사자 : 귀리요? 귀리. 응, 귀리.)

그걸 갖다가 삼베 질쌈할 때 풀 쑤고 뭐 이래는 거 있는데, 귀리가 그게 짚이 노랗죠? 이 짚이, 그러니까 그걸 갖다가 홍대라 하면 된다. 예, 이런 얘기가 있었댔어.

그래서 거 어 지관들이 오면은 꼭 거기를 더 흩어보죠, 시방도. 그런 그 염장봉이라는 이런 산이 있고.

일본인이 혈을 잘라 죽은 아기장수

자료코드 : 03_10_FOT_20090203_KDH_KNG_0002
조사장소 : 강원도 정선군 여량면 여량리 435-3번지 김남기 자택
조사일시 : 2009.2.3
조 사 자 : 강등학, 이영식, 박은영, 유태웅
제 보 자 : 김남기, 남, 73세
구연상황 : 사전에 전화로 약속을 하여 2009년 2월 3일에 제보자 김남기 댁에서 조사가 이뤄졌다. 만나서 이번 조사의 취지를 설명한 후 오전에는 이야기를, 오후에는 소리를 중심으로 해달라는 주문을 하였다. 처음에는 여량리, 녹고만, 고양리 등 지역의 지명 유래에 대한 짧은 정보를 주었다. 이에 조사자가 좀 더 길고 재미있는 얘기를 부탁하였다. '화재를 막아주는 염장봉'에 이어 해주었다.
줄 거 리 : 마을에 아기장수가 났는데 일본인이 혈을 잘라 그 장수가 죽었다. 그래 용마는 주인을 못 만나 민둥재에 가서 죽었다. 민둥재에는 현재도 풀이 없는데, 그 이유는 용마가 그곳에서 몸을 비비고 죽었기 때문이다.

교수님, 요게서 올라오다가 보면은 왜 그 절벽이 요렇게 내려 와서 딱 막았죠?

요 밑에, 교량 고 짧은 교량 하나 있는데. 고 앞에 거가, 거기서 이렇게 보면은 학이 날아와서 이렇게 나래를 벌리고 고개를 이리 빼가지고 있는 것처럼 생겼어요. 산이, 그 염장봉이. 그래 생겼는데, 이따가 내려가 보실 제 한 번 보시면. 그래 인제 생겼는데, 산이 여게가 이리가므는 절벽이 요렇게 딱 끊어졌어요. 요렇게 딱 댔어.

근데 요리 사람이 댕게. 신작로가 났어. 그전엔 그리 그 신작로를 안 닦았는데, 요즘은 걸어댕기는 시절이 아니다가보니까 거게를 찻길을 닦았어요. 그래서 그랬는데.

옛날에는 이리 이렇게 도라 댕겼는데 이렇게. 저 짝 사람들도 이리 돌아서 이렇게 댕겼댔어요.

그렇게 문을 타서 고어로(거기로) 그리 댕겼는데, 그래 왜 걸 그러냐? 창고에는 문이 열리면은 도둑놈이 다 휘벼가잖아요?(훔쳐가잖아요?) 그래서 그 창고 문을 닫아야 되는데, 원칙은 그걸 갔다가 무얼 갔다가 틀어막아야 되는데, 요즘에는 그런 시대가 아니다가보니까 고만 그리 신작로를 닦아 사람이 댕개요.

그런데 학이 이를테면 모가지가 끊긴 거죠. 그래서 옛날에 고 학, 이 그러니까 모가지 요기, 막 그냥 쪼아 먹는 대가리에 메(묘)가 있었댔어요, 메가.

홍 서방네가, 옛날 홍 씨들이 거다가, 홍 과장이라고, 그 과장, 군의 과장까지 하고 이랜 분이 미(묘)가 거기 있었댔는데.

그 당시에 거게가(거기가) 묘를 씌고(쓰고) 삼 년 만에 장수가 났는데, 장수가 났는데, 그 장수가 어데가(어디가) 죽었느냐 면은 저 민둥재라는 데 가서 죽었어요. 그 그 말이 용마.

그 묘를, 장수 나고 삼일 만에 용마가 났는데, 그 장수가 타고 댕길 말이 났는데, 그 말이 고만(그만) 가서 자기가 타고 댕길 장수가 죽었으니까, 없으니 거가서 민둥재에 가서 죽었어. 그래서 그 그런 전설이 지방에 있는데.

그 민둥재가 어데 저 신동쪽에 가다가 어데 민둥재가 있는데. 그게 왜 그러냐면은, 그래서 "그림바우 앞 강물에 용마 혼이 잠기고 당신과 날과 이별한 정분은 내 가슴에 묻혔네" 소리가 있어요. 그 소리가 그런 뜻인데.

그래서 그 용마가 거게 가서 고만 물에서 헤매다가 그 앞에 그 민둥재라는 데 가서 죽었어. 그래서 거는 풀이 한 개도 안 나. 시방도(지금도).
풀이 풀이 하나도 안 나고 아주 뻔듬해요(매끈해요). 그래서 거가 민둥재
라고 하는 거예요. 그런 데가 있어요.

(조사자 : 그러니까 정리하면, 그 학의 이렇게 주둥이 밑에 그 부분에
묘를 홍씨네가 썼는데, 그 쓰고서 정말 장수가 났단 말이죠?) 예 예. (조사
자 : 어 장수가 났는데, 그 장수가 계속 이렇게 성장을 해서.)

장수가 죽었지. 그러니까 메를 거다가 혀를 끊었으니 죽었지.

(조사자 : 아 거기다 묘를 써서 장수가 났는데.)

장수도 나고 용마도 나고 했는데, 그러니까 묘가 시방에 거가면 묘가
이 여기 올라오는 질을 치 닦느라고 묘 앞을 좀 개겨서(파헤쳐) 묘 앞이
없어요. 없고 인제 산인데, 산으로 여기 있는데, 그 속에 뻬(뼈)는 아직 있
지. 뻬는 있는데, 일단 그 내가 아까 얘기한 거기가 산이고 요리 내려가다
보면 그 산이 보이는 데 요렇게 딱 끊겼어요.

그걸 어드(어느) 놈이 끊었느냐면 왜놈들이 끊어! 왜놈들이, 왜놈들이
산 혀를 질른(혈을 자른) 거야.

그래가지고 몽창 끊었는데 우에만(위에만) 끊고 밑에는 놔뒀댔어요. 놔
뒀는데 마을에서 질(길)을 닦느라고 싹 고만 내밀고는 다 닦았지. 그래 노
니깐 요렇게, 약간 요렇게 됐어. 요렇게 등이 지고. 저 짝 이동네로 올라
가믄 그런. 그, 그 장수도 죽고 용마도 죽고 그래서 그래 죽었고.

(조사자 : 그 장수가 어떻게 태어났는지는 얘기가 없고요?)

예, 장수는 그게 어떻게 태어났는지는 모르고. 옛날에는 장수도 이렇게
뭐 나면 그 잡았답니다. 그래 장수가 나면 왜 잡았냐? 장수가 나면 자기
부모를 잡는 답니다. 잡아야 자기가 잘 된대요, 장수가. 그러니까 부모를
잡기 때문에 뭐 맷돌짝도 눌레(눌려) 잡고 뭐 이렇게 언날(아기) 때 잡는
답니다. 그래서 옛날에 그런 얘기가 있지요?

그래서 뭐이 찍찍하면서 이래서, 아만 재우고 났는데, 그래서 어머니가

이래 들여다보니까 이렇게 성냥까치를(성냥개비를) 갖다가 이렇게 뭐이라고 그러니까, 이 성냥까치가 걸어서 막 들어가미 어 그래 그러더라.

이런 왜 전설에 그런 얘기가 있잖아요?

그렇듯이 인제, 그 그래서 일단 죽어서 거 가 그런 것만 있고 그거는 없어요. 그래고는 인제 그런 민둥재라는 데 그것만 있고 그런 게 없고.

산삼 캐다 피를 토하고 죽은 중

자료코드 : 03_10_FOT_20090203_KDH_KNG_0003
조사장소 : 강원도 정선군 여량면 여량리 435-3번지 김남기 자택
조사일시 : 2009.2.3
조 사 자 : 강등학, 이영식, 박은영, 유태웅
제 보 자 : 김남기, 남, 73세
구연상황 : 사전에 전화로 약속을 하여 2009년 2월 3일에 제보자 김남기 댁에서 조사가 이뤄졌다. 만나서 이번 조사의 취지를 설명한 후 오전에는 이야기를, 오후에는 소리를 중심으로 해달라는 주문을 하였다. 처음에는 여량리, 녹고만, 고양리 등 지역의 지명 유래에 대한 짧은 정보를 주었다. 이에 조사자가 좀 더 길고 재미있는 얘기를 부탁하였다. '화재를 막아주는 염장봉', '일본인이 혈을 잘라 죽은 아기장수'에 이어 해주었다.
줄 거 리 : 중이 길을 가는데 큰 구렁이가 길을 막고 있어서 지팡이로 때렸더니 그 구렁이는 산삼으로 변하여 머리 부분이 부러졌다. 그래 중은 그 산삼 뿌리를 캘 욕심으로 며칠 동안 땅을 팠다. 마침내 뿌리가 흔들렸다. 이에 힘을 다해 당기자 그만 중간부분이 부러지면서 중은 그 자리에서 피를 토하고 죽었다.

여게는 올라가가지고, 본래 여기는 인제 녹고만이고, 요 웃동네는 절골이라고 부르는데. (조사자 : 절골!) 왜 절골이라고 그 부르냐면은?

옛날에는, 요즘사람들은 다 뭐 식구도 있구 자식도 있구 중이 다 있지만은, 옛날에는 진짜 중밖에 없잖아요? 그러니, 그래서 참 대사님 대사님 하는데.

중, 요게 올라가가지고 저 이따가 마당에서 나가서 보면 막바지 집이 보여요. 고집 앞에 거기 절이 있댔는데. 그 절이 있을 때 여게 이 신작로가 이래 올래가는(올라가는) 신작로가 안 딲겼실 때, 그럴 때 인제 그 절 있는 고게가(거기가) 내가 본래 거서 났어요. 절 있는 앞에서. (조사자 : 응, 절골.) 예, 거서 났는데. 거서 나가지고 올해, 내가 올해 인제 저 소해 오니까, 인제 내가 정축생 소띤데, 원래 칠십 서인데. 그래 인제 거서 나서 이 정선아리랑 하다가 내가 여게 오늘날까지 여서(여기서) 살고 있는데, 그 우리 집터 앞에 바로 거가 그 절터 땠는데(였는데), 거게 그 중이, 이 산 이골 막바지에 올라가면은 한 백 한 오십 집 살고 있어요. 학교도, 불교도 있고, 교우도(교회도) 있고 이래 다 있는데.

인제 여기를 올라가자면 이 이리해서 이렇게 올라가자면 돌아서 멀고 그러니까 이제 그 이 막바지에서 이렇게 바로 가는 길이 있었댔어요, 옛날에. 산으로 해서. 그래서 산을 넘어서 가면은 인제 이 돌아가는 거보다가 조금 힘는 들지만 빠르지요.

(조사자 : 그 산 이름이 뭡니까?)

그 산 이름이 너르메골이라고 하는데.

(조사자 : 너르메골?)

네. 너르메골 앞에 산이 모동골이고, 고 산말랑(산마루)이 너르메골이에요. 그런데 인제 그리 넘나 가는데, 중이 인제 바랑을 해지고 거길 가다 보니까 큰 구랭이가 하나 이렇게 길을 딱 막아가지고 있더랍니다. 구랭이가!

그래서 거기 가는 데가 아주 아주 나무 참나무도 있고 이런 그런 아주 산이 아주 이렇게 돌도 있는 데가 있고, 엉덜멍돌하게 바우도 있고 뭐 서덕(서덜)도 있고 이렇게 생겼는데. 그래 그리 이제 가다니까 그런 구랭이가 있기 때문에, 이 중이 인제 지팽이를 짚고 가다가 지팽이로 갖다가 내따 때렸대요.

내따 때리니까 뱀이 아니라 산삼 요두가 뚝 부러지더랍니다. 산삼! 그래서 산삼이 요두가 부러지니까 이 양반이 또 가만 내버려 뒀으면 어떻게 됐을 런지도 모르는데, 캤대요. 그걸 거기서. 그 거길 가면 중이가 캤다 해가지고 중의 심자리라고 이렇게.

(조사자 : 중의 심자리.) 예, 중의 심자리. 근데 이제 중의 심자리 중의 심자리 지금도 시방 부르고 있어요. 거기서 그 세근이 나와요. 세근이. (조사자 : 세근?) 예, 세근이 뭐이냐믄 쨍 장뇌가 나온다고 거 시방도. 그런데 그 산이 모동골이고, 모동골 고 지내면 너르메골인데.

그 중이 그 캔기 아마 이 방, 방만할 겁니다. 이 방만 이렇게. 원 자리로 이렇게, 널리 이렇게. 근데 아주 쑥두루 빠지게 삼을 팝니다.

어느 정도를 이 사람이 몇 며칠 그걸 파다가 보니까 인제는 이 삼이 거의 빠져나오게 될 정도로 됐더랍니다. 그래 이래보니 이 삼이 흔들흔들하니까 그 더 파 가지고 땡겨쓰면(당겼으면) 모르는데 짭아 땡겼대요. 짭아 땡기니까 삼이 밑에 가서는 이렇게 사람처럼 생겼는데, 사람이 다리를 이레 딱 벌려 선 것처럼 이렇게 생겼는데, 중둥이가 여가 뭉청(뭉창) 끊어지더래. 땡기니까.

(조사자 : 아 궁둥이만 빠지고?)

네, 그러니까 이 사람이 고만 거기서 중이 피를 토하고 고마 거서 직사를 했대요. 거서 죽었대요. 그래서 거 죽으니까, 옛날에는 그 중 죽으면 그 절은 망하죠. 그래서 시방에는 거기 흔적이 토기와장만 나오고 그 절이 없어졌어요. 그래가지고 시방 거기 절골, 절골 하는데.

그 터를 이짝에 장순천이라는 사람이, 그 그 털 절터를 자기들 땅인데, 평당, 중이 와가지고 저다 또 절을 지을라고 살라고 하니까 15만원씩을 달래요. 절 그 평당. 그래 그 산골이지만은.

그런 중이 그 죽고 그래곤 시방엔 토 기왓장만 나오는 데가 있는데. 그래서 그가 절골이라고 이름이 붙었죠.

(조사자 : 그 절골이 있었던 그 절의 이름은 뭔지 모르시고요?)

절 이름은 모르죠. 우리도 그때는 뭐 그걸 요즘처럼 저런 걸 그럴라고 하믄 어 이름도 알아뒀겠지마는, 그 이름으는 모르고.

그래서 시방도 파믄, 옛날에 기왓장은 뚜껍잖아요? 그래 토기와장이 이런 게 나와요. 토 기왓장이 그래 뚜꺼운 기 그런 기 나와요.

그래서 그런, 그런 기 있는데. 고 앞에 가정집인데 그 거길 기냥 댕기는 사람이 이렇게 요즘은 보살도 많고 또 무속도 많고 이러니까, 거기 가서 이렇게 부채도(부처도) 위해 낳고(놓고) 그 절 행세를 하고 있죠.

(조사자 : 중의 심자리가 지금도 이렇게 보면은 푹 들어가고 있어요?)

예예 그래 있죠. 그래서 인제 거가 모동골이라고 하는데.

탁발 온 스님에게 시주하고 목숨 구한 며느리

자료코드 : 03_10_FOT_20090203_KDH_KNG_0004
조사장소 : 강원도 정선군 여량면 여량리 435-3번지 김남기 자택
조사일시 : 2009.2.3
조 사 자 : 강등학, 이영식, 박은영, 유태웅
제 보 자 : 김남기, 남, 73세
구연상황 : 사전에 전화로 약속을 하여 2009년 2월 3일에 제보자 김남기 댁에서 조사가 이뤄졌다. 만나서 이번 조사의 취지를 설명한 후 오전에는 이야기를, 오후에는 소리를 중심으로 해달라는 주문을 하였다. 처음에는 여량리, 녹고만, 고양리 등 지역의 지명 유래에 대한 짧은 정보를 주었다. 이에 조사자가 좀 더 길고 재미있는 얘기를 부탁하였다. '화재를 막아주는 염장봉', '일본인이 혈을 잘라 죽은 아기장수', '산삼 캐다 피를 토하고 죽은 중'에 이어 해주었다.
줄 거 리 : 며느리와 시아버지가 있는 집에 중이 탁발을 왔다. 이에 시아버지는 거름을 한 삽 퍼서 주었다. 며느리는 깜짝 놀라 만류하며 중에게 잡곡을 주었다. 그러자 중은 며느리에게 뒤돌아보지 말고 자기를 따라오라고 하였다. 며느리가 중을 따라가는 순간 집터가 절벽으로 무너져 내려 며느리만 살았다.

그 여게가 지경에서, 강릉에서 오다가 그 여량 막 들어오는데 다리가 있죠? 다리 있는데 가다가 거기 이렇게 보시면, 밭에 이렇게, 이렇게 가시면서 좌편으로 이렇게 보면 산 밑에 이렇게 밭에 돌이 이렇게 푹석 내려오는 데가 있어. 그기(그게) 장자터요. (조사자 : 장자터.)

네, 여량에, 고런 장자터가 거게(거기) 또 있는 기. 그거는 옛날에는, 옛날에는 뭐 그 저기 중이 동냥을, 요즘에는 뭐 아마 그 중이 동냥댕기는 거는 그리 없을 겁니다.

(조사자 : 그렇죠, 네.)

그래 다 가만히 앉자 있어도 먹고 살지만, 옛날에는 그 바랑을 해 지고 중이 가가지고 동냥을 해서 주는 대로 해가서 가져오고 이랬는데.

그래서 인제 가서 그 시아버이가 있고 며느리가 있고 이런데, 가서 애기를 동냥을 좀 달라고 하니까, 이 시아버이가 아무 소리도 안하고 그냥 되돌려 보내든지 읎다고(없다고) 이랬으면 좋았을 낀데(좋았을 건데), 우린 아무것도 줄 것 없으니 이기나 가지고 가라 이래면서 쇠똥을, 마구치다(마구간 치다) 한 거름덩이 떠 주니까.

"주므는 주는 공으로 해도 가지고 가기는 가지고 가겠다." 이러면서 이래 받더래. 받으면서 한다는 얘기가.

그러니까 탁 팔 치면서, 며느리가, "아이 아버님 차라리 못주면 못준다고 하시지 뭘 그렇게 그러시냐고" 그러니까.

"에이 가만히 계시라고." 들어가더니만 저기 콩을 지전자 솥을 콩, 뭐 팥, 좁쌀 옛날에 이런 거 밖에 없으니까.

여가 무답 처가(논이 없는 곳이라) 돼가지고, 논은 읎고 이러니까 잡곡을 한 말 갖다주니까, "당신은 뒤돌아보지 말고 나를 따라오라!" 그러더래.

그런데 거기가 뭐 이 뒤에서 따라 중 따라 오라니 따라가는데, 며느리가 따라가는데 꽝 소리가 나더니 뒤에 고만 푹 무너지더래.

강원도 정선군 여량면 여량리 앙짓말 장자터

그래가지고 거가 그 거기는 또 시방에 이래 가면 옛날 뭐 뭔 그런 옹고
비댕이 이런 뭐. 저 가마솥이 깨진 거, 단지그릇 깨진 게 이런 게 나와요.
그건 기 그건 뭐 이 농짝 같은 이런 기 기냥. 그러나 절벽이 무너져 내려
왔으니까 푹 내려와 가지고 거기 이렇게 쌓여있죠. 그런데 거가 장자터라
는 그런 게 있고.

(조사자 : 그 장자터의 위치가 어디에요, 정확하게?)

장자터 위치가 글쎄 고 거기서 가시다 보면 여량에서 강릉으로 가다보
면 왜 고 저 다리가 하나 있죠?

(조사자 : 여량에서 강릉 가다가 다리?)

강릉 가는 위치에 다리가 있잖아요, 상동이라고. (조사자 : 예, 상동이
요.) 거기가 인제 그 다리에서 보면은 요렇게 건너다 보케요. 요렇게 건네
다가 보킨다고. 좌편으로 건네다 보켜. 고게가(거기가) 이렇게 보면은 그

산이 이렇게 골이 쑥 둘러빠지면서는 그 밑에 가서 이렇게 확 주저앉았어.

그 절벽이! 그 거기가 돌이 거기만 이렇게 무너져 내려 있어요. 그기 장자터에요. 거가.

그런데 거기 양짓말이라고 하는 덴데. (조사자 : 양짓말이요?) 예. 그래서 거기 장자터가 그래 있고.

(조사자 : 여기도 내나 여량이네요?)

예, 여량이지요. 여량 양짓마을이지.

오는 손님 막으려다 집안 망하게 한 며느리

자료코드 : 03_10_FOT_20090203_KDH_KNG_0005
조사장소 : 강원도 정선군 여량면 여량리 435-3번지 김남기 자택
조사일시 : 2009.2.3
조 사 자 : 강등학, 이영식, 박은영, 유태웅
제 보 자 : 김남기, 남, 73세
구연상황 : 사전에 전화로 약속을 하여 2009년 2월 3일에 제보자 김남기 댁에서 조사가 이뤄졌다. 만나서 이번 조사의 취지를 설명한 후 오전에는 이야기를, 오후에는 소리를 중심으로 해달라는 주문을 하였다. 처음에는 여량리, 녹고만, 고양리 등 지역의 지명 유래에 대한 짧은 정보를 주었다. 이에 조사자가 좀 더 길고 재미있는 얘기를 부탁하였다. '탁발 온 스님에게 시주하고 목숨 구한 며느리'에 이어 해주었다.

줄 거 리 : 손님이 많이 오는 집이 있었다. 그 집 며느리는 힘이 드니 손님이 안 오게 하는 방법을 탁발 온 스님에게 일러달라고 했다. 이에 스님은 바위에 달라붙어 자라는 담쟁이덩굴을 자르면 안 올 거라 하였다. 이에 며느리가 그걸 자르니 손님이 너무 안 와서 그 집이 망했다. 현재 그 집터에는 마을 부자가 사는데, 그 분은 그 담쟁이덩굴을 잘 관리한다.

그리고 여량 송천이라는 데는 유천2리라고 하는 덴데, 유천2리.

아까 송천이라는 데가 유천1리고, 유천2리라고 하는 데 거게를(거기를) 가면은 시방도 그 집이 살고 있는데, 어 그 장자터가 누구집이냐면 이규 만 씨라고 있어요. 이규만 씨, 이규만 씨 터에 거기가면 양지에서 요렇게 남향으로 요렇게 집이 딱 짓켜(지어) 있죠.

요렇게 딱 찍혀(지어) 있는데, 그 앞에는 강물이 이렇게 비알로 내려오 는 강물이 내려오고 있는데, 그 짝에서 그 곰발로 해서 봉정으로 해서 구 미정으로 올라가는 신작로가 그 다리 여량 그 그 장자터 가는 데서 두 갈 래로 이렇게 딱 돼 있어요.

고 요리가면 다리고 요리가면 봉정으로 해서 구미정으로 올라가는 임 계 방면으로 가는데 그 방면에 가다가 거 인제 장자터에서 거 인제 삼층 대라는 산이 있어요.

근데 거 가면(거기 가면) 삼층대 맞바우라 하는 그 절벽이 있어요. 맞바 우라는 절벽이 있는데, 그 절벽에를 가면은 뭐가 있느냐면, 옛날에 그 왜 저 아마 교수님들 이렇게 댕기미 보셨을 겁니다만, 바우옷(담쟁이덩굴)이 라는 거 있잖아요?

(조사자 : 바우옷?)

바우옷이라고 이렇게 절벽에 딱 붙어가지고 이렇게 퍼져나가는 거. 그 기 옴팽이가(밑뿌리가) 이만한 기 밑에, 줄기가 이렇게 올라가다가 절벽에 가가지고 이기 딱 붙어서. 그 절벽을 거의 다 그 그 절벽이 높은데, 거게 는 그 지경에서 육문재라는 데서 이렇게 건네다보시면은 강 건너, 건너다 보시면 신작로 저짝에(저쪽에) 절벽이 보일 겁니다. 그 절벽인데, 시방도 그 절벽에 인제는 또 갱겨(감겨) 올라가고 있어요.

근데 옛날에 이짝에 그 이규만 씨 터에 그 당시는 어 옛날에 옛날이니 까 이규만 씨는 아니겠지요. 물론 딴 집이 때겠지.

근데 하도 손님이 많이 오니까, 인제 대사가 가니까 "아 대사님 그 손 님이 좀 우리 집에 좀 안 오게 좀 해줄 수 없느냐고" 이러더랍니다. 그러니까 한다는 얘기가, "아 그건 쉽다고 그 뭐 어려울 게 있냐. 망치를 하나 가지고 날 따라오라" 이러더래.

그래서 따라가니까 "그 바우옷이 있는 거 낫 하고 망치 하나하고 가지고 오라고."

그래 인제 가져가니까, 그 절벽에 요렇게 올라가다가 아주 칼로 끊은 듯한 올라다가다 뭐이 이 새 앉은 것처럼 요렇게 꼭대기가 요렇게 똑 부러 난 게 있더랍니다. 상투 꿍쳐놓은 것처럼, 요렇게.

(조사자 : 아 상투 이렇게 말아놓은 거처럼.)

예. 요렇게 요렇게 절벽이 고래 되어 있더라고. 그래가지고 "조걸 가서 톡 치라고" 그래 망치로 갖다가. 톡 치니까 피가 쭉 올라오더래요. 피가!

그래서 이젠 안 올 꺼라고. 인제는 손님이 안 올 꺼라고.

그리고 저기 밑에 바우옷이 저기 번정, 번정하는(번성하는) 대로에 사람이 온다 하더랍니다. 그래서 조거를 갖다가 낫을 갖다가 푹 잘라버리라고. 그래 푹 자르니까 그 직세에서는(즉시에서는) 뭐 괭이(고양이) 죽 써줄 것도 없으니깐 아무도 뭔 손님은 커녕 문이 새컴은 기 아무개도 안 오더랍니다. 그래가지고 거게서 그 터이 망했답니다 그 터이(터가).

망해서 몇 년 있다가 딴 사람이 거다가 집을 지었죠. 집을 지어가 있는데, 그 집이 그래 잘되고 여량에도 집이 있고, 그 이규만 씨가 그래 잘되고 있었습니다. 근데 시방까지 그 집이 그래 부자소리를 듣고 있는데.

그래가지고 그 집이 인제 거다 집을 짓고는 시방 살고 있는데, 작년도에 쟀는지(지었는지) 재작년도에 쟀는지, 그 먼저 있던 집은 헐고 시방 신축건물로다가 잘 지었어요, 또.

그래 잘 짓고 있는데, 시방에는 거다가 끊기는 카시는, 그 뭐이 끊을까 봐, 거다 갖다가 천을 뭔 문창호지 뭐 천 이런 걸 갖다가 울긋불긋하게 거다 갖다가 되려 귀신 보따리 위에 났죠, 거다.

(조사자 : 어, 바우옷, 바우옷에다가?)

예, 거다가, 뭐이 그 빌까봐. 그래가지고 뭐 그런 것도 있고.

사실 그거는 옛날에 그, 그 당시는 난 보지는 못했고. 뭐 그 망치를 갖다가 그 때려서 그래고 이러는 얘기만 들었지 난 그건 모르고.

1시방도 위하는 건 위하고 있어요.

(조사자 : 응, 이규만 씨 전에 살던 사람들이?)

예예, 옛날에.

(조사자 : 손님이 많으니까 며느리가 그랬나 보죠. 그제 이러니까 손님이 없었으면 좋겠다. 귀찮으니까.)

예.

(조사자 : 그러니까 언덕 위에 뒤쪽에 올라가가지고 그 상투 틀어놓은 것처럼 되어 있는 거를?)

예예, 그러니까 거가, 거가 인제 이렇게 남향집인데, 물 건너 이짝으로 인제 거 지경동네라고 유천2리 동넨데, 고게 집이 있고 고 맞은켠(맞은편)에 인제 절벽이 있어요.

맞은편에 절벽이 있는데 거게도 역시 가다가 이렇게 보면, 보가, 볼(보를) 이렇게 말아놨어요, 볼 지경동네서 볼 이렇게 그 보가 어데 보냐면은 여량에, 여량의 논 부쳐 먹는 본데, 이렇게 볼 막아놨어.

엔띠(어디 말인지 모르지만, '보'를 이르는 말이라고 함.)를 이렇게 막아놨어요. 그 엔띠가 보일 꺼요. 엔띠 밑에 이렇게 이렇게 가미 차를 세워 놓고 이래 보면은 절벽이 이렇게 이렇게 아주 올라가는 절벽이 보여요.

그 절벽이 그 절벽, 내가 얘기하는 절벽이 그 절벽인데, 거기가면 역시 그 바우옷 뭣한 걸 위해 놨어요.

네, 시방도 위에 놨어, 그렇게. 그래서 그러한 전설이. 전설이라고 할까 뭐. (조사자 : 전설이죠.)

저런 게 있고.

바닷가 돌로 쌓은 장창성

자료코드 : 03_10_FOT_20090203_KDH_KNG_0006

조사장소 : 강원도 정선군 여량면 여량리 435-3번지 김남기 자택

조사일시 : 2009.2.3

조 사 자 : 강등학, 이영식, 박은영, 유태웅

제 보 자 : 김남기, 남, 73세

구연상황 : 사전에 전화로 약속을 하여 2009년 2월 3일에 제보자 김남기 댁에서 조사가
이뤄졌다. 만나서 이번 조사의 취지를 설명한 후 오전에는 이야기를, 오후에
는 소리를 중심으로 해달라는 주문을 하였다. 처음에는 여량리, 녹고만, 고양
리 등 지역의 지명 유래에 대한 짧은 정보를 주었다. 이에 조사자가 좀 더 길
고 재미있는 얘기를 부탁하였다. '오는 손님 막으려다 집안 망하게 한 며느
리'에 이어 해주었다.

줄 거 리 : 임계에 장창성이 있는데, 이는 장창이라는 사람이 삼척 바닷가에서 무술을 연
마하면서 바닷가 돌을 하나씩 하나씩 팽이 치듯 날려서 쌓은 성이라 한다.

　장창성이라는 데가 임계 구미정 가믄 장창성이 있는데. 장창이라는 성
은 장씨고, 이름은 창이라는 외자로, 창이라는 장사가 거게 임계 구미정
에 아니, 임계 구미정이 아니라 저 웃임계 고내로 가는 데, 웃임계 검은나
들이 다리가 있는데.

　그 장창이라는 장사가 그 무술을 도를 닦을 때, 그 옛날에는 이 다리를
쎄멘(시멘트) 다리를 놓은 게 아니고 검은나들이의 다리가 징검다리라고
돌을 갖다 났답니다. 큰 돌멩이를 갖다가 이렇게 놓고 여게 놓고. 이 돌을
이렇게 돌을 딛고 돌을 딛고 이래 건너가게 이렇게. 물은 그 새(사이)로
빠지고.

　근데 거기서 자기가 그 장창이라는 사람이 도를 닦을 때, 인제 칼춤을,
칼춤을 인제 이렇게 춤을 배우는데 그 징검다리에서 배웠대요.

　그래서 인제 그기 어 춤출 무(舞)자, 저 거 칼 쓰고 하는 인제 무술 배
울 때. 그래서 인제 뭐 춤출 무자 뭐 뭔 자를 써서 거게 검은 나들이라고,
칼 검(劍)자 춤출 무(舞)자 라던가? 그래서 인제 그걸 썼다고, 저 배웠다

이래더라고요.

그래가지고 이 사람이 어데(어디) 가서 그 무술로다가 써먹었느냐 하면은, 삼척 가가지고 바닷가 앉아가가지고 돌멩이를 치구치구 이렇게. 애들 왜 저 팽이 치덧(치듯) 톡 치믄 그 돌이 날아와서 장창이 거(그) 성에 가서 딱 앉고, 앉고 이렇게. 그래서 거 무술로 그걸 쌓았대요.

그래 거 가보면은, 년에 한번 꼴씩 걸 가보는데, 가보면 바닷돌이, 바닷돌이 거 와서 성이 쌓겼대. 그것도 조화는 조화지.

그래서 그 장창이라는 그 장사가, 장창성이라는 성이 그기 에 임계 고내 가는데, 거 가면 오른쪽으로 가다보면 방깐(방앗간)이 있는데 방깐 있는 데서 길로 들어가서 거 고 능선에 가면 그기 있어요 성이.

(조사자 : 장창성이라는 성이 있는데?)

예, 장창선이 있어. 그래서 인제 그 장창성이라는 게 또 유명하다는 기 그 또 지정이 됐지.

그래가지고 인제 정선군에서 그걸 보호를 하고 있는데.

(조사자 : 응. 지방문화재로 해놨구나.)

예. 그래서 그 장창성도 역시 그기 바닷가에서 앉아서 하룻저녁에 그 성을 쌓았다는 거이가, 거가 참 어 뭐 우리가 생각할 때는 안 먹혀들어가죠.

네 그런 거가 그걸 또 특이한 기(게), 산에 돌을 갔다 쌓았다면은 뭐 몇 달 며칠을 해도 할 수가 있겠지만은, 바닷돌이 그 산등에 올라서 있다라는 것도 거 신기하죠.

그래서 인제 그이 장창이라는 장사가 성을 쌓아서 장창성이라고 한답니다. 거가.

일암사 중과 과부

자료코드 : 03_10_FOT_20090203_KDH_KNG_0007
조사장소 : 강원도 정선군 여량면 여량리 435-3번지 김남기 자택
조사일시 : 2009.2.3
조 사 자 : 강등학, 이영식, 박은영, 유태웅
제 보 자 : 김남기, 남, 73세
구연상황 : 사전에 전화로 약속을 하여 2009년 2월 3일에 제보자 김남기 댁에서 조사가
이뤄졌다. 만나서 이번 조사의 취지를 설명한 후 오전에는 이야기를, 오후에
는 소리를 중심으로 해달라는 주문을 하였다. 처음에는 여량리, 녹고만, 고
양리 등 지역의 지명 유래에 대한 짧은 정보를 주었다. 이에 조사자가 좀 더
길고 재미있는 얘기를 부탁하였다. '바닷가 돌로 쌓은 장창성'에 이어 해주
었다. 이후 조사자가 지역이 아닌 다른 곳에서 들은 얘기를 부탁하자 들려준
얘기다.
줄 거 리 : 어느 날 중이 과붓집에 탁발을 왔는데, 중이 한 말을 과부가 오해를 해 중이
무안을 당했다.

(조사자 : 혹시 지역에서 내려오는 소리 말고, 이곳저곳 돌아다니거나
밖에 나가서 들은 얘기 가운데 재밌는 얘기 없어요?)

재밌는 얘기도 그런 얘기도 뭐 있죠. 있는데.

(조사자 : 네 그런 걸 몇 개 좀 해주세요.)

옛날에는 그 들어나간 이런 거는 왜 그 주로 중이나 이런 사람들도 음
칙하게 이렇게 유부녀 같은 걸 볼라고 하는 이런 게 있잖아요? 그래서 옛
날에 그런 게 있더랍니다.

가 가지고 인제 중이 한단 얘기가 가서 동냥이, 이 중은 실지는 동냥을
달라고 했는 건데. 그래서 인제 "일암사 가는 길에 이암사, 어 일암사 중
이 이암사 가는 길에 삼막골 중놈이" 아니.

'그것도 이제 잊어버렸네.'

"일암사 중이 이암사 가는 길에 사부이댁 마당에 오늘 만난 짐에, 육례
거치나 마나 칠보단장이나 마나 팔자에 있으나 없으나 좀 주시오." 하고

인제 가서 인제 중이 육두문자로 고렇게 인제 하니,

과부가 가만히 들어보니까 이놈이 동냥을 달라는 게 아니라 자기 뭐 몸을 좀 달라고 하는 거 같거든!

그러니까,

"일정 그런 날 이정도 하다 삼막골 중놈이 사실로 댕기미 오륜도 모르고, 육환장을 집고 칠칠도 못한 놈이 팔도강산을 댕기미 구하는 기 그기냐" 하고.

그래 가만있더랍니다.

그래서, 그래 고만(그만) 당해키고(당하고) 그래 말았고.

앞으로는 두 손이고 뒤로는 한 손이오

자료코드 : 03_10_FOT_20090203_KDH_KNG_0008
조사장소 : 강원도 정선군 여량면 여량리 435-3번지 김남기 자택
조사일시 : 2009.2.3
조 사 자 : 강등학, 이영식, 박은영, 유태웅
제 보 자 : 김남기, 남, 73세
구연상황 : 사전에 전화로 약속을 하여 2009년 2월 3일에 제보자 김남기 댁에서 조사가 이뤄졌다. 만나서 이번 조사의 취지를 설명한 후 오전에는 이야기를, 오후에는 소리를 중심으로 해달라는 주문을 하였다. 이에 처음에는 여량리, 녹고만, 고양리 등 지역의 지명 유래에 대한 짧은 정보를 주었다. 이에 조사자가 좀 더 길고 재미있는 얘기를 부탁하였다. '일암사 중과 과부'에 이어서 이야기했다.
줄 거 리 : 생선장수가 왔으나 돈이 없었다. 그래도 가격을 물으니 앞으로는 두 손이고 뒤로는 한 손이라고 했다. 이에 뒤로 주고 한 손을 얻었다. 이를 시어머니께 말을 하니 이왕이면 앞으로 주고 두 손을 받아오지 그랬냐고 했다. 이에 며느리가 달려가 앞으로 주고 두 손을 더 받아왔다.

또 옛날에, 이거는 좀 어 뭐 참 웃기느라고 핸 소린데, 웃기느라고 하

는 소린데.

옛날에 고기장사가 요즘에는 시장이 있고 이렇지만 옛날에는 장사가 없었잖아요? 그래 댕기면서 지고 댕기미 팔았는데. 옛날에는 지게가 이렇게 쪽지게라는 지게가 있어요. (조사자 : 쪽지게.) 예, 쪽지게라는 기 이 가지가 없어. 가지가 없고, 이 그냥 민둠하게 이렇게 인제 채장(발채) 이렇게 해 가지곤 거다가(거기다) 달아매요. 거다가, 달아매가지고 이래 지고.

하루는 있다니까 고기가 되게 먹고 싶은데 돈은 없고.

"고기 한 손에 얼마해요?" 하고 물으니, 그게 아마 옥계 쪽 어데서 그래 그랬든가 봐요. 그러니까 생계령으로 올라왔다 그러지.

그래 인제 그러니까 그 한단애기가 그러더랍니다.

"글쎄요 앞으로 주면 한 손이고, 어 앞으로 주면 두 손이고 뒤우로 주면 한 손이다" 이러더랍니다. 그러니까 인제 가만히 생각해보니 뭐 돈은 없고, "에이 그 뒤우로라도." 그러니까 그기 여자를 여자 몸을 주는 거지요.

궁데이(궁둥이)를 내려놓고는 뒤우로는 한 번 대췄대. 대주니까 아 이 놈이 재미를 보고는 고등어 한 손 주고는 가더랍니다.

그래 가져 와가지고, 옛날에는 그걸 쪼개고 쪼개고 해가지고 뭐 무쿠(무)를 안 넣으믄 호박을 이렇게 썰어 넣고, 거다가 인제 이제 요만큼씩하게 그 도막을 짜른 걸 반 또 짤라 가지고 이렇게 해서 주니 식구가 많다가 보니까 그 여자는 대가리 그 뺑에 안 채래.

그래 먹어보니까 뭐 애기가 들 때가 됐는지 우쨌든지 뭐 누구 말따나 환장 미칠판이지 고기를 먹어 보니까.

그러니까 시어머니를 고기를 주니. "아우 야아 돈도 없는데 이걸 뭘로 어뜩해 샀나?"

이 며느리가 한다는 애기가 그러면 뭐 숨길 수는 없고 어디가 휘배오지(훔쳐오지) 않았는데,

"아이고 고기가 먹고 싶어서 거 가서 고기장사가 왔길래 물으니 앞으로 주면 두 손이고 뒤우로 주면 한 손이라고 해서 얼른 뒤우로 밀우구 주고는 한 손 가지고 왔다고" 이러니까.

"아이고 야야 기왕에 줄꺼, 기왕에 살꺼면 앞으로 주고 두 손 가져오지" 먹어보고 그러더랍니다.

그래서 아 이놈이 좋은 소리 들었다고, "고기장사 아저씨 어디 있냐고." 소리를 지르니 저 산말랑에 거게 올라가서 대답을 하더래.

그래서 인제, "거 있으라고!"

올라 그래 내가 고기 사러 올라간다고 그러니까 있더래요.

그래 올라가서. 그 아마 생계령 어데 중턱에 어데 올라 갔던가봐요.

(조사자 : 거기 지금 할머니가 올라간 거에요, 직접?)

거 아니 며느리가 올라갔지.

(조사자 : 아 며느리가 다시 또 사러 올라갔구나.)

한 번은 그 까짓 거 앞으로 주고 요번에는 해가 두 손을 가지고 올라고. 그래 올라가니까 갔다가 그래서 인제 여제끔(아직까지)에 인제 그런 소리가 내려오는데. 그래 우리가 저런 데를 가면(가면) 인제 웃기느냐고 그런 소리들을 해요. 그렇게 해서 심심하면 그런 소리를 하는데.

그래 앞으로 주면 두 손이고. 이놈을 갖다가 참말로 그적세(그 즉시)에서는 꿔(구워) 먹으니 뭐 두 손을 갖다 구우니 한 때 잘 먹었겠죠. 그래 가지고 그런 예가 옛날에 그런 예가 있었대요.

(조사자 : 그러니까 며느리가 또 쫓아가서.)

네, 또 사완(사온) 거지.

(조사자 : 이번에는 그 두 손을 받아 왔구나.)

예.

밥 말아 잡수 국말아 잡수

자료코드 : 03_10_FOT_20090203_KDH_KNG_0009
조사장소 : 강원도 정선군 여량면 여량리 435-3번지 김남기 자택
조사일시 : 2009.2.3
조 사 자 : 강등학, 이영식, 박은영, 유태웅
제 보 자 : 김남기, 남, 73세

구연상황 : 사전에 전화로 약속을 하여 2009년 2월 3일에 제보자 김남기 댁에서 조사가
　　　　　이뤄졌다. 만나서 이번 조사의 취지를 설명한 후 오전에는 이야기를, 오후에
　　　　　는 소리를 중심으로 해달라는 주문을 하였다. 처음에는 여량리, 녹고만, 고양
　　　　　리 등 지역의 지명 유래에 대한 짧은 정보를 주었다. 이에 조사자가 좀 더 길
　　　　　고 재미있는 얘기를 부탁하였다. '앞으로는 두 손이고 뒤로는 한 손이오'에
　　　　　이어서 이야기했다.

줄 거 리 : 남편이 나무하러 간 사이에 부인은 외간 남자와 바람을 피웠다. 그런데 남편
　　　　　이 예정보다 일찍 돌아와 부인은 외간남자를 마루 밑에 숨겼다. 남편이 마루
　　　　　에서 밥 먹는데, 마루 밑의 외간남자가 자꾸 수작을 부려 그것을 감추려고 평
　　　　　소에 안 하던 애교를 떤다.

　옛날에는 그 이렇게 머슴꾼이 있고, 사람이 요즘에는 그렇지만, 옛날에
는 그 좀 이렇게 시골에 저런데, 저 날처럼 이렇게 살면 뭐 배우는 것도
못 배우고 이런 게 많잖습니까?

　그러면 보고 들은 것도 없고, 이러면 좀 아무래도 도시에서 사는 사람
보다는 약아도 들 약았고 그러니깐.

　남편으는 조금 어진데, 이제 여자는 조금 똑똑한 편인데, 살다가 보니
까 내 남자만 데리고 살자니 좀 그러니까, "에이 이놈의 거 어디 좀 남의
사람이라도 어디 좀 봐야 되겠다." 그래서 인제 바람을 피웠대요.

　(조사자 : 여자가?)

　여자가 바람을 피웠는데.

　남자가, 남자가 가 가지고 인제 남게(나무)를 해지고 오는데.

　옛날에는 대청마룽(대청마루)이 이렇게 있는데, 대청 대청마룽이 기역

자로 이렇게 높인 집도 있고 마룽에 이렇게 있는데. 마룽에 인제 옹이가 솔나무 이 파편들이 이런 거를 갖다가 인제 마룽을 해여 났는데. 옹이살이 요렇게 동그란게 요렇게 있는데 옹이살이 요렇게 싹 둘러빠진 게 인제 궁갱이(구멍이)를 팽.

(조사자 : 구멍이 생겼네. 예.)

뚫버져(뚫어져) 있는데, 아이, 이래 있다니까 재미를 볼라고 인제 그 남자가 와 있는데, 아 이놈의 남자가 본 남자가 남게를 해지고 오니 이 여자가 이 남자를 어데 감출 데가 없더래요.

남자는 이제 본 남자가 아니니까 어데 감추기는 감춰야 되는데. 그래 이놈우 거 어쩔 수가 없어 가지고 인제 대청마룽 비상구 문이 있는데 그리 들어가라고 했대. 그러니까 이놈이 급해 맞으니까 거 인제 그리 들어갔어.

비록에 거 들어갔지만 이놈은 참 그 여자를 데리고 좀 어째 볼라고 하다가 그래노니깐 그만 버썩 생각이 나 노니. 이놈이 어쩔 줄을 몰라 가지고, 마룽 구렁, 마룽 구녕이 이렇게 인제 그 옹이 빠진데다가 밑에다가 뭘 이렇게 놓고는 거기 이렇게 치 뻗쳐 가지고 있으니. 옹이 빠진 구녕에 치 뻗쳐 가지고 있으니, 아 이 여자가 밥상을 들고 와보니 큰일 났거든.

이 우떻게(어떻게) 해볼 수가 없잖아!

그런데 남자가 인제 그래 들어오니까, 이 여자가 고만 옛날에 따개고쟁이 시절에.

따개고쟁이를 교수님 못 보셨지?

(조사자 : 고쟁이.)

못 보셨으면 몰래.

이렇게 이렇게 앉으면은 이 밑이 이렇게 벌어지고, 이렇게 이렇게 서믄(서면) 이게 이렇게 쌓여요. 옷에 그기 따개고쟁인데. (조사자 : 따개고쟁이?) 예. 그게 인제 옛날에 고쟁이라는 게 따개고쟁이라는 게 옛날에 그 할머니들, 여자들은 그 따개고쟁이를 입었댓어요. 이 이 팬트(팬티)라고 하고 뭐 사라마다 팬트는 나온 지가 이 얼마 안 돼 사실. 근데 그때 그 당시는 따개고쟁이, 나도 그 따개고쟁이 시절에 같이 컸기 때문에 아는데.

근데 이제, 그래 인제 이래 앉아서 남자가 왔으니까 밥상을 이렇게 갖다놓고는 거기 이렇게 마주 이래 앉아가 거기 깔고 올라앉으니, 깔고 올라앉으니까 뻐득뻐득한 놈으로다가 깔고 올라앉아가 바로 들어가지.

그러니까 이놈은 그냥 있으니 뭐 안 되겠으니까 이놈의 여자가 바람잡느라고, 바람잽이 하는 거야. [앉았다 일어났다 시늉을 하면서]

"국말아 잡수, 밥 말아 잡수, 국말아 잡수, 밥 말아 잡수" 거 불거 드리면서 그러니 좋지!

이러니까 남자도 좋을 끼고 여자도 좋을 끼고.

그러니 아 이 이놈이 밥을 처 먹고는 물 떠오라고 그러더래. 물 떠오라고 하니 어떡해 고만 쑥 잡아 뺐네.

덜렁드니, 아 이 남자가 보니 뭐이 벌건 게 뭐 그래 있거든. 벌건 게 뭐 이래노이. 아 이놈우 옛날에 왜무꾸(왜무) 장아찌라고 있었어요.

(조사자 : 왜무꾸 장아찌?)

예. 왜무꾸라고 누런 무꾸가 있었어. 노란 무꾸.

(조사자 : 누런 무.)

예, 무가 왜무꾸라고 삶어서 먹는 왜무꾸라고 하는 게 있었어요. 아 이놈우 왜무꾸 장아찌가 여 여 빠져서 이것만 해도 며칠을 먹을 낀데 여기 빠져서 있다고. 절가지(젓가락)를 갖다가 이래 찝으니까 쑥 들어가거든요.

그래가지고 아 이놈이 그래 고만 절가지로 찝으니 이놈이 고만 잔뜩 성이 놔서, 그 건드려 놨으니깐 이놈이 고만 칙 고만 치 쏴지.

쏴니깐 이놈이 고만 이런 벽석에 고만 묻어서 그러니깐,

"아 저게 뭐이냐고?" 물을 떠가지고 완 걸(온 걸) 그러니까,

"아 그놈 아께 문을 열어 놨더니 그놈우 매가 거 들어와 똥을 싸는가

보다고." 이래.

(조사자 : 아 매가 들어와서 똥 쌌다고.)

여자가 그래서 그 인제 말방침(말단속이라고 함.)을 하고 그러한 얘기
도 있고.

그래가지고 그 여자가 그 이렇게 엉거주춤 해가지고, "국말아 잡수, 밥
말아 잡수, 국말아 잡수, 밥 말아 잡수" 하매(하며) 그러는 걸 보니까.

그 우리 단체 댕기는데 그 그런 소리 내가 들었는데 얼마나 우스운지.

(조사자 : 정말 웃기는 소리네.)

어느 중의 여자 맛보기

자료코드 : 03_10_FOT_20090203_KDH_KNG_0010
조사장소 : 강원도 정선군 여량면 여량리 435-3번지 김남기 자택
조사일시 : 2009.2.3
조 사 자 : 강등학, 이영식, 박은영, 유태웅
제 보 자 : 김남기, 남, 73세
구연상황 : 사전에 전화로 약속을 하여 2009년 2월 3일에 제보자 김남기 댁에서 조사가
이뤄졌다. 만나서 이번 조사의 취지를 설명한 후 오전에는 이야기를, 오후에
는 소리를 중심으로 해달라는 주문을 하였다. 처음에는 여량리, 녹고만, 고양
리 등 지역의 지명 유래에 대한 짧은 정보를 주었다. 이에 조사자가 좀 더 길
고 재미있는 얘기를 부탁하였다. '밥 말아 잡수 국말아 잡수'에 이어서 이야
기했다.
줄 거 리 : 여자에 대하여 아무 것도 모르는 중이 있었다. 다른 중들이 맛있다는 말을 자
꾸 하기에 이 중도 그 맛을 한번 보기로 하였다. 기회가 왔으나 맛보는 방법
을 몰랐다.

옛날에 그 인제 중이 아주 참 중인데, 아주 참 중이라므는(중이라면) 뭐
냐므는(뭐냐 하면) 이성 관계를 몰란(모른) 중. 그런 중이 뭐 미주알 얘기
를 하기를 그러더래요.

아이고 뭐 맛을 봤, 맛을 봤냐? 맛을 봤느냐? 이래 더래.

뭔 맛을 봤다고 하면 뭐 어떤 참 뭘 맛을 봤는지 몰라가지고 중이. 그래 인제 아 이놈의 맛을 봤다니, 이 이놈우(이놈의) 맛이 얼마나 좋은가 이놈 맛을 한번 본다고.

하루는 이래 있는데, 인제 여자가 이렇게 자더래요. 자는 걸 가지고, 버드남굴 이렇게 낫으로 척 뻐져가지고, 깎아가지고 여자 있는 데다 이래 꽂아 났대. 맛을 볼라고.

인제 꽂아 노니 아 이놈이, 여자도 거 가만히 생각하니까, 인제 뭐 거 옛날에는 여자가 혼자 사는 여자가 많았답니다. 시집을 가지고 만약에 죽으며는, 남자가 죽으면 그 집에 수절한답니다. 수절하고 이러니까 생각도 나겠지요. 젊은 여자가 되다 보니.

그래 인제 하 이놈우 거, 하도 이놈으 거 뭐이 맛이 좋다니, 이 맛이 어떤가 이놈을 내가 맛을 오늘 좀 본다고. 어 이노무 중이. 인제 버드나무 그 칼을 했노므느 걸 그 여자 있는 데다가 딱 이래 꽂아 났는데.

이놈우 보니까 여자가 뻿고서는(벗고서는) 반듯이 둔녀서(누워서) 거다 꽂아 논기 아 이게 참말로 꼬때꼬때 이놈우 버드나무가 하더래.

야 이놈이 인제 맛이 인제 드는가 보라고. 한창 이놈이 맛이 좋은가 보라고. 이놈이 빨아먹어 본다구. 빨아 먹어보니깐 뭐 맛이 좋기는커녕 아 별로지. 참말로 푸더부리한 게 뭐 틀리지.

그리니깐 아 이놈우 맛이 그렇게 좋다고 해서 빨아 먹었드니 인제 맛이 들 때가 됐는데 이놈우 맛이 없다고 그러더래요.

그래서 인제 그 그런 놈우 중도 옛날에 있고.

안주면 가나 봐라

자료코드 : 03_10_FOT_20090203_KDH_BCJ_0001
조사장소 : 강원도 정선군 여량면 여량리 435-3번지 김남기 자택
조사일시 : 2009.2.3
조 사 자 : 강등학, 이영식, 박은영, 유태웅
제 보 자 : 변춘자, 여, 69세
청   중 : 김남기, 안옥선, 윤씨
구연상황 : 오전에 김남기로부터 설화를 듣고 김남기 댁에서 점심을 먹었다. 오후에 김
        남기가 타령류의 소리 몇 곡을 부르고 있자니, 김남기의 처 변춘자가 마을
        아주머니들 세 분을 모셔왔다. 김남기가 아라리를 연이어 몇 곡 부르고 아주
        머니들께 소리를 권했다. 처음에는 부르지 못한다고 망설이다가 계속 권하
        자 돌아가며 몇 곡씩 불렀다. 잠깐 쉬는 동안 김남기가 아까 '밥 말아 잡수
        국말아 잡수'를 했다고 하자 모두들 내용을 알고 있는 듯 웃었다. 이에 김남
        기가 이 이야기는 잘 기억이 안 난다며 부인인 변춘자에게 권했다. 이에 변
        춘자는 뭔 그런 얘기를 하라느냐며 웃었다. 이에 김남기가 이야기를 하려고
        하자 변춘자가 하였다. 제보자는 물론 청중과 조사자들도 이야기 중간과 끝
        에 많이 웃었다.
줄 거 리 : 실제는 중이 탁발하러 온 것인데, 과부는 자신의 몸을 달라는 것으로 오해하
        고, 그것을 본 아이 또한 오해하였다는 얘기이다.

중이가 동냥을, 시주를 이제 받으러 가니,

(청중 : 저기 아주머이가, 아주머이가 그러니까.)

여자가, 여름인데 후딱 벗고 다리가 허여밀근 기(허여멀건 게) 이래 내
벌리고 자드라잖아!

(조사자 : 누가요? 누가, 응.)

그래 이놈의 중이가 이레 디다보미(들여다보며), 시주 인제 뭘 좀 달라
고 인제 그렇게 되는데.

"안 주믄 가나 봐라, 안 주믄 가나 봐라!" 이놈의 중이 이러니까, 이놈
의 여자가 가만히 잠이 들으니 가관도 않더래.

인제 그러니까 이놈의 여자가 벌떡 인나미(일어나며), "그런다고 주나

봐라, 그런다고 주나봐라!" 이러더래.

그래 또 아아가(아이가) 옆에서 이래 앉아 들으니 가관치도 안 하거든. 그러니, "둘이서 잘 해 봐라 둘이서 잘 해 봐라!"

(조사자 : 아이고 재밌네!)

(청중 : 중이는 사실은 그거 동냥 달라고 했는데, 여자는 뺏고(벗고) 자고 있고 그러니까.)

중이는, 인제 옛날에는 쌀 같은 거 많이 받았잖아? 그러니, 그런 거 달라고 자꾸 그러니.

(청중 : 여자는 자기 몸을 달라는 가 하고 또 그렇고.)

여자는 가만히 생각하니 자기 뭐 몸을 달라는 가 하고 그래서. "그랜다고(그런다고) 주나봐라, 그랜다고 주나 봐라!"

그리고 아아가 들으니.

(청중 : 그러니 "안 주니 가나 봐라, 안주니 가나 봐라")

아아가 이래 들으며 생각하니 둘이서 주거니 받거니 그래거든.

그래서 "둘이서 잘 해 봐라, 둘이서 잘 해 봐라!"

이래더라는 구만.

용소와 벼락재

자료코드 : 03_10_FOT_20090204_KDH_YKY_0001
조사장소 : 강원도 정선군 여량면 봉정리 111번지 봉정리경로당
조사일시 : 2009.2.4
조 사 자 : 강등학, 이영식, 박은영, 유태웅
제 보 자 : 윤광열, 남, 74세
청   중 : 장석배, 김종권 외 8인
구연상황 : 마을의 논농사와 관련된 소리를 조사한 후, 마을 서낭당에 대한 이야기로 화
          제를 돌렸다. 조사자가 마을에 내려오는 재미있는 옛날이야기가 없냐는 질문

을 던지자, 장석배가 이 동네와 관련된 전설이 많다고 하면서 '환고개재', '벼락바우', '용소', '금티미소'에 대한 이야기가 많다고 하며, 먼저 '금티미소 전설'을 풀어놓았다. 이후, 윤태열이 주 제보자가 되어 '환고개재 전설'을 이야기해준 뒤, 바로 받아서 윤광렬이 '용소와 벼락재 전설'을 이야기했다.

아까도 그 여기 용소다 벼락재다 했는데.

그거 전설을 이래 참 들어보며는 용소라는 건 전에 지들도 가봤어.

가보면은 누구말대로 이 이런 거 아직 하얗게 쏘이라 둥그런데 둥그런 소이라 하는데 보면은 물이 그때는 옛말에 그저 명주라 있어요, 명주.

꼬치가 키운걸.

(조사자 : 예, 예.)

그걸 저 노인네들이 이렇게 이렇게 손을 ○○ 이만큼 하는 거,

(청중 : 꾸리.)

그거 하나를 꾸리라 하는데 그거 하나 다 줘 넣어도 돌 하나를 ○○○ ○○ 그게 모재린다(모자른다) 했사.

그랬는데 어느 날 용이 등천해 올라왔어 거서.

올라와가지고 지금도 보면 그쪽에 일루 묵혀캤다는게 돌이 희안해. 이래가지고는 벼락재를 벼락재라 또 그러잖아요?

그런데 글루 재로 넘어갈려고 하는데 하나 하나님께서 고만 벼락을 탁 쳐버렸어. 그래서 그 죽었다. 그 벼락재 용소에서 용이 나가지고 등천할라하는데 벼락재는 그 그런데 벼락 맞아가지고 등천 못하고 벼락재다, 용소다.

그런 전설이 있어.

(조사자 : 아니 근데 왜 용이 승천하는데 왜 벼락을 쳤죠?)

(청중 : 죄를 졌어.)

그렇죠.

(조사자 : 용이 무슨 죄를 지었어요?)

(청중 : 사람을 봤다던가,)

(청중 : 옛말에요.)

(조사자 : 아 사람이 뭐 어떻게 승천하는 거 사람이 보면 안 되죠.)

뭐 그런 말이 있잖아 산에 천년 들에 천년 물에 천년 삼천년 있어야 용으로 등천한다.

그런데 거기서 혹시나 뭐 부정에 뭐 어떤 뭐 사람 눈에 띄었다는지간에 뭐 그런 건 등천 못 한답니다. 그렇게 불양생 용이 됐지, 쉽게 말하면.

그래도 자긴 등천할라고 했기 하나님이 먼저 아니 쳤다 그러 나왔지.

홀아비가 되는 환고개

자료코드 : 03_10_FOT_20090204_KDH_YTY_0001
조사장소 : 강원도 정선군 여량면 봉정리 111번지 봉정리경로당
조사일시 : 2009.2.4
조 사 자 : 강등학, 이영식, 박은영, 유태웅
제 보 자 : 윤태열, 남, 81세
청   중 : 김종권, 장석배, 윤광열 외 7인
구연상황 : 마을의 논농사와 관련된 소리를 조사한 후, 마을 서낭당에 대한 이야기로 화제를 돌렸다. 조사자가 마을에 내려오는 재미있는 옛날이야기가 없냐는 질문을 던지자, 장석배가 이 동네와 관련된 전설이 많다고 하면서 '환고개재', '벼락바우', '용소', '금티미소'에 대한 이야기가 많다고 하며, 먼저 '금티미소 전설'을 풀어놓은 후, 윤태열에게 '환고개재 전설'을 해줄 것을 청했다. 윤태열이 구연하는 중간중간 다른 제보자들이 이야기를 이어갔다.
줄 거 리 : 봉정리와 반천리 사이에 환고개라는 이름의 고개가 있다. 옛날 봉정리의 총각과 반천리의 처녀가 사랑을 이루지 못하고 처녀가 죽었다. 그 뒤 결혼을 하기 위해 가마를 타고 이 고개를 넘으면 신부가 죽고 신랑은 홀아비가 되었다. 그리하여 이 고개를 홀아비 환(鰥)자를 쓰는 환고개라고 이름하게 되었다.

옛날에 재 사는 저 너머 사람 있는 아가씨하고 서로 연애를 했는데 이

루지 못했단 말이야. 이루지 못하니까 서로 그만 한이 돼 헤졌는데, 그 재를 뭐야 환고개를 떡 이루게 됐다.

환고개를 이뤘는데, 그 후로도 결혼식을 할 때에 그 너매(너머)와 이쪽 총각과 결혼식 이루게 되면은 그 재를 넘어가도 못 넘어갔어요.

(청중 : 넘어가면 홀애비 된다잖어. 홀애비 환(鰥) 환자니까, 홀애비 환 자래요.)

그래가지고 못 넘어가고 그 재를 갈 때에는 걸어가 넘어가지 않으며는 저얼로 돌아서 갔어.

(조사자 : 그 재가 어딨어요?)

요기요.

(청중 : 요 뒤에.)

(청중 : 반천과 같은 곳에.)

이젠 뭐 반천이라는 넘는 재가 있었는데 한 호로바기로 나고 하는.

(청중 : 홀애비 환자. 환고개.)

(조사자 : 환고개?)

(청중 : 홀애비 환자.)

(청중 : 홀애비 환자.)

(청중 : 그 고개를 넘어가면 홀애비가 된다 이래가지고 장개, 가매가 넘어 가면은 마누라가 죽는다. 넘지, 가매, 요 재가 절루(저리로) 돌아가면 멀지만 고지만 가면 가까워요 오리야. 저리 돌아가면 이십 리구 이런데 글루 가면 가매가 못 넘어가.)

그런데 그런 재로 요기 여랑 북면 나가면 여기 독치재라고 있는데 그 것도 그렇고. (조사자 : 독치재요?) 홀로 독자에 독치재.

(조사자 : 환고개 정확하게 여기도 그럼 봉정이예요?)

(청중 : 네, 봉정. 봉정리와….)

재가 딱 이러대 있는데 요쪽으로 가면 반천이고 이쪽으로 봉정리.

(청중 : 재 넘어가면 반천리.)

(조사자 : 봉정리와 반천리 사이에,)

(청중 : 말락, 재, 정상 말락.)

(조사자 : 그래서 봉정리 쪽의 총각이었어요?)

(청중 : 그렇죠. 봉정리 총각이 반천리의 인제 그 아가씨와 인제 그…)

(조사자 : 서로 사모를 했고 결국 안 됐구만 그러니까.)

(청중 : 그럼. 아가씨가….)

이루지 못하니 한이 돼서…. 아가씨가 죽은 걸 그 재에다 재 너머에다 묻었고, 남자가 홀애비가 됐으니까 그 다음에 넘으면 홀애비 된다 해가지고 그래서 인제.

금티미소

자료코드 : 03_10_FOT_20090204_KDH_JSB_0001
조사장소 : 강원도 정선군 여량면 봉정리 111번지 봉정리경로당
조사일시 : 2009.2.4
조 사 자 : 강등학, 이영식, 박은영, 유태웅
제 보 자 : 장석배, 남, 62세
구연상황 : 마을의 논농사와 관련된 소리를 조사한 후, 마을 서낭당에 대한 이야기로 화제를 돌렸다. 조사자가 마을에 내려오는 재미있는 옛날이야기가 없냐는 질문을 던지자, 장석배가 이 동네와 관련된 전설이 많다고 하면서 '환고개재', '벼락바우', '용소', '금티미소'에 대한 이야기가 많다고 하며, 먼저 '금티미소' 전설을 풀어놓았다.
줄 거 리 : 옛날 이 마을에 살던 친구 둘이서 금을 캐고 있었다. 그 중 한 사람이 노다지를 발견했으나 독차지하고픈 욕심에 친구를 속인 후, 밤에 몰래 금을 캐러 들어갔다. 그가 금을 캐는 사이 갑자기 폭우가 쏟아져 결국 그 사람은 물에 빠져 죽게 되었다. 그 때 고인 물을 금티미소라고 한다. 지금도 그곳에 가면 그 사람의 묘가 있는데, 그 묘는 큰 물에도 안 떠내려간다고 한다.

금티미소는 옛날에 그 전해오는 전설 말하면, 저 뭐야 에 가장 친한 사람 두 사람이 금점을 하는데, 이제 파서 들어가서 금을 캐서 먹는데, 어디 깊이 들어가니까 한사람이 금을 노다지가 나오는 걸 인제 발견을 한 거야.

그래 이 사람이 그걸 감춰놓고

"이 사람아, 오늘은 날도 이렇고 하니까 좀 일찍 끝내세. 집에 가세. 내일하세."

이래가지고 집에 완 거야, 둘이서.

와가지고 자기는 그 사람을 집에 보내놓고, 가서 혼자 그 노다지를 독차지 할라고, 독차지 할라고 이제 거기 가서, 인제 저녁에 집에 왔는데, 밤에 거기 금을 캐러 노다지 캐러 드갔는데, 갑자기 거기 들어가 있으니 폭우가 쏟아지는 걸 몰랐지.

폭우가 쏟아져가지고 거의 마 물바다가 돼서 그 사람이 금을 캐다 죽었다 이래가지고. 지금도 그 거기다 묘를 이래 써놨어요. 묘를 써놨는데 소 이름이 금티미소야.

그래가지고 묘를 써놨는데, 그 묘가 지금 아무리 이번에 그 큰 수해에도, 루사 매미 때에도 그 묘가 안 떠내려가요.

물 강이 전체 이래 있으면 그 가운데로 있는데. 그래서 그 소가 이름이 금티미소라 그래.

한냥 주고 떠온 댕기 / 가창유희요

자료코드 : 03_10_FOS_20090203_KDH_KNG_0001

조사장소 : 강원도 정선군 여량면 여량리 435-3번지 김남기 자택

조사일시 : 2009.2.3

조 사 자 : 강등학, 이영식, 박은영, 유태웅

제 보 자 : 김남기, 남, 73세

구연상황 : 제보자와는 여러 번 만났던 경험이 있어서 조사에는 어려움이 없었다. 오전에
는 제보자부터 여러 편의 이야기를 들었다. 점심은 제보자 집에서 만둣국을
먹으며 술도 몇 잔씩 나눴다. 제보자는 정선아리랑 기능보유자이다. 이런 까
닭에 아라리는 얼마든지 부를 수 있는 분이다. 이에 아라리가 아닌 다른 노래
를 먼저 들려줄 것을 부탁했다. 제보자는 노래를 부른 후 '댕기풀이'라고 하
였다.

일전주고 사 오신 댕기 이전 주고 접은 댕기

우리 오빠 사 오신 댕기 우리 올게(올케) 눈치 댕기

별당 못에 늘뛰다가(널뛰다가) 연당 못에 빠전(빠진) 댕기

열여덟 살 큰 애기 총각의 금을 주어 공론을 할까

춘치(준치)를 주어서 공론할까

열두 포장 재활 밑에 암탉 장닭 맞세워 놓고 청실홍실 늘여놓고

밤 배추 건네 뛰어 요내(이내) 몸은 쪽두리(족두리) 쓰고 요내 낭
군은 사모 씌고

오동나무 장농(장롱) 속에 내 옷 넣고 당신 옷 넣고 둘이 둥실 두
동 베개

나도 비고(베고) 당신도 비고 잊었던 댕기를 찾어볼까

강원도 정선군 여량면 여량리 김남기와 조사자가 노래에 대해 얘기 나누는 장면

담바구 타령 / 가창유희요

자료코드 : 03_10_FOS_20090203_KDH_KNG_0002
조사장소 : 강원도 정선군 여량면 여량리 435-3번지 김남기 자택
조사일시 : 2009.2.3
조 사 자 : 강등학, 이영식, 박은영, 유태웅
제 보 자 : 김남기, 남, 73세
구연상황 : 제보자와는 여러 번 만났던 경험이 있어서 조사에는 어려움이 없었다. 오전에
는 제보자부터 여러 편의 이야기를 들었다. 점심은 제보자 집에서 만둣국을
먹으며 술도 몇 잔씩 나눴다. 제보자는 정선아리랑 기능보유자이다. 이런 까
닭에 아라리는 얼마든지 부를 수 있는 분이다. 이에 아라리가 아닌 다른 노래
를 먼저 들려줄 것을 부탁했다. 제보자가 댕기타령'을 부른 후, "담바구 타령
할 게요" 하면서 불렀다.

구야 구야 담바구야 담바구씨를 저산 밑에 뿌렸더니

낮으루 햇쌀 맞어 밤으루 찬이슬 맞어 겉잎속잎 다나왔네

식두칼(식도칼)로 송송 썰어 저기 가는 저 늙은이도 한 쌈지요 저 젊은이도 한 쌈지요

세발 화죽 쓸(썰) 때 한대 두대 먹고나니 먹구녕(목구멍) 넘에 실 안개 돈다

똥굴랑 땡 똥굴랑 땡

동그랑땡 / 가창유희요

자료코드 : 03_10_FOS_20090203_KDH_KNG_0003
조사장소 : 강원도 정선군 여량면 여량리 435-3번지 김남기 자택
조사일시 : 2009.2.3
조 사 자 : 강등학, 이영식, 박은영, 유태웅
제 보 자 : 김남기, 남, 73세
구연상황 : 제보자와는 여러 번 만났던 경험이 있어서 조사에는 어려움이 없었다. 오전에는 제보자부터 여러 편의 이야기를 들었다. 점심은 제보자 집에서 만둣국을 먹으며 술도 몇 잔씩 나눴다. 제보자는 정선아리랑 기능보유자이다. 이런 까닭에 아라리는 얼마든지 부를 수 있는 분이다. 이에 아라리가 아닌 다른 노래를 먼저 들려줄 것을 부탁했다. 제보자가 '한냥 주고 떠온 댕기', '담바구 타령'를 차례로 불렀다. '담바구 타령'을 부를 때는 뒤에 "똥굴랑 땡 똥굴랑 땡" 사설을 더 붙였다. 이에 제보자는 "동그랑땡으로 넘어 갑니다."고 밝히며 이내 불렀다. 중간에 노랫말이 생각나지 않은 듯 잠시 머뭇거렸다.

까마구란 놈 몸띠이가(몸뚱이가) 검어 숯껌장사를 돌려라

똥굴랑땡 똥굴랑땡

황새란놈 다리가 질어(길어) 우편배달을 돌려라

똥굴랑땡 똥굴랑땡

까치란 놈 집을 잘재(잘 지어) 도편수를 돌려라

똥굴랑땡 똥굴랑땡

솔개미(솔개)란 놈 눈치가 빨러 순사형사를 돌려라

똥굴랑땡 똥굴랑땡

참새란 놈 알을 잘 낳아 군밤장사를 돌려라

똥굴랑땡 똥굴랑땡

딱따구리란 놈 궁기를(구멍을) 잘 파니 남포꾼을 돌려라

똥굴랑땡 똥굴랑땡

제비란 놈 맵시가 고와 기상의오빠를 돌려라

똥굴랑땡 똥굴랑땡 똥굴랑땡땡 똥굴랑땡

빈대란 놈 납짝하니 부치기 장사를 돌려라

똥굴랑땡 똥굴랑땡

바드레란(벌의 한 종류) 놈 쏘기를 잘하니 백두산포수를 돌려라

똥굴랑땡 똥굴랑땡 똥굴랑땡땡 똥굴랑땡

메밀 간 지 사흘 만에 / 가창유희요

자료코드 : 03_10_FOS_20090203_KDH_KNG_0004
조사장소 : 강원도 정선군 여량면 여량리 435-3번지 김남기 자택
조사일시 : 2009.2.3
조 사 자 : 강등학, 이영식, 박은영, 유태웅
제 보 자 : 김남기, 남, 73세
구연상황 : 제보자와는 여러 번 만났던 경험이 있어서 조사에는 어려움이 없었다. 오전에
는 제보자부터 여러 편의 이야기를 들었다. 점심은 제보자 집에서 만둣국을
먹으며 술도 몇 잔씩 나눴다. 제보자는 정선아리랑 기능보유자이다. 이런 까
닭에 아라리는 얼마든지 부를 수 있는 분이다. 이에 아라리가 아닌 다른 노래
를 먼저 들려줄 것을 부탁했다. 제보자가 '한냥주고 사온댕기', '담바구 타령',
'동그랑땡'을 부른 후 불렀다. 제보자는 메밀농사를 지어 국수까지 해먹는 전
과정을 노래한 것이라 설명했다.

메밀 푼 제(메밀 푼 지, 메밀은 씨 뿌린다고 하지 않고 푼다고 함.) 삼일 만에 대궁은 붉은 대궁

꽃으는(꽃은) 허연꽃에 열매에는 껌은 열매

낫으루 비어다가 마당에서 뛰디려서(두드려서)

치 끝에서(키 끝에서) 춤을 추고 맷돌에서 골을 깨어(맷돌로 간다는 뜻임)

방깐에서(방앗간에서) 배락(벼락) 맞어 가는 체에 맴을 돌어

가는 체에 맴을 돌어 암반에서 뺌을(뺨을) 맞어

홍두깨에 옷을 입어 맨두칼에(면도칼에) 몸을 비어

뜨신 물에 뜬애수야 찬물에 찬해수야

노쩔은절(놋쇠젓가락 은젓가락) 걸어놓고

식기 대집(대접) 담어 놓고 담어(담아) 담어 올래놓고

시금시금 시아버니 조반 진지 자브세요(잡수세요) 조반 진지 늦어가오

시금시금 시어머니 조반 진지 자브세요 조반 진지 늦어가오

동세(동서) 동세 맏동세야 조반 진지 자브세요 조반 진지 늦어가오

동세 동세 작은 동세 서산에 해들었네

황장목 타령 / 가창유희요

자료코드 : 03_10_FOS_20090203_KDH_KNG_0005
조사장소 : 강원도 정선군 여량면 여량리 435-3번지 김남기 자택
조사일시 : 2009.2.3
조 사 자 : 강등학, 이영식, 박은영, 유태웅
제 보 자 : 김남기, 남, 73세

구연상황: 제보자와는 여러 번 만났던 경험이 있어서 조사에는 어려움이 없었다. 오전에는 제보자부터 여러 편의 이야기를 들었다. 점심은 제보자 집에서 만둣국을 먹으며 술도 몇 잔씩 나눴다. 제보자는 정선아리랑 기능보유자이다. 이런 까닭에 아라리가 아닌 다른 노래를 먼저 들려줄 것을 부탁했다. 제보자가 '메밀 간 지 사흘 만에'에 이어서 이 노래를 불렀다.

강원도라 돌아들어 덕우산 일대를 들어서니

이산저산 솔씨가 날래(날려) 청장목이 되었구나

청장목이 점점 자라 황장목이 되었는데

황장목이 점점 자라 소부동이 되었구나

소부동이 점점 자라 대부동이 되었는데

이 솔을 내자구하니 서른 세목 엮은 돌이

뿔 도끼를 둘러미고(둘러메고) 아그장 아그장 기어 나와

한 대 비구(비고) 공굼해 생각 두 대 비구 공굼해 생각

세 대 비구 서서 생각 앉아서 생각을 하니

수억만 대를 비었는데 굽은 것은 도꾸(도끼)로 깎어

곧은 것은 대패로 밀어 이골 물으는 주루룩 흘러

저 강물으는 웅실둥실 양국칢산에 칢을 끊어

양구영차 흐르는 물에 웅굴둥굴 떼를 모아

한강천리를 보낸단 말이냐

에라 만수 저라 대신야

예, 요기 그 황장목의 타령인, 옛날에 경복궁 짓고 할 때에.

이랴 소리 / 밭가는 소리

자료코드 : 03_10_FOS_20090203_KDH_KNG_0006
조사장소 : 강원도 정선군 여량면 여량리 435-3번지 김남기 자택

조사일시 : 2009.2.3
조 사 자 : 강등학, 이영식, 박은영, 유태웅
제 보 자 : 김남기, 남, 73세
구연상황 : 제보자와는 여러 번 만났던 경험이 있어서 조사에는 어려움이 없었다. 오전에
는 제보자부터 여러 편의 이야기를 들었다. 점심은 제보자 집에서 만둣국을
먹으며 술도 몇 잔씩 나눴다. 제보자는 정선아리랑 기능보유자이다. 이런 까
닭에 아라리는 얼마든지 부를 수 있는 분이다. 이에 아라리가 아닌 다른 노래
를 먼저 들려줄 것을 부탁했다. 제보자가 '황장목 타령' 등 여러 노래를 부른
후 조사자가 이 소리를 부탁했다.

어추~

이렇게 낮춰가.

어디여~

돌아~서

이러면 인제 착 소가 돌아가.

그러면

이랴

하고 갈다가, 뭐 올라가면 "내려서!" 이러기도 하고.

내려가면 "올라서!" 이러기도 하고.

이렇게 쇠를.

(조사자 : 저기 그러면, 저기 소모는 소리 한번 좀 되는 데까지. 편하게

하시다가 또 막히면 또 하고 하면 되니까.)

그래서 그기

어추

어디여~

돌아~서

이려~

이렇게 그기 하죠.

소 몰고 소를 밭을 가는 소리는 그렇게 갈구.

곡소리

자료코드 : 03_10_FOS_20090203_KDH_KNG_0007
조사장소 : 강원도 정선군 여량면 여량리 435-3번지 김남기 자택
조사일시 : 2009.2.3
조 사 자 : 강등학, 이영식, 박은영, 유태웅
제 보 자 : 김남기, 남, 73세
구연상황 : 제보자와는 여러 번 만났던 경험이 있어서 조사에는 어려움이 없었다. 오전에
는 제보자부터 여러 편의 이야기를 들었다. 점심은 제보자 집에서 만둣국을
먹으며 술도 몇 잔씩 나눴다. 제보자는 정선아리랑 기능보유자이다. 이런 까
닭에 아라리는 얼마든지 부를 수 있는 분이다. 이에 아라리가 아닌 다른 노래
를 먼저 들려줄 것을 부탁했다. 제보자가 여러 노래를 들려준 후 없어지는 것
이 안타깝다고 하며 '곡소리'를 불러주었다. 어머니가 돌아가셨을 때는 '아이
고', 아버지가 돌아가시면 '에고', 장인이나 장모가 돌아가시면 '어이'라 한다.
그리고 마당에서 하는 소리와 빈소에서 하는 소리는 같으나, 빈소에서는 자진
곡으로 부른다고 한다.

(조사자 : 참 좋은 소린데, 선생님 중간에 설명, 말씀하시느냐고 소리를
자꾸 끊었는데, 이번에 그런 걸 머릿속에 다 집어 너놓고 소리를 낮췄다
가 뒤에 올리고, 에고를 가지고 하시던지 뭐.)

내가 에고를, 아이고를 하고, 복인을 한번 해볼게요.

복인도 마찬가지야.

복인은 가능하고, 어이도 마찬가지니까 내가 달아서 해드릴게요.

(조사자 : 네. 자 그러면 김남기 선생님 목, 아니 곡, 곡소리를 하시겠습니다.)

아이고~ 아이고~ 아이고~ 아이고~ 아이고~ 아이고~ 아이고~ 아이고

요거가 어머이 죽었을 때.
아버지는,

에고~ 에고~ 에고~ 에고~ 에고~ 에고~ 에고~ 에고

요기 아버지 죽었을 때.
이제 장인이나 장모나 죽었을 때.
맏사우(맏사위)만 해요.
맏사우만 그렇게 한다고.
그러면,

어이~ 어이~ 어이~ 어이~ 어이~ 어이~ 어이~ 어이

요거가 맏사우가 바깥에서 손님을 받을 때 하는 거.
빈소에 하는 사람들은 안 그래요.
빈소에는 자진곡을 해.
그러면 어떻게 하느냐.

아이고 아이고 아이고 아이고 아이고 아이고 아이고 아이고 아이고

이렇게.
또 에고도 마찬가지.

에고 에고 에고 에고 에고 에고 에고 에고

어이도 마찬가지고.
어이도 역시 그런데는 깜둥복인이라 그러죠?
깜둥복인!
지체복인(망자와 촌수가 좀 떨어진 복인을 가리키는 듯), 지체복인으는
(지체복인은),

어이 어이 어이 어이 어이 어이 어이 어이 어이

이렇게.
그래서 상치에서 선 사람이 곡이 다르고, 조별 바깥에서 자릴치고 막대
를 집고 굴건제복을 하고 선 사람들 하고 틀려요.
그래서 그런 기(그런 게) 사라진 거, 그런 기 좀 아쉽고.

정월 송학에 속속한 마음 / 화투 풀이하는 소리

자료코드 : 03_10_FOS_20090203_KDH_KNG_0008
조사장소 : 강원도 정선군 여량면 여량리 435-3번지 김남기 자택
조사일시 : 2009.2.3
조 사 자 : 강등학, 이영식, 박은영, 유태웅
제 보 자 : 김남기, 남, 73세
구연상황 : 제보자와는 여러 번 만났던 경험이 있어서 조사에는 어려움이 없었다. 오전에
는 제보자부터 여러 편의 이야기를 들었다. 점심은 제보자 집에서 만둣국을
먹으며 술도 몇 잔씩 나눴다. 제보자는 정선아리랑 기능보유자이다. 이런 까
닭에 아라리는 얼마든지 부를 수 있는 분이다. 이에 아라리가 아닌 다른 노래
를 먼저 들려줄 것을 부탁했다. 제보자가 여러 노래 및 곡소리를 부른 후 불
러주는데, 제목은 '화투타령'이라 하였다.

정월 송악 속속한 마음

이월 메주에 맺어놓고

삼월 사구라 산란한 마음

사월 흑사레(흑싸리) 흩어놓고

오월 난초 놀던 나비

유월 목단에 춤을 추고

칠월 홍돼지 홀로 누워

팔월 공산에 달 밝혀라

구월 국화 피자마자

시월 단풍에 다 떨어지고

동지슫달(섣달) 설한풍에

백설만 날려두 임으 생각

걸어보라면 걸어봐 / 노름하는 소리

자료코드 : 03_10_FOS_20090203_KDH_KNG_0009
조사장소 : 강원도 정선군 여량면 여량리 435-3번지 김남기 자택
조사일시 : 2009.2.3
조 사 자 : 강등학, 이영식, 박은영, 유태웅
제 보 자 : 김남기, 남, 73세
구연상황 : 제보자와는 여러 번 만났던 경험이 있어서 조사에는 어려움이 없었다. 오전에
는 제보자부터 여러 편의 이야기를 들었다. 점심은 제보자 집에서 만둣국을
먹으며 술도 몇 잔씩 나눴다. 제보자는 정선아리랑 기능보유자이다. 이에 가
능한 아리가 아닌 노래를 많이 불러달라고 하였다. 이 노래는 제보자가 총
각시절 임계장에 갔다가 추석에 쓸 돈을 야바위꾼에게 다 잃었을 때 들었던
것이라 한다. 한지로 같은 길이의 끈을 두 개 만들어 하나는 묶어서 마디가
있게 만들어 놓고 눈속임을 하여 마디가 없는 것을 뽑게 하는 놀이라 한다.

걸어보라면 걸어봐

땡겨 보라면 땡겨 봐

이래 놓고 판다이면

너도나도 다사

이래 놓고는 안 팔어

탈탈 털어서

금사(검사)를 씨겨도(시켜도) 전부가 낱가치

낱가치(낱가지, 묶지 않은 끈) 사이에 맹가치(맨가지, 묶은 끈) 들어가

들어갈 적 잘 봐

돌아갈 적 잘 봐

잘 봤다 못 봤다

한탄 말고

일러주지 마시고

대주지 마시고

일래주는 거 개 할애비

대주는 거 할아버지

어떤 놈인지

맘대로 잡으시오

하고 탁 들이대는 거.

(조사자 : 그거 하는 걸 뭐라 그랬어요?) 그 이름이 뭐예요?

(조사자 : 야바우(야바위)는 무슨 야바운데?)

야바군데, 그게 인제 저거 가치가치 낱가치 하는 그기 있어.

문창호지를 갖다 말아가지고 하는 기 있어.

(조사자 : 그때 유행했었나보죠, 그 당시에?)

예, 그기 주로 많았죠. 그래고는 뭐 주머이끈 돌이고 뭐 이런 것도 있

고 뭐.

(조사자 : 일단 그거는 야바우소리라 해야 되겠네.)

예, 야바우, 야바우패.

곱새치기 / 노름하는 소리

자료코드 : 03_10_FOS_20090203_KDH_KNG_0010
조사장소 : 강원도 정선군 여량면 여량리 435-3번지 김남기 자택
조사일시 : 2009.2.3
조 사 자 : 강등학, 이영식, 박은영, 유태웅
제 보 자 : 김남기, 남, 73세
구연상황 : 제보자와는 여러 번 만났던 경험이 있어서 조사에는 어려움이 없었다. 오전에
는 제보자부터 여러 편의 이야기를 들었다. 점심은 제보자 집에서 만둣국을
먹으며 술도 몇 잔씩 나눴다. 제보자는 정선아리랑 기능보유자이다. 이런 까
닭에 아라리는 얼마든지 부를 수 있는 분이다. 이에 아라리가 아닌 다른 노래
를 먼저 들려줄 것을 부탁했다. 제보자에게 '사시랭이'를 부탁하자 그 소리는
잘 모른다고 하면서 이 노래를 불러주었다.

(조사자 : 저기 그, 선생님, 저기 뭐야, 그 화투 아까, 저기 저 사시랭이,
고거 좀 한번 해주시죠.)

그 사시랭이 나 다 못하는데. (조사자 : 못하신다고요?) (조사자 : 하시는
데까지만.)

그건 다 못하고, 빨리 빨리 이렇게 이제 눈이 어두워 빨리 들여다보지
못해.

(조사자 : 응, 그래서.)

그래서 그렇고, 저거가, 그 말고 저거 할게요. 곱새치기 해드릴게요, 곱
새치기.

(조사자 : 예, 곱새치기.)

곱새치기는 집구땡이 할 때 써 먹는 거야, 집구땡이. 곱새치기는.

(조사자 : 집구땡이라는 거는?)

집구땡이 다섯 장, 화토 다섯 장 갖다가 쥐 꿰먹는 거.

(조사자 : 아 그 화투로 하셨다구요?)

예, 화토를 잦다가 이렇게 다섯 개를 이래 돌려놓고는 이리 쪼으면서는. 내가 예를 들어 구땡을 집을 거 같으면 뭐,

　　　이리봉 저리봉
　　　가매허리(개미허리) 짤룩봉
　　　강건너 무수봉
　　　금점군아(금점꾼아) 망치봉
　　　삼월이 둘이면 윤삼월이요
　　　오촌의 숙이면 당숙모로다
　　　국군바닥이 공구리(콘크리트) 판이요
　　　일년가도 봉산가자네

이렇게 이제 하고는,

　　　국이 끓고 밥내가 나면 구월 국진이 맞붙었구나

하믄 구땡이야.

그러면서 이제, 자 이래 조이면서, 자기가 이제 아 요번에 내 먹었다 하고 즐거워서 그런 거 하는 거요. 그러면서 그래 하다가 탁 그러면 구땡이가 올라오잖아 그러면,

　　　국이 끓고 밥내가 나니 구월 국진이 맞붙었구나

하미 탁 치는 거야. 싹 끌어오는 거지.

(조사자 : 그게 곱새치기?)

네. 그렇게 하는 건 곱새치기고.

아라리 / 가창유희요

자료코드 : 03_10_FOS_20090203_KDH_KNG_0011
조사장소 : 강원도 정선군 여량면 여량리 435-3번지 김남기 자택
조사일시 : 2009.2.3
조 사 자 : 강등학, 이영식, 박은영, 유태웅
제 보 자 : 김남기, 남, 73세
청   중 : 변춘자, 안옥선, 윤씨
구연상황 : 제보자와는 여러 번 만났던 경험이 있어서 조사에는 어려움이 없었다. 오전에
는 제보자부터 여러 편의 이야기를 들었다. 점심은 제보자 집에서 만둣국을
먹으며 술도 몇 잔씩 나눴다. 제보자는 정선아리랑 기능보유자이다. 이에 가
능한 아라리가 아닌 노래를 많이 불러달라고 하여 타령류의 소리를 10여 곡
들었다. 이후 부인인 변춘자가 마을 아주머니를 모셔오자, 김남기는 분위기를
띄우느냐고 아라리를 연속해서 6곡을 불렀다.

늙지 말어라 인삼 녹용주 매일 장복 했는데
원수 같은 홍안백발이 머리끝에 왔구나

난 널 안고 너는 날 안고 단둘이 꼭 끈안고(끌어안고)
여산폭포 돌 굴듯이(돌 구르듯이) 달달 굴러보세

오합지상 이합수지지에 오작교 다리를 놓아서
처녀총각 영혼들이 댕기기 좋겠네

가랑비 세우야 내리지 말어
정든 임 오는 길에 풀잎이 젖는다
아리랑 아리랑 아라리오

아리랑 고개고개로 나를 넘겨주게

술 잘 먹는 이태백이 돈 걸머지고 술먹나
일 전 한 푼 벌이가 없어도 매일 백잔 술이지

고구찌(高級, こうきゅう) 탄광에 갱 입구에 휘파람 불지 말어라
꽃 같은 우린님이 쌩과부 되네

예, 요기, 인제, 인제 그 소리는, 고구찌 탄광은 제일 잘나오는 아주, 아주 탄광이야. 탄이 제일 잘나오는 곳.

(조사자 : 제일 좋은 탄이 나오니까?)
예, 좋은 탄이 제일 잘나오는 거 갖다 고구찌라 하는 거야.
그래 고구찌 탄광에 갱 입구에 굴 구녕에(구멍에) 가서 휘파람은 못 불게 해요. 그럼 무너져. 무너진다고 못 불게 해, 전혀 아주. 그러면 탄광이 아니래도, 자연동굴이래도 가서 휘파람 못 불게 해요. 예, 그기 예방적인가 봐요, 아마.
그래서 그런 거가 그런 소리에도 그런 거는, 그 꽃 같은, 그 순간 적에 그 다 무너지면 다 직사하잖아요? 탄광인데.

(조사자 : 그렇죠.)

나무하러 가세 / 말머리 잇는 소리

자료코드 : 03_10_FOS_20090203_KDH_KNG_0012
조사장소 : 강원도 정선군 여량면 여량리 435-3번지 김남기 자택
조사일시 : 2009.2.3
조 사 자 : 강등학, 이영식, 박은영, 유태웅
제 보 자 : 김남기, 남, 73세

청　　중 : 변춘자, 안옥선, 윤씨

구연상황 : 제보자와는 여러 번 만났던 경험이 있어서 조사에는 어려움이 없었다. 오전에
는 제보자부터 여러 편의 이야기를 들었다. 점심은 제보자 집에서 만둣국을
먹으며 술도 몇 잔씩 나눴다. 제보자는 정선아리랑 기능보유자이다. 이에 가
능한 아라리가 아닌 노래를 많이 불러달라고 하여 타령류의 소리를 10여 곡
들었다. 이후 부인인 변춘자가 마을 아주머니를 모셔오자, 김남기는 분위기를
띄우느냐고 아라리를 연속해서 6곡을 불렀다. 아주머니들은 망설이다가 몇
곡 불렀으나 계속 이어지지 못했다. 이에 이 노래를 아느냐고 아주머니들께
물었을 때 제보자가 해 주었다.

뒷집영감 나무하러 가세

배가아파 못가겠네

뭔배 자래배(자라배, 복학)

뭔자래 애미자래

뭔애미 솔애미

뭔솔 탑솔

뭔탑 앤지탑

뭔앤지 코리앤지(고리 앤지)

뭔코리 버들코리

뭔버들 수양버들

뭔수양 대수양

뭔대 왕대

뭔왕 임금왕

뭔임금 나라임금

뭔나라 되나라

뭔되 쌀되

뭔쌀 보리쌀

뭔보리 갈보리

뭔갈 떡갈

뭔떡 개떡

뭔개 새양개(사냥개)

뭔새양 꿩새양

뭔꿩 장꿩

뭔장 보리장

뭔보리 갈보리

아라리 / 가창유희요

자료코드 : 03_10_FOS_20090203_KDH_KNG_0013

조사장소 : 강원도 정선군 여량면 여량리 435-3번지 김남기 자택

조사일시 : 2009.2.3

조 사 자 : 강등학, 이영식, 박은영, 유태웅

제보자 1 : 김남기, 남, 73세

제보자 2 : 변춘자, 여, 69세

청   중 : 안옥선, 윤씨

구연상황 : 김남기와는 여러 번 만났던 경험이 있어서 조사에는 어려움이 없었다. 오전에
는 김남기로부터 여러 편의 이야기를 들었다. 점심은 김남기 집에서 만둣국을
먹으며 술도 몇 잔씩 나눴다. 김남기는 정선아리랑 기능보유자이다. 이에 가
능한 아라리가 아닌 노래를 많이 불러달라고 하여 타령류의 소리를 10여 곡
들었다. 이후 김남기의 부인인 변춘자가 마을 아주머니를 모셔오자, 김남기는
분위기를 띄우느냐고 아라리를 연속해서 6곡을 불렀다. 아주머니들은 망설이
다가 몇 곡 불렀으나 계속 이어지지 못했다. 이에 아라리가 아닌 다른 노래들
을 질문하고 나서 아주머니들께 아라리를 좀 더 부탁하자 총 19곡을 불렀다.
부인인 변춘자가 워낙 아라리를 잘 해 부부가 같이 불러본 경험이 있느냐고
했더니 더러 할 때가 있었다고 했다. 이에 두 분이 주고받기를 부탁하자 이어
서 불렀다.

(조사자 : 두 분이 내외간에 주고받고 하신 적도 있어요?)

더러 할 때가 있긴 있죠.

(조사자 : 그렇게 한번 해보실레요, 좀. 아이 소리를 잘하시니까, 내외간에. 내외간에 한번 주고받고 해보세요. 그리고 저 사모님이 먼저 올려주시면, 여기 선생님이 받아서.)

제보자 2 : 느린 곡으로? 빠른 곡으로?

(조사자 : 네, 느린 곡으로.)

제보자 1 : 뭐든지 받아서 하지 뭐.

제보자 2 : 먼저 해요, 내가 받을 게.

제보자 1 멀구(머루) 다래가 떨어진 거는 꼭지나 있지
　　　　정든 임이 오셨다간 뒤에 자취도 없네

제보자 2 간다는 갈거 자(字)는 당신이 가져가시고
　　　　온다는 올래 자(字)는 내게 두고 가세오

제보자 1 날어가는 외기러기 너도 짝을 잃었나
　　　　임 무덤 안고 통곡하는 내 신세와 같구나

제보자 2 싫으면 말어라 너만이 남자더냐
　　　　산을 넘고 물을 건너면 또 남자 있겠지

(조사자 : 큰일 났다, 이거.)

제보자 1 청룡황룡이 놀던 자리는 비늘이 떨어지는데
　　　　우리 둘이 놀던 자리는 흔적도 없네

제보자 2 서울종로 네거리에 솥 때우는 아저씨
　　　　우리 둘의 정떨어진 거는 때울 수 없나

제보자 1 꽂으는 피나 안피나 정선 화발령이요
　　　　 꺾으나 안 꺾으나 영월고개 길이라

제보자 2 임계봉산에 설레 달탄에(지명) 물색이나 고와
　　　　 양자주 끝고름에(꽃고름에) 사람 환장하겠네

제보자 1 담배꼬가리 떨어진 거는 분사로나 때우지
　　　　 우리 둘이 정떨어진 거는 뭘루나 때우나

제보자 2 노랑저고리 진분홍치마를 받고 싶어 받었나
　　　　 우리 부모 말 한마디에 울민불면(울며불며) 받었지

제보자 1 수수밭 삼밭터 다지나 놓고
　　　　 빽빽한 잔디밭에서 왜 이다시(이다지) 졸러

제보자 2 강릉경포대 삼척죽설로(죽서루) 너나 잘있거라
　　　　 일본가는 연락선에다 몸 실어 놨네

제보자 1 봄바람은 살랑살랑 싸리눈(싸리나무의 눈)이 튀는데
　　　　 내 마음은 싱숭생숭 갈 곳이 없네

제보자 2 아침저녁에 조르고 졸라도 말아니들른(말 아니 듣는) 총각아
　　　　 비가오고 천둥을 치거든 문밖출입을 말어라

제보자 1 육칠월 삼복더위에 모달리수건(毛달리수건, 융으로 만든 수건)은
　　　　 왜썼나
　　　　 정든 낭군 오고갈 적에 잠자리 할라구 썼지

제보자 2 왜 생겼나 왜 생겼나 내가 왜 생겼나
　　　　 남의 눈에 못이 되도록 내가 왜 생겼나

제보자 1 산옥이(전산옥을 가리킴) 팔으는(팔은) 객주 집 베개요
　　　　볼근네(볼 건너) 입술은 놀이터 술잔 일세

제보자 2 우리 둘의 연애는 솔방울연앤지
　　　　바람만 살랑 불어도 똑 떨어지네

제보자 1 한 시간 두 시간 가는 시계도 해달을 데리고 가는데
　　　　말 잘하는 그대 당신은 왜날 데리고 못가나

제보자 2 해도 가고 달도 가고 월순이도 가는데
　　　　그대 당신은 누구를 볼라고 뒤쳐져있나

제보자 1 둥둥재 말랑(마루)에 둥둥재 말랑에 신배나무 심어서
　　　　오고가는 많은 사람들 정자나무 합시다

제보자 2 당신이 내속 썪는 걸 고다시도(그다지도) 모르거든
　　　　앞 남산 봄눈 썪는 걸 건너다 보게

제보자 1 술으는 육백넉 잔에 십이 원 팔 전 하여도
　　　　쥔아주머니 한잔 못주구 내 다 마셨구나

제보자 2 내손으로도 못 짜고 남의 손 빌려짠 상투를
　　　　개구멍 들랑거리다 다 풀어졌네

아라리 / 가창유희요

자료코드 : 03_10_FOS_20090203_KDH_KNG_0014
조사장소 : 강원도 정선군 여량면 여량리 435-3번지 김남기 자택
조사일시 : 2009.2.3

조 사 자 : 강등학, 이영식, 박은영, 유태웅
제 보 자 : 김남기, 남, 73세
청   중 : 변춘자, 안옥선, 윤씨
구연상황 : 오전에는 김남기로부터 여러 편의 이야기를 들었다. 점심은 김남기 집에서 만
        둣국을 먹으며 술도 몇 잔씩 나눴다. 김남기는 정선아리랑 기능보유자이다.
        이에 처음에는 가능한 아라리가 아닌 노래를 많이 불러달라고 하여 타령류의
        소리를 10여 곡 들었다. 이후 김남기의 부인인 변춘자가 마을 아주머니를 모
        셔오자, 김남기는 분위기를 띄우느냐고 아라리를 연속해서 6곡을 불렀다. 아
        주머니들은 망설이다가 몇 곡 불렀으나 계속 이어지지 못했다. 이에 아라리가
        아닌 다른 노래들을 질문하고 나서 아주머니들께 아라리를 좀 더 부탁하자
        총 19곡을 불렀다. 이어서 조사자의 부탁으로 김남기와 변춘자 부부가 24곡
        의 아라리를 주고받았다. 마지막에 변춘자가 약간 외설스러운 내용의 사설을
        구사하자 아라리에 그런 게 많다고 설명을 한 후 몇 곡을 불렀다.

둥둥재(두리봉에 있는 고개) 말랑에(마루에) 둥둥재 말랑에 좁씨
서 되를 뿌렸떠니
꺼떡새가 다 빨어먹구서 빈 좃대만 남었네

올감재(올감자, 철이 이르게 되는 감자) 붉은 색은 제색이 나고
냄비 안에 총각김치가 제멋이 나네

(청중 : 예측을 알궈주니(가르쳐주니) 그렇지, 그냥 그러면 모르지 뭐.)
몰러요. 그래고 뭐가 남었더라?
(조사자 : 양다리.)

양다리 밑에다 경찰서를 짓고
나까오리 중잘모자가(중절모자가) 들락날락하네

(조사자 : 올감자 한번만 다시 하세요! 중간에 조금.)

올감재 붉은 색은 제멋이 나고
냄비 안에 총각김치가 제멋이 나네

(청중 : 그냥 그렇게 소리만 해노면 모르지. 뜻을 알고 하는데 모르지 뭐 뭐 그기.)

그래 소리 하는 놈이나 알지 몰라요. 지나가면 몰라. 근데 그기 소리가, 우리가 이렇게, 내가 댕기면서 해 보니까, 진짜 좋은 거 그런 건전한 그런 것도 많고, 뭐 그런 것도 있더라고.

천자문을 배워가지고 선비훈장이 되겠나
공곤핸(군색한) 살림살이에 도움이 되자고 배웠지

이런 거, 네.

자진 아라리 / 모심는 소리

자료코드 : 03_10_FOS_20090203_KDH_KNG_0015
조사장소 : 강원도 정선군 여량면 여량리 435-3번지 김남기 자택
조사일시 : 2009.2.3
조 사 자 : 강등학, 이영식, 박은영, 유태웅
제 보 자 : 김남기, 남, 73세
청   중 : 변춘자, 안옥선, 윤씨
구연상황 : 오전에는 김남기로부터 여러 편의 이야기를 들었다. 점심은 김남기 집에서 만 둣국을 먹으며 술도 몇 잔씩 나눴다. 김남기는 정선아리랑 기능보유자이다. 이에 처음에는 가능한 아라리가 아닌 노래를 많이 불러달라고 하여 타령류의 소리를 10여 곡 들었다. 이후 김남기의 부인인 변춘자가 마을 아주머니를 모 셔오자, 김남기는 분위기를 띄우느냐고 아라리를 연속해서 6곡을 불렀다. 아 주머니들은 망설이다가 몇 곡 불렀으나 계속 이어지지 못했다. 이후 제보자와 부인인 변춘자가 함께 많은 노래를 부른 후 모심는 소리를 부탁했다.

(조사자 : 여기 그 전번에, 아까 논 조금 있었다니까, 여량 쪽에. 모심을 때 하던 소리를 조금, 옆에서 직접 하셨든 안 하셨든 기억나시는 게 있습 니까?)

소리는 그전엔 뭐 마카 그런 것도 그래요.
모를 심으면,

　　심어 주게

이렇게 가고, 밭을 매면,

　　매여 주게 매여 주게 김매여 주게

이렇게 하는 사람도 있고,

　　매여 주게 매여 주게 김매여 주게
　　오늘날 못 다 매는 김 다 매여 주게

이런 게, 그 미나리조로 그렇게 인제. 그 오독떼기조로 가는.
(조사자 : 아까 심어주게 심어주게 소리 다시 한번 해 보세요.)

　　심어 주게 심어 주게 심어를 주게
　　오졸졸 줄모류(줄모로) 심어를 주게

(조사자 : 여기서 그 소리는 뭔 소리라고 해요?) 네? (조사자 : 소리 이름을?) 그냥 오독떼기라고 하는데. (조사자 : 여기서 그걸 오독떼기라고, 응.) 뭐 그냥 저런 데서 하는 것처럼은 그 일테믄 진품은 아니겠지.
예, 그럴 때, 논고지가 아니니까 예.
(조사자 : 논고지에서 하는 거라구요? 어.) 눈고지서 하는 데 그렇게.
(청중 : 그거는 모 심으면서, 모를 이래 줄루 척척 심잖아? 그러니까 그래하는 소리야.)

허영차 소리 / 목도하는 소리

자료코드 : 03_10_FOS_20090203_KDH_KNG_0016
조사장소 : 강원도 정선군 여량면 여량리 435-3번지 김남기 자택
조사일시 : 2009.2.3
조 사 자 : 강등학, 이영식, 박은영, 유태웅
제 보 자 : 김남기, 남, 73세
청   중 : 변춘자, 안옥선, 윤씨
구연상황 : 오전에는 김남기로부터 여러 편의 이야기를 들었다. 점심은 김남기 집에서 만
둣국을 먹으며 술도 몇 잔씩 나눴다. 김남기는 정선아리랑 기능보유자이다.
이에 처음에는 가능한 아라리가 아닌 노래를 많이 불러달라고 하여 타령류의
소리를 10여 곡 들었다. 이후 김남기의 부인인 변춘자가 마을 아주머니를 모
셔오자, 김남기는 분위기를 띄우느냐고 아라리를 연속해서 6곡을 불렀다. 아
주머니들은 망설이다가 몇 곡 불렀으나 계속 이어지지 못했다. 이에 아라리가
아닌 다른 노래들을 질문하고 나서 아주머니들께 아라리를 좀 더 부탁하자
총 19곡을 불렀다. 이후 제보자와 부인인 변춘자가 함께 많은 노래를 부른
후 여타 노래를 부탁했다.

허잉차저허이
차저허이
하이정차 하이정
하이정 하이정
하이저항 하이저
하이저~항 하이저항
하이조 하이저차
허아 하이장 하이조
하이저~항 하이정
하이조 하이저차
허아 하이앙 하이조
하이저어항 하이저어항

하이조 하이여차 허아
　　　여 놓고~이

이렇게 인제 가는데, 그기 그 거들방치를 할 때는 그렇게 같이를 해줘
야 되거든. 근데 그거를 그러면 억부러(일부러) 들고, 들으러 가고 싶어요.
(조사자 : 천천하실 땐 어떻게 하세요?)
그럼, 천천히 하는 건.

　　　하이정 하이정
　　　하이저어엉 하이정
　　　하이조엉 하이저차 하

이렇게 가지.
(조사자 : 처음에 일어나실 때 어떻게 일어나셨죠? 아까?)

　　　홍 차저~허이

이렇게.

　　　홍 홍 차저~허이
　　　차저~허이

그럼 또 뒤에도 또 역시 그래믄.

　　　차저~허이

이거 이래믄 다 이래 뜨구 일러섰잖아?(일어섰잖아) 넷 다 똑같이.
목두는(목도는) 이래 지가우지면(기울어지면) 모가지 당장 빼겨져(벗겨
져) 버려. (조사자 : 그렇죠.) 그러면

　　　허이정차

앞에서 매겨야지.

둘이, 둘이 같이.

허이정차 허이저엉

허이저엉 허이저

허이정 허이저

하이저~엉 허이정

하이정 하이자 하

이렇게.

(조사자 : 내릴 땐 어떻게 내리십니까?)

여 놓고 이

했잖아, 내가 아까.

일세이(일시에) 너이 볶아 놓는 거야.

(조사자 : 너 놓고요?)

여 놓고 이

(조사자 : 아 여기 여 놓고!)

여 놓고 이

영차 소리 / 나무 끄는 소리

자료코드 : 03_10_FOS_20090203_KDH_KNG_0017
조사장소 : 강원도 정선군 여량면 여량리 435-3번지 김남기 자택
조사일시 : 2009.2.3

조 사 자 : 강등학, 이영식, 박은영, 유태웅
제 보 자 : 김남기, 남, 73세
청　　중 : 변춘자, 안옥선, 윤씨
구연상황 : 오전에는 김남기로부터 여러 편의 이야기를 들었다. 점심은 김남기 집에서 만
　　　　　둣국을 먹으며 술도 몇 잔씩 나눴다. 김남기는 정선아리랑 기능보유자이다.
　　　　　이에 처음에는 가능한 아라리가 아닌 노래를 많이 불러달라고 하여 타령류의
　　　　　소리를 10여 곡 들었다. 이후 김남기의 부인인 변춘자가 마을 아주머니를 모
　　　　　셔오자, 김남기는 분위기를 띄우느냐고 아라리를 연속해서 6곡을 불렀다. 아
　　　　　주머니들은 망설이다가 몇 곡 불렀으나 계속 이어지지 못했다. 이에 아라리가
　　　　　아닌 다른 노래들을 질문하고 나서 아주머니들께 아라리를 좀 더 부탁하자
　　　　　총 19곡을 불렀다. 이후 제보자와 부인인 변춘자가 함께 많은 노래를 부른
　　　　　후 여타 노래를 부탁했다.

　(조사자 : 그러면 산에서 나무를 베면은, 벤 나무를 인제 밑으로 끄집어
내릴 거 아니에요?) 예. (조사자 : 그러면 아까 지렛대를 이용해서 밑으로
이렇게 떨어트리고?) 예. (조사자 : 그러면,) 그것도 여러 가지래요.
　산떨이라는 게 있고, 산떨이는 인제 속갑 속에서 있는 걸 다 봐아가지
고 이렇게, 이렇게 막 쳐내리는 거고.
　그레고 또 이래 내려오면은, 예를 들어서 여기서 여량까지 나무가 가야
되는데, 종고를 여량가서 해야 되는데, 여기선 산에선 내려야 되잖아? 그
러면 요렇게 통을 짜요, 통을.
　밑에다가 찝게발을 이렇게 해서 고기 대가지고는 통을, 남굴 이렇게 놓
고는 남굴 이렇게 깔어. 깔고는 거기다가, 옆에다가 질이로(길이로) 또 놔
요. 이렇게 된데다 통을 짜. 시방으로 말하면. (조사자 : 미끄럼틀! 애들 놀
듯이 그런 식으로.) 예, 그렇게 이렇게 놔요.
　그런데 치누면 안, 저 이걸 치 놔야지 내려놓으면 안 돼. 내려놓으면
글기, 이 글게 가서 내려오는 나무가 탁 받아 트려서 안 돼. 그러면 여기
서 이렇게, 이렇게 치 놔. 치 놔요.
　그러면 꼭대기 가서 이 양쪽에다 요렇게, 요렇게 통을 짜는 기 요렇게

짜요. 그러면 이 뒤에다 남굴 대고 이렇게 짜서 여량까지 내려가게 요렇게 놓고는 이 밑에다가, 밑에가 요렇게. 앝으면 고 위에 쪼금 놓고, 고 위에 쪼금 놓고, 고 위에 쪼금 놓고 요렇게 놓거든. 그러면 이렇게 짜들배이가 지잖아! 그러면 여다가, 꼭대기서 물을 좀 치고, 남굴 여다 떠놓으면 그냥 싱잉 하고 바닥에 가 뚝 떨어지지.

예 그렇게 해서 내려요. 그걸 가지고 '통짰다' 그러는데,

(조사자 : 통짠다!)

예, 나무 통짠다 그래요. 그래가지고 그걸 이제 다 해서 내려가지고는,

(조사자 : 그러면 우선은 나무를 틀, 통짠 거에다가 갖다 놀려면, 놀 때 아까 이 저 지렛대로 하는 거예요?)

아니죠, 그건 이제 산떨임이 할 때 그러고 갖다 놓을 때는 인제 도비트로(도비 틀로) 탁 찍어서 거다 놓으믄. (조사자 : 아 찍어서. 그러면 그때는 소리 안 하세요.) 뭐

　　　　영차 영차 영차 할 적에 영차

이러미 찍어서 넣지. 그러면 우에서도, 그게 소리가 맞아야 남의 발등을 안 찍지.

그러면 영차 할 때에 앞에서 찍어서 그러면 뒤에서 또 영차 하미 찍어서 주구. 그럼 연달아 나무가 연달아 내려오죠. 영차 할 적에 영차 이렇게.

그것도 딱딱 맞춰야 그기. 찍어서 널 때 이것도 저거 하는.

(조사자 : 그러면 소리 하는 사람은 바로 집어넣는 사람이에요? 영차 이런 식으로?) 예,

영차 영차 할 적에 영차

하미 탁 찍어서 넣으면 그냥 쑥 내려가고 내려가고.

(조사자 : 그러면 또 다른 사람이 영차 하면서 잡아서 또 집어넣고.)

예.

(조사자 : 아, 주고받고 하는 거예요?)

영차 하면은 여까지밖에 안 내려왔잖아? 그러면 영차 할 적에 영차 하미 탁 찍어서 넣으면 통으로 쏙 들어가고, 뒤엔 놈은 찍어서 여다 갖다놓는 거야.

(조사자 : 소리는 앞에 있는 사람아 하는 건가요?)

앞뒤에서 해야지. 그래야 그기, 앞뒤에서 여럿이 해야 그게 맞지.

(조사자 : 나무 큰 거를 한 사람이 찍어서 올릴 수 있나요?)

예, 같이, 그럴 때 여러이 같이 하고.

(조사자 : 그래가지고 그것이 미끄럼틀 타고 다 끝까지 내려오면.)

그럼 종고를 해야지.

(조사자 : 예, 종고라 그래요.)

그럼 목도를 해야지, 아까

(조사자 : 그 종고가 목도예요?)

(조사자 : 아, 그래 물에 빠지면 아까 소리 잘하는 사람이, 아니 수여 잘하는 사람이 끄집어 올려놓고?)

그건 적심이고, 적심, 적심이라고 그건 물에서, 물로 내려와 가지고. 예를 들어서 임계서, 임계 중봉산서 산판을 했는데, 그러면 여까지 오자면 차두 없구 와야 되잖어? 그러면 물에, 물에다 막 잡아넣는 거야. 그러면 물로다 떠내려 오는 거야 나무가. 적심하는 거야. 그러면 떠내려 와가지고 여량 어디에 와가지고 껀제는 사람이 있어야지. 그렇지 않으면 정선으로 달아나지 뭐.

그러니까 거기서 서서 몇 사람이 서서 나무통이 떠내려 오는 쪽쪽이 껀져서 자꾸 제치믄, 거서는 목도를 해 가지고 종고를 하고. 그래 종골 해 났다가 대수가 져서 나가면 떼를 매가지고 이제 가는 거지.

(조사자 : 아, 이제 대개 알겠네.)

그래서 가는 과정도.

(청중 : 옛날엔 떼를 매가지고. 서울로 내려가지.)

가는 과정도 그래서.

(청중 : 차가 없으니까.)

(청중 : 서울로 내려가지.)

일자나 한 자 들고 보니 / 숫자풀이 하는 소리

자료코드 : 03_10_FOS_20090203_KDH_KNG_0018
조사장소 : 강원도 정선군 여량면 여량리 435-3번지 김남기 자택
조사일시 : 2009.2.3
조 사 자 : 강등학, 이영식, 박은영, 유태웅
제 보 자 : 김남기, 남, 73세
청   중 : 변춘자, 안옥선, 윤씨
구연상황 : 오전에는 김남기로부터 여러 편의 이야기를 들었다. 점심은 김남기 집에서 만
둣국을 먹으며 술도 몇 잔씩 나눴다. 김남기는 정선아리랑 기능보유자이다.
이에 처음에는 가능한 아라리가 아닌 노래를 많이 불러달라고 하여 타령류의
소리를 10여 곡 들었다. 이후 김남기의 부인인 변춘자가 마을 아주머니를 모
셔오자, 김남기는 분위기를 띄우느냐고 아라리를 연속해서 6곡을 불렀다. 아
주머니들은 망설이다가 몇 곡 불렀으나 계속 이어지지 못했다. 이에 아라리가
아닌 다른 노래들을 질문하고 나서 아주머니들께 아라리를 좀 더 부탁하자
총 19곡을 불렀다. 이후 제보자와 부인인 변춘자가 함께 많은 노래를 부른
후 여타 노래를 부탁했다.

아이 뭐, 뭐 할 게 있으면 더하믄 해드리지.

(조사자 : 각설이타령을 한번 하셔야겠다.)

각설이타령? 각설이타령은 난 옛날 거밖에 몰라.

(조사자 : 옛날 거가 더 좋죠.)

일자 한 자나 들구 보니 일이칭칭 야삼경 밤중 샛빌이(샛별이) 뚜
렷하다

이자나 한 자나 들구나 보니 이전에 죽은 왕장군 팔도 기상이(기
생이) 춤을 추네

삼자 한 자나 들구나 봐라 삼칭거리 노촛대에 젯상방으로 돌어든다

사자나 한 자나 들구나 보니 사신의 행채 두행채 행채 중에는 으
른이요(어른이요) 증심참(점심참)이나 늦어간다

오자나 한 자나 들구나 보니 오관도사는 관운장 제갈이 선생 찾
어간다

육자나 한 자 들구나 보니 육이오사변에 집 태우고 천막 생활이
웬말인가

칠자나 한 자 들구나 보니 칠년대한의 가문 날에 만수산에 비가
지니(비가 오니) 만인간이 웃음일세

구자 한 자나 들구나 보니 군인 간 지 삼년 만에 무등병으루 제대
로다

장자 한 자나 들구나 보니 장한 수풀에 범들었네 그 범 한 마리
못잡고

이 골목에도 이 골물에도 이 골목에도 꽈다당탕 저 골목에도 꽈
다당탕

그 범 한 마리 못잡고 코풀었다 흥애장 박박 긁어라(긁어라) 조개장

엮음 아라리 / 가창유희요

자료코드 : 03_10_FOS_20090203_KDH_KNG_0019
조사장소 : 강원도 정선군 여량면 여량리 435-3번지 김남기 자택
조사일시 : 2009.2.3

조 사 자 : 강등학, 이영식, 박은영, 유태웅
제 보 자 : 김남기, 남, 73세
청   중 : 변춘자, 안옥선, 윤씨
구연상황 : 오전에는 김남기로부터 여러 편의 이야기를 들었다. 점심은 김남기 집에서 만
둣국을 먹으며 술도 몇 잔씩 나눴다. 김남기는 정선아리랑 기능보유자이다.
이에 처음에는 가능한 아라리가 아닌 노래를 많이 불러달라고 하여 타령류의
소리를 10여 곡 들었다. 이후 김남기의 부인인 변춘자가 마을 아주머니를 모
셔오자, 김남기는 분위기를 띄우느냐고 아라리를 연속해서 6곡을 불렀다. 아
주머니들은 망설이다가 몇 곡 불렀으나 계속 이어지지 못했다. 이에 아라리가
아닌 다른 노래들을 질문하고 나서 아주머니들께 아라리를 좀 더 부탁하자
총 19곡을 불렀다. 이후 제보자와 부인인 변춘자가 함께 많은 노래를 부른
후 여타 노래를 부탁했다. '발른산 대철쭉은'의 경우 '엮음 아라리'는 아니지
만 이 노래도 제보자가 지은 것으로 '엮음 아라리'를 부르며 함께 불렀기에
같이 정리하였다.

(조사자 : 오늘 선생님 소리하신 가운데 엮음을 안 했다.)

엮음을 내가 저거를 한마디 해드릴까?

(조사자 : 네, 엮음 몇 마디만 들려주세요. 엮음을 안 넣고.)

젠(지은) 엮음을 해야 되겠다. (조사자 : 젠 엮음?) 내가. (조사자 : 아, 지
은 거.) 작사 작곡 한 거.

(조사자 : 예 예 예, 엮음 지은 거로 해주세요.)

지은 걸 뭘 하느냐 하면, 아께도 내 얘기 했잖아요. 팔도 저런 데를 그
뭐야, 뭐라 할까?

우리가 금강산 내놓고는, 금강산도 강원도 땅이지만 북한에 있기 때문
에 거 거는 못가고, 맘대로 드가는 건, 드갈 때 드가야지 맘대로 못가고.

그래고는 인제 태백산이, 그 낭맥으로 내려와선 태백산이 제일 큰 산이
잖아요? 그래서 인제 댕기미 명승지만 댕겨본 거, 내가. 이제 딱 했거던.
그래 그걸 젠는데

태백산은 으뜸이요 소백산은 국립고원(공원) 오대산은 월정사 노치

산은(노추산은) 이성계 사재산은 오장폭포 석병사는 일월문 중공 산은 장창성 고양산은 대철쭉 두루 살펴봤는데
임계 구미정 송천 아우라지 안 볼 수 있나

고거 한마디 쟀고 (예예) 한 마디가 또 뭘 했냐믄,

십리 밖에 심나무 십리 안에 오리나무 칼루 찔러 피나무야 꼭꼭 찔러 찔레나무 이편저편 양편나무 달 가운테(가운데) 계수나무 향기 나는 동박나무(동백나무) 동박을 따가지구 작개틀(기름틀)에 짤끈 짜서
머리에 살짝 바르고 정든 님 오시기만 기달려보세(기다려보세)

반륜산 대철쭉은 날과 인연이 되어서
천연기념물 이름을 떨치구 우뚝이 섰네

춘향아 춘향아 / 춤추게 하는 소리

자료코드 : 03_10_FOS_20090203_KDH_KNG_0020
조사장소 : 강원도 정선군 여량면 여량리 435-3번지 김남기 자택
조사일시 : 2009.2.3
조 사 자 : 강등학, 이영식, 박은영, 유태웅
제 보 자 : 김남기, 남, 73세
청   중 : 변춘자, 안옥선, 윤씨
구연상황 : 오전에는 김남기로부터 여러 편의 이야기를 들었다. 점심은 김남기 집에서 만 둣국을 먹으며 술도 몇 잔씩 나눴다. 김남기는 정선아리랑 기능보유자이다. 이에 처음에는 가능한 아라리가 아닌 노래를 많이 불러달라고 하여 타령류의 소리를 10여 곡 들었다. 이후 김남기의 부인인 변춘자가 마을 아주머니를 모셔오자, 김남기는 분위기를 띄우느냐고 아라리를 연속해서 6곡을 불렀다. 아주머니들은 망설이다가 몇 곡 불렀으나 계속 이어지지 못했다. 이에 조사자가 아라리가 아닌 다른 노래들을 질문하자 이런 노래도 모르냐며 불렀다.

춘향아 춘향아

남원읍의 성춘향이

나으는(나이는) 십팔 세

생일은 사월초파일날인데

경치 좋고 자리 좋고

춤도 추고 놀아봅시다

춘향아 춘향아 / 춤추게 하는 소리

자료코드 : 03_10_FOS_20090204_KDH_KOY_0001
조사장소 : 강원도 정선군 여량면 봉정리 111번지 봉정리경로당
조사일시 : 2009.2.4
조 사 자 : 강등학, 이영식, 박은영, 유태웅
제 보 자 : 김옥녀, 여, 64세
구연상황 : 이옥자가 '새야 새야'를 부른 것이 계기가 되어 조사자들이 어릴 적 놀면서
부르던 노래가 없었는지를 물어보았다. '춘향아 춘향아'를 떠올린 제보자들이
놀이에 대한 이야기를 나누다가 이옥자가 노래를 불렀다. 신이 내리면 두 사
람이 일어나 춤을 췄다고 한다.

춘향아 춘향아

물 좋고 자리 좋은데

놀다가 갑시다

춘향아 춘향아

물 좋고 자리 좋은데

놀다가 갑시다

(청중 : 그러면 춤을 춰. 대가 막 내리미.)

아침방아 찧어라 / 메뚜기 부리는 소리

자료코드 : 03_10_FOS_20090204_KDH_KOY_0002
조사장소 : 강원도 정선군 여량면 봉정리 111번지 봉정리경로당
조사일시 : 2009.2.4
조 사 자 : 강등학, 이영식, 박은영, 유태웅
제 보 자 : 김옥녀, 여, 64세
구연상황 : 어릴 적 부르던 노래로 화제가 옮아가면서 조사자가 메뚜기나 방아깨비를 부
리며 부리던 소리가 없었냐고 질문을 했다. 메뚜기를 잡아서 구워 먹던 이야
기를 하던 중 김옥녀가 노래를 불렀다. 이 노래를 부르면 메뚜기가 껌벅껌벅
하였다고 한다.

아침방아 째라(찧어라)
아침해 주마
저녁방아 째라
저녁해 주마
방아방아 째라
자꾸자꾸 째라

풀풀 풀무야 / 널뛰기 하는 소리

자료코드 : 03_10_FOS_20090204_KDH_KOY_0003
조사장소 : 강원도 정선군 여량면 봉정리 111번지 봉정리경로당
조사일시 : 2009.2.4
조 사 자 : 강등학, 이영식, 박은영, 유태웅
제 보 자 : 김옥녀, 여, 64세
구연상황 : 널뛰기하면서 부르던 소리가 없었느냐는 조사자의 질문에 '풀무 소리'를 떠올
렸다. 노래는 부르는 이는 널의 가운데에 서서 넘어지지 않도록 이 쪽 저 쪽
을 딛으며 이 노래를 불렀다고 한다. 최인식은 널 가운데 서 있는 흉내를 내
며 노래를 부른 후, 옆에서 자꾸 거드는 김옥녀에게도 이 노래를 불러줄 것을
청하자, 김옥녀가 약간 사설을 달리하여 노래를 불러주었다.

풀풀 풀미야

이쪽 딛고 저쪽 딛고

잘 딛어 줘라

풀풀 풀미야

든든히 딛어라

이렇게 하죠 뭐. 하하하.

엮음 아라리 / 가창유희요

자료코드 : 03_10_FOS_20090204_KDH_KJK_0001
조사장소 : 강원도 정선군 여량면 봉정리경로당
조사일시 : 2009.2.4
조 사 자 : 강등학, 이영식, 박은영, 유태웅
제보자 1 : 김종권, 남, 70세
제보자 2 : 윤광열, 남, 74세
청   중 : 장석배 외 8인
구연상황 : 상여소리를 마친 후, 판의 분위기가 한껏 무르익었다. 조사자가 봉정리의 아
라리 듣고 싶다고 청하자, 장석배가 먼저 노래를 부를 터이니 나머지 사람
들이 받으라고 했다. 술이 몇 잔씩 돌은 뒤라 다들 쉽게 노래를 이어갔다. 돌
아가면서 아라리를 한 수씩 부른 후 제보자 조사를 잠깐 했다. 이어서 상여에
관한 이런저런 이야기를 나누다가 연춧대 이야기가 나오자 김종권이 그 사설
이 들어가는 엮음 아라리를 떠올렸다.

제보자 1 니 칠자나 내 팔자나 아차 한번 죽어지면 전나무 데까리 잣나무
연춧대 너호넘차 발맞추자 공동묘지 한복판에 홍개칠성 깔구 덮
구 척 늘어지면 어느 친구가 날 찾아오겠나

(조사자 : 네. 또 하나 해주시죠. 삼세번이니 세 번은 해 주셔야지.)

제보자 1 한 개 꾼거이 뭐 우떠. 하하하.

니 칠자나 내 팔자나 따뜻한 아랫목에 이불담요 깔고 덮고 잠자
보기는 오초강산일러니 장석자리 마틀마틀 깊은 경 드세

제보자 2 우리집에 서방님은 잘났던지 못났던지 얽어매고 찍어매고 장치다
리 곰배팔에 노가지나무 지게 우에 열무

(청중 : 엽전 석냥.)
(제보자 2 : 열무 짐치.)
(청중 : 엽전 석냥 걸머지고.)

제보자 1 엽전 석냥 걸머지고.
엽전 석냥 걸머쥐고 강릉 삼척에 소금 사러 가셨는데
백봉령 구비구비 부디 잘 다녀 오서요

나무여 소리 / 출상하는 소리

자료코드 : 03_10_FOS_20090204_KDH_KJK_0001_s01
조사장소 : 강원도 정선군 여량면 봉정리 111번지 봉정리경로당
조사일시 : 2009.2.4
조 사 자 : 강등학, 이영식, 박은영, 유태웅
제보자 1 : 김종권, 남, 70세(선소리)
제보자 2 : 박종복, 남, 76세(받는소리)
제보자 3 : 장봉규, 남, 78세(받는소리)
제보자 4 : 장석배, 남, 62세(받는소리)
구연상황 : 마을에서 내려오는 전설을 이야기하면서 판이 무르익을 즈음, 조사자들이 준
비한 술과 과자를 내놓았다. 술이 한 잔씩 돌면서 자연스럽게 마을의 장례문
화에 대한 이야기가 제보자들로부터 나왔다. 김종권에게 '운상하는 소리'를
청하였으나 처음에는 문서가 없어 할 수 없다며 마다하다가, 주변의 강권에

부르기 시작했다. 앞소리는 김종권이 부르고 뒷소리는 마을 주민들이 받았다.

나무여

꼬시레

세상천지 만물중에

꼬시레

사람에서 또있는가

나무여 미래타불

이세상에 나온사람

나무여 어달호

뉘덕으로 생겼는가

나무여

어머니전 살을빌어

나무여

아버님전 뼈를타고

나무여

석가여래 재수하야

나무여

칠성님께 명을빌어

나무여

인생일전 탄생하니

나무여

한두살엔 철을몰라

나무여

부모은공 갚을손가

나무여

인간칠십 고래희라

나무여

없던망령 절로나네

나무여

눈어둡고 귀먹으니

나무여

망령이라 흉을보며

나무여

구석구석 웃는모냥

나무여

애통하고 절통하네

나무여

달구 소리 / 묘 다지는 소리

자료코드 : 03_10_FOS_20090204_KDH_KJK_0002_s03

조사장소 : 강원도 정선군 여량면 봉정리 111번지 봉정리경로당

조사일시 : 2009.2.4

조 사 자 : 강등학, 이영식, 박은영, 유태웅

제보자 1 : 김종권, 남, 70세(선소리)

제보자 2 : 박종복, 남, 76세(받는소리)

제보자 3 : 장봉규, 남, 78세(받는소리)

제보자 4 : 장석배, 남, 62세(받는소리)

구연상황 : 마을에서 내려오는 전설을 이야기하면서 판이 무르익을 즈음, 조사자들이 준
비한 술과 과자를 내놓았다. 술이 한 잔씩 돌면서 자연스럽게 마을의 장례문
화에 대한 이야기가 제보자들로부터 나왔다. 주민들의 강권으로 김종권이 '출
상하는 소리'를 부른 후, 이어서 '운상하는 소리' 불러주기를 원했으나 역시
나 김종권은 문서가 없다며 노래 부르기를 오랫동안 거부하였다. 술이 몇 잔

돌고 주민들이 노래 부르기를 강하게 원하자, 마지못해 노래를 부르기 시작했다. 뒷소리는 마을 주민들이 받았다.

에헤루 달회
꼬시레

제보자 1 : 꼬시레는 그만 뭐.
제보자 2 : 아이 그게 있어, 이 양반이 하는 게 그 소리래. 쫙 펴.

천재천재 부나무에
에헤루 달회
삼남하서 일어나니
에헤루 달회
이세상에 나온사람
에헤루 달회
뉘덕으로 생겼는고
에헤루 달회
아버님전 뼈를타고
에헤루 달회
어머님전 살을빌어
에헤루 달회
석가여래 재수하야
에헤루 달회
칠성님전 명을빌어
에헤루 달회
인생일전 탄생하니
에헤루 달회

한두살에는 철을몰라

　　　에헤루 달회

　　　부모은공을 못갚다가

　　　에헤루 달회

　　　인간칠십 고래희라

　　　에헤루 달회

　　　없던망령이 절로난다

　　　에헤루 달회

고만 해요.

제보자 2 : 오조밭에 왜 안 해.?

제보자 1 : 오조밭에 새들었다.

(조사자 : 마지막에 어떻게 하세요? 마지막 한번 다시! 마지막만.)

제보자 2 : 한두 개만하고 마저 마쳐.

제보자 1 : 한 거 또 해도 돼요?

제보자 2 : 두 번씩만 하고 오조밭에 하란 말이여. 자. 다시

(조사자 : 예, 한 두어 개 하고 끝마무리를 깔끔하게.)

제보자 2 : 한 두 번 다지고 오조밭에 새들었네. 시작. 아무 거라도 집
어 넣어.

(조사자 : 달 밝은데 임 보고싶다든지, 뭐 생각난다든지 아무 소리나
뭐.)

　　　여보시오 계원님들

　　　에헤루 달회

　　　다리아프고 숨도차니

　　　에헤루 달회

잠깐쉬었다 다음에닫고

에헤루 달회

오조밭에 새들었다

워이

어호넘차 소리 / 운상하는 소리

자료코드 : 03_10_FOS_20090204_KDH_KJK_0003_s02
조사장소 : 강원도 정선군 여량면 봉정리 111번지 봉정리경로당
조사일시 : 2009.2.4
조 사 자 : 강등학, 이영식, 박은영, 유태웅
제보자 1 : 김종권, 남, 70세(선소리)
제보자 2 : 박종복, 남, 76세(받는소리)
제보자 3 : 장봉규, 남, 78세(받는소리)
제보자 4 : 장석배, 남, 62세(받는소리)
구연상황 : '출상하는 소리'와 '달구 소리'를 부르면서 자연스럽게 '회다지하는 소리'로
화제가 넘어갔다. 회다지 하는 방법에 대해 조사자가 질문을 하자 제보자들이
와자지껄하게 이야기를 풀어내었다. 그러다 '어호넘차 소리'가 빠졌다고 조사
자가 환기를 시키자, 장석배가 편을 나누어 노래를 부르겠노라 먼저 제안했
다. 앞소리는 김종권이, 뒷소리는 마을사람들이 받았다. 이미 앞서 노래를 한
탓인지, 이번에 김종권은 별 거부 의사 없이 소리를 했다.

저승길이 멀다드니

나무여 미러

대문밖이 저승일세

나무여

어제 오늘 성튼 몸이

나무여

저녁나절 병이 들어

나무여

삼삼하고 약한 몸에

나무여

태산같은 병이 드니

나무여

찾느라니 냉수이고

나무여

부르나니 어머니라

나무여

너호너호 너기넘차너호

너호너호 너기넘차너호

너호너호 너기넘차너호

너호너호 너기넘차너호

너호너호 너기넘차너호

너호너호 너기넘차너호

너호너호 너기넘차너호

그만해. 뭘 자꾸 해

제보자 2 : 놓고 해야지. 아 마무리를 놓고.

제보자 1 : 어 놓고.

(조사자 : 한 두어 번 왔다갔다 한 다음에 마무리를 놓고 해야지.)

제보자 4 : 놓고 해야지 참나.

(조사자 : 끝이 중요해 끝이.)

제보자 4 : 그래야 여기 연결되지 자 세 번만 더하고.

(조사자 : 네. 맞아 마무리를 잘해야 돼.)

제보자 4 : 마무릴 잘해야 돼.

너호너호 너기넘차너호

너호너호 너기넘차너호

너호너호 너기넘차너호

너호너호 너기넘차너호

너호너호 너기넘차너호

잠시 잠깐 쉬어가세

놓고~

어허넘차 소리 / 운상하는 소리

자료코드 : 03_10_FOS_20090402_KDH_KJK_0001_s01-1
조사장소 : 강원도 정선군 여량면 봉정리 발면 고 장병환 장지
조사일시 : 2009.4.2
조 사 자 : 강등학, 이영식, 박은영, 유태웅
제보자 1 : 김종권, 남, 70(선소리)
제보자 2 : 박영철, 남, 44세 외 11인(상두꾼)
구연상황 : 봉산리에 거주하는 장석배로부터 마을에 장사가 났는데, 상여로 운구한다는
연락이 4월 1일 저녁에 왔다. 이에 다음날 10시쯤에 발면 입구에 도착하니
상여는 막 출발을 했다. 서둘러 녹음을 시작했다. 망자는 봉산리 토박이나 본
동에 살았던 까닭에 장지인 발면과는 거리가 멀어 상여를 트럭에 태워서 이
곳까지 모셔왔다. 상여가 출발한 곳에서부터 노제를 지내는 둘째 아들네까지
는 가파른 언덕이 30여 미터 계속 되었다. 이러한 까닭에 김종권이 선소리를
주어도 박영철을 비롯한 12명의 상두꾼은 소리를 제대로 하지 않았다. 둘째
아들네에 도착해서 상여를 내려놓을 때는 선소리꾼이 "나무여 잠시 잠깐 쉬
어가자"고 하자 상두꾼들은 "나무여" 하고 받았다. 이어서 선소리꾼이 "어이"
하고 외치자 상두꾼도 "어이"를 외치며 상여를 내려놓았다. 장지는 골지천 가
까이 위치해 있는 까닭에 가끔씩 강바람이 심하게 불어 녹음하는 데 지장을
주었다.

제보자 1 너너 너호 너기 넘차 너호

제보자 2 너호 너호 너기 넘차 너호

[상주들의 곡소리]

제보자 1 이제 소래 해.

　선창 후창 해, 받아가지고.

제보자 2 자 뒤에부터 빨리 시작.

제보자 1 너호 너호 너기 넘차 너호
제보자 2 너호 너호 너기 넘차 너호
제보자 1 너호 너호 너기 넘차 너호
제보자 2 너호 너호 너기 넘차 너호
제보자 1 너호 너호 너기 넘차 너호
제보자 2 너호 너호 너기 넘차 너호

제보자 1 뒤에 소리 받어!

제보자 2 너호 너호 너기 넘차 너호

제보자 2 앞 너호 너호 너기 넘차 너호
제보자 2 뒤 너호 너호 너기 넘차 너호

제보자 2 앞 너호 너호 너기 넘차 너호
제보자 2 뒤 너호 너호 너기 넘차 너호

제보자 2 앞 너호 너호 너기 넘차 너호
제보자 2 뒤 너호 너호 너기 넘차 너호

제보자 1 너호 너호 너기 넘차 너호

제보자 2 너호 너호 너기 넘차 너호
제보자 1 너호 너호 너기 넘차 너호
제보자 2 너호 너호 너기 넘차 너호

[잠시 소리를 안 하고 운상]

제보자 1 너호 너호 너기 넘차 너호
제보자 2 너호 너호 너기 넘차 너호
제보자 1 나무여 잠시잠깐 쉬여가세
제보자 2 나무여
제보자 1 어이
제보자 2 어이

[상여를 내려놓음.]

강원도 정선군 여량면 봉정리 발면 운상 장면

어허넘차 소리 / 운상하는 소리

자료코드 : 03_10_FOS_20090402_KDH_KJK_0001_s01-2
조사장소 : 강원도 정선군 여량면 봉정리 발면 고 장병환 장지
조사일시 : 2009.4.2
조 사 자 : 강등학, 이영식, 박은영, 유태웅
제보자 1 : 김종권, 남, 70(선소리)
제보자 2 : 박영철, 남, 44외 11인(상두꾼)
구연상황 : 노제를 지낸 후 상두꾼들은 한잔씩 음복을 하고 다시 상여 주위에 모였다. 선
소리꾼이 "나무여" 하자 상두꾼도 "나무여" 하면서 들었다. 상여를 들고 출발
할 때 '나무여' 하는 '나무아미타불소리'를 몇 마디씩 주고받은 후 '어허넘차
소리'를 불렀다. 봉정리에서 '나무여'는 '출상하는 소리'에 불리는 소리이나,
상여가 쉬었다가 출발할 때나 상여를 내려놓을 때도 이 소리를 한다. 묏자리
는 노제를 지낸 둘째 아들 집 뒤에 있는데, 둘째 아들 집을 출발하여 조금 가
다가 상두꾼은 좋은 길을 나두고 일부러 험한 길로 가는 등 장난을 쳤다. 이
에 선소리꾼은 쉴 것을 지시했다. 갑자기 내려놓았던 까닭에 '나무여'를 외치
지 못했다.

제보자 1 나무여

제보자 2 나무여

제보자 1 세상천지 만물 중에

제보자 2 나무여

제보자 1 사람밖에 또 있는가

제보자 2 나무여

제보자 1 이세상에 나온 사람

제보자 2 나무여

제보자 1 뉘덕으로 생겨는고

제보자 2 나무여

제보자 1 아버님전 뼈를 타고

제보자 2 나무여

제보자 1 어머님전 살을 빌어

제보자 2 [안 들림]

제보자 1 칠성님전 명을 빌어

제보자 2 나무여

제보자 1 석가여래 제수하야

제보자 2 나무여

제보자 1 부처님전 명을 받아

　[안 들림]

제보자 1 인생일진 ○○○○

　　　　 소리 받어!

제보자 2 나무여

제보자 1 너호 너호 너기 넘차 너호

제보자 2 너호 너호 너기 넘차 너호

제보자 1 너호 너호 너기 넘차 너호

제보자 2 너호 너호

제보자 1 선창 후창 해!

제보자 2 너기 넘차 너호

　[잠시 소리 안 함.]

제보자 1 너호 너호 너기 넘차 너호

　　　　 소리 받어, 소리!

제보자 2 앞 안 해요.

제보자 1 소릴 왜 안 받어!

제보자 1 너호 너호 너기 넘차 너호

제보자 2 너호 너호 너기 넘차 너호

제보자 1 너호 너호 너기 넘차 너호

제보자 2 [소리를 안 함.]

제보자 1 너호 너호 너기 넘차 너호
　　　　여

　　[상여를 내려놓고 쉼]

어허넘차 소리 / 운상하는 소리

자료코드 : 03_10_FOS_20090402_KDH_KJK_0001_s01-3
조사장소 : 강원도 정선군 여량면 봉정리 발면 고 장병환 장지
조사일시 : 2009.4.2
조 사 자 : 강등학, 이영식, 박은영, 유태웅
제보자 1 : 김종권, 남, 70(선소리)
제보자 2 : 박영철, 남, 44외 11인(상두꾼)
구연상황 : 쉬는 동안 상주 측에서는 상두꾼들에게 술을 열심히 권했다. 상두꾼들은 농사
　　　　　얘기 상주 얘기 등 다양한 정보를 주고받으며 시간을 지냈다. 상여를 다시 들
　　　　　고 출발하여 잠시 가다가 또 상두꾼이 안 간다고 버티면서 장난을 쳤다. 이에
　　　　　상주 측 젊은 사람들은 상여가 안 간다고 뒤에서 밀며 어떻게 해볼 것을 윗
　　　　　사람들에게 호소해 보지만, 그들은 큰 문제가 없다는 듯 웃었다. 상주들이 돌
　　　　　아가며 봉투를 상여에 꽂아주자 상여는 진행하였다.

제보자 1 나무여

제보자 2 어이
　　　　아이고 무겁다.

제보자 1 세상천지 만물 중에

제보자 2 나무여

제보자 1 사람에서 또 있는가

제보자 2 나무여

제보자 1 너너 너호 너기 넘차 너호

제보자 2 너호 너호 너기 넘차 너호

　　　　뒤에 받어, 후창!

제보자 2 　앞 뒤에 벙어리야 마커.

제보자 1 너호 너호 너기 넘차 너호

제보자 2 너호 너호 너기 넘차 너호

제보자 1 너호 너호 너기 넘차 너호

제보자 2 너호 너호 너기 넘차 너호

제보자 1 뒤에, 그거 참.

제보자 2 앞 앞에 소리 자꾸 해.

　　　　자꾸 하면 여 저.

제보자 1 너호 너호 너기 넘차 너호

제보자 2 너호 너호 너기 넘차 너호

제보자 1 너호 너호 너기 넘차 너호

제보자 2 너호 너호 너기 넘차 너호

제보자 1 너호 너호 너기 넘차 너호

제보자 2 [받는 소리 안 함.]

제보자 1 너호 너호 너기 넘차 너호

제보자 2 너호

제보자 1 기만 있어, 왜 그래.

　　　　뒤에, 뒤에

　[장지에 도착하여 상여 방향을 틀면서]

제보자 1 나무여

좀 받어, 소리를. 아이 왜 그래.

제보자 2 나무여

제보자 1 세상천지 만물 중에

제보자 2 나무여

제보자 1 사람밖에 또 있는가

제보자 2 나무여

제보자 1 이 세상에 나온 사람

제보자 2 나무여

제보자 1 어이

제보자 2 어이

[상여를 내려놓음.]

달구 소리 / 묘 다지는 소리

자료코드 : 03_10_FOS_20090402_KDH_KJK_0001_s02-1

조사장소 : 강원도 정선군 여량면 봉정리 발면 고 장병환 장지

조사일시 : 2009.4.2

조 사 자 : 강등학, 이영식, 박은영, 유태웅

제보자 1 : 김종권, 남, 70세(선소리)

제보자 2 : 이규열, 남, 77세 외 5인(달구꾼)

구연상황 : 묏자리에 상여가 도착하니, 굴삭기가 움직이며 묏자리 주변을 정비하느라 한
창이었다. 광중은 상여가 오기 전에 미리 다 마련해 놨다. 그런데 지관이 전
날 자리만 잡아 주고 발인에 참석하지 않아 좌향에 대해 말이 많았다. 이에
맏사위가 주머니에서 패철을 꺼내 좌향을 봤다. 묏자리 좌향이 끝난 후에 시
신을 탈관하지 않고 입관하였다. 입관할 때 횡대는 굵은 생소나무를 반으로
쪼개 관 위에 덮었다. 상주들이 취토를 한 후 굴삭기로 횟가루와 흙을 섞어서
덮었다. 회가 섞인 흙을 어느 정도 덮고 나서는 그 위에 회가 섞이지 않은 생
흙을 덮었다. 평토가 되자 한쪽에서는 끈으로 새끼줄을 1미터 정도의 길이로

꼬아 작대기에 묶어서 묏자리 중심에다 꽂았다. 그러자 상주들이 봉투를 끼워 놓았다. 회다지는 총 5회를 다졌는데, 원래는 3회만 다지려고 하였으나 상주들이 부탁을 해서 2번을 더 다지게 되었다. 선소리꾼은 2미터 정도의 가느다란 작대기를 들고 묏자리 바깥에 서서 소리를 했고, 달구꾼들은 연춧대를 가지고 묏자리에 둥그렇게 마주보고 섰다. 상주들은 술과 안주를 들고 다니면서 선소리꾼과 달구꾼들에게 권했다. 선소리꾼이 소리를 시작하였으나 달구꾼들은 고시레, 산신제 등을 외치며 딴청만 피우다 네 번째에 가서 후렴을 받았다. 노래가 본격적으로 시작되자 달구꾼들은 연춧대를 들었다 놓고 발로 밟으면서 시계 반대방향으로 돌면서 봉분자리를 다졌다. 노래 마지막에 달구꾼들이 새 쫓는 소리를 안 하자 선소리꾼이 나무랬다.

제보자 1 에헤루 달회

제보자 2 꼬시레

제보자 1 천세천세 분한 후에

제보자 2 또 고시레

제보자 1 삼남하사 일어나니

제보자 2 산신제

제보자 2 나무여

제보자 1 뭔 고사를 그리 많이 지내나

제보자 1 여보시오 계원님네

제보자 2 오호루 달우여

제보자 1 이내 말을 들어보소

제보자 2 오호 달회

제보자 1 이 세상에 나온 사람

제보자 2 오호 달회

제보자 1 뉘덕으로 생겨났나

제보자 2 오호 달회

제보자 1 아버님전 뼈를 타고

제보자 2 오호 달회

제보자 1 어머님전 살을 빌어

제보자 2 오호 달회

제보자 1 칠성님께 제수하야

제보자 2 오호 달회

제보자 1 이내 [상주들의 곡소리에 선소리가 안 들림]

제보자 2 오호 달회

제보자 1 인생일신 탄생하니

제보자 2 오호 달회

제보자 1 한두 살에는 철을 몰라

제보자 2 오호 달회

제보자 1 부모은공을 갚을 소냐

제보자 2 오호 달회

제보자 1 인간 칠십 고래희라

제보자 2 오호 달회

제보자 1 없던 망령이 절로 나네

제보자 2 오호 달회

제보자 1 눈 어둡고 귀먹으니

제보자 2 오호 달회

제보자 1 망령이라고 흉을 보며

제보자 2 오호 달회

제보자 1 구석구석 웃는 몬양

제보자 2 오호 달회

제보자 1 애통 하구두 절통 하네

제보자 2 오호 달회

제보자 1 여보시오 계원님네

제보자 2 오호 달회

제보자 1 종종달구를 잘다주게

제보자 2 오호 달회

제보자 1 종종달구를 잘 다루면

제보자 2 오호 달회

제보자 1 명산정기가 돌어온다

제보자 2 오호 달회

제보자 1 전라도 지리산은

제보자 2 오호 달회

제보자 1 두만강이 둘러있어

제보자 2 오호 달회

제보자 1 그도 명 산이러니

제보자 2 오호 달회

제보자 1 그산의 명기두 여기 오고

제보자 2 오호 달회

제보자 1 충청도 계룡산은

제보자 2 오호 달회

제보자 1 백마강이 둘렀으니

제보자 2 오호 달회

제보자 1 그도 또한 명산이라

제보자 2 오호 달회

제보자 1 그 산의 명기도 여기오고

제보자 2 오호 달회

제보자 1 황해도 구월산은

제보자 2 오호 달회

제보자 1 압록강이 둘러있고

제보자 2 오호 달회

제보자 1 그도 또한 명산이라

제보자 2 오호 달회

제보자 1 그 산의 명기두 여기 오고

제보자 2 오호 달회

제보자 1 여보시오 계원님네

제보자 2 오호 달회

제보자 1 다리 아프고 숨도 차고

제보자 2 오호 달회

제보자 1 잠깐 쉬었다 다음에 닫세

제보자 2 어

강원도 정선군 여량면 봉정리 발면 첫 번째 달구 소리 준비하는 장면

달구 소리 / 묘 다지는 소리

자료코드 : 03_10_FOS_20090402_KDH_KJK_0001_s02-3
조사장소 : 강원도 정선군 여량면 봉정리 발면 고 장병환 장지
조사일시 : 2009.4.2
조 사 자 : 강등학, 이영식, 박은영, 유태웅
제보자 1 : 김종권, 남, 70세(선소리)
제보자 2 : 박영철, 남, 44세 외 5인(달구꾼)
구연상황 : 두 번째 회다지가 끝나자 모두들 장봉규의 열정에 놀라며, 한편에선 힘이 다 빠졌다고 투덜거렸다. 또 굴삭기가 흙을 갖다 붓자, 몇몇 사람은 삽과 괭이 등으로 쌓인 흙을 골고루 펴면서 떼를 봉분의 중간 높이까지 심었다. 세 번째 달구 소리가 시작할 때도 상주 측에서 술과 아주로 달구꾼들을 대접했다. 달구 소리를 시작할 때 달구꾼들이 고시레를 외치자 선소리꾼이 무슨 고시레를 자꾸 하느냐고 나무랬다. 세 번째 달구 소리는 첫 번째 달구 소리를 한 김종권이 불렀는데, 사설의 내용은 첫 번째 그것과 크게 다르지 않았다. 달구꾼들은 연춧대를 들었다 놓으며 시계 반대 방향으로 돌며 다졌다.

제보자 1 에헤루 달회

제보자 2 꼬시네

　(청중 : 뭔 꼬시네는 자꾸 하나 그래.)

　(맏사위 : 아 요번에는 누구 몫이야? 누구 몫 누구 몫 있다미?)

제보자 1 이번엔 막내이, 막내이.

　(맏사위 : 아이고 아즉(아직) 멀었어 막내이는. 막내이는 해가 질 때래야 채례(차례)가.)

　(청중 : 내일 아침까지 그래야지 뭐.)

제보자 1 천지천지 분한 후에

제보자 2 에헤 달회

제보자 1 삼남하산 일어나니

제보자 2 에헤루 달회

제보자 1 이 세상에 나온 사람

제보자 2 에헤루 달회

제보자 1 뉘덕으로 생겼느냐

제보자 2 에헤루 달회

제보자 1 아버님전 뼈를 타고

제보자 2 에헤루 달회

제보자 1 어머님전 살을 빌어

제보자 2 에헤루 달회

제보자 1 칠성님전 몸을 받고

제보자 2 에헤루 달회

제보자 1 석가여래 제수하야

제보자 2 에헤루 달회

제보자 1 칠성님께 명을 받어

제보자 2 에헤루 달회

제보자 1 인생 일신 탄생하니

제보자 2 에헤루 달회

제보자 1 한두 살에는 철을 몰라

제보자 2 에헤루 달회

제보자 1 부모은공을 갚을 손가

제보자 2 에헤루 달회

제보자 1 인간 칠십 고래희라

제보자 2 에헤루 달회

제보자 1 없던 망령이 절로 나네

제보자 2 에헤루 달회

제보자 1 눈 어둡고 귀 먹으니

제보자 2 에헤루 달회

제보자 1 망령이라고 흉을 보며

제보자 2 에헤루 달회

제보자 1 구석구석 웃는 모양

제보자 2 에헤루 달회

제보자 1 애통하구두 절통하네

제보자 2 에헤루 달회

제보자 1 저승길이 멀다더니

제보자 2 에헤루 달회

제보자 1 대문 밖이 저승일세

제보자 2 에헤루 달회

제보자 1 어제 오늘 성튼 몸이

제보자 2 에헤루 달회

제보자 1 저녁나절 병이 들어

제보자 2 에헤루 달회

제보자 1 삼삼하고 약한 몸에

제보자 2 에헤루 달회

제보자 1 태산 같은 병이 드니

제보자 2 에헤루 달회

제보자 1 부르나니 어머니요

제보자 2 에헤루 달회

제보자 1 찾는 것은 냉수로다

제보자 2 에헤루 달회

제보자 1 여보시오 계원님들

제보자 2 에헤루 달회

제보자 1 이내 말씀을 들어보소

제보자 2 에헤루 달회

제보자 1 종종덜구가 그 자리고

[달구꾼들이 잠깐 머뭇거림]

제보자 2 에헤루 달회

제보자 1 종종덜구를 잘 다흐면(다지면)

제보자 2 에헤루 달회

제보자 1 명산에 정기가 다 여기 와요

제보자 2 에헤루 달회

제보자 1 전라도 지리산은

제보자 2 에헤루 달회

제보자 1 압록강이 둘렀으니

제보자 2 에헤루 달회

제보자 1 그 산의 명기두 다 여기 오고

제보자 2 에헤루 달회

제보자 1 충청도 계룡산은

제보자 2 에헤루 달회

제보자 1 백마강이 둘렀으니

제보자 2 에헤루 달회

제보자 1 그도 또한 명산인데

제보자 2 에헤루 달회

제보자 1 그 산의 명기두 여기 오고

제보자 2 에헤루 달회

제보자 1 함경도 백두산은

제보자 2 에헤루 달회

제보자 1 압록강이 둘렀으니

제보자 2 에헤루 달회

제보자 1 그도 또한 명산인데

제보자 2 에헤루 달회

제보자 1 그 산의 명기두 여기 오고

제보자 2 에헤루 달회

제보자 1 여보시오 계원님네

제보자 2 에헤루 달회

제보자 1 다리 아프고 숨도 차고

제보자 2 에헤루 달회

제보자 1 목마르고 갈증 나니

제보자 2 에헤루 달회

제보자 1 잠깐 쉬었다 다음에 닫고

제보자 2 에헤루 달회

제보자 1 오조 밭에 새 들었네

제보자 2 우여

이거리 저거리 갓거리 / 다리뽑기 하는 소리

자료코드 : 03_10_FOS_20090204_KDH_BSJ_0001
조사장소 : 강원도 정선군 여량면 봉정리 111번지 봉정리경로당
조사일시 : 2009.2.4
조 사 자 : 강등학, 이영식, 박은영, 유태웅
제 보 자 : 방순자, 여, 63세
구연상황 : 조사자가 어릴 적 다리뽑기를 하면서 부른 노래가 없었냐는 질문을 던지자,
         다들 기억을 떠올렸다. 진순옥이 '이거리 저거리 갓거리'를 부르기 시작하자
         방순자가 뒤를 받았다. 한 사람이 처음부터 불러줄 것을 요청하자, 방순자가
         불렀다. 진 사람은 이긴 사람에게 절을 하거나 꿀밤을 주기도 했다고 한다.

[다리를 세며]

이거리 저거리 갓거리

천도만도 도만도

유치유치 전라도

전라개미 소리

아래이 다래이

경상도 목을 매울 포

이러면서 확 끊지.

까치야 까치야 / 눈티 없애는 소리

자료코드 : 03_10_FOS_20090204_KDH_BSJ_0002
조사장소 : 강원도 정선군 여량면 봉정리 111번지 봉정리경로당
조사일시 : 2009.2.4
조 사 자 : 강등학, 이영식, 박은영, 유태웅
제 보 자 : 방순자, 여, 63세
구연상황 : 김옥녀가 '메뚜기 부리는 소리'를 부른 후, 뻐꾸기나 부엉이를 보고 부르는
소리가 없었느냐는 질문에 다 잊어버렸다고 한다. 눈에 티 들어갔을 때나, 이
빠질 때 부르는 소리가 없냐는 조사자의 질문에 방순자가 '까치야 까치야'
를 불렀다. 눈을 비비며 이 노래를 부르면 눈에 들어간 티가 정말로 없어졌다
고 한다.

까치야 까치야

내 눈에 까시 들어간 거 파내주면

니 새끼 여추랑물에(외양간 소 오줌통) 빠진 거

껀재주마(건져주마) 페

아라리 / 가창유희요

자료코드 : 03_10_FOS_20090204_KDH_BSJ_0003
조사장소 : 강원도 정선군 여량면 봉정리 111번지 봉정리경로당
조사일시 : 2009.2.4
조 사 자 : 강등학, 이영식, 박은영, 유태웅
제보자 1 : 방순자, 여, 63세
제보자 2 : 배옥년, 여, 75세
구연상황 : 아라리를 한 번씩 돌아가며 부른 후, 다시 이옥자의 차례가 되었을 때 이옥자
가 '어랑 타령'을 불렀다. 조사자가 '어랑 타령'을 알고 있다면 아라리 말고
'어랑 타령'을 불러주어도 좋다고 하였으나 방순자와 배옥년은 모르겠다며 이
어서 아라리를 불렀다.

제보자 1 사절치기야 강냉밥(강냉이밥)으는 오그레 박짝 끓는데

　　당신은 어드레 갈라고 대천에(대청에) 올랐소

　(조사자 : 예, 이 아주 오래된 소리인데.)

제보자 2 오라버니야 장개는 내년 후년에 가고요

　　깜둥 송아지 톡톡 팔아서 날 시집을 보내주세요

아라리 / 가창유희요

자료코드 : 03_10_FOS_20090204_KDH_BOY_0001
조사장소 : 강원도 정선군 여량면 봉정리 111번지 봉정리경로당
조사일시 : 2009.2.4
조 사 자 : 강등학, 이영식, 박은영, 유태웅
제보자 1 : 배옥년, 여, 75세
제보자 2 : 진순옥, 여, 66세
제보자 3 : 김옥녀, 여, 64세
제보자 4 : 권금출, 여, 72세
제보자 5 : 박옥매, 여, 76세

제보자 6 : 안옥희, 여, 73세

제보자 7 : 최인식, 여, 79세

구연상황 : 봉정리 마을회관에서 먼저 할아버지들을 모시고 설화와 민요 판을 벌였다. 할
아버지 판이 끝나갈 오후 4시 즈음, 다른 방에서 할머니들을 모시고 두 번째
판을 벌였다. 할아버지들이 조사하는 과정을 지켜본 터라, 할머니들은 적극적
으로 조사에 응해주고자 했다. 본격적인 조사에 앞서 할머니들의 시집살이 이
야기를 하며 분위기를 풀었다. 명절 때 물박 장단을 치며 아라리를 불렀다는
이야기에 아라리를 불러줄 것을 청했다.

제보자 1 오늘 갈는지 내일 갈는지 정수정망 없는데

　　　　　만두라미(맨드라미) 줄봉숭아를 왜 심궈라 하나

제보자 2 낚숫대를 잘잘 끌고서 강가으로 갈거니

　　　　　나물 바구니 옆에 끼구서 내 뒤만 따러라.

　　　　　좋다.

제보자 3 한쪽 다리를 달랑 들어서 부산 연락에 엎구서

　　　　　고향산천을 돌아다보니는 눈물이 팽팽 돈다

　(조사자 : 좋지요.)

제보자 4 노랑저고리 분홍치마를 입고숨어 있었나

　　　　　어머니를 떨어지냐고 울민불민 입었지

　(조사자 : 그렇지요.)

제보자 5 소리는 들으니 정말 좋소구만은

　　　　　○○ 멀어서 ○○○ ○○○

제보자 6 돈벌루 가시는 그대 돈이나 벌면 오시지

　　　　　공동무지 가신 그대는 언지나 오시나

(조사자 : 그래요)

제보자 7 명사십리가 아니라면은 두견새는 왜 우나

모춘삼월이 아니라면은 두견새는 왜 울어. 그게 아니지.

제보자 2 : 다 했잖우.

제보자 7 : 잘못 했어.

새야 새야 파랑새야 / 가창유희요

자료코드 : 03_10_FOS_20090204_KDH_BOY_0002
조사장소 : 강원도 정선군 여량면 봉정리 111번지 봉정리경로당
조사일시 : 2009.2.4
조 사 자 : 강등학, 이영식, 박은영, 유태웅
제 보 자 : 배옥년, 여, 75세
구연상황 : '아라리'를 두어 번 돌아가며 부른 후, 분위기가 즐거워졌다. 이어서 '베틀 소리', '다복녀'와 '칭칭이 소리'를 시도해 보았으나 사설을 붙여나가는 사람이 없어 몇 소절 잇지 못하고 끝을 맺었다. '칭칭이 소리'에 관한 이야기를 나누던 중, 이옥자가 '새야 새야'를 문득 기억해내고 노래를 부르기 시작했다. 어렸을 때 삼을 삼으면서 부르던 노래라고 했다.

새야 새야 퍼렁 새야 녹두 낭게(나무에) 앉지 마라

녹두 꽃이 떨어지면 청포장사 울고간다

이래 해.

만날 만날 그런 노래를 했지 뭐.

아라리 / 가창유희요

자료코드 : 03_10_FOS_20090203_KDH_BCJ_0001
조사장소 : 강원도 정선군 여량면 여량리 435-3번지 김남기 자택
조사일시 : 2009.2.3
조 사 자 : 강등학, 이영식, 박은영, 유태웅
제보자 1 : 변춘자, 여, 69세
제보자 2 : 안옥선, 여, 74세
제보자 3 : 윤씨, 여, 77세
청　　중 : 김남기 외 1인
구연상황 : 오전에 김남기로부터 설화를 듣고 김남기 댁에서 점심을 먹었다. 오후에 김남
　　　　　기가 타령류의 소리 몇 곡을 부르고 있자니, 김남기의 처 변춘자가 마을 아주
　　　　　머니들 세 분을 모셔왔다. 김남기가 아라리를 연이어 6곡 부르고 아주머니들
　　　　　께 소리를 권했다. 처음에는 부르지 못한다고 망설이다가 계속 권하자 돌아가
　　　　　며 한 곡씩 부르고, 윤씨만 두 곡 불렀다.

제보자 3 그래 잘하든 못하든 하라니 한마디 해봐야지.

　　　　　정선읍내 물레방어(물레방아)는 물살을 안고 도는데
　　　　　우리 집에 서방님으는 날 안구 돌 줄을 왜 몰러

　　(조사자 : 선수네요, 선수.)

제보자 2 명사십리가 아니라면은 해당화는 왜 피면
　　　　　모춘삼월이 아니라면은 두견새는 왜 울어

　　(조사자 : 그렇죠.)

제보자 1 한잔 마시고 두잔 마시고 삼석 잔을 마시니
　　　　　목마르고 갈증이 나는데 또 한잔 먹자

　　(조사자 : 아이 좋습니다. 잘하시네요.)
　　(청중 : 돌아가며 이렇게, 이렇게 해요.) 몇 마디 넣으라고. 아는 소리

따블로 해도 상관이 없고, 아는 소리로, 아는 소리해 아는 소리.

제보자 3 앞 남산 뻐꾸기는 초성두 좋구요
　　　　세 살 때 들던 목소리 변치도 안앴네(안았네)
　　　　아리랑 아리랑 아라리오
　　　　아리랑 고개고개로 나를 넘겨주게

나 혼자는 잘 하는데, 여럿이 있으니 주눅이 들어 못 하겠네, 더구나. 숨도 차고 뭐.
(청중 : 그럼 술 한 잔을 더 드려야 갰는데.)
제보자 2 : 아이, 술 안 먹어요. 심장이 ○○○○ 안 돼.
(청중 : 과자도 잡숩고, 소리도 하시고.)
(조사자 : 그 예전에, 그 옥계가 고향이라 하셨잖아요? 아라리는 여기 와서 배우셨어요, 옥계에서도 부르셨어요?)
제보자 3 : 아이 뭐 열다섯에 시집오고, 그땐 소리도 모르고 여 와서 소리 했죠.
(조사자 : 옥계에서 못 들으셨어요, 아라리를?)
제보자 3 : 예? 옥계에서 못 들었어요.

아라리 / 가창유희요

자료코드 : 03_10_FOS_20090203_KDH_BCJ_0002
조사장소 : 강원도 정선군 여량면 여량리 435-3번지 김남기 자택
조사일시 : 2009.2.3
조 사 자 : 강등학, 이영식, 박은영, 유태웅
제보자 1 : 변춘자, 여, 69세
제보자 2 : 안옥선, 여, 74세
제보자 3 : 윤씨, 여, 77세

청　중 : 김남기 외 1인

구연상황 : 오전에 김남기로부터 설화를 듣고 김남기 댁에서 점심을 먹었다. 오후에 김남기가 타령류의 소리 몇 곡을 부르고 있자니, 김남기의 처 변춘자가 마을 아주머니들 세 분을 모셔왔다. 김남기가 아라리를 연이어 6곡 부르고 아주머니들께 소리를 권했다. 처음에는 부르지 못한다고 망설이다가 계속 권하자 돌아가며 한 곡씩 부르고, 윤씨만 두 곡 불렀다. 이후 노래가 멈추자 조사자가 아이 재우는소리, 말꼬리 잇는 소리, 춤추게 하는 소리 등을 질문하였으나 잘 모른다고 하였다. 이에 김남기가 말꼬리 잇는 소리를 해주었고, 이어서 아라리를 계속 권하자 세 분이서 돌아가며 불렀다.

제보자 1　산에 올라 옥을 캐니 이름이 좋아 산옥이냐

　　　　　술반머래서(술반머리에서) 부르기 좋아서 산옥이로구나

제보자 3　멀구 다래를 딸라거든 잔솔밭

　　　　　아이야, 잘못했네.

　　　　　뭐이 나는 자꾸 잊어버려서.

　(청중 : 청석으로 들고요.)

　(조사자 : 네, 다시 해도 돼요. 괜찮아요.)

　　　　　멀구 다래

　　　　　어이 그게 아이야!

　(청중 : 멀구 다래 맞죠!)

　(청중 : 멀구 다래를 딸라거든)

제보자 3　청석으로 들고

　　　　　총각낭군을 만날라거든 잔솔밭으로 오게

　어이구 힘들어. 숨이 차다, 숨이 차.

　(청중 : 해, 해요, 해.)

(조사자 : 카메라를 들이대니까 긴장하셔서 그래. 아까 얘기하는 것처럼 하고.)

(청중 : 얘기하듯 한분이 하면, 할 때 내 할 걸 생각해 하고, 또 하시고 시늠이 하시면 돼. 뭐 박자관련을 안 받아도 돼.)

(조사자 : 잘하려고 하시지 마시고, 평소 하시던 대로 그냥.)

제보자 2 아우라지야 뱃사공아 배 좀근네(건네) 주게
　　　　싸리골 올동박이야 다 떨어진다

(조사자 : 아이 잘하시네.)

제보자 1 우리 집에 시어머니는 전북꾀주머니요
　　　　일락서산에 해만지면은 대문단속하네

(조사자 : 왜 그럴까?)

제보자 3 총각낭군이 떠다주더네 오복수 댕기
　　　　곤때도 아니야 묻어서 합사주가 왔네

제보자 2 비가 올라나 눈이 올라나 억수장마가 질라나
　　　　만수산 검은 구름이 막 모여 든다

제보자 1 경주 불국사 종소리는 경주 시민을 울리고
　　　　악마겉은(악마같은) 금전은 내 가슴을 울리네

제보자 3 이번에 또 해야지.
　　　　뭐이, 뭐이를 또 하나!

　　　　정선읍내 일백오십 호 몽땅 잠들어라
　　　　이호장네 맏며느리를 데리고 성마령 넘잔다

제보자 2 오늘 갈런지 내일 갈런지 정수정망이 없는데
맨도라미야 줄봉숭아는 왜 심어났나

제보자 1 앞산에 줄밤나무야 밤 많이 열어라
작년 팔월에 만났던 친구를 또 만나보자

제보자 3 개구장가야(개구장가에, 도랑 가장자리라는 말) 포롬포롬 날가자
고 하더니
온산천이 다우러져도(다 푸르러도) 종문소식이라(종내 무소식이라)

제보자 2 낙숫대를야
아니다.

나물 광지리(광주리) 옆에 찌고서 강가으루 들거니
낚숫대를야(낚싯대를 야) 휘어미구선(쥐어 미고서) 뒤따러 오서요

제보자 1 날 따라오게 날 따라오게 날만 따러오게
잔솔밭 한중허리로 날 따러오게

　제보자 3 : 아이, 다 오니 겁나네.
　제보자 2 : 잊어 먹어서 그래.

제보자 3 맨두라미 줄봉숭아는 토담이 붉어 좋구요
앞 남산 철쭉꽃으는 강산이 붉어 좋더라

제보자 2 석세배 도랑치마를 내입었을 망정
너겉은 하이칼래는 내 눈알로 돌어요

제보자 1 삭달가지를(삭다리가지, 삭정이) 똑똑 꺾어서 군불을 떼고
중방 밑이 다 타도록 잘살어 보세

제보자 3 논두렁 밭두렁 피는 꽃두야 꽃으는 일반이지
오다가다 만낸(만난) 님두야 임은 일반이지

제보자 2 오늘 갈런지 내일 갈런지 정수정망이 없는데
맨드라미 줄봉숭아는 왜 심어났소

제보자 1 천리로구나 만리로구나 수천리로구나
졑에(곁에) 두고 말 못한 이는 수만리로구나

강원도 정선군 여량면 여량리 안옥선. 윤씨. 변춘자가 돌아가면서 아라리를 부르는 장면

이랴 소리 / 논 삶는 소리

자료코드 : 03_10_FOS_20090204_KDH_YKY_0001
조사장소 : 강원도 정선군 여량면 봉정리 111번지 봉정리경로당
조사일시 : 2009.2.4
조 사 자 : 강등학, 이영식, 박은영, 유태웅
제보자 1 : 윤광열, 남, 74세
제보자 2 : 김종권, 남, 70세
제보자 3 : 장봉규, 남, 78세
구연상황 : 평소 조사자와 친분이 있던 장석배에게 부탁하여 봉정리 마을회관에서 판을
        마련하였다. 20여 명의 할아버지와 할머니들이 조사자들을 기다리고 있었으
        며, 조사에 적극적으로 응해 주고자 노력했다. 봉정리는 정선군의 다른 마을
        들에 비해 논농사를 많이 짓는 편이라 논농사와 관련된 노래가 있는지에 관
        해 먼저 질문을 던졌다. 먼저, 박종복이 '논 삶는 소리'를 불러주었으나, 소리
        는 짧게하고 논 삶는 방법에 관한 설명을 자꾸 하는 통에 자료로 쓰기가 어
        려웠던 까닭에, 장석배가 제보하는 방법을 정리하며 다른 이들에게 소리만 해
        줄 것을 요청했다.

제보자 1 이려 빨리 가자 오늘 잘못하면 저물겠다

        도처 어디여 돌아서라

        이려 빨리 가

        빨리빨리 가자

        빨리 가자

        도처 해는 이미 저물어 가는데

        빨리 빨리 어서 가자

  이렇게 합니다.

제보자 2 어초~

        어디여차 돌아서라

        어이 가자

제보자 3 어초~

　　　어디여 돌아가자 이랴

아라리 / 모심는 소리

자료코드 : 03_10_FOS_20090204_KDH_YKY_0002
조사장소 : 강원도 정선군 여량면 봉정리 111번지 봉정리경로당
조사일시 : 2009.2.4
조 사 자 : 강등학, 이영식, 박은영, 유태웅
제보자 1 : 윤광열, 남, 74세
제보자 2 : 김종권, 남, 70세
구연상황 : 평소 조사자와 친분이 있던 장석배에게 부탁하여 봉정리 마을회관에서 판을
　　　　　마련하였다. 20여 명의 할아버지와 할머니들이 조사자들을 기다리고 있었으
　　　　　며, 조사에 적극적으로 응해 주고자 노력했다. 봉정리는 정선군의 다른 마을
　　　　　들에 비해 논농사를 많이 짓는 편이라 논농사와 관련된 노래가 있는지에 관
　　　　　해 먼저 질문을 던졌다. 먼저 써레질하기와 번지에 관한 이야기를 듣고, 이어
　　　　　서 모심기에 관한 정보를 들었다. 모심기를 하면서 노래를 부르지 않았느냐는
　　　　　조사자의 질문에 윤광열이 아라리를 불렀다고 하면서 선뜻 불러주고, 이어서
　　　　　김종권이 이어 불렀다. 늦게도 부르고 빠르게도 불렀다.

제보자 1 심어주게 잘 심어주게

　　　오종종종 줄모를 잘 심어주게

　이런 소리를 했어.

　(조사자 : 어르신, 다른 분이 한 번 또?)

제보자 2 죽죽 달아봐요.

　　　이렇게 한번씩 죽죽.

제보자 1 오늘에 해두야 질다고 하더니

음지가 양지로 스슬퍼 가네

허영차 소리 / 목도하는 소리

자료코드 : 03_10_FOS_20090204_KDH_YKY_0003
조사장소 : 강원도 정선군 여량면 봉정리 111번지 봉정리경로당
조사일시 : 2009.2.4
조 사 자 : 강등학, 이영식, 박은영, 유태웅
제보자 1 : 윤광열, 남, 74세(선소리)
제보자 2 : 김종권, 남, 70세(받는소리)
제보자 3 : 박종복, 남, 76세(받는소리)
제보자 4 : 장봉규, 남, 78세(받는소리)
구연상황 : 봉정리의 논농사에 관해 이야기하던 중, 장석배가 동네의 섭보(논에 물을 대
기 위해 농사철마다 만들어 놓는 보)를 만들기 위해 목도를 했다는 말을 꺼내
면서 자연스럽게 목도소리로 화제가 넘어갔다. 제보자 중 대부분이 목도를 했
다고 하여 조사자가 목도소리를 청했다. 먼저 4명이서 앉아서 입을 맞추어 보
았다. 윤광열이 먼저 메기고 나머지 사람들이 받았다. 연습 후에, 서서 목도하
는 흉내를 내며 노래를 다시 불러보았으나 처음 불렀을 때가 여러 면에서 더
잘 맞아, 처음 부른 노래를 정리했다.

어이　　어이

여이　　어이

허영차 어기여차

허영차 허이저

허영차 허이저

허이저 허이저

허이저 허이저

허이저 허이저

허이저 허이저

허이저 허이저

허이저 허이저

허이저 허이저

허이자 허이자

허이저 허이저

허이저 허이저

허영차 허영차

허영차 차차

허이저 허이저

허이저 허이저

허이저 허이저

허이저 허이저

아라리 / 가창유희요

자료코드 : 03_10_FOS_20090204_KDH_LOJ_0001
조사장소 : 강원도 정선군 여량면 봉정리 111번지 봉정리경로당
조사일시 : 2009.2.4
조 사 자 : 강등학, 이영식, 박은영, 유태웅
제보자 1 : 이옥자, 여, 62세
제보자 2 : 방순자, 여, 63세
제보자 3 : 배옥년, 여, 75세
제보자 4 : 진순옥, 여, 66세
제보자 5 : 김옥녀, 여, 64세
제보자 6 : 권금출, 여, 72세
제보자 7 : 박옥매, 여, 76세
제보자 8 : 안옥희, 여, 73세
제보자 9 : 최인식, 여, 79세

구연상황: 봉정리 마을회관에서 먼저 할아버지들을 모시고 설화와 민요 판을 벌였다. 할아버지 판이 끝나갈 오후 4시 즈음, 다른 방에서 할머니들을 모시고 두 번째 판을 벌였다. 할아버지들이 조사하는 과정을 지켜본 터라, 할머니들은 적극적으로 조사에 응해주고자 했다. 본격적인 조사에 앞서 할머니들의 시집살이 이야기를 하며 분위기를 풀었다. 명절 때 물박 장단을 치며 아라리를 불렀다는 이야기에 아라리를 불러줄 것을 청해서, 한 번씩 돌아가며 노래를 불렀다. 이후 흐름이 깨져서 머뭇거리는 제보자들에게 조사자가 몇 번 더 돌아가며 불러줄 것을 요청했다.

제보자 1 세상천지야 만물지중에 다 잘 매련했건만
　　　　　청춘과부 수절법으는 왜 매련했나

　(조사자 : 그렇지요.)

제보자 2 아우라지 뱃사공아 배 좀 건네 주게
　　　　　싸리골 올동박이 다 떨어지네

　아이 좋습니다.

제보자 3 요 놈으 총각아 치마 꼬리 놓여라
　　　　　당사실로 주름 잡은 기 콩 튀듯 한다

제보자 4 낙락장송에 앉은에 새는 바람이 불까 염려요
　　　　　후원 별당에 잠드는 처녀는 총각이 들까 염려라

　좋다. 하하하.
　(조사자 : 총각이 들까 염련가? 바라는 거지. 하하하.)

제보자 5 구절노추산 오장폭포야 소리치면 굴러라
　　　　　이승 대에 율곡선생이 혼이 맞은 폭포다

제보자 6 행주치마를 똘똘 말아서 옆옆에나 끼고

전기줄 따라서 먼 산 구경 가자

제보자 7 한치 뒷산에 곤드레 딱주기 나지미 정만 같으면
　　　　고것만 뜯어먹어도 봄 살어 난다

　(조사자 : 그렇지요.)

제보자 8 산천에 초목은 젊었다 늙었다하는데
　　　　우리 인생은 한번 늙으면 다시 젊지 못 하네.

제보자 9 임자 당신이 날 가자 하더니
　　　　산천초목이 포름포름 다 어울려져도요 종문에 소식이요.

제보자 1 하늘은 높고 높아도 이슬비가 오는데
　　　　우리 부모 모자리 있어도 왜 아니 오나

　(조사자 : 그렇지요.)

제보자 2 알룩달룩 호랑나비는 말거무 줄이 원수요
　　　　지금 시대 청년들으는 삼팔선이 원수라

　(조사자 : 그래요.)

제보자 3 오늘 갈런지 내일 갈런지 정수정망 없는데
　　　　만두 뭐야?

　(조사자 : 계속하세요. 만두라미.)

제보자 4 앞남산천에 철쭉꽃으는 강산이 붉어 좋구요
　　　　비가 번쩍 금니야 빨이는 입안이 붉어 좋구나.

아 좋다.

(조사자 : 아 좋다.)

제보자 5 : 앞을 보구야 뒤를 보아도 다

하하하.

제보자 4 : 얼른 해. 받어.

제보자 1 우리가 살면은 한오백년 사나.

　　　　　남 듣기 싫은에 소리를 하지 말고 잘 살자

(조사자 : 그럼요.)

제보자 5 : 내 그거 한대 한게 애깨(아까) 한거 했잖우. 얼른 하우, 또

한 마디.

제보자 5 저 근너 저 묵밭은 작년에도 묵더니

　　　　　올해도 날과같이를 또 한해 묵네.

　좋다.

제보자 6 한쪽 다리를 살락 들어서 부산 연락에 얹구요

　　　　　고향산천을 돌아다보니는 눈물이 뱅뱅 돈다

(조사자 : 그렇지요.)

제보자 7 일본 동경 가신에 그대는 돈이나 벌면 오지

　　　　　공동산천 가신에 그네는 언제쯤이나 올라우

제보자 8 앞 남산 산천에 바름바름 할 때에

　　　　　날 가자하던 이 저 산초목이 다 어우러져도 종문소숙이라

제보자 9 ○○○○ 오늘 갔다가 내일이면 오는데

한번 가신 그대 님으는 오실 줄을 몰르고

아라리 / 가창유희요

자료코드 : 03_10_FOS_20090204_KDH_LOJ_0002
조사장소 : 강원도 정선군 여량면 봉정리 111번지 봉정리경로당
조사일시 : 2009.2.4
조 사 자 : 강등학, 이영식, 박은영, 유태웅
제보자 1 : 이옥자, 여, 62세
제보자 2 : 방순자, 여, 63세
제보자 3 : 배옥년, 여, 75세
제보자 4 : 진순옥, 여, 66세
제보자 5 : 김옥녀, 여, 64세
제보자 6 : 권금출, 여, 72세
제보자 7 : 박옥매, 여 76세
제보자 8 : 안옥희, 여 73세
제보자 9 : 최인식, 여 79세
구연상황 : 봉정리 마을회관에서 할머니들을 모시고 한 조사는, 쉽게 접근할 수 있는 아
　　　　　 라리로 판을 부드럽게 푼 후, '다리뽑기 하는 소리', '눈티 빼는 소리', '메
　　　　　 뚜기 부리는 소리', '널뛰는 소리' 등 동요를 중심으로 조사를 이어갔다. 판을
　　　　　 정리할 시간이 되어, 다시 한 번 아라리를 불러 줄 것을 요청했다.

제보자 1　시어머니 산소를 까투리봉에다 썼더니

　　　　　 우리집 삼동세 팔난봉이 났구나

제보자 4 : 아 좋다. 하하하

(조사자 : 난리났네.)

제보자 2 : 뭘 내가 또 해야 되나? 하하하.

　　　　　 한쪽다리를 달렁 들어서 부산연락에 얹구요

고향산천을 돌아다보니는 눈물이 비 오듯 하네

제보자 3 시집 가구야 장개 가는데 혼인을 왜 물어
　　　　둘의 눈만 맘 마시면은(맘 맞으면은) 백년해루 잘살지

　(조사자 : 그렇지요.)

제보자 4 비가 올라나 눈이 올라나 억수장마가 질라나
　　　　만소산 거문 구름이(검은구름이) 막 모여든다

제보자 5 돈 씨던 남아가 돈 뚝 떨어지니
　　　　구시월 단풍에 구월국화 아니나

　(조사자 : 그렇지요.)
　제보자 5 : 좋다
　(조사자 : 하하하)

제보자 6 명사심리가 아니라면은 해당화는 왜 피나
　　　　모춘삼월이 아니라면은 두견새는 왜 울어

　(조사자 : 예.)

제보자 7 정선같이 놀기 좋은데 한번 놀러 오서요
　　　　검은 산 물밑이래도 행화가 핍니다

　(조사자 : 예)

제보자 8 개구장가에 포름포름에 날 가자고 하더니
　　　　산천초목이 다 우러져도 정문소슥(종무소식)이라

　(조사자 : 예)

제보자 9 백모래 자락에 비오나 마나

　　　　어린 가장 내 방에야 오나 마나요

　(조사자 : 어, 인제 진짜가 나오는데. 하하하.)

뱃노래 / 가창유희요

자료코드 : 03_10_FOS_20090204_KDH_LOJ_0003
조사장소 : 강원도 정선군 여량면 봉정리 111번지 봉정리경로당
조사일시 : 2009.2.4
조 사 자 : 강등학, 이영식, 박은영, 유태웅
제 보 자 : 이옥자, 여, 64세
구연상황 : 아라리를 한 번씩 돌아가며 부른 후, 다시 이옥자의 차례가 되었을 때 이옥자
　　　　　가 '뱃노래'를 불렀다. 조사자가 '뱃노래'를 알고 있다면 아라리 말고 '뱃노
　　　　　래'를 불러주어도 좋다고 하였으나 다른 이들은 모른다며 하지 않았다.

　　　어시렁 달밤에 깨구리 우는 소리

　　　장가 못 간 노총각이 안달이 났구나

　　　어야라야노야 어야라야노 어기여차

　　　뱃놀이 가잔다

달구 소리 / 묘 다지는 소리

자료코드 : 03_10_FOS_20090402_KDH_LHS_0001_s02-5
조사장소 : 강원도 정선군 여량면 봉정리 발면 고 장병환 장지
조사일시 : 2009.4.2
조 사 자 : 강등학, 이영식, 박은영, 유태웅
제보자 1 : 이현수, 남, 46세(선소리)
제보자 2 : 김종권, 남, 70세 외 5인(달구꾼)

구연상황 : 다섯 번째 선소리는 처음에 이규열이 시작했으나 달구꾼과 호흡이 맞질 않자 조금하다가 소리를 멈췄다. 이에 마땅한 선소리꾼을 찾지 못하자 답사 나온 이현수에게 부탁하여 선소리를 하게 했다. 이규열이 선소리하기 전에 술을 한 잔씩 했기 때문에 이현수가 부를 때는 술을 마시지 않았다. 봉분의 형태가 거의 다 되어갔다. 선소리꾼은 봉분 바깥에 서 있고, 달구꾼들은 봉분 위에서 연춧대를 들었다 놓으며 시계 반대 방향으로 돌면서 다졌다.

제보자 1 오허 달구야

제보자 2 오허 달구야

제보자 1 오허 달구야

제보자 2 오허 달구야

제보자 1 여보시오 계원님네

제보자 2 에헤루 달회

제보자 1 이내 말씀 들어보소

제보자 2 에헤루 달회

제보자 1 가신님을 위해서라면

제보자 2 에헤루 달회

제보자 1 힘들어도 조금만 참고

제보자 2 에헤루 달회

제보자 1 다 같이 다져봅시다

제보자 2 에헤루 달회

제보자 1 제일전에 진광대왕

제보자 2 어허 달구야

제보자 1 제이전에 초강대왕

제보자 2 어허 달구야

제보자 1 제삼전에 송제대왕

제보자 2 어허루 달회

제보자 1 제사전에 오관대왕

제보자 2 어허 달구야

제보자 1 제오전에 염라대왕

제보자 2 에헤루 달회

제보자 1 제육전에 편성대왕

제보자 2 에헤루 달회

제보자 1 제칠전에 태산대왕

제보자 2 에헤루 달회

제보자 1 제팔전에 평등대왕

제보자 2 에헤루 달회

제보자 1 제구전에 도시대왕

제보자 2 에헤루 달회

제보자 1 제십전에 전륜대왕

제보자 2 에헤루 달회

제보자 1 여보시오 계원님네

제보자 2 에헤루 달회

제보자 1 긴달구는 그 정도로 하고

제보자 2 에헤루 달회

제보자 1 잦은달구로 넘어 갑시다

제보자 2 에헤루 달회

제보자 1 오호 달회

제보자 2 오호 달회

제보자 1 오호 달회

제보자 2 오호 달회

제보자 1 간다간다 나는 간다

제보자 2 에헤 달회

강원도 정선군 여량면 봉정리 발면 다섯 번째 달구 소리 하는 장면

제보자 1 북망산천 찾어간다

제보자 2 에혜 달회

제보자 1 고대광실 뒤로 하고

제보자 2 에혜 달회

제보자 1 칠남매를 뒤로 하고

제보자 2 에혜 달회

제보자 1 정들었던 봉정리를

제보자 2 에혜 달회

제보자 1 모두모두 다 같이

제보자 2 에혜 달회

제보자 1 슬프도다 애도하다

제보자 2 에헤 달회

제보자 1 다 같이 종종달구

제보자 2 에헤 달회

제보자 1 힘내서 다져봅시다

제보자 2 에헤 달회

제보자 1 자꾸자꾸 하다보니

제보자 2 에헤 달회

제보자 1 배가 고파 못 하겠네

제보자 2 에헤 달회

제보자 1 저 건네 호조밭에

제보자 2 어허 달회

제보자 1 새들었네

제보자 2 어

　　아이 고생했습니다.

달구 소리 / 묘 다지는 소리

자료코드 : 03_10_FOS_20090402_KDH_JBK_0001_s02-2
조사장소 : 강원도 정선군 여량면 봉정리 발면 고 장병환 장지
조사일시 : 2009.4.2
조 사 자 : 강등학, 이영식, 박은영, 유태웅
제보자 1 : 장봉규, 남, 78세(선소리)
제보자 2 : 이규열, 남, 77세 외 5인(달구꾼)
구연상황 : 첫 번째 달구 소리가 끝나자 굴삭기가 움직이며 흙은 더 덮고, 몇몇 사람들은
　　　　　낮은 쪽부터 떼를 심는 등 봉분의 형태를 잡기 시작했다. 두 번째 달구질을
　　　　　시작하기 전에 첫 번째와 마찬가지로 상주 측에서 술과 안주를 가지고 다니
　　　　　며 선소리꾼과 달구꾼들에게 권했다. 두 번째 달구 소리는 망자의 일가인 장

봉규가 선소리를 하였는데, 나이가 있음에도 긴 시간 동안 좌우로 오가면서 열정적으로 하였다. 너무 긴 시간 동안 선소리를 하자 달구꾼들 중에는 그만 끝내라고 투덜대는 사람도 있었다. 선소리꾼은 첫 번째 선소리꾼이 들었던 작대기를 잡고 바깥에서 소리를 하고, 달구꾼들은 연춧대를 들었다 놓으며 시계 반대 방향으로 돌았다.

제보자 1 오호 달구여

제보자 2 산신전

제보자 1 여보시오 계원님네

제보자 2 또 산신전

제보자 1 이 내 말쌈 들어 보소

제보자 2 받어!

　　　　　○○○ 산신전.

　　　　　받어!

　　　　　세 마디 받는 기야 원래.

제보자 1 이 세상에 나온 사람

제보자 2 오호 달우여

제보자 1 누덕으로 나왔던고

제보자 2 오호 달회

제보자 1 사(석)가여래 은덕으로

제보자 2 오호 달회

제보자 1 아버님전 살 뼈를 빌어

제보자 2 오호 달구야

제보자 1 어머님전 살을 빌려

제보자 2 오호 달구야

제보자 1 칠성님전 명을 받아

제보자 2 오호 달구야

제보자 1 제석님전 복을 타서

제보자 2 오호 달회

제보자 1 이 내 일신 탄생하여

제보자 2 오호 달회

제보자 1 한두 살에 철을 몰라

제보자 2 오호 달구야

제보자 1 부모은공 못다 갚고

제보자 2 오호 달구야

제보자 1 어이없고 애달쿠나

제보자 2 오호 달회

제보자 1 무정세월 여류하야

제보자 2 오호 달회

제보자 1 인간 백척에 당도하니

제보자 2 오호 달회야

제보자 1 없던 망령두 절로 나네

제보자 2 오호 달구야

제보자 1 망령이라 흉도 보고

제보자 2 오호 달회

제보자 1 구석구석 웃는 몬양

제보자 2 오호 달회

제보자 1 ○○○○ 슲어지네(슬퍼지네)

제보자 2 오호 달구야

제보자 1 이 큰에 이 공덕을

제보자 2 오호 달회

제보자 1 누가 능히 막을 손가

제보자 2 오호 달회

제보자 1 ○○○의 은덕인가

제보자 2 오호 달회

제보자 1 왕소군의 귀별구네

제보자 2 오호 달회

제보자 1 인간 백세 산다 해도

제보자 2 오호 달회

제보자 1 잠든 날과 병든 날과

제보자 2 오호 달회

제보자 1 걱정 근심 다 제하면

제보자 2 오호 달회

제보자 1 단 사십을 못살 인생

제보자 2 오호 달회

제보자 1 어제 오날(오늘) 성탄(성한) 몸도

제보자 2 오호 달회

제보자 1 저녁나절 병이 드니

제보자 2 오호 달구야

제보자 1 실낱 같이 약한 몸이

제보자 2 오호 달회

제보자 1 태산 같은 병이 드니

제보자 2 오호 달회

제보자 1 부르노니 어머니요

제보자 2 오호 달회

제보자 1 찾나라니 냉수로다

제보자 2 오호 달회

제보자 1 인삼 녹용 약을 쓴들

제보자 2 오호 달회

제보자 1 약효인들 입을 손가

제보자 2 오호 달회

제보자 1 무녀 불러 굿을 한들

제보자 2 오호 달회

제보자 1 굿덕인들 입을 손가

제보자 2 오호 달회

제보자 1 판수 불러 경 읽은들

제보자 2 오호 달회

제보자 1 경 덕인들 입을 손가

제보자 2 오호 달회

제보자 1 종종 덜구 들어가네

제보자 2 오호 달회

제보자 1 에헤 달회

제보자 2 에헤 달회

제보자 1 종종 달구 들어간다

제보자 2 에헤 달회

제보자 1 재미살을 쓸고 쓸어

제보자 2 에헤 달회

제보자 1 산천대첩 찾어가서

제보자 2 에헤 달회

제보자 1 상탕에 메를 짓고

제보자 2 에헤 달회

제보자 1 중탕에 세수하고

제보자 2 에헤 달회

제보자 1 하탕에 수족 씻고

제보자 2 에헤 달회

제보자 1 촉대 한 쌍 들어노면

제보자 2 에헤 달회

제보자 1 향로 한쌍 갖찬 후에

제보자 2 에헤 달회

제보자 1 수진이쩍 든 연후에

제보자 2 에헤 달회

제보자 1 비난이다 비난이다

제보자 2 에헤 달회

제보자 1 하나님전 비난이다

제보자 2 에헤 달회

제보자 1 신령님전 발원한들

제보자 2 에헤 달회

제보자 1 혼은십년 감수하니

제보자 2 에헤 달회

제보자 1 제일전은 진광대왕

제보자 2 에헤 달회

제보자 1 제이전에 초간대왕

제보자 2 에헤 달회

제보자 1 제삼전에 옥관대왕

제보자 2 에헤 달회

제보자 1 제사전에 수비대왕

제보자 2 에헤 달회

제보자 1 제오전에 염려대왕(염라대왕)

제보자 2 에헤 달회

제보자 1 제육전에 변성대왕

제보자 2 에헤 달회

제보자 1 제칠전에 태산대왕

제보자 2 에헤 달회

제보자 1 제팔전에 숙수대왕

제보자 2 에헤 달회

제보자 1 제구전에 도시대왕

제보자 2 에헤 달회

제보자 1 제십전에 전륜대왕

제보자 2 에헤 달회

제보자 1 염라국에 부린 사자

제보자 2 에헤 달회

제보자 1 한 손에 철벽 들고

제보자 2 에헤 달회

제보자 1 또 한 손에 대자 들고

제보자 2 에헤 달회

제보자 1 쇠사슬도 비껴 차며

제보자 2 에헤 달회

제보자 1 활등같이 굽은 길에

제보자 2 에헤 달회

제보자 1 살대같이 딸려(달려) 와서

제보자 2 어헤 달회

제보자 1 닫은 문을 박차면서

제보자 2 어헤 달회

제보자 1 뇌성같이 소래하야

제보자 2 에헤 달회

제보자 1 성명 삼자 불러 내여

제보자 2 어허 달회

제보자 1 어서가구 바삐 가세

제보자 2 어허 달회

제보자 1 뉘 명이라 거역하며

제보자 2 에혜 달회

제보자 1 뉘명이라 지체 하리

제보자 2 에혜 달회

제보자 1 여보소 사자님네

제보자 2 에혜 달회

제보자 1 ○○밭도 갖구 가고

제보자 2 에혜 달회

제보자 1 노잣돈도 갖구 가고

제보자 2 에혜 달회

제보자 1 만단개유 애걸한들

제보자 2 에혜 달회

제보자 1 오는 사자 들어주나

제보자 2 에혜 달회

제보자 1 불쌍하다 우리 인생

제보자 2 에혜 달회

제보자 1 인간 하직 망극하다

제보자 2 에혜 달회

제보자 1 명사십리 해당화야

제보자 2 에혜 달회

제보자 1 꽃 진다고 슬허 마소

제보자 2 에혜 달회

제보자 1 명년 삼월 봄이 되면

제보자 2 에혜 달회

제보자 1 너는 다시 피런마는

제보자 2 에헤 달회

제보자 1 우리 인생 한 번 가면

제보자 2 에헤 달회

제보자 1 다시 오기 어렵단다

제보자 2 에헤 달회

제보자 1 북망산천 들어갈 제

제보자 2 에헤 달회

제보자 1 어찌 갈고 험난한로

제보자 2 에헤 달회

제보자 1 저승길도 머다더니

제보자 2 에헤 달회

제보자 1 대문 밖이 저승일세

제보자 2 에헤 달회

제보자 1 [주위가 시끄러워 잘 안 들림]

제보자 2 에헤 달회

제보자 1 어서 가자 등을 밀어

제보자 2 에헤 달회

제보자 1 번개같이 끌어내니

제보자 2 에헤 달회

제보자 1 혼비백산 나 죽겠네

제보자 2 에헤 달회

[주위가 시끄러워 노래가 잠시 중단]

제보자 1 여보쇼 계원님네

제보자 2 에헤 달회

제보자 1 아흔아홉 ○을 올려

제보자 2 에헤 달회

제보자 1 ○○ 들썩 다져주고

제보자 2 에헤 달회

제보자 1 일가친척이 많다 해도

제보자 2 에헤 달회

제보자 1 어느 친척 대신 가나

제보자 2 에헤 달회

제보자 1 친구 벗두 많다 해도

제보자 2 에헤 달회

제보자 1 어느 친구 대신 가나

제보자 2 에헤 달회

제보자 1 높은 데는 낮아지고

제보자 2 에헤 달회

제보자 1 낮은 데는 높아지니

제보자 2 에헤 달회

제보자 1 서광지는 달을 아네

제보자 2 에헤 달회

제보자 1 ○○국을 당도하니

제보자 2 에헤 달회

제보자 1 ○○장은 은제(언제) 잡아

제보자 2 에헤 달회

제보자 1 조령다령 묻는 말이

제보자 2 에헤 달회

제보자 1 인간세상 나갔다가

제보자 2 에헤 달회

제보자 1 무슨 공덕 하였는가

제보자 2 에헤 달회

제보자 1 배고픈이 밥을 주와

제보자 2 에헤 달회

제보자 1 활인공덕 하였는가

제보자 2 에헤 달회

제보자 1 물 많은데 다리 놓아

제보자 2 에헤 달회

제보자 1 어진공덕 하였는가

제보자 2 에헤 달회

제보자 1 ○○없는 옷을 입와

제보자 2 에헤 달회

제보자 1 석두공덕 하였는가

제보자 2 에헤 달회

제보자 1 가죽에 잘 논다면

제보자 2 에헤 달회

제보자 1 소원대로 되느니라

제보자 2 에헤 달회

제보자 1 극락으로 가는 사람

제보자 2 에헤 달회

제보자 1 ○○○○ 가는 사람

제보자 2 에헤 달회

제보자 1 지옥으로 가는 사람

제보자 2 어허 달회

제보자 1 오락가락 왕래하던

제보자 2 에헤 달회

제보자 1 저근네 장자 밭에

제보자 2 어허 달회

제보자 1 오조씨를 뿌렸더니

제보자 2 오호 달회

제보자 1 ○○이 다 파먹고

제보자 2 에헤 달회

제보자 1 빈 좃대만 남았다네

제보자 2 에헤 달회

제보자 1 오조 밭에 사는구나

제보자 2 오

달구 소리 / 묘 다지는 소리

자료코드 : 03_10_FOS_20090402_KDH_JBK_0001_s02-4
조사장소 : 강원도 정선군 여량면 봉정리 발면 고 장병환 장지
조사일시 : 2009.4.2
조 사 자 : 강등학, 이영식, 박은영, 유태웅
제보자 1 : 장봉규, 남, 78세(선소리)
제보자 2 : 이규열, 남, 77세 외 5인(달구꾼)
구연상황 : 세 번째 달구 소리를 끝낸 후 소리를 마치려고 했으나 상주 측에서 더 다져
줄 것을 요청해 두 번 더 다지기로 했다. 네 번째 다질 때도 상주 측에서는
선소리꾼과 달구꾼들에게 술과 안주를 대접했다. 달구 소리를 더 요청한 까닭
인지 상주 측에서 봉투가 많이 끼웠다. 네 번째 선소리는 두 번째 선소리를
한 장봉규가 나섰는데, 두 번째 고생한 달구꾼들은 서로들 망설였다. 장봉규
가 한 네 번째 달구 소리의 사설은 두 번째의 그것과 크게 다르지 않았다. 달
구꾼들은 연춧대를 들었다 놓으며 시계 반대 방향으로 돌면서 다졌다. 봉투가
많아 더 이상 끼울 데가 없자 일부를 큰 비닐봉투에 담아 놓았다.

제보자 1 오허 달구여

제보자 2 오허 달회

제보자 1 먼 데 사람 들기 좋게

제보자 2 에허루 달회

제보자 1 곁에 사람 듣기 좋게

제보자 2 오허루 달회

제보자 1 등 맞치고 발 맞춰서

제보자 2 에헤루 달회

제보자 1 남의 눈에 정이 가게

제보자 2 에헤루 달회

제보자 1 밤새두룩(밤새도록) 먹은 계원

제보자 2 에헤루 달회

제보자 1 우정 들썩 다여주오

제보자 2 에헤루 달회

제보자 1 이 칸에 이 공덕을

제보자 2 에헤루 달회

제보자 1 누가 능히 막을 손가

제보자 2 에헤루 달회

제보자 1 ○○○○ 은덕인가

제보자 2 에헤루 달회

제보자 1 왕소군의 귀불귀라

제보자 2 에헤루 달회

제보자 1 인간 백세를 산다 해도

제보자 2 에헤루 달회

제보자 1 잠든 날과 병든 날과

제보자 2 에헤루 달회

제보자 1 걱정 근심 다 제하면

제보자 2 에헤루 달회

제보자 1 단 사십을 못살 인생

제보자 2 에헤루 달회

제보자 1 어제 오날 성턴 몸도

제보자 2 에헤루 달회

제보자 1 저녁나절 병이 드니

제보자 2 에헤루 달회

제보자 1 실낱 같이 약한 몸에

제보자 2 에헤루 달회

제보자 1 태성(태산) 겉은 병이 드니

제보자 2 에헤루 달회

제보자 1 부르노니 어머니요

제보자 2 에헤루 달회

제보자 1 찾노라니 냉수로다

제보자 2 에헤루 달회

제보자 1 인삼녹용 약을 쓴들

제보자 2 에헤루 달회

제보자 1 약효인들 입을 손가

제보자 2 에헤루 달회

제보자 1 무녀 불러 굿을 한들

제보자 2 에헤루 달회

제보자 1 굿 덕인들 입을 손가

제보자 2 에헤루 달회

제보자 1 판수 불러 정 읽우들(경 읽은들)

제보자 2 어헤루 달회

제보자 1 정(경) 덕인들 이룰 손가

제보자 2 에허루 달회

제보자 1 종종 덜구 들어가오

제보자 2 에헤루 달회

제보자 1 에에 달회

제보자 2 에에 달회

제보자 1 종종 덜구 들어간다

제보자 2 에에 달회

제보자 1 재미쌀을 쓸어 쓸어

제보자 2 에에 달회

제보자 1 명산 대첩 찾어가서

제보자 2 에에 달회

제보자 1 상○○○ 메를 짓고

제보자 2 에에 달회

제보자 1 중탕에 세수하면

제보자 2 에에 달회

제보자 1 하탕에 수족 씻고

제보자 2 에헤루 달회

제보자 1 촉대 한 냥 걸어 노면

제보자 2 에헤루 달회

제보자 1 향로 한 쌍 거친 후에

제보자 2 에헤루 달회

제보자 1 하나님에 ○양 하고

제보자 2 에헤루 달회

제보자 1 신령님전 발원한들

제보자 2 에헤루 달회

제보자 1 어느 신령 감응 하리

제보자 2 에헤루 달회

제보자 1 제일전엔 진광대왕

제보자 2 에헤루 달회

제보자 1 제이전에 초강대왕

제보자 2 어허루 달회

제보자 1 제삼전에 옥관대왕

제보자 2 에헤루 달회

제보자 1 서천에 염려대왕

제보자 2 에헤루 달회

제보자 1 서역중의 진성대왕

제보자 2 에헤루 달회

제보자 1 제칠전에 태산대왕

제보자 2 에헤루 달회

제보자 1 제팔전에 ○○대왕

제보자 2 에헤루 달회

제보자 1 제구전에 도시대왕

제보자 2 에헤루 달회

제보자 1 제십전에 전륭대왕(전륜대왕)

제보자 2 에헤루 달회

제보자 1 염라국에 부린 사자

제보자 2 에헤루 달회

제보자 1 일직 사자 월적(월직) 사자

제보자 2 에헤루 달회

제보자 1 한 손에 철벽 들면(들며)

제보자 2 에헤루 달회

제보자 1 또 한 손에 대자 들고

제보자 2 에헤루 달회

제보자 1 쇠사실도(쇠사슬도) 비껴 차고

제보자 2 에헤루 달회

제보자 1 활등같이 굽은 길에

제보자 2 에헤루 달회

제보자 1 살대 같이 달려와서

제보자 2 에헤루 달회

제보자 1 닫은 문도 박차면선

제보자 2 에헤루 달회

제보자 1 뇌성 같이 스래하아(소리하여)

제보자 2 에헤루 달회

제보자 1 성명 삼자 불러 내여

제보자 2 에헤루 달회

제보자 1 어서 받구 바삐 가자

제보자 2 에헤루 달회

제보자 1 뉘 불이라 거역하나

제보자 2 에헤루 달회

제보자 1 뉘 영이라 지체하리

제보자 2 에헤루 달회

제보자 1 여보슈 사자님네

제보자 2 에헤루 달회

제보자 1 ○○ 밭도 잦구 가구(갖고 가고)

제보자 2 에헤루 달회

제보자 1 노잣돈도 갖구 가고

제보자 2 에헤루 달회

제보자 1 만단개유 애걸한들

제보자 2 에헤루 달회

제보자 1 어느 사자 들을 소나

제보자 2 에헤루 달회

제보자 1 불쌍하다 우리 인생

제보자 2 에헤루 달회

제보자 1 인간하직 망극하다

제보자 2 에헤루 달회

제보자 1 명사십리 해당화야

제보자 2 에헤루 달회

제보자 1 꽃 진다고 설워 마소

제보자 2 에헤루 달회

제보자 1 맹년(명년) 삼월 봄이 되면

제보자 2 에헤루 달회

제보자 1 너는 다시 피련마는

제보자 2 에헤루 달회

제보자 1 우리 인생 한번 가면

제보자 2 에헤루 달회

제보자 1 다시 오기 어렵단다

제보자 2 에헤루 달회

제보자 1 북망산천 들어가세

제보자 2 에헤루 달회

제보자 1 어찌 갈고 심산험로

제보자 2 에헤루 달회

아라리 / 가창유희요

자료코드 : 03_10_FOS_20090204_KDH_JSB_0001
조사장소 : 강원도 정선군 여량면 봉정리 111번지 봉정리경로당
조사일시 : 2009.2.4
조 사 자 : 강등학, 이영식, 박은영, 유태웅
제보자 1 : 장석배, 남, 62세
제보자 2 : 장봉규, 남, 78세
제보자 3 : 박종복, 남, 76세
제보자 4 : 윤광열, 남, 74세
제보자 5 : 김종권, 남, 70세
제보자 6 : 이규열, 남, 77세
구연상황 : 상여소리를 마친 후, 판의 분위기가 한껏 무르익었다. 조사자가 봉정리의 아
　　　　　라리가 듣고 싶다고 청하자, 장석배가 먼저 노래를 부를 터이니 나머지 사람
　　　　　들이 받으라고 했다. 술이 몇 잔씩 돈 뒤라 다들 쉽게 노래를 이어갔다.

제보자 1　여우새 여의주는 용만타고 다니나
　　　　　북망산천 가신 우리 님 왜 못 타고 못 오나

제보자 2 (장봉규입니다.)
　　　　　못 먹는 소주 한잔을 홀쭉 마셨더니
　　　　　안 나오던 정선아라리 저절로 난다

제보자 3 (박종복입니다.)
　　　　　한치야 뒷산에 곤두레 딱주기 임의 맛만 같으면
　　　　　고것만 뜯어먹어도 봄 살아나겠네

제보자 4 (윤광열입니다.)
　　　　　아우라지 뱃사공아 배 좀 건네주게
　　　　　싸리골 울동백이 다 떨어진다

제보자 5 (김종권입니다.)

일본동경에 돈 벌러 갈 마음 연락선으로 하나요
시골살림 할 마음으는 도토리 껍질로 하나라

갈라거든 갈라거든 당신이 가실라거든
섬섬옥수 드는 빗으로 내 목을 찌구 가세요

제보자 6 앞남산 참매미란 놈은 초성두나 좋아
　　　　세 살 먹어 들던 음성이 변치도 않네

제보자 1 옛골 봉정 베락(벼락)바위에 베락을 치거든
　　　　죄 짓고 등천 못한 용 내린 천벌이로다

제보자 2 아우라지 지장구아자씨 배 좀 건너주게
　　　　싸리꼴에 검은 동박이 다 떨어진다

제보자 6 (이규열입니다.)
　　　　영월읍에 덕포가 있는데 구호미는 왜 타이며
　　　　정선동면 약수가 있는데 사람만은 왜 죽나

(아이 할 줄 몰라.)
(조사자 : 잘 하시네요, 뭘.)

제보자 1 (잘 하시네요. 몇 마디 해보세요. 죽죽 해.)

제보자 4 골동바위 중석허가는 연연이 다달이 나건만
　　　　처녀총각 잠자리허가는 왜아니 나나

제보자 6 먹구 놉시야 씨구 놉시다 진풍 먹구 놉시다
　　　　술반머리 그냥 금전만 애끼려 말어라

제보자 1 한강수 깊은 물에 퐁당 빠져 죽은 듯
　　　　내 가슴에 쌓인 애정이 풀릴 수가 있겠나

제보자 6 손뼉을 쳐야 돼.

제보자 5 그림바우 막걸리 값으는 올렸다 내렸다 하는데
　　　　우리 부모네 날 한번 주면은 줬다가 뺏었다 못하나

제보자 4 쌓이는 눈은 산천을 덮는데
　　　　당신의 사랑은 내 가슴을 덮는다

제보자 6 강릉에 경포대를 얼매만침(얼마나) 좋아서
　　　　부모처자 다 이별하고 나 여기 왔네

어머니 어머니 내 죽거든 / 가창유희요

자료코드 : 03_10_FOS_20090204_KDH_JSB_0002
조사장소 : 강원도 정선군 여량면 봉정리 111번지 봉정리경로당
조사일시 : 2009.2.4
조 사 자 : 강등학, 이영식, 박은영, 유태웅
제 보 자 : 장석배, 남, 62세
구연상황 : 판이 끝나갈 무렵, 이런 저런 이야기를 나누는 과정에서 장석배가 이 노래를
　　　　　　떠올렸다. 딸이 죽으면서 엄마한테 하는 소리라고 하는데, 어렸을 때 장석배
　　　　　　의 어머니로부터 들은 노래라고 한다.

　　　어머이 어머이 내 죽거든 뒷동산에 묻지 말고
　　　앞동산에 묻지 말고 양지쪽에 묻어주오
　　　비 오거든 덮어주고 눈 오거든 쓸어주고
　　　친구들이 찾아 오이면 내 죽었다 하지 마오

어머이 어머이 내 무덤에 꽃이 피면 뽑지 말고 꺾지 말고
벌나비가 날아 오이면 쫓지 말고 잡지 마오

　이런게 이게 이게 어머이, 딸이 죽으면서 어머이한테 인제 그 부르는
소리야.

풀풀 풀무야 / 널뛰기 하는 소리

자료코드 : 03_10_FOS_20090204_KDH_CIS_0001
조사장소 : 강원도 정선군 여량면 봉정리 111번지 봉정리경로당
조사일시 : 2009.2.4
조 사 자 : 강등학, 이영식, 박은영, 유태웅
제 보 자 : 최인식, 여, 79세
구연상황 : 널뛰기하면서 부르던 소리가 없었느냐는 조사자의 질문에 '풀무 소리'를 떠올
　　　　　렸다. 노래는 부르는 이는 널의 가운데에 서서 넘어지지 않도록 이 쪽 저 쪽
　　　　　을 딛으며 이 노래를 불렀다고 한다. 최인식은 널 가운데 서 있는 흉내를 내
　　　　　며 이 노래를 불렀다.

　풀풀 풀미야
　후훌 잘 올라가거라
　푸풀 풀미야

띵까라붕 / 가창유희요

자료코드 : 03_10_MFS_20090204_KDH_KOY_0001
조사장소 : 강원도 정선군 여량면 봉정리 111번지 봉정리경로당
조사일시 : 2009.2.4
조 사 자 : 강등학, 이영식, 박은영, 유태웅
제 보 자 : 김옥녀, 여, 64세
구연상황 : 김옥녀가 '뱃노래'를 부르려하다가 잘 되지 않았다. 나머지 제보자들이 아라
리를 마저 부른 후, 다시 김옥녀에게 마무리를 해줄 것을 요청했을 때 김옥녀
가 이 노래를 불렀다. 젊었을 때 여럿이 놀면서 부른 노래로 이렇다 할 제목
은 없었다고 한다. 아주 재밌었으며 많이들 불렀다고 한다.

시집을 못 가단다면 무슨 걱정 되나요
강 건너 횟꼬리밭에(쇠꼬리밭에, 폭이 좁고 긴 밭) 고려 똥갈보나
되지요
얼씨구절씨구 띵까붕

(조사자 : 하하하.)

장가를 못 간다면 무슨 걱정 되나요
경주라 불국사에 고려중이나 되지요
얼씨구절씨구 띵까붕

띵까라붕 / 가창유희요

자료코드 : 03_10_MFS_20090204_KDH_KOY_0002
조사장소 : 강원도 정선군 여량면 봉정리 111번지 봉정리경로당

조사일시 : 2009.2.4

조 사 자 : 강등학, 이영식, 박은영, 유태웅

제보자 1 : 김옥녀, 여, 64세

제보자 2 : 진순옥, 여, 66세

구연상황 : 김옥녀가 '어랑 타령'을 부르려하다가 잘 되지 않았다. 나머지 제보자들이 아
라리를 마저 부른 후, 다시 김옥녀에게 마무리를 해줄 것을 요청했을 때 김옥
녀가 이 노래를 두 수 불렀다. 젊었을 때 여럿이 놀면서 부른 노래라고 했다.
조사자가 당시에 부르던 방식대로 다시 불러줄 것을 요청해서 김옥녀와 진순
옥 둘이 다시 불러주었다. 사설이 다양했으며 후렴으로 '떵가라붕'만 붙이면
된다고 했다.

제보자 1 강 근너 제주도가 얼마나 좋아서

꽃같은 나를 두고 고려연락선 탔느냐

얼씨구절씨구 떵까라붕

(조사자 : 소리를 알아야지.)

가기는 간다마는 가내 없는 이내신세

또 다시 고향생각 안기는구나

떵까붕 떵까붕

콩 한 되 짠스해서(훔쳐 팔아서) 백삼십 원 받아서

처갓집에 갈 적에 여비합시다

떵까붕 떵가라붕

(청중 : 하나도 안 잊어버렸네.)

제보자 2 날씬한 작업복에 흰 마구라(머플러) 두르고

어여쁜 아가씨를 만나러간다 떵까붕

처갓집에 가기는 가야겠는데

나는야 수중에 한 푼 없는 백수건달이

땅까붕 땅까붕

제보자 1 짠스했다 해. 그건 붙여야 되거들랑.

제보자 1 처갓집에 가기는 가야기만 하겠는데
수중에 한 푼 없어 나는 못 가요
땅까붕

콩 한 되 짠스해서 백삼십 원 받아서
처갓집에 갈 적에 여비합시다
땅까붕

가라소 가라소 / 오재미 하는 소리

자료코드 : 03_10_MFS_20090204_KDH_LOJ_0001
조사장소 : 강원도 정선군 여량면 봉정리 111번지 봉정리경로당
조사일시 : 2009.2.4
조 사 자 : 강등학, 이영식, 박은영, 유태웅
제 보 자 : 이옥자, 여, 64세
구연상황 : 공기를 하면서 노래를 부르지 않았느냐는 조사자의 질문에 공기를 하면서는
노래를 하지 않았으나, 오재미를 부르면서는 노래를 불렀다고 한다. 제보자들
이 그 노래는 짧아서 할 게 없다고 하자, 조사자가 아이들 노래인지라 원래
짧다고 하며 불러주기를 청했다. 이옥자가 기억을 더듬어 노래를 불렀다.

가라소 가라소
일전자리 가라소
가라소 가라소
일전자리 가라소

이래미.

너영나영 / 가창유희요

자료코드 : 03_10_MFS_20090204_KDH_JSO_0001
조사장소 : 강원도 정선군 여량면 봉정리 111번지 봉정리경로당
조사일시 : 2009.2.4
조 사 자 : 강등학, 이영식, 박은영, 유태웅
제 보 자 : 진순옥, 여, 66세
구연상황 : 9명의 제보자들이 아라리를 한 번씩 돌아가며 부른 후, 다시 이옥자의 차례가
되었을 때 이옥자가 '어랑 타령'을 불렀다. 이후 방순자와 배옥년은 '어랑 타
령'을 모른다며 아라리를 불렀고, 진순옥이 받아서 이 노래를 불렀다.

아침에 우는 새는 배가 고파 울고요

저녁에 우는 새는 에미 그리 운단다

나냐 너녀 두리둥실 놀고요

낮이 낮이나 밤이 밤이나

참사랑이군단다

6. 임계면

증편 한국구비문학대계 ● 강원도 정선군

▌조사마을

강원도 정선군 임계면 골지1리

조사일시 : 2009.2.5
조 사 자 : 강등학, 이영식, 박은영, 유태웅

강원도 정선군 임계면 골지1리 마을 전경

골지리는 3개의 행정리로 나뉘어 있는데, 골지1리에는 46세대에 110명, 골지2리에는 42세대에 93명, 골지3리에는 32세대에 81명이 각각 거주하고 있다. 골지리는 원래 문래 또는 골개로 칭하여 오다가 일제강점기 때에 번역이 잘못되어 골지리(骨只里)로 되었다고 한다. 이곳은 지하자원이 풍부하게 매장되어 있어 일제강점기 때부터 1970년대까지 은을 많이 캤다. 당시에는 골지광산, 은치광산, 서류광산 등 세 곳이 있었는데, 이 중에 은치광산이 가장 컸다. 광산이 활성화 되었을 때는 술집이 5곳 있었으며, 학교도 비교적 이른 시기인 1930년대 초에 세워졌을 정도로 마을이 컸다고 한다. 마을에 있던 문래초등학교는 학생 수의 격감으로 1999년 3월에 임계초등학교 문래분교로 되었다가 2009년 2월에는 폐교가 되었다.

서낭당은 현재도 리마다 있는데 2리와 3리에 있는 서낭신은 여신이고, 1리에 있는 서낭신은 남신이라 한다. 골지1리인 문래에서는 원래 섣달그믐과 정월 보름에 당고사를 지냈으나, 지금은 번거로워 3월 초하룻날 이장의 주관 하에 관심 있는 분들만 참여를 한다. 서낭당 내부에는 사고지에 쓴 여역지신(癘域之神), 성황지신(城皇之神), 토지지신(土地之神) 등이 정면에 나란히 붙여놓아 위패를 대신하고 있다.

경지면적은 골지1리의 경우 밭이 0.31km², 논이 0.09km²이며, 골지2리는 밭이 0.54km², 논이 0.12km²이고, 골지3리는 밭이 0.6km², 논이 0.03km²이다. 농사는 논농사도 있으나 높은 수익을 올릴 수 있는 밭농사가 중심이다. 예전에는 콩, 팥, 옥수수를 많이 심었으나 요즘은 배추와 무를 많이 심는다.

강원도 정선군 임계면 봉산2리

조사일시 : 2009.2.5
조 사 자 : 강등학, 이영식, 박은영, 유태웅

임계면은 원래 강릉군에 속하였으나 조선조 고종 43년인 1906년에 행정구역 개편으로 임계면이 정선군에 이관되어 정선군 임계면으로 칭하게 되었다.

1910년 면 행정구역을 개편하여 11개 리로, 1973년 7월 행정구역 개편, 삼척군 하장면 도전리와 가목리를 임계면에 편입하여 13개 리였으나 1989년 1월 봉정리를 정선군 여량면으로 이관하여 현재 가목리, 도전리, 직원리,

임계리, 송계리, 봉산리, 낙천리, 용산리, 골지리, 덕암리, 고양리, 반천리 등 12개의 법정리에 32개의 행정리 그리고 85개의 자연마을로 구성되어 있다.

임계면은 정선군 소재지에서 40km 떨어진 북방에 위치하고 있으며, 국도 35호선과 42호선의 교차지점으로 동쪽으로는 동해와 삼척시, 북쪽으로는 강릉시, 남쪽으로는 태백시와 연결되는 교통의 요충지이다. 이 지역은 정선군 농산물 생산량의 26%를 차지하고 있는 전형적인 농촌지역으로 생활권은 강릉이다. 특히 감자는 정선군 생산량의 75%를 담당하고 있다. 주요농산물은 고랭지채소, 감자, 옥수수 등이며 콩을 원료로 한 된장, 간장 등 가공식품 판매가 활성화되어 있다.

임계면은 2007년 12월 기준으로 전체 면적이 243.96km²인데, 이 중에 밭이 16.92km², 논이 3.61km², 임야가 211.79km²이다. 총 세대수는 1,720호, 인구는 4,013명이며, 이 중에 농가는 1,135호이다.

강원도 정선군 임계면 봉산2리 마을 전경

봉산리는 3개의 행정리에 세대수는 221호, 인구는 544명이다. 전체면적은 11.587km²이며, 이 중에 밭이 1.42km², 논은 0.558km²이다. 봉산리는 예전에 잡초가 많고 쑥이 많이 자라는 마을이라고 하여 쑥 봉(蓬)자를 써서 봉산리(蓬山里)라 하였다.

본동은 봉산2리에 속해 있는데, 이곳에는 수고당이 있다. 이 건물은 숙종 때 우의정과 좌의정을 역임한 외재(畏齋) 이단하(李端夏)의 아들 수고당(守孤堂) 이자(李嵫)가 낙향해 지은 것으로 현재 강원도 무형문화재 제88호로 지정되어 있다. 현재 이 마을에는 40여 호가 있는데, 이자의 후손인 덕수 이씨들은 10여 호가 거주하고 있다.

현재 봉산2리경로당 옆에 서낭당이 있다. 당고사는 원래 정월 첫 정일 새벽에 지냈으나 번거로움이 많아 작년부터는 초닷새 날로 정해서 초저녁에 지내고 있다. 유사는 돌아가며 생기를 따져 3명을 선출한다. 신목은 소나무였는데 오래 전에 고사했다. 이 신목은 원래 마을 뒷산에 있었는데 수백 년 전 장마에 현재 위치로 내려왔다고 한다.

임계면은 원래 논이 드문 곳이지만 봉산리에는 예전에도 논이 있어 다른 지역 사람들로부터 부러움을 샀다고 한다. 그러나 산간지역이라 논배미가 그리 크지 않았던 까닭에 두레가 활발하지 않았다. 제보자들은 논농사를 지을 때 농악이 함께 하지 않았으며, 농악에 대한 기억조차 없다고 한다. 외지에서 품 팔러 온 사람들이 간혹 농요를 하긴 했으나 여기 분들은 심심하면 아라리나 불렀다고 한다. 이곳은 130평이 1마지기라 한다.

강원도 정선군 임계면 직원2리 늙은피

조사일시 : 2009.4.25
조 사 자 : 강등학, 이영식, 박은영, 유태웅

직원리(稷院里)는 예전에 피원이라는 원(院)이 있었으므로 피원, 또는 직원리라 했다고 한다. 그래서 직원리는 큰피원, 작은피원, 늙은피 등과 같이 마을 이름에 '피' 자가 들어간 경우가 많다. 직원리는 2개의 행정리로 나뉘어 있는데, 2007년 12월 현재 세대수는 직원1리가 29호, 직원2리가 46호이며, 인구는 직원1리가 74명, 직원2리가 107명이다. 경지면적은 직원1리가 밭이 0.62km²이고, 논이 0.034km²이다. 직원2리는 논은 없고 밭이 0.4km²이다.

직원2리에 속해 있는 늙은피(老稷洞) 마을은 예전에 10여 호가 살았으나, 1960년대 말 화전민을 정리할 때 깊은 골짜기에 있던 다섯 집은 40만 원씩 받고 이주하였다. 현재 다섯 집이 남아 있으나 한 집은 현재 비어 있는 상태이다. 늙은피 마을에는 논이 없다. 예전에는 주로 감자, 옥수수, 콩 등을 심었으나 요즘은 배추, 무 등을 주로 심고 감자, 콩, 옥수수는 집에서 먹을 것만 조금 심는다.

강원도 정선군 임계면 직원2리 늙은피 마을 전경

제보자 문연수가 40대까지만 해도 직전리에서는 겨리로 밭을 갈았으나, 언제부터인가 다들 호리로 갈다가 지금은 트랙터나 경운기로 밭갈이를 한다. 마을에는 예전부터 내려오는 서낭이 있는데, 당집은 없으며 고로쇠나무를 위한다. 신목인 고로쇠나무는 얼마 전 죽었으나, 쓰러진 그 자리를 정리하여 금줄을 치고 위한다. 당고사는 섣달 그믐날 밤을 마을 사람들이 함께 지내면서 기다리다가 정월 초하룻날 새벽 1시 경에 지낸다. 제물은 백설기와 닭, 어물 등을 진설하는데, 현재 두 집만이 참여한다.

김형녀, 여, 1935년생

주 소 지 : 강원도 정선군 임계면 임계리
제보일시 : 2009.4.25
조 사 자 : 강등학, 이영식, 박은영, 유태웅

강릉시 옥계 태생으로 15세에 임계면 임계리로 이주하여 17세에 같은 마을에 사는 총각과 결혼했다. 다소 차분하고 꼼꼼한 성격으로 노래를 부르다가 막히면 조용히 연습을 해보고 다시 불러주곤 했다. 작년까지만 해도 알았던 노래가 기억이 안 난다며 속상해 했다.

제공 자료 목록

03_10_FOS_20090425_KDH_KHN_0001 성님 성님 사촌성님
03_10_FOS_20090425_KDH_BGY_0006 엮음 아라리
03_10_FOS_20090425_KDH_MYS_0005 아라리

문연수, 남, 1937년생

주 소 지 : 강원도 정선군 임계면 직원리
제보일시 : 2009.4.25
조 사 자 : 강등학, 이영식, 박은영, 유태웅

강릉시 옥계 태생으로 3세에 임계면 직원리 늙은피로 이주하였다. 18세에 3년 연상인 옥계 태생 윤태선과 결혼하여 3남 1녀를

두었다. 지금까지 평생 농사만 지었다. 늙은피 마을에는 논이 없었으나, 다른 마을에 다니며 모심기, 김매기도 해봤다. 성격이 쾌활하고 적극적이다. 연기자적 기질이 있어서 같은 노래를 하더라도 재미있게 불렀다.

제공 자료 목록

03_10_FOS_20090425_KDH_MYS_0001 영차 영차 소리
03_10_FOS_20090425_KDH_MYS_0002 잠자리 꽁꽁
03_10_FOS_20090425_KDH_MYS_0003 헌물은 나가고
03_10_FOS_20090425_KDH_MYS_0004 이랴 소리
03_10_FOS_20090425_KDH_MYS_0005 아라리
03_10_FOS_20090425_KDH_MYS_0006 남도령 타령

배귀연, 여, 1941년생

주 소 지 : 강원도 정선군 임계면 임계리
제보일시 : 2009.4.25
조 사 자 : 강등학, 이영식, 박은영, 유태웅

임계면 반천리 태생으로 그곳에서 6 · 25를 겪었고, 14세에 옆 마을인 송계리로 소란으로 갔다가 17세에 다시 강릉시 옥계로 이주하였다. 결혼은 21세에 임계리 화천동에 사는 총각과 결혼하여 현재까지 살고 있다. 배귀연은 정선아리랑 전수교육이수자로 정선장날인 2일, 7일에 정선장터에서 노래를 하는 소리꾼이다. 배귀연은 기억력이 뛰어나 아라리뿐만 아니라 어려서 들었던 노래를 많이 알고 있다. 아울러 젊어서는 소를 직접 몰고 밭갈이도 할 정도로 생활력도 강하다. 배귀연이 밭을 가는 건 마을 사람들이 다들 알고 있다고 한다.

제공 자료 목록

03_10_FOS_20090425_KDH_BGY_0001 이랴 소리

03_10_FOS_20090425_KDH_BGY_0002 봉아 봉아 천지봉아

03_10_FOS_20090425_KDH_BGY_0003 춘향아 춘향아

03_10_FOS_20090425_KDH_BGY_0004 나무하러 가세

03_10_FOS_20090425_KDH_BGY_0005 심도시다

03_10_FOS_20090425_KDH_BGY_0006 엮음 아라리

03_10_FOS_20090425_KDH_BGY_0007 다복녀

03_10_FOS_20090425_KDH_BGY_0008 종금 종금 종금새야

03_10_MFS_20090425_KDH_BGY_0001 시애미 시애미 하다가

03_10_MFS_20090425_KDH_BGY_0002 개 타령

03_10_MFS_20090425_KDH_BGY_0003 얼씨구 절씨구

03_10_MFS_20090425_KDH_BGY_0004 띵까라붕

윤태선, 여, 1934년생

주 소 지 : 강원도 정선군 임계면 직전리

제보일시 : 2009.4.25

조 사 자 : 강등학, 이영식, 박은영, 유태웅

강릉시 옥계 태생으로 21세에 3년 연하
인 임계면 직전리에 사는 문연수와 결혼하
여 3남 1녀를 두었다. 평생 농사만 지었다.
성격이 쾌활하고 적극적이다. 자신이 못하
더라도 주위 사람을 독려하곤 했다. 알았던
노래를 제대로 기억 못할 때에는 안타까워
했다.

제공 자료 목록

03_10_FOS_20090425_KDH_BGY_0006 엮음 아라리

이종벽, 남, 1934년생

주 소 지 : 강원도 정선군 임계면 봉산2리
제보일시 : 2009.2.5
조 사 자 : 강등학, 이영식, 박은영, 유태웅

이종벽은 덕수 이씨로 이자의 후손이다.
이 마을 토박이로 평생 농사를 지었다. 마을
유래에 대해 질문할 때에는 같이 있던 집안
동생 이종주(남. 72세)에게 답변을 미뤘다.
이 마을에서는 농사지을 때 소리는 별로 하
지 않았다고 한다. 풍채는 좋으시나 목소리
는 그리 크지 않았으며, 차분한 성격으로 적
극적이지 않았다.

제공 자료 목록
03_10_FOS_20090205_KDH_LJB_0001_s01 한춤 소리
03_10_FOS_20090205_KDH_LJB_0001_s02 자진 아라리

전금자, 여, 1942년생

주 소 지 : 강원도 정선군 임계면 골지1리
제보일시 : 2009.2.5
조 사 자 : 강등학, 이영식, 박은영, 유태웅

삼척시 하장면 태생으로 부모님이 돌아가
시자 15세~20세 때에는 서울서 생활하다
23세에 이곳 골지리로 시집왔다. 자식은 6
남매를 두었으며, 조사자들에게 들려준 노
래는 어렸을 때 하장에서 듣고 배운 것이라

한다. 어제 들은 얘기를 잊어버리는 경우가 있어도 어렸을 때 들었던 얘기는 모두 생각난다고 할 정도로 기억력이 상당히 좋았다. 적극적이고 명랑한 성격으로 조사자가 청하는 것에 대해 열심히 설명해 주었다. 연세에 비해 상당히 젊어보였다.

제공 자료 목록
03_10_FOS_20090205_KDH_JGJ_0001 잠자리 꽁꽁
03_10_FOS_20090205_KDH_JGJ_0002 원숭이 똥구멍은 빨개
03_10_FOS_20090205_KDH_JGJ_0003 다람아 다람아 동동
03_10_FOS_20090205_KDH_JGJ_0004 메요 메요 소리
03_10_FOS_20090205_KDH_JGJ_0005 가갸 가댜가
03_10_FOS_20090205_KDH_JGJ_0006 삼잡자 소리
03_10_FOS_20090205_KDH_JGJ_0007 할미손이 약손이다
03_10_FOS_20090205_KDH_JGJ_0008 우리 아기 잘도 잔다

정진규, 남, 1935년생

주 소 지 : 강원도 정선군 임계면 골지1리
제보일시 : 2009.2.5
조 사 자 : 강등학, 이영식, 박은영, 유태웅

골지리 토박이다. 광산 일을 20세 전부터 시작하여 30여 년을 넘게 했다. 철도공사 현장에서도 잠시 일을 했는데, 목도로 침목을 나르는 일이었다. 당시에 목도소리를 제대로 메기지 못한다고 침목 나르는 '일이 아닌 허드렛일을 했다고 한다. 마르신 편으로 웃음이 많으신 듯 노래를 하면서도 웃으셨다.

제공 자료 목록

03_10_FOS_20090205_KDH_HHS_0001 산이야 소리

함흥식, 남, 1935년생

주 소 지 : 강원도 정선군 임계면 골지1리
제보일시 : 2009.2.5
조 사 자 : 강등학, 이영식, 박은영, 유태웅

골지리 토박이다. 광산 일을 오랫동안 했
고 철도공사 현장에서도 일을 했다. 풍채가
좋으시며 말이 다소 빠른 편이다. 적극적인
성격으로 광산과 관련된 얘기를 자세히 설
명해 주었다. 현재 노인회 회장을 맡고 있다.

제공 자료 목록

03_10_FOS_20090205_KDH_HHS_0001 산이야 소리

성님 성님 사촌성님 / 가창유희요

자료코드 : 03_10_FOS_20090425_KDH_KHN_0001
조사장소 : 강원도 정선군 임계면 직원리 752번지 문연수 자택
조사일시 : 2009.4.25
조 사 자 : 강등학, 이영식, 박은영, 유태웅
제 보 자 : 김형녀, 여, 74세
구연상황 : 임계에 사는 정선아리랑 소리꾼 배귀연과 사전에 약속을 했다. '시애미 시애
미 하다가'를 부른 후 바로 이어 이 노래를 했다. 배귀연이 연속해서 두 곡을
부른 후, 그동안 조용히 노랫말을 외던 김형녀가 노래를 하겠다고 하였다.

성님 오네 성님 오네
분고개로 성님 오네
성님 마중 누가 갈까
반달같은 내가 가지
니가 우째 반달이냐
초승달이 반달이지
성님 성님 사촌성님
시집 살이 어떻던가
시집살이 좋데만은
시집 삼년 살고나니
행조초매 죽반인게
눈물 닦어 다쳐젰네

영차 영차 소리 / 가마 메는 소리

자료코드 : 03_10_FOS_20090425_KDH_MYS_0001
조사장소 : 강원도 정선군 임계면 직원리 752번지 문연수 자택
조사일시 : 2009.4.25
조 사 자 : 강등학, 이영식, 박은영, 유태웅
제 보 자 : 문연수, 남, 72세
구연상황 : 임계에 사는 정선아리랑 소리꾼 배귀연과 사전에 약속을 했다. 배귀연이 자신
의 결혼식과 관련해 눈이 많이 와서 고생한 얘기를 한참동안 했다. 배귀연의
이야기가 끝나고 조사자가 문연수에게 가마를 메어 봤냐고 묻자 여러 번 메
어봤으며, 가마를 메고 삼척시 미로면까지도 갔었다고 했다. 이에 조사자가
그러면 그때 무슨 노래 부르지 않았냐고 하자, 특별한 것은 없었고 평지에서
서둘러 갈 때하는 소리가 있다고 하면서 들려주었다. 가마는 앞뒤로 메고 이
소리는 서로 주거니 받거니 한다.

야, 해가 다 지는데 빨리 가자 야.

이거 까따하면, 천천히 가다면 저물어 큰일 났다.

발맞춰 빨리 가자!

으쌰 으쌰 으쌰 으쌰 으쌰 으쌰 으쌰 으쌰

으쌰 으쌰 으쌰 으쌰 으쌰

에 이젠 숨이 차 못가.

좀 쉐(쉬어) 가지고 가!

잠자리 꽁꽁 / 잠자리 잡는 소리

자료코드 : 03_10_FOS_20090425_KDH_MYS_0002
조사장소 : 강원도 정선군 임계면 직원리 752번지 문연수 자택
조사일시 : 2009.4.25
조 사 자 : 강등학, 이영식, 박은영, 유태웅

제 보 자 : 문연수, 남, 72세

구연상황 : 임계에 사는 정선아리랑 소리꾼 배귀연과 사전에 약속을 했다. '가마 메는 소
리'를 부른 후 동요에 대해 물었다. 먼저 '잠자리 잡는 소리'를 청하자 오래
된 일이라며 좀 망설였다. 처음 부를 때는 모두들 웃음이 나와 제대로 구연이
되지 않았다. 다시 부를 때는 주위의 사람들이 또 웃으면 안 된다고 하면서
뒤돌아 앉았다.

소금자아 코코 앉일자리 좋다
소금자아 코코 앉일자리 좋다
소금자아 코코 앉일자리 좋다

한 마리 잡았다!
이 봐라.

소금자아 코코 앉일자리 좋다
소금자아 코코 앉일자리 좋다
소금자아 코코 앉일자리 좋다

또 앉았다.
또 잡았다!

헌물은 나가고 / 물 맑게 하는 소리

자료코드 : 03_10_FOS_20090425_KDH_MYS_0003
조사장소 : 강원도 정선군 임계면 직원리 752번지 문연수 자택
조사일시 : 2009.4.25
조 사 자 : 강등학, 이영식, 박은영, 유태웅
제 보 자 : 문연수, 남, 72세
구연상황 : 임계에 사는 정선아리랑 소리꾼 배귀연과 사전에 약속을 했다. 조사자가 어렸
을 때 가재 잡으면서 흙탕물이 나면 어떻게 했냐고 하자 이 노래를 불렀다.

노래를 부르기 전에 실감나게 해야 한다고 하면서 방에 있던 돌멩이 하나를 앞에 갖다놓고 그 돌을 뒤집으면서 불렀다.

흙물이 맑아라 새물이 나온다
흙물이 맑아라 새물이 나온다
흙물이 맑아라 새물이 나온다

이히, 삐 깨구리 나왔다!
에이 폐 묻어라!

이랴 소리 / 밭가는 소리

자료코드 : 03_10_FOS_20090425_KDH_MYS_0004
조사장소 : 강원도 정선군 임계면 직원리 752번지 문연수 자택
조사일시 : 2009.4.25
조 사 자 : 강등학, 이영식, 박은영, 유태웅
제 보 자 : 문연수, 남, 72세
구연상황 : 임계에 사는 정선아리랑 소리꾼 배귀연과 사전에 약속을 했다. 배귀연이 정선
읍 정선장에서 공연이 있던 까닭에 공연이 끝난 후 동승해서 임계리 배귀연
에 집으로 갔다 그곳에서 같은 마을에 사는 김형녀와 함께 다시 직원리 문연
수 집에 갔다. 문연수 자택에서는 배귀연이 사전에 약속을 하여 모임이 이루
어진 것으로, 조사자들은 몰랐다. 집안에 문연수와 윤태선 부부가 밭을 가는
장면의 사진이 걸려있어 그에 대한 얘기를 듣고 '밭가는 소리'를 청했다.

이려
올러서라 내려오지 말고
내려 골 밟지 말고 똑바로 가자
또오초 오-
썩 물러서 돌아오느라-
이랴

빨리가자

와아 좀 쉬어가지고 잠깐 좀 쉬자

또 시작해보자

이랴

내려서지 말고 올러서 똑바루 가자

이랴

또오초 오-

썩 물러서 돌어오느라

이랴

빨리 가자

와아

이젠 점슴 때가 됐다 이젠 점슴 먹으러 가자

한낮에 여물 마이 먹고 와서 또 점심 와서 밭을 오늘 이 다 갈아야 돼

이거 가 못 갈면 내일 또 갈아야 하잖아

이거 오늘 다 갈아야지 내일 또 딴 집 밭 갈로 가니까 오늘 다 갈아야 된다

아라리 / 가창유희요

자료코드 : 03_10_FOS_20090425_KDH_MYS_0005
조사장소 : 강원도 정선군 임계면 직원리 752번지 문연수 자택
조사일시 : 2009.4.25
조 사 자 : 강등학, 이영식, 박은영, 유태웅
제보자 1 : 문연수, 남, 72세
제보자 2 : 김형녀, 여, 74세
구연상황 : 임계에 사는 정선아리랑 소리꾼 배귀연과 사전에 약속을 했다. 배귀연이 정선

읍 정선장에서 공연이 있던 까닭에 공연이 끝난 후 동승해서 임계리 배귀연에 집으로 갔다 그곳에서 같은 마을에 사는 김형녀와 함께 다시 직원리 문연수 집에 갔다. 문연수 자택에서는 배귀연이 사전에 약속을 하여 모임이 이루어진 것으로, 조사자들은 몰랐다. 조사자가 예전에 부르던 '엮음 아라리'와 지금 부르는 '엮음 아라리'가 차이가 있지 않느냐고 하자 그렇다며 배귀연, 김형녀, 윤태선이 이어서 불렀다. '엮음 아라리'가 끝나자 배귀연이 문연수에게 옛날 산에서 하던 소리를 해보라고 했다.

제보자 1 서산에 지는 해는 지구 싫어 지나

　　　　날 버리고 가시는 님우는(님은) 가구 싶어 가지

제보자 2 받으라구요?

　　(조사자 : 네.)

제보자 2 한팽생 농사를 지어도 빚만 덜컹 지구

　　　　팔다리 허리가 쑤시구 아파서 나는 못살겠네

남도령 타령 / 가창유희요

자료코드 : 03_10_FOS_20090425_KDH_MYS_0006
조사장소 : 강원도 정선군 임계면 직원리 752번지 문연수 자택
조사일시 : 2009.4.25
조 사 자 : 강등학, 이영식, 박은영, 유태웅
제 보 자 : 문연수, 남, 72세
구연상황 : 임계에 사는 정선아리랑 소리꾼 배귀연과 사전에 약속을 했다. 배귀연이 정선읍 정선장에서 공연이 있던 까닭에 공연이 끝난 후 동승해서 임계리 배귀연에 집으로 갔다 그곳에서 같은 마을에 사는 김형녀와 함께 다시 직원리 문연수 집에 갔다. 문연수 자택에서는 배귀연이 사전에 약속을 하여 모임이 이루어진 것으로, 조사자들은 몰랐다. 문연수가 산나물 뜯는 소리를 해본다고 하면서 부부가 같이 불렀다. 음질이 좋지 않아 혼자 부르도록 다시 청했다.

남산 우에(위에) 남도령아

서산 우에 서처녀야

나물을 캐러 가자꾸나

등으로 갈라니 바람이 쎄고

골루 갈라니 물소리 씨구(세고)

이러나 저러나 골루 가세

올러가면 올고사리

내려오면 쇠고사리

뚝뚝 꺾어 활나물에

네 귀 뿔러(벌려) 대북보에

그뜩 담어 한복 꺾어

정자 좋고 물 좋은데

점심밥을 먹구가세

남도령이 밥을 패니(퍼니)

삼년 묵은 보리밥에

말피 같은 꼬추장에

서처녀가 밥을 패니

외씨 같은 전이밥에

앵두 같은 팥을 넣고

솟불 같은 더덕지에

씨구 달구 다 먹었네

우리 둘이 자구가세

치마 뻣어(벗어) 평풍치고

단중을(속곳의 한 종류라 함.) 뻣어 담요 깔고

저고리 뻣어 베개 베고

우리 둘이 이랬다가

자식이 들면 어이하나

아들이 나면 내차지요

딸이 나면 니차지라

아들이 나도 잘 키워라

딸이 나도 잘 키워라

어화둥둥 내새끼야

어화둥둥 내사랑아

이랴 소리 / 밭가는 소리

자료코드 : 03_10_FOS_20090425_KDH_BGY_0001
조사장소 : 강원도 정선군 임계면 직원리 752번지 문연수 자택
조사일시 : 2009.4.25
조 사 자 : 강등학, 이영식, 박은영, 유태웅
제 보 자 : 배귀연, 여, 68세
구연상황 : 임계에 사는 정선아리랑 소리꾼 배귀연과 사전에 약속을 했다. 배귀연이 정선
읍 정선장에서 공연이 있던 까닭에 공연이 끝난 후 동승해서 임계리 배귀연
집으로 갔다 그곳에서 같은 마을에 사는 김형녀와 함께 다시 직원리 문연수
집에 갔다. 문연수 자택에서는 배귀연이 사전에 약속을 하여 모임이 이루어진
것으로, 조사자들은 몰랐다. 집에 도착하여 마을에 대한 이야기를 문연수로부
터 들었다. 배귀연이 자신의 결혼식과 관련해 눈이 많이 와서 고생한 얘기를
한참 동안 했다. 배귀연의 이야기가 끝나고 조사자가 문연수에게 가마를 메어
봤냐고 묻자 여러 번 메어봤으며, 가마를 메고 삼척시 미로면까지도 갔었다고
했다. 이에 조사자가 그러면 그때 무슨 노래 부르지 않았냐고 하자, 특별한
것은 없었고 평지에서 서둘러 갈 때하는 소리가 있다고 하면서 들려주었다.
가마는 앞뒤로 메고 이 소리는 서로 주거니 받거니 한다. '가마 메는 소리'를
부른 후 동요에 대해 물었다. 먼저 '잠자리 잡는 소리'를 청하자 오래된 일이
라며 좀 망설였다. 처음 부를 때는 모두들 웃음이 나와 제대로 구연이 되지
않았다. 다시 부를 때는 주위의 사람들이 또 웃으면 안 된다고 하면서 뒤돌아
앉았다. 노래가 끝나고 모두들 웃었다. 이어서 조사자가 어렸을 때 가재 잡으

면서 흙탕물이 나면 어떻게 했냐고 하자 이 노래를 불렀다. 노래를 부르기 전에 실감나게 해야 한다고 하면서 방에 있던 돌멩이 하나를 앞에 갖다놓고 그 돌을 뒤집으면서 불렀다. 노래가 끝나자 웃음과 함께 연기자처럼 잘 한다고 모두들 격려했다. 집안에 문연수와 윤태선 부부가 밭을 가는 장면의 사진이 걸려있어 그에 대한 얘기를 듣고 '밭가는 소리'를 청했다. 문연수의 '밭가는 소리'를 듣고 난 후, 배귀연은 남편이 손을 다쳤을 때 직접 밭도 갈며 소리도 했다고 해서 소리를 청했다. 처음 밭갈 때는 '밭가는 소리'를 하지 못했고, 마을에서 좀 떨어진 외딴 곳에서 몇 번 연습을 한 후에야 부를 수 있게 되었다고 한다.

이려

어서가자

올라서

또 내려가네

가자

올라가지 말고 내려서라

어 돌아간다

어디여-추

이려 돌아서라

어서가자

또 내려간다

올라서

또 돌아갈 때에는

이려 돌아서라

어디이- 돌아서라

어디여-추

봉아 봉아 천지봉아 / 신 부르는 소리

자료코드 : 03_10_FOS_20090425_KDH_BGY_0002
조사장소 : 강원도 정선군 임계면 직원리 752번지 문연수 자택
조사일시 : 2009.4.25
조 사 자 : 강등학, 이영식, 박은영, 유태웅
제 보 자 : 배귀연, 여, 68세

구연상황 : 임계에 사는 정선아리랑 소리꾼 배귀연과 사전에 약속을 했다. 배귀연의 '밭 가는 소리'를 듣고 젊어서 어떻게 놀았냐고 하자 방망이 점 얘기가 나와 이 노래를 청했다. 이 노래를 부를 때는 실제 하는 것처럼 김형녀가 무릎을 꿇고 방망이를 잡아 신이 내리는 시늉을 했다.

봉아봉아 천지봉아 용마람에 대장봉아
기미신랑 하실적에 어리설설 내리서요

봉아봉아 천지봉아 용마람에 대장봉아
기미신랑 하실적에 어리설설 내리서요

봉아봉아 천지봉아 용마람에 대장봉아
기미신랑 하실적에 어리설설 내리서요

더 해야 돼요?
(조사자 : 아, 두 번만 더 들어가세요. 웃지 말고!)

봉아봉아 천지봉아 용마람에 대장봉아
기미신랑 하실적에 어리설설 내리서요

봉아봉아 천지봉아 용마람에 대장봉아
기미신랑 하실적에 어리설설 내리서요

봉아봉아 천지봉아 용마람에 대장봉아
기미신랑 하실적에 어리설설 내리서요

춘향아 춘향아 / 춤추게 하는 소리

자료코드 : 03_10_FOS_20090425_KDH_BGY_0003
조사장소 : 강원도 정선군 임계면 직원리 752번지 문연수 자택
조사일시 : 2009.4.25
조 사 자 : 강등학, 이영식, 박은영, 유태웅
제 보 자 : 배귀연, 여, 68세
구연상황 : 임계에 사는 정선아리랑 소리꾼 배귀연과 사전에 약속을 했다. '신내리는소
리'가 끝나고 조사자가 '춘향아 춘향아'도 계속 불러달라고 했다. 배귀연이
예전에 엽전을 손바닥 사이에 넣고 했다고 하자, 문연수가 동전을 줘서 합장
을 한 손바닥 사이에 동전을 넣고 노래를 불렀다.

춘향아 춘향아 남한읍에 성춘향이
생일은 사월 초파일 나이는 십팔 세
정자 좋고 물 좋고 반석 좋은 데서 놀다 갑시다.

춘향아 춘향아 남한읍에 성춘향이
나이는 십팔 세 생일은 사월 초파일
정자 좋고 물 좋고 반석 좋은 데서 놀다 갑시다.

나무하러 가세 / 말머리 잇는 소리

자료코드 : 03_10_FOS_20090425_KDH_BGY_0004
조사장소 : 강원도 정선군 임계면 직원리 752번지 문연수 자택
조사일시 : 2009.4.25
조 사 자 : 강등학, 이영식, 박은영, 유태웅
제 보 자 : 배귀연, 여, 68세
구연상황 : 임계에 사는 정선아리랑 소리꾼 배귀연과 사전에 약속을 했다. 조사자가 예전
에 집에서 흔히 부르던 노래 있으면 부탁을 하자 배귀연이 10대 초반에 이
노래를 부르고 다니다가 아버지께 야단맞았다고 한다. 이 노래는 어려서 아주
머니들이 부르던 것을 듣고 배운 것인데, 당시 어린 여동생이 있었는데 이 노

래를 한참 부르고 다닐 무렵에 배앓이로 죽었다. 그래서 아버지가 노래 가사에 나오는 '녹았네'에 주목하여, 배귀연이 이 노래를 부르고 다녔기 때문에 동생이 죽었다고 원망을 들었다. '시애미 시애미 하다가'를 부른 후 바로 이어 이 '개 타령'을 했다. 배귀연이 연속해서 두 곡을 부른 후, 그동안 조용히 노랫말을 외던 김형녀가 '성님 성님 사촌성님'을 불렀다. 이후 배귀연이 결혼하기 전인 20세 정도에 불렀던 '얼씨구 절시구'와 '떵까라붕'을 했는데, 당시에 처녀들이 모이면 이 노래를 자주 불렀다고 했다. 두 노래가 끝나고 조사자가 문연수에게 조사자가 뒷집영감 나무하러 가자는 노래를 아느냐고 했더니 모른다고 했다. 이때 배귀연이 안다고 하면서 바로 '나무하러 가세'를 불렀다.

뒷집영감 나무하러 가세

배가 아퍼 못 가갔네

뭔배 자래배

뭔자래 애미자래

뭔애미 솔애미

뭔솔 탑솔

뭔탑 앤지탑

뭔앤지 보리앤지

뭔보리 버들보리

뭔버들 수양버들

뭔수영 하늘수영

뭔하눌 청하눌

뭔청 대청

뭔대 왕대

뭔왕 나라왕

뭔나라 되나라

뭔되 쌀되

뭔쌀 보리쌀

뭔보리 갈보리

뭔갈 떡갈

뭔떡 개떡

뭔개 새양개(사냥개)

새양 꿩새양

뭔꿩 장꿩

뭔장 임계장

심도시다 / 말꼬리 잇는 소리

자료코드 : 03_10_FOS_20090425_KDH_BGY_0005
조사장소 : 강원도 정선군 임계면 직원리 752번지 문연수 자택
조사일시 : 2009.4.25
조 사 자 : 강등학, 이영식, 박은영, 유태웅
제 보 자 : 배귀연, 여, 68세
구연상황 : 임계에 사는 정선아리랑 소리꾼 배귀연과 사전에 약속을 했다. 조사자가 문연
수에게 조사자가 뒷집영감 나무하러 가자는 노래를 아느냐고 했더니 모른다
고 했다. 이때 배귀연이 안다고 하면서 바로 불렀다. '나무하러 가세'를 부른
배귀연이 이어서 '심도시다'를 불렀다.

저근네 세포기 심도 시다

시믄 영감이지

영감이믄 구불지

구불믄 지르메가지지

지르메가지믄 구녕이 아홉이지

구녕이 아홉이믄 동실기지

동실기믄 껍지

껍으믄 까마구지

까마구믄 너풀지

너풀믄 무당이지

무당이믄 때리지

때리믄 대장이지

대장이믄 찝지

찝으믄 개지

개믄 뿔지

뿔그믄 대추지

대추믄 달지

달믄 조청이지

조청이믄 붙지

붙으믄 첩이지

첩 어 붙으믄 김장구 첩이다

엮음 아라리 / 가창유희요

자료코드 : 03_10_FOS_20090425_KDH_BGY_0006
조사장소 : 강원도 정선군 임계면 직원리 752번지 문연수 자택
조사일시 : 2009.4.25
조 사 자 : 강등학, 이영식, 박은영, 유태웅
제보자 1 : 배귀연, 여, 68세
제보자 2 : 윤태선, 여, 75세
제보자 3 : 김형녀, 여, 74세
구연상황 : 임계에 사는 정선아리랑 소리꾼 배귀연과 사전에 약속을 했다. 조사자가 예전
에 부르던 '엮음 아라리'와 지금 부르는 '엮음 아라리'가 차이가 있지 않느냐
고 하자 그렇다며 배귀연, 김형녀, 윤태선이 이어서 불렀다.

제보자 1 우리집에 서방님은 잘났든지 못났든지

얽어매고 찍어매고 장치다리 곰배팔이

노가지나무 지게에다가 엽전 석 냥 걸머지구

강릉삼척에 소금 사러 가셨는데

백봉령 굽이굽이 부디 잘 다녀오세요

제보자 1, 3

산진매냐 수진매냐 휘휘칭칭 보라매야

절간밑에 풍경달고 풍경밑에 방울달아

앞 남산 불까뚜리 한 마리 툭 채가지고

저 공중에 높이 떠서 빙글 뱅글

제보자 3 도는데

우리 집에 저 멍텅구리는 날 안고 돌 줄 몰라

제보자 2 당신이 날마다 거울치고 담치고

열무김치 소금치고 오이김치 초치고

칼로 물친 듯이 뚝 떠나가더니

평창 팔십리 다 못 가구선 왜 되돌아왔나

다복녀 / 가창유희요

자료코드 : 03_10_FOS_20090425_KDH_BGY_0007

조사장소 : 강원도 정선군 임계면 직원리 752번지 문연수 자택

조사일시 : 2009.4.25

조 사 자 : 강등학, 이영식, 박은영, 유태웅

제 보 자 : 배귀연, 여, 68세

구연상황 : 임계에 사는 정선아리랑 소리꾼 배귀연과 사전에 약속을 했다. 문연수와 김형
녀의 아라리가 끝나자 문연수가 '산나물 뜯는 소리'를 해본다고 하면서 부부
가 같이 불렀다. 음질이 좋지 않아 혼자 부르도록 다시 청했다. 문연수로부터

'남도령 타령'을 듣고 이렇게 긴 노래들이 더 있을 거라며 소리를 청하자 잊었다고 한다. 아는 데까지 해달라고 하자 배귀연이 '다복녀'를 한번 해보겠다고 나섰다.

다북다북 다복네야
니 어디로 울고 가나
우리 엄마 몸 진 골로
젖줄 바래 울고 간다
너 어머니 오마더라
언제 쎄나 온다던고
실광 밑에 쌂은 팥이
싹트거든 오마더라
실광 밑에 쌂은 팥이
썩기 쉽지 싹이트나
저갱변에 쇠뼉다구
살이 붙어 밭갈거든 오마더라
저쟁변에 쇠뼉다구
썩기 쉽지 살이 붙나
저갱변에 말뼉다구
살이 붙어 짐실 꺼든 오마더라
저 개변에 말 뼉다구
썩기 쉽지 살이 붙나
평풍에다 그린 달기(닭이)
홰치거든 오마더라
평풍에다 그린 달기
빛이 좋지 홰를 지나
뒷동산에 고목나무

잎 피거든 오마더라

뒷동산에 고목나무

썩기 쉽지 잎이 피나

저기 가는 저 선비야

울 아버지 보거들랑

쪼꾸만은 다북이가

발이 시루워 울더라고

조개같은 신을 삼아

속세 안에 집어너서

바람질로 날려주소

구름질로 띄워주소

저기 가는 저 선녀야

우리 엄마 보거들랑

쪼꾸만은 다북이가

배가 고퍼 울더라고

우리 엄마 젖을 짜서

속세 안에 집어너서

뱃길로 띄어주소

물길로 띄어주소

종금 종금 종금새야 / 가창유희요

자료코드 : 03_10_FOS_20090425_KDH_BGY_0008
조사장소 : 강원도 정선군 임계면 직원리 752번지 문연수 자택
조사일시 : 2009.4.25
조 사 자 : 강등학, 이영식, 박은영, 유태웅

제 보 자 : 배귀연, 여, 68세
구연상황 : 임계에 사는 정선아리랑 소리꾼 배귀연과 사전에 약속을 했다. 배귀연이 '다
복녀'를 한번 해보겠다고 나섰다. 다복녀를 다 하고 나서 종금새도 있다고 하
면서 불렀다.

종금 종금 종금새야
까틀비단 너르새야
니 어데가 자고 왔나
고야맹방 돌아들어
칠성방에 자구 왔네
그방 치장 어떻던가
그방 치장 볼만하데
은절옻절 지둥세와(기둥 세워)
분을 사다 앵벽하고(외벽하고)
연주 사다 되배하고(도배하고)
그방 치장 볼만하데
무슨 자리 깔았던가
하무석을(화문석을) 깔아났데
무슨 이불 덮었던가
무자비단 한이울은
허리만침 걸쳐놓고
샛별같은 놋요강은
발치만침 던져놓고
원앙금침 잣벼개는(잣베개는)
머리만침 던져났데
무슨 밥을 하였던가
앵두같은 팥을삶고

외씨같은 전이밥에

오복소복 담아놨데

무슨 글세(그릇에) 담았더나

수박식게(수박처럼 둥그런 식기) 담아놨데

무슨 수제(수저) 놓았더나

관자수제 놓아놨데

무슨 반찬 하였더나

올러가민 올고사리

내래가민 늙고사리

활활 꺾어 활나물에

쏙쏙 뽊어 참나물채소

팽팽 돌레 도라지자반

쇳뿔같은 더덕으는

새털같이 찢어놓고

온방 더운방 오리탕에

한춤 소리 / 모찌는 소리

자료코드 : 03_10_FOS_20090205_KDH_LJB_0001_s01
조사장소 : 강원도 정선군 임계면 봉산리 140-1 봉산경로당
조사일시 : 2009.2.5
조 사 자 : 강등학, 이영식, 박은영, 유태웅
제 보 자 : 이종벽, 남, 75세
청   중 : 이종주 외 10여 인
구연상황 : 사전 약속 없이 봉산2리경로당을 방문하니 여러 분들이 모여 있었다. 농한기
라 경로당에 모두들 계시는가 하고 여쭤봤더니 정선군에서 운영하는 노인들
건강 체조 프로그램에 참여하기 위해서 모인 것이었다. 처음에는 마을 유래와

지명 유래에 대해 조사를 했다. 이어서 농사와 관련된 얘기를 하며 자연스럽게 농요를 청하여 듣게 되었다.

모 찔 때는 식전에 심심하니까 서로 빨리 찌자고 그 노래를 하지, 그런데 심으며는.

(청중 : 그 모, 모심을 때는 이제 정선아리랑 불러.)

(조사자 : 네. 모 찔 제 어떻게 하세요?)

모 찔 적에?

(조사자 : 예, 소리 어떻게?)

　　얼른 하더니 또 한 춤 묶었구나

이 소리 한 마디에 한 춤 쥐야 돼.

(조사자 : 어르신, 진짜 설명 없이, 설명 없이 그냥 한 번만 더. 그걸, 그걸로 한 세 마디.)

세 마디 해봐?

(조사자 : 얼른얼른 하더니 또 한 춤 찌었네. 그 문서를 좀 넣어갖고 한 세 마디 정도만 해 주십시오. 다른 분들은 뒤에서 조용해 주십시오.)

　　그 소리 그쳐 또 한 춤 묶었네
　　그 소리 거쳐 받어 또 한 춤 묶었네

자진 아라리 / 모심는 소리

자료코드 : 03_10_FOS_20090205_KDH_LJB_0001_s02
조사장소 : 강원도 정선군 임계면 봉산리 140-1 봉산경로당
조사일시 : 2009.2.5
조 사 자 : 강등학, 이영식, 박은영, 유태웅
제 보 자 : 이종벽, 남, 75세

구연상황 : 사전 약속 없이 봉산2리경로당을 방문하니 여러 분들이 모여 있었다. 농한기라 경로당에 모두들 계시는가 하고 여쭤봤더니 정선군에서 운영하는 노인들 건강 체조 프로그램에 참여하기 위해서 모인 것이었다. 처음에는 마을 유래와 지명 유래에 대해 조사를 했다. 이어서 농사와 관련된 얘기를 하며 자연스럽게 농요를 청하여 듣게 되었다.

심어주게 심어주게 여러분이 일심 받어 심어만주게

또 저녁 때에 가면은 해가 지잖아?

일력서산 해지기 전에 부지런히 심어주게 여러분이

부지런히 심어!

잠자리 꽁꽁 / 잠자리 잡는 소리

자료코드 : 03_10_FOS_20090205_KDH_JGJ_0001
조사장소 : 강원도 정선군 임계면 골지리 474-1번지 문래경로당
조사일시 : 2009.2.5
조 사 자 : 강등학, 이영식, 박은영, 유태웅
제 보 자 : 전금자, 여, 67세
구연상황 : 골지리 문래경로당을 방문하니 여러 분들이 모여 있었다. 농한기라 경로당에 모두들 계시는가 하고 여쭤봤더니 정선군에서 운영하는 노인들 건강 체조 프로그램에 참여하기 위해서 모인 것이었다. 마을에 대해 이런저런 얘기를 하고 있자니 골지보건지소에서 지소장이 왔다. 지소장의 지도에 따라 어른들과 함께 조사자들도 건강 체조를 했다. 체조가 끝난 뒤에는 거리감 없이 조사가 이루어졌다. 이 마을은 은광으로 유명했던 곳이라 먼저 광산과 관련된 여러 사항에 대해 이야기 나누던 중 조사자의 요청에 의해 '남폿구멍 뚫는 소리'가 나오게 되었다. 현장감을 느낄 수 있도록 정진규가 일회용 컵으로 정을 대신하여 앉아서 실제로 하는 것과 같이 해주었으며, 함흥식은 긴 걸레자루를 가지고 망치를 대신하여 일어서서 정을 치는 동작을 보여주면서 노래를 하였다. 계속해서 아는 노래나 설화를 청했으나 더 이상 좋은 자료가 나오지 않았다. 이에 할머니들이 계신 곳으로 옮겨서 노래를 청하니 그곳에서는 가장 젊은 전금자가 선수라며 추천하였다. 조사자가 잠자리 잡을 때 어떻게 했냐고 하자

이 노래를 불렀다.

소금쟁이 꼴꼴 앉을자리 좋다
소금쟁이 꼴꼴 앉을자리 좋다
소금쟁이 꼴꼴 앉을자리 좋다

원숭이 똥구멍은 빨개 / 말꼬리 잇는 소리

자료코드 : 03_10_FOS_20090205_KDH_JGJ_0002
조사장소 : 강원도 정선군 임계면 골지리 474-1번지 문래경로당
조사일시 : 2009.2.5
조 사 자 : 강등학, 이영식, 박은영, 유태웅
제 보 자 : 전금자, 여, 67세
구연상황 : 골지리 문래경로당을 방문하니 여러 분들이 모여 있었다. 농한기라 경로당에
　　　　　모두들 계시는가 하고 여쭤봤더니 정선군에서 운영하는 노인들 건강 체조 프
　　　　　로그램에 참여하기 위해서 모인 것이었다. 마을에 대해 이런저런 얘기를 하고
　　　　　있자니 골지보건지소에서 지소장이 왔다. 지소장의 지도에 따라 어른들과 함
　　　　　께 조사자들도 건강 체조를 했다. 체조가 끝난 뒤에는 거리감 없이 조사가 이
　　　　　루어졌다. 할머니들이 계신 곳으로 옮겨서 노래를 청하니 그곳에서는 가장 젊
　　　　　은 전금자가 선수라며 추천하였다. 조사자의 청에 제보자는 잠자리 잡는 소리
　　　　　를 먼저 하였다. 이어서 조사자가 "원숭이 똥구멍 아세요?" 하자 바로 이 노
　　　　　래를 했다.

(조사자 : 원숭이 똥구멍 아세요?)

원숭이 똥구멍은 빨개
빨간 것은 사과
사과는 달어요
단 것은 바나나
바나나는 길어요

긴 것은 기차

기차는 빨라요

빠른 것은 비행기

비행기는 높아요

높은 것은 하늘

다람아 다람아 동동 / 다람쥐 놀리는 소리

자료코드 : 03_10_FOS_20090205_KDH_JGJ_0003
조사장소 : 강원도 정선군 임계면 골지리 474-1번지 문래경로당
조사일시 : 2009.2.5
조 사 자 : 강등학, 이영식, 박은영, 유태웅
제 보 자 : 전금자, 여, 67세
구연상황 : 할머니들이 계신 곳으로 옮겨서 노래를 청하니 그곳에서는 가장 젊은 전금자
가 선수라며 추천하였다. 조사자의 청에 제보자가 잠자리 잡는 소리, 원숭이
똥구멍을 부른 후 이 노래를 청하자 제보자는 욕이 들어가서 안 된다고 했다.
우리가 듣고 싶은 노래가 그런 거라 하니까 웃으며 좀 망설이다가 아주 적은
목소리로 하였다. 이에 녹음이 제대로 되지 않았다고 하니까 좀 더 큰 소리로
조심스럽게 불렀다.

다람아 다람아 동동

너미 씹이 동동

(조사자 : 뭐 할 때 하는 소리예요?)

어?

(조사자 : 다람이보고 놀리는?)

다람이보고 욕하는 거여.

메요 메요 소리 / 소 부르는 소리

자료코드 : 03_10_FOS_20090205_KDH_JGJ_0004
조사장소 : 강원도 정선군 임계면 골지리 474-1번지 문래경로당
조사일시 : 2009.2.5
조 사 자 : 강등학, 이영식, 박은영, 유태웅
제 보 자 : 전금자, 여, 67세
구연상황 : 할머니들이 계신 곳으로 옮겨서 노래를 청하니 그곳에서는 가장 젊은 전금자
가 선수라며 추천하였다. 조사자의 청에 제보자가 잠자리 잡는 소리, 원숭이
똥구멍을 부른 후 다람쥐 놀리는 소리를 청하자 욕이 들어간다고 좀 망설이
다 조심스럽게 불렀다. 이어서 제보자가 어렸을 때, 8~9살 무렵 마을의 언니
오빠들 따라 소를 끌고 산에 풀 먹이러 갔었다는 얘기를 했다. 이에 조사자가
소가 멀리 갔을 때 어떻게 했냐고 묻자 일어서서 소를 향해 오라는 손짓을
하면서 이 노래를 불러주었다.

메-와

메-와

메와메와

메-와

메와메와

가갸 가다가 / 한글 풀이하는 소리

자료코드 : 03_10_FOS_20090205_KDH_JGJ_0005
조사장소 : 강원도 정선군 임계면 골지리 474-1번지 문래경로당
조사일시 : 2009.2.5
조 사 자 : 강등학, 이영식, 박은영, 유태웅
제 보 자 : 전금자, 여, 67세
구연상황 : 할머니들이 계신 곳으로 옮겨서 노래를 청하니 그곳에서는 가장 젊은 전금자
가 선수라며 추천하였다. 조사자의 청에 제보자가 잠자리 잡는 소리, 원숭이
똥구멍을 부른 후 다람쥐 놀리는 소리를 청하자 욕이 들어간다고 좀 망설이

다 조심스럽게 불렀다. 이어서 마을의 언니 오빠들 따라 소 풀 먹이러 산에 가서 들었다는 소 부르는 소리를 들려주었다. 조사자가 숫자풀이, 화투풀이 등을 아느냐고 하자 어려서 야학에 다닐 때 배운 것이라 하며 이 노래를 들려주었다.

가가 가다가

거거 거랑에

고고 고기잡아

구규 국끓애

너너 너도먹고

나나 나도먹고

다다 다먹었다

더더 더다와

삼잡자 소리 / 삼선눈 삭히는 소리

자료코드 : 03_10_FOS_20090205_KDH_JGJ_0006

조사장소 : 강원도 정선군 임계면 골지리 474-1번지 문래경로당

조사일시 : 2009.2.5

조 사 자 : 강등학, 이영식, 박은영, 유태웅

제 보 자 : 전금자, 여, 67세

구연상황 : 할머니들이 계신 곳으로 옮겨서 노래를 청하니 그곳에서는 가장 젊은 전금자가 선수라며 추천하였다. 조사자의 청에 제보자가 잠자리 잡는 소리, 원숭이 똥구멍을 부른 후 다람쥐 놀리는 소리를 청하자 욕이 들어간다고 좀 망설이다 조심스럽게 불렀다. 이어서 마을의 언니 오빠들 따라 소 풀 먹이러 산에 가서 들었다는 소 부르는 소리를 들려주었다. 조사자가 숫자풀이, 화투풀이 등을 묻자 어려서 야학에 다닐 때 배운 것이라 하며 가갸 가다가를 들려주었다. 제보자가 알고 있는 노래를 여쭤보던 중 눈에 삼이 설 때 어떻게 했냐고 묻자 "그건 삼을 잡았잖아!" 하면서 노래를 해 주었다. 제보자가 어렸을 때 눈에 삼이 서자 할머니가 옆에서 삼눈을 잡아주셨는데, 삼눈이 들었을 때는

접시에 물을 떠서 환자 앞에 두고, 보호자가 붉은 팥을 손에 쥐고 환자의 눈을 살살 문지르며 "삼 잡자 삼 잡자 삼 잡자" 하고 세 번을 왼 다음 팥알을 하나를 물에 떨어트린다. 이렇게 세 번을 반복한 후 겨릅대 윗부분을 살짝 두 개로 쪼개서 그 사이에 물에 있던 팥을 끼워서 겨릅대를 열십자 형태로 물그릇 위에 걸쳐놓아 삼눈이 없어질 때까지 바깥에 둔 후 병이 나으면 얼른 치운다.

삼 잡자 삼 잡자 삼 잡자

이러고, 세 마디하고 한 개 딱, 이렇게 요 접시에다 물 떠나 놓고 딱 땐기고(던지고), 또

삼 잡자 삼 잡자 삼 잡자

이러고 또 이러고 확 땐기고(던지고), 또

삼 잡자 삼 잡자

요래요래 문대미(문지르며) 해 놓고는 딱 땐기고(던지고). 삼 세마디로 삼 세 번을 한다고.

할미손이 약손이다 / 배 쓸어주는 소리

자료코드 : 03_10_FOS_20090205_KDH_JGJ_0007
조사장소 : 강원도 정선군 임계면 골지리 474-1번지 문래경로당
조사일시 : 2009.2.5
조 사 자 : 강등학, 이영식, 박은영, 유태웅
제 보 자 : 전금자, 여, 67세
구연상황 : 할머니들이 계신 곳으로 옮겨서 노래를 청하니 그곳에서는 가장 젊은 전금자가 선수라며 추천하였다. 조사자의 청에 제보자가 잠자리 잡는 소리, 원숭이 똥구멍을 부른 후 다람쥐 놀리는 소리를 청하자 욕이 들어간다고 좀 망설이

다 조심스럽게 불렀다. 이어서 마을의 언니 오빠들 따라 소 풀 먹이러 산에 가서 들었다는 소 부르는 소리, 어려서 야학에 다닐 때 배운 가갸 가다다, 삼선눈 삭히는 소리를 들려 준 후 조사자의 요청에 배를 쓸어주는 시늉을 하면서 배 쓸어주는 소리를 해주었다.

배를 이렇게 쓰다 주민서, 아들(아이들)

할미손이 약손이다
할미손이 약손이다
할미손이 약손이다
할미손이 약손이다
할미손이 약손이다
할미손이 약손이다

애가 울다가도 안 울어요.

우리 아기 잘도 잔다 / 아기 재우는 소리

자료코드 : 03_10_FOS_20090205_KDH_JGJ_0008
조사장소 : 강원도 정선군 임계면 골지리 474-1번지 문래경로당
조사일시 : 2009.2.5
조 사 자 : 강등학, 이영식, 박은영, 유태웅
제 보 자 : 전금자, 여, 67세
구연상황 : 할머니들이 계신 곳으로 옮겨서 노래를 청하니 그곳에서는 가장 젊은 전금자가 선수라며 추천하였다. 조사자의 청에 제보자가 잠자리 잡는 소리, 원숭이 똥구멍을 부른 후 다람쥐 놀리는 소리를 청하자 욕이 들어간다고 좀 망설이다 조심스럽게 불렀다. 이어서 마을의 언니 오빠들 따라 소 풀 먹이러 산에 가서 들었다는 소 부르는 소리, 어려서 야학에 다닐 때 배운 가갸 가다다, 삼선눈 삭히는 소리, 배 쓸어주는 소리를 한 후 조사자가 애가 울 때 어떻게 달랬냐고 하자 아기를 업고 재우는 시늉을 하면서 불러주었다.

자장 자장 자장 자장

우리 아기 잘도 잔다

멍멍 개야 짖지 마라

꼬꼬 닭아 울지 마라

우리 아기 잘도 잔다

산이야 소리 / 남폿구멍 뚫는 소리

자료코드 : 03_10_FOS_20090205_KDH_HHS_0001
조사장소 : 강원도 정선군 임계면 골지리 474-1번지 문래경로당
조사일시 : 2009.2.5
조 사 자 : 강등학, 이영식, 박은영, 유태웅
제보자 1 : 함홍식, 남, 74세
제보자 2 : 정진규, 남, 74세
구연상황 : 골지리 문래경로당을 방문하니 여러 분들이 모여 있었다. 농한기라 경로당에
모두들 계시는가 하고 여쭤봤더니, 정선군에서 운영하는 노인들 건강 체조 프
로그램에 참여하기 위해서 모인 것이었다. 마을에 대해 이런저런 얘기를 하고
있자니 골지보건지소에서 지소장이 왔다. 지소장의 지도에 따라 어른들과 함
께 조사자들도 건강 체조를 했다. 체조가 끝난 뒤에는 거리감 없이 조사가 이
루어졌다. 이 마을은 은광으로 유명했던 곳이라 먼저 광산과 관련된 여러 사
항에 대해 이야기 나누던 중 조사자의 요청에 의해 남폿구멍 뚫는 소리가 나
오게 되었다. 현장감을 느낄 수 있도록 정진규가 일회용 컵으로 정을 대신하
여 앉아서 실제로 하는 것과 같이 해주었으며, 함홍식은 긴 걸레자루를 가지
고 망치를 대신하여 일어서서 정을 치는 동작을 보여주면서 노래를 하였다.

제보자 2 어 산이야

제보자 1 어야 산이야

제보자 2 어 산이야

제보자 1 어야 산이야

제보자 2 어 산이야

제보자 1 어야 산이야

제보자 2 어 산이야

제보자 1 어야 산이야

제보자 2 어 산이야

제보자 1 어야 산이야

제보자 2 어 산이야

제보자 1 어야 산이야

제보자 2 어 산이야

제보자 1 어야 산이야

제보자 2 어 산이야

강원도 정선군 임계면 골지리 함흥식(좌)과 정진규(우)가 '남폿구멍 뚫는 소리'를 연습하면서 정을 대는 모습

제보자 1 어야 산이야

제보자 2 어 산이야

제보자 1 어야 산이야

제보자 2 어 산이야

제보자 1 어야 산이야

제보자 2 어 산이야

제보자 1 어야 산이야

제보자 2 어 산이야

제보자 1 어야 산이야

제보자 2 어 산이야

제보자 1 어 서이야

시애미 시애미 하다가 / 가창유희요

자료코드 : 03_10_MFS_20090425_KDH_BGY_0001
조사장소 : 강원도 정선군 임계면 직원리 752번지 문연수 자택
조사일시 : 2009.4.25
조 사 자 : 강등학, 이영식, 박은영, 유태웅
제 보 자 : 배귀연, 여, 68세
구연상황 : 임계에 사는 정선아리랑 소리꾼 배귀연과 사전에 약속을 했다. 배귀연이 정
선읍 정선장에서 공연이 있던 까닭에 공연이 끝난 후 동승해서 임계리 배귀
연에 집으로 갔다 그곳에서 같은 마을에 사는 김형녀와 함께 다시 직원리
문연수 집에 갔다. 문연수 자택에서는 배귀연이 사전에 약속을 하여 모임이
이루어진 것으로, 조사자들은 몰랐다. 조사자가 예전에 집에서 흔히 부르던
노래 있으면 부탁을 하자 배귀연이 10대 초반에 이 노래를 부르고 다니다가
아버지께 야단맞았다고 한다. 이 노래는 어려서 아주머니들이 부르던 것을
듣고 배운 것인데, 당시 어린 여동생이 있었는데 이 노래를 한참 부르고 다
닐 무렵에 배앓이로 죽었다. 그래서 아버지가 노래 가사에 나오는 '녹았네'
에 주목하여, 배귀연이 이 노래를 부르고 다녔기 때문에 동생이 죽었다고 원
망을 들었다.

쌔미 쌔미 하더니 쌔미 소리도 못 들고
녹었네 녹었네 제물에 살짝 녹었네

쌔미 쌔미 하더니 쌔미 소리도 못 들고
녹었네 녹었네 제물에 살짝 녹었네

개 타령 / 가창유희요

자료코드 : 03_10_MFS_20090425_KDH_BGY_0002
조사장소 : 강원도 정선군 임계면 직원리 752번지 문연수 자택
조사일시 : 2009.4.25
조 사 자 : 강등학, 이영식, 박은영, 유태웅
제 보 자 : 배귀연, 여, 68세
구연상황 : 임계에 사는 정선아리랑 소리꾼 배귀연과 사전에 약속을 했다. 배귀연이 정선
읍 정선장에서 공연이 있던 까닭에 공연이 끝난 후 동승해서 임계리 배귀연
에 집으로 갔다 그곳에서 같은 마을에 사는 김형녀와 함께 다시 직원리 문연
수 집에 갔다. 문연수 자택에서는 배귀연이 사전에 약속을 하여 모임이 이루
어진 것으로, 조사자들은 몰랐다. '시애미 시애미 하다가'를 부른 후 바로 이
어 이 노래를 했다.

개야 개야 개야 거거리 검둥 수캐야
젊은 청년이 오거든 꼬리만 실실 두르고
늙은 잡놈이 오거든 커거등 커거등 짖어라

얼씨구 절씨구 / 가창유희요

자료코드 : 03_10_MFS_20090425_KDH_BGY_0003
조사장소 : 강원도 정선군 임계면 직원리 752번지 문연수 자택
조사일시 : 2009.4.25
조 사 자 : 강등학, 이영식, 박은영, 유태웅
제 보 자 : 배귀연, 여, 68세
구연상황 : 임계에 사는 정선아리랑 소리꾼 배귀연과 사전에 약속을 했다. 배귀연이 정선
읍 정선장에서 공연이 있던 까닭에 공연이 끝난 후 동승해서 임계리 배귀연
에 집으로 갔다 그곳에서 같은 마을에 사는 김형녀와 함께 다시 직원리 문연
수 집에 갔다. 문연수 자택에서는 배귀연이 사전에 약속을 하여 모임이 이루
어진 것으로, 조사자들은 몰랐다. 배귀연이 결혼하기 전인 20세 정도에 불렀
던 노래를 했는데, 당시에 처녀들이 모이면 이 노래를 자주 불렀다고 했다.

군대를 갈라거든 총각시대 가지요

예쁜색시 은어놓고 고랴 군대를 가느냐

얼씨구 절씨구

바다근너 제주도가 얼마나 좋아서

꽃같은 나를 두고 고랴 연락선 타느냐

얼씨구 절씨구

임계장에 가기는 가야만은 하는데

수중에 한 푼 없는 고랴 백수건달 됐구나

얼씨구 절씨구

수천리 타향에다 정든님을 보내고

임소식 기다리다가 고랴 애 말라 죽겠네

얼씨구 절씨구

띵까라붕 / 가창유희요

자료코드 : 03_10_MFS_20090425_KDH_BGY_0004

조사장소 : 강원도 정선군 임계면 직원리 752번지 문연수 자택

조사일시 : 2009.4.25

조 사 자 : 강등학, 이영식, 박은영, 유태웅

제 보 자 : 배귀연, 여, 68세

구연상황 : 임계에 사는 정선아리랑 소리꾼 배귀연과 사전에 약속을 했다. 배귀연이 정선
읍 정선장에서 공연이 있던 까닭에 공연이 끝난 후 동승해서 임계리 배귀연
에 집으로 갔다 그곳에서 같은 마을에 사는 김형녀와 함께 다시 직원리 문연
수 집에 갔다. 문연수 자택에서는 배귀연이 사전에 약속을 하여 모임이 이루
어진 것으로, 조사자들은 몰랐다. 배귀연이 결혼하기 전인 20세 정도에 불렀
던 '얼씨구 절씨구'와 '띵까라붕'을 했는데, 당시에 처녀들이 모이면 이 노래

를 자주 불렀다고 했다.

다떨어진 작업복에 흰 마구라(흰 머플러) 두르고
어여쁜 아가씨를 만나러간다
떵까라붕 떵까라붕

임계장에 가기는 가야만이 하는데
수중에 한 푼 없는 백수건달이
떵까라붕 떵까라붕

영자를 불러올까 옥자를 불러올까
영자를 영자도 고사하고(곱상하고) 인물이 좋아
떵까라붕 떵까라붕

아침에 일어나서 창문열고 내다보니
여학상의 뒷모습이 정말 예쁘다
얼씨구 절씨구 떵까라붕 떵까라붕

7. 정선읍

증편 한국구비문학대계 · 강원도 정선군

▌조사마을

강원도 정선군 정선읍 덕송1리

조사일시 : 2009.2.10
조 사 자 : 강등학, 이영식, 박은영, 유태웅

강원도 정선군 정선읍 덕송1리 마을 전경

 덕송리(德松里)의 지명은 납덕동 덕(德)자와 송오리 송(松)자를 따서 붙인 이름이다. 옛날 향교의 문묘가 있던 곳으로 덕을 연마하고 제사를 드리던 곳이라 하여 납덕골이라 하였다. 그리고 송오리(松五里)는 월천(月川) 진산인 장등(長嶝)의 층암절벽 밑에서 시작하여 붕어소(沼)까지 약 2km나 되는 강소(江沼)로 양안의 경치가 아름답고 고기가 많아 사시사철 소풍객과 낚시꾼이 모여드는 명소로, 소(沼)가 5리나 된다 하여 소오리(沼五里)라 부르던 것이 송오리로 변하였다. 옛날 정선향교가 있었던 '돌다리'라고 하는 터가 있다. 덕송리는 정선읍에서 가장 오래된 마을이라고 하는데, 이곳에 고인돌(支石)군이 있다.

덕송리는 2개의 행정리로 분리되어 있는데, 1리는 88세대에 224명, 2리는 29세대에 62명이 각각 거주하고 있다. 농가는 60호이나 마을이 대부분 경사진 곳에 있는 까닭에 경지면적은 그리 넓지 않다. 전체 경지면적은 0.575km²인데, 이 중에 밭은 0.537km²이고, 논은 0.011km²이다.

강원도 정선군 정선읍 봉양9리

조사일시 : 2009.2.11, 2009.4.25
조 사 자 : 강등학, 이영식, 박은영, 유태웅

봉양리(鳳陽里)는 남한강 상류인 조양강 유역에 자리 잡고 있는데, 봉황이 나래를 쭉 펴고 조양강으로 힘차게 날아 내리는 모양이라 하여 이름이 붙여졌다. 현 정선읍의 제방은 1936년 병자년 대홍수로 전 가옥이 표류되다시피 한 후 쌓기 시작하여 1961년에 지금의 제방이 완성되었다.

정선읍의 중심을 이루는 마을은 봉양리이다. 봉양리에는 정선군청, 정선경찰서, 정선군교육청, 정선읍사무소 등 정선 관내 주요 기관이 자리하고 있다. 봉양리는 10개의 행정리로 나뉘어 있는데, 이는 정선 제2교를 기준으로 하여 둘로 나눌 수 있다. 관공서가 밀집해 있는 서쪽의 봉양리와 기차역이 있는 동쪽의 애산리와 이웃하고 있는 봉양리가 그것이다. 애초에는 정선 제2교를 기준으로 봉양리와 애산리로 양분하던 것을 애산리가 개발되면서 봉양리 지번을 부여하게 되었다고 한다. 그래서 행정리의 구분이 혼란스럽다. 이러한 사정은 애산2리에 위치하고 있는 삼봉경로당에도 해당이 되는데, 이 경로당을 중심으로 여러 마을이 인접해 있는 까닭에 애산2리는 물론 봉양5리, 봉양8리, 봉양9리, 애산3리, 애산4리 등의 어르신들이 회원으로 등록되어 있다. 따라서 행정리를 구분하여 마을을 설명하기란 의미가 없다. 뿐만 아니라 봉양리 간의 행정리는 물론 법정리가 다른 애산리와 비교하더라도 지역적 특징 또한 변별되는 것이 없다.

2007년 12월 기준으로 봉양리의 가구수는 1,965호이며 인구는 5,082명이다. 이 중에 농가는 393가구이다. 전체농지는 3.51km²인데, 밭이 3.14km²이고, 논이 0.196km²이다. 마을구성원은 관공서에 다니거나 상업 및 서비스업에 종사하는 분들이 많다.

강원도 정선군 정선읍 애산리·봉양리 마을 전경

강원도 정선군 정선읍 애산2리

조사일시 : 2009.2.10, 2009.2.16
조 사 자 : 강등학, 이영식, 박은영, 유태웅

정선읍은 고구려 때 잉매현, 신라 때 정선, 고려 때 삼봉(三鳳), 도원(桃原), 심봉(沈鳳) 등 군명이 자주 바뀌었다. 공민왕2년(1353년)에 군명이 다시 정선으로 개칭되어 조선조를 거쳐 현재에 이르기까지 본 군의 군청 소재지로서 정치, 행정, 경제, 교육, 문화의 중심지가 되고 있다. 정선읍은 처음에 군내면(郡內面)이라 하여 어천(漁川), 병목(瓶項), 오반(五半), 송오(松五), 외반점(外半占), 북실(北室), 생탄(生呑), 상동(上洞), 중동(中洞), 하동(下洞) 등 10개 동으로 구획하고 면행정을 처리하던 것을 1906년에 면장제도로 개편하는 동시에 동하면(東下面)을 합쳐 정선면(旌善面)으로 개칭하였다. 1924년에 서면(西面)을 합하였고, 1973년 7월 1일자로 정선면이 정선읍으로 승격되어 현재에 이르고 있다.

정선읍은 북쪽으로 가리왕산(1,561m), 서쪽 청옥산, 중왕산(1,376m)등 높은 산이 솟아 있으며, 중앙에 이 읍의 진산인 비봉산(828m)이 있다. 평지는 조양강이 동쪽에서 흐르는 동대천(東大川)과 합류하는 애산리와 봉양리 부근에 약간 구성되어 있다. 회동리와 용탄리 사이의 삭박면(削剝面)상에는 석회암 층의 특수 지형인 카르스트 지형이 형성되어 있으며, 광하리에는 곡류의 절단에 의하여 형성된 구하도(舊河道)가 잘 나타나 있어 학술적으로 중요시 되고 있다. 봉양(鳳陽), 덕송(德松), 애산(愛山), 신월(新月), 덕우(德雨), 여탄(余呑), 북실(北實), 회동(檜洞), 용탄(龍灘), 광하(廣河), 귤암(橘岩), 가수(佳水) 등 12개 법정 동리가 있다.

정선읍은 2007년 12월 기준으로 총면적이 213,68km²인데, 이 중에 임야가 176.72km², 밭이 21.98km², 논이 0.66km²이다. 세대수는 4,630호, 인구는 11,857명이다. 정선읍의 곡물의 생산은 부진한 편으로 과거에는 잎담배, 잠견, 굴피 등이 많이 생산되었고, 광업은 석회석, 무연탄, 고령토 등이 많이 생산되었다. 한때 정선, 영월, 평창에서 생산되는 잠견을 원료로 한 대규모의 제사공장이 정선읍 애산리에 있었다. 교통은 평창, 영월, 삼척, 강릉 지역과 연결되는 국도와 지방도가 있다. 철도는 태백선이 정선을 경유 구절로 이어진다.

애산리(愛山里)는 남한강 상류인 조양강 유역에 자리 잡고 있는데, 동쪽으로 애산성, 남쪽으로 기우산성(祈雨山城)이 있다. 애산리의 지명은 애산성을 그대로 붙인 것이다. 기우산에는 가뭄 때 가서 비는 기우제단(祈雨祭壇)이 있는데, 30여 년 전만해도 가뭄이 오면 정선군수가 주관하여 기우제를 지냈다고 한다.

애산리는 조양강을 끼고 형성된 마을로 예전에는 농지가 많았다. 그런데 1960년대 후반 정선선 철도가 들어오면서 마을이 발전함에 따라 대부분의 농지는 철도부지와 택지로 조성되었다. 현재 마을 앞의 제방은 1936년 병자년 대홍수로 전 가옥이 표류되다시피 한 후 제방을 쌓기 시작하여 1961년에 완성되었다.

애산리는 5개의 행정리로 구성되어 있는데, 봉양5리, 봉양8리, 봉양9리 등 봉양리 일부와 인접해 있어 지번이 혼란스럽다. 이러한 사정은 애산2리에 위치하고 있는 삼봉경로당을 통해 알 수 있는데, 이 경로당을 중심으로 여러 마을이 인접해 있는 까닭에 애산2리는 물론 봉양5리, 봉양8리, 봉양9리, 애산3리, 애산4리 등의 어르신들이 회원으로 등록되어 있다. 따라서 행정리를 구분하여 마을을 설명하기란 의미가 없다. 뿐만 아니라 애산리 간의 행정리는 물론 법정리가 다른 봉양리와 비교하더라도 지역적 특징 또한 변별되는 것이 없다.

2007년 12월 기준으로 애산리의 가구수는 508호이며 인구는 1,215명이다. 이 중에 농가는 120가구이다. 전체농지는 1.45km²인데, 밭이 1.36km²이고, 논이 0.041km²이다. 예전에는 보리, 밀, 콩, 옥수수 등을 많

이 심었으나, 지금은 고추, 옥수수 등을 많이 심고, 일부는 하우스 농업을
한다. 마을구성원은 관공서에 다니거나 상업 및 서비스업에 종사하는 분
들이 많다.

강원도 정선군 정선읍 회동1리

조사일시 : 2009.2.16, 2009.7.20
조 사 자 : 강등학, 이영식, 박은영, 유태웅

강원도 정선군 정선읍 회동1리 마을 전경

회동리(檜洞里)는 서하면(西下面)에 속했으나 행정구역 개편 때에 서면
에 편입되었고, 다시 1924년 정선면에 합병되어 정선읍 관내가 되어 현재
에 이르고 있다. 회동리는 가리왕산의 자작나무, 전나무, 피나무, 주목 등
원시림이 많아서 회동이라고 했다고 한다. 북쪽으로 가리왕산이 있고, 벽

파령(壁波嶺)은 서쪽을 막았고, 청옥산은 남으로 넓게 자리하여 그 사이로 말목(馬項)에서부터 벽탄까지 계곡을 따라 맑은 물이 흐르는 회동계곡이 있는데, 그 길이가 20km에 이른다.

회동리는 2개의 행정리로 나뉘어 있다. 회동2리에는 1930년대부터 석탄광산이 개발되어 있었으나 그 규모는 크지 않았다. 그러던 것이 1960년대에 '대성탄광'이 본격적으로 개발하여 많은 외지인이 모여들었으나, 1990년대에 정부의 석탄합리화 정책에 따라 폐광되자 모두들 떠나고 현재는 토박이들만 남아 있다. 광산이 한창일 때는 회동1리에 수백 명의 광부들이 거주하였다. 그때는 집집마다 방을 꾸며 광부들에게 방을 빌려주었다. 마을주민들도 농한기 때만 잠깐 다니던 분이 있었는가 하면, 아예 농사를 그만두고 광부로 나선 사람도 있었다.

현재 회동1리에는 33가구에 84명이 거주하고 있으며, 농가는 20여 호이다. 예전에는 논이 많았으나 수익성이 낮아 지금은 서너 집에서만 벼농사를 짓는다. 예전 이곳에 주로 심었던 벼품종은 '육이도', '신이도', '여명' 그리고 통일벼였다. 1마지기는 120평이다.

서낭당이 현재도 남아 있으나 당고사는 8년 전부터 지내지 않는다. 회동1리에 모셨던 서낭은 중서낭으로, 당고사를 지낼 때는 메밥, 과일, 나물 등을 진설하고 술은 썼지만 고기와 생선 그리고 북어포는 차리지 않았다. 회동2리의 경우도 중서낭인데, 옆 마을 용탄리는 그렇지 않다. 당고사는 음력 10월에 지냈는데, 날은 마을에 있는 백연사 청호 스님이 잡아주었다. 회동리와 인접한 용탄리 마을을 합하면 900여 명의 주민이 거주하고 있는 까닭에 버스가 하루 8회 왕복한다.

▌제보자

고광필, 남, 1923년생

주 소 지 : 강원도 정선군 정선읍 애산리
제보일시 : 2009.2.10
조 사 자 : 강등학, 이영식, 박은영, 유태웅

구연 중간에 참여를 했다. 이야기는 잘 모르나 아라리는 잘 할 수 있다고 적극적인 자신감을 보였다. 발음이 상당히 부정확해서 무슨 말인지 알아듣기가 어려웠다. 이야기는 주로 들었으며 노래판에 참여하여 노래를 불러주었다.

제공 자료 목록

03_10_FOS_20090210_KDH_GGP_0001 이랴 소리
03_10_FOS_20090210_KDH_GGP_0002 아라리
03_10_FOS_20090210_KDH_GGP_0003 다람쥐 동동
03_10_FOS_20090210_KDH_SSL_0002 괭이 소리
03_10_FOS_20090210_KDH_SSL_0001 괭이 소리

김형조, 남, 1952년생

주 소 지 : 강원도 정선군 정선읍 덕송2리
제보일시 : 2009.2.10
조 사 자 : 강등학, 이영식, 박은영, 유태웅

정선의 아라리 소리꾼 김형조(金炯調)는 1952년 1월 13일(음) 부친 김영서와 모친 곽월섭 사이의 4남매 중 막내로 화암면 건천리에서 태어났

다. 7세에 정선읍 북실리로 나와서 정선초
등학교 1년을 다니다 용탄리로 이주하여 그
곳에서 초등학교를 마쳤다. 이후 13세 때에
정선읍 광하리로 가족이 모두 이주하였으며
25세에 덕송리에 살던 지금자와 결혼하여 1
남 4녀를 두었다.

서른 살이 되던 해까지 광하리에서 농사
를 지으면서 살았다. 이후 건설부 국토유지
관리사무소에 취직하여 10여 년을 근무하였고, 1983년도에 정선읍 봉양
리로 이주하여 1986년 정선군청에 들어와 직장생활을 하였다. 2005년도
에 현재 살고 있는 덕송리로 이주하였으며 2008년 6월 12일에 퇴직했다.

김형조는 어려서부터 마을 어른들의 아라리를 들으면서 성장을 했다.
그 가운데에서도 이미 고인이 된 최성규의 소리를 가장 많이 들었다. 최
성규 노인의 아라리는 어려서부터 들어오던 아라리와는 달리 늘어지면서
애절함이 더했다. 그러한 창법을 흉내 내고 귀익어가면서 느리고 처지는
듯한 아라리에 영향을 받았다.

어느 정도 자신감을 갖고 1980년 제5회 정선아리랑경창대회에 출전했
으나 입상하지 못했다. 한없이 늘어지기만 하는 소리를 구성진 가량으로
끌어올리기 위해 김병하와 유영란의 소리를 사사하며 소리의 기틀을 다
져갔다. 마침내 그는 1983년 제8회 정선아리랑제 행사로 열린 정선아리
랑 경창대회에 참가하여 최우수상을 받았다. 그리고 이듬해인 1984년 문
화공보부 주최로 제주도에서 열린 제1회 전국민요경창대회에 나가 김병
하, 김길자 등과 함께 정선 아라리를 불러 최우수상을 받았다. 이때부터
김형조라는 이름이 본격적으로 세상에 알려지기 시작했다.

그 후부터 정선을 찾아오는 관광객, 대학생들에게 정선아리랑을 알렸
고, 정선아리랑제 등의 행사에 참여해 소리를 했다. 2003년 정선 아리랑

기능보유자가 되었다.

제공 자료 목록

03_10_FOS_20090210_KDH_KHJ_0001 이랴 소리
03_10_FOS_20090210_KDH_KHJ_0002 곰배 타령
03_10_FOS_20090210_KDH_KHJ_0003 아라리
03_10_FOS_20090210_KDH_KHJ_0004 아라리
03_10_FOS_20090210_KDH_KHJ_0005 엮음 아라리

신순자, 여, 1959년생

주 소 지 : 강원도 정선군 정선읍 봉양8리
제보일시 : 2009.2.10
조 사 자 : 강등학, 이영식, 박은영, 유태웅

  신순자는 영월군 상동읍 녹전리 태생으로
16세에 정선으로 와서 직장생활을 하다가
결혼 후에는 사북읍에 살았다. 2002년 친구
와 정선아리랑 창극을 관람한 후 아라리의
매력에 빠져 적극적으로 배우게 되었다. 현
재는 정선읍 봉양8리에 거주하며 정선아리
랑 전수장학생으로 활동하고 있다.

제공 자료 목록

03_10_FOS_20090210_KDH_KHJ_0004 아라리
03_10_FOS_20090210_KDH_KHJ_0005 엮음 아라리

신승래, 남, 1928년생

주 소 지 : 강원도 정선군 정선읍 광덕2리
제보일시 : 2009.2.10, 2009.2.16

조 사 자 : 강등학, 이영식, 박은영, 유태웅

정선군 남면 광덕2리에서 살고 있으나 하루도 거르지 않고 애산2리 삼봉경로당으로 부인과 함께 놀러 나온다고 한다. 나이에 비해 건강한 그는 한복을 입고 있었으며, 촬영이 시작되자 눈이 좋질 않다며 선글라스를 끼는 등 다른 노인들과는 행색을 달리했다. 말이 빠르고 발음이 부정확하긴 하였으나, 여러 편의 설화와 민요를 구연해 주는 등 조사에 적극적으로 참여해 주었으며, 그의 이야기를 들은 청중들은 상당히 즐거워하였다.

제공 자료 목록
03_10_FOT_20090210_KDH_SSL_0001 앉은뱅이와 봉사와 귀머거리의 거짓말
03_10_FOT_20090210_KDH_SSL_0002 어머니를 살린 효자
03_10_FOT_20090210_KDH_SSL_0003 친정아버지를 망신에서 구한 현명한 딸
03_10_FOT_20090216_KDH_SSL_0001 대동강을 팔아먹은 김선달과 재치 넘치는 여
　　　　　　　　　　　　　　　　　자 뱃사공
03_10_FOT_20090216_KDH_SSL_0002 시아버지 곽곽 선생을 이기는 며느리 이신풍
03_10_FOT_20090216_KDH_SSL_0003 시어머니에게 한 마디도 지지 않는 며느리
03_10_FOS_20090210_KDH_SSL_0001 괭이 소리
03_10_FOS_20090210_KDH_SSL_0002 괭이 소리
03_10_FOS_20090210_KDH_SSL_0003 잠자리 꽁꽁
03_10_FOS_20090210_KDH_SSL_0004 다람쥐 동동
03_10_FOS_20090216_KDH_SSL_0001 달구 소리
03_10_FOS_20090210_KDH_GGP_0001 이랴 소리
03_10_FOS_20090210_KDH_GGP_0002 아라리

유봉상, 남, 1940년생

주 소 지 : 강원도 정선군 정선읍 봉양리
제보일시 : 2009.2.10
조 사 자 : 강등학, 이영식, 박은영, 유태웅

정선군 정선읍 봉양리에서 태어나서 지금
까지 살고 있다. 다른 이들이 구연을 할 때
주로 조용히 듣기만 했다. 노인회장 전재달
의 요구에 '개간잎 이야기'를 구연해 주었
다. 고광필, 신승래, 유원식, 전숙자의 넷이
서 아라리를 돌아가며 부를 때, 중간에 끼어
들어 아라리를 불러주었다.

제공 자료 목록

03_10_FOT_20090210_KDH_YBS_0001 개간잎으로 스승 곯린 제자
03_10_FOS_20090210_KDH_GGP_0002 아라리

유원식, 남, 1926년생

주 소 지 : 강원도 정선군 정선읍 애산리
제보일시 : 2009.2.10
조 사 자 : 강등학, 이영식, 박은영, 유태웅

정선군 정선읍 애산리에서 태어났다. 조
사팀에 상당히 호기심을 보였으며, 적극적
으로 도움을 주고자 노력했다. 발음이 비교
적 정확한 편이었으며 차분하고 논리적인
말솜씨를 지니고 있었다. 조사자들에게 행
여 말실수를 할까보아 말 한 마디 한 마디
를 아주 조심스럽게 하였다. 다른 이가 구연

을 할 때는 귀를 기울여 듣고 적절히 맞장구를 쳐주며 호응을 해주어 분위기를 부드럽게 이끌어 갔다. 반면 그가 구연을 할 때는 다른 이들의 호응이 그다지 따라주지 않았다.

제공 자료 목록

03_10_FOT_20090210_KDH_YWS_0001 한석봉과 어머니
03_10_FOT_20090210_KDH_YWS_0002 부자가 된 효자
03_10_MPN_20090210_KDH_YWS_0001 물미리산 기우제
03_10_FOS_20090210_KDH_GGP_0002 아라리
03_10_FOS_20090210_KDH_SSL_0001 괭이 소리
03_10_FOS_20090210_KDH_SSL_0002 괭이 소리

이석택, 남, 1933년생

주 소 지 : 강원도 정선군 정선읍 회동1리
제보일시 : 2009.2.16
조 사 자 : 강등학, 이영식, 박은영, 유태웅

정선군 회동1리에서 태어났으며 본적은 경주이다. 평소 고스톱을 즐겨한다는 그는 왼손 검지손가락이 잘려 있었다. 그가 옛날 이야기를 잘 할 것이라며 마을사람들의 추천하여, 조사가 행해지고 있는 노인회관으로 불려왔다. 조사자들에게 약간의 낯가림을 가지고 있었으며, 조심스럽게 설화를 구연해 주었다. 재조사를 위해 7월 20일 다시 회동리를 방문했더니, 2009년 3월에 경운기 사고로 사망했다고 한다.

제공 자료 목록

03_10_FOT_20090216_KDH_LST_0001 과거 급제하고 여러 명의 부인 얻은 가난한 선비

전숙자, 여, 1934년생

주 소 지 : 강원도 정선군 정선읍 봉양9리
제보일시 : 2009.2.10, 2009.2.11, 2009.4.25
조 사 자 : 강등학, 이영식, 박은영, 유태웅

정선군 광하리에서 3남 4녀 중 남매로는
다섯째, 딸로는 셋째로 태어났다. 18세에 이
웃의 이서방네 집으로 시집을 가서 19세에
첫아들을 낳았다. 아이 셋을 낳았을 무렵,
다른 이의 빚보증을 선 것이 잘못되어 집과
소 그리고 그간 농사지은 것들을 모두 팔아
빚을 갚아 주고 막막한 살림이 되었다. 먹고
살 길이 어려워지자 광산 일을 해볼까 싶어
영월 석황으로 이사를 했다. 그러나 남편이 광산 일은 무섭고 힘들어 절
대 할 수 없다고 하여 1년 정도 후에 다시 옥동 싸리재로 이사를 했다.
옥동 싸리재에서도 1년 정도를 머문 후 다시 내려와 미탄으로 옮겼다. 남
편은 소장사를 한다고 하였으나 별 소득이 없어 먹고 살기는 여전히 힘들
었다. 마방을 하기도 하고 소장사들에게 밥을 해주기도 하였으나 그것 또
한 여의치 않아 전숙자가 직접 생선을 팔아 근근이 먹고 살았다. 미탄으
로 이사한 지 2년 쯤 되었을 때, 남편이 비행기재에서 탈영병의 총에 맞
아 죽었다. 당시 전숙자 나이는 28세였으며 큰아들이 10세, 막내가 돌이
안 된 나이였었다. 아이 여섯을 혼자 키우기가 너무 힘들어 미탄에 온 지
3년 쯤 되었을 때 산판일을 하던 현재의 남편을 만나 재혼을 했다. 현재
의 남편은 당시 초혼이었으며 전숙자보다 5살이 아래다.

한복을 입고 있었으며 늘 화장을 곱게 하고 있다는 전숙자는 하루에
세 갑 정도의 담배를 피운다고 한다. 조사를 하는 중간 중간에도 계속 담
배를 피우는 등 손에서 담배를 거의 놓지 않았다. 담배는 28세부터 피웠

다고 한다. 남편이 죽고 힘들어하는 그에게 아주버님이 담배 피우길 권했다고 한다. 당시 미탄의 면장도 그녀를 위로하기 위해 담배를 가져다주었으나 처음에는 속상하고 화가 나서 모두 버렸다고 한다.

소리라면 한 달을 한다 해도 하던 소리는 두 번 하지 않는다고 할 만큼 사설이 많고 다양하다는 그녀는 이야기하는 것보다는 소리 하는 것이 훨씬 더 좋다고 한다. 광하리 태생의 친정할머니가 옛날이야기를 잘 해서 어릴 적부터 많이 듣고 자란 까닭에 자신의 아이들에게도 많이 이야기를 해주었다고 한다. 또한, 한 번 들은 이야기나 노래는 잊어버리지 않을 만큼 총기가 있었다고 한다. 총기도 그러하려니와 신명도 많아서, 소싯적에 베 짜다가 심심하면 소리를 하면 이웃이 구경을 올 만큼 그 소리가 구성졌다고 한다.

2007년에 용탄에 사는 여자와 사설 많이 알기 내기를 한 적이 있는데 두 시간 가까이 이어진 내기에서 결국 전숙자가 이겼으며, 상품도 받았다고 한다. 아라리를 가지고 남에게 지고는 못 사는 성격이라고 하며 아라리에 대한 애정을 과시하였다.

13년 전에 교통사고를 당해 그 후유증으로 지금까지 약을 복용 중이라고 한다. 건강 상태가 그다지 좋아 보이지 않았다.

제공 자료 목록
03_10_FOT_20090211_KDH_JSJ_0001 오줌 바가지
03_10_FOT_20090211_KDH_JSJ_0002 은혜 갚은 병선이
03_10_FOT_20090211_KDH_JSJ_0003 꼬부랑 할머니
03_10_FOT_20090211_KDH_JSJ_0004 성기 잘린 바보 남편
03_10_FOT_20090211_KDH_JSJ_0005 대감네 재산 차지한 얼뜨기
03_10_FOT_20090211_KDH_JSJ_0006 도깨비 방망이
03_10_FOT_20090211_KDH_JSJ_0007 남편 잡아먹으려는 뱀을 물리친 아내
03_10_FOT_20090425_KDH_JSJ_0001 해와 달이 된 오누이
03_10_FOS_20090211_KDH_JSJ_0001 아라리
03_10_FOS_20090211_KDH_JSJ_0002 아라리
03_10_FOS_20090211_KDH_JSJ_0003 성님 오네 성님 오네

03_10_FOS_20090211_KDH_JSJ_0004 다복녀

03_10_FOS_20090211_KDH_JSJ_0005 풀무 소리

03_10_FOS_20090211_KDH_JSJ_0006 세상달강

03_10_FOS_20090211_KDH_JSJ_0007 쥐야 쥐야

03_10_FOS_20090211_KDH_JSJ_0008 베틀 소리

03_10_FOS_20090211_KDH_JSJ_0009 어랑 타령

03_10_FOS_20090211_KDH_JSJ_0010 아라리

03_10_FOS_20090211_KDH_JSJ_0011 어랑 타령

03_10_FOS_20090211_KDH_JSJ_0012 아라리

03_10_FOS_20090211_KDH_JSJ_0013 칭칭이 소리

03_10_FOS_20090211_KDH_JSJ_0014 아라리

03_10_FOS_20090211_KDH_JSJ_0015 콩 하나 팥 하나

03_10_FOS_20090211_KDH_JSJ_0016 꿩꿩 꿩서방

03_10_FOS_20090211_KDH_JSJ_0017 아침 바람 찬 바람에

03_10_FOS_20090211_KDH_JSJ_0018 남원읍에 성춘향이

03_10_FOS_20090425_KDH_JSJ_0001 아라리

03_10_FOS_20090425_KDH_JSJ_0002 어랑 타령

03_10_FOS_20090425_KDH_JSJ_0003 매화 타령

03_10_FOS_20090210_KDH_GGP_0002 아라리

전재달, 남, 1938년생

주 소 지 : 강원도 정선군 정선읍 애산리

제보일시 : 2009.2.10, 2009.2.16

조 사 자 : 강등학, 이영식, 박은영, 유태웅

정선군 정선읍 용탄리에서 태어나, 1979
년에 애산리로 이주했다. 현재 애산리 노인
회장을 맡고 있다. 조사자들이 이번 조사의
목적을 설명해주자 빨리 이해한 후 다른 노
인분들에게 다시 설명을 해주며 협조를 구
하였다. 뿐만 아니라 노인회장으로서 분위

기를 띄우기 위해 먼저 이야기를 풀어주어 판을 부드럽게 만들어주었다. 이후, 추가 조사 일정을 잡는 데에도 적극적으로 도움을 주었다.

제공 자료 목록
03_10_FOT_20090210_KDH_JJD_0001 날갯짓 한 번에 삼천구만리를 가는 새
03_10_FOT_20090210_KDH_JJD_0002 점을 본 박문수
03_10_FOT_20090210_KDH_JJD_0003 효자 되고 싶은 상놈
03_10_FOT_20090216_KDH_JJD_0001 며느리의 젖을 빤 시아버지
03_10_FOT_20090216_KDH_JJD_0002 고부간의 갈등을 푼 현명한 아들
03_10_MPN_20090216_KDH_JJD_0001 살쾡이를 보고 넋이 나간 노름꾼들
03_10_FOS_20090216_KDH_SSL_0001 달구 소리

청호스님, 남, 1936년생

주 소 지 : 강원도 정선군 정선읍 회동1리
제보일시 : 2009.2.16
조 사 자 : 강등학, 이영식, 박은영, 유태웅

정선군 용탄3리에서 태어났다. 회동1리 70 번지에 있는 백련사라는 절의 주지 스님이다. 23세부터 절밥을 먹었으며 출가는 34년 전 부산 금수사 법흥 스님에게서 했다고 한다. 이 곳 토박이인 까닭에 이웃의 주민들과는 잘 알고 지내는 사이이며 절 근처에 있는 노인회관에 자주 놀러와 담소를 즐긴다고 한다.

이야기를 많이 알고 있었으며 또한 이야 기하기를 즐기는 듯 하였으나 처음에는 구연을 꺼리는 모습을 보여주었 다. 그러나 곧, 이야기판의 중심은 그가 되었으며 즐겁게 이야기를 풀어 주었다. 말이 빠르고, 문장을 제대로 맺지 않는 습관이 있었으며, 이야기 에 대한 교훈적 해석을 나름대로 덧붙이기도 했다.

제공 자료 목록

03_10_FOT_20090216_KDH_CHH_0001 지루하다 매뚠재, 야속하다 성마령, 아찔아
찔 관암배리
03_10_FOT_20090216_KDH_CHH_0002 여주 벽절 절세를 끊은 영리한 상좌중
03_10_FOT_20090216_KDH_CHH_0003 세월아 네월아 가지를 마라
03_10_FOT_20090216_KDH_CHH_0004 가난한 양반을 부자로 만들어준 도둑
03_10_FOT_20090216_KDH_CHH_0005 하룻밤만 자고 가도 만리성을 쌓는다

최춘자, 여, 1941년생

주 소 지 : 강원도 정선군 정선읍 봉양3리
제보일시 : 2009.2.10
조 사 자 : 강등학, 이영식, 박은영, 유태웅

최춘자는 강릉시 박월동 태생으로 25세
까지 그곳에서 살다가 45년 전 결혼을 하면
서 정선으로 이주하였다. 친정어머니가 청
이 좋고 노래를 좋아하여 가족들 또한 소리
하는 것을 즐겼다. 어려서 어머니, 언니, 오
빠가 하는 노래를 들으며 자랐다. 현재 정
선읍 봉양3리에 거주하고 있다. 2001년부터
정선아리랑 전수회에서 전수를 받고 있으며,
2002년부터는 아리랑 창극단에서 활동하였다.

제공 자료 목록

03_10_FOS_20090210_KDH_CCJ_0001 남도령 타령
03_10_FOS_20090210_KDH_CCJ_0002 우리 부모 늙어가네
03_10_FOS_20090210_KDH_KHJ_0004 아라리
03_10_FOS_20090210_KDH_KHJ_0005 엮음 아라리
03_10_MFS_20090210_KDH_CCJ_0001 꾼자라라 라이라이

앉은뱅이와 봉사와 귀머거리의 거짓말

자료코드 : 03_10_FOT_20090210_KDH_SSL_0001

조사장소 : 강원도 정선군 정선읍 애산2리 432-165번지 삼봉경로당

조사일시 : 2009.2.10

조 사 자 : 강등학, 이영식, 박은영, 유태웅

제 보 자 : 신승래, 남, 82세

구연상황 : 2009년 2월 10일, 정선군 애산2리 노인회관으로 사전 약속 없이 찾아갔다.
노인회관에는 할아버지와 할머니들이 20여 명 모여 있었으며, 모두들 조사팀
을 흥미롭게 대해주었다. 조사의 취지를 잘 이해한 노인회장 전재달이 분위기
를 띄우기 위해 먼저 이야기의 물꼬를 튼 후, 신승래에게 이야기 해줄 것을
권했다. 신승래는 별 주저 없이 흔쾌하게 이야기를 시작했다.

줄 거 리 : 앉은뱅이와 봉사, 귀머거리가 길을 가면서 당치 않은 거짓말을 늘어놓는다.
앉은뱅이는 한달음에 가자고 하며, 귀머거리는 북소리가 둥둥 난다고 하며,
봉사는 깃발이 펄펄 날린다고 한다.

그 그짓부리(거짓말) 한마디 할까요?

(조사자 : 예 예, 거짓부리 한마디 해주세요.)

옛날에 앉은뱅이 하나하고 봉사 하나하고 귀먹쟁이(귀머거리)하고 서이
길을 갔단 말이여.

서이 서이 서이 길을 가는데 구경을 가 시방으로 말하면 어데 뭐이 뭔
아주 큰 구경을 서이 가는데, 가다보이 서이 질을 가는데 앉은뱅이가 가
다 있단드루.

아 봉사가 가다이보이깐드루 아이 아, 뭐여. 귀먹쟁이 가단보니깐드루,
"북소리가 둥둥 난다야."

이라이래가다 귀먹쟁이가.

(조사자 : 어떻게 한다구요?)

"○○○○○ 아이얍 북소리 둥둥 난다이." 까니깐드루.

앉은뱅이 이따가설랑,

"한달구찔이(한달음에) 가자."

빨리 가잔 말이야. 얼 빨리 가야 수월하거든. 봉사가 또 가다보이,

"아이 깃발이 펄펄 날린대." 이란데 말이여.

그래 서이 그래 거짓뿔하고 앉았더래.

(조사자 : 그 그 말씀 재밌는 말씀인데 한번만 천천히 말씀해 주실래

요?)

예.

(조사자 : 앉은뱅이하고.)

봉사하고,

(조사자 : 봉사하고,)

귀머거리하고,

(조사자 : 귀머거리하고,)

서이하고 구경을 간단 말이여.

(조사자 : 구경을 가구나.)

구경을 가는데 귀먹쟁이 한단 소리가,

"북소리가 둥둥난다." 하이까

(조사자 : 아.)

앉은뱅이 한단소리가,

"우리 한달음박질에 가자." 하이까 그 가다보이깐드루 봉사가,

"깃발이 펄펄 난다." 하더라고.

그 거짓부리야.

어머니를 살린 효자

자료코드 : 03_10_FOT_20090210_KDH_SSL_0002
조사장소 : 강원도 정선군 정선읍 애산2리 432-165번지 삼봉경로당
조사일시 : 2009.2.10
조 사 자 : 강등학, 이영식, 박은영, 유태웅
제 보 자 : 신승래, 남, 82세
구연상황 : 2009년 2월 10일, 정선군 애산2리 노인회관으로 사전 약속 없이 찾아갔다.
　　　　　 노인회관에는 할아버지와 할머니들이 20여 명 모여 있었으며, 모두들 조사팀
　　　　　 을 흥미롭게 대해주었다. 조사의 취지를 잘 이해한 노인회장 전재달이 분위기
　　　　　 를 띄우기 위해 먼저 이야기의 물꼬를 튼 후, 신승래에게 이야기 해줄 것을
　　　　　 권했다. 신승래는 별 주저 없이 흔쾌하게 이야기를 시작했다.
줄 거 리 : 어느 마을에 효자가 있었다. 몇 십 년 동안 지병을 앓아오는 어머니를 위해
　　　　　 산에 올라가 백일치성을 드리던 중, 꿈에 산신령이 선몽하기를 하나 있는 아
　　　　　 들을 삶아서 어머니에게 먹이라는 것이다. 효자인 아들은 망설임 없이 아이를
　　　　　 삶아서 그 고기를 어머니에게 드렸는데, 나중에 보니 아들이 삶은 것은 동삼
　　　　　 이었다.

옛날에 한 집, 효자가 있는데요. (조사자 : 효자?) 야, 효자가 있는데, 어머니가 몇 십 년 시방은 당뇨병 같은 기 오래 가잖아요?

뭐 바람병인지. 그래 아마 뭐 그런 병에 걸린가 봐요.

옛날엔 뭐 병을 모르니까 그러니까 몇 해를 앓으니까 약을 뭐 백약으로 치료해도 약은 없고, 산에 가 백일 치성을 드렸어.

(조사자 : 백일 치성. 예.)

예. 백일치성을 드리면 인제 산신령이 머 약을 내줄까 하고선, 백일치성을 드려도 백일이 다 다와도 내일은 백일 채워 내려갈 판인데 꿈에 선몽을 하기를. 산신령이 선몽하기를. 그 집 아들이 하나 천신만신 아들이 하나이여.

학교, 옛날에는 학교도 없고 한문선생을 데리고 공불시켰단 말이여. 여럿집 애한테 한문한학을 꾸며가지고 ○○○○. 아를 서당에 보냈는데 꿈

에 산신령이 나와서 말하기를,

"니가 부모 병 고치자하면 니 아 삶아 먹여야 된다." 이러더래요

(조사자 : 아이를 삶아서 먹이라고.)

네. 아를 삶아 먹이야 된다.

그 뭐 워낙 천하에 하늘이 내린 효자니까 내려와서 부인하고 의논했대요.

"아유 백일기도를 드리는데 산신령님이 니 자식을 삶아 먹이면 부모가 난다하니까 우리 삶아 먹여서. 우리는 내중에 아는 낳으면 자식이고 부모는 돌아가시면 다시는 부모 어머니 말씀 못 하니깐드루 우리 아 삶아…."

"아유 그 그렇게 해야죠." 이러더래.

그래 아 서당에 간 뒤에 둘이서 의논하구 가마에다 물을 슬슬 끓이지.

아 인제 올 시간이 되니까. 물이 슬슬 끓는데 비가 추루룩 오는데 아가 책보를 허리 뒤에 두르고 들어오드래요.

다짜고짜 고만 가마에다 쥐넣어 삶았단 말이여. 다짜고짜 삶아 넣는데, 그래 어머니를 삶아다가 고기를 갖다드려.

"아이고. 뭔 고기가 이렇게 맛있나 맛있나?"

"어머님이 이거 잡으면 나 나신대요(낫는대요), 나신대요."

그걸 마저 마신 다음에 아가 책보를. 진짜 아가 책보를 둘러미고 오드래. 산신령이 동삼을 보냈단 말이여. 동삼을. 그래 효도를 잘했다고 그래.

친정아버지를 망신에서 구한 현명한 딸

자료코드 : 03_10_FOT_20090210_KDH_SSL_0003
조사장소 : 강원도 정선군 정선읍 애산2리 432-165번지 삼봉경로당
조사일시 : 2009.2.10
조 사 자 : 강등학, 이영식, 박은영, 유태웅

제 보 자 : 신승래, 남, 82세

청   중 : 유원식 외 15인

구연상황 : 유원식이 '효자 이야기' 구연을 마친 후, 옆에 앉아있던 고광필에게 이야기를
          부탁하였으나 고광필은 아는 이야기가 없다며 여전히 거절하였다. 대신 정선
          아라리를 많이 안다며 구연하려하였으나, 이야기판을 더 이어가기 위해 조사
          자들이 잠시 뒤를 기약했다. 그 때 신승래가 이야기를 안 하니 자꾸 잊어버린
          다고 하며 자연스럽게 이야기를 풀어갔다.

줄 거 리 : 가난한 시골 양반이 딸을 대갓집에 시집을 보냈다. 딸을 시집 보낸지 삼 년만
          에 딸의 집으로 어렵게 나들이를 가게 된다. 사돈이 왔다고 푸짐하게 차린 음
          식을 실컷 먹은 시골 양반은 배탈이 나서 바지를 버리게 된다. 똥이 묻어 벗
          어놓은 단벌 바지를 개가 물고가 다 뜯어 버리자, 바지가 없는 시골양반은 도
          포만 입고 새벽 일찍 길을 떠나려고 한다. 그러나 사돈의 만류에 아침을 먹고
          사돈댁을 만나러 가다 그만 넘어져서 바지가 없는 것이 들통이 나게 된다. 창
          피하여 도망을 가는 아버지를 위해 현명한 딸이 재치있게 상황을 정리하여,
          시골양반은 망신을 피하게 된다.

그 전에 시골양반이 아주 못 살았어요. 시골양반 양반은 양반이어도 살
림이 궁색하면 못 사는데 따님을 하나 잘 길궜어요(길렀어요).

따님을 하나 잘 기른다 소리를 저 영감 대가집이 듣고설랑은, 아이 뭐
못 살드래도 며느리만 잘 보면 되거든요.

양반이고 살림만 읎다 뿐이지 아 따님을 잘 가르치고 이래가 며느리
보고수아서(보고 싶어서) 남 대가집에 거 혼인을 물었다. 혼담은 옛날에는
물었거든 시방은 막 서로 만나서 얘기하지만.

(조사자 : 그렇지 옛날에.)

그래 중신이 들어오니까드루 딸밖에 읎는 집이 그 영감 대갓집이 딸
달라는데 ○○○○ 줘야 되그든.

○○○○○ 그래 따님을 글루 떡 줬단 말이여. 참 뭐 있는 거 없는 거
마을 집안들이 뫄서 억수루 이래 따님을 영감 대갓집에 줬는데, 딸년 뒤
에는 삼년이 되어도 갈 도리가 없어. 자 옷이 있나 갓이 있나 뭐 그래도
영감 대갓집에 가자면 도포래도 입고 맹근(망건) 씌고 이래 가야 되는데.

맨 오라는 전화는 오지. 그래 마을에 집안들이,

"아이 내가 갓을 드리고 내가 도포를 드릴 꺼이 가슈 가슈."

그래 떡 딸에 집에 갔지. 딸에 집에 떡 가니, 간다고 인제 또 노비를 보냈단 말이여. 그 종이 있거든 양반집에는. 며칠날 간다고 하니 종을 보냈는데. 이 보내놓고 그냥 간다는 날 떡 사둔의 집엘 가지. 하며 전화가 왔으니까는 뭐 음식준비야 뭐 아주 참 사둔이 온다고 엄청 잘해놨지.

그래 떡 갔는데. 가서 사둔하고 수인사를 하구 인제 저녁을 먹고 잘라 하는데,

"아이구 사둔님, 모처럼 만나서 하룻밤 같이 자야 되는데 며칠 묵어가실 테니, 나는 오늘 저녁 큰집에 기우가 되니 천상 집에 큰집에 제사 보러 갔다와서, 낼 즈녁 오늘 저녁에 사둔혼자 주무시라."고.

사둔 인제 아버지 제 보러 큰집을 갔지. 그래 사둔 간 뒤에 따님은 또 아부지가 처음 왔으니 그 좋은 음식을 차담상하구, 뭔 좋은 아주 참 고닝 이겉은 술을,

"아부님 자다 잡수." 하고설랑 머리맡에다 주같이 챙겨놨단 말이여.

저녁 잘 잡순 뒤에도. 아이 이 노인이 생전 술도 뭐 잘 못 잡숫고 입에 또 고기도 잘 못 먹던 양반. 딸이 들어갔는데 한 잔 더 하고 살 보니 술 생각이 나거든.

술을 원 많이두 먹었어. 고기두 맘껏 줘먹고. 아이 이거 뭐 시 시골에서 못 살던 사람이 먹으니 배기는가?

(청중 : 똥을 쌀까봐 그렇잖우.)

아 고만 바지를 버렸네. 바지를 털썩 버리고 보니 할 수 있는가?

그 개구녕 개 드나드는데 봤거든. 바지를 벗어 갖다 떡 벌려댔지.

'아 이놈으 개 하여간 먹기만 하면 들어가 난 입기다.'

하고 거기다 떡 벌렸더니, 아 이놈으 개가 물어가다 보리밭에 가 다 쥐어 뜯은기야. 보리밭에가 다 쥐 뜯으니, 아 이 뭐 잠이 뭐 술먹었지 뭐 잠

이 폭 들었다 이래믄서 밭에 갔드만 그 바지를 찾어 바지가 있는가? 개가 보리밭에 가 다 물어냈는데.

(청중 : 허허 그 놈의 참.)

하이고 참 생각해보니 기맥히거든. 사둔은 날이 새애 ○○○○○ 할 수 읎어서 그러면 도포를 줘 입고 갓을 씌구 날은 새지. 사둔 올 때를 바래코(바라고) 턱 이래 무릎을 꿇고 이래 앉데이까, 사둔이 하며 온단 말이여.

큰기침하고 마주 올라서 큰기침하고 들어오니, 아 사둔이 양반은 양반이여. 하며 옷을 줘 입고 무릎을 척 꿇고 망건틀하고 꿇어 앉었거든.

하이고 이거 사둔을 저리긴 바로 저렸다, 저런 양반을 저렸으니. 바지 읎어 그래는 줄은 모르고. 그래 이 사둔이 뭐 아침 먹을 정황도 읎지.

"아이 저 사둔, 저는 바뻐서 가야되겠심니다."

"아이구 이게 뭔 말씀입니까? 아침을 자시고 우리 안방을 들어가서 사둔댁 또 모처럼 왔으니 찾아보고 이래 가야 되니 앉으라고."

하 뭐 되우 붙드니 할 수 있는가 되우 쪼그트리고 앉고 틀러박고 아침을 읃어 먹었지.

(청중 : 이제 곧 나오게 생겼구만.)

아침을 읃어 먹고,

"아이 사둔이 뭐 정 바뻐 가신다니 안방 우리 안방 들어가 사둔댁을 찾으보고 가라."고.

이놈의 사둔댁이 좀 있다가설랑 이 문지방 밑에다 초석을 깔어놨네. 이 눔으 가랭이 가랭이 벌리다 보믄 살림살이 나오겠고, 모둠으로 혹 튀어넘다보니까 고만 휘뜩 자빠전기 고마 다 드러내놨네.

살림살이 다 내려 든내 놓으니 뭐 살림살이 다 든내 놓으니 뭐하는가. 아 다짜고짜 내뛰가지. 내뛰가지고 뭐 다짜고자 고향으로 오는기야. 오니 오니깐드루 딸이 나서가지구,

"아이구 우리 아버님은 날같은 걸 자식이라구 처음에 딸네 집에 가믄

은 대망신 당하고 오믄은 잘 산다 하드니 망신을 하구 간다."고.

그래 그래 근심을 하니까 시아버이 들어보니까 저 잘 돼라고 그랬다하니까 을매나 좋아.

처음에 대망신, 처음에 딸네 집에가 대망신을 하구오믄 딸이 아주 부자로 살고 수명장수한다고 이래 이렇게 거짓말하니까.

(조사자 : 예. 거짓말을.)

(청중 : 딸이 얘기를 또 잘했네.)

어 이 딸이 참 역봉을 잘했단 말이여

(청중 : 대인이네. 얘기 하는거 보니.)

"첨, 처음 와서 그 대망신하고 가믄 내가 수명장수하고 부자로 잘 산다니까 날같은 자식이라도 자식이라고 이런 대망신하고 간다."고 막 우네.

우니깐드루 그 쥔은 들어보니깐드루 저 잘 되라 그랬으니까, 고만 종놈을 불러가지고 옷을 양반집 옷이 여러 벌 있거든요. 그걸 쥐켜가지고,

"빨리 가서 모셔오라."고.

그래가서 옷을 입혀 가지고 모셔와서 며칠 묵어 잘 살다왔네.

허허허허.

대동강을 팔아먹은 김선달과 재치 넘치는 여자 뱃사공

자료코드 : 03_10_FOT_20090216_KDH_SSL_0001
조사장소 : 강원도 정선군 정선읍 애산2리 432-165번지 삼봉경로당
조사일시 : 2009.2.16
조 사 자 : 강등학, 이영식, 박은영, 유태웅
제 보 자 : 신승래, 남, 82세
청   중 : 전재달 외
구연상황 : 2009년 2월 10일 애산리 삼봉경로당을 찾아서 1차 조사를 한 후, 묘 다지는
         소리에 대한 2차 조사를 위해 2월 16일에 만나기로 약속을 했다. 밖에서 구

연하고싶다는 할아버지들의 의견을 좇아, 정선읍내에 위치한 아라리촌으로 이동해서 묘 다지는 소리를 동작과 함께 구연했다. 이후 다시 삼봉경로당으로 이동해서 이야기판을 벌였다. 전재달이 '며느리의 젖을 빤 시아버지' 이야기를 먼저 풀어놓은 뒤, 신승래가 곧이어 이야기를 받았다.

줄 거 리 : 김선달은 배짱과 궁리가 좋은 사람이다. 한 번은 꽁꽁 언 대동강에 볏짚을 깔고 논인 척 위장해서 서울 부자에게 팔아먹었다. 그러던 그도 재치 있는 여자 뱃사공에서 당한 적이 있다. 하루는 여자 뱃사공의 배를 탄 김선달이 배삯을 주지 않고 내리려 했다. 돈을 달라는 여자 뱃사공에게 김선달은 "내가 당신 배를 탔으니 당신은 내 마누라."라며 버티었다. 그러자 여자 뱃사공이 "당신은 내 배에서 나왔으니 내 아들이다."라며 응수했다고 한다.

뭐 거짓부리 한마디 할까?

옛날에 아주 저 건달. 김선달이라는 건달이 있었어, 김선달이. 그 양반이 얼마나 배짱이 있고 궁리가 잘 돌아 가는지 대동강을 팔아먹었어.

대동강을 팔아먹었는데 어떻게 팔아먹었는고 하니까 이 한겨울게 뻐썩 얼었을 때 짚을 쌓으려다가 뭐 뻐썩 언 얼음 우에다 갖다 폈거든. 피우고 그 우에다 눈이 또, 눈이 또 오니깐드로 똑 논 같거든? 볏짚 볏짚, 볏짚을 이래 보키고 팬(편편) 하니깐드로.

아이 논 팔아먹는다 소문이 나니까 아 서울 부자가 와서 보니까 논이 한 수백 마지기거든. 그 그래 사자 그래. 그이 아 싸게 팔았지 뭐. 그 속여 파니까. 그 아무거나 달라니까. 아 그럼 아무거나.

아 논을 사놓고서는 봄이 되니깐은 짚이 싹 녹아삐리고 마 대동강이야.

대동강을 거 팔아먹은 고만 논은 팔아먹은 기 물이 됐단 말이야. 그 뭐 그짓불이(거짓말) 했잖우.

(청중 : 강이 돼 버렸지.)

강이 됐지 뭐. 대동강이 되로 됐지.

얼마나 거짓뿔을 잘 하는 사람인지 또 한군데 가다니깐드로 여자 뱃사공이 있어, 여자 뱃사공이.

(조사자 : 여자 뱃사공이.)

여자 뱃사공이 그 배를 턱 타고 건너 가는데 근네(건너) 가니 이 사람은 돈 안 써. 만날 거짓뿔 해서 사기만 치거든. 다 근네 와가지고설랑은 나가미 아,

"○○○○ ○○○○" 하니까,

"아이고 내가 당신 배를 탔으니 당신 내 마누라인데 뭐 ○○○○ 하느냐?"

아 저만침 가거든.

"야 야 야 야 니가 뱃속에 배 안에 낳으니 니 내 아들이다." 하더라고.

(조사자 : 예. 아 참 이렇게 빠른 사람이 있어요.)

그럼, 머리가 뺑 돌아가니깐드로. ○○내라 하니깐드로,

"아이 난 니 배를 탔는데 닌 내 마누란데 뭘 ○○ 달라 하느냐."고.

저만치 갔대요.

"야 야 야 야 넌 내 배 안에서 낳으니 니 내 아들이다." 하더라고.

(조사자 : 또 없으세요?)

(청중 : 아들 잘 가게. 잘 가거라 이래더라고.)

시아버지 곽곽 선생을 이기는 며느리 이신풍

자료코드 : 03_10_FOT_20090216_KDH_SSL_0002
조사장소 : 강원도 정선군 정선읍 애산2리 432-165번지 삼봉경로당
조사일시 : 2009.2.16
조 사 자 : 강등학, 이영식, 박은영, 유태웅
제 보 자 : 신승래, 남, 82세
청   중 : 전재달
구연상황 : 2009년 2월 10일 애산리 삼봉경로당을 찾아서 1차 조사를 한 후, 묘 다지는
        소리에 대한 2차 조사를 위해 2월 16일에 만나기로 약속을 했다. 밖에서 구

연하고싶다는 할아버지들의 의견을 좇아, 정선읍내에 위치한 아라리촌으로 이동해서 묘 다지는 소리를 동작과 함께 구연했다. 이후 다시 삼봉경로당으로 이동해서 이야기판을 벌였다. 전재달이 '며느리의 젖을 빤 시아버지' 이야기를 먼저 풀어놓은 뒤, 신승래가 뒤이어 '대동강을 팔아먹은 김선달과 재치 넘치는 여자 뱃사공' 이야기를 했다. 잠시 숨을 고른 뒤에 다시금 이야기를 풀었다.

줄 거 리 : 옛날에 시아버지 곽곽 선생과 그의 며느리 이신풍이 살고 있었다. 둘은 모두 점을 잘 쳤는데, 시아버지는 그런 며느리를 이기기 위해 꾀를 내었다. 그러나 이 사실을 안 며느리는 한 발 앞서 상 위에 곽을 포개어 놓아 도리어 곽곽 선생이 잡혀가게 된다. 한 번은 난산으로 고통 받는 산모를 위해 점을 쳐달라는 손님이 찾아온다. 점을 쳐보고자 하는 곽곽 선생보다 앞서 며느리가 재빠르게 방책을 내놓아 산모는 순산을 하게 된다. 매번 며느리에게 지고 말자 화가 난 곽곽 선생이 며느리에게 어려운 문제를 내어 이겨보려 한다. 그러나 이 또한 꾀 많은 며느리가 이기게 된다.

옛날에 곽곽 선상님하고 이신풍씨 메누리고, 이신풍이는 메누리고 곽곽 선생은 시아버진데. 두 분 다 울매나(얼마나) 점을 잘하는지, 시아버이는 메누리 이길라고 하고 메누리는 또 시아비를 이길라 하고 서로가 아주 마다툼이 되가지고 야단인데.

가마이 생각해보니 저 놈 메누리를 잡아야 지가 벌어먹겠거든? 메누리를 잡을라고 이제 예방을 해서 질가에다설랑 사정을 하구설랑 글씨 써 붙였는데. 메누리 가만 보니깐드루 날 잡을라 하니까 에이 메누리가 떡 떡 나가설랑 곽곽 선생 곽을 몇 개 해서 한군데 포개놨으니 이 놈우 사자가 오다 보니깐드로 뭐 글자는 안보이고 곽이 이래 포개놔.

"에이 곽곽 선생 잡아가라고 이래로."

곽곽 선생을 잡아갔더래. 시아버이를 잡아갔더래.

그래 또 두 시아버이하고 시어머이, 메누리하고 서로 인제 점을 인제 잘 하기로 했지.

아 낳는 사람, 아 낳는 여자가 곽곽 선생한테 점 하러 오거든.

"아우 저 죽을라, 산모 아 나오지 안 하고 죽을라 하니깐드로 점을 좀 해주요."

선생은 이제 점 할라고 책을 펴놓고 하거든?

"아이고 아버님은 급한데 언제 점 할 새 있소? 집에 가서 도포자락을 베서 태워서 그걸 태워 마시우. 그 도포 입은 사람은 정문으로 댕기지 협문으로는 안 댕기우."

그래 집에 와서 도포자락 베서 태워서 마시니깐드로 정문으로 아가 쑥 빠져나왔거든. 그리 뭔 곽곽 선생이 졌단 말이여.

운제 참 점할 새이 있는가? 급해 아 낳는데 점하로 오니깐드로 그 도포자락 베서 태워 멕이니까 아가 쑥 빠져나와 아를 낳았지.

가마이 보이 시아버이 또 생각해보니 만날 메누리한테 지거든.

"메누리, 메누리. 저 건네 쇠가, 노란쇠가 맥히고 껌둥소가 맥혔는데 어느 게 먼저 인나겠는가?" 하니까,

"아버님은 어느 놈이 먼저 인나겠어요?"

"난 누런소가 먼저 인날 것 같은데." 이래.

그렇다니 메누리 한단 말이,

"아이구 아버님도 불이 인나자면 시커먼 연기부텀 나지 어떻게 뻘건 불부텀 인나? 난 꺼믄 소가 먼저 인나."

아 쪼금 있다 보니까 껌정소가 뻘떡 인나더라고.

그래 시아버이를 만날 이기더래요.

(조사자 : 아까 곽코 선생님?)

(청중 : 곽곽 선생.)

(조사자 : 곽?)

(청중 : 예. 곽곽 선생이라고 옛날에.)

(조사자 : 그리고 이풍?)

(청중 : 이신풍은 메누리고.)

(조사자 : 아, 이신풍은 아들, 며느리.)

(청중 : 며느리.)

(조사자 : 이신.)

(청중 : 순풍이라고. 이신풍이라고.)

(조사자 : 아 이신풍)

(청중 : 바꿔 선생?)

(청중 : 곽곽 선생.)

(청중 : 그래 바꿔 선생.)

바꿔 죽었으니 바꿔 선생.

(청중 : 바꿔 죽은 게 아니고, 바꿔 죽은 게 아니고 이제 메누리 죽으라고 예방을 하니까 메누리가 또 먼저 알거든?)

시아버이 잡을라고 또 곽을 짜가지고설랑은 포개 났지. 포개노니 사자 오다보니 곽을, 곽을 이래 포개놨으니 에이 곽, 곽곽 선생 곽을 포개 났으니 곽곽 선생 잡아가란 게 곽곽 선생을 잡아갔지.

시어머니에게 한 마디도 지지 않는 며느리

자료코드 : 03_10_FOT_20090216_KDH_SSL_0003
조사장소 : 강원도 정선군 정선읍 애산2리 432-165번지 삼봉경로당
조사일시 : 2009.2.16
조 사 자 : 강등학, 이영식, 박은영, 유태웅
제 보 자 : 신승래, 남, 82세
구연상황 : 전재달이 고부간의 갈등을 다룬 이야기를 듣고 난 신승래가 그 이야기에서 연상이 되었던지 고부 갈등을 소재로 한 짤막한 우스갯소리를 들려주었다.
줄 거 리 : 옛날에 갈등이 심한 시어머니와 며느리가 있었다. 자신의 한 마디에 좀 져보라는 시어머니의 말에, 며느리가 한 말을 머리에 이어도 봤는데 지라고 하냐며 대들었다고 한다.

옛날에 메누리하고 시아버이하고, 메누리하고 시어머니하고 울매나 싸우는지 마주 앉으면 싸우네, 고부찌리.

시아버이하는 하는 소리,

"메누리 한마디에 지게." 이래.

"아이구나 아버님 닷말 여도(이어도) 봤는데 한말 지라 하더라."는데.

개간잎으로 스승 곯린 제자

자료코드 : 03_10_FOT_20090210_KDH_YBS_0001
조사장소 : 강원도 정선군 정선읍 애산2리 432-165번지 삼봉경로당
조사일시 : 2009.2.10
조 사 자 : 강등학, 이영식, 박은영, 유태웅
제 보 자 : 유봉산, 남, 71세
청   중 : 전숙자 외 15인
구연상황 : 노인회장 전재달이 '박문수 점 본 이야기'를 마친 후, 유봉상에게 '소장사 이야기'를 해줄 것을 권하며 분위기를 띄웠다. 지금까지 다른 구연자들의 이야기를 말없이 듣고 있던 유봉상은 전재달의 권유에 망설이지 않고 이야기를 꺼냈다. 그러나 '소장사 이야기'가 아닌 '개간잎 이야기'를 구연해 주었다.
줄 거 리 : 서당에서 공부를 하는 친구 셋이, 점심을 먹고 오던 중 개를 잡는 광경을 목격하게 된다. 다른 마을 학생들보다 자신들을 차별하는 서당 선생님을 곯려주기 위해 개의 간이 몇 잎인지를 살펴본 후, 선생님께 질문을 한다. 스승인 자신도 몰랐던 사실을 제자가 알고 있자 스승은 제자에게 감복을 한다.

전에는 여 학교를 다니지 못한 사람은 한문서당이라고 많이 배웠거든요. 그래 한문을 배우다니까 낮에 12시 가까이 됐는데 선생님이 하는 말씀이,

"이제느 시간이 됐으니 가서 점심을 먹고 오느라." 그래.

학생들 보고 그랬어.

그래 세 사람 여섯 사람이 배우는데, 세 사람이 한마을에 사는 사람이

라. 그래 세 사람이 집으로 점심 먹으러 돌아가다니까, 가서 몇 시에 점심을 먹고 여기에 몇 시까지 도착을 하자.

그래 점심을 자기 집마다 가서 먹고 돌아서 오다니, 이 제방인데 물가에요. 물가 제방에서 이 노인들이 모여서 개를 한 마리 목을 매서 달아 잡어 먹고 있거든.

그래 거서 인제 서당방 공부하는 중에도 나이가 좀 지근하고 머리가 좋은 학생이 있었는데, 이 학생이,

"야 이 개이를 태우를 할 때 우리가 그 개의 간이 몇 잎인가 되는가 확인을 해가지고 오늘 그 우리가 글귀를 한번 내보자." 이랬어요.

그래 내려가서 그 개를 잡은 걸 이래 디다보고(들여다 보고) 태울 해가지고 내부를 인제 이 손질할 때 그 잡은 사람들보고 물었지 이 사람이, 학생이.

"그 으른(어른)들 갯잎이 몇 잎입니까?" 이래니까,

"아이. 갯잎은 사람 개 사람 개 저저 사람 간잎하고 똑같아."

그러나 사람을 잡아보지 못한 학생이 몇 잎인지 알 수 있습니까? 그러니까 개를 잡아서 눕혀가지고 완전히 간을 이 끈을 꿰가 달아매는 걸 보니까, 개간이 셋 잎이드라 이겁니다.

셋 잎은 무슨 말씀이냐면은 이렇게 붙고 붙고 새 끝까지 안 붙은 기 복판의 잎은 좀 질고 남쪽잎은 좀 짜르고 그러니 개간이 셋 잎이드라 이겁니다. 그러니,

"아 알았습니다" 하고 셋이서 인제 의논을 했거여. 학생 셋이서.

"야 이 선생님이 우리를 말이여. 저 쪽 마을에 있는 학생보다 우리를 많이 고통을 주니 우리 오늘 가서 선생님을 한번 달아보자."

이 선생님을 다루다니 어떻게 다루느냐.

"선생님 저게 우리가 이 글귀를 하나 낼 테니까 개간이 몇 잎인지 아십니까?"

한번 이렇게 물어보자. 그래 와가지고 그 모범된 학생이 선생님한테 질문을 했어요.

"선생님 그러 잘 아시면 개간잎이 몇 잎이며, 어떤 짐승하고 개간잎이 똑같습니까?"

질문을 떡하니 아 선생이 개를 개를 잡아보지 않은 선생이 개간잎이 몇 잎인지 열 잎인지 스무 잎인지 어떻게 압니꺼? 그러니,

"아 니가 그런 걸 어떻게 봤느냐? 어떻게 아냐?" 하니,

"아이 본 게 아니라 그기 다 글귀에 나와 있습니다." 하고 얘길 했어요. 그래니,

"몇 잎이냐?"

"개간은 사람간과 똑같이 셋 잎입니다."

답변을 했네.

그래 선생이 그 뭐 참 뭐, 선생님이라 하면 논어 맹자 뭐 무신 책을 아는 거 보면 없거든요.

"그래 그 기 어데 어느 책에 있드냐?"

"그런 글귀는 명심보감에 있습니다."

아 그래이 선생님이 명심보감을 하고 계속 뒤치면서 보니까 개간이 음양일동이라는 그 고 부위에 개간이 셋 잎으로 되어 있드라고.

그래 선생이 제자한테 탄복을 하고 말더란 이런 옛날이야기가 있습니다.

(청중 : 고만 졌네. 고만 졌구면, 아이구.)

한석봉과 어머니

자료코드 : 03_10_FOT_20090210_KDH_YWS_0001
조사장소 : 강원도 정선군 정선읍 애산2리 432-165번지 삼봉경로당
조사일시 : 2009.2.10

조 사 자 : 강등학, 이영식, 박은영, 유태웅
제 보 자 : 유원식, 남, 84세
구연상황 : 유봉상이 '개간잎 이야기'를 마친 후 이야기판의 분위기가 살짝 끊길 즈음, 조사자들이 신승래에게 다른 이야기를 더 구연해 줄 것을 권하였다. 신승래가 잊어버리고 아는 것이 없다고 할 때, 옆에 있던 유원식이 자신이 이야기 한 편을 더 하겠노라 조심스럽게 입을 열었다.
줄 거 리 : 홀로 한석봉을 키우던 한석봉의 어머니는 아들이 여덟 살이 되자 훌륭한 사람을 만들기 위해 어느 절에 올라가, 스님에게 공부를 가르쳐주기를 청한다. 십 년 작정을 하고 아들을 절에 맡긴 한석봉의 어머니는 그 길로 어린 아들과 작별을 한다. 구년 쯤 되었을 때 한석봉은 꿈에서 어머니가 세상을 떠난다는 사실을 알게 되고, 부랴부랴 집으로 달려간다. 그러나 몸이 편찮았을 뿐인 어머니는 구년 만에 만나는 아들을 밥 한 술 주지 않고 절로 돌려보낸다. 이후 한석봉은 열심히 공부하여 과거 급제를 하고 훌륭한 사람이 되었다.

한석봉 선상님이 저 경상도 저 어느 마을에서 인제 출생하셨는데, 나은지 낳고 석 달만에 아버지가 세상을 떠나서. 어머니는 살아 처는 살아있는데.

세 살 먹어서 어. 석 달만에 세상을 떠나니까 이 처가 살림살이도 옛날에는 곤란하고 이런데, 이걸 어떻게 멕여 살려 키우느냐.

그래 이럭저럭 참 남의 집에 바느질도 하고 남의 옛날 없는 사람들은 그렇게도 많이 살았더랩니다. 바느질도 하고 방아도 찧고 이래가지고 근근적신이 일해서 애를 길러서 나이가 여덟살이 떡 됐는데.

여덟 살이 됐는데, 이것을 내가 홀로 남편 없이 길러가지고 이걸 장추에 어떻게 훌륭한 사람을 만들어야 되겠는데 이런 생각을 가지고, 어느 절에를 한번 올라갔어요. 절에 올라가지고 큰절인데 절에를 올라가서,

"저는 사실이 여덟 살 먹은 아들이 있는데 이 절에 공부를 좀 시켰으면 좋겠는데 스님 어떻게 좀 허락을 좀 받주십시오." 이래니까,

아이 데려 오라고 공부를 가르치겠노라고. 가르치되 한 해 이 태가 아니고 적어도 십여 년은 배워야 되겠으니 가르켜야 되겠는데 십년 작정을

하시고 꼭 보내주십사하니, 아 그렇게 하라고.

그래서 집에 내려와 가지고 뭔 방아품도 팔고 뭐 이럭저럭 곡성바리나 해놨던 걸 돈냥이나 엽전냥이나 해놨던 걸 가지고, 며칠만에 그 절을 찾아올라가서 스님한테 인사를 드리고. 부처님한테 가서 이렇게 배례를 하고는 그래 인제 스님한테다 그렇게 말을 했어요.

아들 앉혀놓고서 스님 앞에서 애를 꼭 십년만 공부를 가르켜주십사 이러니,

"예."

스님이 그래 대답하고 아이를 보고 말하기를,

"너는 내 자식이지마는 이 절에 와서 이 스님한테 와서 아버지처럼 생각하고 십년이란 세월을 여기서 보내면서 공부를 꼭해라."

이렇게 됐어요.

아들을 보고 또 얘기를 하면서 이 서로 조약을 말루래도 구두래도 이제 서로 조약을 하고. 그래고는 엽전 몇 냥 되는 거하구 뭐 곡성 말이나 (곡식 말이나) 가주갔던거 옛날에는 뭐 쌀도 그리 없이 뭐 강냉이 그저 뭐 좁쌀 이런 게 참, 예 저 두어 서너 말 가지구,

"우선 이래도 이걸루 밥을 해 멕이구하면, 종차 지가 벌어가지고 쌀 보내고 하겠습니다."

이러고는 그러 거 작별을 하고 내려왔어요.

근데 그때부터 애가 공부를 하는 것이, 공부를 하다가 한 구년이 떡 됐는데. 구 년만에 한번은 그렇게까지 있어도 그 자식이 보고싶은 생각은 애지중지 얼마나 있겠어요?

허지만 그 굳은 결심에서 아무 때나 안 되고 십년을 채우구래야 너와서 에미 얼굴을 보고 난 자식의 얼굴을 볼거니까 꼭 고렇게만 생각해라.

이렇게 해가지고 한 게. 구년. 구년만인데 구년 쨌데 한 해만 더 채우면 십년을 채우는데, 이놈아가 하루 밤에 꿈에 꿈을 꾸니까, 어머니가 아

버지는 곁에 있고 어머니가 떡 누웠는데 베게를 베고 누웠는데 세상을 간다고 하면서 아버지가 곁에 앉아서 손을 이렇게 만지더래. 그래가 딱 깨니 꿈인데.

'야, 우리 어머니가 인제 이 세상을 가는구나.'

낙심천만하고 딱 인나(일어나) 가지고 스님한테 이런 얘길 했어요.

"저는 뭐 이러이러한 일이 있습니다. 참 뭐한 일입니다마는 어머니가 이 세상 떠나는 것 같습니다. 하니까 십년을 채우려고… 서루가 십 년만에 우리가 서로 상봉하기로 했는데. 집을 내려가 봐야 되겠습니다."

집이 그 그저 지금으로 말하면 한 7~80리 한 몇 리 됐던가 봐.

그러니 이튿날 그러니 중이,

"그렇다면 갔다오너라."

중도 도척이기 전에는 부몬데 부모가 죽는다는데 안 보낼 수 없단 말이야.

(조사자 : 그렇지.)

"갔다오너라."

그 불원천리하고 집을 왔네. 딱 와보니 어머니가 과연 몸이 괴로워가지고 누웠더란다. 아버지는 뭐 꿈이니까 몽중이니까 읎고.

어머니가 딱 둔눴는데(누웠는데), 문을 팔딱 열고,

"어머니!" 하고 딱 문을 들어가니까, 어머니가 둔눠(누워) 아파서 이랬는데 팔딱 인나면 팔딱 인나면서,

"아이구 야야 니가 웬일이냐?"

구 년이나 안 보던 아들이 왔으니까.

"십여 년만이래야 오라고 했는데 우짠 일이냐?" 하고 딱 인나서, 아들 손을 탁 잡았네. 잡으면서,

"너 우째 이렇게 왔느냐?"

"사실 이러해서 어머니가 이러해서 참 제가 왔습니다."

"당장 돌아가거라!" 이랬어요.

그렇게 그 그만큼 절세가 있고 자식이래도 낳아 길러가지고 그만큼 출세를 시키는 사람이라면 어머니부텀도 참 결단이 좋아.

"물러 당장 돌아가라!"그랬어요.

그러나 그렇게 왔다가는 순간에 배가 얼마나 고프겠어요? 근데 뭐 밥 먹으라는 소리도 없고 당장 돌아가라고. 그렇게 굳게 해야만 내중에 출세를 하는 거야. 그길로 물러 돌려보냈어요. 밥 한 술 안 주고 돈 한 푼도 안 주고,

"그냥 가거라."

그래가지고 물러 돌아가다가 어데만큼 가다가 날이 저무니까 어느 빈 집이 빈 막에서 자구선 그 이튿날해서 그 절에 당도를 했대요. 당도해서 그래 스님한테 인사를 하고,

"어떻게 된 일이냐?"

"예, 어머니가 몸은 편찮으셔도 뭐 돌아가시지는 않겠습니다."

"아 그래 다행이로구나."

그래고는 떡 가가지고 또 한 해 공부를 더 했어.

그래 십년을 콕 채우고서는. 그래,

"인제는 저는 인제 십년을 채웠으니 내려가겠습니다."

"그래 십년을 채웠으니 내려가거라. 너도 그만하면 이 사회에 나서서 뭐 과거도 할 거고 그만하믄 앞으로 장래에 이름을 두고 살 사람이래로구나."

그 길로 내려와가지고 어머니 상봉하고 그때부터 그래가지고 큰 과거를 하고 아주 훌륭히 잘 살다가 엊그저께 돌아가셨던데.

허허허허허

부자가 된 효자

자료코드 : 03_10_FOT_20090210_KDH_YWS_0002
조사장소 : 강원도 정선군 정선읍 애산2리 432-165번지 삼봉경로당
조사일시 : 2009.2.10
조 사 자 : 강등학, 이영식, 박은영, 유태웅
제 보 자 : 유원식, 남, 84세
구연상황 : '한석봉 이야기'를 마친 후 제보자 조사를 하던 중에, 고광필이 들어오면서
          이야기의 흐름이 깨졌다. 조사자들이 고광필에게 이야기를 청했으나 할 줄 아
          는 것이 없다고 거절하며 자리를 잡는 사이 판의 분위기가 약간 어수선해졌
          다. 그 때, 유원식이 '효자 이야기' 한 마디를 더 하겠다며 자청해서 이야기판
          을 끌어갔다.
줄 거 리 : 젊은 부부가 어린 아기를 아버지에게 맡겨두고 산으로 나무를 하러 갔다. 술
          을 좋아하던 아버지가 술에 취해 자다가 어린 아기를 다리로 깔아버려 아기
          가 죽었다. 이 사실을 알게 된 며느리는, 시아버지가 걱정할까 염려하여 남편
          과 상의하여 아이를 땅에 묻으려 한다. 땅을 파다보니 땅속에서 은금이 가득
          찬 항아리를 발견하게 된다. 아이를 찾는 아버지를 이렇게 저렇게 속여 안심
          을 시키던 부부는 금은보화를 팔아서 논밭을 사들여 부자로 잘 살았다.

저 효자얘기를 잘 할 줄 모릅니다만 간단히 한번 하겠습니다.

저 충청도 거기에 무주 남면 고비촌이라는데 그게 옛날에 살았답니다.
(조사자 : 무주 남면 고비촌.) 고비촌이라는 고장에 살았는데, 그 집 그 집
이 자식을 못 낳았어.

자식을 못 낳아 가지구 양자를 했어요. 양자를 했는데 이놈의 아들며느
리가 인제 양자를 했으니까 내 집에 와서 이렇게 인제 사는데 살다가, 어
느 때는 됐는지 언네(아기)를 어린 걸 낳아두구서는 남의 일하러 갔어요.

저 산에 짐 매러 갔는데.

"아버지, 언네를 좀 잘 보십시오."

이래고 갔는데. 이 양반이 또 술을 잘 즐겨 술을 많이 먹어요.

그래 뭐 친구들과 어디 만나가지고 술을 좀 많이 먹고서는 술이 취해
서 그 둔눠 잔다는 기, 자다가 보니 다리를 이렇게 어떻게 해가지고 언네

가 얼마 안 되는 걸 핏댕이를, 다리를 고마 이래 얹어가지고 아아가(아이가) 그만 죽었네.

그래 며느리가 딱 와보니 아 입에서 혈이 나오고 고마 숨을 못 쉬거든 그래서 남편덜 뭐라하면 이렇게 말했어요.

"여보 아버지가 약주가 취하셔서 언네를 첫 앤데 언네를 이렇게 갈아서 입에 혈이 나오고 이랬는데 어디 갔다가 아무도 모르는 데에 치채를 합시다." 이렇게 됐어요.

"아 그래, 아버님이 인자 춘추가 많으시고 하니 약주가 취해서 그랬겠지. 어디 고의로야 그랬겠나. 그럼 그렇게 하세."

괭이를 들구서 아를 두리두리 싸가지고 ○○○○ 가져가서 이 땅을 팝니다. 땅을 콕콕 자꾸 파다보니 하늘에 낸 효자죠.

땅을 판 다음에 이 괭이 끝에 이만치 한 뭐 한 두어 자 이렇게 팠는데. 이제 지적은 요게 한자니까 두어 자 팠는데, 파다가 보니까 괭이 끝이 딸 끄닥 소리가 나거든.

'아 희안하다.'

그 사람을 이래가지고 파내고 뭔 소누애가 떡 있단 말이야. 그래 꺼내고 보니 거기 뭔 단지가 오갈단지가 이런 게 하나 있는데 소누애를 덮었는디 그 안에 금과 은이 은금이 그 안에 가득 찼드래요.

'야 희안한 일이로구나. 이 천신만고한 일이지 어째 아 이럴 수가 있나.'

그걸 꺼내놓고서 떡 보니 기가 맥히지. 그래 꺼내놓고는 아는 거기다 묻구서 그렇게 해서. 그래 그걸 가지고 집엘 왔어요. 집을 떡 오니 아버지가 술이 깨가지고,

"야들아 어디 일하고 인제 오나?"

"예."

"근데 언네를 여기다 눕혀 놨는데 언네를 어디 젖을 멕이려 어데를 데

려갔나? 어떻게 언나가 여기 있었는데. 어디 언나가 없나?" 이러니,

"예. 언나를 어디 저 이웃에 데려다 놓고 왔습니다. 젖을 멕여 놓고 왔습니다." 이래.

"아, 그래여."

그래 저녁이 되도 저녁을 해가지고 아버지를 대접하고 하이 이게 희안한 일이지.

그 은금을 은과 금을 갔다가 잘 봉해놓고는 말하자면 어디 구들에다 봉해 놓고는, 야 참 저녁이 되도 아를 안 데려 오네.

"야 메눌아. 언네를 데리구 와서 젖을 멕이구 해야지. 우리찌리만 식사를 하고 언네를 왜 젖을 안 멕이나." 이래.

"예. 저 이웃에 데려다 났으니까 낼 데려 오죠 뭐."

이렇게 또 쇡였어요(속였어요).

아 당장 데려 오라고하는 거여. 손주가 보고 싶다고. 그래,

"낼 데려 옵니다." 그저 그랬어요.

그래구는 그 이튿날 가만히 생각해보니 아버지한테 그렇다고 그렇게 얘기할 수도 없고. 메칠 지내야 얘기를 하지. 고렇게는 솔직하게 얘기할 수 읎그든. 그래 은근히 그걸 나중에 그 이튿날도 또 손주를 안 데려 온다고 호통 야단을 치니,

"예. 며칠 있다가 데리고 오겠습니다. 대소가 일가집에 데려다 났습니다."

뭐 이렇게 이럭저럭 핑계를 대네. 그래구는 그놈의 은금을 우연히 팔아 가지고서는 그 큰 마을에, 마을에 논이 나면 논 사고 밭이 나면 밭 사구 옛날엔 뭐뭐뭐 이런 산골짜구엔 뭔 장사를 그래 하겠어요?

농사나 지어먹고 사는 게. 그저 그 들에 논이고 밭이고 수 백마지기를 사가지고 아주 부자노릇을 하고 그렇게 살아간 데여.

미안합니다.

과거 급제하고 여러 명의 부인 얻은 가난한 선비

자료코드 : 03_10_FOT_20090216_KDH_LST_0001

조사일시 : 2009.2.16

조사장소 : 강원도 정선군 회동1리 127번지 회동1리경로당

제 보 자 : 이석택, 남, 77세

청　　중 : 청호스님

조 사 자 : 강등학, 이영식, 박은영, 유태웅

구연상황 : 조사자들이 노인회관을 찾았을 때 이석택은 노인회관에 와 있지 않았었다. 여러 노인들이 이석택이 이야기를 잘 할 것이라며 이석택에게 직접 전화를 걸었다. 조사자들이 와 있다고 하면 오지 않을까 하여, 고스톱을 치러 놀러오라고 둘러대어 그를 불러내었다. 점심 시간에 즈음하였기 때문에 노인회관에서 할머니들이 차려준 점심식사를 조사자와 제보자들이 어울려 함께한 후, 따로 방을 마련하여 그의 이야기를 들을 수 있었다.

줄 거 리 : 글동냥을 하여 공부를 한 가난한 주인공이 친구들과 함께 과거 시험을 보러 서울로 올라간다. 여비가 없는 주인공은 부자 친구들이 시키는 엉뚱한 일들을 영리하게 해결하며 숙식을 해결한다. 서울에 도착하여 시험을 기다리며 머무는 동안, 이웃 대감댁 배나무에 달린 배를 따오라는 친구들의 말에 배를 따려다가 대감의 딸과 인연을 맺게 된다. 그가 크게 될 인물임을 알아챈 대감딸은 물심양면으로 그를 도와주며, 결국 주인공은 과거시험에서 장원을 하게 된다. 고향에 이미 결혼한 아내가 있음에도 대감의 딸을 부인으로 더 얻게 된 주인공은 고향으로 금의환향을 하게 된다. 고향으로 가는 길, 일전에 인연을 맺은 적이 있던 좌수의 딸을 또 부인으로 얻게 된다. 고향에 돌아온 주인공은 큰 잔치를 벌이며 자신의 친구들에게 관직 하나씩을 떼어준 후, 큰 벼슬을 하다가 엊그제 죽었다고 한다.

　　그 전 옛날에 참 아주 옛날이겠죠.

　　선비들이 이제 과거 선비를 가느라고 부잣집 아들은 글 많이 배워가지고, 글동냥을 허고 배운 사람도 따라가고 이랬는데.

　　말 타고 돈을 한 마끼 싣고 올라가는데, 아이 이 누무 글동냥을 한 사람은 돈이 없어서 동냥글을 댕기며 배웠으니까 아무것도 없으니. 올라가는데 밥 사먹을 돈이 없어서 이제 그냥 남 먹다 냄긴(남긴) 걸 얻어 먹고

올라가는데. 그 올라가다 보니 한 젤 돈 많은 부잣집 아가 있다.

"내 말 꾸중을 들고 올라가믄 내가 서울까지 올라가는데 밥을 다 멕여 주마."

그래 말꾸중을 들고, 들고 올라 말을 몰고 올라갔는데. 인제 어느 때만침 가 하루쯤 자다하니까 아 이놈들이 대신 하루만 내일은 우리 시키는 대로만 하면 될끼다, 이 머 시킨대로 하라 그래니까.

한군데 가다니까 이제 좌수댁 따님하고 어머니하고 와서 목화밭에 와 목화를 따더래요. (조사자 : 예.) 목화를 따는데, 아 이놈들이 죽 서서 거 서서 말이지,

"저 처녀한테 가 입을 맞추고 오면 밥을 그냥, 그냥 오면 사먹여 주마." 이래니,

그 이사람이 그래도 의견은 널렀던 모양이, 모양이길래 그렇죠?

아이, 가만히 서서 생각을 해보더니 걸어 더벅더벅 가드래요. 할머니 있는 데로. 할머니 있는 데로 가서 눈을 썩썩 비비며 말이,

"아이 할머이 내가 과거 선비로 올라갔는데 중로에 오다 말이야 눈에 티가 들어가서 눈을 뜨지 못하겠으니까 눈에 가시를 좀 봐달라."라고. 이래 눈을 비비며 가니 눈물이 글썽글썽 하니까 참말로 가시가 들었는가하고 할머니가 아무리 눈 어두운 할머니가 드다보니 아무 것도 안 뵈키거든요. 그래 아주 마 불러달라라 그러니까 말이여.

아 그러이 나 많은 할머니가 뭐이 ○○○이 없어서 보지 못하니,

"아가 아가." 부르더래요.

그래 처녀 그 짝이 즈 어머이가 부르니 대답을 하더니.

"이리 오너라. 이 양반이 과거선비로 간다는 분인데, 아 과거선비로 가신다는 분이 눈에 가시가 들어 못 간다는데 좀 봐주라."고 오라고.

그래 처녀가 와서 눈을 보니 보니까 아무 것도 안 든 눈이 이제 비벼가지고 인제 눈 티가 들어갔다고 좀 파내달라고 하니 뭘 파내요? 안 뵈키자

좀 불어달라고 그러니까 말이여. 그래 입을 들이대고 눈에 불라 할 적에 입을 쭉 맞췄다누만유. 지금으로 하면 키스, 키스죠. (조사자 : 키스죠, 예.) 그래고나니 아 그럼 일삼 올라가는 아들이 벽창대수(박장대소)하고 웃고 이라고 올라가서. 서울 올라가서 그럭저럭 서울 올라가 밥을 읃어 먹고 올라가서.

아 또 댕김이(다니며) 즈 자던 방이다(방에다) 그 전에는 서울서 인제 불두 씨 안 피웠다매. 자는 방에다 뭔 ○○○○ 뭔 곽대기 쪼가리 이런 걸 주워다 불을 피워서 주면 밥을 사멕여 주마 이래니. 그래 불을 넣어주고 이래. 그 놈을 줘마다(주워모아) 날마다 줘마다 불을 넣주고 이랬는데.

이제 과거 볼 날만 기다리고 그래는 판에, 그 칠팔월이 됐길래 그렇지요? 앞에 대감맥 뒌에(뒤안에) 큰 배낭기(배나무가) 있었는기 배가 누렇게 달랬으니. 아 이 놈들 또 짓꿎은 놈들이 장난을 하느라고,

"네 그러지 말고 저 가 배를 우리가 먹게 한 개씩 따오면 널 우리 방에다 같이 재워주마." 이래니, 이 놈 아는 불 넣어주고 부뚜막밖에 못 잤는데, 그러니까 그래라고.

어두울 때를 바래꾸(기다려) 인제 달은 화장창 밝은데 어두우니 달이 떠서 밝을 때 가서. 어디로 뭐 아이 그 그런 놈 그 전에 옛날에도 다 담을 잘 아주 몇 질 쌓구 이래 놈으두 올라갈 도리가 없으니.

이 놈 아들들(아이들), 같이 간 아들들을 좀 궁둥이를 치받여 달래가지고 걸 죽죽 기어 올라가 가 이제 살살 배 낭그를 건네가서 뱰(배를) 딸라고 하다니까. 이 처녀가 그 잠깐 말이여, 그 후원 별당 그 대감님 따님이 있는데 잠깐 아주 조을 위해서 까닥까닥 졸다가 말이지.

아이 청룡황룡이 나타나더니만 그 배낭게 용트림을 하며 말이여 올라가더래요. 가더니 그 그 사람을 가서 이래 보고 훑어보고 내려오더니 아이 청룡은 자기 방으로 들어와 황룡은 떨어지더라는 말이여. 떨어져서 이제 죽고 청룡은 자기 방으로 들어오더니만 자기 몸에 와 척 갱기더래요.

이기 뭐 이상한 꿈이라는 생각하고 이래 저런 그 전 미닫이문을 창문을 열고 이래 내다보니까 뭐이 배나무에 떡 사람이 하나 올라있으니까 아 저 사람이 있어서 꿈이 그렇게 꾸켰다는 생각 하고 게 나가서,

"짐승이면 물러가고 사람이면 내려와 들으라."고 그러니까 말이여.

이젠 걸려났으니 안 들어갈 수도 없고. 그래 내려서 거 그 방, 처녀방을 떡 들어가니 말이여.

"그 어떤 된 일이래서 이러드느냐." 하니,

그 세상 얘길 다 오믄 얘길 하고 인제 없이(없이) 지낸 얘기도 하고 이래다 보니 이 처녀가,

'아 이 선비 과거선비로 올라가 과거할 사람이라.' 생각하고.

그래 그 처녀가 옛날엔지 처녀들두 그런 호가집 처녀들은 아주 글을 그렇게 독선생 앉혀놓고 많이 배우고 그래 만날 주역을 읽구 이래다가 그런 일을 젂었는데(겪었는데). 그러 그 과거 선비가 왔는데,

"난 이래서 과거도 볼 지 말 지 이렇다."고 그래.

먹필도 살 수 살 돈도 없구 이렇다 보니깐 말이여.

○○○ 말,

"또 여서 놀다, 나하고 놀다 밸 따가지고 나가고 낼 낼 적(저녁에) 또 오라." 그래서.

그래 인제 배 낭게 올라가가지고 말이여 배를 따가지구 ○○ 명지를 한 필 내오더니 줄을 넘겨서,

"이 줄을 잡고 넘어가라."고 말이여.

그 줄 타고 내려와 갖다 주니 아 이 놈 아들은 아주 잘 먹으미 말이야 아주 좋다고,

"지녁에 가 또 따오라."고.

이 놈 아는 인제 생각해보니, 그렇잖아도 그 처녀가 오라고 그랬으니 또 가, 가야될 판에. 그래 바래쿠 해 넘어 갈 때만 바래쿠 있다 하니까.

그래 해가 넘어가 저무니 이 처녀가 와서 줄을 또 넘겨 주구 그 ○○을 줄을 잡고 달래 넘어가가지고 드가니 그 처녀 방으로 드가니 말이야. 아 저녁도 잘 해다 채려다 놓고 이 처녀가 식모를 밥을 시켜서 말이야,

"요샌 귀미(구미)가 될이키니(도니) 말이여 밥을 아주 두어 그릇 해다 가져오라."고.

그런 처녀 먹는 음식이 좀 잘 해 놨겠소?

(조사자 : 그렇죠.)

해다 놓고는 그 음식을 같이 먹을라고 바래쿠 있는데, 그 음식을 들어가서 같이 은어 먹고 그라고 인제 노다 새벽녘에 가라고 이러 붙드니, 그 붙들려서 노는데.

그래이 그래 댕기고 뭐 부뚜막두 자구 하구 낭낭 거지같죠 뭐. 그 처녀가 옷을 한 벌 내줘서 갈아 입히고 목욕도 시키구. 그래 거기서 자구 인제 자다 새벽녘에 와 또 배를 따가지고 가니 말이여.

"하 넌 으떠해서(어떠해서) 배를 그래 잘 따오냐."고 말이여,

"다음날 저녁 또 가서 배를 좀 많이 따오라."고 그래.

그래 또우 또우 가우 가우 그래. 그래 가지고 사흘만에 인자 거기 배 따러 또 가니간 그 이튿, 배 따러 갔던 날 저녁 그 이튿날이 이제 거 과게(과거) 보는 날인데. 아 그 처녀 아버지가 인제 대감이래도 말이여 그 아주 높은 대감 직활 있어서 그래 그 과게 글귀를 마크(모두) 그 그 대감이 내주게 되어 있는 거여.

그 하마 이 눔의 처녀는 즈 아버지가 대가, 글귀를 내키니까 말이여 다 알구 처녀 마크 글을 지어서 놓구 그날,

"인저 오늘 새벽에 나가면 말이여 인제 오늘 글을 재(지어) 올릴 테니까 뭐 필먹도 못 사고 이런다니 내가 글을 한 개 지어놨으니까 그걸 가져가 올리라."고.

이 뭐 올릴라니 뭐 있소?

뭐 아무 꺼리도 숱한 사람들이 뭐 다 그런데 거지같은 게 뭐 글두 못 짓고 그것만 가지고 있는데 그래 이래 나올라고 있는데 활을 하나 매어 주더래요, 화살을. 그래 이거 화살촉에다 꿰가지고 말이여. 저 상, 상머리 아주 제일 머리 앉은 상새관 앞에다 쏘라고 그러더라거든요. 이걸 꿰가지 고는.

그래 거진 글는가 거진 드갈 고비에 그 상새관 앞에다가 활로 쏘니 새관 앞에 가 떨어지니 맨 놈의 글귀를 떡 보니 말이여 글 진 게(지은 것이) 아주 천하명장으로 글을 짓는데 그래 받아 보군 말이여.

죽 이제 대감들이 죽 앉아서 정승들이 앉아서 서로 글귀만 드가면 사 우 볼라고. (조사자 : 어.) 야, 사우 삼을라고 딸 있는 대감들이. 잘 뭐시기 해서 잘 지은 글은 ○ 뭐시기 해가지고 지은 ○○ 밑에 줘넣었다가는 말 이여, 내중 나랏님 앞에 갖다 내놓고는 글귀를 맞춰가지고 인제 판서도 시킬 수 있구 정승도 시킬 수 있구 어사도 시킬 수가 있는데.

그래 그 글귀를 못 쓰게 해 지가 우리 밑에 주워 넣었다 내중 그걸 봐 가지구 말이여, 여러 정승들이 앉아서 그걸 글귀를 맞춰보니까 글이, 그 사람 글이 젤 나으니까, 상쇄(상소), 나랏님한테다 상쇄를 하니까 말이여, 그 사람이 참 그러 아주 없이 남 글을 은어가지고 무식한 사람도 말이여. 거 상 젤 나아서 뭐 급제까진 내중에 하게 돼서 내려오게 되는데.

아 이 놈이 내려오다보니 그러니까 글귀는 뭐시키하니까 고만 상새관 앉았던 대감이 저 집으로 가자구 데려와서 그 데려와 보니까는. 참 뭐 며 며칠 거서 폭 묵는데, 그 아 뭐 그 아이 대감님하고 같이 앉아서 마쩌기 하고 앉아서 뭐 뭐 노는데 우태두 뭐 전부 거서 해 좋은 우태를 내줘서 입구 같이 앉아서.

이 상새관으로 앉았던 대감이,

"그러지 말구 우리집에 딸이 하나 있으니까 내 사우를 삼겠다."고 그래 니 말이여.

아 이 눔이 그리 없이 살아도 그래도 양반의 자슥이래서인지 그 장개를 일찌거니 들여놔서 장개 간 사람이 갔는데, 그 장갤 간 사람이 생각해 보니 말이여.

'자기 처가 집에 있으니 이상하다' 생각하고 그래,

"난 처가 있는 사람이래서 다시 결혼할 수가 없다."고 하니까,

"아니 남자가 대장부라면 말이여 열 지집을 ○겠느냐고. 지집이 열 열인들 뭐 대관 있느냐. 내 성○을 타라."고.

그래가지고 인제 거서 또 결혼을 해서 인제 내 직개로 내려오는데 참 집으로 내려오라고 그래고는. 참 암행어사 출두를 붙여가지고 내려오는 판에. 그래 여자는 장뚜길 타고 뒤에 타고 남자는 앞에 타고 그래 어사를 했으니까 뭐 아주 다시 두말도 못하지만 나랏님 대신 내려오는 판에. 게 내려와서 오다 생각해 보니 말이여, 입맞춘 처녀가 그 고을 좌수의 딸이란 거에요. 목화 따던 처녀가.

그 아무리 그 처녀가 대인, 대녀가 되니까 대녀가 되니까 말야 하며(벌써) 높이 된다는 생각하고 그래 막 하믄(벌써) 음석을 마크(모두) 준비하고 말이야 들려간다는 생각하고 잔챌(잔치를) 한만큼 배설해놨단 말이여.

잔채를 해 배설해 놓고 있다가 옷이라도 한 벌 해가지고 갔다 주구 간다 남을 수지 입을 맞추구 그냥 가기 뭐하니까 그래해야 되겠다고 생각하고, 옷을 좋은 옷을 한 벌 해가지고선 인제 찾아서 들레(들려) 그 집을 좌수집을 찾아 들리니. 그 처녀가 딱 그 뭐 처녀가 눌러 나오진 못하고 말이여 그 몸종이 나와서,

"아니 뭘 우쩬 손님이 찾느냐?"고 그러니까 그래 그런 얘길 하며,

"이 집에 처널 좀 봤으면 좋겠다."고 그러니까.

"그 처녀 왜서 볼라 그러느냐?" 그래.

그런 얘기 이만치 얘기하미 그래 옷을 한 벌 해가지고 왔으니까 이 옷을 처녀한테 올릴라고 그런다고 그러니까.

그래 그 손님을 그 처녀가 방 안에서,

"그 손님을 말이여 옷을 받지 말고 사랑방으로 모시라."고 하니. 이 뭐 이 참 어사까진 한 사람잔 말이여 남의 입을 맞추구 그 손님을 모시라니 올 수가 없어서 할 수 없이 그 인제 그 사람 어산 마크 그 장뚜개 미구 오던 또 여잘 미구 오던 사람하고 그래 죽 머시기 해가지구 방으로 들어가서 있으니깐.

아 잔채를 하마 배설해 놓고 잔채를 지내 그 즈 친정 어머이 아버지 다 헐구채 가지고. 그래 그런 형편 얘길 쭉 하고. 또 그 대감 장인이 거 올라가서 결혼한 장인이 상극을 따라 내려오는 판에 개 그런 얘길 하니까 말이여. 같이 말이여 그러믄 내 딸을 후처를 삼고 여기 처녀는 첫처를 삼으라고 말이여. 아무래도 여기 처녀 남 몸, 입에다 입을 댔으니 말이여 첫처를 삼으라고.

이래가지고 인자 거기서 잔차(잔치)를 또 지냈어.

아이 장뚜개를 그러니 세 개가 내려오지요. 신랑에 각시에 두 개. 상각이 두 개니까 다섯 개가 내려오는 판에.

그 집을 내려오니. 그 집은 아주 이런 골짜구니(골짜기)에 있었단 모양이여.

저 산등강(언덕)을 내려오니 쉬미 내려다 보니 아니 그 같이 간 친구 아들 마크 하며 뭐시 해서 말이여. 그 뭐 아무 것도 하도 못하고 내려와 가지구 말이지 집에 와 다 있는데 그래다보니 오래 몇 달포 걸려가지구, 그 신례를 올리고 말이여 내려오니.

아이 자기 어머이 아버이는 남으 자식은 다 가서 말이여 참 뭘 베슬을 못할망정 다 왔는데 내 자식은 돈두 못 가져 가서 어디가 죽은기라구 울구 앉어서 있는데, 그 그 집에 문 앞에 와서 신례를 올리구 말이여 그 안 장뚜개를 놓고.

그 전엔 옛날엔 장뚜개, 시방은 가매죠. (조사자 : 장독?) 야. 가맬 죽 다섯갤 거 놓고 말이여.

그래 집이라고 오두막살이 워디 뭐 머시할 데두 없고 그래.

그래 머리 빡빡 깎은 중 여자가 나와서 말이여 인도를 하더라 그러거든요. 그 남편이 말이여 처음 떠나 갈 때, 뭐 만구에 돈 한 푼 없으니까 자기 머릴 밀어서. (조사자 : 예.) 그걸 팔아가지고는 돈 엽전 일곱 냥을 해서 싸주는 놈을 그 놈을 가지구 여비 쓸라구 가주간 게 뭐 씰 것두 없고 없어졌는데. 중 여자가 나와가지구 말이여. 중 여자 앞에,

"이러이러해서 말이여 내가 과거 할라고 이러 됐노라."고 그러니까

"아이 뭐 뭔 기관이 있느냐"고.

"아유 높은 벼슬만 했으면 됐지 뭔 여자 데려왔다는 거 그런 걸 논하냐."고. 아 그 여자가 마크 제 방에다 인제 각시 둘을 들여다 앉여 놓고는 말이여.

금방 그러 되니 하마 벌써 그 베슬을 해 가지고 있으니 그 서울 인자 처갓집에서부텀 아무 골에 누구 집으로 갖다 주라고 돈과 뭐 ○○○고 뭐이고 대구 내려줘서 하마 그래 잔치를 배설해 놓고는 말이여 그 잔치를 죽 하는데.

그래 그 친구 아들 마크 불러서 그 잔차를 치르구 벼슬 한 잔차를 치르구.

친구, 같이 가던 친구 아들 마카 불러서 뭐시카니까.

하마 그 놈 아는 벼슬해 가지구 어사 됐다는 걸 알구 내려왔으니까 어사로 내려왔다는 걸 알구 그 그, 아이 저 데려 올라가미 그 말꾸중을 들려서 가지가구 그냥 잤으니, 내려오면 우리는 마크 암만 친구지간이래도 우린 아주 그만 죽는기나 맞잽이로 되겠다는 생각하고 그래요. 게 큰 상을 차렸으니 그 친구 아들 잘 채려가지고 대접하는데.

뭐 잘 먹도 안 하고 그러니까 여하튼 먹으라고. 그래 내중에 가 잔차다 그 친구 아들 잔차 치르구 나서 그래드란다.

"너는 너, 양가들은 말이여 도시 벼슬을 못 한다. 그러니까 말이여 내가 정해 줄 테니까 말이여 내 정해주는 벼슬이나 하나씩 하라."구

"어느 골에는 고을살이를 가고 어느 골에 고을살이를 가라."고.

그래 각 고을 군수를 하나씩 떼주구는.

그래군 서울로 올라가서 그러 어사 팔도를 돌아댕기며 다 한번씩 하고는 서울 올라가서 잘 살았다 어제 그저께 죽었대요. 그 내가 문상을 갔다 왔잖아우?

하하하.

오줌 바가지

자료코드 : 03_10_FOT_20090211_KDH_JSJ_0001
조사장소 : 강원도 정선군 정선읍 봉양9리 5-32번지 전숙자 자택
조사일시 : 2009.2.11
조 사 자 : 강등학, 이영식, 박은영, 유태웅
제 보 자 : 전숙자, 여, 76세
구연상황 : 2009년 2월 10일 정선읍 애산2리 노인회관에서 전숙자를 만나 정선아라리를 위주로 채록하는 과정에서, 그의 가창능력이 탁월함을 알고 다음날 전숙자의 집에서 재조사를 하기로 약속했다. 평소 그가 담배를 즐긴다는 사실을 알고 담배 한 보루를 사서 그의 집을 방문했다. 이미 다른 여러 자료에서 그가 설화를 구연한 바가 있다는 사실을 알고 있었던 까닭에 아라리보다는 설화부터 이야기해줄 것을 청했다. 노래하고 춤추는 것은 잘 하나 아는 이야기가 없다고 하였으나 곧 이야기를 풀어놓았다. 밤에 아이들에게 옥수수를 털게며 이야기를 자주 들려줬다는 그는 중간 중간 담배를 자주 피워가며 여러 편의 설화를 막힘없이 구연해 주었다.

줄 거 리 : 어떤 사람이 산에 나무를 하러 갔다가 오줌을 누는데, 오줌바가지 하나가 굴러오며 이 사람을 쫓아왔다. 오줌바가지에게 쫓기다 초상집을 발견한 이 사람은 오줌바가지를 속여 초상집으로 들여보낸 후, 정신없이 도망을 쳤다. 첩첩산중으로 도망을 치던 사람은 할머니 혼자 사는 집 하나를 발견하여 들어가

게 되는데, 그곳에는 사람의 팔다리가 벽 한가득 걸려있다. 할머니가 사람의 손가락과 발가락을 만든 저녁식사를 차려 내오고, 이 사람이 먹을 수 없다 하자 할머니는 먹는 대신 옛날 이야기를 하라고 한다. 남자는 그날 낮에 오줌바가지에게 쫓기던 이야기를 하게 되고, 이야기를 마치자 할머니가 남자를 덥석 잡아먹는다.

옛날에 한 사람이 사는데 아무것도 이젠 먹을 건 없어. 먹을 게 없으니 이제 산에 이제 나무하러 간거여.

나무를 하러 가가지고 잰말라(언덕꼭대기) 같은선 지게를 놓고서는 이제 낭그(나무) 할라고 놓고선 지금 나무를 한아름 해놓고 보니 소변이 매렵거든. 오줌을 눈다. 오줌을 누다가 보니 어디 난데없는 바가지가 뚜뚜굴 내려오는거네.

바가지가 내려굴미,

(조사자 : 바가지가 내려오더라고?)

야. 내려굴민서는 시나 짜나 시나 짜나 이게 무슨 소린가 하고서는,

(조사자 : 뭐라고 했다고요?)

시나 짜나. (조사자 : 시나 짜나?) 어. (조사자 : 시나 짜나?) 어, 어. 싱겁나 짜나 이거여.

시나 짜나 시나 짜나 이러며 궁굴러(굴러) 내려오니 고면 두룩 내리 빼는거야 쫓계서. 충추로 윗골로 내리 빼. 내리빼 가지고는 평지로 내려오니 한 집 오다가 보니 초상집이 있드래요.

초상집이 있으니 이걸 어따 떼놓을 수가 없잖아.

"오줌바가지 니 배 안고프나?" 이래.

"고프다." 이래더래요.

"그럼 니 이 집에 가서 떡 술 잔뜩 읃어 먹고 나와. 내가 여기 있을게."

"니 갈라고?" 이래니,

"안 갈게."

"그럼 짬 매놓고 가거라."

짬맨다는 게(묶는다는 것이) 어디 가서 새끼를 가지고 와가지고 왼새끼를 꽈가지고는, 그거 가지고 뽕낭그(뽕나무)에 짬 매니 이 사람이 그걸 글루구 내빼야지. 글러가지고 고만 내뺐네. 내뺀다는 게 첩첩한 산중을 드간거여. 널데(넓은데) 놔두고선도.

그 산중을 들어가니, 아주 캄캄해지니 아무것도 음찌 뭐. 컴컴한 산중에 드가니 한 집에 가니 산에서 뭐 불이 빤짝빤짝 한군데가 있드래. 불이 빤짝빤짝하니 거길 들어간거여. 들어가니.

"주인양반 계세요?"

하니 아주 하야끄신 할머니가 하나 나오고서는,

"예 들어오세요. 나 하나뿐이래요. 아이구 우째 이리 손님이 이렇게 오세요. 오실 줄 알았어요." 이러더래.

그러니 들어갔는데 들어가 보니 세상에 아무것도 없고 사람 다리, 팔만 그서 죽 방 하나 가득 걸어놨드래.

(조사자 : 방에 하나 가득?)

하나 가득 걸러놨더래. 그래서 휴 이제 죽었구나 나는 틀림없이 죽었구나. 그래서 헐 수 없시로 가가지고 뛰나 내뛰어도 죽을티구 그래가지고 앉았으니,

"아 내가 식사 해가지고 오죠."

하는데 가서 손구락 발구락을 짤라가지고 그거 짤라놨던거 그걸 가지고서는 반찬을 하고 살은 갖다 밥이라고 하고 가져왔다더래요.

"그걸 우떠(어떻게) 먹소? 나 금방지 한솥 먹고왔으니."

"아이 조금만 잡숴보세요."

"안 먹어요. 전 안 먹으니."

"아이 안 먹을라면 옛날얘기를 하라." 이러더래요.

옛날얘기를 하라 이러니 옛날얘기를 뭐 어디가서 갑자기 뭘 하라는

거야.

"전 옛날애기가 없는데요."그러니, 이 할머시가 한단 말이 "그럼 오늘 산에 갔다 어딜 갔다 온 얘기라도 해요." 그러니.

이놈의 사람이 하필 그 사람하고 그 그 얘기를 했네.

아무데 가서 오줌을 누다가니 오줌바가지가 내려 굴미 시나짜나 쫓게 서, 저 아래 오다 누구 초상집에 갔다가 짜바 매놓고 드간 걸 가지고 내 가 글러 가지고 왔다하니.

오니나하고 콱 잡아 먹어버렸지.

(조사자 : 깜짝 놀라게 하는 소리구나?)

콱 잡아먹어 버렸어.

(조사자 : 그 할머니가?)

그 할머니가 그 사람을 잡아먹었어. 그래 그만 뭐 허당이지 뭐뭐.

(조사자 : 아, 그런 얘기구나.)

아들, 아들 쐭일라고 그걸 옛날에 했잖어.

(조사자 : 아이들 속일라고? 그런 소리를 했다구요?)

그럼. 그리고 잡아먹고 나니 뭐 있소? 뭐 아무것도 없지 뭐.

(조사자 : 아무 것도 없지.)

그래가지고만 집에선 바래타 바래타 말았지.

(조사자 : 재밌는 얘기네.)

은혜 갚은 병선이

자료코드 : 03_10_FOT_20090211_KDH_JSJ_0002
조사장소 : 강원도 정선군 정선읍 봉양9리 5-32번지 전숙자 자택
조사일시 : 2009.2.11
조 사 자 : 강등학, 이영식, 박은영, 유태웅

제 보 자 : 전숙자, 여, 76세

구연상황 : 2009년 2월 10일 정선읍 애산2리 노인회관에서 전숙자를 만나 정선아라리를 위주로 채록하는 과정에서, 그의 가창능력이 탁월함을 알고 다음날 전숙자의 집에서 재조사를 하기로 약속했다. 평소 그가 담배를 즐긴다는 사실을 알고 담배 한 보루를 사서 그의 집을 방문했다. 이미 다른 여러 자료에서 그가 설화를 구연한 바가 있다는 사실을 알고 아라리보다는 설화부터 이야기해 줄 것을 청했다. 노래하고 춤추는 것은 잘 하나 아는 이야기가 없다고 하던 그는 조사자의 청에 곧 이야기를 풀어놓았다. '오줌바가지 이야기'를 마친 후, 이어서 구연해 주었다.

줄 거 리 : 남편을 잃은 여자가 슬픔에 겨워 눈물을 방안 가득 흘린다. 여자는 그 눈물을 병에 담아 벽에 걸어놓았는데, 그 병이 깨지면서 병선이라는 남자아이가 태어난다. 병선이는 어머니의 은혜를 갚겠다며 집을 나선다. 길을 가던 병선이는 바우선이와 느티나무선이를 만나 의형제를 맺는다. 어디쯤 가다가 땅속으로 난 커다란 구멍을 발견하고, 병선이가 그 안으로 들어가게 된다. 그곳에서 괴물에게 잡아먹힐 처지인 여자를 만난 병선이는 꾀와 힘으로 괴물을 물리치고 여자를 구해낸다. 병선이는 땅위로 여자를 먼저 올려 보내나, 바우선이와 느티나무선이가 이후 줄을 내려 보내지 않는다. 병선이는 학의 도움으로 땅위로 올라오게 되고 자신을 속인 바우선이와 느티나무선이를 혼내준 후 여자를 데리고 와 어머니와 함께 오래도록 잘 살았다.

그래가지고 또 한 여자가 혼자 살어. (조사자 : 혼자 산다고.) 혼자 사는 여자가 남자가 죽고 혼자사니, 이 여자가 얼마나 많이 울었던지 방안에서, 오줌이, 눈물이 방으로 그득 하네여.

이 여자가 그 눈물을 퍼서 병에다 넣은 거여. 이런 됫병에다가 퍼서 자꾸 넣어가지고는 저 웃목에다 떡 모셔다 걸어다 달아놨네. 달아놓고는 부엌에 나가 밥을 하는데 석 달만에 가서, 뭐 구들에 꽝 하니 이 여자가 밥 하다말고 들어와 본거야. 들어오니 연기가 폭 씌우켜서 아무 것도 안 보이는데, 조금 있다 연기가 걷히니 훤하니 웃목에 머슴아가 요런게 앉아있더라고.

뭐 병은 깨지고 퍽석 깨지고 그 앉았으니 이 여자가 드가 가지고는,

"니가 귀신이나? 사람이나?"

"전 사람입니다. 저는 모친 어머니 눈물로 가지고서는 된기때미노 나이제 어머니라 하겠소. 어머니 내가 보를(은혜를) 갚아줄라고."

그 사람 영감 누가 잡았거든.

"어머니 보 갚아줄라고 내가 생겨났으니 어머니 걱정 마세요."

그 참 무슨, 여자가 생각해도 같잖잖아요?

그래 그러나하고선 아침을 해서 멕여가지고 나 저,

"어머니 전 보 갚으러 갑니다."

얼마 안 된 게 요런 게 보 갚으러 간다니 간다니 어머니 생각에 같잖잖애.

"갈라면 가거라."

"저는 이름을 병선이라 합니다."

(조사자 : 자기가 자기 이름을?)

어. 제 이름은 병선이라고, 병에서 나왔으니 병선이라고.

"나는 병선이라고 합네다." 그래.

"그래면 그래라."

한군데 질을 떠나서 요만치만한 보따리를 해 짊어지고 가다가니 이 바우가 왔다갔다하네. 큰 바우가 왔다갔다하미 길을 막아가지고 왔다갔다.

그 쪼끄만한기 가다가 바우 귓방망이 확 깔기면서,

"잠을 자면 고이 자지 질 가는 사람 길도 못 가게 하네."

바우가 귓방망이까지 손을 들다가 말고

"야 이눔아 지나갈람 고이가지, 왜 자는 사람 귓때기를 때리나." 그래니,

"그래 우리 그래지 말고 형제를 삼자."

이 우리 형제를 삼자 하니,

"그래자."

해가지고 병선이는 형이고 바우선이는 동상이거든요. 그래가지고 둘이

서 손을 잡고 간다 한군데를.

한군데 가다니 느티나무 있잖아, 느티나무 이래 큰 거. 저 가수야 앞에 가면 느티나무 큰 거 있는 거.

그따구가 왔다갔다 하더니 왔다갔다하니 그걸 또 때리네. 병선이가 귓 방망이를 홱 올려붙이니,

"잠을 자면 고이 잤지 어른들 질 가는데 어 지랄맞게 왔다갔다하니."

이 느티나무선이가

"어 너 길을 갈람 고이 가지 왜 사람 잠자는 걸 때리나니."

그래 그 사람을 또 붙잡아가지고는,

"우리 그러지말고 삼형제가 삼자."

그래서 삼형제를 삼아가지고는 한 군데를 간 거여. 한군데를 가는데,

(조사자 : 그 느티나무 이름이 뭐예요?)

느티나무.

(조사자 : 느티나무선이에요 그냥?)

어. 병선이 느티나무선이 바우선이라 그랬어.

그래가지고는 한군데를 가니, 산에 가면 왜 쇠구질이라는게 있잖아 구 녕 뚫어지는거. 땅에 지하루 그냥 구녕이 푹 뚫버진게. 쇠구지가 이런 게 있어.

근데 걸 간거여 걸 가가지고. 인제 이 사람이 고삐를 큰 이런 걸 가지 고는 바우선이를 보고서, 어 느티나무선이를 보고,

"니 여기 먼저 타고 드갈래? 냉중에(나중에) 드갈래이?"

냉중 드가다보면 저를 미워서 바우선이하고 느티나무선이가 안 들어올 티고, 그래

"니 먼저 드가거라. 내 그러면 드갈께, 뒤에 들어갈게." 이래니,

한 반 들어가면 느티나무선이가 한 반 드가더는(들어가더니" 줄을 툭 잡아 채우니 올 꺼올린거여(끌어 올린 거여).

꺼 올리니,

"왜 그러나?" 하니

"세상에 추와 못 들어가겠다."

(조사자 : 추워서?)

어, 추화서 못 들어가겠다. 그럼 헐 수 없이,

"바우선이 니 들어가거라."

바우선이는 좀 더 내려갔는데 또 못 간다고 차. 헐 수 없이 병선이가 바, 병선이가 가야지 어떡해.

"그럼 내가 갈끼니 며칠날 그 정도 되며는 올라올터기니 그때는 느가여 지키고 있다가 뭐 해라."

이 병선이는 그냥 가지 내려갔네요.

그냥 내려가니 땅속이지 뭐. 그래 하늘귀신하고 땅귀신하고 똑같은 거여.

그 땅속에를 내려가니 강가이요.

여기 물 해외 물이 이런 게 샘이 있는데, 낭기(나무)가 큰 기겄늘 낭기를 큰 게 있으니 물이 먹고 싶드래요.

이 사람이 굶으니 뭐 물 먹으러 가서 물 좀 떠먹어야되겠다하고 떠먹을라하다가 아주 어데 이쁜 아가씨가 하나 탁 나서더니 바가지다 물을 퍼가지고는 버드낭그 이파리를 쭉 훑어가지고는 그걸 주워 넣주드래요.

버드나무 이파리를 훑어가지고 주워넣니 물을 마셔보니,

"느티나무선이 바우선이 병선이 다 왔으니 물을 조심히 잡수세요."

엎힐까봐 물 급히 먹으면 엎힐까봐,

"조심히 잡수세요."

이렇게 그 버드나무 이파리 다 있더래. 먹구는,

"그래 당신이 귀신이요, 사램이요?"

"저는 사램입네다. 사램인데, 잘못 오셨소." 이러더래요 그 아가씨가.

그래서 왜서 그러네야 하고 물가에 서서 얘기를 하니.

"전 저 저 짝 제일 큰 집이 우리집이요. 우리집인데 세상 많은 식구들 다 죽고 부모네들 다 죽고, 나 하나만 남았는데 오늘 저녁 날 마저 잡아 갈 챔이래요."

그래요.

이 병선이가 걱정 마라고. 죽는 건 내가 뭐 할테기니 걱정하지마라고.

그래 집으로 들어간거여. 집에 들어가보니 아주 엄청 크고 좋드래요.

근데 저 안에 골방에 가 아가씨 하나가 드가 딱 있는데, 그 들어가 지녁을(저녁을) 해주는 걸 딱 먹고 있다네.

이 아가씨가 고춧가루하고, 소금하고, 재하고 이래 퍼다 놔주고는,

"저 아무 때 되면 딱 열한시만 되면 들어올테기니 하나둘이 안 들어올테기니 그거 아매 조심하셔야 돼요."

뭐 겁나지도 아니니 병선이는 아주 겁이 안 나니 떡 앉아가지고 있다니. 뭐 우째라 저째라 하더니,

"대가리 하나 달린 놈 들어가거라." 이러더래요.

대가리 하나 달린 놈 들어오니 그만 병선이가 우떠 탁 치니 모가지가 툭 떨어졌어. 또 조금 있다 ,

"둘 달린 놈 들어가라." 해,

또 둘 달린 놈 들어가.

냉중에 "셋 달린 놈 마저 들어가거라." 하니 셋 달린 놈 들어오더래요.

셋 달린 놈을 딱 치니 하나가 딱 붙었다 또 내려오드래. 또 내려왔다 딱 붙었다가,

(조사자 : 머리가?)

어, 또 한번 딱 치니 다락에 또 올라갔다 딱 붙었다가 또 내려왔다 붙은게. 요 붙잡아가지고 잿바가지를 옆에 놨다가 탁치고 그만 재로 확 껀지고 고춧가루하고 얹으니 고만 못 붙어.

그래가지고는 잘 살아났는데, 그 이튿날 아침에 그 아가씨를 데리고 와야지 어떡하오. 거 놔두면 안 되고, 그래 그 아가씨를 데리고 가서 인제 좋아 죽지 뭐.

그래가지고나서 그 굴앞에 왔네요. 큰 굴앞에 오니 고삐가 내려와 있더래요. 자 고삐가 내려왔는데 그것도 같잖잖아요?

아가씨를 먼저 올려 보내면 이 눔들이 안 내려보내줄티고. 그치만은 헐수 없다 내가 쪽아보자 하고 아가씨를 먼저 탁 태워 올려 보냈다는겨.

올려보내니 줄은 내려오긴 내려왔는데 고만 내려와 놓고 줄을 내려 보내고는 돌멩이를 이렇게 막 구불려 내려오니, 이 아가씨가 이 사람이 앉아 병선이가 자꾸 앉아 운다. 실컷 울라니 학이,

"왜 웁나니까?" 그래,

"나는 인저는 배도 고프고 저기서 줄이 안 내려오고서 돌만 내려오니 우떠하나." 그러니,

"에이 걱정마세요."

큰 학이 있잖아요? (조사자 : 학?) 어, 학이.

"걱정마세요." 그래.

어딜 나갔다 오더니 물고기를 큰 걸 세 마리를 물고 오더래요. 물고오더니,

"내 등때기에 업히세요. 내가 올라가다 날개를 한 번 치거든 하나 넣어주고, 두 번 치믄 냉중에 또 한 마리 넣어주고, 세 번만에 마저 넣어주세요." 이러더래.

(조사자 : 자기 입에다가?)

제 입에다가.

그래, 그래가지고 탔네. 타고선 올라가더니 한 번 탁 치니 하나 넣어주었네. 또 올라가다 ○○○ 또 한번 탁 치니 또 하나 넣어줬네. 지가 배가고파 죽겠으니 이 고기를 지가 먹었네.

(조사자 : 세 번째 거를?)

세 번째 꺼를 지가 먹었어. 올라가다 또 탁 치니 뭐 있어? 지 손을 뚝 짤라가지고 넣어줬지.

손을 뚝 짤라가지고 넣어주니 학이 올라가 가지고 한다는 말이,

"샌님 뭘 마지막엔 줬습나이까?" 이렇게 물으니,

"그런 게 아니라 내가 배가 하두 고파서 마지막 고기를 내가 먹었습니다."

세 번을 그렇게 거푸 게우니 손목이 고냥 빠져나오니, 딱 붙여주고 가니 멀쩡하더라. 학이 딱 붙여주고는 고만,

"자 안녕히 계세요. 난 갑니다."

학은 내려와 버리고. 학은 내려 왔는데 하무 이놈들이 그걸 아가씨을 데리고 그저 나가 별당에 가서 소리를 하고 춤추고 뭐 난리더래요. 뺏긴 거지.

잘못하면 거가 맞아죽지만은 이 사람이 워낙 세니 그래가지고 가서,

"쥔이 있소?" 하니 하며 감춰놓고 없다 하더래요.

"없습네다." 그러더래.

"너 죽지 않으려면 있다고 바로 얘기해라." 하니, 그 셋은 내놓고는 있다고서는.

그래 그 아가씨를 데리고선 고만 거서 뺏어가지고 내려와서 저 어머니 있는데 와서 잘 살다, 어제 그저께 방구벼락에 오줌사태를 맞아서 죽었대.

(조사자 : 마지막에 어떻게?)

방구벼락에 오줌사태 맞아 죽었대.

방구벼락에 오줌사태를 맞아 죽었대.

(조사자 : 아, 방구벼락에 오줌사태를 맞아 죽었다고?)

그래가지고 내한테 부주를 한 걸 가지고, 내한테 봉개를 많이 했더라고. 그런 걸 내가 지고올래니 지고 올 수 있소?

오다가니 저 수리란 놈이,

"샌님 그거 어들로 가지고 가시오?"

"아 난 그런 게 아니고 집에 가믄 영감도 있고 아들도 있고 있으니 아들 갖다줄라고 그런다."

"아이고 샌님 무거운데 날 주세요. 내가 좀 가져갈게요."

좀 갈라 줬더니 수리가 왼쪽 날개 밑에 붙어서 지금 수리 똑떼기(똑똑히) 보라고요.

허연게 붙었잖아요. 그거 내가 준거란 말이요.

(조사자 : 그러니까 그 때 오줌사태 때 죽어서 부조가 많이 들어왔는데 그걸 다 가지고 계시다가.)

장사를 지냈는데 봉지를 나한테 했더라고, 그 장사를 지내고.

(조사자 : 봉재?) 봉지. 떡을 싸고 봉지. 그걸 마이 싸서 주니 내가 가지고 있었어. 그런데 중간에 오다가이 아니 이놈의 메뚜기가 있다고서는,

"아이고 샌님 그거 어데 가져가요? 그거 날 주세요."

"그래. 니는 못 가져간다." 그래.

"아이 저 주세요"

요놈의 메뚜기가 지켰네. 지키니 자들바기 짊어지고 그저 같잖게다 저 사람은 하하하.

(조사자 : 지킨다는게 뭐예요? 메뚜기가?)

짊어지켰어.

(조사자 : 짐을 지게했단 말이지?)

지켰어, 지키니. 자들바기 ○○○○ 그만 짤딱 미끄러졌잖아.

(조사자 : 미끄러졌어.)

그래서 마빡이 지금 홀락 까졌어. 메뚜기가 그래 까진거여. 이 메뚜기 마빡 붙잡아가지고 와 봐여. 마빡 까졌지.

(조사자 : 자들박?)

자들박에. 이런 등때기에. 언덕, 등때기에.

(조사자 : 아 경사진 곳에.)

자들박 그래. 못 알아먹기 때문에 내려 뛰니 쭐떡 미끄러지며 ○○○○ 놀랬다구.

개미는 옆에서 얼마나 웃었던지 간에 개미란 놈은 잔둥이가 짤뚝하잖아.

꼬부랑 할머니

자료코드 : 03_10_FOT_20090211_KDH_JSJ_0003
조사장소 : 강원도 정선군 정선읍 봉양9리 5-32번지 전숙자 자택
조사일시 : 2009.2.11
조 사 자 : 강등학, 이영식, 박은영, 유태웅
제 보 자 : 전숙자, 여, 76세
구연상황 : 2009년 2월 10일 정선읍 애산2리 노인회관에서 전숙자를 만나 정선아라리를 위주로 채록하는 과정에서, 그의 가창능력이 탁월함을 알고 다음날 전숙자의 집에서 재조사를 하기로 약속했다. 평소 그가 담배를 즐긴다는 사실을 알고 담배 한 보루를 사서 그의 집을 방문했다. 이미 다른 여러 자료에서 그가 설화를 구연한 바가 있다는 사실을 알고 아라리보다는 설화부터 이야기해줄 것을 청했다. 노래하고 춤추는 것은 잘 하나 아는 이야기가 없다고 하던 그는 조사자의 청에 곧 이야기를 풀어놓았다. 제보자 조사를 한 후, 자연스럽게 다시 이야기의 맥을 이어줄 것을 권했다. '오줌바가지 이야기', '은혜 갚은 병선이 이야기' 후에 이 이야기를 구연해 주었다.
줄 거 리 : 꼬부랑 할머니가 길을 가다 대변이 마려워 꼬부랑 소나무 위에 올라가 대변을 눈다. 꼬부랑 할머니는 빈 도시락 통에 대변을 가득 담아 물에 던져버린다. 그 아래에서 목욕을 하던 영감이 도시락을 발견하고는 웬 된장인가 싶어 꺼내서 잘 먹고 잘 살았다.

할머니 하나가 지팽이 해 짚고선 어디를 간다.

어디를 펄 놓고 나가가이 가다가니 아니 뭐 풀떡 밑에서 뭐 후릅후릅

하더래. 후릅후릅 소리가 나니, 이게 뭐 이래는가 하고 이 풀을 뒤잡아가
지고 지팽이를 보니 깨구리가 애기를 나가지고 미역국 먹느라고 그래.

되루 덮어놨지 뭐 불쌍하니. 풀 덮어놓고 또 간다. 또 가다니 아니 뭐
풀숲 밑에서 또 연기가 풀석풀석 오르더래.

연기가 올라오니 이 또 뭐 이래나 하고 보니. 메뚜기가 담배 피우느라
고. 하하하. 싱거워서 간단히 하고 말아야 되겠다.

그래가지고 덮어놓고 또 어딜 간다 가다가니. 대변이 매려우니 어디가
눌 데가 없거든. 꾸부랑가지고 갈대가 가다보니 소낭기 꾸부랑 소낭기 하
나 있드래요. 소낭귀 꾸부러진 거 하나 있으니 거기 올라가지고 대변을
본다.

대변을 보다가니 개가 와서 먹는데, 솔방울 가지고 톡 때리니 꼬불랑
깽 하고 내빼니, 톡 때리니 꼬불랑 깽 꼬불랑 깽 내빼니 거 재밌거든요.

그 자꾸 솔방울 가지고 때리면 꼬불랑 꼬불랑 하다가 가다가 내뺀뒤에
내려와서 벤또 밥을 싼걸 까먹고는 물에다 던져놓고 거기다 대변을 하나
가뜩 넣어가지고 물에다 던져버리는거야.

그 밑에 영감이 목욕을 하다가 말고는 아이고 우리 할멈 벤똔데 이기
웬일이여 웬일이여 하더니 하이고 웬 된장이 이렇게 많아. 그래 그 된장
을 갖다놓고 된장을 끼래가지고(끓여가지고) 잘 먹고 살잖아.

성기 잘린 바보 남편

자료코드 : 03_10_FOT_20090211_KDH_JSJ_0004
조사장소 : 강원도 정선군 정선읍 봉양9리 5-32번지 전숙자 자택
조사일시 : 2009.2.11
조 사 자 : 강등학, 이영식, 박은영, 유태웅
제 보 자 : 전숙자, 여, 76세

구연상황 : 2009년 2월 10일 정선읍 애산2리 노인회관에서 전숙자를 만나 정선아라리를
위주로 채록하는 과정에서, 그의 가창능력이 탁월함을 알고 다음날 전숙자의
집에서 재조사를 하기로 약속했다. 평소 그가 담배를 즐긴다는 사실을 알고
담배 한 보루를 사서 그의 집을 방문했다. 이미 다른 여러 자료에서 그가 설
화를 구연한 바가 있다는 사실을 알고 아라리보다는 설화부터 이야기해줄 것
을 청했다. 노래하고 춤추는 것은 잘 하나 아는 이야기가 없다고 하던 그는
조사자의 청에 곧 이야기를 풀어놓았다. '꼬부랑 할머니 이야기' 후에 싱거운
소리를 한다면서도 연달아 이 이야기를 구연해 주었다.

줄 거 리 : 옛날에 바보 남편을 둔 아내가 살고 있었다. 하루는 아내가 남편에서 단 나무
를 해오라고 시켰다. 나무를 하던 남편은 더워지자 강에 들어가 목욕을 하는
데, 바람이 남편의 옷을 강 복판으로 날려 버렸다. 어두워 질 때를 기다렸다
가 집으로 돌아간 남편은 배가 고파 부엌에서 밥을 내려먹으려다가 그만 식
칼이 떨어져 남편의 성기를 잘랐다. 너무 놀란 남편은 방으로 뛰쳐들어가다
자고 있던 아이를 밟아 죽였다. 아내에게 이 사실을 이야기하자, 아내는 아이
야 또 낳으면 되지만 성기 없는 남편과는 살 수가 없다하여 남편을 내쫓았다.

옛날에 영 두 내우가 사는기 아주 바보가 살았어. 남자가 바보여. 바보
를 얻어가지고 사니 여자가 답답하거든.

남은 낭그를 해다가 뭐 패가지고 묶어서도 갖다주고 다 이러니, 여자가
한단 말이 하루는,

"여보 여보 오늘은 가서다 우리도 단 낭그 좀 해오."

"해오지 뭐."

그 밥을 해서 쥐컨대 쥐켜서 샛불에 달아서 지게에 샛불에 달아가지고
쥐켜주니 가서 단 낭그를 가네. 큰 강가에 가가지고 올라갔다 내려갔다.
한 개 뚝 잘라서 세를(혀를) 대보니 당기 있는가? 또 내버리고 또 잘라.

그래가지고 쥔종일(온종일) 오르내리니 한웅큼도 못하고 말은거여. 모
르고는 더워죽겠지 하니 훌렁 벗어놓고 강에 드가서 목욕을 한다. 목욕을
하다니 이 바람이 난데없는 게 우르르르 오더니, 고만 옷을 덜렁 들어다
가 강 복판으로 쏟는다.

(조사자 : 옷을 한강 복판에?)

그럼. 갖다 줘.

(조사자 : 바람이?)

바람이 갖다 줘넣으니. 이 사람이 어떡하우 빨개서 있소?

집은 와야할 틴데 어두울 때까진 거 그러고 앉아있는 거여.

어두울 때까지 앉아서 있다가선 캄캄해지니 아이, 저 사람 좀 자라 그래라.

(조사자 : 어제 좀 늦게 자서.)

캄캄해지니 아이고 이제 드가야 되겠다. 이제 드가는겨. 드가가지고 이제 해 움켜쥐고 드가가지고는 배가 고파 죽을 지경이니 하문 마누라는 애 데리고 자지 뭐.

그래 저 부엌에 가가지고 선반에 가서 밥 내려먹을라고 선반에 매달려가지고 밥 내릴라고 이러다가, 정지 식칼이 크단게 널름 내려지면서 해필 끊는다는 게 그놈 연장을 끊어가지고. 연장을 뚝 끊고 없으니 아퍼 죽겠으니 움켜쥐고는 구들에 훅 치뛰리니 들이뛰니 애를 문 앞에 있는 걸 콱 밟아 잡았더래.

그래가지곤 드가서는 그래도 애를 밟아 잡아놓고는,

"여보게 여보게." 하니 깜짝 놀라면서,

"아 왜 인제 왔어요?"

"아 인제 오나마나 난 저 들어오다가 아를 밟아 잡았잖는가." 이래.

"아야 낳으면 아죠 뭐."

여자는 또 자다 말고.

"아이구 그게 아닐세. 나는 저 부엌에 가서 밥 먹을라 찾아먹을라 하다가 연장이 끊어지고 없네."

"그럼 넌 가거라. 이젠 다시 내 너하고는 안 산다."

그만 내쫓아 버리더래.

(조사자 : 하하하.)

대감네 재산 차지한 얼뜨기

자료코드 : 03_10_FOT_20090211_KDH_JSJ_0005

조사장소 : 강원도 정선군 정선읍 봉양9리 5-32번지 전숙자 자택

조사일시 : 2009.2.11

조 사 자 : 강등학, 이영식, 박은영, 유태웅

제 보 자 : 전숙자, 여, 76세

구연상황 : 2009년 2월 10일 정선읍 애산2리 노인회관에서 전숙자를 만나 정선아라리를 위주로 채록하는 과정에서, 그의 가창능력이 탁월함을 알고 다음날 전숙자의 집에서 재조사를 하기로 약속했다. 평소 그가 담배를 즐긴다는 사실을 알고 담배 한 보루를 사서 그의 집을 방문했다. 이미 다른 여러 자료에서 그가 설화를 구연한 바가 있다는 사실을 알고 아라리보다는 설화부터 이야기해줄 것을 청했다. 노래하고 춤추는 것은 잘 하나 아는 이야기가 없다고 하던 그는 조사자의 청에 곧 이야기를 풀어놓았다. '바보 남편 이야기' 후, 바보 이야기를 더 해달라는 조사자들의 요구에 이 이야기를 해주었다.

줄 거 리 : 옛날에 한 대감이 심부름꾼인 얼뜨기를 데리고 길을 나섰다. 대감이 얼뜨기에게 막걸리 심부름을 시키자 얼뜨기는 잔꾀를 부려 막걸리를 자기가 다 마셔 버린다. 날이 저물어 벼랑 부근에서 잠을 자게 된 대감은 얄미운 얼뜨기를 죽이기 위해 얼뜨기를 벼랑 끝에서 자게 한다. 얼뜨기가 꾀를 내어 위험한 상황을 모면하자, 대감은 얼뜨기를 죽이라는 글을 써서 그의 등에 써붙인 후, 집으로 심부름을 보낸다. 얼뜨기가 대감을 집으로 가는 도중, 어느집 방앗간에서 아이를 살려 준 후 등뒤에 붙은 글귀를 대감을 둘째딸과 결혼 시키고 재산을 반으로 나누어주라고 고치게 한다. 대감집에 도착한 얼뜨기는 글귀대로 둘째딸과 결혼하고 재산을 나누어받게 된다. 대감이 돌아와 이 사실을 알게 되나, 이번에도 얼뜨기는 꾀를 내어 대감과 그 부인 그리고 처남까지 소에 빠져죽게하고 자신은 둘째딸과 잘 살았다.

그전에 대감하고 어뜨기란 놈 하고 (조사자 : 얼뜨기.) 어뜨기라는 놈을 이제 심부름꾼이라고 내놨는데, 어뜨기란 놈하고 이래서 가는데 어뜨기란 놈을 데리고서는 가는 거여.

돈을 아주 한 가방 지켜가지고 가다가니, 저 말리게 올라가서 앉아가지고는,

"어뜩아. 니 내려가서 막걸리 좀 받아가지고 온나."

이 사람이 막걸리 받으러 내려왔네. 평지에 내려와 가지고는 ㅇㅇㅇㅇ 주전자를 하나를 받아가지고 가득 받아가지고는 들고 올라간다. 들고 올라가 샛고개를 뚝 꺾어가지고는 휘이휘 젓는다.

저으니 이놈이 내려다보고는 앉아서,

"너 그걸 뭘 그래나?" 하니.

"예. 그런게 아니라 지가 지침을 쿡 하니 가래침이 주먹같은 게 들어갔는데, 그거 찾느라 그러노라니."

"야 이놈아 니가 드러운 걸 내가 묵나, 니가 처먹지" 이래.

그럼 지가 다먹었지. 다 먹고,

"이놈아 또 가 받아 오너라."

또 받으러 가는데, 또 가 받아가지고는 올라가다가 또 그랬네.

또 저으니,

"이놈아 너 뭘 그러니?"

"예 지가 코를 섞다가 코따대기가 주먹같은 게 던져졌는데 그걸 찾느라 그립니다."

"야 이놈아 니 처먹지 난 안 먹는다."

그래가지고 더 받으러 안 보내고 올려갔는데, 해가 지니 뺑대(벼랑) 우인데 뺑대 우에서 대감은 누어 이렇게 든눕고(들어눕고) 어뜨기는 발체(발치)에 자라 하더라고. 발체, 뺑대머리 발체에 이렇게 자라 하니, 개도(그래도) 바보래도 꾀가 있거던.

"이리 자죠. 주무세요."

이놈이 가만 보니 돈 가방을 옆에다 끌어안고 자라고 하는데 끌어안고서는, 주머니에 찾으니 논내끈이 있잖아요? 자리매는 논내끈 그게 하나 들어있더래요. 그걸 하나 끄내 가지고는, 가방에다 짬 매가지고 병때머리에다 요렇게 바짝 걸어서 짬매놓고는, 질게 해서는 바로 대감 밑 발체다

이래 걸어 놓은거여 가방을.

지가 놔놓고는 거다 딱 놓고는, 이 대감이 자다가서는 우음 하매 탁 찼네 부루(일부러). 탁 차니 그만 가방이 뚝 떨어져서 물에 떨어졌지. 그 밑에 뺑대 밑에 물인데. 고만이 어뜨기가 깜짝 놀래서,

"아이구 샌님 왜 그래서 가방을 차서 던집네까? 돈가방을."

깜짝 놀래고 없으니 이거 우떠해 잡아치울 수 없드라고. 어뜨기를 잡아치울 수가 없어.

이제 이놈을 그래고 간 뒤에 내려가거든. 뭐 어뜨기란 놈 등허리에 써붙이기를, 어뜨기란 놈 내려가거든 대번 잡아치워라 이러고 등때기에 써붙여놓고는 가더래요. 가니, 이놈은 그 올려가 젊어지고 내려온다.

내려오다, 방앗간에 누구 집 방앗간에 오니 방아 찧느라고 뚤꾹뚤꾹하는데. 꿀 방아를 찧는데 꿀이 방아니 달려올라가 달려올라. 아를 하나를 주워 지가 끌어안고 앉았다가 아를 딜렁 끌어안고 있다나 그 호박에 백혀 올라가는게 큰기 다 달려 올라간다니 그걸 얼른 빼고는 그럼 아를 얼른 박아버렸어.

놓으면 아가 죽겠고 죽었으니 이를 우떠하나.

"예. 그러면 내 이 언나를 살려줄께니요 내 등허리에 꺼 뭔가인가 쫌 보고 까맹기고느 내 써달라는대로 써줄래요"

아 그런다 하더래. 그래서 아 꺼내서 주고는 등허리를 보더니,

"에이 이거 어뜨기란 놈 이래갖고 대번 잡아치우라고 썼는데."

"그 그러지 말고요, 내가 내려가거든 어뜨기를, 어뜨기란 놈이 내려가거든 둘째딸을 줘가지고 대감의 둘째딸을 줘가지고 살림을 반을 딱 갈라가지고 줘라 이렇게 써다고."

그래 그대로 써줬네요. 그대로 쓰니 그 부잣놈의 집에 거시기 오니 참 그래가지고는 뭐뭐 대감의 말이라니 어디라고 그래가지고 주드래요.

그래가지고 주니 가지고 나왔네요. 가지고 물에다 갖다 줘넣는다고 한

게 물에 가서 그래도 살아났거든, 이 사람이 살아 나왔거든. 또 나왔으니.
이 사람이 와보니 같잖지.

대감이 이리 와보니,

"어떻게 됐나?" 하니,

"뭐 저기 아버님이 둘째딸을 쥐가지고 살림을 다 갈라주라 해서 한 반
딱 갈라줬는데요."

큰일났구나.

"어다 갖다났나?"

"아무데 갖다났습네다. 큰 소에 갖다났습니다."

"그래믄 소에 갖다났으면 우뚝 하느냐?" 하니 우뚝할 수 있소.

쪼끔 있다가 그 그 사람이 나왔네요. 나온 게 아주 신사를 차려가지고
왔지. 물에 갖다 쥐넣은게 신사를 차려가지고 왔어. 그래 이게 우짼 일이
나 깜짝 놀래지.

"하이고 말도 하지 마오. 그 소에 드가니 얼마나 그 밑에 들어가니 집
이 좋은 게 있고, 아주 돈이 많은지 말도 못하고 좋습데다. 자 오늘 대감
님 갑시다. 오늘 같이로. 다 갑시다. 처남도 가고 다 갑시다."

그걸 곧이 들었네. 그기 오라는 걸로.

대감은 가매를 씨키고 장모는 솥을 씨키고 솥을 까꾸로 뒤잡어 씨키고,
처남은 큰 독을 씨키고 처남의 댁은 큰 단지를 시켜가지고 이래가지고는
제 마누라는 큰 조그마한 양푼을 하나 씨켜가지고 그 소 앞에 갔네. 가
가지고,

"장인 얼른 먼저 들어가시오."

이 장인이 푹 드가니 가매 그 물들어가니 가생이 퐁퐁 소리날거 아니
요? 퐁퐁 소리나니,

"아이고 얼른 들어오시라고 빨리 가오. 장모님 빨리 들어가요."

또 빨리 들어가요. 처남놈이 다 들어가고 마누라까진 다 들어갔는데 지

마누라 들어갈라니,

"너 뒤지러 들어갈라나?"

꼭 꺼내니, 그 살림살이 다 맡아가지고 아주 드럽게 살드라고.

도깨비 방망이

자료코드 : 03_10_FOT_20090211_KDH_JSJ_0006
조사장소 : 강원도 정선군 정선읍 봉양9리 5-32번지 전숙자 자택
조사일시 : 2009.2.11
조 사 자 : 강등학, 이영식, 박은영, 유태웅
제 보 자 : 전숙자, 여, 76세
구연상황 : 2009년 2월 10일 정선읍 애산2리 노인회관에서 전숙자를 만나 정선아라리를 위주로 채록하는 과정에서, 그의 가창능력이 탁월함을 알고 다음날 전숙자의 집에서 재조사를 하기로 약속했다. 평소 그가 담배를 즐긴다는 사실을 알고 담배 한 보루를 사서 그의 집을 방문했다. 이미 다른 여러 자료에서 그가 설화를 구연한 바가 있다는 사실을 알고 아라리보다는 설화부터 이야기해 줄 것을 청했다. 노래하고 춤추는 것은 잘 하나 아는 이야기가 없다고 하던 그는 조사자의 청에 곧 이야기를 풀어놓았다. '오줌 바가지 이야기', '은혜 갚은 바우선이 이야기', '꼬부랑 할머니 이야기', '바보 남편 이야기', '재산 차지한 얼뜨기 이야기' 후 아라리 20여 편을 구연했다. 조사자들이 기존의 자료를 바탕으로 '도깨비 방망이 이야기' 해줄 것을 요청했더니, 이야기가 너무 길어 힘들다고 하면서도 구연에 응해 주었다.
줄 거 리 : 옛날에 욕심 많은 부자 형과 가난하지만 착한 동생이 살고 있었다. 어느 날 동생이 나무를 하기 위해 산에 올라가는데 깨금이 굴러왔다. 깨금을 줍다보니 어느덧 날이 저물어 외딴 집으로 들어가게 된다. 고물 위에 올라가 엎드려 있던 동생은, 도깨비들이 나타나 도깨비방망이로 온갖 음식을 만들어내어 잔치를 벌이는 것을 목격하게 된다. 배가 고파진 동생은 낮에 주웠던 깨금을 깨서 먹는데, 그 소리를 집이 무너지는 것으로 착각한 도깨비들이 깜짝 놀라 도망을 쳤다. 동생은 도깨비들이 버리고 간 도깨비방망이와 빨랫돌을 주워와 부모님과 푸짐한 식사를 차려먹었다. 이 사실을 알게 된 욕심쟁이 형이 도깨비방망이를 구하기 위해 깨금을 주워 외딴 집을 찾아갔으나, 오히려 도깨비들에게

들켜 성기가 늘어나는 벌을 받게 된다. 늘어난 성기를 들고 마을로 내려온 형은 동네 아낙들에게 혼쭐이 나고, 결국 착한 동생이 도깨비방망이로 원래 크기로 줄여주어 오래 오래 잘 살았다.

옛날에 두 형제가 사는 기 아무것도 먹을 게 없어. 아무것도 먹을 게 없으니 아부지 믿고 있는데, 동상이 제일 못살거든 형은 잘 살고. 동상이 제일 못 사니, 동상은 지게를 지고서는 올라간다.

이렇게 이렇게 이 ○○○○○○ 지게지고 산에 올라가다가니 뭔 깨금이 하나 또르르 구르더래. (조사자 : 깨금?) 깨금이 산에 이런 깨금이 여는 거. 그게 구불어 내려오니 한개를 주어서 널름 주어서 주머니에 넣으미 이건 우리 아버지 드리고, 그러다보니 또 하나 또 구불러(굴러) 오더래. 이건 우리 어머니 드리고. 또 하나 구불러 내오니 이건 우리 형 주고.

형은 잘 사는데도 형 주고, 그 먼 길 내려오니 두고는 냉중에 또 하나 구부니 이거 우리 마누라 주고. 마지막에 껀 이건 내 먹고.

그러다보니 해가 다갔으니 낭그도 못하고 어디 갈 데가 없는 거여. 그거 고만 주워놓고는 간다믄 이게 자꾸 내빼는 거여 고만 이 사람이. 자꾸 가다가니 그 뭐 천지○○○ 시게 가지고 갔겠지.

아주 외딴 데 문으로다 딱 드가니 집에 딱 한개 있는기 불이 빤짝빤짝 하드란겨. 그래가지고 드가니 아무것도 없고 조용조용 하드래요. 그래서 이 사람이 가만히 생각하니 안 되겠드래. 고물게 올라가야 겠드래 이 고물게, 이 집 고물게. 이 위에 고물다락에 그 올라가야 되겠드래. 그 올라가가지고, 가만히 있으니 심심하니 구녕을(구멍을) 요래 뚫버놓고는 내려다보는 거지 뭐이 오는가 하고 내려다보니, 어예 쫌 따그무리해서 어둘만하게 이슥하니 뭐 오매 난리드래요.

뭐요 얼싸우째고 하며 난리니. 그 우떠그래 내려다보니, 아주 도깨비들이 뭐 도깨빈지 그땐 뭘 몰른게 뭐 잔뜩 끌고 뭘 두는데 고기고 뭐이고 떡이고 뭐고 엄청 많이 갖다 놓고는 그 도깨비 방맹이 갖다놓고 빨래돌

놓고는 떡 나오너라 떡 나오너라 떡이 그냥 막 솟아 고기나오라 고기가 막 솟아. 그걸 먹는걸 보니 얼마나 배고프겠소? 종일 굶은 기.

(조사자 : 그렇지.)

에이 나는 이거라도 한개 깨물어 먹자 그래. 한개 딱 깨니 밑에서,

"아이고 야야 우리 상낭 무너진다 가자."

(조사자 : 상낭그?)

어.

"상낭 무너진다 가자."

또 하나 딱 깨니까,

"야야 상낭 뿌진다 가자."

하나 또 깨니,

"아이다. 야들아 상낭 마저 뿌진다. 빨리가자 빨리가자."

그렇게 네 개를 깨고나니 다 가고 없더라구. 그래가지고 내와서 살며시 내려와서 이런 건 다 놔두고 방맹이하고 도깨비방맹이하고 빨래돌만 돌만 쥐고 간거야.

빨래돌, 도깨비 방맹이하고, 그것만 쥐고는

(조사자 : 빨래돌?)

응. 빨래돌, 그것만 쥐고는 내빼서 왔네. 와니 집에 와가지고 보니 창고문에 아무것도 먹을 게 없네.

그래가지고 우째 부모가 드가니 깜짝 놀라지.

"야야 어데 갔다 인제 오네." 하민

"에미 에비도 다 굶어죽으라 그랬나이."

"그 우떡 하란 말이요 굶어 죽어도, 벌이도 없는데 우뚝하느냐" 이거여.

"그럼, 어머니 내가 우떡하오. 걱정마오 들어가 앉아계쇼."

갔다가 구들 복판에다 떡 놓고는 참 그 도깨비 하는 대로 떡 나오너라

떡 나오라 하니 떡이 떡이 막 술술 나오는 거야. 거서 뭐 술나오라 술나오라 술도 막 나오고. 돈 나오라 해니 돈이 그냥 막 쏟아져아 나오고 고만 나오고 놔뒀어.

고만 이 실컷 먹다 생각이 또 형 생각이 나니,

"아이 어머니요 형 데리고 가야겠소. 가 형을 데려오오."

그래 형을 데려왔네.

이 형 놈이 부잣놈인데 그걸 보더니 깜짝 놀래며,

"니가 우떠 해가지고 그러나."

자꾸 파물으니 동상이 얘길 한거여.

"아이고 그게 아니고 어데 낭그 하러 올라가니 깨금이 이래 구부러와 가지고서는(굴러와서) 이걸 줘서 주머니에 넣어가지고서는 와서 어데를 가니 깨니 이게 있다."

이놈이 살림살이를 그냥 이튿날 다 털어먹고 그걸 주우러 가네. 가가지고 올라가서 참 거를 갔네 깨금을 주워가지고는 주머니에 넣고.

올라가면 이놈은 주워가지고도 지부 지 먹고 지 마누라 주고 먼 길 내려가매 애비도 냉중 주거든.

(조사자 : 아, 말을 그렇게?)

그러믄요. 그 냉중 주니.

그 가서 그 곁에(곁에) 찾아가니 맨 거 구녕이 뚫버진 데가 있드래요.

떡 드가 있다가서는, 참 끌고 오는 소리가 나니 깨금을 하나 딱 깨니,

"아이고 이거 접때 왔던 놈 또 왔구나."

또 하나 딱 깨니,

"아이고 우리 접때 왔던 놈 또 왔으니 저 올라가서 꺼 내려와가지고 뭐 연장을 늘쿤다네 뭘 늘쿤데. 우리 가서 끌어내려서 오너라. 늘쿠자."

끌고 나가서 갖다 늘쿠네.

(조사자 : 뭘 늘궈?)

(조사자 : 사람을?)

연장을.

(조사자 : 연장을? 아아.)

갖다 앞에 앉혀놓고 늘쿠니 그냥 뭐 막 늘어나니 그냥 아주 수북하지 뭐. 그래놓고는 고마 이놈 데려 가거라 하니. 이걸 끌고 또 나갈 수 있어야지.

(조사자 : 그렇지.)

끌고는 저 ○○○○○○○○○○○ 중간 나오다가 가만히 생각하니 누구집 흔 광아리(광주리)가 하나 있더래, 광아리. (조사자 : 광주리. 광주리 예.) 광주리가 있더래. 광주리다가 주워 담아가지고 서리서리 해가지고 주워 담아가지고서 짊어지고는, 속을 해넣어가 짊어지고는 여자들 벼 매는데 오다가서는,

"아주머니 삼치 사세요. 삼치 사세요."

삼치 살라고 와 들여다보니 연장이니 가만히 있나요?

여자들 고만 부지깽이를 해들고서는,

"이 드러운 놈의 새끼 이 놈의 새끼."

또 내쫓지.

(조사자 : 그렇지. 내쫓지.)

내쫓으니 또 어데 오다 또 그래니 마커 다고 다 그러니,

"이 드러운 놈의 새끼가 이놈으 새끼가 연장을 늘쿼가지고 돌아다니며 지랄한다."고. 와가지고 우떠 할 수가 없네. 수수밭에 올라가가 저 수수밭에 드가 벌떡 자빠져가지고는 하늘로 치뻗처가지고,

"하늘로 용 올라가네. 용 올라가네." 지랄해.

(조사자 : 용 올라가네. 용 올라가네.)

어, 용 올라가네.

그래서 또 생각이 안 되겠으니 끌고서 또 집에 와가지고 저 동생네 집

에 가가지고는 굴뚝에다 주워 넣었네.

뒤에 가면 된에(뒤안에) 굴뚝이 있으니 된에 굴뚝에서 주워넣어가지고
는 버크로(부엌으로) 내서 나오.

제수 밥 하는데서 아이 뭐이 앞에 와서 툭 툭, 흙밥 바닥을 툭툭 치니,
제수가 부지깽이 갖고 툭 때리니 꼬불랑 쏙 드가고. 그래가지고 안 되겠
으니 신랑을 가서,

"아 이거 큰일났어요. 뭐이 부엌에 뱀이 나왔어요." 하니,

나와보니 동상도 역시 때려보니 쏙 드가더니 또 나오고 또 나와고 안
되겠으니. 그래 고만 동상이 손에 휘휘 감아가지고 잡아댕겨 보니 굴뚝에
서 아야아야 하며 죽내하고 고함을 지르더래.

그래가지고 동상이 그걸 가보니 같잖으니 할 수 없어서 가서 꺼내가지
고 꺼 올리서 그 도깨비방맹이를 갖다놓고 줄군 거여.

(조사자 : 줄일 때 어떻게 줄여요?)

"한발 줄어라 또드랑 두발 줄어라 또드랑."

곧 두드리면 그래.

다 줄었어. 다 줄고는 쪼금 남았거드니만 요남석이 쪼금 남았는데, 즈
형수가 국수 한다리 가시기 있잖아 국수하는 거. 그걸 이래 밀더래.

밀다가 그걸 주웠는데,

"형수요, 인제 이거 쥐여 보오. 맞나?"

쥐여 보오 맞나.

하하하.

그래가지고 동생이 다 줄궈(줄여) 주드래.

그래서 잘 살다 어제 그저께 죽었어.

남편 잡아먹으려는 뱀을 물리친 아내

자료코드 : 03_10_FOT_20090211_KDH_JSJ_0007
조사장소 : 강원도 정선군 정선읍 봉양9리 5-32번지 전숙자 자택
조사일시 : 2009.2.11
조 사 자 : 강등학, 이영식, 박은영, 유태웅
제 보 자 : 전숙자, 여, 76세
구연상황 : 2009년 2월 10일 정선읍 애산2리 노인회관에서 전숙자를 만나 정선아라리를
위주로 채록하는 과정에서, 그의 가창능력이 탁월함을 알고 다음날 전숙자의
집에서 재조사를 하기로 약속했다. 평소 그가 담배를 즐긴다는 사실을 알고
담배 한 보루를 사서 그의 집을 방문했다. 이미 다른 여러 자료에서 그가 설
화를 구연한 바가 있다는 사실을 알고 아라리보다는 설화부터 이야기해줄 것
을 청했다. 노래하고 춤추는 것은 잘 하나 아는 이야기가 없다고 하던 그는
조사자의 청에 곧 이야기를 풀어놓았다. '오줌 바가지 이야기', '은혜 갚은 바
우선이 이야기', '꼬부랑 할머니 이야기', '바보 남편 이야기', '재산 차지한
얼뜨기 이야기' 후 아라리 20여 편을 구연했으며 이어서 '도깨비 방망이 이
야기'를 구연했다. 점심 전에 마지막 이야기로 조사자가 기존 자료를 바탕으
로 '남편 잡아먹으려는 뱀을 물리친 아내 이야기' 해 줄 것을 요청하였다.
줄 거 리 : 옛날 한 산중에 가난한 부부가 살고 있었다. 하루는 임신한 아내가 나물을 뜯
으러 산으로 올라갔다가 꿩 한 마리를 주워 내려와 끓여 먹었다. 저녁 때 나
무를 하러 산에 다녀온 남편이 시름에 싸여 며칠 동안 아무 것도 먹지를 않
자 아내가 그 이유를 물었다. 큰 뱀이 먹을 꿩을 아내가 주워 먹은 것이 탈이
되어, 그 뱀이 몇 날 몇 시에 남편을 잡아먹겠다는 것이었다. 아내는 남편을
앞장 세워 뱀을 찾아갔다. 그리고는 남편 대신 자신을 잡아 먹을 것이며, 자
신을 잡아먹으려면 이후 평생 먹을 것을 내놓고 잡아먹으라고 한다. 이에 뱀
은 두부 세 모를 토해 놓는데, 한 모는 돈 나오는 모, 한 모는 옷 나오는 모,
또 한 모는 미운 사람 죽이는 미운 모라고 했다. 그러자 아내는 미운 모로 뱀
을 죽이고 오래오래 잘 살았다.

외딴 산중에 여자가, 두 내우가 사는데 아무것도 뭐 먹을 게 없거든,
그전에 뭐 먹을 게 있소?

먹을 게 없으니, 이제 언내(아기)를 갖고 배가 이렇게 부른 기 대리끼를
해서 둘러, 대리끼 있잖아, 대리끼를 해서 둘러 미고는 산에 올라간다.

올라가 배가 부른 기. 남자는 집에 낭그(나무)를 팬다 뭐 있고. 올라가 가지고 나물을 뜯을려고 하다가니 꿩이 있잖아 꿩. 까투리가 하나 깨깨깨깨 하면서는 땅으 뚝 떨어지더래요.

지 앞에 와서 뚝 떨어지니 그걸 얼른 주워가지고 대리끼 넣어 가지고 와서 움쓰니(없으니) 그걸 뜯어가지고 국을 끓여서 먹었어요, 먹었는데.

그 남자가 저녁 때 낭그하러 갔다 오더니 아무것도 안 먹드란교. 아무것도 안 먹고 뭐뭐….

삼일을 아무 것도 안 먹으니 큰일이잖아 남자가 그러니, 그 여자가 이제 물은거여.

"당신 왜 아무것도 안 먹소?" 하니,

"자네 알 게 아닐세."

하두 자네 알 게 아닐세 아닐세 하니 여자가 답답하잖아요. 그러니 여자가 정지 칼을 갖다서는 썩썩 갈아 가지고는,

"두 내우가 사는데, 두 내우 얘기를 나한테 안 하거늘 살면 뭐 하우? 둘 다 모가지 찔러 죽읍시다."

그러니 이 사람의 그 ○○○는,

"그런 게 아니요, 자네 어제 그전에 가서 어데가 꿩을 주워다 먹은 게 있지?"

"예, 있어요."

"그런데 아무 날 아무 시에 저 올라오면 잡아먹는다네."

"고만 나가서 뭐 잘 해가지고 잡아먹으면 내가 잡아 잡아먹히지 왜 당신이 죽소? 내가 가져와 먹었는데 왜 당신이 죽소?" 하니,

해서 채려가지고 갖다 놓고 먹고는 인제 몇 시가 시간이 되니,

"얼마믄 조금 있으면 난 갈테이니." 이래니,

"당신 가요 지게 지고. 난 앞에 갈 터이니."

그래가지고 지가 줘가지고 온데가 있으니. 남자는 지게를 지키고는 여

자는 뒤에 아, 배때기(배)가 뚱뚱한기 앞에 꾸불꾸불 간다. 묵밭을 요런 걸 지내놓고 올라가니 올라갔는데.

새가 갈새, 그게 히떡 자빠졌는데 큰 구녕같은 게 이런 게 히떡 자빠져 내려다보고 있더래잖아요. 내려다보고는 세(혀)가 너불너불 하더래요.

그 여자는 뭐 그까짓 내려가 어, 날 잡아먹으면 된다 하고 가서,

"어, 뱀님이 날 잡아 먹는대 어, 우리 남편 잡아 먹는댔죠?"

귀가 너불너불해.

"아니 내가 갖다 먹었는데 왜 남편을 잡아 먹어요? 날 잡아잡숴."

가 넙죽 엎드려 잡아잡숴요 하고 엎드리니, 안 잡아먹드래. 안 잡아먹으니 여자가 하는 말이,

"당신 나를 안 잡아먹으려면 날 먹고 살 걸 주고 잡아잡수. 날 평생 먹고 살걸 주고선 잡아잡수."

그 뱀한테 대우를 한거여.

"날 평생 먹고 살걸 주고서 잡아잡수면 내 말 안하겠소."

뱀이 게우더라는겨. 울컥 울컥 세 번을 게우더래(토하더래). 게우니, 이렇게 하얗게 두부모 같은 걸 딱 게워놓더래.

(조사자 : 두부모같을 걸?)

응. 게이니 ○○같이 딱 게워놓으니 이 여자는 그 앞에 엎드려서 세가 너불거리는데 겁도 안 내고 앞에,

"게믄 이거는 뭐 우떠하라는거요?" 하니,

"이 옆에 한모는 돈 나오람 돈 나오는기고 모 한개는 뭐 쌀 나오라 하면 쌀 나오게 아무기고 나오는기고, 이 앞에 하나는 뭐 옷 나오라 하면 나오는기 다나오는 다나오는기고."

모 한 개를 얘기 안하더라고.

"한모 마주 얘기해 달라고, 얘길 해줘야 내가 우뜨게 뭐 하질 않나요?" 하니, 안 얘기해 주구서는 속에다 입에다 넣고는 제와 인제.

"미운 사람 죽이는 미운 모." 이러더래.

미운 사람 죽이는 미운 모하니, 고만 뱀의 턱날개를 주먹으로 같이 치면서는,

"어, 밉긴 밉긴 니가 제일 밉다. 왜 우리 남편 잡아 먹어라 그러게."

세 번을 치니 그만 죽었대.

쇠통같은 게 자빠지더래.

그래서 잘 살아, 그 여자는 그걸 가지고가서 잘 먹고 잘 살드래.

어제 그저께 죽었대.

(조사자 : 아까 미운?)

(조사자 : 미운 사람.)

미운 사람 죽이는 미운 모 이렇게 하더래.

(조사자 : 미운 모. 응.)

그러니까 미운 사람 죽일 때, 죽을 섞여 먹이는…

그러니까 뱀이, 뱀이 미우니까 뱀한테 집어 던진 거야. 그렇지. 지는 밉거든. 그 잡아먹을려고 하니까 얼마나 미워요? 그게 용이 되 올라갈거란 말이여, 뱀. 그런데 꿩을 뺏겨가지고 못 올라가니 그랬거지.

(조사자 : 꿩하고 용하고 무슨 상관이 있어요?)

먹어. 잡아 먹어. 용, 뱀은 오부뎅이 입에 넣어도 다 녹잖우.

(조사자 : 그렇지.)

그래서 꿩 잡아 먹고 이제 힘을 막 길러서 이제 하늘에 올라갈려고 그러는데 그럼.

(조사자 : 그 꿩을 갖다 먹었으니까)

그럼. 하늘에 용이 돼 올라갈라 그러는데

(조사자 : 대신 인제 여자가 가져왔는데 남자한테 해 하겠다.)

그렇지. 남자, 여자는 아도 있고 하니 못 잡아먹으니까.

(조사자 : 그러니까 여자를 앞세워서 여자는 앞에 가고 남자가 뒤따르면

서 이제 뱀한테 가네요.)

그렇죠.

해와 달이 된 오누이

자료코드 : 03_10_FOT_20090425_KDH_JSJ_0001
조사장소 : 강원도 정선군 정선읍 봉양9리 5-32번지 전숙자 자택
조사일시 : 2009.4.25
조 사 자 : 강등학, 이영식, 박은영, 유태웅
제 보 자 : 전숙자, 여, 76세
구연상황 : 2009년 2월 11일 전숙자를 대상으로 한 1차 조사에 이어 2차 조사를 실시했
        다. 전숙자는 1차 조사 때 구연해 주었던 '꼬부랑 할머니', '성기 잘린 바보
        남편' 등을 다시 한 번 짤막하게 이야기해주었다. 그로부터 새로운 정보를 얻
        기 위해 조사자가 이런 저런 질문을 하던 중, 무서운 것 만났을 때 부르던 노
        래가 있느냐는 질문에, 무서운 이야기가 떠올랐던 모양인지 딸네 집에 베 매
        주러 간 이야기가 있다면서 말문을 열었다.
줄 거 리 : 옛날 어린 오누이를 둔 어머니가 시집 간 딸의 집에 가서 베를 매주고 팥죽
        을 얻어서 집으로 돌아오던 중이었다. 그때 호랑이가 나타나 팥죽을 다 빼앗
        아 먹고는 어머니까지 잡아먹는다. 집에 있는 오누이까지 잡아먹기 위해 호랑
        이는 엄마 행세를 하였으나, 오누이는 속지 않는다. 나무 위로 올라가 숨어
        있던 오누이는 호랑이에게 들키고 마는데 그만 딸아이가 나무로 올라오는 방
        법을 알려주게 된다. 쫓아오는 호랑이를 피해 하늘에 기도를 올린 오누이는,
        새줄을 타고 하늘로 올라가 오빠는 달이 되고 동생은 해가 된다. 헌줄을 타고
        쫓아오던 호랑이는 수수밭 위로 떨어져 죽는다. 호랑이 피로 물든 수수는 그
        때부터 붉은색을 띄게 되었다고 한다.

딸네 집으로 베 매주러 갔는데 아(아이)를 요런 걸 둘을 놔두고 간 기,
종일 가도 어두워져도 안 오니 아들이 문을 닫아놓고 바래코 있거든 즈
어머이를.

어머니 빨래, 딸네 집에 가 베 매주구 아무것도 먹을 게 없으니 거서

팥죽을 쒀주는 걸 한동이 이구 오는겨.

오는 재를 넘어오니 저런 재를 넘어오니 산말랑을 넘어오는 기지. 오니, 중간에서 호랭이가 탁 나서민,

"할머이 할머이."

그래니.

"왜 그러는가?"

"나 팥죽 한 그릇 주면 안 잡아먹지."

죽지 않으려니 퍼 줘야지 한그릇 퍼줬네.

또 쪼금 오다보니 또 와서 앞에서,

"할머이 할머이, 나 팥죽 한 그릇 주면 안 잡아먹지."

또 퍼줘. 한 댓 번 퍼주다 보니 아들 ○○○○ 드는 기 다 퍼주고 음잖애(없잖아).

"할머이 할머이 팥죽 한 그릇 주면 안 잡아먹지."

이제 다 먹고 없거든.

"없다." 이러니,

"그럼 할머이 날 팔 한 짝 떼 주면 안 잡아먹지."

(조사자 : 팔?)

팔, 이거를. 그래 한 짝 떼 줬지.

"할머이 할머이 날 팔짝, 팔뚝 한 그릇, 어, 팔 한 짝 마주 띠 주면 안 잡아먹지." 그래.

팔 한 짝마저 뚝 띠 줘버렸네. 또 조금 오다가니 또,

"할머이 할머이 날 다리 한 짝 떼 주면 안 잡아먹지."

또 ○○○ 건 뭐야?

그 눔의 할미도 언간한 놈의 할미지.

(조사자 : 그렇지.)

그래,

"할머이 할머이 다리 한 짝 마저 주면 안 잡아먹지."

마저 주니 또로록 구불러 가니 날름 집어먹고, 호랭이가 날름 집어먹고.

(조사자 : 또로록 굴러가 버리니까, 인제 팔다리 없으니까.)

그럼. 팔다리 없으니 또로록 구불러 가니 날름 집어먹으니 호랭이가 완거야 그 집을. 그 집에 와가지고는 바깥에 와서 문을 닫어 걸었으니,

"야들아, 야들아 문 뺏겨라(벗거라), 에미 왔다."

그러니 아들이 들으니 어머이 목소리가 아니거든?

"어머이 목소리 아닌데 뭐."

"아이고 베 매줄라고 거 젓불에 연길 쐬어야 그렇다. 목이 쉬어서 그렇다." 하니.

"아니여! 할머이 할머이, 저 어머이 저 그러면 저게 문구녕에 손을 들이 밀어봐."

손을 들이미니 호랭이 발인디 뭐.

(조사자 : 그렇지.)

"어머이 손이 왜 이래?" 그러니,

"종일 베를 맸더니 풀이 묻어가 그렇다."

"그러면 가 씻고 오라."고.

가 씨니(씻으니) 천상 지는가?

"또 가 씻고 오라."고.

또 가 씨도 안 되고.

가만히 아들이 있다 보면 죽겠거든.

"어머이 어머이 날 똥 매럽네." 이래니까,

"웃목에 누어라."

"어머이 웃목에 실다가든 빗자루로 때릴라 그래."

"거 아랫목에 눠라."

"어머니 아마 자다가는 또 날 붙잡아 또 뚜들릴라 그래."

"그럼 그 바깥에 문앞에 와 뉘라."

호랭이 들어가질 못하고 부엌 문턱에 나와 누라 그래.

"어머이 부엌에 밥하러 나왔다 하고서는 바꾸선 날 때릴라 그래."

가만히 호랭이가 궁릴해보니,

"내가 그래믄 니 허리다가서는 고삐일 매줄끼니 방간에 가 뉘라." 그래. (조사자 : 방앗간.) 방앗간. 방아 그 전에 찧는 기 있잖어? (조사자 : 디딜, 디딜방아.) 그럼. (조사자 : 뭘 매줄 테니까?) 고삐, 고삐. 소장, 소장구라고 찌단(긴) 거 있거든. 그걸 두 오누다가 양짝에 매주었네.

매주니 요것들이 방간에 가 똥을 누민 ○○ 매려 와?

누는 척 했지. 가만히 있다보니 아무래도 죽겠으니 방이(방아가) 대가리 이거 내려오는데 있잖아요?

(조사자 : 공이.)

공이 거기다가서는 매놓고서는 두 오누가 다 간 거여. 암만 댕기니 방아만 찧지, 뭐 사람이 와야지, 사람이 와야지. 나와 보니 없으니 찾아나온 기여 찾아나오니. 그 앞에 나가면 큰 연못이 있는데 연못가에 큰 낭기(나무가) 이런 게 있거든. 이런 낭기 있으니 요기 둘 다 걸어올라 갔네.

그래 언제든지 여자들이 더 뭐 한거여. 거가 있으니 이래 내려다 보니 물에서 인제 그림자가 보이거든 달밤에.

(조사자 : 그림자?)

그림재. 왔다갔다 보이니 조리를 가지고 나와 가지고,

"조리로 뜨까(뜰까)? 박죽으로 뜨까?"

이 지랄하니, 지지배가 히힉 웃은 거여. 히히 웃으니 고만 쳐다보고,

"느그 우떠 올라갔나?" 해.

(조사자 : 응?)

"느그 우떠 올라갔나?"

(조사자 : 어떻게 올라갔나? 아~.)

"느 우떠 올라갔나?" 이래니.

"어머이 참 바보네."

머스마가,

"어머이 참 바보네. 앞집에 가서 대패 얻고."

미는 대패 있잖아?

(조사자 : 어, 대패.)

"대패 얻고, 뒷집에 가서 지름 얻고."

(조사자 : 기름. 어~)

"싹싹 밀고 싹싹 바르고 올라왔지." 그래니.

그 미니 뭐 미끄러워 또 못 올라가지.

(조사자 : 그렇지.)

요 놈 지집아 딱.

"참 어머이 바보네. 앞집에 가서 도꾸(도끼) 얻고 뒷집에 가서 모지락비 얻고."

(조사자 : 뭐라구요?)

"모지락비. 다 닳은 거."

(조사자 : 아, 몽당비 다 닳은 빗자루. 모지락비.)

"모지락비 얻고 도꾸 얻고 퍽퍽 찍고 썩썩 썰고 이래믄 올라오면 돼."

가만보니 올라오겠거든, 머슴아가.

"하나님 나 살릴려면 새줄 내려주고 죽일라면 헌줄 내려주세요."

새줄 턱 내려오니 둘이 올라 타고 하늘 올라간 거지. 하늘로 올라가 지고 가만히 뭐하니 거 하늘에서,

"니는 뭐이 될래?" 하고 머슴아를 보고 물으니,

"저 달이 되겠습니다."

요 지집아가 있다서는,

"달은, 달은 내가 될 거요."

"니 달이 되라, 그러면."

머슴아는 또 져가지고는,

"난 해가 되마."

해가 돼 가지고 하늘로 가보니 지집아는 밤에 못 가겠거든, 무서와서. 또 와가지고 바꾸자고, 지 오빨 보고 바꾸자고 하니.

"오빠 난 미서워(무서워) 못 가. 바꿔."

"애 요 년의 지집아!" 하며, 눈을 폭 찔러 눈을 폭 깠어.

그래 나가 해를 치다봐봐 눈이 시그러와 못 보지. 내 말이 그짓뿔(거짓 말) 아니여. 가서 해를 이래 쳐다봐 봐요. 눈물이 나오지.

(조사자 : 그렇지.)

그게 그래서 그렇다고.

(조사자 : 그러니까, 그러니까, 그러면 해가 지금 동생이, 여동생이 된 거에요?)

여동상이.

(조사자 : 아~ 그러니까 오빠가 다시 달로 되면서 눈을 팍 찔렀다고?)

그러면. 그러면. 얼마나 이 놈의 지집아가,

(조사자 : 얄미워서?)

얄미우니 폭 찔렀어. 폭 깐 거지. 카니 그만 눈물 나오, 눈물 나오는 기야.

(조사자 : 그렇구나.)

(조사자 : 아 그렇게 되는 거구나.)

그러니까 베 짜는 그 베를 맸다는 거예요, 딸네집에?

딸네집에 베, 베를 맨 거여.

(조사자 : 베, 삼베?)

삼베. 그거 매가지고, 풀칠해 매가지고 도토마리라고는 뚱그런 기 있거든.

그거 감으미 자꾸 매고는 인제 베틀을 갖다 방안에 채려놓고는 짜는 거지.

(조사자 : 근데 왜 딸네집까지 가서 했죠? 그걸 왜?)

집엔 읎으니까 딸네집에 가 해주느라고.

(조사자 : 딸이 시집갔나 보죠?)

시집간 거 돈 벌며 해주지. 돈 받으미 해 주지.

(조사자 : 베를 매는 거는 인제 이미 그러면은 삼을 삼은 건가요?)

삼은 거지.

(조사자 : 삼은 걸 널어서 이제 말린 것을.)

삼어 가지고 그 기 여러 가지. 삼는데 챗밥구리 담아 놓고 챗밥구리를 자꾸 담으민 삼으민 물구서는 그래가지고 삼어 가지고는 뭉치는 거여.

(조사자 : 네.)

뭉치면 그래 마크 새가지고 달아났다가는 봄에 가서 물레를 잤지. 물레를 자아가지고는 인제 실깃을 맨드는 거여 이렇게 둥그런 네모진데다 실깃 맹글어 가지고. 또 잿물에 넣구선 이개야대. 잿물을 넣구선 삶어서 푹 덮어가지고 뭐 했다는 강에 가서 들고 쌔야.

(조사자 : 씻어서.)

씻으면 아주, 씻으믄 훑으면 하얘지지 베가.

몸썰, 말도 마이 해 봤네.

(조사자 : 그렇겠어요.)

그, 그렇게 하얀, 한 담에 인제는 말려요?

그럼. 그럼 또 말려놓고는 하얗게 된 데는 그 또 실깃에 걸어야지.

(조사자 : 실커리.)

걸어가지고는 자꾸 이러 풀가지고는 풀어서 이렇게 막 무져났다가는 또 나라야지. 날개틀 저런 걸 갖다가선 쭉 놓고는 거기다 꿰가지고는 나라가지고는 그 맨들어 가지고 짜잖애.

(조사자 : 베 매는 건 뭘 어떤 일을 할 때 베 맨다 그래요?)

베를 글쎄 그걸 인제 나라가지고,

(조사자 : 아, 나라가지고.)

이래 해났다가 반대기를 해 났다가 열두 개를 페트려(퍼) 놔야 되거든. 맨 뒤에서 이렇게 열두 개 해놓고 모래를 그 위에 쥐 얹어놓고 나라가지고는 하나는 걸민 하나는 자민. 자서 이 새간(사이)에 머시길 맨들어야 되거든. 그래가지고 나민 나라가지고는 인제 도투마리란데 있어.

(조사자 : 예, 두투마리.)

거다가 인제 놓고는 매지 뭐. 바디다 꿰 가지고.

(조사자 : 음. 베틀에다가 이걸 거는 것을 베를 맨다고 그러는 거죠?)

그러믄. 그래 베틀에 올러놓는 걸 맨다 하는데. 그래가지고 거서 비개미가 삼형제여.

세 갈래.

(조사자 : 세 개.)

아가리 벌리는 거 비개미가. 잉애땐 한 개밖에 없어.

(조사자 : 잉애대는)

아니, 잉애대가 삼형제고.

(조사자 : 잉애대가 삼형제고.)

눌림대는 하나밖에 없어. 누르는 건 하나밖에 없고.

(조사자 : 그르면은 베, 아까 베 짜는 걸 말씀하신 거에요, 그럼? 어머니가 베 짜러.)

매러간 거, 매러. 베를 매줘야지 풀칠을 해서 매줘야지 도투마리다 매줘야지.

(조사자 : 베 짠 거를 매준, 맨 맨….)

(조사자 : 아니, 아니야.)

풀어서 내리는 거, 풀어서.

(조사자 : 실이 된 것을 도투마리에 넣고 인제 이렇게 연결해서 베틀에다 제대로 인제 걸어준다는.)

(조사자 : 그게 일이 많은가 부죠?)

아 많고 말고. 그래도 그걸 돈이라고 벌어요. 그 전부 물로 돌아야 되잖아.

(조사자 : 그러시구나.) 고런 얘기 해주시면 되겠네요.

응?

(조사자 : 또 하나 해주시면.)

뭘?

(조사자 : 고런 얘기.) 아, 그래서 눈이 부시구나.

아, 해를 못 보죠? 눈 부셔서, 진짜. 나가 똑똑이 처다보라고. 내가 거짓뿔 하는가.

(조사자 : 근데 그렇게 말씀해 주시는 분 없어.)

그냥 눈 부시, 해가 뭐, 해와 달이 된 오누이 얘기….

그래 그때도 갑자기 마이(많이) 여러 가지를 할래니 그 운제(언제) 다해?

(조사자 : 호랑인 어떻게 돼요? 호랑이.)

호랭이는 거 올라와 가지고.

(조사자 : 올라오긴 올라왔어요?)

올라왔지. 올라와 가지고는,

"하나님, 날 죽일라면 헌줄 내려주고 살릴라면 새줄 내려주세요." 이랬는데 헌줄 내려줬거든. 그래 올라가다가 중간에 가 뚝 떨어지니 밑에 수수밭이 있는데 수수밭에 길거리가, 이런 대궁이 있으니 거다 똥구녕을 찔려 가지고는 수수대궁이 지금 벌겋잖아요, 전부. 수수대궁 꺾어봐, 다 벌겋지.

(조사자 : 수수대가 벌거서.) 그래서 피가 묻어서 벌겋구나.

이걸 다 할라믄 싹 하믄 한두 가지 밖에 못해.

날갯짓 한 번에 삼천구만리를 가는 새

자료코드 : 03_10_FOT_20090210_KDH_JJD_0001
조사장소 : 강원도 정선군 정선읍 애산2리 432-165번지 삼봉경로당
조사일시 : 2009.2.10
조 사 자 : 강등학, 이영식, 박은영, 유태웅
제 보 자 : 전재달, 남, 72세
구연상황 : 2009년 2월 10일, 정선군 정선읍 애산2리 삼봉 노인회관으로 사전 약속 없이
　　　　　찾아갔다. 노인회관에는 할아버지와 할머니들이 20여 명 모여 있었으며, 모두
　　　　　들 조사팀을 흥미롭게 대해주었다. 조사의 취지를 잘 이해한 노인회장 전재달
　　　　　이 분위기를 띄우기 위해 이야기를 시작했다. 이후 다른 사람들에게도 이야기
　　　　　해 줄 것을 적극적으로 권했다.
줄 거 리 : 날개짓 한 번에 삼천구만리를 가는 새가 바다를 보기 위해 나섰으나 해가 다
　　　　　지도록 바다 끝을 볼 수가 없었다. 한 발자국에 만 리를 가는 새도 바다 끝을
　　　　　못 보았다고 하니, 바다가 얼마나 넓은지 알 수 있다.

　옛날에 저 이 할마 할바들이 요서(요새)는 그렇지 옛날에는 바다가 얼
마나 너른지(넓은지) 하늘이 얼마나 높은지 잘 몰랐대. 모르지 뭐 요새 사
람도 누가 확실한 건 모르잖아요.

　(조사자 : 예, 예.)

　근데 그 옛날 사람이 놀 데 없으니깐 그이 저 사랑, 그저 할아버지 있
으면 또 할먼네 할아번네 거 할아번네하고 얘기하고 노는데 어떤 할아번
이 그런 얘기 하더래.

　야. 하나가,

　"바다가 얼마나 너른지 아나?"

　그러니 하나는 또,

　"하늘이 얼마나 높은지 아나?"

　그러니 또 앉았던 얘기가,

　"글쎄 난 잘 몰러. 그런데 하늘에 툭 치면 삼천 구만리를 가는 새가 있
대. 한달음을 치면은."

(청중 : 여기 있잖아, 여기.)

그러니 그 기 밤새 치면 얼마를 가겠어? 그런데,

"그래 그러지 뭐. 한달음 툭 치면 삼천 구만리를 가는데."

그렇지 않아요 그게?

얼마나 가겠어? 그런데,

그래 왜 그래나니깐 그래 인제 그 새가 어데 가다가 바다 끝을 못가고 해가 지니 잤대. 자다보니까 뭐 삐- 이렇게 끄탱이(끝)에다 그렇게 바닷물에 못 자고 끄탱이 위에다 잤대. 자다서는 자다니깐 그 나무끄탱이 말하드래.

"니 어데를 가나?"

"난 바다 끝을 가볼라고 한다."고.

"이-참 니가 뭘 모자르는구나. 나는 한 발자국만 떼면 만 리를 가는데, 그래도 내가 바다 끝을 못가 봤는데, 니가 엊저녁 내 왼쪽부리도 자고 오른쪽부리에 자는 기, 우뜨케(어떻게) 바다 끝을 가볼라하나?"

하나 툭 치면 삼천 구만리를 가는 새도 엄엄청 빠른 새 그 기 갈래면 지가 어딜 가겠어? 뭐 쉬지도 못해.

그래 인제 그렇게 옛날 할어번네가 그런 얘기도 있는데.

점을 본 박문수

자료코드 : 03_10_FOT_20090210_KDH_JJD_0002
조사장소 : 강원도 정선군 정선읍 애산2리 432-165번지 삼봉경로당
조사일시 : 2009.2.10
조 사 자 : 강등학, 이영식, 박은영, 유태웅
제 보 자 : 전재달, 남, 72세
구연상황 : 2009년 2월 10일, 정선군 애산2리 노인회관으로 사전 약속 없이 찾아갔다.
　　　　　노인회관에는 할아버지와 할머니들이 20여 명 모여 있었으며, 모두들 조사팀

을 흥미롭게 대해주었다. 조사의 취지를 잘 이해한 노인회장 전재달이 분위기를 띄우기 위해 먼저 '날갯짓 한 번에 삼천구만리를 가는 새'에 관한 이야기를 해 준 후, 신승래에게 이야기 해줄 것을 권하였다. 신승래의 '거짓말 이야기'와 '효자 이야기'에 이어 이야기를 해주었다.

줄 거 리 : 과거를 보러 서울로 올라가던 박문수가 천자(千字)를 가지고 점을 보게 된다. 앞선 사람과 똑같은 물을 문(問)자를 짚었지만, 앞선 사람은 빌어먹을 상이라는 점괘를 받았으나 박문수는 과거 급제할 상이라는 점괘를 받게 된다.

옛날에는 이 점쟁이가 있었다고 요샌 또 안 쓰지만. 점쟁이, 점. (조사자 : 점쟁이)

얼굴 보고 뭐 니 잘 산다 못 산다 돈 내라 돈 받으면. 점쟁이가 있는데. 박어사가 있었대. 박어사. (조사자 : 박어사. 예.)

박어사는 문수 아니여 이름이. (조사자 : 예, 박문수.) 박어사 이름이 문수야 문수. 그 문순데. 문수가 공부 마이 한지 과거하러 서울가대. 가는 길에 요새 말하면 어디 저 뭐 영월 아니면 평창인지 모르지만 가다보니 옛날 거기 가다보니, 사람이 많이 모였드래.

그 이상하다 뭐하나 가보니까 점하드라이기야. 점하는데 뭐 어떻게 어떻게 점 하나믄 이 저 천자라고 글자 천자가 되고 이거잖우?

야. 천잘 저 이 저 문종이를 두 장을 붙여서 놓고 천자를 싹 써놓고 이마나 써놓고는, 뭔 이만한 인제 그 뭐라하나 ○○○주고는 점을 나왔다고 그 사람보고 그걸 짚으라고 글잘 짚으라고 그러드래요.

이래보니 한사람이 글자를 짚는데 물을 문을 짚드래.

(조사자 : 물을 문자.)

문 문에 입구한 자 그게 물을 문자거든.

문자를 떡 짚으니 이 사람이 이래 관상을 보더니,

"아이구 참 좋지 않습니다. 구경문전하니 문에다 문에 입을 다니 당신 빌어먹을 상이다." 그러드래.

그러니 뭐 할 수 없이, 아, 그러냐고. 그때도 복채를 낸단 말이여 그래

나가드래.

이 나도 한번 해본다고, 문수가.

"저도 한자 하신다."니깐

"해보세요. 글자도 짚어보라."고.

그 뭐 뭔 자가 좋은지 모르니까. 또 짚은 기 물을 문자를 짚었어.

(조사자 : 아 똑같이요?)

어 그 사람이.

아 기분이 나쁘드래. 아 그럴 거 아니야? 나도 빌어먹는 놈이 되는….

근데 뭐 관상을 보고 눈을 양쪽 껌적껌적 이래더만,

"참 좋으신다." 그러드래.

좌군우군하니 물을 문자를 반 가르면 이짝도 임금 군자요 이짝도 임금 군자가 돼.

"좌군우군하니 군안지상이라. 당신 이번 과거라도 과거가 되겠어." 이러더래.

아이 그 속으로, '이 얼마나 좋노.'

"예. 복채가 얼맙니까?"

"아이 뭐, 맘대로 내세요."

그래가지고 과거가 됐대.

그러니까 인제 농한 얘기가 있지.

(조사자 : 그렇군요. 똑같이 물을 문자를 붙였는데)

(청중 : 해석을 바로 해야지.)

이 점장이라는기 관상과 글자 풀이가 다 다른 모양이라.

효자가 되고 싶은 상놈

자료코드 : 03_10_FOT_20090210_KDH_JJD_0003
조사장소 : 강원도 정선군 정선읍 애산2리 432-165번지 삼봉경로당
조사일시 : 2009.2.10
조 사 자 : 강등학, 이영식, 박은영, 유태웅
제 보 자 : 전재달, 남, 72세
청   중 : 유원식 외 15인
구연상황 : 앞서 여러 편의 설화가 돌아간터라 판의 분위기가 처음보다 많이 부드러워졌
다. 조사자들이 준비한 술과 과자를 돌리며 더 많은 이야기를 해줄 것을 권하
였으나 다들 아는 이야기가 없다고 하며 마다하였다. 노인회장 전재달이 입을
열어 잠깐 끊긴 구연의 분위기를 다시 이어갔다.
줄 거 리 : 옆집 친구처럼 효자가 되어 상을 받고 싶은 상놈의 아들이, 옆집 친구에게 효
자되는 방법을 물었다. 어머니의 방에 불을 뜨뜻하게 때드리면 된다는 말을
듣고, 어머니의 방에 자꾸 불을 넣었다. 방이 너무 뜨거워 어머니가 밖으로
나오자, 상놈의 아들이 어머니에게 욕을 퍼붓는다.

아주 오래된 애긴데 뭐 짜르마한데(짧막한데).

옛날 양반 쌍놈이 있었대.

(조사자 : 예.)

(청중 : 옛날엔 다 그랬어.)

대부분 양반은 많이 배운 분이고, 쌍놈은 못 배웠고.

(청중 : 문반 무반이 있잖아. 문반이요, 무반이요.)

그런데 근데 옆에 집은 이제 저 뭘 효자라고 친군데 효자 표창을 받았
대. 효자 상을 받고 이래.

그래 친군데 쌍놈 아들이 이래 가만히 들어보니 참 그 다 같이 뭐이 노
는 나이 비슷한데 뭔 효자라고 표창을 받고, 뭘.

옛날에는 요새로 말하믄 참 보면 옛날에는 쌀 한말만 줘도 상금 기막
히거든. 막 부러워서 물었어.

"야, 으뜨하믄(어떡하면) 효자 되나?" 이래니,

"에이 그 뭐 효자 되기 힘드나!. 나무를 바싹 마른 싸리낭구를 한 짐 해다 놓고 어머이를 방에 모셔놓고 불을 뜨듯하게 때드리면 되지 뭐."

"그래? 쉽지 뭐."

그래서 그 사람이 이제 낭그를 해다 이제 놓고 어머이는 방에 드갔네. 어머이 또 옛날에 뭐 동지 때 추웠든 모양이지?

방에 드갔는데, 모셔놓고 불을 자꾸 때네. 아 불 자꾸 넣니, 아 ○○○ ○○○ 뜨거워 배길 수 있나? 나올 수가 어머이가 뜨거우 뜨거우니까 나오니까,

"저런 씨팔 효자 될 만하니 끼(기어) 나온다고."

하하하.

뜨거운데 배길 수 있나?

하하하.

(조사자 : 네, 아 참 재밌습니다.)

아 그 뜨거운데 배길 수 있소?

쌍놈은 그래. 효도를 해야하니 가만 있으면, ○○○ 가만 있으면 되는데,

(청중 : 효자가 될라하니 그러네.)

저런 씨팔 효자 될 만하니 끼 나온다고 그래. 쌍놈은 평상 쌍놈이지 양반 될 수 읎어.

(청중 : 천연적으로, 천연적으로 자기 자신에 우러나야 효자고 뭐이고 되지 억지로 할라고 하면 안 되는 거야.) 그럼 안 돼.

며느리의 젖을 빤 시아버지

자료코드 : 03_10_FOT_20090216_KDH_JJD_0001
조사장소 : 강원도 정선군 정선읍 애산2리 432-165번지 삼봉경로당
조사일시 : 2009.2.16
조 사 자 : 강등학, 이영식, 박은영, 유태웅
제 보 자 : 전재달, 남, 72세

구연상황 : 2009년 2월 10일 애산리 삼봉경로당을 찾아서 1차 조사를 한 후, 묘 다지는 소리에 대한 2차 조사를 위해 2월 16일에 만나기로 약속을 했다. 밖에서 구연하고 싶다는 할아버지들의 의견을 좇아, 정선읍내에 위치한 아라리촌으로 이동해서 묘 다지는 소리를 동작과 함께 구연했다. 이후 다시 삼봉경로당으로 이동해서 이야기판을 벌였다. 이야기를 풀어달라는 조사자의 요청에 다들 머뭇거리는 분위기였으나, 지난 번과 마찬가지로 노인회장인 전재달이 먼저 이야기를 풀어 판을 열어주었다.

줄 거 리 : 옛날에 며느리가 시아버지의 머리를 깎아주고 있었다. 머리를 깎다보니 며느리의 앞섶이 열리면서 젖이 시아버지의 입에 닿았고 시아버지는 그만 며느리의 젖을 빨고 만다. 이 이야기를 며느리가 남편에게 하자, 화가 난 남편은 아버지에게 따지게 된다. 할 말이 궁색해진 시아버지는 아들에게, "너는 네 엄마 젖을 삼 년을 빨았으면서 내가 한 번 빨았다고 그러느냐."며 호통을 쳤다.

옛날에 저 저 거이 거이가 정선도 그렇지만 산골 집으는 초가집이고 초가집에 가서 인제 뭐 이렇게 뭔 부뚜막이 있고. 부뚜막이 인제 뭐 인제 저 솥 거는 데 부뚜막이라고 그러잖아?

그런데,

(청중 : 솥 거는. 가마솥 거는.)

메누리를 봤는데 메누리가 이래 보니깐 시아버지가 머리가 질었더래(길었더래).

그래서 옛날에는 이 기계가 없었거든. 가위로 가지고 이발 좀 해야 된다고.

"아버님."

땅 편한 데 앉으니 낮아서 안 되고 부뚜막에 올라 앉어, 부뚜막이 요만하거든. 올라 앉어서 가위로 가지고 인제 머리를 깎는 거야, 가위로, 가위로 깎는데 옛날에는 이 옷을 난닝구가 없었다고. 우리 클 때도 없었어.

(청중 : 그럼 난닝구 없었어.)

빤스도 없었고. 난닝구가 없었는데, 인제 저 메누리가 적삼만 입고 인제 가위로 머리를 깎느라고. 앞에는 인제 머리는 요래 깎는데 뒤에는 높이 들어야 인제 ○○○○○ 아니여.

개 저 바싹 대야 깎는단 말이야. 바싹 대 머리를 깎는데,

(청중 : 앞가슴에 뭐.)

메누리도, 이 지 저 적삼이 들렁 들리니까 젖이 시아버지 입에 닿았어. 하믄 우뗳하나. 쭉 빨으니 어떻게 쭉 빨았어. 쭉 빠니 메누리가 아무 말도 안했어.

깎고는 저녁 때 신랑보고 얘기를 했어.

"여보, 이발할라 그러는데 아버지가 젖을 쭉 빨더라."고.

"어 그래?"

아침 먹다서는 인제 얘기한다,

"아버지 그럴 수가 있소?"

"아 왜?"

"아이 메누리 젖을 빨면 어떻해?" 이래.

"이노무 새끼 너는 네 에미 젖을 삼년을 빨더라."

할 말이 없으니 그러더래.

아 맞지? 삼년을 빨았지. 어 아들이 지 어미 젖을 삼년 먹었지.

"이노무 새끼 지 에미 젖을 삼년을 빨은데 그래 난 한 번 빨았는데."

할 말이 있는 가?

그래?

(조사자 : 아. 말 되네요.)

할 말이 없거든.

고부간의 갈등을 푼 현명한 아들

자료코드 : 03_10_FOT_20090216_KDH_JJD_0002
조사장소 : 강원도 정선군 정선읍 애산2리 432-165번지 삼봉경로당
조사일시 : 2009.2.16

조 사 자 : 강등학, 이영식, 박은영, 유태웅
제 보 자 : 전재달, 남, 72세
청   중 : 신승래 외
구연상황 : 신승래가 '대동강을 팔아먹은 김선달과 재치 넘치는 여자 뱃사공'과 '시아버지 곽곽 선생을 이기는 며느리 이신풍'의 두 편을 연달아 구연했다. 조사자가 신승래에게 이런 이야기를 어디서 들었느냐고 질문을 하자, 어릴 적 사랑방에서 들었다고 하며 그 마을에서 입담이 좋았던 조용업이라는 사람에 대해 이야기해 주었다. 신승래에게 또 다른 이야기를 해달라고 요청하자, 옆에서 듣고 있던 전재달이 입을 열었다.
줄 거 리 : 고부간에 갈등이 심한 집이 있었다. 그 사이에서 견디다 못한 아들이 하루는 꾀를 내었다. 시어머니를 죽일 방책이라며 아내에게 밤을 한 말 사와서 한 끼에 두 알씩 시어머니에게 먹이라고 시킨 것이다. 며느리가 주는 밤을 반 말 정도 먹고 나자 시어머니는 살이 찌게 되고, 자신을 잘 섬기는 며느리가 예뻐서 사람들에게 칭찬하게 된다. 시어머니가 자신을 칭찬하자 며느리도 시어머니를 칭찬하게 되고 하여, 둘의 사이가 원만해졌다.

옛날에 저 이 고부간이라면 뭐 시어머니하고 며느리하고?

(청중 : 그렇지 고부간이라고 하면.)

고부간이 사는데 아들이 이래 보미 아주 메누리 시어머이 얼마나 싸우는지 뭐 죽겠거든? 큰일 났드래.

메누리 편을 드니 시어머니가 뭐라, 저 어머니가 뭐라 하고 어머이 얘기하니 마누라가 뭐라 하고. 아 그 말도 못하겠고 예.

하루는 장에 갔다 와서 안 되겠더래. 그래서 마누라보고 그랬대.

"이 사람아, 내일 장날인데 저 우리 어머니 잡을 궁리하세."

그래 좋아서,

"우뜩해?"

"뭐 어머이를 패거나 뭐 칼로 찌르거나 그러면 징역 가니 그러지 말고, 장날 장 가서 밤을 말이야 한 말 사다가 굵은 거를 한 때 두 개 씩 밤만 한말을 다 먹으면 죽는대."

그래 뭐 먹고 죽는 거야 우리 탈이냐고 그래자고.

"그랩시다."

메누리 좋아서는 장에 가서 밤을 아주 좋은 걸 골라서 아주 잡을라고 굵은 걸 골라서는 샀지 뭐. 한말 사다서는 한 때 두 개 씩 놓아서 아 이 놈우 시어머니가 그 밤 반 말을 먹으니 살이 찌네.

사실 동네 댕기미 메누리 칭찬을 하네.

"우리 메누리 참 이뻐 응."

살이 찌니 내중에 고만 자꾸 시어머이가 메누리 칭찬하게 되면 메누리도 칭찬하게 된다고. (조사자 : 네.) 그래가지고 나중에 고만 아주 관가에 뭔 저 효부라고 상을 받고 잘 살고 있더래.

(조사자 : 아 그러시겠네요. 아, 그 아들이 참 영리하네요?)

아, 모르지. 그 싸움을 말리더래.

지루하다 매뚠재, 야속하다 성마령, 아찔아찔 관암배리

자료코드 : 03_10_FOT_20090216_KDH_CHH_0001
조사장소 : 강원도 정선군 회동1리 127번지 회동1리경로당
조사일시 : 2009.2.16
조 사 자 : 강등학, 이영식, 박은영, 유태웅
제 보 자 : 청호스님, 남, 74세
구연상황 : 사전 약속 없이 회동1리 노인회관을 찾았다. 오전 시간임에도 할아버지와 할머니 7~8명이 모여서 술을 마시거나 이야기를 나누고 있었다. 조사의 취지를 이야기하고 도움을 요청했을 때, 모두들 청호스님에게 이야기해줄 것을 청하였다. 청호스님의이 구연 능력이 있음을 판단한 조사자들이 판을 쉽게 펴기 위해 먼저 마을 지명에 관한 이야기를 물었을 때, 다른 제보자들이 이런저런 이야기를 가볍게 나누는 것을 보고 청호스님이 본격적으로 이야기를 시작했다.
줄 거 리 : 평창읍의 원님이 정선으로 강등되어 오게 된다. 원님 댁 또한 남편을 따라 정선으로 오게 오면서 매뚠재와 성마령, 관암배리를 지나가게 된다. 가도 가도 끝이 없는 지루한 매뚠재, 아찔아찔한 벼랑을 지나가야 하는 성마령, 캄캄한 산이 가득한 관암배리를 거치면서 원님댁이 탄식하며 노래를 불렀다고 한다.

평창읍에 그 원님댁이 인제 정선으루 지금으로 말하면 정선 군수로 오고 이래는, 평창이 더 높구 정선이 낮아 강등이 돼 온단 말이여. 낮게 된단 말이여.

그러니까 아주 울민 탁란한 그럴 지경이지. 그 계급이 내려갔으니까.

그래 인제 원님댁이 저 짝에 오믄 인제 그 매뚠재가라는 재가 있어.

(조사자 : 매뚠재.) 매뚠재 터널이 있는. 매뚠재가 있구 여 가면 성마령이 있단 말이여.

근데 평창읍에서 장뚝대(가마)를 타고 오면서 생각하니 아무리 봐도 그놈이 매뚠재는 가도 만날 거기란 말이여, 그 꼬불꼬불한 질로 오는데.

"여기가 워데냐?" 하고 물으니까 매뚠재라 그래.

그래서 그 원님댁이 하는 말이 그래 하도 지루하다 매뚠재라 그래까.

그래 고담에 넘어가지고 인제 평안을 뚫어서 ○○○ ○○○ ○○○ 그 더하단 말이여. 캄캄 지옥인디.

"이게 뭔 재냐?" 그러니까,

성마령이라 그랬단 말이여.

가두가두 끝이 없으니까. 그래 예속하다 성마령아.

여기 와가지고 용산 와가지고 여 새대 가면 뺑대(벼랑)칸으로 이렇게 해서 올라가면 질이 지금 저가 보여. 그 뺑대칸으로 해서 삼통 앞에 줄을 매가 잡아댕기며 올라가며 내리다 보니 새파란 뺑대, 오줌이 질금질금 나오거든.

"여가 뭐이냐?" 그러니까,

뭐냐 그러니까, 여가 저 관안배리라고 그러드래.

그래 아찔아찔 관안배리.

정선이라 떡 갖다놓니. 아주 앞산이 가득 찬기 시커먼기 그 지옥같은 정선읍이거든. 근데 그 원님 댁이 오민이 노래 지은 기.

그 매뚠재 오면은 지루하다 매뚠재 예속하다 성마령아 아찔아찔 관안

배리 지옥겉은 정선은 내 뭣하러 왔는가 노래하는 게 있잖아요. 그 소리가 있어.

저 저 저 보살님도 잘 알잖아요. 그게 있다고. 그기 전설에 나온다고.

여주 벽절 절세를 끊은 영리한 상좌중

자료코드 : 03_10_FOT_20090216_KDH_CHH_0002
조사장소 : 강원도 정선군 회동1리 127번지 회동1리경로당
조사일시 : 2009.2.16
조 사 자 : 강등학, 이영식, 박은영, 유태웅
제 보 자 : 청호스님, 남, 74세
구연상황 : 회동리 근방 지명 유래에 관한 이야기가 없는지를 물었으나 별다른 것이 없
　　　　　다고 하며 구연의 분위기가 조금 가라앉았다. 조사자가 회동1리 노인회관을
　　　　　찾아오던 중 백탄 초등학교 근방에서 보았던 불탑에 관해 질문을 하자, 청호
　　　　　스님이 여주 벽절에 관한 이야기를 풀어주었다.
줄 거 리 : 옛날 정선 벽탄에 벽절이 있었다. 어느 해 수해가 져서 그 절이 여주 봉미산
　　　　　으로 떠내려갔다. 정선에서 떠내려간 절이기 때문에, 정선군수는 해마다 여주
　　　　　벽절로 사람을 보내 절세를 받아갔다. 여주 벽절에 있던 한 상좌중이 이 사실
　　　　　을 알고 꾀를 써서 절세 받아가는 것을 그만두게 했다.

(조사자 : 오다보니까 학교에, 저기에 백탄인가요?) 거기에 학교에 오니까 앞에 거기 불탑이 있더라고요? 근데 그 불탑은 아주 오래된 것 같던데.

(청중 : 그건 저 1리에 있던 거에요, 1리에.)

저기 용탄 여기에 탑, 탑말이에요?

(조사자 : 예, 예. 학교 앞에.)

(청중 : 앞말, 앞말에서 가져온 거.)

그 탑이, 그 탑으는 마 아무래도 어

(청중 : 오래되고,)

아무래도 한 2~300년 전에 있던 거로 볼 수 있죠.

(조사자 : 예.)

그거는 뭐냐, 그 탑말 저 짝 저 짝 그 앞말이라는 데 그 우에 이런 데 있는데, 산이 이렇게 뿔끈 나와가지고 강이 이러 둘렀는데 여다 절을 쟀거든(지었거든). 쟀는데, 어느 해에 물이 나가지고 산을 뭉청 끊어 가지고 저라부를 떠다가 지금 여주 갖다 드러 붙여놨어. 그래 여주 벽절이야. 벽탄서 떠내려가서 여주 벽절이라고.

(조사자 : 아, 고 거를 다시 한 번 어르신.)

여주벽절이래요.

(조사자 : 아니 고 얘기, 전설같은 얘기지만,)

예.

(조사자 : 어떻게 된다구요?)

그기, 그 용탄리라고 하고, 그 벽탄이라고 해요, 벽탄. 벽탄국민학교라고 그래요. 벽탄초등학교, 국민학교라고 하고 인제 부르는 건 용탄이라고 부르는데. 그 저 짝 앞말가면 이렇게 산이 뿔끈 내밀어가지고 지금 산이 다 끊어가지고 질이 났는데. 여 절을 짓고 탑은 그 쪽에 있는데.

이 원에 ○○을 해가지고 산○○○ 고만 끊어가지고 절을 그 기양, 기양 물에 뛰어들어가지고 여주 가서, 여주 강가에 갖다 들여 붙였거든.

그래니까 거 사람들 보고만, 여주사람들이 절을 사용하니까. 그래 이 절이 벽탄서 떠내려왔다, 그래 벽탄서 와서 여주 백절이거든, 벽타서 와서. 그래서 정선 군수가 인제 사람 보내가지고 연연이 그 절세를 받아 왔어요.

(조사자 : 어.)

절세를 받아왔는데, 그 상좌 아를 인자 길렀는데 몇 몇 십년을 물어줬는데, 상좌가 한 여남은살 먹으니 있다이. 그 뭐 저 저 정선군에서 절세 받으러 온다고 그래요. 그래 뭐 돈 울매 해서 놨다 준다고 그러드래. 그래 왜서 주느냐 그러니까,

"이게 여주 벽절인데 벽탄이라는 정선에서 떠내려와서 우리가 이 절을

사용하는 절세를 물어준다." 그러냐고.

이 놈아가 절 이러 대웅전인데 여기다 칠구레이(칡)를 심구 여다 심구 해서 칠구레이를 길렀단 얘기야. 칡을 가지고 그러 길러 놔뒀는데. 절세 받으러 왔거든. 그래 왜 절세를 받아가느냐 이거여.

고 우리 절, 정선서 떠내려와서 받아간다.

그러면 우리는 돈을 줄 수 없고 하니 절을 떠지고 가면 될 거 아니냐 이기여.

떠지구 가라이기여.

내가 나가서 저 절에다가 질빵을 핸 거, 지고 가라 이기여.

그래 이 짝 꺼내고 저 짝 올라가 대말로 올라가 붙들어 매가지고 질빵을 떡 해놨단 말이여. 지고 가라는기여.

그래서 거 쪼그만한 애가, 상좌 애가 그 절법을 도지 받은 걸 고마 없애치우구,

아유, 이제 안 받아 올테니까 사용하라고, 그래서 안 받는데.

그런 전설이 있다고.

(조사자 : 그러면 스님 그 거기에 아직도 그 절이 있나요?)

있죠.

거기 가보면 절은 아주 지금, 거기가 봉미산이야, 봉미산. (조사자 : 봉미산.) 산이름이 봉미산이야. 이제 그 새 봉자 꼬리 미자, 봉미산이더라구. 그래 인제 여주, 여주 가면 여주백절에 봉미산에 들어갔는데. 여느 건 다 모르겠는데 탑은 뭐이 다 무너진기 이른 기 우이 어떠 저 ○○○○ 있고.

지끔은 아주 그 뭐 엄청나게 아주 시설해 놓으니 절이 수십 개야, 아주. 집대말기 엄청나잖아, 아주.

그런 게 거이 있더라구.

세월아 네월아 가지를 마라

자료코드 : 03_10_FOT_20090216_KDH_CHH_0003
조사장소 : 강원도 정선군 회동1리 127번지 회동1리경로당
조사일시 : 2009.2.16
조 사 자 : 강등학, 이영식, 박은영, 유태웅
제 보 자 : 청호스님, 남, 74세

구연상황 : 많은 이야기를 알고 있는 듯이 보였으나 시시한 이야기를 하면 사람이 부실
해 보인다며 선뜻 이야기를 풀어주려 하지 않았다. 조사자가 재차 이야기해
줄 것을 청하고 주변 사람들이 한 번 들으면 잊어버리지 않는다며 스님의 총
기를 칭찬하자, 그제서야 이야기 하나를 더 해주겠다며 '세월아 네월아 가지
를 마라'를 구연해 주었다.

줄 거 리 : 옛날 한 마을에 부자영감이 시장에 가서 신기한 병풍을 산다. 병풍에 대고,
"세월아~ 네월아~"라고 부르면 꽃같이 예쁜 두 여자가 나타나 술을 따라주
며 즐겁게 놀아주는 것이다. 이 사실을 알게 된 영감의 아들이 기회를 노리다
가 아버지가 출타를 한 틈을 타서, 병풍 속 세월과 네월을 불러내어 한바탕
신나게 논다. 한참을 놀고 난 세월과 네월이 더 이상 술을 따라주지 않겠다며
선녀가 되어 사라져버리자, 큰일이 났다싶은 아들이 외치게 된다. "세월아 네
월아 가지를 마라. 알뜰한 청춘이 다 늙어진다."라고.

거 한 고을에 아주 부잣집으로 잘사는 노인이 하루 장을 떡 가니까 평
풍(병풍) 장사가 거 나와있단 얘기여, 평풍.

평풍 장사가 나와있는데 그래 그 평풍만 갖다놓고 팔아 뭘하는기냐 물
으니까네,

"이 평풍을 노인장 잘 만났소. 노인장한테 노리개니 이 평풍을 사가주
가 팔아주시오."

"뭐 우떠 하는 기냐? 평풍 그 뒤에 쳐놓으면 그 만고에 소용 있소?"

"그런게 아니고 내가 하는 걸 봐라."

그 평풍장사가 딱 앉아가선,

"세월아~." 부르니 처녀 하낙이(하나가) 평풍서 썩 나오더니,

"여 술 한잔 따르거라."

술을 딱 따르니 뭐 꽃같은 처녀가 나와 술을 한 잔 준단 말이여.

그걸 딱 받아먹고는 또 놔두고는.

"네월아~" 하니까 또 새로 처녀가 나온단 말이여.

여 술 한잔, 술을 또 딱 부어주니 먹고는.

거 처녀가 둘이 나와서 그래 대접하고는 평풍 속으로 싹 들어 가버렸다니.

"그래 이게 뭐 우뜩하는기 이러냐."

참 뭐이 희안하거든.

"아무께고 갖다놓고 부르믄 심심하면 저녁으로 불러가지고 술 먹고 놀고 이래다가 평풍 속으로 그 인저 천상의 선녀, 선녀를 인제 불러서 평풍을 그린 거기때문에 아주 노인들한테 딱 참 좋습니다."

"그럼 당신만 그렇지 내가 가져가 그럼 안 그럴꺼 아니냐."

"그래 그럼 불러보라." 이거여.

그 영감도 부르니 똑같단 얘기여.

"그러나 여기서 부르면 그렇지 내가 집에 가져가 부르면 안 돼",

"아이 그런 법이 없으니까 가져가라."

그래 평풍 하나 돈 많은 영감이 아주 참 좋단 말이여. 안 늙은네도 없쟈.

그러 떡 사다 집에 갖다 그래 놓고 밤이 이식하믄(이슥하면),

"세월아~" 하면 처녀가 나와 가지고 술 한잔 부어 네월아.

아 처녀가 둘이 나와서 얘기하고 놀고 아 희안하거든.

'아 지녁마둥(저녁마다) 사랑 뭔 할미가 와서 저 지랄하는지.' 머릿속에.

아들이 지켰단 말이여. 딱 문구녕(문구멍)을 대다보니(들여다보니), 아 뭔 세월아 하니 뭔 평풍서 처녀가 네월아 세월네월에 처녀 둘이나 술 봐주구선 저 아버지 하구 놀구 아 그런단 말이여.

'저 놈의 아버지가 어디로 가고 없어야 나도 그거 한번 불러내보겠는데.' 이 놈의 아버지가 만날 거 지키고 있으니까 갈 수가 있는가.

하루는 장에 간다 그르드래. 아주 그저 꼭 기회를 노리고 있다가, 저 아버지 간 뒤에 드가서 저 아버지 한 거 봤으니,

"세월아~ 여 나와 술 한잔 뭐라." 하니 처녀가 떡 나와 술 한잔 뭔단 말이여. 또,

"네월아." 하니 네월이 처녀가 술 한잔 뭐 올리고 아 그 잔뜩 놀다가.

그러 인제 마지막 그 처녀 둘이,

"인저는 나는 술을 못 뭐주고 인저는 간다." 이거여.

그래서 딱 떠나서 가니 뭐 해볼 도리 있는가. 그래가선 내다보니 선녀가, 선녀가 되가주고 하늘을 붕 떠올라가.

그러니까 저 아버이 그 노리개를 다 잊어먹으니 큰일 아닌가.

고만 내다보고 문지방에 뭐 세월아 네월아 오고가지 마라 알뜰한 청춘이 다 늙어진다. 그때 나온 소리라고 이게, 딴 게 아니야.

(조사자 : 하하하. 아 재밌네요.)

그게 바로. 그렇잖우? 세월이 갔으니 그 내다보니 환장하잖아?

이름이 세월아 네월아 오고가지 마라 알뜰한 청춘이, 청춘이 다 늙어빠진다는 얘기여.

그래 그런 전설이 있어.

가난한 양반을 부자로 만들어준 도둑

자료코드 : 03_10_FOT_20090216_KDH_CHH_0004
조사장소 : 강원도 정선군 회동1리 127번지 회동1리경로당
조사일시 : 2009.2.16
조 사 자 : 강등학, 이영식, 박은영, 유태웅
제 보 자 : 청호스님, 남, 74세

구연상황 : '세월아 네월아 가지를 마라'를 구연한 후, 조사자가 이야기를 더 해줄 것을 청했다. 싱거운 이야기 자꾸하면 부실하다면서도 이미 이야기판이 살짝 무르익었기 때문인지, 별다른 거절 없이 다시 이야기를 이어나갔다.

줄 거 리 : 한 마을에 가난한 양반과 도둑질을 해서 호의호식하는 상놈이 앞뒷집으로 살고 있었다. 우연한 계기로 상놈의 집에서 돼지고기를 배불리 얻어먹게 된 양반은, 굶고 있는 처자식을 위해 그날 밤 이웃의 부잣집에서 쌀을 한 가마니 훔쳐 오게 된다. 그러나 그것이 곧 탄로가 날 지경에 이르자, 양반은 상놈을 찾아가 도움을 요청한다. 상놈의 재치로 위기를 모면하게 된 양반은, 이후 부자를 만들어주겠다는 상놈의 말에 이웃 마을의 부잣집을 털러 간다. 도둑으로 몰려 큰일을 치르게 된 양반이었으나 그 또한 상놈의 계략이었으며, 결국 부잣집의 재산을 송두리 째 빼앗아 벼락부자가 되었다.

새가 역적하면 충신이 망하는 그런 얘기가 있다고. (조사자 : 새가?) 전설이 있잖아? 새가 역적하면 충신이 망한다. 역적이 심하면 충신두 넘어간다 이기여. 쉽게 말하면 양반이 아무리 뭐해도 쌍놈이 쥐면 쌍놈한테루 넘어가게 매련이여. 역적이 새가 역적하면 충신이 역적이 심하면 쌍놈이 심하면 양반도 쌍놈한테 넘어가게 돼 있어요. 아무리 아무리 지가 양반노릇을 해도.

이 뒷집에는 이제 양반이 딱 이런 대감이 살고 여 아주 큰 부잣집라구. 이 앞집에는 도적놈이 살거든. 그 도적놈은 그 사람은 뭐냐면 그 역적과 한가지거든. 그 나쁜 놈이여, 도적 놈은, 남 훔쳐다 먹고 사는데.

아 이 놈은 말이여 잔뜩 해가지고 뭐 고기고 뭐이고 쌀이고 잔뜩 갖다 놓고 밥을 해서 먹구선 사니. 아 죽은 이 사람은 이 뒤에는 그 대감 영감이라는 양반은 아무것도 생앙쥐 볼 가실 것도 없으니.

이 앞집 문 이 쓸데없이 지나 댕기니. 돼지고기 굽는 내가 코를 드리 찌르니 말이여 죽을 지경이거든 먹고 수워서. 그러나 뭐 뭐 먹을 수가 없잖아. 아무리 상놈의 집에도 갈 수도 없고.

왔다 갔다 하는겨. 그 놈의 도둑놈이 알았어.

"아이구 대감님 이리 들어오세요. 여 우리 고기가 많은데. 이 먹고 남은 걸 저 많이 있으니까네 꿔(구워) 드리 좀 잡쑤."

"아이 이 사람아 나 집에서 배부르게 많이 먹었네."

먹긴 뭐 배고파 죽을 지경인데.

(조사자 : 하하하.)

그러 양반이 얼어 죽어도 잿불 안 쬔다고요.

그래가서 인제 자꾸 강제로 막 꿔 드리니까네 억지로 ○○가서 보니 뭐 뭐 고길 말이여 꿔 가지고 갔다 갔다 드리 드리, 아 그걸 먹으니 눈이 환하게 떨어지거든.

그래 잔뜩 얻어먹고는 고만 얼른 일어나서 집에 왔지.

와서 가만히 자긴 잘 먹었는데 집에 뭐 할미 뭐 다 굶어 죽는데 지녁거리도(저녁거리) 없지. 큰일 아니야. 그러니 저 밤에 그기 언제 때 되냐면 한 뭐 동짓달이나 되서 눈이 오게 되겠지, 그래서.

그 뒷집에 베를 떨어 가지고 짚가마이담 넌기 처마 가득 쌓아 몇 십가마니 쌓아놨단 말이여. 조 걸 한가마니 훔쳐 오면은 아무래도 씨어가지고 한 달은 살끼다 이거여.

그래 가서 아 가서 그 놈의 뱃가마니 하나 둘러 미구선 인저 얼루 가는데 눈이 요롷게 왔는데 자국이 바짝바짝 맞치 맞단 말이여. 그래 가서 한 가마니 둘러미구선 와서 갖다 놨는데 고만 눈이 안 오고 고만 바짝 고만 청하루 났네. 거 자국이구 금방 갔다온기구 있으니 뭐 날만 새면은 그거 금방 쫓아오면 볏가마니 가져간거 대번 도둑놈이 되잖아?

아 큰일났거덩 고만 아주 고만 뭐 뭐 아주 ○○○○ 날은 금방 새지.

급하니 이 도둑놈의 집에 갔네.

"이 사람이 자는가 안 자는가?"

"대감님 왜 그러세요?"

"아 이 사람아 자네 아직 나 큰일 났네."

"왜서요?"

"알다시피 내가 먹을게 없어서 뒤에 부잣집 벼를 한가마니 훔쳐왔는데 아이 저저 고만 눈에 발자국이 안 묻히고 저 반듯한데 날만 새면 난 큰일 나잖는가."

"아 걱정하지 말고 집에 가 주무세요."

아 이 놈의 ○이 문을 탁 닫고 드간단(들어간단) 말이여. 아 이거 뭐 집에 와서 보니 죽을 지경이지. 뭐 내다보니 뭔 뭔 얘기도 없지 감감소식이여.

그 짝 옆에다가 옛날에 보릿대, 보릿짚가리를 ○○○을 가려 놨는데. 날이가 새가지고 거기다 불을 팍 싸논단 말이여. 거 불이 나니까 이 놈의 새끼가 불이라고 소리를 지르니 온 동네 사람이 벌떡 일어나니 막 고만 들어 불 끄러다니지 그러면 자국이 다 맥혔지.

그럼 인제 아침이 왔어.

"아 인제 됐죠?" 그러니,

"아유 이 사람아 아주 죽을 뻔했네."

그러니 뭐 볏가마니가 없어졌는지 뭐 없어졌는지 모르거든, 뭐 뭐 ○○ ○○○○○

그러 도 도독놈이 궁기가 아주 너르거든. 그래 저, 그 집에 또 왔다 갔다 이제 사귀고 있는 판이여.

고기를 일부러 그러니까 작정하고 구워놓고 먹은 그 고기 굽는 냄새가 아주 죽을 지경이거든. 그래가지고 또 자꾸 얻어먹네 얻어먹고는 몇 번 얻어먹었는데 이놈이 하는 말이,

"대감님 부잣집에서 잘 살도록 해드릴까요?"

"그럼 뭐 그런 방법이 있는가?"

"내 말만 들으면 됩니다."

"그래 그럼 좀 그렇게 해봐."

그래 세배 역적은 충신이 봐 충신두 역적한테 넘어가는기야, 죽을지경 이니.

"그래 그럼 내 말 꼭 시킨대로 하면 되니까 꼭 하시유. 저기 낼 쩍(저녁)에 내가 어디루 가잖데 따라 갑시다."

"그래 보지 뭐."

그래 인제 따라서 한 잿말랑 넘어가니까 큰 아주 부잣집 있는데 아주 담 위에다 쌓고 담 우에다 기와를 싹 늘어뜨린 그런 집 있는데, 아 이놈이 그리로 훌쩍 뛰어넘어가면서는 넘어가 손을 넘기댄단 말이여. 거 대감 손을 잡아 댕겨 넘긴다 말이여, 넘겨.

아 가니 뒤에 큰 광이 있는데 밑에 개구녕이라고 요만하게 개 드나들 만하게 뚫버놓은 구녕이 있는데 거 문을 여니 ○○○ 아주 뭐 곡식이 가득 찼단 말이여. 거 드가 가서 인제 거 대감을 손을 패라 이기여.

손을 이래 패거, 홍두깨를 갖다가 양쪽에서 대서 딱 이렇게 붙들어 매니 꼼짝도 못하게 떡 이래 해다 놓고는. 아 그 뭐 양푼있는 걸 가지고 막 또 뚜들이네 그 안에서 좌장 일그러지게 뚜들이고는. 아 그래놓고는 문을 열고는 나가 밖에다 문을 탁 채우고 이 놈의 새끼가 고만, 도둑, 담을 훌쩍 뛰어 넘어갔네.

아 주인이 자다 깨보니 뭐 도둑놈이 후다당거리고 와보니까 아 문을 열고 보니 뭔 저기 사람이 그래 하나 있단 말이여. 이놈의 첨지가 급하믄 개구녕으로 빠져나가다니 홍두깨 인제 나가지도 못하고 말이여 아 도둑 놈 잡았거든.

그래 큰 푸대에다 넣서 갖다 길가 갖다 꼭 달아매놓고 아침에 저 그 고소를 했어, 가주가. 그래 인제 그래 놓고선 인제 췬 놈 간 뒤에 이 놈 도둑놈 갔단 말이여. 가 가지고선 그 대감을 이제 잡아 풀어내.

"아 이 사람아 ○○○ 난 난 죽을 뻔 했네

가만, 가만히 있으라고.

그 집, 그 부잣집 안노인이 한 80살 먹은 할머니가 있는 걸 가지고 장배기를(머리를) 덜렁 들어 갖다 잘게다(자루에다) 넣어가지고 그 나무에다 꼭 붙들어 매놨어.

그래고 대감의 집에 와가지고선,

"낼 아침에 대감한테 고소하러 올끼요. 도둑놈 잡았다 그러거든 도둑 지고오게." 그렇게 하라 이거여. 그래 지고 오면 저다 놓으면, 그 도둑놈이 어떻게 생겼는지 좀 보자고. 그래 봐라 이거여. 그래면 할머이 나올 테니.

도둑놈이 그러 생겼으니 저 강물에 갖다 줘 넣어 잡어야 되니까 강물에 저다 넣으라고 그래 넣을 적에 누굴 부르나 나를 부르라 이거여, 자기를. 나를 불러 이 사람 아무개 앞에 가고 그 사람 데리러 오라고 소리 지르면, 짊어지고 간다 이거여. 짊어지고 가면은 이제 뒤에 가면 나 좀 살려달라고 할테니 암말도 말고 무조건 가다가 집어넣어라 이기여.

그러 인제 가니까, 얼렁 오세요, 가니까네 풀어 보니 자기 할머니거든. 그러니,

"아이고 내가 잘못했지."

"아 이 사람이 뭔 소리여? 도둑놈은 잡아야 돼. 그래 얼릉 저 앞에 아무개 불러오게."

불러오, 어 뭐 그 사람이 짠 기 좀 좋은가?

얼른 홀켜쥐고 가니.

아 뒤에 그 자손들이 오며 말이야 가만 잡아 댕기며,

"아이고 나 좀 살려달라고 돈은 을매 줄 테니."

"이 사람들이 큰일 날 양반들이잖아."

"아 돈, 재산 한 반 갈라 줄께니까네 달라고."

"아이 그깟 필요 없다고. 내 좀 물가 거이 가 잡아 널라고(넣으려고)" 하니,

"전체를 다 주구 등기를 넘겨줄 테니까네 우리 할멈 살려 달라." 이기여.

"그래 그럼 그러고 당신 천리만리 가라." 이기여.

대번 싹 뺏어가지고 대감한테루 이전 넘기니까 대번 금방 벼락부자가

되드래. 그래서 그기 인제 새가 역적하면 충신이 반한다고 그 역적이 심하면 충신도 넘어가게 되어 있어.

(조사자 : 네.)

그런, 그런 전설이라고.

(조사자 : 힘 많은 데로 넘어간단 얘기죠?)

그렇지. 새가, 죽지 않을라니 수가 없는 기여.

하룻밤만 자고 가도 만리성을 쌓는다

자료코드 : 03_10_FOT_20090216_KDH_CHH_0005
조사장소 : 강원도 정선군 회동1리 127번지 회동1리경로당
조사일시 : 2009.2.16
조 사 자 : 강등학, 이영식, 박은영, 유태웅
제 보 자 : 청호스님, 남, 74세
구연상황 : 할머니들이 차려준 점심을 제보자들과 함께 먹은 후, 방을 따로 마련하여 이석택과 청호스님의 이야기를 듣고자 하였다. 먼저 이석택이 이야기를 풀어놓았으며 청호스님은 옆에서 그 이야기를 들었다. 이석택이 이야기를 마치자 자신은 그렇게 긴 이야기는 없다며 짤막짤막한 것으로 하나 더 해주겠노라고 입을 열었다.
줄 거 리 : 옛날 중국 진시황 시절, 만리장성을 한참 쌓을 무렵이었다. 어느 고을 대감의 일지무식한 아들이 재를 넘어가다가 조그마한 초가집에 들러 물 한 사발을 얻어 마시게 된다. 혼자 사는 그 집 아낙네의 미모에 빠진 대감 아들은 하룻밤 잠을 청하게 된다. 대감 아들이 어떤 행동을 해올지 걱정이 된 여자는 편지를 써서 그가 자는 쪽으로 건네주게 된다. 그러나 여자는 곧 대감 아들이 글을 읽지 못한다는 사실을 알게 된다. 하여, 만리성 쌓는 부역에 끌려간 남편을 대신하여 그를 보낸다는 편지를 써서 아무 것도 모르는 대감 아들을 시켜 진시황에게 전해 주라고 한다. 결국, 여자와 하룻밤을 함께 한 것이 이유가 되어 대감 아들은 만리성을 쌓게 된다.

옛날에 그 지금 흘러온 전설이 모두 아무깨고 다 그러 하겠지만은, 하

룻밤을 자고 가도 만리성을 쌓는다.

(조사자 : 예, 예.)

인제 그런 전설이. 천 잃으면 많이 녹는다. 그기 언제 나온기냐 진나라 진시황때 나온 얘긴데.

그 전엔 이 대감이나 뭐 이런 집 군수 아들은 그 만리성 쌓은 돌멩이질로 가지 않고 인제 일반 여 그냥 농민들 부 불쌍한 농민들은 막 붙들어다가 그냥 그저 만리성을 쌓아 쌓았다 이거여.

그런데 그 만리성 쌓은 잿말랑을 딱 넘어가 인제 그 대감 아들이 넘어서 잿말랑을 넘어 ○○○○○ 뺏는데. 대감 아들이래두 무식자라 이기여. 아무 일짜 판무식인데.

그 잿말랑 가는 데가 꽤 멀리 남았는데 그 밑에 가니 잿말랑 밑에 초가 삼간 쪼그만한 게 있는데 거 딱 가니까 목두 마르고 걸어 댕기고 하니까 가다 그 집에 드가니 아주 젊은 부인이 나온단 말이여.

"아이 미안하지만 저 냉수 좀 한 그릇 달라."고.

그러 얼릉 떠다준단 말이여.

그 물을 이래 먹어보니 그 남자두 나이가 많지 않은 그런 인제 소년이구, 그 부인두 인제 나이 많지 않은 분이고. 그런데 아주 그 부인이 특수 미인이라 이기여.

그러니 가던 그 대감 아들이 보믄 그 여자한테 혼이 빠져 가지고.

"거 좀 자고 갈 수 없느냐? 나는 발이 이렇게 부르터 구쿨어 가지고 재를 못 넘어 가니까 좀 미안하지만 잘 수가 없느냐?"고 그러니까.

그래 주인 양반도 주인 양반 만리성 쌓으러 갔다 이거여. 그래 딱 혼자란 얘기여. 방은 구들 단칸방이고.

그래 가만히 생각해보니, 그 여자가 생각해보니 우습단 말이여. 그 참 중우한 손님이 자구 가자구 이런 그 돼지우리 같은데 자구 가자 그러니까네. 그 할 수 없이 주무시구 가라고.

뭐 먹을 것도 없는데 저 옥수수밥을 해서 이래 갖다가 이래 ○○○○을 해주니. 대감 아들이 잘 못 먹잖아 그거 억지로 뭐 뭐 ○○.

그 저녁에 해는 저서 일모했는데 자야 되는데, 단칸방에 말이여 우습잖어. 그러니 뭐 옛날 지금처럼 이런 옷가지 뭐 광목이나 긋구 뭐 치마폭에 있는 걸 두 개 딱 이어가지고 줄을 매구 딱 카텐을 냈다치구 구들이 두 칸이 됐단 얘기여. 그래 그래두 손님이라고 아랫목에 주무시라 하고 부인은 인제 웃목에 인제 딱 카텐 치구 웃목에 인제 있는데.

가만히 생각해보니 여자가 생각해보니 그 무인지경에 밤에 그 젊은 소년이 어떠한 불이한 행동이 있을지 모를 끼 아니야? 그러니 저걸 사전에 방지를 해야되겠다 이기야. 그래 간혹 알지 못하니까 편지를 썼어. 이렇게 여자는 아주 글이 아주 좋으니까 이래 써서.

'선생님이 여기 고이 밤에 이렇게 주무시고 가면 내가 참 대접을 잘 해 이래 보내는데 고이 주무시고 가라'고.

그래 인제 떡 편지를 써서 그 카텐 밑으로 쑥 내려 미니까 뭐 불이 빼꼼하니 호롱불에다 그걸 쓱 잡아 댕기드니 까꿀로(거꾸로) 들구선 이래 보드니만 그냥 척 접어 놓는단 말이여.

그 보니까 그 글이 없다는 게 판명이 나오잖아? 까꿀로 이래가지고 보구, 보구 말구 그냥 내모니. 그래 다시 편지를. 그래,

'선생님이 여서 밤에 고이 잘 자고 가면 내가 대접도 잘하고 잘 아침까지 하지만 만약에 잘못 되면은 선생님 밤에 내가 칼로 찔러 잡을 테니까 네 아주 조심해서 하라.'고 아주 그렇게 급하게 써서 딱 내리미니.

그것도 이래 보드니만은 까꿀로 또 기양 쑥 내놓았단 말이여. 틀림없이 저기 글이 없단 판명했단 얘기여. 그래 인제 그 손님을 그 주인여자가 그 대감 아들을 그날 저녁에 잘 이렇게 맘을 비우 맞춰가지고 잘 대접했단 얘기여.

그래 아침 잘 해가지고,

"미안하지만 잿말랑이 가다가 내가 편지를 한 장 써서 줄 거니까 이걸 진시황님을 꼭 불러서 전할 수가 없느냐?" 그러니.

"아 그 기야 뭐 못 못 전하냐."고 그래드래.

그러니까 가다가 인제 그 때 당시에 또 사람을 사서 아무개 대신 사서 보냈다 하면 그 사람을 보내주구 대신 그 사람을 받는데요. 그런데 이 사람을 아무 자기 남자 이름을 씨민,

'아무개 이 대신 이 사람 이 양반을 사서 보냈으니 진시황님 우리 남편 아무 것을 돌려보내 주시오.' 썼단 얘기여.

그래가지고 봉투 딱 봉해가지고 이거 뜯어보지 말고 진시황에게 꼭 전해주라고 그래. 그 남자가 아주 마음은 고인이여. 그 갖다가 쭉 집어내 던지면 고만일 틴데.

가다 그래 짚이 짚이 ○○ 가다가 잿말랑 가서 대감 아들이래노니까 진시황 보고 부르면 뭐 올께 아니여.

"그래 왜서 불렀네?"

"아 이걸 오다가 누가 전해주라 그래서. 이 편지가."

"어 그래."

떡 뜯어보더니.

"어 거 그렇구만."

아무개 부르더란 말이여.

떡 오니,

"자넨 내려가. 이 사람이 자네 대신 만리성 쌓는 사람이여."

아 아무께 대감 우리 아부지, 대감이 뭐이 사둬 논 돈 주고 사오 사보낸 사람이 여. 그래여 만리성을 쌓은 거 아니여. 그래 하룻밤만 자구와도 만리성을 쌓는다. 하룻밤 자구 만리성 쌓잖아.

(조사자 : 아, 그게 그래서.)

그 때 나온 얘기거든. 그래서 이 만리성 쌓는 사람이 수많은 인간이 다

말이야 만리성 쌓다고 ○○○○ 분해?

그래 진시황이,

"너 왜우느냐?"

만리성 딱 마치고 보낼세 왜 우냐 그러니까, 아이 우리는 처자 원수 다 뭐 내던지고서 여 와 만날 만리성 쌓다 늙어죽을 판인디 뚝을 쌓느니 만 리를 두구 성을 으뜸구 쌓느냐 이 얘기여 그러니.

"그럼 좋은 방법이 있다."

"뭔 방법이 있냐?"

"무쇠 종을 말이야 수 수만 관짜리 있다구로 해서 무쇠 좋은 걸로 해서 달아 났는데 저 무쇠 종이 떨어지면 나는 폐주나니까네 느그 가거라." 이 기여.

아 그놈이 떨어질 텍이 없잖여, 무쇠종이?

뭐 쇠꼽(쇠) 고랭이(고리) 해달고 떨어지는가?

그 숱한 사람이 말이여 먹고 앉아 만리성 돌멩이 안 지고가고 손을 비 비니, 그저 하느님 ○○○ 무쇠종이에 떨어지면 할 게 없어. 밤낮 그기 일 이거든, 이게 말이야.

천이루 만이자 안많은 사람의 그 입총안에 하루 아침에 종이 뚝 떨어 졌단 얘기여. 그래가지고 진시황이 인제 난 폐주될 때 가거라. 진시황이 거 고만 폐된 다음부터 사람을 해다 싹 보냈다고.

그래 거 하룻밤을 자구가두 만리성을 쌓고 천인은 만이 녹는다. 수많은 입 입총안은 무쇠 종까지 떨어졌는데 뭐 그래 거 그런 전설이 그 진시황 때 나온 얘기여.

쪼마난 짧은 얘기 하나 했다.

(조사자 : 아~ 아이구 참.)

하하하.

짝짝짝.

물미리산 기우제

자료코드 : 03_10_MPN_20090210_KDH_YWS_0001
조사장소 : 강원도 정선군 정선읍 애산2리 432-165번지 삼봉경로당
조사일시 : 2009.2.10
조 사 자 : 강등학, 이영식, 박은영, 유태웅
제 보 자 : 유원식, 남, 84세
청　　중 : 고강필 외 15인
구연상황 : 신승래가 '친정아버지를 망신에서 구한 현명한 딸 이야기'를 마친 후 분위기
　　　　　가 화기애애해졌다. 여러 자료를 제보해 준 유원식에게 제보자 조사를 하면서
　　　　　그가 기존 다른 조사에서 구연한 자료를 참고하여 그 이야기들을 다시 한번
　　　　　구연해 줄 것을 청하였다. 다 잊어버려서 못한다고 하던 그가, 기우제 이야기
　　　　　를 기억해 내고 흔쾌히 구연해 응해주었다.
줄 거 리 : 봄철에 씨를 뿌린 후 오랫동안 비가 오지 않아 곡식이 말라죽으면, 마을 여자
　　　　　들이 올창바우에 가서 꽹가리를 두드리고 그릇으로 물을 퍼내며 비오기를 바
　　　　　랐다. 그래도 비가 오지 않으면 물미리산에 올라가 기우제를 지냈다. 마을 사
　　　　　람들은 돼지를 잡아 짊어지고 올라가 제사를 지낸 후, 돼지의 피를 물미리산
　　　　　에 뿌렸다. 제를 마치고 내려오는 길에 거짓말처럼 비가 쏟아지기 시작했다.
　　　　　비를 흠뻑 맞고 내려온 마을 사람들은 돼지고기와 밥, 막걸리를 양껏 먹고 신
　　　　　나게 놀았다.

딴 딴 지방에도 그런 일이 많이 있겠습니다마는 여기서는 이러한 일이
있었어요.

저기서 보면 이 누젓가래처럼 물미리산이라고, 저 산이 저 남쪽에 여
여로 말하면 지금 오종동이 되는데, 오봉이 정남이 되는데.

예전에는 농사를 씨갑씨를 넣어놓고 봄철에, 인제 사월달 오월달 그때
가 되우 가물거든요. 씨갑씨 넣어놓고 씨갑씨가 올러오지 못하고 올러와
도 배배하고 이렇게 날이 가물 때가 그전에는 많더라고요.

그래면 인제 뭐 어데 여기 와서도 이 올창바우 와서도 여자들이 꽹메기(꽹가리)를 치구, 뭔 저 양지기래두 들구와서 물을 푸구 이래면 비가 좀 오구 이랜다고 했는데. 그래도 오지 않으면은 저 물미리산이라는데 거기 가서 지가 그 하먼은 두 번은 그걸 봤어요.

군수가 바빠 가지고 못 오고 인제 읍장이 면장이 그때 면장인데, 면장을 대신 보내가지고 그때 돼지를 칠십 근짜리를 이렇게 짊어지고 모두 올라갔어요. 짊어지고 올라가니 이럭저럭 시내에서도 오고 그 동네에서도 가고 사람이 한 사십 명, 삼사십 명이 모였어요.

그래 그 지금 절터골이라는 데 들어가면 골을 한 오 리 들어가는디 그 들어가가지구 조그만한 산당을 모셔놓고, 거 거기 봉선이라고 김봉선이라고 하마 벌써 세상 떠났지만 거기 살았어요.

그래 뭐한 사람들이 오면 거와 치성을 드리고 자식 낳게 해달라라고 마 이렇게 치성을 드리구 이랬는데, 기 물이 상탕 중탕 하탕 이렇게 전부 이래 있고 물두 그래요. 그런데, 그 부정해서 이렇게 가면은 뭐 물이 막 마르고 뭐이 이랜다고 했습니다. 거기 가가지고 돼지를 짊어지고 가서 거기 돼지를, 이 날이 올캉 가물어 곡식이 말러 죽구.

저 수암벽, 그때 내가 수암을 뭘 하러 한번 가보니, 강 근데 그 뼝떼(벼랑) 새간으루(사이로) 꼰주락 싸래기, 꼰주락 싸리 그기 마카(모두) 말라죽구 모양터리가 말라죽구 여기두 여 저 범바우 이런데 모두 말러죽고 이러더라구요.

그렇게까지 가물었는데, 그 돼질 거기서 그래 인제 지방사람이 태우를 해가지구, 태우를 해가지구. 대가리는, 대가리 인제 그거 인제 싸구 그 피 흘린 걸 피를 좀 이래가지구 무엇에다 병에다 좀 담아가지구, 그래가지구 한 다 올라가기는 힘이 드니까 한 여남은 올라갔어요.

그 면장도 올라가구. 거 올라가면 저 옛날에 전장(전쟁)하느라구 뼝 뼝 돌아가며 아주 성을 탑을 쌓아놨어요. 성을 뼝 돌려있고. 병목에도 성안

이라고,

(청중 : 아, 여게, 여게.)

아 물미산 이야기야.

이 성안이라는데도 아주 저 축을 아주 멀리 싸서(쌓아서) 이 성안이라는 안이 있고. 거 가면 물미리산에 그 성이 있어요. 뺑 둘러 싼 성이 있는데.

그래 거길 올라가서 늘 몇 십년만큼 몇 해만큼 가다가 한 번씩 제사를 올리니까, 그 제사 지내는 인제 그 만경을 해놓고 이렇게 반석두 좀 넓적한 돌을 갖다가 이러놓고 이렇게 했어요.

그래 거 가가지구 인제 그 면장이 인제 축술을 하구, 모도 마커(모두) 서서 인제 배례를 한 다음에 돼지대가릴 거기다 놓고 배례를 하구는, 축술을 뭔 좀 빌 줄 아는 사람을 몇 마듸(마디) 빌구는. 그 피를 뚜껑을 열구선 그 가우를 인저 돌아가믄서, 비가 오도록 산신령님께 비가 오도록 해 주십사 하구 그래 빌구선 피로 사람 흘리구. 그래구 거기서 인제 내려왔어요.

그래 잔을 부어 올리구 그래구 조금 있다가 내려오는데. 한 반을 채 못 내려와서. 그 저 그 짝 가매실로 넘어가는 그 잿말꺼지 내려오니 거기서 상당히 멀지. 그꺼짐 오니 서쪽에서 시커먼 구름이 뜨더니 천둥소리 왱왱 나더니 그 참 천신만고한 일이더라구요.

그냥 이 읍 아래짝에서부텀 쏘내기가(소나기가) 그냥 한 이 산천이 허옇게 쏟아져요. 거이서 집을 미치 못내려와가지구.

그래 그런 데를 가느라니 예전에는, 광목중우적삼이라는게 젤 농촌에서는 그기 좋은 기를. 갈어 입는다는게 명주적삼 광목중우적삼 이런 거 인제 일하던 베중우적삼을 벗어놓고 인제 잘 입구 가느라구. 그런 걸 모두 입구 갔는데 그 놈의 비는 맞어 흠뻑 다 젖었어요.

그래 내려와가지구 옷을 우에 꺼는 모두 짜서 벗어서 짜서 입구 이래

가구. 아주 그 질로 그만 도랑으로 물이 쿨쿨쿨하구 내려가고 그렇게 되었어요.

그래느란 그 집은 꽤 너르지만은(넓지만은), 밖에도 인제 뭐 이렇게 자리로 우을(위를) 천막처럼 이렇게 인제 치구 줄을 치구선 그렇지. 거 모두 모여 앉어서. 그래 거 돼지를 삶어 가지구 모두 베놓고 그 국물하고 보리밥을 하고 그래가지구 거기서 모두 양껏 먹고. 막걸리를 해놓은걸 막걸리를 두 사발 세 사발 모두 마시고 거이 놀다가 비가 마냥꿋 왔었어요.

온 다음에 이리 뭐 좀하니까 그래 저녁바람으로 가 놀다가 내려왔었어요. 근데 시컨은(실컷은) 못 왔지만은 해갈이 되가지고는 그 곡석이 못 올러오던게 올러오고, 아주 배배하던게 고만 정신을 차리고 그러더라고요

(조사자 : 효험이 있어서?)

하니 모더(모두) 좋다구 머 허허허.

(조사자 : 음. 어르신이 진짜 경험하신 거네요 그럼?)

네?

(조사자 : 어르신이 직접 경험하신 거에요?)

그르믄요. 같이 그저 앞 성안을 다 올러갔었어요.

(조사자 : 그러실 때 아까.)

두 번이나 한 번 그렇게 했었어요.

(조사자 : 그 아까 어르신이 여자분들이 올챙바우에서 비 안 올 때 어떻게 하신다 그랬죠?)

예.

(조사자 : 어떻게 하시는 거)

올챙바우라는 것은 요긴데요. 날이 그렇게 가물고 이럴 적에는 여자들이 꽹 뭐여 꽹매기두 있음 가져가구 저 뭐 양지기.

(조사자 : 예 소리나는 거.)

뛰디리민 뭐 이래고

(청중 : 물 푸민)

가서 바가지를 가져가 물을 푸구. 가 호맹이도 가져가서 호매이를 씻구 뭐 옛날부텀. 내려온 일이 이래면 비가 온다 그래가지구 그거는 연방 거.

(조사자 : 아니 물싸움 하는 겁니까? 아니면.)

예?

(조사자 : 여자들끼리 물싸움 하는 건가요? 속옷만 입고?)

아니. 가가지구 거 거 거 가서 그냥 낮두 씻구 고만 이래구. 그 물을 마커 뻥때가 이렇게 되는데 물이 많은데 그런 물을 마커 퍼내고 그랬어.

(청중 : 물이 내려오잖우? 올창바우 이렇게 물이 안 내려오고.)

날이 가무니까 비가 오도록 해주십사하고 그걸 퍼내는, 그러면 이제 비가 오는 수도 있었어요.

살쾡이를 보고 넋이 나간 노름꾼들

자료코드 : 03_10_MPN_20090216_KDH_JJD_0001
조사장소 : 강원도 정선군 정선읍 애산2리 432-165번지 삼봉경로당
조사일시 : 2009.2.16
조 사 자 : 강등학, 이영식, 박은영, 유태웅
제 보 자 : 전재달, 남, 72세
청   중 : 신승래 외
구연상황 : 전재달과 신승래가 번갈아가며 이야기를 풀어가는 판이 계속되었다. 조사자들이 사례로 준비해간 돼지고기와 두부로 끓인 김치찌개가 준비되어 술이 한순배씩 도느라 이야기판이 잠깐 멈추었다. 조사자가 별 요청을 하지 않았음에도 전재달이 불쑥 이야기를 풀어놓았다.
줄 거 리 : 제보자가 어렸을 적 이야기다. 마을에서 힘이 장사였던, 고용구의 큰할아버지는 노름하는 것을 좋아했다. 그러나 노름판에서 자꾸 훼방을 놓는 까닭에, 사람들이 그를 피해 외딴집에서 판을 벌였다. 노름판을 찾아나선 고용구 큰할아버지는 개구멍에 숨어있는 살쾡이를 발견하고 지팡이로 살쾡이의 엉덩이를 때렸다. 깜짝 놀란 살쾡이가 노름판이 벌어진 방으로 들어가 치뛰고 내리뛰다

밖으로 달아났다. 고용구 큰할아버지가 방으로 들어가자 노름꾼들 모두 넋이 나가 호랑이가 들어와 사람 하나를 잡아갔다며 자기는 안 세고 다른 이들만 세더란다.

뭔 이 죽는 얘긴데 요 몇 년 안 돼. 해방되고 이랬는데, 우리 저 어렸을 때.

시방 저 저 긴까(그러니까) 국장원장으로 지냈지, 고용구. 고용구 큰할아버이가 아주 체중이 좋고 힘센데 이 양반이 일 안 하고 먹고 살아요.

그 산골에 옛날 저 저 마루 같은데 여태 ○○○○○○ 투전하는데 이 양반이 못 됐댔어. 투전한데 가면 그 대뻔 들어뿌래 그만. 어 뭐 만만하게 가서 뭐 싹 그 뭐 아주 주문하니.

그래 고만 쫓겨서 인제 저 그 젊은 사람들이 저 외딴집에 가서 투전하고 재를 넘어서 투전하는데. 아 이놈으 영감이 온동네 댕기미 찾아봐도 음뜨라, 하는데 음뜨래.

'아 이놈들 어디로 갔나.'

확인하는데 가만히 생각해 보니 저 새집 짓는데 쪼만한 집 있는데 거를 가봤더래. 그 옛날에 집을 지면은 이 저 저 뭐 개구녕 준다나?

이 밑에 뭔 강아, 개, 개가 드나도록? (청중 : 예, 개구녕이 있어.) 부엌인가 어데? (청중 : 대문 밑에.)

어 투망집을 짓는데 개구녕을 쳤는데. 그래 인제 거 찾아보니까 뭐 중앙중앙에 뭐 모이더래. 이래 보니 아 개구녕이 있는데 개구녕이 컴컴하게 맥혔더래.

곁에 가서 이러 멀리 보니까 뭔 짐승이 거 구녕에 어느 디다 보느라고 산골에 옛날에 뭐 살쾡이 이런 짐승이 많았거든. 뭔 짐승이 그 디다 보고 있더래.

그 떠들고 뭐 짐승이 그 안에 있으니 사람이 뭐 나오도 못하고. 그래 예 이 놈의 짐승을 내 한 번 두들겨 팬다고서는. 그래 뭔 저 뭔 딱따구리

지팽인가 지단 게 있을 때 꼬부랑 인제. 그럼 살 이래 가서는 고만 궁뎅이를 꽉 때려.

이 놈우 살쾡이가 디가 보미 불을 쑥 앞으로 급하니 드가니 방에 들어가서 고만. 그 살쾡이요 한 질을 띈대요, 그게요.

(청중 : 아 뛰고 말고.)

방에 들어가지고 그 뭐 옛날 뭔 불인지 호롱불 해놓고 투전하다가서는 고만 확 들어가서 돌어치니 이 놈이 그만 똥을 싸네. 똥꾸멍을 ○○○○ 마시니 뭐 죽을 지경이지. 냄새가 나가지고 치다보미 호롱불이 꺼졌네.

호롱불이 꺼져노니 고만 서로 뭐이 짐승이 뭐 밟고 돌어치니 낯짝을 발피키고(밟히고) 마 온 구들을 설똥을 치싸서는 어떻게 문이 열리키고 고만 내빼뿌랬대.

불 키놓고서는 뭔 냄새도 나고 보니 뭐 서로 사이 형편없지 뭐. 서로 시는(세는) 기 여섯 놈이 돌러앉았는데 만날 세니 다섯 놈이야.

정신이 나가가지고. 날 내놓고 세니.

그래 인제, 그런데 이 노인이 들어가서 혼이 났구나 느 찌리 하다가서는. 그래 인제 드가니까, 아이고 좀 진작에 오시지 죽을 뻔 했다고 그러더래. 호랭이가 와가지고 하나 물고 갔다고. 분명 여섯 명인데 다섯 번이라고 세보라고.

하나 둘 서이 너이 다섯. 하나 둘 서이 너이 다섯.

그래 누구 없나 보자 이름을 대니 이름은 다 있더래. 그래 질 안 세가지고, 정신이 혼이 나가서.

(조사자 : 그럴 수도 있죠.)

정신이 나가가지고 자기는 안 세고.

이랴 소리 / 밭가는 소리

자료코드 : 03_10_FOS_20090210_KDH_GGP_0001
조사장소 : 강원도 정선군 정선읍 애산2리 432-165번지 삼봉경로당
조사일시 : 2009.2.10
조 사 자 : 강등학, 이영식, 박은영, 유태웅
제보자 1 : 고광필, 남, 86세
제보자 2 : 신승래, 남, 82세
청   중 : 유원식 외 14인
구연상황 : 전재달이 '효자가 되고 싶은 상놈'에 관한 이야기를 마친 후, 조사자들이 '소 모는 소리'를 아느냐고 물었다. 유원식이 소를 모는 방법에 관해 한참을 이야기를 했다. 이야기가 아닌 소리로 해달라고 주문을 여러 번 넣었음에도 유원식이 이해를 하지 못하고 계속 설명을 하자, 조사자가 고광필에게 소리를 해 줄 수 있겠느냐고 부탁했다. 고광필이 선뜻 나서서 구연해 응해 주었다. 이어서 신승래에게도 부탁하였더니 불러주기는 하였으나 숨이 많이 찬다하여 오래 부르지는 못했다.

제보자 2 　어초~

　　　　어디야 돌아서라~

　　　　아 소 빨리 올르자

　　　　올라서

　　　　소야 올라서

　　　　내려서 내려서

　　　　아니 올라서라

　　　　또 또 올라서

　　　　너무 내려간다 너무 내려가

　　　　올라서라~

어초오~

돌아시게

이랴~

나가자~

(청중 : 한골 다 갈았다.)

(조사자 : 아이구, 잘 하셨습니다. 예, 지금 저희들이 마이크를 다시 넣을 테니까 그거보다 쪼금 더 길게. 예, 다시 한 번만 해주세요. 소리 잘 하시네.)

(조사자 : 다섯마지기 정도만 갈아주세요.)

(조사자 : 지금 한 거를, 지금 한 거를 조금 더 오래 좀 해주세요.)

제보자 1 : 오래요?

(조사자 : 조금 짧으니까.)

제보자 1 : 아, 오래.

(조사자 : 예, 예.) 자 지금 고광필씨 소, 소로 밭가는 소리하십니다.

제보자 1 어초~ 후~

돌아시게~

이랴~

아래소 나가자~

올라서 올라서 올라서라 올라서

어초~

아래 소 아래 소 뜨간다

우에 소 저쪽으로 올라서 올라서

어 초~

돌아서라~

어~ 소~

어차간다

나가자

(조사자 : 아이 잘 하셨어요.)

(조사자 : 어르신도 한번 해보시죠?)

(조사자 : 아, 선생님도, 선생님도 녹음 한번 넣으세요. 다 자기 그 스타, 자기 형식이 있으니까.)

(청중 : 밭가는 양반 한번.)

제보자 2 : 내도 밭 평상을 가는 사람인데 뭘.

(조사자 : 네, 저기 인제 이번에는 신승래씨 에, 저기 밭가는 소리 들어 가십니다.)

네.

제보자 2 이랴~

어디 가에 다 나가서.

어-차 호~

돌어서~

암반겉은 너르방석 우로 홍두깨 줄바우새애~로오~

아이 숨이 차.

(조사자 : 아이, 잘하시는데.)

아이 숨이 차 안 돼.

(청중 : 산골밭은 엉그러이져 있는데 그게.)

(조사자 : 천천히 하세요, 괜찮아요.)

(조사자 : 천천히 또 다시 하시면 돼요.)

제보자 2 어-차 호~

　　돌어서라~

　　암반겉은 너르방석 우로 홍두깨 줄바우새로오~

　아유 힘들어.

　(청중 : 잘 하네.)

　진짜 밭 갈 때 할 때는 안 그러는데.

　(청중 : 신승래 잘 하네.)

　(조사자 : 다시.)

제보자 2 어-차 호~

　　돌어서라~

　　암반겉은 너르방석 우로 홍두깨 줄바우새에~로오~

　　산골 밭 갈 때 돌멩이가 많고 나래가 많으면 이제 그래

아라리 / 가창유희요

자료코드 : 03_10_FOS_20090210_KDH_GGP_0002

조사장소 : 강원도 정선군 정선읍 애산2리 432-165번지 삼봉경로당

조사일시 : 2009.2.10

조 사 자 : 강등학, 이영식, 박은영, 유태웅

제보자 1 : 고광필, 남, 86세

제보자 2 : 신승래, 남, 82세

제보자 3 : 유원식, 남, 84세

제보자 4 : 전숙자, 여, 76세

제보자 5 : 유봉상, 남, 71세

구연상황 : '광이소리'를 마친 후, '아라리'를 불러줄 것을 청했다. 고광필과 신승래는 아라리를 즐기고 좋아한다고 하며 지금껏 옆에서 구경하고 있던 전숙자에게도 함께 노래를 부를 것을 권했다. 고광필이 먼저 노래를 부르고 신승래, 유원식,

전숙자의 순으로 판이 돌아갔다. 옆에서 듣고 있던 유봉상이 나중에 합류했다. 몇 번 순서가 돌고나자 그만 하자고 하였으나 전숙자는 더 하자고 할 정도로 흥겨워했다.

제보자 1 하지요 뭐.

정선같이야 놀기 좋은데 놀루 한번 오시오
검은 산 물밑이래도 해당화가 핍니다
아리랑 아리랑 아라리요
아리랑 고개고개루 나를 넘겨주게

감사합니다.

제보자 2 눈이 올라나 비가 올라나 억수야 장마가 질라나
만수산 검으네 구름이 막 모여 든다

제보자 3 정선의 구명은 무릉도원 아닌가
무릉도원은 다 어디 가구서 산만중중 나안가

제보자 4 나뭇가지에 앉은 새는 바람이 불까 봐 염려요
당신하고 나하구는 정 떨어질까 봐 문제라

제보자 1 아우라지야 뱃사공아 배 좀 건네주게
싸리골 올동박이 다 떨어진다

제보자 2 산천초목은 늙었다 젊었다 하는데
사람은 한번 늙으면 다시 젊지는 못 하네

잘 한다.

제보자 3 저 중천에 해달 뜬 거는 오늘 왔다가 내일 가면은 다시는 못 돌아
오고

소리가 잘못 나왔다.

우리 인생은 한번 가면은 왜 못 돌아오시나

제보자 4 노랑 저고리 진분홍 치마를 받구싶어 받었나

우리 부모 명령이 미수와(무서워) 울민불민 받았지

(조사자 : 그렇지요.)

제보자 1 총각의낭군이 사다주던 오복수 댕기가

곤때(고운 때)두 아니 묻어서 합사주가 왔구나

제보자 2 우리가 살면은 한오백년 살겠소

남한테 싫으네 소리는 하지를 맙시다

(조사자 : 그렇지요.)

제보자 3 정선같이야 살기 좋은 곳 놀러나 한번 오셔요

검은 산 물밑이라도 해당화가 핍니다

제보자 4 암탉의 서방님 빙아리(병아리) 부친은 모종시듯 하는데

여보당신은 어들루(어디로) 갈라구 농구화 단속을 왜 해요

(조사자 : 아이고.)

제보자 1 산천에 올러서 임 생각을 했더니

풀잎에 매디매디 찬이슬이 맺혔네

제보자 2 시집을 온 지 삼일만에 바가지 장단을 쳤더니

우리집의 시아버님은 엉덩춤이 덩실

제보자 3 요놈우 총각아 내 손목을 놓아라

　　　　물같은 요내 손목이 다 자 장줘진다

제보자 4 시집간 제 삼일만에 바가지장단을 쳤더니
　　　　시아버지 경칠 늠은 빗자루춤을 무노라

제보자 5 지금 시국에 개명법은 다 잘 매련 했는데
　　　　젊은 청춘에 이혼하는 법으는 영 못 마련했네

　（조사자 : 그렇지요.）

제보자 1 정선읍에 물러방애(물레방아)는 물살을 안고 도는데
　　　　우럴 님으는 날 안고 돌 줄을 왜서 몰러주는지

제보자 2 삼사월 구덩 감재(감자)도 배 고푼 사정을 아는데
　　　　저기 가는 저 홀애비는 과부의 사정도 모르네

　（조사자 : 아이 그런 건 잘 알아야겠네.）

제보자 3 정선읍네야 일백오십호 몽땅 잠 들여 놓구서
　　　　이호장네 맏며느리 데리고 성마령을 넘자
　　　　어쩌자고 성마령을 넘자는거여.

제보자 4 어랑 타령을 잘 하면은 술집에 건달이 되자나
　　　　도꾸질 남포질 잘 하면은 철로빵 건달이 되노라

제보자 5 밤은 적적해 비는 오졸졸 길은 험로 하신데
　　　　발목이나 다치지 마시고 잘 다녀갑시다

　（조사자 : 그렇지요.）

제보자 1 부령청진에 돈 벌루 간 낭군 돈이나 벌면 오는데

황천 공동산 가신 님은 언제나 오나

제보자 2 금도 싫고 은도 싫어 문전옥답이 다 싫어
　　　　만주벌판 신전뜨랍을 우리 조선 다 주게

　(조사자 : 그렇지요.)

제보자 3 오라버니 장가만큼은 금년에 못 가면 명년 삼월에 가시나마
　　　　검둥 송아지 톡톡 팔어서 날 시집버텀(시집부터) 보내요

제보자 4 세상천지에 만물의 지주는 다 잘 마련했건만
　　　　시방 시국에 강도의 법마끔(법만큼) 왜 매련했나

제보자 5 앞남산천에 저 뿌꾸기(뻐꾸기)는 초성도 좋다
　　　　세 살적에 들드네 음성이 변하지도 않했네

제보자 1 니 팔자나 내 팔자나 이불담요 덮겠나
　　　　마틀마틀 장석자리에 깊은 정을 두자

제보자 2 사절치기 아니, 이밥에 고기반찬을 맛을 몰라 못 먹나
　　　　사절치기 강내이밥도 맘만 편하면 되잖소

　(조사자 : 그렇지요.)

제보자 3 요놈의 총각아 내 치마꼬리 놓아라
　　　　당사실로 박은 주름이 콩 뛰듯 뛴다

제보자 4 일루 오세요 절루 오세요 내 젙(곁)으로만 오세요
　　　　수 삼년 그리던 손목을 다시 잡어 봅시다

　(조사자 : 아이 좋겠네요.)

제보자 5 구구한 살림살이를 척척 접어서 실광 우에다가 얹고
　　　　　꼴두바우 돈벌이 좋다니 올창묵 장사나 갑시다

제보자 1 행지초마(행주치마)를 똘똘 말어서 옆에다가 끼고
　　　　　총각낭군 가자고 할 적에 왜 못 따러 갔나

다람쥐 동동 / 다람쥐 잡는 소리

자료코드 : 03_10_FOS_20090210_KDH_GGP_0003
조사장소 : 강원도 정선군 정선읍 애산2리 432-165번지 삼봉경로당
조사일시 : 2009.2.10
조 사 자 : 강등학, 이영식, 박은영, 유태웅
제 보 자 : 고광필, 남, 86세
구연상황 : 신승래가 '다람쥐 잡는 소리'를 부르자, 조사자가 연달아 세 번 정도를 불러
　　　　　줄 것을 권했으나 신승래가 마다하였다. 옆에 있던 고광필이 다람쥐 놀리는
　　　　　방법을 다시 이야기해주며 이 노래를 세 번 연속 불렀다. 이 노래를 부르며
　　　　　다람쥐를 놀리기도 하고, 노래를 통해 다람쥐의 혼을 뺀 후, 홀쳐서 잡았다고
　　　　　도 했다.

　　　다람아 다람아 동동
　　　니미 씹이 귀함지
　　　다람아 다람아 동동
　　　니미 씹이 귀함지
　　　다람아 다람아 동동
　　　니미 씹이 귀함지

이랴 소리 / 밭가는 소리

자료코드 : 03_10_FOS_20090210_KDH_KHJ_0001
조사장소 : 강원도 정선군 정선읍 덕송1리 521번지 김형조 자택
조사일시 : 2009.2.10
조 사 자 : 강등학, 이영식, 박은영, 유태웅
제 보 자 : 김형조, 남, 57세
구연상황 : 미리 전화로 약속하여 김형조를 만났다. 그런데 오전에 김형조가 공연이 있는
까닭에 김형조가 소개한 북평면 남평2리와 정선읍 애산2리 삼봉경로당에서
조사를 하게 되었다. 조사를 마친 후 오후에 김형조 집에 갔을 때에는 정선아
리랑 전수 장학생인 신순자와 이수자인 최춘자가 함께 있었다. 이들은 조사자
가 예전부터 알았던 처지인지라 이번 답사의 취지를 설명한 후 딸기를 먹고
바로 노래를 부탁했다. 이에 최춘자가 어머니에게서 들었던 노래 두 곡을 불
렀다. 이어서 김형조에게 밭가는 소리를 부탁하자 밭가는 과정을 소리 중간
중간에 설명하며 불렀다. 이에 제보자가 설명 없이 소리만 해줄 것을 청했다.

이랴 이랴 올라서라

어디여 어디여 내려서라 올라서라

험한데 조심해라

올라서 내려서라

어뎌어뎌 올라서라

내려서라

잘가른다 잘갈어 올러서 올러서

바우로 잘넘어라 바우 바우 우로 넘어라

우로 우로 우로 넘어 우로 넘어서 가자

어초- 어 어디여- 차

이려 돌아서 어디 어디 올라서라

돌메이다 돌메이 돌로

알로 알로 알로 내려서라

어디여디여 올라서라 어뎌어뎌 올러서

어초- 어 어디여- 차

이려 돌어서 한 골로 올라서라

우로 올러서라 돌메이를 넘어라 돌메이를 넘어

어디여 어디여어디여 급하다 이러이러 올러서 조심해라

이러이러 이러이러이러이러 이러 이러이러 이러

올러서라 이러이러이러이러이러 이러이러이러이러

올러서라 올러서 올러서

험하다 험해 조심해 내려와 올러서

곰배 타령 / 가창유희요

자료코드 : 03_10_FOS_20090210_KDH_KHJ_0002
조사장소 : 강원도 정선군 정선읍 덕송1리 521번지 김형조 자택
조사일시 : 2009.2.10
조 사 자 : 강등학, 이영식, 박은영, 유태웅
제 보 자 : 김형조, 남, 57세
구연상황 : 미리 전화로 약속하여 김형조를 만났다. 그런데 오전에 김형조가 공연이 있는
까닭에 김형조가 소개한 북평면 남평2리와 정선읍 애산2리 삼봉경로당에서
조사를 하게 되었다. 조사를 마친 후 오후에 김형조 집에 갔을 때에는 정선아
리랑 전수 장학생인 신순자와 이수자인 최춘자가 함께 있었다. 이들은 조사자
가 예전부터 알았던 처지인지라 이번 답사의 취지를 설명한 후 딸기를 먹고
바로 노래를 부탁했다. 이에 최춘자가 어머니에게서 들었던 노래 두 곡을 불
렀다. 이어서 김형조에게 받가는 소리를 부탁하여 듣고 다른 노래를 부탁하자
이 노래를 불러주었다. 이 노래는 어려서 어머니에게서 들었으나, 여러 번 들
었었던 것이 아닌 까닭에 사설을 모두 알고 있지 못하다고 한다. 제보자는 상
당히 길었던 노래로 기억하고 있다. 이 노래는 어머니께서 맷돌을 갈 때나 그
냥 놀 때도 불렀는데, 어머니께서 이 노래를 잘 불러 사람들은 어머니를 '곰
배할머이'라 했다고 한다.

진진 양곰배야

이 곰배는 뭔 곰배냐

불 곰배가 아니더냐

이 곰배는 뭔 곰배냐

메누리 질드리는 곰밸세

이 곰배는 뭔 곰배냐

여물 곰배가 아니더냐

이밥 주걱 뭔 밥죽이냐(밥주걱이냐)

메누리(며느리) 귀때기 때리는 밥죽일세

이밥주걱 뭔 밥죽이냐

술죽 쑤는 밥죽일세

진진 양곰배야

이 곰배는 뭔 곰배냐

불 끌어대는 곰배일세

고밖이(고거 밖에), 고밖이 이제 기억이 안 난다고, 그렇게. 그런데 그 우리 어머니 하시면 상당히 길게 하시더라구요.

(조사자 : 곰배가 무슨 뜻인지 아세요?)

불곰배, 불 끌어내는 거. 옛날에는 ○나무 때가지고 물 끓여야 되잖습니까? 나무 때가지고, 소여물 끓일 쩌도(제도) 그 불을 담아가지고 화루에 (화로에) 불씨 묻어야 되니까.

여름에 얼키, 겨울에는 춥기 때문에 얼기 살기 때문에 그 불을 담아 들여, 화로에서 담아 들여 방에 들여놓잖습니까, 방에다. 거기다 감자도 꿔 먹고 뭐 인제 그렇고 이 특히 요즘은 뭐 괜찮습니다만은, 옛날엔 이, 이가 많아 거기다 털면 후두두두 한다고.

아라리 / 나무하는 소리

자료코드 : 03_10_FOS_20090210_KDH_KHJ_0003
조사장소 : 강원도 정선군 정선읍 덕송1리 521번지 김형조 자택
조사일시 : 2009.2.10
조 사 자 : 강등학, 이영식, 박은영, 유태웅
제 보 자 : 김형조, 남, 57세
구연상황 : 미리 전화로 약속하여 김형조를 만났다. 그런데 오전에 김형조가 공연이 있는
까닭에 김형조가 소개한 북평면 남평2리와 정선읍 애산2리 삼봉경로당에서
조사를 하게 되었다. 조사를 마친 후 오후에 김형조 집에 갔을 때에는 정선아
리랑 전수 장학생인 신순자와 이수자인 최춘자가 함께 있었다. 이들은 조사자
가 예전부터 알았던 처지인지라 이번 답사의 취지를 설명한 후 딸기를 먹고
바로 노래를 부탁했다. 이에 최춘자가 어머니에게서 들었던 노래 두 곡을 불
렀다. 이어서 조사자의 요청에 의해 김형조가 받가는 소리와 곰배 타령을 부
른 후 나무하러 갔을 때를 생각하고 아라리를 불러달라고 하였다.

저 건너 저 묵밭은 작년에도 묵더니
올해도 날과 같이로 또 한해 묵네

한치 뒷산에 두치 곤드레 내가 뜯어 줄꺼니
머리 길고 키 큰 색시는 날만 따라 오게

말 못하는 까막까치도 남북통일을 하는데
말 잘하는 사람들은 남북통일을 못하나

우리 집의 시어머님은 곤드레 뜯으루 가셨는데
가리왕산 한중허리에 검은 구름이 모이네

외발 종지개 세발 거울은 내가 사다 줄꺼니
이마눈썹 여덟팔자로 잘 매여 주게

건달의 잡놈을 데리고 사니는 매질은 심해도

건달의 잡놈 말 한마디에 내속이 슬슬 풀린다

남의 못먹는 소주약주를 날 권치를 마시고
후면 별당 잠드네 큰아기 날만 권해 주게

한치 뒷산에 두치 곤두레 내가 뜯어 줄거니
머리 길고 키 큰 색시는 날만 따러 오게

그대 당신은 내 집에 왔다가 그저 간 거 같애도
오장육부 맑은 정신은 당신한테 다가네

설중에 맹화가(매화가) 몽중에도 피건만
그대 당신은 내방에 오기는 천만이구로구나

신동면 운치리에 딸 주지를 말어라
아침 담배 순 저녁 새골에 빼골이 살살 다 녹네

황새여울 든꼬까리(된꼬까리) 떼를 무사히 지나고
영월에 정선옥이야 술반 차려 놓아라

그대 당신은 나를 알기를 흑사리 껍질루 알아도
나는야 당신을 알기를 공산명월로 알어요
아리랑 아리랑 아라리요
아리랑 고개고개로 나를 넘겨주게

아라리 / 가창유희요

자료코드 : 03_10_FOS_20090210_KDH_KHJ_0004
조사장소 : 강원도 정선군 정선읍 덕송1리 521번지 김형조 자택

조사일시 : 2009.2.10

조 사 자 : 강등학, 이영식, 박은영, 유태웅

제보자 1 : 김형조, 남, 57세

제보자 2 : 최춘자, 여, 68세

제보자 3 : 신순자, 여, 49세

구연상황 : 미리 전화로 약속하여 김형조를 만났다. 그런데 오전에 김형조가 공연이 있는 까닭에 김형조가 소개한 북평면 남평2리와 정선읍 애산2리 삼봉경로당에서 조사를 하게 되었다. 조사를 마친 후 오후에 김형조 집에 갔을 때에는 정선아 리랑 전수 장학생인 신순자와 이수자인 최춘자가 함께 있었다. 이들은 조사자 가 예전부터 알았던 처지인지라 이번 답사의 취지를 설명한 후 딸기를 먹고 바로 노래를 부탁했다. 이에 최춘자가 어머니에게서 들었던 노래 두 곡을 부 르고, 김형조가 밭가는 소리와 곰배 타령을 불렀다. 이어서 김형조에게 나무 하러 갔을 때를 생각하고 아라리를 불러달라고 하자 아라리를 몇 곡 불렀다. 이 노래들을 부른 후 조사자가 또 없냐고 하자, 신순자가 최춘자에게 '꾼자라 라 라이라이'를 부르기를 권했다. 이 노래를 최춘자가 부른 후 신순자가 아라 리를 부르자 자연스럽게 김형조, 최춘자, 신순자 등 세 명이 돌아가면서 아라 리를 불렀다.

제보자 1 앞 남산 산천초목도 젊었다 늙었다 하는데
우리 같은 남녀 청춘도 젊었다 늙었다 못하나

제보자 3 낮으로 만나거던 남 보듯이 하고
밤으로 만나거던 임 보듯이 하게

제보자 2 석세베 열대자를 석달 열흘을 짰더니
아실바실 춥구서 젖몸살이 났네

제보자 1 갓난이 아버지 질 떠난 줄을 당신두 번연이 알면서
갓난이 아버지 있느냐고 물기는 왜 물어

제보자 3 논두렁 꽃이나 밭두렁 꽃이나 꽃은 매일반이요
오다가다 만난님도 님은 님일세

제보자 2 세상천지의 만물지법은 다 잘 마련했건만
         초년과부 수절법으는 누가 마련했나

제보자 1 이십 명창에 봄새 소리는 골개 골씨(골골마다) 나건만
         봄 한의 철으는 덧없이도 가네

제보자 3 금전이 중하거던 니멋대로 가고
         사랑이 중하거던 날만 따라 오게

제보자 2 여보서요 당신아 야속도나 하지요
         가짜 한자 모르는 나에게 문안 편지는 왜했나

제보자 1 기역 리을 디귿 시긋은 국문의 토받침이요
         술집 기생 열손가락은 술잔의 받침이라

제보자 3 산도 설고 물도 선데 무엇하러 왔나
         임자 당신 하나만 바라고 나 여기 왔소

제보자 2 한평생 농사를 지어도 빚만 덜컥 지구요
         팔다리 허리가 쑤시고 아파서 나는 못살겠네

제보자 1 남의 집의 서방님은 사향내가 나는데
         우리 집의 서방님은 땀내만 나네

제보자 3 마당 웃전에 수삼대궁은 늙고 늙더라도
         우리 집의 낭군님은 부디 늙지 마세요

제보자 2 담 넘어 갈 적에는 큰 맘 먹고 갔는데
         세살문고리 잡아지구서 왜 발발 떠나

제보자 1 한질 넘어서 두질 넘어서 꼴비는 저 총각
　　　　눈만야 맞고 맞으면 한오백년 살잖소

제보자 3 바람은 불수록 점점 추워가고
　　　　님으는 볼수록 정만 점점 든다

제보자 2 오뉴월 삼복더위에 모달리 수건은 왜 썼나
　　　　오다가다 정든 님 만나면 잠자리 할라구 썼지

제보자 1 총각아 놓아라 내 치마 꼬리를 놓아라
　　　　우리 집의 큰오래비가 까재미(가자미) 눈깔이 된다

제보자 3 세상천지가 살기 좋대서 살러살러 왔더니
　　　　정 그립고 님 그리워서 나는 못 살겠네

제보자 2 술 잘 먹는 이태백이는 돈 걸머지고 술 먹나
　　　　일전 한푼 고리가 없어도 매일 백잔 술일세

제보자 모두
　　　　아리랑 아리랑 아라리요
　　　　아리랑 고개고개로 나를 넘겨주게

엮음 아라리 / 가창유희요

자료코드 : 03_10_FOS_20090210_KDH_KHJ_0005
조사장소 : 강원도 정선군 정선읍 덕송1리 521번지 김형조 자택
조사일시 : 2009.2.10
조 사 자 : 강등학, 이영식, 박은영, 유태웅
제보자 1 : 김형조, 남, 57세

제보자 2 : 최춘자, 여, 68세

제보자 3 : 신순자, 여, 49세

구연상황 : 미리 전화로 약속하여 김형조를 만났다. 그런데 오전에 김형조가 공연이 있는 까닭에 김형조가 소개한 북평면 남평2리와 정선읍 애산2리 삼봉경로당에서 조사를 하게 되었다. 조사를 마친 후 오후에 김형조 집에 갔을 때에는 정선아리랑 전수 장학생인 신순자와 이수자인 최춘자가 함께 있었다. 이들은 조사자가 예전부터 알았던 처지인지라 이번 답사의 취지를 설명한 후 딸기를 먹고 바로 노래를 부탁했다. 이에 최춘자가 어머니에게서 들었던 노래 두 곡을 부르고, 김형조가 밭가는 소리와 곰배 타령을 불렀다. 이어서 김형조에게 나무 하러 갔을 때를 생각하고 아라리를 불러달라고 하자 아라리를 몇 곡 불렀다. 이 노래들을 부른 후 조사자가 또 없냐고 하자, 신순자가 최춘자에게 '꾼자라라 라이라이'를 부르기를 권했다. 이 노래를 최춘자가 부른 후 신순자가 아라리를 부르자 자연스럽게 김형조, 최춘자, 신순자 등 세 명이 돌아가면서 아라리를 불렀다. 아라리를 몇 곡씩 부른 후, 후렴을 같이 하더니 '엮음 아라리'도 돌아가면서 불렀다.

제보자 1 우리 집의 서방님은 잘났든지 못났든지 얽어매고 찍어매고 장치
　　　　다리 곰배팔이 노가지 나무 지게 위에 엽전 석냥 걸머지고 강릉
　　　　삼척에 소금 사러 가셨는데
　　　　백복령 구비 구비 부디 잘 다녀오세요

제보자 3 천포마을 다리 건너 각기산에 올라가 동굴안을 쑥 들어서니 웅장
　　　　한 종류석 우뚝 솟은 대석순 마리아상 부처상 석화꽃 장군석은
　　　　천지조화가 아니냐
　　　　한번 보고 두번 보아도 아 정말 아름답구나

제보자 2 송도에서 한잔 술 여주에서 두잔 술 원주에서 세잔 술 평창에서
　　　　네잔 술 정선에서 다섯잔 술 모두 합해서 백잔 술을 마시니
　　　　빙글 뱅글 왔다 갔다 정신이 몽롱하구나

제보자 1 우리 집의 서방님은 주루먹(주루막) 지고 꼭괭이(곡괭이) 지고 가

리강산(가리왕산) 중허리로 약초뿌리 캐러가셨는데 삽초(삽주)뿌
리 딱주기뿌리 더덕뿌리 황기뿌리 세심뿌리 지치뿌리 심뿌리 캐
러 새벽 조반을 잡숫구 가셨는데
오지 말라는 궂은비만 줄줄이 오네

제보자 3 네 칠자나 내 팔자나 한번 여차 죽어지면 겉 매끼 일곱 매끼 속
매끼 일곱 매끼 이칠의 십사 열네 매끼 참나무 대까래 전나무 연
촛대(엿촛대) 스물둘 상두꾼아 시방 시대 발맞추어 너와 넘차 계
명말로 홍배 칠성 깔고 덥고 정들어 지면은
어느 친구 어느 친구가 날 찾아오나

제보자 2 오동나무 대까래에 전나무 연출대(연촛대) 둥굴넙죽 짐을 실고 공
동묘지 떠들매고 흙에 푹 파 묻혀 죽어지니 그만이 아니냐
남 들기 싫은 소리를 부디 하지 맙시다

제보자 모두
아리랑 아리랑 아라리요
아리랑 고개고개로 나를 넘겨주게

괭이 소리 / 밭 일구는 소리

자료코드 : 03_10_FOS_20090210_KDH_SSL_0001
조사장소 : 강원도 정선군 정선읍 애산2리 432-165번지 삼봉경로당
조사일시 : 2009.2.10
조 사 자 : 강등학, 이영식, 박은영, 유태웅
제보자 1 : 신승래, 남, 82세(선소리)
제보자 2 : 고광필, 남, 86세(받는소리)
제보자 3 : 유원식, 남, 84세(받는소리)

구연상황 : 도리깨질 할 때 소리를 해 봤느냐는 조사자의 질문에, 신승래가 도리깨소리는 안 해 보았으나 화전을 일구어 새 밭을 만들 때는 소리를 많이 했다고 했다. 화전밭 일구는 것은 제보자들 대다수가 또한 평생에 걸쳐 많이 해봤다고 입을 모았다. 신승래가 앞소리를 매기고 고광필과 유원식 등이 뒷소리를 받았다.

오호오~ 광이요~

에 헤 광이요

하여 보소 우리 농부

에 헤 괭이요

오늘으는 이자리요 내일으는 지자리요

에 헤 괭이요

오호오 광이요

에 헤 괭이요

여게찍고 저게찍고

에 헤 괭이요

에이 다 하면

하여보소 여러분들

에 헤 괭이요

점슴참이 돌어오고

에 헤 광이요

부지런히 파주세요

에 헤 광이요

올해도 풍년이요 내연

에 헤 광이요

내연에도 풍년이요

에 헤 광이요

연연이 풍년이라

에 헤 광이요/가래요

이농세를 지어가지고

에 헤 광이요

부모효도 공경하세

에 헤 광이요

애중지중 기른자슥

에 헤 광이요

얼음궁개 수달피나

에 헤 광이요

눈속에서 꽃송이나

에 헤 광이요

애중지중 기른자슥

에 헤 광이요

효도한번 받아보세

에 헤 광이요

국태민안 세

국태민안 세화연풍

에 헤 광이요

연연이 효도하고

에 헤 광이요

하 여러분들 들어보소

에 헤 광이요

오늘으는 이자리요

에 헤 광이요

내일으는 저자린데

에 헤 광이요

오늘으는 그만두소

에 헤 광이요

어이 잘 한다.

제보자 1 : 그 전에는 더러 해 봤는데 잘 안 돼.

(조사자 : 어르신, 어르신 잠깐만 ○○하십니다.) 예? (조사자 : 화전, 새 밭을 일굴 때 과정 좀 어떻게 하는지 일러주세요. 새 밭을 만들라면 어떻게….)

예, 옛날에는 비료도 읎고, 야 뭐이 이래가지설랑 산에다가 불을 싸놓고 베 베가지고, 베가지고 인제 좁씨를 뿌리고 막 파민 이래. 파민 그 노래를 심심하면 노인들이 노래를 하고 그랬지요.

(조사자 : 그러니까 불을 지르고,)

야, 불을 지르고 그 푸대를 줘내 치우고.

(조사자 : 이거는 언제 불러요?) 야? (조사자 : 이거는 어느 때 부르냐구요?)

괭이질 할 때요.

(조사자 : 그러니까 나무 뿌리 뺄 때?)

네. 좁씨를 뿌리고,

제보자 2 : 나무를 팔 적에. 괭이로 파민.

(조사자 : 그럴 때 처음에 어떤 곡식을 심나요?)

조이.

(조사자 : 그 다음에는요?)

콩. (조사자 : 콩.) 조쌀 한 해 농사지으면 다음 해는 콩을 심어요?

네.

(조사자 : 그리고 그 다음에는요?)

그 다음에는 조이 했다가 또 삼 심으민, 콩 하고 그래요.

제보자 2 : 내중엔 다들 강냉이도 하고, 내중에는 뭐 뭐를 이렇게, 콩○○를 한 이태해요. 콩○○를 한 이삼년 한다고.

제보자 2 : 한 가지만 하면 잘 안 되니까 바꾸죠. 그러니까.

(조사자 : 나무를 벤 다음에 불을 놓고 돌멩이하고 뿌리 거두어 낼 때 한 사람이 메기면 여럿이 받아서.)

제보자 2 : 네, 네 그럴 때 그럴 때 노래해요, 한 주욱 한 여남은 명이

(조사자 : 한 몇 명씩?)

한 이십 명 돼요. 돌아가며 하니 돌아가면서 서로 하니깐드루 열댓씩, 한 여남은씩 이래 해요.

(조사자 : 그것도 그러면 그 마을 품앗이 비슷하게 하네요?)

맞아요. 품앗이래요.

(조사자 : 모내기 하는 사람들 품앗이 하듯이.)

그렇지. 똑같애요, 똑같다고.

괭이 소리 / 밭 일구는 소리

자료코드 : 03_10_FOS_20090210_KDH_SSL_0002
조사장소 : 강원도 정선군 정선읍 애산2리 432-165번지 삼봉경로당
조사일시 : 2009.2.10
조 사 자 : 강등학, 이영식, 박은영, 유태웅
제보자 1 : 신승래, 남, 82세(선소리)
제보자 2 : 고광필, 남, 86세(받는소리)
제보자 3 : 유원식, 남, 84세(받는소리)
구연상황 : 먼저 앉아서 '괭이 소리'를 한 번 불러보았다. 조사자가 진짜 밭을 갈 때 노래를 부르듯이 서서 해줄 수 있겠느냐고 부탁을 해보았다. 예전에 MBC에서 나와 실제로 밭을 갈며 노래를 부르는 것을 취재해갔다고 하며, 흔쾌하게 구연을 해주었다. 신승래가 앞소리를 메기고 고광필과 유원식의 뒷소리를 받았다.

[광이질하는 흉내를 내며]

오호 광이요
에 헤 꽹이요
여보시오 우리농부
에 헤 꽹이요
열심히 파주세요
에 헤 꽹이요
오늘으는 이자리요
에 헤 꽹이요
내일으는 저자리고
에 헤 꽹이요
열심히 파주시면
에 헤 꽹이요
올해도 풍년지고
에 헤 꽹이요
내연에도 풍년이요
에 헤 꽹이요
연연이 풍년들어
에 헤 꽹이요
부모효도 해봅시다
에 헤 꽹이요
우리들을 기를적에
에 헤 꽹이요
진자리 마른자리
에 헤 꽹이요

가래가며 기르셨으니

에 헤 괭이요

부모효도 해봅시다

에 헤 괭이요

눈진장에 보석이요

에 헤 괭이요

얼음궁개 수달피면

에 헤 괭이요

여보시요 우리농부

에 헤 괭이요

점슴참이 늦어가니

에 헤 괭이요

부지런히 파봅시다

에 헤 괭이요

숨도차고 땀이나면

에 헤 괭이요

그만파고 쉬어파세

에 헤 광이요

잠자리 꽁꽁 / 잠자리 잡는 소리

자료코드 : 03_10_FOS_20090210_KDH_SSL_0003
조사장소 : 강원도 정선군 정선읍 애산2리 432-165번지 삼봉경로당
조사일시 : 2009.2.10
조 사 자 : 강등학, 이영식, 박은영, 유태웅
제 보 자 : 신승래, 남, 82세

구연상황 : 윗방에서 계속 구경을 하던 할머니들에게 노래를 불러줄 것을 청했다. 할머니들은 수줍음을 많이 타며 할 줄 아는 것이 없다고 마다했다. 판을 부드럽게하기 위해 어릴 적 부르던 노래가 없었느냐는 조사자의 질문에 오히려 고광필, 신승래 등의 할아버지들이 관심을 보였다. 잠자리 잡으면서 노래를 부른 노래가 있었느냐고 묻자 신승래가 빗자루를 들고 이 노래를 부르면 잠자리가 앉았다고 하며 불러주었다.

[빗자루를 든 흉내를 내며]

소금쟁이 꽁꽁
앉을자리 좋다
소금쟁이 꽁꽁
앉을자리 좋다
소금쟁이 꽁꽁
앉을자리 좋다

다람쥐 동동 / 다람쥐 잡는 소리

자료코드 : 03_10_FOS_20090210_KDH_SSL_0004
조사장소 : 강원도 정선군 정선읍 애산2리 432-165번지 삼봉경로당
조사일시 : 2009.2.10
조 사 자 : 강등학, 이영식, 박은영, 유태웅
제 보 자 : 신승래, 남, 82세
구연상황 : 다람쥐를 잡으며 부른 노래가 없었느냐는 조사자의 질문에 노래가 있었다고는 했다. 그러나 사설 중간에 욕설이 들어가서인지 불러주기는 상당히 꺼리며 서로 부르라고 미루었다. 다람쥐가 사람을 놀리는 모양을 흉내내며 그럴 때 이 노래를 불렀다는 말을 하다가 신승래가 노래를 불러주었다.

다램이가 아주 얌체 없어요. 아주 얌체가 없어, 돌멩이 이런 데 나와 가지고 막 사람을 보면 욕하느라 이래거든.

다람이 씹이 동동

니미 보지 귀함지(함테기, 크다)

이랜다고.

그러면 정말 이랜다니까?

(조사자 : 잠깐만. 안 들려, 안 들려.) 흉내 내시면서 해야지.

그 다람이라는 놈이요, 사람을 아주 놀린다구요. 사람을 이래 보면 여여 이 발 발목탱이 가지고 여 여 사람 보고 욕을 하거든. 사람이 그냥 가만히 생각하면 욕하는 걸 안, 고걸 이제 대꾸하느라고.

다람이 씹이 동동

니미 보지 귀함지

이랜다고. 그러면 더구나 이랜다고.

달구 소리 / 묘 다지는 소리

자료코드 : 03_10_FOS_20090216_KDH_SSL_0001

조사장소 : 강원도 정선군 정선읍 애산리 산 560번지 아라리촌

조사일시 : 2009.2.16

조 사 자 : 강등학, 이영식, 박은영, 유태웅

제보자 1 : 신승래, 남, 82세(선소리)

제보자 2 : 전재달, 남, 72세 외 5인(받는소리)

구연상황 : 2009년 2월 10일 애산리 삼봉경로당을 찾아서 1차 조사를 한 후, 묘 다지는 소리에 대한 2차 조사를 위해 2월 16일에 만나기로 약속을 했다. 16일 오후에 경로당에 가니 준비를 하고 계셨다. 그런데 몇몇 분이 경로당에서 '달구 소리' 하면 안 된다고 해서 논의 끝에 근처에 있는 아라리촌에서 하기로 하였다. 전화로 아라리촌 관리인에게 허락을 받고 차로 이동하였다. 추운 날씨 때문이지 아라리촌에는 아무도 없었다. 소리하기에 적당한 넓은 장소를 택해서 녹음을 했으나, 바람이 무척 불어 녹음이 제대로 되지 않았다. 구연할 때 신

승래는 근처에서 대나무를 하나 준비해 손에 들고 선소리를 메겼다.

제보자 1 오호 달구여

제보자 2 ○○○

제보자 1 아 여보소 여러분들

제보자 2 ○○○

제보자 1 뭐라 그러나, 참!

　　　　　내 말 좀 들어보소

제보자 2 에헤 달구여

제보자 1 이 세상에 나온 사람

제보자 2 오허 달구여

제보자 1 이 세상을 하직하고

제보자 2 오허 달구여

제보자 1 북망산천 찾어온 인생

제보자 2 오허 달구여

제보자 1 만리 ○○ 천리 ○○

제보자 2 에헤 달구여

제보자 1 좌청룡 우백호에

제보자 2 에헤 달구여

제보자 1 금잔디로 집을 짓고

제보자 2 에헤 달구여

제보자 1 송죽으롤(으로) 울을 삼아

제보자 2 에헤 달구여

제보자 1 백년 ○○ 천년하면

제보자 2 에헤 달구여

제보자 1 묘자리 짓는 곳에

제보자 2 에헤 달구여

제보자 1 백골이 진토되니

제보자 2 에헤 달구여

제보자 1 어느 벗이 찾아오나

제보자 2 에헤 달구여

제보자 1 여보소 여러분들

제보자 2 에헤 달구여

제보자 1 이번 회가 숨이 차면

제보자 2 에헤 달구여

제보자 1 종종 회를 다여보소(다져보소)

제보자 2 에헤 달구여

제보자 1 오호 달회

제보자 2 오허리 달회

제보자 1 아 여보소 계원님들

제보자 2 오허리 달회

제보자 1 좌우세로 ○맞추면

제보자 2 에헤리 달회

제보자 1 청년 같은 팔심으로

제보자 2 에헤리 달회

제보자 1 삼동 허리를 움직이며

제보자 2 오허리 달회

제보자 1 우렁 들썩 다아주소(다져주소)

제보자 2 오허리 달회

제보자 1 졑에(곁에) 니들(이들) 듣기 좋게

제보자 2 오허리 달회

제보자 1 먼 데 니들 보기 좋게

제보자 2 오허리 달회

제보자 1 우렁 들썩 다아 주오

제보자 2 에헤리 달회

제보자 1 선천지 후천지에

제보자 2 오헤리 달회

제보자 1 억만세 무궁이라

제보자 2 오허리 달회

제보자 1 산지 조종 곤룬산에(곤륜산에)

제보자 2 오허리 달회

제보자 1 수지 조종 황해수라

제보자 2 오허리 달회

제보자 1 곤룬산 일지매여

제보자 2 오허리 달회

제보자 1 조선이 생겼으니

제보자 2 오허리 달회

제보자 1 백두산이 주산되고

제보자 2 오허리 달회

제보자 1 한래산이(한라산이) 안산이라

제보자 2 오허리 달회

제보자 1 두만강이 청룡되고

제보자 2 오허리 달회

제보자 1 압록강이 백호로다

제보자 2 오허리 달회

제보자 1 구억 만가 지어노니

제보자 2 오허리 달회

제보자 1 일대 호걸이 나샜구나(나셨구나)

제보자 2 어허리 달회

제보자 1 그 아이 상을 보니

제보자 2 오허리 달회

제보자 1 얼굴으는 관옥이요

제보자 2 어허리 달회

제보자 1 풍채는 두목이라

제보자 2 오허리 달회

제보자 1 세상에 ○○으는

제보자 2 오허리 달회

제보자 1 패왕의 계교로다

제보자 2 오허리 달회

제보자 1 한 살 먹어 걸음하니

제보자 2 오허리 달회

제보자 1 걸음마다 행풍이오

제보자 2 오허리 달회

제보자 1 두 살 먹어 글 배우니

제보자 2 에허리 딜회

제보자 1 사관에 총명이라

제보자 2 오허리 달회

제보자 1 네 살 먹어 인사하니

제보자 2 오허리 달회

제보자 1 효자 충신이 아름답다

제보자 2 오허리 달회

제보자 1 구구육갑 천자문을

제보자 2 오허리 달회

제보자 1 오세에 외워두고

제보자 2 오허리 달회

제보자 1 동문선시 선해 사학은

제보자 2 오허리 달회

제보자 1 유세에 외워두고

제보자 2 오허리 달회

제보자 1 시전서전 논어맹자

제보자 2 오허리 달회

제보자 1 팔세에 외워두고

제보자 2 오허리 달회

제보자 1 전집이면 후집이면

제보자 2 오허리 달회

제보자 1 두서와 이백서는

강원도 정선군 정선읍 애산리 삼봉경로당 회원들이 '달구 소리' 하는 장면

제보자 2 오허리 달회

제보자 1 십오 세에 다 외우는

제보자 2 오허리 달회

제보자 1 지영두 하려니와

제보자 2 오허리 달회

제보자 1 ○○○ ○○하라

제보자 2 오허리 달회

제보자 1 여보시오 여러분네

제보자 2 오허리 달회

제보자 1 이내 말씀 다 하자면

제보자 2 에헤리 달회

제보자 1 ○○이 백가지라

제보자 2 에헤리 달회

제보자 1 요번 채는 고만두고

제보자 2 에헤리 달회

제보자 1 다음 채에 다져주오

제보자 2 에헤리 달회

제보자 1 저 건네 장자 숲에

제보자 2 에헤리 달회

제보자 1 오조 밭에 새들었네

제보자 2 후야

아라리 / 가창유희요

자료코드 : 03_10_FOS_20090211_KDH_JSJ_0001
조사장소 : 강원도 정선군 정선읍 봉양9리 5-32번지 전숙자 자택
조사일시 : 2009.2.11
조 사 자 : 강등학, 이영식, 박은영, 유태웅
제 보 자 : 전숙자, 여, 76세
구연상황 : 2009년 2월 10일 정선읍 애산2리 노인회관에서 전숙자를 만나 정선아라리를
위주로 채록하는 과정에서, 그의 가창능력이 탁월함을 알고 다음날 전숙자의
집에서 재조사를 하기로 약속했다. 평소 그가 담배를 즐긴다는 사실을 알고
담배 한 보루를 사서 그의 집을 방문했다. 이미 다른 여러 자료에서 그가 설
화를 구연한 바가 있다는 사실을 알고 아라리보다는 설화부터 이야기해줄 것
을 청했다. 노래하고 춤추는 것은 잘 하나 아는 이야기가 없다고 하던 그는
조사자의 청에 곧 이야기를 풀어놓았다. '오줌바가지 이야기', '은혜 갚은 바
우선이 이야기', '꼬부랑 할머니 이야기', '바보 남편 이야기', '재산 차지한
얼뜨기 이야기'까지 구연한 후, 제보자 조사가 이어졌다. 베를 짜다가도 심심
하면 소리를 했다는 전숙자의 말에, 그 때하던 소리를 해줄 것을 권하자 연달
아 소리를 풀어놓았다.

아무 기고, 아무 기구 한번 해봐야지.

(조사자 : 예, 아무 거나 한번 해보세요.)

　오동나무 꺾는 소리는 오전재끈 나는데
　수풀이야 가로막혀서 임 못 보겠구나

　당신하구 나하구는 살림은 못 하겠거든
　양잿물을 한술잔 타들고 경배주나 합시다

　죽었는지 살았는지 문 열어 봅시다
　죽지는야 아니 했어도 숨은 떨어졌구나

　산천에 올라서 임 생각하니

풀잎이야 매도매도(마디마디) 찬 이슬이 마치네(맺히네)

(조사자 : 좋습니다)

내가 여길 뜨니서 도랑에 물이 뿔거든
요 내 몸이 떠나가민서 울민불민 했구나

요 놈으 기차야 소리 말고 달려라
돈 없는 자 전숙자 마음이 또 산란하구나

(조사자 : 그렇지요)

영감아 홍감아 집 잘 봐라
보리방아 품 팔러나가 보리개떡 쩌주게

참, ○○○○○○
(조사자 : 집 잘 봐야 되겠네.)

신작로 가녁에(가에) 저 포뿌라(포플러) 나무는
다꾸시(택시) 가는 바람에 꾀꼬리 단풍이 들었네

또 해야 되나.

갈 길이 바뻐서 다꾸시(택시)를 집어탔더니
조수란 놈에 홀림에 넘어가 연애를 했구나

(조사자 : 하하하.)

우리야 연애는 솔방울 연앤데
바람만야 살롱 불어도 똑 떨어진다

울타리를 꺾으믄 우리 임 나온다더니
울타리 한폭을 다 헐어 제쳐도 종문소석(종무소식)일세

곤련불(권련불)이 빤짝 할 적에 우리 임 온 줄 알았더니
고 녀석은 깨똥에 벌거지(벌레) 날 속였구나

(조사자 : 소리도 다양하게 여러 가지 많이 아시네.)
많애.
(조사자 : 잘도 사설을 문서를 만드네. 재밌게 하시네.)
(조사자 : 죽었는지 살았는지 몰라서 문 좀 열어보니까 죽지는 않고 숨은 똑 떨어졌다는데 그거 뭘 얘기 하는 거예요?)
사람을. 지 서방을
(조사자 : 지 서방을. 소식이 없으니까 그런 거구나.)
기척이 없으니 방안에서.
(조사자 : 기척이 없으니까.)

우리 집에 시어머니는 물건에 꾀주머니요
서산에야 해만 지믄 개구녕(개구멍) 단속이 로구나

(조사자 : 왜 그럴까?)
군서방 들어올까 봐 그러지.
(조사자 : 군서방 들어올까 봐.)
(조사자 : 개구녕이 꽤 컸나봐요?)
그 전에는 수챗구녕이 크잖우. 야. 수챗구녕이 크니 글로 업뎌(엎드려)게(기어) 들어온단 말이요.
(조사자 : 옷 다 젖겠네요?)
응?

(조사자 : 옷 다 젖겠어요?)

그 하마 댕기는 사람은 가마니떼기 떡 깔고 들어오면 되거든.

(조사자 : 그걸 어떻게 아세요? 가마니 깔고 들어오는걸.)

아유 그렇다고 얘기 하는 소리를 들었죠 뭐.

(조사자 : 제일 좋은 손님 중에 하나가 밤손님인데.)

하하하.

남포등잔은 서까래 끝마두 빌(별) 달리듯 했는데
여보당신은 어딜로 돌아서 소녀방에 왔어요

당신이 내 집에 왔다가 그냥 간 것 같애도
삼혼칠백에 맑은 정신을 다 빼가주(빼가지고) 갔어요

참 싱겁다 내가.

(조사자 : 싱겁긴요. 우리는 우리가 매우 진지하게 하잖아요.)

왜냐하면 중요한 공부를 하니까.

아까 그 저기, 그 남포등잔은 서까래,

(조사자 : 서까래?)

(조사자 : 서깨마다 끝에마다 담장이 죽 있는데 별 달리듯이 이렇게 돼 있는데, 그대 당신은 어디로 돌아서 이렇게 왔나, 이게 무슨 소리예요?)

그 군서방이 들어왔지.

(조사자 : 군서방? 아,)

(조사자 : 환한데?)

(조사자 : 다 불 밝혀서 환한데 어떻게 네가 이렇게 잘 들어왔느냐 이 소리군요.)

(조사자 : 반갑다는 얘기예요? 아니며는?)

그렇지. 반갑다는 얘기지.

(조사자 : 용케 잘 왔다 이 소리야.)

아실아실~ 또 적는 거야?

    우녕금침(원앙금침)에 잣베개 높으믄 내 팔을 비고
    아실아실 춥구 덥거든 내 품안에 들어라

(조사자 : 좋죠. 고거 한 번만 다시 해주세요. 처음에 우리가 못 들었어.
지금 하신 거.)
우녕금침 잣베개 높은 건 베개 끝에다 잣을 요렇게 논 거야. 잣. 잣을
끝에다 마구리다 넣고.

(조사자 : 무늬. 무늬를. 예. 우녕금침 처음부터 처음부터.)

    우녕금침(원앙금침) 잣베개 높으믄 내 팔을 비고
    아실아실 춥구 덥거든 내 품안에 들어라.

(조사자 : 좋습니다.)
게 꼭 끈어 안고 잘라 그러잖우.
(조사자 : 그렇지.)
(조사자 : 우녕금침이라구요?)
(조사자 : 원앙금침.)
(조사자 : 아 원앙금침. 아, 예.)
이가 나빠서 말도 안 돼요.
(조사자 : 아니예요. 우리가 잘못 들어서 그렇지. 뭐. 베개가 높고 높으
면 팔베면 되고. 그래야 가까워지지.)

    천리로구나 천리로구나 수 천리로구나
    곁에 두고 말하지 못 하니 수 천리로구나

(조사자 : 그렇지요.)

　　임자로 하여서 병이나 드네 그 몸은
　　임산노약 패독산도 다 무효로구나

(조사자 : 예. 세상에 약이 없어.)

　　어랑 타령 잘 하믄 술집에 건달이 되잖나
　　도꾸질 남포질 잘 할려면은 철로판 건달이 되노라

　　내가 저 근네(건너) 연당에 금붕어나 됐시믄
　　우린 님은 낙수 끝에야 내가 낚혀볼 거를

(조사자 : 그렇지.)

(조사자 : 낚이고 싶어.)

(조사자 : 재밌는 소리가….)

(조사자 : 소리를 시집 가시기 전에도 하셨나요? 이 아라리를?)

막 했죠. 시집 가기 전에 했죠.

(조사자 : 가기 전에 많이 하셨어요?)

야.

(조사자 : 어떻게 어떨 때 많이 하셨어요?)

시집 가기 전에 옥수수 비러 가면 지게를 지고 올라가믄서는 막 두드리며 했고.

(조사자 : 어르신도?)

야.

(조사자 : 아가씨들? 아니,)

아가씨죠 뭐. 그 전에 촌에 있는기 아가씨지 뭐 뭐해요.

(조사자 : 아가씨들이 같이 지게 지고 가서 일하고...)

그러믄요. 새각시가 지게지고 올라가민 옥수수 비러 가민 소리하고. 그래 우리 시어머이가 저 년은 저 지게 지고 가민 목통발 두드리미 소리하는 년이라고.

(조사자 : 음. 그러니까 어르신만 그러신게 아니라 그 때 당시에는 다들 그렇게 하셨나 보죠?)

야. 다들.

(조사자 : 여자들도?)

야.

(조사자 : 근데 특히 신명이 좋으셨지. 소리하기 좋아하니까.)

난 소리하는 거 좋아하거든. 노는 거 좋아하거든요. 그래서 집에 정초라면 집에 못 있어요. 뭐 사촌 오빠들 마크(모두) 죽 오라고 해가지고는…

(조사자 : 예, 들어오세요. 죄송합니다.)

(조사자 : 죄송합니다.)

아니요, 괜찮아요.

(조사자 : 전번에 또 도깨비 얘기도….)

당신은 거게 있고 나는 여게 있어도
삼혼칠백 맑은 내 정신은 당신한테 다 갔네

(조사자 : 아, 할아버지 너무 좋아하시겠다, 이 노래.)

어? 하하하.

(조사자 : 좋아하시지.)

아라리 / 가창유희요

자료코드 : 03_10_FOS_20090211_KDH_JSJ_0002

조사장소 : 강원도 정선군 정선읍 봉양9리 5-32번지 전숙자 자택
조사일시 : 2009.2.11
조 사 자 : 강등학, 이영식, 박은영, 유태웅
제 보 자 : 전숙자, 여, 76세
청　　중 : 김용재
구연상황 : 오전에 전숙자의 집에서 설화 7편과 아라리 20여 수를 듣고 점심 식사 후에
　　　　　 다시 조사를 재개했다. 오후에는 소리 중심으로 판을 전개해갔다. 소리하는
　　　　　 것이 힘이 드니 이야기해줄 것을 권하였으나, 전숙자는 이야기하는 것보다 소
　　　　　 리하는 것이 훨씬 쉽다고 했다. 소리는 머리에 박혀있어 저절로 흘러나온다고
　　　　　 하며, 전숙자는 아라리를 부르며 판을 다시 벌였다.

우리집에 시어머니는 강 건네를 가셨는데
하늘이 감동하나마 대수가 덜컥 져라

(조사자 : 하하하.)
물이 콱 나가면 못 오게.
(조사자 : 그럼요.)
(청중 : 못 오면 며누리가 편하다 이거야.)

너두 안구 나두 안구 단둘이 꼭 끈 안구서(끌어 안고서)
여산폭포 돌 구부르시 똘똘 구불러 보자

(조사자 : 좋지요.)

저 근네(건너) 저 산이 계룡산이 아니나
오동지야 섣달에도 진달래꽃이 피었네.

동박나무 꺾는 소리는 오전재끈 나는데
수풀이야 가로막혀서 우리 님 못 보겠구나

이밥에 고기반찬을 맛을 몰라 못 먹나

사절치기 강냉이밥도야 맘 편하면 되잖나

우연히 싫더냐 남의 말을 들었나
당신은야 날만 보면은 왜 생째증(생짜증) 내나

(조사자 : 실제로는 안 그러는데.)
하하하.

안방인지 웃방인지 나는 몰랐더니
밤새도록 구불고나니는(굴고나니) 맨 봉당이로구나

세상천지가 변하고 변해서 소금이 폭 쉬더래도
당신하구 나하구는 맘 변치말구 삽시다

세상천지 만물지주는 다 잘 매련했건만
시방시국에 강도에 법마끔 왜 마련했겠나

여기있는 이 저기있는 이 해더듬지 말구선
촌여자 이불 밑으루 앙금땅실 기어라

반분홍 초마(치마) 노랑지 저고리 받구싶어 받었나
우리 부모 명령이 미서와(무서워) 울민불민 받었지

어우, 또 해?

네 노랑저고리 앞섶에 기역자 도장을 찍구서
화루개로 풀려준다면 하룻밤 용서야 못하나

울타리 밑에다가 우리 님 세워 놓고서
호박잎이 너훌넘출에 임 덮어 주자

좋다, 잘 한다.

(조사자 : 아이, 잘 하신다.)

하하하.

개구장가녘에 검은 오리는 무슨 죄를 짓고
밝은내 처녀 손질에 칼침을 왜 맞나

머리 깎구 개명 못 할에 요 정칠어(요 경을칠) 자석아
손목잡구 말하지 못 하걸 왜 손목을 잡었나

행주치마를 똘똘 말어서 옆에다가 찌구서
총각낭군이 가자구 할 적에 왜 못 따러 갔나

정선읍에가 지남철(자석)이 붙었는지
오기는 쉽게 왔는데 갈 줄을 모르네

(조사자 : 정선 뭐가 지남철이 붙었다 그랬어요?)

내가 지남철이 붙었는지 오기는 쉽게 왔는데 가지는 못 한다고.

(조사자 : 정선)

정선읍에

(조사자 : 읍에 가? 아. 그렇지요.)

하하하.

(조사자 : 아까 또 하나. 머리 깎고 개명 천,)

개명 못 할 놈

(조사자 : 개명?) 어 (조사자 : 개명?) 어. 머리 깎고 개명 못 할 놈아. (조사자 : 아, 개명 못 할 놈아.)

이 정치러 자석아. (조사자 : 이정치러?) 이 정칠 놈 자석아. (조사자 : 이정? 사람 이름이에요?)

(조사자 : 이 경칠 놈 자식아.)

(조사자 : 아. 이 정칠 놈 자석아. 손목 잡고 말을 못 할 것을 왜 손목 잡고 난리야?)

하하하.

(조사자 : 할라면 뭔가를 제대로 하지.)

> 노랑두 대구리(대가리) 뒤범벅 파뿌리 상투
> 은제나(언제나) 곱게 잘 길궈(길러) 내 서방 삼나

(조사자 : 세월이 약이라고. 하하하.) 참 소리 많이 아시네.

> 백모래 장광에 비가 오나 마나
> 어린가장 품안에 잠자나 마나

(조사자 : 그렇죠.)

> 들창문 소리가 따달끄덩 나더니
> 공비단 한이불이 나부춤을(나비춤을) 춘다

하하하, 그 얼마나 좋아?

(조사자 : 예. 그럼. 떠덜끄덩 나더니, 앞에 첨에 뭐라 그랬어요?)

떠덜끄덩 나더니.

(조사자 : 아니, 그러니까 뭐가?)

(조사자 : 들창문.)

(조사자 : 들창문, 응. 들창문 소리가. 들창문이 떠덜끄덩 나더니 그 저 공비단 한불이.)

한이불이 나부춤 춘다

(조사자 : 나비춤을 춘다.)

소리가 좋으시네.

술 잘 먹구 돈 잘 쓸 적에는 사이상 유상 하더니
술 못 먹구 돈 떨어지니는 백수건달이로다

천리로구나 천리로구나 수 천리로구나
졑(곁)에 두고 말하지 못하니 수 천리로구나

(조사자 : 사이상의 누구예요? 사이상이 일본 때 무슨 상, 김상 할 때,
사이가 어떤 성을 얘기하는 거예요?)

일본말로 그걸.

(조사자 : 예. 유상은 유씨일 거고 사이상은 무슨?)

(청중 : 그냥 높으면 사이상이라고.)

높으면 사이상이라고.

돈 없이 못 갈 데는 참밤 술집이 아니나.
돈~ 맨발 벗구 못 갈 데는 참밤나무 밑이라

(조사자 : 그렇죠.)

산 차지 물 차지는 나랏님의 차지요
○○○○○○○ 영감의 차지는 내 차지로구나

정선 증곡에 옥답에 문답은 단옥에 부속을 시기고(다 넘겨주고)
샛별겉은 두 눈을 꼭 감고 연기종천 갔다네

성님 오네 성님 오네 / 가창유희요

자료코드 : 03_10_FOS_20090211_KDH_JSJ_0003

조사장소 : 강원도 정선군 정선읍 봉양9리 5-32번지 전숙자 자택
조사일시 : 2009.2.11
조 사 자 : 강등학, 이영식, 박은영, 유태웅
제 보 자 : 전숙자, 여, 76세
구연상황 : 오전에 전숙자의 집에서 설화 7편과 아라리 20여 수를 듣고 점심 식사 후에
　　　　　다시 조사를 재개했다. 오후에는 소리 중심으로 판을 전개해 갔다. 소리하는
　　　　　것이 힘이 드니 이야기해줄 것을 권하였으나, 전숙자는 이야기하는 것보다 소
　　　　　리하는 것이 훨씬 쉽다고 했다. 소리는 머리에 박혀있어 저절로 흘러나온다고
　　　　　하며, 전숙자는 아라리를 부르며 판을 다시 벌였다. 아라리 25수 정도를 몰아
　　　　　서 부른 후 잠시 쉬던 차에 다른 노래를 불러줄 것을 요구하며 '성님 오네 성
　　　　　님 오네'을 예를 들었더니 바로 불러 주었다. 정초에 아이들 데리고 심심하면
　　　　　불러준 노래라고 했다.

성님 오네 성님 오네
분고개로 성님 오네
성님 마중 누가 갈까
반달같은 내가 가지
네가 무슨 반달이냐
그믐초승 반달이지
성님의 점심 뭘로 할까
앵두겉은 팥을 삶고
외씨겉은 젓니밥을
샛별겉은 옥식기에다
오복소복 담어놓고
버선발로 깡창 뛰서
울타리 밑에 썩나가니
늙은 호박 젖혀놓고
애기 호박 따다가는
지름에 장물 볶아놓고

가지밭에 달겨들어
늙은 가지 젖혀놓고
애기 가지 따다가는
지름장물 볶아놓고
꼬치(고추)밭에 달겨들어
늙은 꼬치 젖혀놓고
애기 꼬치 따다가는
지름장물 볶아놓고
음매하는 송아지 괴기
꾀꾀하는 닭의 괴기
큰 고기는 도막 짓고
작은 고기 그냥 삶아
임의 점심 받쳐놓고
성님 마중 갈 적에는
누가가나

지가 가야지 어떠해
(조사자 : 그렇지)

반달겉은 내나 가지
비야 비야 오지마라
성님 마중 내가간다
성님 마중 갈 적에는
비가 오면
고분(고운) 치마 얼룩진다
바람 바람 불지마라
고분 머리 흩어진다

다복녀 / 가창유희요

자료코드 : 03_10_FOS_20090211_KDH_JSJ_0004
조사장소 : 강원도 정선군 정선읍 봉양9리 5-32번지 전숙자 자택
조사일시 : 2009.2.11
조 사 자 : 강등학, 이영식, 박은영, 유태웅
제 보 자 : 전숙자, 여, 76세
구연상황 : 오전에 전숙자의 집에서 설화 7편과 아라리 20여 수를 듣고 점심 식사 후에
다시 조사를 재개했다. 아라리 25수 정도를 몰아서 부른 후 잠시 쉬던 차에
조사자가 다른 노래를 불러줄 것을 요구하며 판의 분위기를 바꾸고자 했다.
'성님 오네 성님 오네'를 부른 후, '다복녀' 이야기를 살짝 꺼냈더니 바로 이
어서 불러주었다.

다북다북 다북네야
우리엄마 어데 갔나
느그 엄마 재 넘에서
젖 줄라고 갔다마는
다북다북 다북새야
우리 엄마
운제(언제) 오나
좀 있다 해질만은
해지거든 올 것 아니냐
다북다북 다북네야
우리 어머이 오시거든
네가 앞에 마중가라

풀무 소리 / 아기 어르는 소리

자료코드 : 03_10_FOS_20090211_KDH_JSJ_0005

조사장소 : 강원도 정선군 정선읍 봉양9리 5-32번지 전숙자 자택

조사일시 : 2009.2.11

조 사 자 : 강등학, 이영식, 박은영, 유태웅

제 보 자 : 전숙자, 여, 76세

구연상황 : 오전에 전숙자의 집에서 설화 7편과 아라리 20여 수를 듣고 점심 식사 후에
다시 조사를 재개했다. 아라리 25수 정도를 몰아서 부른 후 잠시 쉬던 차에
조사자가 다른 노래를 불러줄 것을 요구하며 판의 분위기를 바꾸고자 했다.
'성님 오네 성님 오네', '다복녀'를 부른 후 잠시 쉬어가며 다른 이야기를 풀
어가다가 아기 어르는 소리를 불러줄 것을 요청했다. 다 아는 노래인데 무엇
하러 불러 달라냐고 하면서도 바로 불러주었다.

풀풀 풀미야

이 풍구는 어디 께나

경상도 대풀미라

대풀미는 대를 떼고

소풍구는 솥을 떼고

큰 풍구는 가매 부

작은 풍구는 솥을 떼서

풀락 풀따닥 풀따닥

풀락 풀딱 풀따닥

되우 자주 분다.

잘 분다.

세상달강 / 아기 어르는 소리

자료코드 : 03_10_FOS_20090211_KDH_JSJ_0006

조사장소 : 강원도 정선군 정선읍 봉양9리 5-32번지 전숙자 자택

조사일시 : 2009.2.11

조 사 자 : 강등학, 이영식, 박은영, 유태웅
제 보 자 : 전숙자, 여, 76세
구연상황 : 오전에 전숙자의 집에서 설화 7편과 아라리 20여 수를 듣고 점심 식사 후에
다시 조사를 재개했다. 아라리 25수 정도를 몰아서 부른 후 잠시 쉬던 차에
조사자가 다른 노래를 불러줄 것을 요구하며 판의 분위기를 바꾸고자 했다.
'성님 오네 성님 오네', '다복녀'를 부른 후 잠시 쉬어가며 다른 이야기를 풀
어가다가 조사자의 요청에 '풀무 소리'를 불렀다. '세상달강'은 조사자의 요
청 없이 바로 이어서 불러 주었다. 아기를 안고 운동을 시켜주면서 부르기도
하고 어릴 적 친구와 함께 부르기도 했다고 한다.

세상 달강

서울 올러 갔더니

밤이 하나 있는 걸

고무다락에 치뜨랬더니

새앙쥐가 다 파먹고

머리 깎은 새앙쥐가

반쪼가리 냄긴 거를

밑 빠진 통록에 삶아 가주

대조리로 건져서

속버물은 할미주고

겉버물은 할미주고 할애비 주고

겉버물은 할애비 주고

전지살은 너하구 나하고

둘이 먹자 달강달강

하고 말지. 그 뭐.

쥐야 쥐야 / 아기 어르는 소리

자료코드 : 03_10_FOS_20090211_KDH_JSJ_0007
조사장소 : 강원도 정선군 정선읍 봉양9리 5-32번지 전숙자 자택
조사일시 : 2009.2.11
조 사 자 : 강등학, 이영식, 박은영, 유태웅
제 보 자 : 전숙자, 여, 76세
구연상황 : 오전에 전숙자의 집에서 설화 7편과 아라리 20여 수를 듣고 점심 식사 후에
다시 조사를 재개했다. 아라리 25수 정도를 몰아서 부른 후 잠시 쉬던 차에
조사자가 다른 노래를 불러줄 것을 요구하며 판의 분위기를 바꾸고자 했다.
'성님 오네 성님 오네', '다복녀'를 부른 후 잠시 쉬어가며 다른 이야기를 풀
어가다가 '풀무 소리'와 '세상달강'을 불렀다. 조사자의 요청에 '쥐야 쥐야'를
불렀다.

쥐야 쥐야

어디서 잤나

부엌에서 잤다

어디서 잤나

부뚜막에 잤다

뭘 덮고 잤나

행주 덮고 잤다

뭘 비고(베고) 잤나

밥죽(밥주걱) 비고 잤다

베틀 소리 / 가창유희요

자료코드 : 03_10_FOS_20090211_KDH_JSJ_0008
조사장소 : 강원도 정선군 정선읍 봉양9리 5-32번지 전숙자 자택
조사일시 : 2009.2.11
조 사 자 : 강등학, 이영식, 박은영, 유태웅

제 보 자 : 전숙자, 여, 76세
구연상황 : 조사자가 디딜방아를 찧으며 부른 노래가 없었는지를 묻자, 전숙자는 그런 노래를 없었다고 대답하며 힘들었던 그 시절 이야기를 꺼내었다. 베 짜거나 삼을 삼아 보았는지 그리고 그 때에 부른 노래가 있었는지를 질문하자, 일 하느라고 바빠 노래할 사이가 없었다고 하였다. 그러다가 문득 이 노래가 떠올랐는지 갑자기 노래를 부르기 시작했다. 베 짤 때 부르는 노래가 아니라 심심할 때 부르던 노래라고 한다. 베 짜다가 힘이 들면 잠시 쉬면서 아라리를 불렀다고 한다.

베틀 놓재 베틀 놓세
오늘걸이 심심한데
베틀이나 채려보세
베틀 다린 네 다리요
큰 애기 다린 두 다리요
큰애기 다리는 두 개밖에 없거든.
큰 애기 다리 두 다리요.
둥둥대는
둥둥대는 하나밖에 없거든
누르 거.
이렇게 누르는 거.
잉애 두 개 두르는 거.
둥둥대는 독신이요
비개비는 사형제요
도투마리 드는 소리
또각또각 나는구나
행금출두 하나뿐이요
꺼 댕기는 거.

(조사자 : 예, 예.)

행금출두 한 다리요

잉앳대는 삼형제요

여 잉애 걸어가지고 넘어 가는 게 세 개.

(조사자 : 예, 예.)

잉앳대는 삼형제요.

베틀이나 채려놓으니

흥하고 짝이 없네

언제 짜서 저녁하나

언제 짜고 젖먹이나

아주 그게 많잖우.

언제 짜고 저녁 먹을까.

어랑 타령 / 가창유희요

자료코드 : 03_10_FOS_20090211_KDH_JSJ_0009
조사장소 : 강원도 정선군 정선읍 봉양9리 5-32번지 전숙자 자택
조사일시 : 2009.2.11
조 사 자 : 강등학, 이영식, 박은영, 유태웅
제 보 자 : 전숙자, 여, 76세
구연상황 : '베틀 노래'를 부른 후 이런 저런 담소를 나누다가 담배 한 대를 피워들고는
　　　　　힘들다고 푸념하면서도 먼저 이 노래를 불렀다. 영감은 목에 걸려도 좋으니
　　　　　김치를 크게 썰어놓고, 젊은 낭군의 김치는 잘게 썰어준다는 재미있는 사설에
　　　　　대해 조사자가 맞장구를 쳐주자 웃음을 터뜨렸다.

영감잡놈의 짠지(김치)는 여기서 저만치 썰구야

젊은 낭군의 짠지는 잔채(잘게 썬 채) 소채(잘게 썬 채)로 쏘노라(썬다)

아라리 / 가창유희요

자료코드 : 03_10_FOS_20090211_KDH_JSJ_0010
조사장소 : 강원도 정선군 정선읍 봉양9리 5-32번지 전숙자 자택
조사일시 : 2009.2.11
조 사 자 : 강등학, 이영식, 박은영, 유태웅
제 보 자 : 전숙자, 여, 76세
구연상황 : 어랑 타령을 부른 후 잠시 쉬었다가, 조사자의 권유가 없었음에도 바로 아라
리를 풀어놓기 시작했다.

오동나무야 팔모소반에 유리잔을 놓고
오는 사람 가는 사람 맘 펴주자

백발이 오지 마라고 가시성을 쌓는데
백발은 가시성은야 어데 가고 백발만 닥쳐 왔구나

(조사자 : 하하하. 막을 재주가 있어야지.)

건네다 보니는 매화꽃이 폈더니
건네 가서 안아보니는 꽁지갈보 로구나

(조사자 : 하하하. 더 잘 됐네.)
더 좋지 뭐. 하하하.

우리 딸 이름은 금서산에 옥인데
이름만 팔아먹어도 십여 명 식구가 다 놀군다

하하하. 팔자 좋다, 모두.
(조사자 : 아직도 살았어요?)
그럼.

아저씨 못된 거는 꼴두바우 아저씨

맛만 보라고 쪼금 줬더니 볼 적마둥 달라네

하하하. 애 먹겠네. 하하하.

(조사자 : 꼴두바우 가 봤어요?)
어데?
(조사자 : 꼴두바우.)
꼴두바우 안 가봤어.
(조사자 : 아니 저, 가보셨어요?)
안 가봤어.
(조사자 : 전 가 봤어요. 이렇게 바위가 모시더라구요.)
(조사자 : 금산옥이라고 해요? 전산옥이라고 해요?)
전산옥이.
(조사자 : 전산옥이.)
전산옥이.

꼴두바우 중석허가는(중석광산의 채굴허가는) 다달이 년년이 나는데
우리들 허가는야 한번 나면은 다시는 더 안나네

됐다 누구를 또 와 딴 게 준다 소리 안 하잖아요?
(조사자 : 예, 예. 맞아요. 세상에 여러 소리 가운데 할머니는 아라리가
제일 좋으신가 봐?)
난 제일 좋아요.
(조사자 : 왜 그렇게 좋으세요?)
응?
(조사자 : 아라리가?)
응, 난 참 좋아.

물 한동을 여다가(이어다가) 쇠통에다 붓고서

임 한 번 더 볼라고 또 물 이러 가네

(조사자 : 하하하.)

이거 전부 배워가지고 하는 거여. 내가 심심하니 그냥 지어가지고 하는 거여. 그 전에 옛날 전부 지어가지고 하는 거지. 난 누구한테 안 들었어.

(조사자 : 어. 맞아. 이것도 조금 달라.)

어랑 타령 / 가창유희요

자료코드 : 03_10_FOS_20090211_KDH_JSJ_0011
조사장소 : 강원도 정선군 정선읍 봉양9리 5-32번지 전숙자 자택
조사일시 : 2009.2.11
조 사 자 : 강등학, 이영식, 박은영, 유태웅
제 보 자 : 전숙자, 여, 76세
구연상황 : 아라리 7수를 연달아 부른 후, 흥이 났던지 조사자의 요청이 없었음에도 어랑 타령 2수를 이어서 불렀다.

물 퍼붓는 소리는 포그덩풍덩 나구야

날부르는 소리는 허공에 둥실 떴구나

어랑어랑 어허야 어허란다 디어라

요것도 몽땅에 내 사령

(조사자 : 어랑 타령은 또 어디서 배우셨어요?)

야? (조사자 : 또 그냥 내가 막 배우지 뭐.)

어랑 타령~ 그 전에 이 어랑 타령 소리가 그거야.

(조사자 : 어떻게?)

어랑 타령 잘하면 술집에 건달이 되잖나

떡꼬질 난포질 잘하면 철로방 건달이 되노라

어랑어랑 어허야 어허난다 디어라

요것도 몽땅에 내 사령

까지거 똑같애.

(조사자 : 예 예.)

아라리 / 가창유희요

자료코드 : 03_10_FOS_20090211_KDH_JSJ_0012

조사장소 : 강원도 정선군 정선읍 봉양9리 5-32번지 전숙자 자택

조사일시 : 2009.2.11

조 사 자 : 강등학, 이영식, 박은영, 유태웅

제 보 자 : 전숙자, 여, 76세

청   중 : 김용재

구연상황 : 어랑 타령 두 수를 부른 후 상당히 흥에 겨웠던지, "내 또 할게요."라고 하며
아라리를 불렀다. 오전에는 노래가 거의 끊이지 않고 나왔으나 이번에는 노래
중간 중간 쉬는 틈이 좀더 많았으며, 노래에 관해 조사자와 이런 저런 이야기
를 많이 나누었다. 그러다 생각이 나면 또 노래를 부르곤 했다.

열구 보나 닫구 보나 이발난출이(이판사판이) 아니요

한 마디 하나 두 마디 하나 하는 건 매일반일세

(조사자 : 그렇지요.)

하하, 그러고 말아야지 뭐 인제는.

(조사자 : 열고 보나 닫고 보나 뭐라 그랬어요?)

열고 보나 닫고보나~

이발난출.

(조사자 : 이발난출?)

어.

(조사자 : 이발난출?)

(조사자 : 이발난출 아니요?)

(청중 : 그러니까, 그러니까 이게 그 전하고 지금하고 말 구분이 다르지. 이판사판 택이지.)

그럼.

(조사자 : 아~ 이발난출을 이판사판이란 말이지.)

(청중 : 한 마디 하나 두 마디 하나 이판사판.)

그 전에 이발난출. 내 아까 얘기하든 닷근이나 댓근이나 이런 식이 되는 거지.

(조사자 : 그 소리는 지금 할머니한테 처음 듣는 소리인데 한번만 다시 해보세요.)

뭘?

(조사자 : 이발난출. 열고보니 닫고보니 그 소리.)

한 마디 하라니 또 하지. 한 마디 하나 두 마디하나 똑같애.

(조사자 : 그럼요.)

한 마디 하나 두 마디 하나 하기는 이발 하기는 매한가진데 하기는 매한가진데 또 뭐….

(조사자 : 하하, 아니 아까 그게 막 즉흥적으로 만드시니까 이게 딱 안 들어오는 거야. 열고 보나 닫고 보나 이발난출 아닌가 한 마디 하나 이렇게 하셨지.)

　　열구 보나 닫구 보나 이발난출(이판사판) 아니요
　　한 마디 하나 두 마디 하나 하기는 매일반이라.

(조사자 : 그렇죠. 그렇게 아까 하셨어. 아이고~ 하하하.)

(청중 : 처음에 그렇게.)

(조사자 : 처음에 그렇게 하셨어.)

소리가 그렇게 좋으신가보다.

난 누가 날 데려가 소리하라면 난 참 좋아.

(조사자 : 하하하.)

(조사자 : 그 아라리 대회에 왜 안 나가셨어요?)

그저 그 챙피해서 안 나갔다니.

(청중 : 챙피하다고 안 나갔어.)

챙피하다고 이○○네 반이 와서 그렇게 가자고 해도 안 갔다니. 그때야
내가 뭐 뭐 다치지 않고 목이야 정말 제일 잘 넘어갔었지. 여 정선에서
아리랑 사람들 다 오라 그래 내가. 그래 어제 왔던 이가 그러잖아. 그 전
소리하던 이 다 어디 갔냐고.

        개구리란 놈이 깡충 뛰는 건 멀리 가자는 뜨지요(뜻이오)
        할금할금 나를 보는 건 정 드자는 뜨지라

(조사자 : 그렇지.)

참 꽤 싱겁다. 꽤.

(조사자 : 그러니 진짜 싱거운 사람은 우리죠. 그 싱거운 소리를 열심히
듣느라고 이러고 있으니.)

그걸 그 저 싱거운 걸 듣느라고.

(조사자 : 얼마나 싱거워?)

싱거운 걸 듣느라고 점심을 사줘가매 아이고.

(조사자 : 아니 그게 아니고)

(조사자 : 더 싱겁지.)

(조사자 : 열심히 받아 써. 하하하.)

(조사자 : 우리는 더 싱거워.)

　　노가지 상낭게다가(상나무에다가) 쌍그네를 매고
　　김도령을 불러다놓고서 배그늘 뛰러 가자(배를 그네 삼아 뛰자)

그게 얼마나 좋겠나.

(조사자 : 예, 배그늘 뛰러가자.)

하하하. 그게 얼마나 좋겠나.

(조사자 : 좋지요. 근데 '엮음 아라리'는 별로 즐겨 하지 않는 거 같아
요?)

안 해요.

(조사자 : 엮음은 안 하고. 그 전에도 엮음은 별로 안 하셨어요?)

안 했어요.

(조사자 : 주변에 어른들도 엮음은 별로 안 하셨어요?)

안 해요. 하는 사람 없어요.

(조사자 : 엮음은 안 하셨어요?)

야, 하는 사람 없어요.

　　우리 어머니 날 가질 적에 고비야국을 잡쳤나
　　구비구비 살아갈수록 점점 고상일세

(조사자 : 그렇지. 친정어머니 죄 있나요?)

하하하.

친정어머니 벌써 죽었어.

아, 어린 애 아 서이를 낳고, 둘 낳고 죽었는데 뭐.

(조사자 : 아, 일찍 가셨구나.)

녹음방초는 해마동 연연이 오건만

한번 가신 우리 부모는 왜 아니 오나

(조사자 : 아라리를 죽 하면 속이 시원하고 개운해지죠?)

시원하죠, 뭐.

(조사자 : 아, 그래서 소리를 또 아라리를 좋아하시는구나.)

내가 언제 소리하러 어디로 산으로 ○○○ ○○

(조사자 : 산에?)

어. 산에 말게 올라가서 해 봐요. 소리 잘 나오지.

(조사자 : 예, 예. 그렇죠.)

그래고 내려와 가지고 집에 와서 놀고 하하.

(조사자 : 그 저기 날 풀리고 하면 할머니 모시고 산에 가야 되겠다.)

어, 그 재밌지 뭐.

(조사자 : 저기 저 음료수 좀 맛있는 거 사들고 올라가서 하루 종일 놀면서.)

그거 재밌어. 산에 가서 소리하면 참 잘 나와요. 공기 바람이 좋아가지고.

칭칭이 소리 / 가창유희요

자료코드 : 03_10_FOS_20090211_KDH_JSJ_0013

조사장소 : 강원도 정선군 정선읍 봉양9리 5-32번지 전숙자 자택

조사일시 : 2009.2.11

조 사 자 : 강등학, 이영식, 박은영, 유태웅

제 보 자 : 전숙자, 여, 76세

청   중 : 김용재

구연상황 : 아라리 4수를 부른 후, 아라리를 부르는 즐거움에 관한 이야기를 나누다 조사

자가 '칭칭이 소리'를 아느냐고 물었다. 고향 광하리에서 방이나 마당에서 남녀 할 것 없이 동기간끼리 모여 파연곡으로 많이 불렀다는 말을 하면서 노래를 불러주었다. 작년에 경로당에서 소리를 매기느라 힘들었다는 말을 하였다. 뒷소리는 조사자들이 받았다.

치나칭칭 나네
치나칭칭 나네
파연곡이 없겠느냐
치나칭칭 나네
파연곡을 불러야지
치나칭칭 나네
요내 갱변(강변)에 돌도 많다
치나칭칭 나네
시가문에는 말도 많다
치나칭칭 나네
저 하늘에는 별도 많다
치나칭칭 나네
잔솔밭에 옹이도 많다
치나칭칭 나네
오늘겉이 좋은 날에
치나칭칭 나네
칭칭가를 불러보세
치나칭칭 나네
삼단같은에 요 내 머리
치나칭칭 나네
비사리춤(댑싸리비 모양으로 거칠고 뭉뚝해진 머리털)이다 던진다네

치나칭칭 나네
시집살이가 어떻던가
치나칭칭 나네
시집살이는 살만하데
치나칭칭 나네
고무신짝도 떨어진 걸
치나칭칭 나네
좋다구나 신어보니
치나칭칭 나네
발이 아파 못 신겠네
치나칭칭 나네
우리집에 시어머니는
치나칭칭 나네
말도 많고 숭(흉)도 많네
치나칭칭 나네
어느 시집엘 가겠는가
치나칭칭 나네
시집살이 못 하겠네
치나칭칭 나네
그래도야 어떠하나
치나칭칭 나네
하늘에도 올라가믄
치나칭칭 나네
별도 많고 달도 많다
치나칭칭 나네
고만하고 쉬여하자

치나칭칭 나네

오조밭에 새 들었네

치나칭칭 나네

후어~

아라리 / 가창유희요

자료코드 : 03_10_FOS_20090211_KDH_JSJ_0014

조사장소 : 강원도 정선군 정선읍 봉양9리 5-32번지 전숙자 자택

조사일시 : 2009.2.11

조 사 자 : 강등학, 이영식, 박은영, 유태웅

제 보 자 : 전숙자, 여, 76세

구연상황 : 전숙자가 담배를 피우며 잠시 쉬고 들어온 뒤, 조사자가 재미있는 아라리 사
설 예를 들며 분위기를 이어갔다. 전숙자가 사설 이야기를 듣다가 문득 떠오
른 듯 노래를 부르기 시작했다.

내가는 가마채 붙잡고 대성통곡 말구서

내가는 고즈로(곳으로) 달머슴을 오너라

(조사자 : 너무해. 하하하.)

한달에야 두세 번씩 문안편지 말구서

일년에야 한번씩이나 오셨다가 가세요

(조사자 : 그렇죠. 그래야 실속있지.)

콩 하나 팥 하나 / 다리뽑기 하는 소리

자료코드 : 03_10_FOS_20090211_KDH_JSJ_0015
조사장소 : 강원도 정선군 정선읍 봉양9리 5-32번지 전숙자 자택
조사일시 : 2009.2.11
조 사 자 : 강등학, 이영식, 박은영, 유태웅
제 보 자 : 전숙자, 여, 76세
구연상황 : 아라리 두 수를 부른 후, 쉬는 틈에 조사자가 어릴 적 아이들과 다리를 세며
          놀지 않았느냐는 질문을 던졌다. 전숙자는 재미있었다는 말을 하며 조사자에
          게 같이 해보자고 했다. 조사자와 다리 뽑기를 직접하며 노래를 불렀다.

  [조사자와 다리 뽑기를 하며]

    콩 하나 팥 하나
    이용지용
    올라가다가
    가매꼭지 달그(닭의) 똥

  나 났어. 하마.

    콩 하나 팥 하나
    올라가다가
    가매꼭지 달그 똥.

꿩꿩 꿩서방 / 다리뽑기 하는 소리

자료코드 : 03_10_FOS_20090211_KDH_JSJ_0016
조사장소 : 강원도 정선군 정선읍 봉양9리 5-32번지 전숙자 자택
조사일시 : 2009.2.11
조 사 자 : 강등학, 이영식, 박은영, 유태웅
제 보 자 : 전숙자, 여, 76세

구연상황 : 아라리 두 수를 부른 후, 쉬는 틈에 조사자가 어릴 적 아이들과 다리를 세며 놀지 않았느냐는 질문을 던졌다. 전숙자는 재미있었다는 말을 하며 조사자에게 같이 해보자고 했다. 조사자와 다리 뽑기를 직접 하며 노래를 불렀다. 먼저 '콩하나팥하나'를 부르며 다리 뽑기를 직접 해 본 후, '이거리 저거리 갓거리'를 조금 부르다 생각이 안 난다고 멈추고, 이 노래를 불렀다. 이런 종류의 노래가 많았다고 한다.

꿩꿩 꿩서방

자네집이 어딘가

이산저산 넘어서

덤불 밑이 내 집일세

뭘 먹고 사나

멀구 다래 따먹다

불알이 홀켜 죽었네

(조사자 : 하하. 내가 쏙 빼면 돼.)

아, 그 노래도 이거 하는군요.

(조사자 : 이걸 다리뽑기 할 때.)

많아. 이것도 여러 가지여.

(조사자 : 이 노래를 다리뽑기할 때 부르셨나요?)

그럼. 그래서 이 다리를 먼저 뽑은 사람으는 이긴 사람이고, 냉중 뽑은 사람으는 그 그 아주 젤 모자른 사람이거든.

거서 인제 벌 받아야지.

(조사자 : 어떤 벌을?)

노래를 해야지.

(조사자 : 노래를 하고 시키는대로 하겠지.)

아침 바람 찬 바람에 / 손뼉치기 하는 소리

자료코드 : 03_10_FOS_20090211_KDH_JSJ_0017
조사장소 : 강원도 정선군 정선읍 봉양9리 5-32번지 전숙자 자택
조사일시 : 2009.2.11
조 사 자 : 강등학, 이영식, 박은영, 유태웅
제 보 자 : 전숙자, 여, 76세
구연상황 : '다리뽑기 하는 소리'를 마친 후, 조사자의 손뼉치기하며 부른 노래는 없었냐
는 질문에 있었다고 대답한다. 조사자에게 손뼉치기를 직접 가르쳐주며 노래
를 불렀다. 이런 종류의 노래 또한 많았다고 한다.

아침 바람 찬 바람에

울구가는

울고가는 저 기러기

엽서 한 번 써주세요

구리구리

짱깨이쇼

남원읍에 성춘향이 / 신 부르는 소리

자료코드 : 03_10_FOS_20090211_KDH_JSJ_0018
조사장소 : 강원도 정선군 정선읍 봉양9리 5-32번지 전숙자 자택
조사일시 : 2009.2.11
조 사 자 : 강등학, 이영식, 박은영, 유태웅
제 보 자 : 전숙자, 여, 76세
구연상황 : 손뼉치기 하는 소리를 마친 후, 조사자가 방망이 잡고 부르는 소리를 아느냐
고 물었다. 전숙자는 알고 있다고 하며 자기한테 신이 잘 내린다고 하였다.
조사자들에게 직접 막대를 들게 하고 노래를 불러주었다. 조사자의 손을 보고
신이 내릴 것 같다고 하며, 신이 내리면 막대가 흔들린다고 한다. 조사자들이
번갈아가며 막대를 들었다.

남원읍에 성춘향이

남원읍에 성춘향아

양짝 팔어깨로 ○○ 좔좔 내려서

그저 어데가서 뭐 좀 잃었다는 거

그거 좀 찾아와야지 안 찾아가지고 오면

춘향이가 아니다 아무 것도 아니다

아 춘향이는 남원읍에 성춘향이

어깨잡고 소매잡구 어깨잡고 소매잡구

양어깨 비달 짚고 어딜로 어디로

철철 내려서 물을 찾던지 가 맘에 있는 거

찾아오는게 영감하다 춘향이 잘 내릴 터이니

춘향이는 남원읍에 정선에 와가주고

여기는 봉양9리 왔습니다.

남원읍에 성춘향이

어깨잡고 소매잡구 양어깨 오른 어깨

비달 짚고 왼 어깨 유두 짚어서

잘 내려 가지고서 어데가 찾어 와야지

못 찾어오면 춘향이도 아니로구나

찾어오든지 아니면 낚시 걸어서

찾어 오든지 ○ 걸어

어데가 찾어오나 춘향이 영감한기

춘향이라 하더라 어데가 있는지

알기면 하면 찾어와야지

이 내리겠는데.

아라리 / 가창유희요

자료코드 : 03_10_FOS_20090425_KDH_JSJ_0001
조사장소 : 강원도 정선군 정선읍 봉양9리 5-32번지 전숙자 자택
조사일시 : 2009.4.25
조 사 자 : 강등학, 이영식, 박은영, 유태웅
제 보 자 : 전숙자, 여, 76세
구연상황 : '해와 달이 된 오누이'를 구연한 후, 아라리를 불렀다. 상당수가 1차 조사 때
에 불러준 노래였으며 중간중간 새로운 노래들이 섞여 있었다. 혼자 부르기가
많이 힘들고 어렵다며, 함께 불러줄 동무가 있었으면 좋겠다고 했다. 그래서
인지 1차 조사에 비해 흥이 덜 한 듯한 분위기였다.

이 밥에야 고기반찬은 맛을 몰러 못 먹나
사절치기 강냉이밥도 맘 편하면 되잖나.

영월은 덕포가 있어도 춥기만 춥고
평창은야 약수가 있어도 그대 당신만 죽더라?

(조사자 : 정선은 어떻게?)

야?

(조사자 : 정선 얘기도 해주셔야지.)

정선 얘기도?

울타리를 꺾으믄야 임이야 나온다더니
울타리 한폭을 다 헐어 제체도(젖혀도) 종문소석(종무소식)일세

울타리 밑에다가 우리 님 세워 놓구선
호박잎이 너훌넘출에 임이나 덮어주자

내가 저 건네 연당에 금붕어나 됐으믄
우리 님의 낚수(낚시) 끝에야 내가 물려 보거를

저근네 저 산이야 계룡산이 아니나
오동지 섣달에도 진달래꽃이 왜 피나

동박은 떨어지면은 낙엽에나 쌓이지
사시장차(사시장철) 임 그리와서 나는 못 살겠네

임자루야 하이여서 병 들은 그 몸이
인삼노약(인삼녹용의 잘못) 패독산두야 다 무효로구나

술 잘 먹고 돈 잘 쓸 적에 사이상유상하더니
돈 떨어지고 술 못 먹으니 백수건달일세

울너매 담너매 꼴비는 저 남자
눈치만야 있구 있으믄 내 술 받어 먹어라

돈두 싫고 금도 싫어 문전옥답 다 싫어
만주벌판에 신경들을 우리 조선 다 주게

옛날에 뭐 할머이들이.

(조사자 : 이거, 이거 하는 거예요? 돈도 싫고 금도 싫어?)

그럼. 돈도 싫고 다 싫어.

(조사자 : 아까 그 저기. 울타리를 다 뜯어 제쳐도 종무소식이라는 거. 그게 뭐 왜 안 나오는 거에요?)

어드로 갔겠지 뭐. 그 애인을 하나 뒀는데 어드로 갔으니.

(조사자 : 어디로 가서 안 온다고? 아까 저 도투마리는 뭐 몇 천개 이런 거 있잖아요? 그것도 노래가 있잖아요?)

그거는 베틀노랜데 그건 못 해. 그건 다 잊어버렸어.

(조사자 : 어 못하시고.)

신작루야 가이여게 저 포푸라 나무는
　　　닥구시(택시)야 가는 바람에 꾀꼬리 단풍이 들었네

　　　너두 안구 나두 안구 단 둘이 꼭 끈 안구선
　　　박연폭포 돌 구부듯이 똘똘 구불러보자

　　　영감아 홍감아 집 잘 봐라
　　　보리방아 품 팔어다가 보리개떡 쪄주게

그 을매나 음식이 그랬으면….
(조사자 : 영감은 돈을 안 버는 모양이네요?)
그럼 가만 있으니. 그 얼마나 읎으면 보리, 보릴 찧구 그 꺼푸리 갖다
가 개떡 쪄준다 핼라구.
(조사자 : 보리 찧구 남은)
꺼푸리. 나간거.
(조사자 : 껍질을 가지구….)
(조사자 : 그거 먹지도 못 하잖아요?)
그 은어가지고 와서. 그래도 음쓰니(없으니).
(조사자 : 그거라도.)

　　　세상천지가 변하구변해서 소금이 폭 쉬더래두
　　　여개 있는 이 사람들은 맘 변치 말구 사세요

(조사자 : 좋지요.)
세상천지가 변하구 변해서 뭐가 된다구요?
소금이 쇠.
(조사자 : 소금이 쇠가 뭐예요?)
소금은 폭 쉬 버리면 못 먹어.

(조사자 : 아하, 소금이 쇠?)

쉬더래도. 소금이 뭐하러 쉬겠소? 소리가 그런 거지.

(조사자 : 있을 수 없는 일이지.)

그렇지. 음는 거지.

(조사자 : 그 얘기로구나. 맞네. 그러면 됐네.)

그럼, 그러면…. 소금, 소금이 뭐하러 쉬는가?

(조사자 : 있을 수가 없지.)

있을 수 없는 일이….

올감재를 박박 긁어서 찜들여 놓구서
된호박 따다가 장 끓거든 잡숫구나 가세요

일루 오게 절로 오게 내 곁으루만 오게
수삼년 그리던 손목을 다시 만지어 보세

술 먹고 다니면 재밌어.

(조사자 : 약주 한잔 하시고 이런 소리 하면 재미가, 재미나겠네요?)

재밌어.

(조사자 : 또. 어울려서.)

그럼.

천리로구나 천리로구나 수천리로구나
곁에 두고 말하지 못하니 수천리로구나

우스운 걸 또 한마디 해봐?

(조사자 : 예, 우스운 거 재밌는 거.)

우리딸 이름은…. 헤 그걸 췰라니 내가 여기 앉아 못 춰 가지고 그래. 같잖어서. 옛날에 그 소리거든?

우리딸 보지는 울 외냄비 보지

감재 강냉이 질기다가 얄그래졌구나

(조사자 : 응? 이거 처음 듣는 건데?)

(조사자 : 이거 처음 듣는 건데?)

처음 듣지?

(조사자 : 그러니까. 안 하시지 잘 이걸. 잘 안 하시지 뭘. 알고 계시면서도 안 하시지?)

안 하지. 우떠 그걸 하는가?

(조사자 : 우리 딸 그거는 무슨 무슨 보지라구요?)

외냄비. (조사자 : 외냄비?) 외냄비. (조사자 : 아, 외냄비. 외냄비.)

(조사자 : 그리고, 강냉이?)

그럼. 감자 강냉이 즐기다가 얄그러졌지.

(조사자 : 감자,)

강낭이.

(조사자 : 강냉이. 뭐하다가?) 좋아하다가. (조사자 : 즐기다가.) 그러믄.
(조사자 : 즐기다가 다?)

얄그러졌지. (조사자 : 다 얇아졌구나.) 얄그러졌지 그냥. (조사자 : 얄그러졌구나.)

아이 남자들은 감자 강냉이 다 달렸잖애.

(조사자 : 아~ 즐기다가 다 얄그러졌구나.)

그럼 얄그러졌구나.

(조사자 : 얇아졌다는 거예요? 얄그러졌다는….)

얄그러졌지 다 고만.

(조사자 : 얇아졌다는 거지. 찌그러지고 얄그러졌다는.)

그럼. 얄그러졌다는 게지.

(조사자 : 그럼 낡았다는 얘기지?)

아, 그럼. 찌그러졌으지 얄그러졌다.

(조사자 : 찌그러졌다는 뜻의 얄그러졌다.)

(조사자 : 그게 의미가 중요한 거니까. 얇아진 건지, 얄그, 찌그러진 건지.)

찌그러진 것. (조사자 : 찌그러진 거지?) 그럼. 예예.

(조사자 : 재밌는 가사네. 그거 한 번 다시 해주세요.) 왜냐하면 우리가 처음 듣는 소리니까. 아니 그 저, 자료로 하는 거니까 상관 없어.

○○○ ○○○○○

(조사자 : 상관 없어.)

(조사자 : 공부하는 건데.)

(조사자 : 공분데 뭐. 예전, 예전 옛날 얘기는 더 야한 것도 많아.)

　　　　우리딸 보지는 외냄비 보지
　　　　감재 강낭이 질기다가 얄그래졌구나

(조사자 : 아주 재밌는 소리네.)

이걸 어데 가서 아들이, 아들이 들으면 에미 날 때려잡을려 할긴데?

(조사자 : 때리진 않고 한참 웃겠죠.)

　　　　우리딸 이름은 금서산에 옥인데
　　　　옆으로만 팩 돌려도 수백 명 식구가 먹고 살어

사향내가 나는 모양이지.

(조사자 : 그러니까 금서, 금서산에 옥인데.)

그러믄.

(조사자 : 옆으로만)

픽 돌려도

(조사자 : 픽 돌려도 수백 명 먹고 살아. 따라다니는 남자가 많구나.)

그러믄.

(조사자 : 수백 명은 먹고 산다고요?)

그러믄.

(조사자 : 수백 명?)

그러믄. 수백 명이 먹고 산다 이거여.

(조사자 : 그러니까 이제.)

(조사자 : 옆으로만 픽 돌아도?)

그럼.

(조사자 : 그러니까 남자 상대를 많이 한다는 소리겠지.)

옆으로 픽 돌리면 냄새가 그렇게 좋으니 남자가 그러 마이 따른다는
거여.

(조사자 : 이렇게 한번 몸만 돌려도?)

(조사자 : 몸만 돌려도. 그러니까 아까 노래 끝에 향내가 나는 모양이라
고 그랬잖아.)

그렇지.

(조사자 : 사향내가.)

그게 그래서 그런 거지.

(조사자 : 이제 진짜가 나오네.)

진짜 다 나오지. 갑자기 그러 앉아서 그러니 그렇지 그까짓 그냥 앉아
서 하루종일 한 사나흘해야 다 하지.

(조사자 : 이런 소리는 낮에 하는 게 좋아요 저녁 때 하시는 게 좋아요?)

저녁에 하는 게 좋지.

(조사자 : 약주 한잔 하시고?)

야.

(조사자 : 이런 소리 좀 몇 가지 더 해주세요.)

아주 좋네. 재밌네. 날 잡았다.

참 애 먹겠네. 난 꼭 걸려들지 말어야 된다고 내가.

(조사자 : 근데 그게 그게 누가 그렇게 되나요? 다 누가 시켜서 꺼내게
돼 있는 거야.)

　　　개구리란 놈이 깡충 뛰는 건 멀리 가자는 뜨지요(뜻이요)
　　　할금 보고 피쓱 웃는 건 정 드자는 뜨지라

(조사자 : 그렇지.)

　　　영감 놈이…

(조사자 : 영감 놈이)

(조사자 : 우스워서 또 못 하시는가 보다. 하세요.)

(조사자 : 아 그거 해요.)

어디 갔어. 잊어 먹었어.

(조사자 : 아 영감 놈이 해봐요.)

잊어 먹었어.

(조사자 : 영감 놈이 거시기 할라 그러지?)

(조사자 : 관계 없어. 영감 놈이… 아까 더한 것도 했는데 뭐. 영감 놈
이… 그놈의 영감 애 타겠네. 영감 놈이까지만 해놨으니까. 자 영감 놈이.)

　　　갈 질이(길이) 바빠 가지고 다꾸시 집어 탔더니

지금 다꾸시가 안 나와.

　　　조수란 놈 홀림에 넘어가 연애를 했구나

　　　요 놈의 기차야 소리말구 달려라

　　　　돈 없는야 전숙자 마음이 또 산란하구나

아이구 참 싱겁다 내가.
(조사자 : 영감놈이 어떻게 된거에요? 영감 놈이.)
몰라. 어디로 갔어.
(조사자 : 아이, 해봐요.)
찾아 가지고 겠다(있다가) 오거든. 나오거든.
(조사자 : 아, 들어가셨어? 다시?)
그럼. 다 들어갔어.
(조사자 : 영감 놈이. 그 영감은 왜 들어가더니 나오지를 않아.)
(조사자 : 그 그 지난번에 꼴두바우 아저씨 불렀잖아요? 그게 어떤 뜻이
에요?)
몰러. 뭔 뜻인지.
(조사자 : 꼴두바우 아저씨.)

　　　　아저씨야 못 된 거는 꼴두바우 아재씨
　　　　맛만 보라구 한번 주구며 볼 적마둥 달라네

그 그 뭐, 달랬겠지 뭐. 자꾸.
(조사자 : 그러니까 그게 뭐 몸을 달래는 거예요?)
그렇지.
(조사자 : 아하, 몸을 달래는 거예요?)
그럼, 그랬으니까 못된 놈의 아저씨지 뭐.

　　　　실죽에 밀죽에 댕길 줄으만 알았지
　　　　생사람야 죽는 줄으는 왜 그렇게 모르나

(조사자 : 그렇지. 사람은 살려야지.)

어랑 타령 / 가창유희요

자료코드 : 03_10_FOS_20090425_KDH_JSJ_0002
조사장소 : 강원도 정선군 정선읍 봉양9리 5-32번지 전숙자 자택
조사일시 : 2009.4.25
조 사 자 : 강등학, 이영식, 박은영, 유태웅
제 보 자 : 전숙자, 여, 76세
구연상황 : '영감 놈이'로 시작하는 아라리를 부르다 말고 다른 아라리를 부르자 조사자
들이 그 노래를 불러달라고 몇 번에 걸쳐 요청했다. 어떤 이유에서인지 전숙
자는 그 노래를 더 이상 부르려하지 않았고, 대신 '어랑 타령'을 불렀다. 집밖
에 사람이 지나간다며 조그맣게 노래를 부르는 것을, 제대로 다시 한 번 불러
달라고 요청하여 두 번째 부른 노래이다. 첫 번째 '어랑 타령'은 2009년 2월
11일, 1차 조사 때에도 불렀던 노래이다.

영감 잡놈의 짠지는 여기서 저만치 쏠구야
젊은 낭군의 짠지는 잔채(잘게 썬 채) 소채(잘게 썬 채)로 쓰노라.
어랑어랑 어허야 어허난다 디여라
요것도 몽땅에 내 사령

(조사자 : 지그니.)

지근이 재근이 눌러도 삼팔소 수건이 젖는데
요모조모 누르믄 뼈골이 살살 녹노라

난 몰러 그건 누가 했는지.

매화 타령 / 가창유희요

자료코드 : 03_10_FOS_20090425_KDH_JSJ_0003
조사장소 : 강원도 정선군 정선읍 봉양9리 5-32번지 전숙자 자택
조사일시 : 2009.4.25

조 사 자 : 강등학, 이영식, 박은영, 유태웅
제 보 자 : 전숙자, 여, 76세
구연상황 : '어랑 타령' 두 수를 부른 후, 재미있는 노래를 많이 알고 있다고 조사자가
　　　　　치켜올려주자 이 노래를 불렀다.

　　　　어저께 밤에도 나가자고 그저께 밤에는 귀경 가고
　　　　무슨 염체 삼살보선에 볼 박어 달라고 니 왜 그래.

　　그 지어 달라고 그랬겠지, 와가지고. 떨어졌으니, 영감이.

남도령 타령 / 가창유희요

자료코드 : 03_10_FOS_20090210_KDH_CCJ_0001
조사장소 : 강원도 정선군 정선읍 덕송1리 521번지 김형조 자택
조사일시 : 2009.2.10
조 사 자 : 강등학, 이영식, 박은영, 유태웅
제 보 자 : 최춘자, 여, 68세
구연상황 : 미리 전화로 약속하여 김형조를 만났다. 그런데 오전에 김형조가 공연이 있는
　　　　　까닭에 김형조가 소개한 북평면 남평2리와 정선읍 애산2리 삼봉경로당에서
　　　　　조사를 하게 되었다. 조사를 마친 후 오후에 김형조 집에 갔을 때에는 정선아
　　　　　리랑 전수 장학생인 신순자와 이수자인 최춘자가 함께 있었다. 이들은 조사자
　　　　　가 예전부터 알았던 처지인지라 이번 답사의 취지를 설명한 후 딸기를 먹고
　　　　　바로 노래를 부탁했다. 처음에는 아라리가 아닌 것 중에 알고 있는 노래를 의
　　　　　뢰하자, 어머니에게서 들은 노래라고 하면서 최춘자가 먼저 노래를 해주었다.

　　제가 어려서 어머님. 저 어머니가 좀 이 청이 좀 좋았습니다. 그래가지
고 지금 살아계시면은 백 십구 센데. 그때 제가 열 살 남짓해서 들었는데,
저는 이 소릴, 그럴 때는 뭐 별로 관심을 안 가졌거든요!
　　그런데 이 정선 시집을 와가지고 살면서, 그 정선 아리랑을 하면서, 저
도 이 정선 아리랑 하러 들어온 제는 애들 키우고 이러다보니 음 육십,

2001년도에 이 소리하러 들어왔습니다.

그래가지고, 그러다 그 소리를 하면서 그래도 그 옛날 어머니 부르던 소리가 생각이 나서 부분 부분 아는데, 언니에게 전화를 했죠.

"언니, 이 소리가 참 좋은데 그 좀 중간 중간 모르겠네." 이러니 언니가 가르쳐 줘가지고. 그래 가지고.

(조사자 : 언니는 지금 강릉 사세요?)

네.

(조사자 : 이 원래는 지금, 배우시기는, 이 노래는 꼭 특정한 곳에만 있는 건 아닌데, 최 선생님이 배운 거는 박월동에서 배운 거야! 그래가지고 소리가 여기까지 온 거야. 그리고 언니는 아직 거기 계시고? 네. 그래요, 그럼 한번 그.)

네. 그래서 소리를, 그 두 개를 제가.

(조사자 : 아 그러니까 그 남도령소리하고, 또 다른 거 또 하나 뭐예요?)

다른 거는 저기 또 그건 아마 잘은 모르겠는데, 저기 아마 자식들이 부모인데 효도할라고 아마 그런 소리 같습니다. 그 뭐 담 밖에다 뭐 연당을 파고 뭐 하는 그 소리, 그래 두 가지가 있습니다.

(조사자 : 그러면 먼저 최춘자 씨 남도령, 나물. 예 그 제목은 이제 따로 붙이더라도 남도령소리를 지금 하시겠습니다! 들어가세요.)

남산 우에(위에) 남도령아
서산 우에(위에) 서처녀야
나물 캐러 가자꾸나
등으루 갈라니 바람이 쎄고(세고)
골로 갈라니 물소리 쎄고(세고)
이러나저러나 골로 가세
올라가면 올고사리

내려오면 쇠고사리

뚝뚝 꺾어 활나물에

네귀뻴루 대폭보에

그득 담아 한폭 꺾어

정자 좋고 물 좋은데

점심밥을 먹구가세

남 도령에 밥을 펴니

삼년 묵은 보리밥에

말 피 같은 고초장에(고추장에)

서 처녀에 밥을 펴니

뱁씨 같은 전이밥에(쌀밥에)

앵두 같은 팥을 넣고

쇠뿔 같은 더덕 찜에

씨구(쓰고) 달구 다 먹었네

우리 둘이 자구가세

치마 뻿어(벗어) 평풍치고

단주 벗어 담요하고

저고리 벗어 베개하고

우리 둘이 이래더거(이러다가)

자석이(자식이) 들면 어이하나

아들이 나이면(낳으면) 내차지요

딸이 나이면(낳으면) 네차지라

아들이 나두(나도) 잘 키워라

딸이 나두(나도) 잘 키워라

어화둥둥 내새끼야

어화둥둥 내사랑아

우리 부모 늙어가네 / 가창유희요

자료코드 : 03_10_FOS_20090210_KDH_CCJ_0002
조사장소 : 강원도 정선군 정선읍 덕송1리 521번지 김형조 자택
조사일시 : 2009.2.10
조 사 자 : 강등학, 이영식, 박은영, 유태웅
제 보 자 : 최춘자, 여, 68세
구연상황 : 미리 전화로 약속하여 김형조를 만났다. 그런데 오전에 김형조가 공연이 있는
          까닭에 김형조가 소개한 북평면 남평2리와 정선읍 애산2리 삼봉경로당에서
          조사를 하게 되었다. 조사를 마친 후 오후에 김형조 집에 갔을 때에는 정선아
          리랑 전수 장학생인 신순자와 이수자인 최춘자가 함께 있었다. 이들은 조사자
          가 예전부터 알았던 처지인지라 이번 답사의 취지를 설명한 후 딸기를 먹고
          바로 노래를 부탁했다. 처음에는 아라리가 아닌 것 중에 알고 있는 노래를 부
          탁하자, 어머니에게서 들은 노래라며 최춘자가 먼저 남도령 타령를 해 주었
          다. 노래를 더 청하자 감기 때문에 목이 잠겼다고 하였다. 이에 조사자가 괜
          찮다고 하자 이 노래를 불렀다. 이 노래도 어머니한테 들은 것이나, 부모에게
          효도하는 노래라고 했다.

담 밖에다 연당을 파구

연당 안에는 금붕어가

오락가락 하는구나

연당 가에다 대를 심구

대 끝마다 학이 앉어

학어(학의) 부모는 젊어지고

우리 부모는 늙어가네

늙는 양은 서러워도

쇠는 양은 더욱 설어

댓님을 뜯어 배를 묶고

연잎을 뜯어 배를 모아

한배에는 기상을(기생을) 실꾸(싣고)

한배에는 부모님 가족을 그득 실어
술이면 안주이면 그득 실어
술렁술렁 배 띄워라
술렁술렁 배 띄워라
강릉 경포대 달맞이가자
헤라 만수--
헤라 대신이야

꾼자라라 라이라이 / 가창유희요

자료코드 : 03_10_MFS_20090210_KDH_CCJ_0001
조사장소 : 강원도 정선군 정선읍 덕송1리 521번지 김형조 자택
조사일시 : 2009.2.10
조 사 자 : 강등학, 이영식, 박은영, 유태웅
제 보 자 : 최춘자, 여, 68세
구연상황 : 미리 전화로 약속하여 김형조를 만났다. 그런데 오전에 김형조가 공연이 있는
까닭에 김형조가 소개한 북평면 남평2리와 정선읍 애산2리 삼봉경로당에서
조사를 하게 되었다. 조사를 마친 후 오후에 김형조 집에 갔을 때에는 정선아
리랑 전수 장학생인 신순자와 이수자인 최춘자가 함께 있었다. 이들은 조사자
가 예전부터 알았던 처지인지라 이번 답사의 취지를 설명한 후 딸기를 먹고
바로 노래를 부탁했다. 처음에는 아라리가 아닌 것 중에 알고 있는 노래를 부
탁하자, 어머니에게서 들은 노래라며 최춘자가 남도령 타령과 우리부모 늙어
가네를 해 주었다. 이어서 김형조가 밭가는소리와 곰배타령 그리고 아라리를
불렀다. 이에 조사자가 아라리 말고 다른 노래 또 없느냐고 하자 신순자가 이
노래를 자꾸 권했다. 최춘자는 이 노래를 시집오기 전에 고향인 강릉시 박월
동에서 오빠 친구들에게 배웠다. 이 노래는 아주 친한 사이가 아니면 잘 부르
지 않으며, 제보자는 해병대 노래로 알고 있다.

유 꾸라찌(클러치) 뿌라야(플라이어) 뺑끼(페인트) 몽끼(멍키) 핸드
오루(핸들) 스푸링구(스프링)

악셰레다(액셀러레이터) 셰루모다(셀모터) 아 징구로드냐

오이루메다(오일미터) 히드메다(히터미터) 스피드메다(스피드미터)

암메다(암미터) 젠자이데이다도(제너레이터)

아 셋쿤 사이쿤 도포 육십마이(마일)로 달려가는 운전수

저기 가는 아가씨 봄바람은 부는데

치맛자락 오락가락 휘날리는 저처녀야

다이야가 빵구났다 뼁 아 스프링이 부러지듯
목적지 서울로 아 어서가자 운전수야
꾼자라라 라이라이
꾼자라라 라이라이
꾼자라 라이라이
꾼자라라 꾼자이 라이라라

(조사자 : 아니, 이거를 누구한테 배우셨어요?)

그러니까 이거, 제가 박월리서 컸는데요, 그 박월리라는 동네가 쪼그만
해도 이 부락이 좀, 남자 여자가 좀 거셌다고 그러나요, 좀 쇠물렀다고 그
러나요? 근데 그럴 때 뭐 우리가 한 스무 살 안쪽인데, 스무 살 넘어선 제
가 늘 나와 다니고 이래서. 클 적에 인제 오빠도 있고 뭐 이웃에 인제 총
각들도 있고 이래서래 몰래(몰려) 댕기면서 그래서 이 노래를 배웠는데
뭐. 옛날에 뭐 저 설이라든가 아니면 뭐 보름 이때 명절이면 그 촌에서
뭐 클 적에 그렇죠 뭐. 큰 방에 모여서 뭐 이거 착착 하고[손으로 무릎과
손을 마주치며] 그래고 인제 이걸 인제 배웠는데. 근데 그 클 적에 배운
게 그게 잘. 저기

오색등불이 깜박이는 호르노 호에 밤 주막에
아 청춘남녀가 모여든다 우리들은 오하이 식스
한잔 들고 두잔 들어 오늘밤은 새이다로(새이도록)
내일은 천당 가도 오늘만은 우리세상
꾼자라라 라이라이
꾼자라라 라이라이
꾼자라 라이라이
꾼자라라 꾼자이 라이라라

8. 화암면

▌조사마을

강원도 정선군 화암면 건천리

조사일시 : 2009.2.17

조 사 자 : 강등학, 이영식, 박은영, 유태웅

강원도 정선군 화암면 건천리 마을 전경

　화암면은 원래 동면으로 불리었으나, 동서남북 방위로 붙여진 면 이름으로는 지역 이미지가 너무 약하다는 지역민의 의견을 따라 2009년 5월 1일자로 동면에서 화암면으로 변경하였다. 화암면은 면소재지가 있는 화암리를 중심으로 석곡리, 북동리, 몰운리, 건천리, 호촌리, 백전리 등 7개의 법정리에 13개의 행정리로 구성되어 있다.

　화암면은 조선조 말에 동중면 또는 동상면으로 불리어오다가 1909년

동면으로 개칭하였다. 1912년 군·면 통폐합 당시 10개 리로 개편하면서 호촌리에 있던 면사무소를 지금의 화암리로 이전하였다. 1962년 석탄산업이 활성화되어 인구가 급증하게 되자 사북, 고한, 직전리를 관할하는 사북출장소가 설치되었다. 그후 1973년 사북출장소 관할지역이 읍으로 승격되어 분리되면서 현재의 행정구역이 확정되어 오늘에 이르고 있다.

화암면은 북서쪽으로는 정선읍, 남서쪽으로는 남면, 북동쪽으로는 임계면, 동쪽은 삼척시와 각각 경계를 하고 있다. 그리고 북쪽에는 화암면과 여량면 그리고 임계면이 분기하는 고양산(1,151m)이 있고, 남쪽에는 지억산(1,117m), 노목산(1,148m)이 있으며, 북동쪽에는 각희산(1,083m)이 있다. 주변의 산지에서 발원한 계류들이 면 가운데로 몰려들어 어천(漁川)을 이루어 북북서 방향으로 흘러 정선읍에서 조양강과 만난다. 산지 사면이 가파르고 골짜기가 깊다. 규모가 큰 취락은 없고, 크지 않은 농경지들로 어천과 그 지류 하천을 따라 여러 곳의 골짜기에 분포되어 있다.

화암면의 총면적과 인구는 2007년 12월 현재 총면적은 135.11km²이고, 인구는 1,770명이다. 가구수는 771호인데, 이 중에 농가는 557호이다. 경지면적은 15.18km²인데, 밭이 14.43km²이고, 논이 0.75km²이다.

건천리(乾川里)는 해발 700~800m의 고지대에 위치한 마을로 물이 귀한 지역이라 건천이라 하였다. 예전에는 물이 귀해 겨울에는 눈을 녹여 식수로 쓰는 경우가 많았다. 하지만 식수에는 철분함량이 많아 건강에 효험이 있어 장수촌으로도 유명하다. 자연마을로는 건천리 중심 마을인 본동, 큰 벌판이 있는 큰벌, 숲이 울창해 마을 입구는 어두우나 안으로 들어가면 앞이 훤히 내다보이는 소일 그리고 손이골과 장아리가 있다.

건천리는 예전에 140여 호가 살던 큰 마을이었으나 현재는 29가구에 인구는 81명이다. 이 중에 24호가 농가이다. 전체면적은 11.4 km²로, 경지면적은 논이 없고 밭이 1.69km², 임야가 9.46 km²이다. 예전에는 콩, 옥수수, 감자, 메밀, 귀리 등을 심었으나 지금은 고랭지채소와 약초를 많이 재배한다. 마을구성원 대부분은 60대 이상이므로 노동력이 절대적으로 부족하여 화암리에서 인력을 조달한다.

건천리는 길이 험해서 대중교통인 버스가 다니지 않는다. 이러한 까닭에 마을주민들은 자가용이 없는 경우 택시를 이용할 수밖에 없는데, 택시도 오는 것을 꺼린다고 한다.

강원도 정선군 화암면 화암2리

조사일시 : 2009.2.17, 2009.4.24
조 사 자 : 강등학, 이영식, 박은영, 유태웅

강원도 정선군 화암면 화암2리 마을 전경

화암리(畵岩里)는 마을 사방으로 병풍처럼 둘러싸인 기암괴석이 마치 그림처럼 펼쳐져 있어 이를 한자화해 화암리가 되었다. 화암리에는 화암약수, 화암동굴 등 정선의 대표되는 관광자원이 입지하여 관광지로 유명한 곳이다. 화암리는 4개의 행정리로 분리되어 있는데, 면적이 28.8 km²로 화암면 지역 중에서 가장 넓으며, 경지면적은 밭이 1.89km², 논이 0.39km²이며, 임야는 25km²이다.

화암2리는 71세대에 163명이 거주하고 있는데, 농가는 26호이며 경지면적은 밭이 0.28km², 논이 25,900㎡이다. 논의 대부분은 지목으로만 논으로 되어 있을 뿐 실제 벼농사를 짓는 경우는 드물고, 대부분 밭작물을 심는다. 자연마을로는 쌀이 많이 생산되어 이름이 붙여진 미천, 금광을 개발하다 발견된 종류굴속에서 흘러나오는 물이 여름에는 시원하고 겨울에는 따뜻하다는 천포, 산림이 울창한 솔무덕과 절이 있던 점불이 있다.

미천마을에는 현재 화암동굴 대형버스 주차장 자리에 화암리에서는 제일 큰 논이 있었는데, 2002년 태풍 루사 때 모두 자갈밭으로 변해 도저히 손을 볼 수 없어 현재와 같이 주차장으로 만들었다. 그리고 화암동굴 입구의 천포마을 주민 대부분은 관광객을 상대로 식당, 기념품 판매점 등을 운영하고 있다. 특히, 천포마을은 1920년대에 금광이 개발되어 해방되던 1945년까지 금광촌으로 이름을 떨치던 곳이다.

화암면 대부분의 마을이 그러했듯이, 예전에 화암2리에서는 옥수수, 감자 등을 주로 심었으며, 삼베도 많이 했다. 지금은 배추, 고추, 옥수수, 감자 등을 주로 심는다. 이곳에서는 1마지기가 120평이라 한다. 서낭당은 천포마을과 미천마을에 있는데, 당고사는 음력 정월 열 나흗날에 마을별로 지낸다. 당고사 일을 맡아서 하는 사람을 제관이라 하며, 제관은 생기를 따져 이틀 전에 1명을 선출한다.

제보자

김용욱, 남, 1938년생

주 소 지 : 강원도 정선군 화암면 건천리
제보일시 : 2009.2.17
조 사 자 : 강등학, 이영식, 박은영, 유태웅

정선군 동면 백전리에서 태어났으며 현재
정선군 화암면 화암2리 싸내에 살고 있다.
머리를 까맣게 염색을 하여 나이보다 훨씬
젊어 보였으며 왼손은 의수였다. 산불감시
요원으로 활동하고 있다는 그는 조사 당일
에도 산불조심 완장을 차고 빨간 조끼를 입
고 있었다. 조사자에게 호의적으로 대해주
었으며 조사 또한 적극적으로 응해주었다.

제공 자료 목록
03_10_FOT_20090217_KDH_KYU_0001 용난 자리와 말구리재
03_10_FOT_20090217_KDH_KYU_0002 용소에 사는 강철이

남옥화, 여, 1936년생

주 소 지 : 강원도 정선군 화암면 화암2리
제보일시 : 2009.2.17
조 사 자 : 강등학, 이영식, 박은영, 유태웅

삼척시 하장면 갈전리에서 태어났다. 22
세에 정선군 화암면 화암리로 시집을 와 현
재는 화암2리 2반 460번지에 살고 있다. 조

사자들이 노인회관에 도착했을 때에는 고스톱을 치느라 조사에 별 관심을 보이지 않았으나, 고스톱을 마치고서는 가장 적극적으로 조사에 임했다. 조사자의 질문에 정확히 기억해 내지는 못 하는 노래도 있었지만 대부분은 부분적으로 알고 있거나 또는 구연해 주었다.

제공 자료 목록

03_10_FOT_20090217_KDH_NOH_0001 꼬부랑 할머니
03_10_FOS_20090217_KDH_NOH_0001 알 낳라 딸 낳라
03_10_FOS_20090217_KDH_NOH_0002 벌 날아가지 마라
03_10_FOS_20090217_KDH_NOH_0003 호랑밭에 불난다
03_10_FOS_20090217_KDH_NOH_0004 이집에 쏴라 저집에 쏴라
03_10_FOS_20090217_KDH_NOH_0005 개똥벌레 오너라
03_10_FOS_20090217_KDH_NOH_0006 풀무 소리
03_10_FOS_20090217_KDH_NOH_0007 별 하나 나 하나
03_10_FOS_20090217_KDH_NOH_0008 돌아간다 돌아간다
03_10_FOS_20090217_KDH_NOH_0009 앞니 빠진 갈가지
03_10_FOS_20090217_KDH_JOH_0004 이거리 저거리 갓거리
03_10_MFS_20090217_KDH_NOH_0001 사치기 사치기 사뽀뽀

문옥출, 여, 1931년생

주 소 지 : 강원도 정선군 화암면 화암2리
제보일시 : 2009.2.17
조 사 자 : 강등학, 이영식, 박은영, 유태웅

　정선군 화암면 화암1리에서 태어났다. 16세에 결혼하여 현재는 화암2리 2반에 살고 있다. 조사의 취지를 말씀 드리고 도움을 구했을 때, 불쑥 '아라리'를 부를 정도로 '아라리'에 대해서는 자신감을 가지고 있는 듯했다. 그러나 조사가 '아라리'를 제외한 전

래동요나 양육요를 중심으로 진행이 되자 기억해내는 노래들이 그다지 많지는 않았다. 조사에 흥미를 보이며 끝까지 자리를 지키며 조사 자체를 즐거워했다.

제공 자료 목록

03_10_FOS_20090217_KDH_MOC_0001 잠자리 꽁꽁

03_10_FOS_20090217_KDH_MOC_0002 길로 길로 가다가

03_10_FOS_20090217_KDH_MOC_0003 아라리

이건태, 남, 1950년생

주 소 지 : 강원도 정선군 임계면 봉산리

제보일시 : 2009.2.17

조 사 자 : 강등학, 이영식, 박은영, 유태웅

현재 임계면 봉산리에 살고 있다고 한다. 조사판에는 나중에 자리를 하게 되었으며 판의 흐름을 죽 지켜보다가 어릴 적 임계장 날에서 들었다는 약장수 노래를 자진해서 불러주었다. 조사자가 구체적으로 질문을 하며 여러 번 반복해서 불러주기를 원했으나 노래 부르는 횟수가 반복될수록 더욱 부끄러워하여 제대로 구연해주지 못했다.

제공 자료 목록

03_10_FOS_20090217_KDH_LKT_0001 며느리도 벅벅

03_10_FOS_20090217_KDH_LKT_0002 며느리도 조물락

이자경, 여, 1925년생

주 소 지 : 강원도 정선군 화암면 화암2리
제보일시 : 2009.2.17
조 사 자 : 강등학, 이영식, 박은영, 유태웅

강원도 화천에서 태어났다. 20세에 시집
을 와서 현재는 화암리2리 2반에서 살고 있
다. 작고 마른 체구였으나 나이에 비해 상당
히 정정했다. 조사자의 질문에는 '잠자리 잡
는 소리' 한 편만을 구연해 주었으나 조사
자체를 상당히 흥미롭게 지켜보았다.

제공 자료 목록
03_10_FOS_20090217_KDH_LJK_0001 잠자리 꽁꽁

이정순, 여, 1945년생

주 소 지 : 강원도 정선군 화암면 화암2리
제보일시 : 2009.4.24
조 사 자 : 강등학, 이영식, 박은영, 유태웅

정선군 임계면 봉산리에서 1남 5녀 중 넷
째로 태어났다. 금광에서 일을 하던 아버지
를 따라 어릴 적 임계면 북동으로 이사를 한
후 시집을 가기 전까지 그곳에서 자랐다고
한다. 19세에 정선군 화암면 화암리로 시집
을 와 지금까지 살고 있다. 노래를 좋아하고
잘 하던 부모님의 영향으로 형제들이 모두
노래를 좋아한다고 한다. 이정희의 언니이다.

제공 자료 목록

03_10_FOT_20090424_KDH_LJS_0001 까마귀 날자 배 떨어진다
03_10_FOS_20090424_KDH_LJS_0001 이거리 저거리 갓거리
03_10_FOS_20090424_KDH_LJS_0002 다복녀
03_10_FOS_20090424_KDH_LJS_0003 우리 아기 잘도 잔다
03_10_FOS_20090424_KDH_LJS_0004 해야 해야 나오너라
03_10_FOS_20090424_KDH_LJS_0005 다람아 다람아
03_10_FOS_20090424_KDH_LJS_0006 별 하나 나 하나
03_10_FOS_20090424_KDH_LJS_0007 했노 했노 고했노
03_10_FOS_20090424_KDH_LJS_0008 경복궁 타령
03_10_FOS_20090424_KDH_LJS_0009 아라리
03_10_MFS_20090424_KDH_LJH_0002 너영나영
03_10_MFS_20090424_KDH_LJH_0003 떵까라붕

이정희, 여, 1952년생

주 소 지 : 강원도 정선군 화암면 화암2리
제보일시 : 2009.4.24
조 사 자 : 강등학, 이영식, 박은영, 유태웅

정선군 임계면 봉산리에서 부친 이태현과
모친 장광선의 1남 5녀 중 막내로 태어났
다. 아버지 이태현의 고향은 강원도 평창군
이며 어머니 장광선은 임계면 북동리이다.
금광에서 일을 하던 아버지는 어머니의 친
정에서 운영하던 금광에서 일을 하다가 어
머니와 결혼을 했다. 아버지는 인물이 좋고
노는 것을 즐겨하는 바람둥이였던지라 어머
니의 고생이 많았다고 한다. 그럴 때마다 어머니는 아라리를 부르며 속을
달래고는 했는데, 이정희는 어릴 적부터 어머니의 아라리 소리를 들으며
자랐다고 한다. 뿐만 아니라 아버지 또한 막거리를 받아와 동네 사람들을

불러놓고 노래판을 벌이며 놀기를 즐길 정도로 흥이 많고 노래를 잘 했다고 한다. 친정어머니로부터 이정희의 소리는 간간하게 부르는 아버지를 닮았다는 이야기를 들어왔다. 노래를 잘 하는 부모의 영향으로 6남매가 모두 청승이 뚝뚝 떨어지게 노래를 잘 하였던 까닭에 형제들이 모두 모여 한바탕 놀면 동네 사람들이 구경을 올 정도였다고 한다.

22세에 정선군 화암면 화암리로 시집을 왔으나, 동면 면사무소에 근무하던 남편을 따라 주로 정선군 동면에서 지냈다.

제공 자료 목록

03_10_FOS_20090424_KDH_LJS_0008 경복궁 타령
03_10_FOS_20090424_KDH_LJS_0009 아라리
03_10_MFS_20090424_KDH_LJH_0001 떵까라붕
03_10_MFS_20090424_KDH_LJH_0002 너영나영
03_10_MFS_20090424_KDH_LJH_0003 떵까라붕
03_10_MFS_20090424_KDH_LJH_0004 뱃노래

전봉준, 남, 1943년생

주 소 지 : 강원도 정선군 화암면 건천리
제보일시 : 2009.2.17
조 사 자 : 강등학, 이영식, 박은영, 유태웅

정선군 화암면 건천리에서 태어나 지금까지 살고 있는 토박이다. 그의 최종학력은 초등학교로 현재의 상동분교를 졸업했다고 한다. 김용욱과 함께 조사에 적극적으로 응해주었다. 본인이 이야기를 잘 알고 있으면서도 처음에는 김용욱에게 이야기해줄 것을 권하였다. 그러나 김용욱이 구연하는 중간이나 끝부분에 자신이 알고 있는 이야기를

잊지 않고 덧붙이는 것으로 보아 이야기하는 것을 상당히 즐거워하는 듯
했다. 이야기 중간 중간 자신의 생각을 삽입하여 조사자들을 설득하거나
조사자의 동조를 얻으려는 경향 또한 강하였다.

제공 자료 목록
03_10_FOT_20090217_KDH_JBJ_0001 지성이면 감천
03_10_FOT_20090217_KDH_KYU_0001 용난 자리와 말구리재
03_10_FOT_20090217_KDH_KYU_0002 용소에 사는 강철이

전옥화, 여, 1953년생

주 소 지 : 강원도 정선군 화암면 화암2리
제보일시 : 2009.2.17
조 사 자 : 강등학, 이영식, 박은영, 유태웅

정선군 화암면 몰운2리에서 태어났다. 22
세에 결혼하여 현재는 화암2리 2반에 살고
있다. 제보자들 중에는 가장 나이가 젊었던
까닭에 처음에는 조사에 응하지 않으려고
했다. 그러나 조사의 취지를 꼼꼼히 이해시
켜주자 상당히 흥미를 보이며 알고 있는 것
은 적극적으로 구연해주고자 노력했다. 지
역이나 나이에 따라 노래가 달라짐을 흥미
로워했다.

제공 자료 목록
03_10_FOT_20090217_KDH_JOH_0001 잠자리 꽁꽁
03_10_FOS_20090217_KDH_JOH_0002 개똥벌레 오너라
03_10_FOS_20090217_KDH_JOH_0003 쥐야 쥐야
03_10_FOS_20090217_KDH_JOH_0004 이거리 저거리 갓거리
03_10_FOS_20090217_KDH_NOH_0009 앞니 빠진 갈가지

용난 자리와 말구리재

자료코드 : 03_10_FOT_20090217_KDH_KYU_0001

조사장소 : 강원도 정선군 화암면 건천리경로당

조사일시 : 2009.2.17

조 사 자 : 강등학, 이영식, 박은영, 유태웅

제보자 1 : 김용욱, 남, 72세

제보자 2 : 전봉준, 남, 67세

구연상황 : 사전 약속 없이 건천리 노인회관을 찾았다. 7~8명의 사람들이 모여 전날 있었던 제사 음식을 나누어 먹고 있던 중, 조사자들을 맞아 흔쾌히 음식을 나누어 주었다. 김용욱과 전봉준은 조사자들에게 상당히 호의적으로 대하며 협조를 해주었으나 그 자리에 함께 있던 배태식이 조사자들을 의심하며 판의 분위기를 흐렸던 까닭에 조사를 진행함에 있어 약간의 어려움이 있었다. 오해가 어느 정도 풀린 후, 방을 따로 잡아 김용욱과 전봉준을 대상으로 마을조사부터 진행하였다. 마을에 전해 내려오는 전설이 없냐는 조사자의 질문에 김용욱이 이야기를 꺼내었다.

줄 거 리 : 옛날 풍촌이라는 동네에 머슴살이를 하는 부자가 살고 있었다. 아버지가 돌아가시자 아들은 아버지를 어디에 모셔야할 지 고민 중, 한 노인이 나타나 자리를 잡아주며, 아버지를 아무 것도 입히지 말고 거꾸로 묻으라고 했다. 차마 아버지를 거꾸로 묻을 수 없었던 아들은 똑바로 묻었는데, 그날부터 동네 개들이 밤마다 묘를 향해 짖어대기 시작했다. 견디다 못한 동네 사람들이 묘를 파자, 산으로 올라가려는 용이 나타났고 사람들은 그 용을 죽이게 된다. 그때 용이 난 자리는 지금도 아래로 푹 꺼져 내려간다고 한다. 또한, 그 때 용마가 나타나 용을 찾아 헤매다가 어느 재에서 꼬부라져 죽었는데, 말이 꼬부라져 죽었다하여 그 재를 말구리재라고 한다.

제보자 1 : 나도 들은 음긴데 자세한 건 모르고.

제보자 2 : 그 나도 들은 얘기래요.

제보자 1 : 덧재라는데 있어요. 여, 덧재.

(조사자 : 덧재요?)

제보자 1 : 야, 덧재.

제보자 2 : 덧재라고, 덧재 있어요.

(조사자 : 예.)

제보자 1 : 거기 있는데 거 풍촌이라는 동네가 또 있거든요. (조사자 : 풍?) 제보자 2 : 풍촌 (조사자 : 풍촌.)

제보자 1 : 야. 풍력 풍자에 마을 촌.

제보자 2 : 마을 촌자.

제보자 1 : 거기에 남의 집에 머슴 온 두 부자가 살았대요.

(조사자 : 아, 예, 예.)

제보자 1 : 근데 아버지가 돌아 가셨다거든요. (조사자 : 예.) 제보자 1 : 그러 이제 아버지를 어디다 모셔야 될 거 아니요? (조사자 : 예.) 제보자 1 : 거 남의 집 일꾼으로 있으니 뭐 땅이 있겠소 뭐 뭐가 있겠소?

제보자 2 : 그럼.

제보자 1 : 그래 걱정하고 있는데, 뭐 옷을 남루하게 입고 한 노인이 오더랍니다. 와가지고 그런 얘기를 하니까느로 그럼 여다 갖다 모셔라. 모시되, 아주 쌀몸땡이를 갖다가 모시라고 했대요. 옷을 일절 입히지 말고. 모시되 엎어서 까꿀로(거꾸로) 묻으라 했는데, 그게 부모니까 까꿀로 못 묻고. 웃도리 다 벗겼는데, 여 행전을 해 신겼어. 갖다 묻어 놨다네.

그래노니 그 어느 때 되니까 안개가 그 묘 우에 떠가지고 동네 개, 풍촌개가 그걸 치다보고 대고(계속) 짖어대니 동네 시끄러워 잠도 못 자고 하니까 올라 파냈대요. 그게 자연적으로 파게끔 만들어 놓은 땅인데.

파니까 용이 돼 가지고 까꿀로 모셔서 물로 이제 쏘이(소)로 잘 들어갔으면 될 틴데, 산으로 치게 해가지고, 그걸 뚜드려 잡았대요, 용이. 그래 그런 전설이 여기 있는데.

(조사자 : 그 거기를 뭐라 그럽니까? 그걸.)

그, 용자리, 용난 자리라고 그래지요. (조사자 : 용난 자리요?)

제보자 2 : 그 용이 지났다 용난 자리.

제보자 1 : 시방 그 자리가 계속 꺼져 내려간대요.

제보자 2 : 그 자리가 엄청나게 꺼져요.

제보자 1 : 야, 자꾸 꺼져 내려요. ○○○ 꺼져 내린다고.

제보자 2 : 거 구경을 하시면.

(조사자 : 여기서 멉니까?)

제보자 1 : 야? (조사자 : 여기서 먼가요?) 제보자 1 : 뭐이요? (조사자 : 거서, 거리가 멉니까, 여기서?) 옆에 있죠.

(조사자 : 거기도 무슨 립니까?)

제보자 1 : 여, 건천리 땅, 산이래요, 건천리. (조사자 : 건천리 땅이에요?)

제보자 1 : 야. 그런 전설이 하나 있어요.

(조사자 : 음, 아. 땅이 이제 점점 꺼지는구나.)

제보자 1 : 야. 자꾸 꺼져내려 간대요, 시방(지금).

또 다른 거 없으십니까?

제보자 2 : 아니요, 그게 다 끝나는 게 아니래요.

(조사자 : 또 있습니까?)

제보자 2 : 지금 그게 다 끝나는 게 아니래요. 이래 얘기하자면 한참 걸린다고.

(조사자 : 아니 그러니까 괜찮습니다.)

제보자 2 : 자세하게 얘기 하자면

제보자 1 : 해봐요.

제보자 2 : 그러는데 그게 있잖아요? 뭐냐면은, 그러면은 용이 나오면은 용마가 나와야 된단 말이에요.

(조사자 : 예 예. 그렇죠.)

제보자 2 : 예? 분명히 용이 나자므는 기왕 게(기어) 가는 게 아니고 날아가는 거도 아니고 용의, 용마를 타고 가야 되는데 백마를 타고 가야 되는데. 그러는데 그 말구리재 있잖아요.

(조사자 : 예?)

(조사자 : 말구리재.)

제보자 2 : 말, 구, 리, 재. 말, 말이 꾸부러 죽었다 해서 말구리재. 말이 꾸부러 죽었다 해서 말구리재. 그 말구리재가 있어요.

(조사자 : 예, 그것도 건천리구요?)

제보자 2 : 아니요, 그건 요 요기서 요기서.

제보자 1 : 건천리 땅이야.

제보자 2 : 건천리하고선 요 요 너매 하고선 이, 경, 이 경계선.

(조사자 : 예.)

제보자 2 : 말구리재라는 데서 인제 에, 그게 인제 내가 전부 다 중간에서 얘기하니까 또 계산이 틀린데. 그래갖고 뭐는 그, 뭐, 그 인제 개가 아까 인제 말씀하셨던 그 마을에, 저 쪽 너매 마을에 인제 그 주민들이 묘 씨기(쓰기) 전에는 기척 없던 놈의 개가 거 묘 쓰고부터는 개가 글로 치다 보서는 저녁만 되면 울어놓니. 그러니까 그 뭐 정기가 뻗쳤기 때문에 그렇겠지?

제보자 1 : 자연이 그렇게 ○○게끔.

제보자 2 : 야. 그래노니까 아유 뭐, 어느 정도 괜찮거니 이러 생각했는데. 이게 밤마다 그럼 잠을 못자고서는 개가 고만 동네가 난리가 나고 하니까는 참 그래가지고서는 뭐 아까 그 파보고서는 그 밑에. 까꾸로는, 그래니까 아까 바로 써야 되는데 꺼꿀로 써라. 뭐 옷이야 어떠 입었건 간에. 그러니까 부모 생각에, 부모가 돌아가셨는데 자식이 생각하기에 까꿀로 못 모셔. 손이 이렇게 내려와 있으믄은. 그쵸? 머리가 우로 가도 가야 되는데, 머리가 알로(아래로), 까꿀, 까꿀로 묻는 거야. 까꿀로 묻으래, 지관이, 풍수가. 지관이 까꿀로 묻으거라 하니까는. 그 까꿀로 묻었으면 지관 대로 얘기를 했으면 팔자가 됐지, 고마.

제보자 1 : 그럼.

제보자 2 : 뭐이, 뭐이 이름이 난대. 그 잘못해 놓으니까는. 그래서 아까 그 명산이라는 데 그 묘를 지금 보면은 묘에서 고 재를 넘으면 광대곡이 아니래요? 그 명산으로 들어가는.

(조사자 : 광?) 제보자 2 : 광대곡. (조사자 : 아, 광대곡.)

제보자 1 : 광대곡.

제보자 2 : 광대곡 그, 그게 명산이래요.

(조사자 : 아, 광대곡. 넘어가면 광대곡이로군요?)

제보자 1 : 광대곡.

제보자 2 : 예. 광대곡으로 넘어가요. 그래서 인제, 그게 그래 돼가지고 그러니까 참, 뭐이 밤에 말이 어홍어홍 울민. 왜서 그러냐면 그게 잘못 됐으니까. 용이 인제 될라고 하는데 잘못 됐으니까. 실패가 되니까는. 용마가 어디 댕기면서 아무리 찾아 댕기니까니 내가 태워가지고 댕길 사람이 안 나타나는 거야. 죽었으니까. 어차피 밤에 죽었으니까.

그래노니까는 울민 돌아 댕기다가 그래가주고선 죽은 게 어디 가서 보니까 거 재에 가서 죽었다 이거야. 그래 이 말이 꾸부러져 죽었다 해서 말구리재야 이름이.

(조사자 : 말구리재가 되는구나, 네.) 근데 사람 죽은 게 없잖아요?

제보자 2 : 사람이 죽을 수가 없지.

(조사자 : 아니, 요기도 장군이 나야 용마가 나는 거 아닌가요?)

제보자 2 : 근데 일단 생각하니 사람이 죽었는데 그 사람이 우떠 용이 된다는 얘기지, 용이.

(조사자 : 음.) 제보자 2 : 그렇지, 그죠?

그랬는데, 그랬는데 용이 나면은 용마가 있어야 되는데 게 울다가 죽어가지고 거 말이 꼬꾸라 죽었다 해가지고 말구리재.

(조사자 : 재밌네요.)

제보자 2 : 말이 꾸부러 죽었다 해가지고 말구리재.

용소에 사는 강철이

자료코드 : 03_10_FOT_20090217_KDH_KYU_0002
조사장소 : 강원도 정선군 화암면 건천리경로당
조사일시 : 2009.2.17
조 사 자 : 강등학, 이영식, 박은영, 유태웅
제보자 1 : 김용욱, 남, 72세
제보자 2 : 전봉준, 남, 67세
구연상황 : 노인회관 내 다른 방을 잡아 조사에 적극적인 전봉준과 김용욱을 대상으로
　　　　　설화를 중심으로 조사를 하였다. 마을에 내려오는 전설 이야기가 없느냐는 질
　　　　　문에 '용난 자리와 말구리재' 이야기를 해준 제보자들은 이어서 '용소에 사는
　　　　　강철이' 이야기를 해주었다. 전봉준과 김용욱이 동시에 이야기하는 경우가 있
　　　　　어 채록에 어려움이 있었다.
줄 거 리 : 용이 되지 못한 이무기가 강철이 되어 살고 있는 소를 용소라고 한다. 용소의
　　　　　물은 여름에는 시원하고 겨울에는 따뜻하여, 마을 사람들이 그곳에서 빨래를
　　　　　많이 한다. 한번은 용소에 빨래를 담가두고 다음날 가보았더니 빨래가 남김없
　　　　　이 사라져버리고 없었다. 아마도 강철이 끌어들어간 모양이다.

　　제보자 2 : 뭐, 용소다 뭐. 그런 얘기. 도시 사람들은 용소가 뭐이. 쏘가
뭐야? 이 뭐이 쏘라는 게 뭐래요, 쏘가? 뭐 춤추고 뭐 노래하고 쏘하는 거
말고. 물에 대해서 하는 얘기래요.

　　그게 쏘라니. 쏘, 쏘란 말이요, 그죠? 그러는데 이 용소골 바로 이 산소
옆에 그 굴. 산소 옆에 그 굴. 거기서 말이 뭐냐면은 강철이 나갔대. 강철
이 또 뭐이래요?

　　제보자 1 : 그건 이무기가 천년을 먹어도 용이 안 되고, 그 용이 될 수

없다고. 그래서 용 대신에 그 벌을 받아가지고. 강철이래가지고.

제보자 2 : 강철이 된단 얘기여.

제보자 1 : 나왔다 이래서.

(조사자 : 강철이요?)

제보자 1 : 야.

제보자 2 : 강철이 된다고.

제보자 1 : 야. 용, 용 대신에 못, 용이 안 되고.

(조사자 : 이무기, 이무기도 아니구요?)

제보자 1 : 이무기가 벌을 받아가지고 강철을 해서 인제 나왔지.

제보자 2 : 그 죄를 썼다는 얘기지.

제보자 1 : 그 용소골이라고 이러는데.

제보자 2 : 용, 용 용이 안 되고서는 용이 될라고 하다가.

제보자 1 : 우리 5대 조부님 산소 고 옆에 있거든.

그때 그.

제보자 2 : 산소 고 옆에 있어요.

(조사자 : 근데 어르신, 그러면은)

제보자 1 : 야.

(조사자 : 용소골이 아니고 용소요?)

제보자 1 : 야, 용소골이래요.

(조사자 : 용소골이 아니고 그러면 강철골로 하지 왜?)

제보자 1 : 글쎄, 그런데 우떼 그 그 전설은 그런데. 우떻게 용소골이라
그래.

(조사자 : 어, 거 참 희안하네.)

제보자 2 : 그 용소. 용소면은 그 인제.

제보자 1 : 용소야.

제보자 2 : 용소. 용소.

제보자 1 : 물 소재.

제보자 2 : 그런데 인제 용소골이라고 하거든. 그러는데 그게 어떻게 됐느냐 하면은, 그게 인제 전설의 얘긴데. 우떻게 됐는지 모르죠, 모르는데. 에, 그래가지고 이게 이제 말씀하셨잖아? 왜서 그러냐면은 잘못됐기 때문에. 용이 안 되고서는 고만 깡철이 돼 가지고 이게 터져나갔단 말이에요. 터져나갔단 말이요.

(조사자 : 이무기가 되면은,)

제보자 2 : 거기서.

(조사자 : 용이 되면 용이고, 안되면 강철이란 말씀이죠?)

제보자 1 : 이무기는 용이 될 수 없다고.

제보자 2 : 그 저 골목이 있어요. 지금도 가면.

제보자 1 : 될 수 없는데, 용이 안 되고 천년을 이천 년을 먹어가지고 용이 안 됐으니까 그 이제 이무기가 강철로 변해가지고, 뭐 강철이 뭔지는 몰라도 변해서 나왔다 해가지고.

(조사자 : 우리가 아는 쇠붙이 강철이 아니구요?)

제보자 1 : 야, 아니고. 솟아나온거지.

제보자 2 : 그게 인제 그 조화로,

제보자 1 : 구멍이 있어요.

제보자 2 : 물이 터져 나와. 물이.

(조사자 : 물이 나와요 거기서?)

(조사자 : 그래서 그걸 용소라고 하는 건가요?)

제보자 2 : 물이 터져나오는 거야.

제보자 1 : 굴이 크진, 크진 안 해. 뭐이, 앉, 앉으면 요 닿을까 말까해.

제보자 2 : 입구는.

제보자 1 : 크진 안 해요. 내가 거 가,

제보자 2 : 그런데,

제보자 1 : 앞에 자갈이 나왔잖우. 거 장마지면 물이 막

제보자 2 : 옛날에 말이, 빨래를, 빨래를 인제 거서 빨래를 했잖어. 집이 다 있었어요.

제보자 1 : 있었어.

제보자 2 : 집이 다 있었는데. 빨래를 하는데, 그러니까는 거기다 갖다 줘넣어. 거기는 겨울이나 여름이나 뭐 똑같으니까. 얼지도 안하고 뜨뜻하고. 여름에는 뜨뜻하고.

제보자 1 : 지하수가.

(조사자 : 아, 지하수가?)

제보자 1 : 지하수가 올라오기 때문에.

제보자 2 : 여름에는 차고 겨울에는 뜨뜻해. 아주 이 그 저 온도가 뜨뜻해요, 물이. 근데 거다 빨래를 넣었더니, 빨래를 거다 담궈놓고서는 집에 들어와서 그 이튿날 아침에 나가보니 빨래가 한 개도 없더래요.

(조사자 : 빨래가 없어졌다고?)

제보자 2 : 그 왜서 없어졌느냐? 싹 빨려 들어가고 없더래요.

(조사자 : 뭐가 어, 어떻게?)

제보자 2 : 거 굴로.

제보자 1 : 굴로 끌려들어갔다 이거지.

(조사자 : 빨려 들어갔다고요?)

제보자 2 : 그럼.

제보자 1 : 뭐, 뭐이 끌고 들어갔단 얘기지.

제보자 2 : 한 개도 없더라 이거요.

(조사자 : 아, 이무기가 있나?)

꼬부랑 할머니

자료코드 : 03_10_FOT_20090217_KDH_NOH_0001
조사장소 : 강원도 정선군 화암면 화암리 453-2번지 화암2리경로당

조사일시 : 2009.2.17

조 사 자 : 강등학, 이영식, 박은영, 유태웅

제 보 자 : 남옥화, 여, 74세

구연상황 : 사전 약속 없이 화암2리 노인회관을 찾았다. 10여 명의 할머니와 할아버지들
이 모여 고스톱을 치고 있다가 조사자를 맞았다. 조사의 취지를 말씀 드리고
옛날이야기나 노래를 풀어달라 요청을 하였으나 일부는 여전히 고스톱을 치
며 조사에 응하지 않았으며, 관심을 보이는 일부도 다들 기억이 나지 않는다
고 하며 어색한 분위기가 잠시 이어졌다. 조사자에게 술을 권하기도 하며 이
런저런 이야기를 나누던 중, 남옥화가 불쑥 이야기를 꺼냈다.

줄 거 리 : 꼬부랑 할머니가 산골을 가다가 꼬부랑 개를 만나 꼬부랑 막대기로 쳤더니
꼬부랑 개가 꼬부랑깽하며 도망갔다.

옛날에요 꼬부랑 할머니가요 꼬부랑 작대기를 짚고 산골로 구비구비 산
골로 가는데 이놈의 꼬부랑 개가 나타나더래요. 아니 이놈의 꼬부랑 개를
꼬부랑 작대기 가지고 톡 때리니까 꼬부랑 깽 꼬부랑 깽하며 도망가더래요.

까마귀 날자 배 떨어진다

자료코드 : 03_10_FOT_20090424_KDH_LJS_0001
조사장소 : 강원도 정선군 화암면 화암리 2001-3번지 이정순 자택

조사일시 : 2009.4.24

조 사 자 : 강등학, 이영식, 박은영, 유태웅

제 보 자 : 이정순, 여, 65세

구연상황 : 옛날이야기 아는 것이 있으면 들려달라는 조사자의 요청에 이정순이 '까마귀
날자 배 떨어진다'는 속담과 관련된 이야기를 들려주었다. 우리가 일반적으로
알고 있는 속담으로서의 의미가 아닌 불교적 인과응보설과 관련된 이야기로
서, 이 이야기는 절에서 테이프를 통해 들었다고 한다.

줄 거 리 : 어느날 배나무 위에 앉아 있던 까마귀가 날아가면서 떨어진 배에 맞아 그 밑

에 있던 뱀이 죽게 된다. 훗날 까마귀는 꿩으로 환생하고 뱀은 산돼지로 환생을 하게 된다. 꿩이 알을 품고 있는데, 그 위쪽에서 먹이를 찾아다니던 산돼지가 굴린 돌멩이에 맞아 꿩이 죽게 된다. 이처럼 몰래 지은 죄는 몰래 갚게 된다는 것이 불교의 인과응보설이라고 한다.

뭐 억울하며는 까마구 날라가자 배 떨어지기다 이렇게 알았거든요.

근데 어느 염, 염불판을 들어봤더니까 까마구가 배나무에 앉아 있었어요. 앉아있고 밑에, 배나무 밑에 뱀이 이렇게 또개리(또아리) 치고 있었대요. 그래서 까마구 날라가자 배가 뚝 떨어지면서 뱀을 때려가지고 그 뱀이 죽은 거예요.

뱀이 죽어가지고 그기 까마구가 날라가면서 뱀을, 뱀을 건드려서 죽었는지 절로 떨어졌는지 그래서 인제 까마구 날자 배 떨어지기다.

뱀이 죽어가지고 그 뱀이 죽어가지고 산돼지가 됐고, 그 까마귀가 죽어가지고 저 뭐야 꿩 까투리가 된 거예요. 까투리가 돼 가지고 새끼를 찾느라, 새끼를 날라고(낳으려고) 이래 보둑밭에서 새끼를 치잖애요? 보둑밭에 엎드려 알을 낳, 알을 낳고 인제 품어가지고 있는데.

그 산, 저 죽은 그 뱀이 죽어가지고 산돼지가 돼가지고 먹이를 찾느라고 꿀꿀꿀하면서 다니다가 돌멩이가 굴러가지고 그 까투리가 또 ○○ 죽은 거예요. 그래가지고 그거가지고 인과응보라 하잖아요?

그래가지고 몰래 지은 죄는 몰래 그래 갚게 되고, 알면서 그 사람을 때려잡으면 알아서 네 생애 태어나가지고 그 원수를 갚는대요, 불교의 공부는.

그래가지고 그 뱀이 죽어가지고 산돼지가 되고, 그 까마귀 죽어가지고 까투리가 됐는데 몰래 먹이를 찾느라고 고의는 아닌데 꿀꿀거리다가 돌미(돌멩이)에 굴려가지고 그 까투리를 잡았어요.

그래서 이 절, 저 뭐이야 절에 하는 얘기는 윤회설이고 인과응보라는 그 뜻이다. 그런 거는 인제 진짜 있었던 일이다.

지성이면 감천

자료코드 : 03_10_FOT_20090217_KDH_JBJ_0001
조사장소 : 강원도 정선군 화암면 건천리경로당
조사일시 : 2009.2.17
조 사 자 : 강등학, 이영식, 박은영, 유태웅
제 보 자 : 전봉준, 남, 67세
청   중 : 김용욱
구연상황 : 건천리 주변의 소(沼)의 이름에 얽힌 이야기들을 중심으로 조사를 진행하였
         다. 판의 분위기가 어느 정도 무르익었을 때, 재미있는 옛날이야기가 없냐는
         질문을 던졌다. 전봉준이 '지성이면 감천'에 대한 이야기를 먼저 꺼냈으면서
         도 이야기를 해주는 것을 싫다고 하였다. 김용욱이 이야기의 서두를 가볍게
         꺼내자 전봉준이 자신은 그와 이야기가 다르다며 뒤를 이어갔다. 구연 중간에
         술에 취한 이웃 사람이 방해를 해서 구연이 몇 번 끊기기도 했다.
줄 거 리 : 옛날 '지성'과 '감천'이라는 두 친구가 살고 있었다. 가난하고 못된 감천이는
         착하며 부자인 지성이의 재산을 빼앗기 위해 깊은 산 속에서 지성이의 두 눈
         을 빼버린다. 두 눈을 잃고 헤매던 지성이는 우연히 삼정승, 육판서가 난다는
         자리와 병을 낫게 해준다는 약물 이야기는 듣게 된다. 약물로 두 눈을 고친
         지성이는 삼정승 자리가 난다는 곳에 집을 짓고 아내를 얻어 부자로 잘 살게
         된다. 이게 다 감천이의 덕분이라고 생각하며 살던 지성이 앞에, 거지가 된
         감천이가 나타난다. 감천이를 잘 대접해주고 육판서가 난다는 자리에 집을 지
         어준 후, 두 친구는 잘 살게 된다.

　옛날 얘기잖아요, 이거? (조사자 : 예.) 지성이면 감천이다고. (조사자 :
그 해 주시죠.) 아이, 싫어.

　(청중 : 지성을, 지성을 들이면 하늘도 감천한다는 뜻이요, 그기.)

　(조사자 : 그런 뜻이에요?)

　(청중 : 야. 지성이면 감천.)

　아이, 나는….

　(청중 : 그기 말을.) 이기 두 형제가 형은 지성이고 동생은 감천이라는
거여. 이 동생 놈으는 욕심이 많아가지고 밤으로 동네 마을에 불이 환하

면은 그 집에 찾아 가면은 먹을 건 없고 만날 환자, 병든 환자 뭐 이런 집이고.

감천으는 그런 집에 가면은 제사 지내고 생일 집이고 음석(음식) 잘 생기고. 뭐, 이래가지고 지성이 감천이 그래, 그래면 그렇게 된다 뜻이 된다 했는데. 그걸 뭐 봤어야 알지 뭐, 허허허.

(조사자 : 아니 그걸 자세히 말씀해 주세요.)

(청중 : 했으면 해봐요.)

(청중 : 아니 난 난 또 달라요.)

(청중 : 담배 한 대 피우고 올게요.)

(조사자 : 그러니까 어르신 다른 걸 좀 해주세요.)

(청중 : 어이, 어이. 앉아 있어요.)

(청중 : 담배 한 대 피우고 올게 빨리 해.)

(청중 : 난 또 다르다니까는.)

(조사자 : 다른 걸 해주셔야죠.)

(청중 : 다른 걸 해봐요.)

이 양반은 형제라 했거든. 형제라 했잖아요, 그죠? 형제라 하는데 나는 내가 생각하는. 근데 어디서 어떻게 되는지는 모르지만서도. 이 지성이 감천이라는게 그게 친구래요.

(조사자 : 지성이와 감천이가요?)

친구라니까. 지성이, 감천이 둘이 친구라니까. 그러면 쉽게 말해서 지성이, 감천이 이렇게 친구래요, 친구.

(조사자 : 아 예.)

내가사 얘기. 저 놈은 형제라 했죠? 두 형젠데 뭐 마음이 좋고. 우린 친군데. 둘이 친군데. 시간 너무 걸리면 안 되는데.

(조사자 : 아이 괜찮습니다.)

마이 걸린다니까?

(조사자 : 아이 괜찮습니다.)

그럼 간단히 빨리 잘라야지.

(조사자 : 아이 자르지 마시고.)

(조사자 : 자르지 말고 해주세요.)

(조사자 : 아이 어르신.)

근데 나는 몰래. 내가 거짓부리하기 때문에. (조사자 : 거짓부리예요.)

지성이 감천이가 두 친군데 인제 아주 둘도 없는 친구, 둘이 딱 친군데. 이제 감천이라는 사람으는 나쁜 놈이야 진짜.

(조사자 : 어.)

그러니까는 감자가 들었는데 나쁜 놈이지. 뭔 오감이 생긴 사람이 많기 때문에. 그래 감천이도 지성이는 착한 사람이 지성이지. 글자 그대로잖아요, 그죠?

그러는데 인제 둘이 살아가는데, 이 생활 상태가, 그니까 그런 거에요. 감천이란 놈으는 아무것도 없어. 먹고 사는 게 곤란하단 얘기지. 그래도 아 지성이는 착하니까는 잘 먹고 살 꺼 아니에요?

(조사자 : 예.)

뭐 돈이 많다는 얘기지. 그러 둘이 인제 인제 고만 날마다 세월을 피우고선 인제 살아가는데. 감천이가 하 ○○○ 친구가 저게 돈이 많으니까 욕심이 나잖아, 그죠?

(조사자 : 네.)

저 놈을 어떻게 처지를 하면은 내가 그걸 빼앗아가지고 살면은 내가 잘 살 거 같단 말이요. 나쁜 놈이잖아요, 그죠? 그랬는데, 하루는 연구를 해 가지고서는 짜가지고서는,

"가자. 여행을 가자."

인제 가다가서는 어디 외딴 데 가서 처지할라는 거지. 잡을라 핸 거지. 나쁜 놈 아니요, 그죠?

그래서 가는데. 가다가다 가서는 인제 뭐 참 산을 넘고 뭐 옛날 얘기는 전부다 그거잖아요? 첩첩 산중으로 돌아댕기고서는 뭐 집도 드물고 그래 까 했는데.

그래 가다가선 큰 재가 인제 올라가는데 저 재를 넘어 가가지고선 가 면 또 어디를 갈 것이다하고 가는데. 그 이제 잿말랑(재의 정상)에 떡 올 라가서 감천이라는 놈이, 지성이를 보고서는.

"야 이제 우리 조금 좀 쉬어가지고 가자. 쉬어 가지고 가자."

그러니 거기 떡 앉아서 쉰다는데. 쉬민서 인제 연구하는 거야.

감천이는, '요 놈을 어떻게 해서 저 놈을 좀 어떻게 처지를 하느냐.'

고래 생각하고서는 그래 잠깐 쉬어가지고는,

"또 가자."

가는 거에요.

재, 인제 재말랑에 올라 섰으니까 인제 내려가, 내려가고 하고 있는데. 슬슬 내려간다 이거야. 내려가다가서는,

'아무리 생각해도 안 되겠다. 이런 데서 저놈을 처치해야겠다.'

둘이 싸움을 하는 거야. 친구가.

감천이는 친구를 잡을라고서는 어떻게든 저놈을 잡아야 되니까 잡을라 고서는 애를 썼는데. 뭐 뭐 뭐 서로 뻐티고서는 뭐 하고서는 이러하다 보 니까, 이 감천이가 지성이 눈을 빠잡아. 그 얘기뭐요, 얘기.

난 보지도 못하고 얘긴데, 그냥 옛날 얘기. 근데 어떻게 줬더니 눈을 싹 잡아 빼내가더래. 눈을 잡아 빼고 봉사가 되는 거 아닙니까? 그 참 미 치는 거지요.

그래니까는 뭔 보이질 않으니까 할 수 없단 말이여. 그래서 감천이는 고만 그대로 달아나버리는 거야.

'니는 이제 죽을 것이다.'

보지 못하는데 어쩌지요, 눈이 없는데.

그러니까네 이제 내려 궁글어(굴러)가지고서는 가다가다 내려 궁글어 가다가 기진맥진이 되고서는 이래 가다가는 뭐 이 넝쿨에 걸려가지고서 는 오도가도 못 하고 맥이 빠져 척 걸려서 거서 있은 거지. 난 보지는 안 했는데 그 얘기가.

　그래가지고서는 딱 있다 보니까 어디서 사람의 소리가 난다 이거여. 에 이, ○○○○ 사람의 소리가 나는데, 소리를 내면서 둘이 주고받고 얘기를 하는 게. 그래서 딱 귀를 기울여서 다 들으니까 얘기가 나오는데 무슨 얘 기냐 하면,

　"야, 이 아래 올라오다 보니까는 그 왜 올라오다 보니까는 오른쪽에는 보니까는 거기다가서는 터를 닦고 집을 하나 지어 놓으면은 삼정승이 나 겠더라."

　뭐 옛날 얘기가 바로 그거 아니요? 삼정승 육판서가 난다는 거.

　(조사자 : 예, 설명하지 마시고 말씀.)

　그래는데, 또 그렇게 답변이 뭐냐면,

　"야, 나도 봤다. 거 건네 보니까는 돌더미 두 개가 이렇게 있는데, 한 담, 두 두 개 있는데. 거기다가 지으면 육판서가 난다." 이거래요.

　거 삼정승 육판서 자리라고. 그러니 고걸 듣고 그래면서 또 이러대,

　"야, 거 참 그 물이 좋더라."

　물이 좋은데 그 물이 무슨 물이냐면 약물이라는 얘기야.

　눈이 없는 사람은 이게 눈을 못 뜨는 사람으는 그 물에다가서는 씨, 씻 으면은 광명천지가 돌아온다. 눈이 떨어진다는 얘기에요. 그러니 이 이 놈은 눈이 없으니까 보지를 못하니까. 야, 요게 인제 ○○○○○○○○○

　그래서, 그래서 가만있었다나? 가만있다가서 보니까 지나갈 꺼 아니에 요. 지나가니까는 이제 생각이 무슨 지금, 야 요 밑에라 했으니까, 눈이 없는 놈이 허더거리고 가는 거여. 그렇잖아요? 살라면은.

　허더거리고서는 이 개울 내려가다보니 뭐이 땅이 이래 디뎌보니 치치

하단(축축하단) 말이요.

'아, 요기 물이 있구나.'

보이지 않으니까.

치치하고 물이 있으니까 요 물이 있을 것이다. 그런데 자꾸자꾸 가다 보니까 물이 많은 데라. 거 가서 썼어(씻었어). 아닌 게 아니라 딱 씨니까(씻으니까) 눈이 멀쩡하게 떠졌단 말이여. 내 거짓불을 해서 클 났네?

(조사자 : 아니, 아닙니다.)

그래서 그래서 인제 그 과연 얘기를 고대로 들으니 이 눈이 떨어지니 요 밑에 가면은 뭐이 삼정승이 난다는 데가 있다, 저 건네 가면 육판사가 난다 하니까 걸 내려가갖고 꼭 그렇게 되어 있더란 얘기요.

그래서,

'야, 이건 내 자리다.'

이래가지고선 거기 앉아가지고서는 터를 그 이튿날부터 거서 인제 터를 닦고서는 거 집을 짓고서는 이래고서는 살아가고서는 이래 해가지고 사니까 뭐 돈이 저절로 벌리는 거죠. 그래서 인제 참 정말로 이 세상이 내 꺼로, 내 꺼로 돌아오는….

(청중 : 누가 찾아요?)

쪼끔만 있다가 오세요. 쪼끔만 있다가 오시라고. 여기 양반 아니여. [청중이 술이 취해 얘기판에 끼어들어서 하는 말] 외지 사람이 와가지고서는 아 그래.

그래가지고 사는데, 그래서 그러믄 장가를 가야 되잖우? 장가를 어떻게 가요, 그죠? 갈 수가 없잖아요? 그 산중, 산중 어디 어디 뭐 뭐 뭐 뭐 사람도 안 보이는데.

그런데 이게 스, 스님이 중이, 중이 인제 길을 가다가서는, 어떻게 글로 지나갔나봐요. 그래가지고 인제 가다 보니까는 거 뭐 ○○ 인제 스님은 중으는 옛날 말로는 도사라 하잖아요? (조사자 : 예. 도사.) 옛날 얘기. 도

사 아니예요? 그러니까 다 알죠.

(조사자 : 예.)

참 좋단 말이예요. 이게 터를 딱 보니까 좋고.

이렇게 하고서는 저 사람을 지성이, 그 이름이 지성이거든. 지성이가 그러돼 있으니까 장가를 들어야 될 거 아니예요? 그러니까 그러 인제 그 스님이 인제 어데서 인제 여자를 데려다가서는 둘이 살게 맨들어 놨어.

그 때 그 그 옛날 얘기 그저 그 뭐 결혼식이 어딨어요? 그 그 그 억지로 하는 건데. 맨들어 준 거지, 하늘이 맨들어 줬나 보죠.

그래서 인제 거기서 사는데. 하이튼 뭘 잘 되고 그러니까 사니까는 뭔 사람들도 오고 어, 벌어먹는 사람, 그럼 옛날 말로 종 있잖아, 쫑?

(조사자 : 예, 예.)

인제 그 갖다 놓고 이래이래 살고 이래는데, 그 지성이가 생각에 무슨 생각을 했느냐. 밤낮으로는 나는 잘 먹고 사는데, 감천이 생각난다 이기야. 그래 지성이 감천이라 이기야.

거, 거 첨에 핸 걸 계산하믄 만나믄 때려죽일 것 같지만서도 항상. 그러나 나는 왜 이렇게 잘사느냐. 누구 덕분에 잘 사느냐? 감천이 때문에 잘 산다는 얘기여. 그러니까 기다리고 앉아있는 거여.

'야 이게 어디 가서 죽지는 안 했나. 내가 죽어도 그놈을 만나야 내가 얘기도 하고 이렇게 할 텐데.'

그러다, 그래가지고 하루는 딱, 그러니까 옛날 말로는 뭐, 뭐 네 귀에 뭐 풍경을 달고 기와집에 이래 있다는 그기 나온단 말예요. 그렇게 사는데 만날 생각은, 뭐야 눈만 떨어지면 감천이 생각이 나는 기요. 그래서 지성이 감천이라요.

(청중 : 그 뭐 얘기가 질긴 지네.)

그래가지고 인제 사는데 하루는 종놈들이 뭘 바깥에서 난리지 뭐. 뭐이 아주 뭐 뭐 난리가 나고서는 그러는거 보니까는. 문을 턱 열고서 쪼르르르 옛날 말로 대코바리 인제 담뱃대, 담뱃대 이래 대코바리 해가지고 피우는데. 그러 떡 피우고 있는데, 문을 열어 놓니까,

(청중 : 가만 있어. 발 치워.) [술 취한 청중에게 하는 말]

그래가지고 보니까, 보니까 바로 감천이라 말이야. 아주 거지 중에 상거지, 다 떨어진 옷을 해 입고 이래 와 서 있으니까.

딱 보니까는 감천이라 말이야.

야~. 그래서,

"여봐라."는 하니까는,

"예." 하니 그래 인제,

"그 손님을 이리 들여 보내라, 모셔라."

이래 하니까 아이구 뭐 뭐 데려 모셔놓고서는 이래가지구. 이 놈은 뭐 어디 대가리 들기를 어디를 머리를 들 수가 없잖아요, 그죠? 뭐 머리를 이래 가지고 있으니,

"너 머리를 좀 들어봐라." 이래니,

머리를 떡 들어보니까는, 근데 그 사람을 알았는지 어쨌는지 모르겠지요. 알겠지. 그 뻔하지요.

그런데 딱 들고서 이래 치다보니 이래 가지고…. 깜짝 놀래지. 깜짝 놀래는 거 아니요? 잡았는데, 죽으라고서는 눈을 까놨는데 살아 앉아가지고 치다보니까 친구란 말이여. 그래더니까는 인제, 그러니까는,

'야 나는 인제 오늘 죽었다.'

인제 죽은 거 아니에요? 내가 잘못해가지고 죽으라고 해낸(해놓은) 놈이 살아가지고 이렇게 잘 살고 있으니까.

'나는 오늘 죽었다. 이거 내가 진짜 죽을 곳에 찾아왔구나.' 해서 고민을 한단 말이여. 고민을 하는데, 뭐 이 사람들을 불러놓고 그 풍악을 불러놓고,

"오늘으는 잔치를 벌여야 된다. 잔치를 벌려야 되니까 이 잔치에 모든

것을 아주 다 해라." 하니까, 뭐 그 그 해가지구선 참 찬란하게 딱 차려놓고 딱 앉아.

그러니까 나는 나 나는 감, 나는 젬(그럼) 감천이다, 감천이가 내가 이리 채리긴 잘 채려놨는데, 이걸 오늘 마지막으로 먹는다는 생각이 드는 거에요. 아무 소리는 안 하는데, 아무 소리는 안 하는데 이렇게 잘 채려주니까 니 실컷 먹고 죽어라 그런 생각을 나는 생각한다 이거야, 나는, 내가. 나를 그래 줄 필요가 없잖아요? 원순데.

그런데 야 그래가지고서는 고민을 하다보니까 탁 갖다 놓고는 먹어대는 거지요. 아이 뭐 아주 잔치가 벌어져 먹고서는 떡 갔는데. 마지막에 그래게 나는 참 정말로 죽을 지경이죠.

빨리 죽일려면 빨리 죽여야 되는데. 그래나 나는 한 가지 소원이 있다는 얘기야. 무조건 많이 먹고 죽자. 어차피 죽을 바에는 많이 먹고 죽자. 굶어 죽지 말고. 뭐 자꾸 줘 먹는 거야.

뭐 먹고선 실컷 먹고 그래 마지막에 가가지고선 에, 가, 지성이가 말을 하기를 뭐냐 하면은,

"아, 내가 오늘 이렇게 이렇게 찬란하게 하는 거는 무엇이냐? 나는 감천이 니 때문에 내가 이렇게 살았다. 그러니까 이젠 좀 마음 놓고 푸근하게 생각해라." 이 말이여.

그러니 이 마음이 살아나는 거여. 이제 다 먹으면 죽이는 줄 알았는데, 나는 지금 내가 죽이는 줄 알았는데 요렇게 하니까는 그제서야서는 마음이 확 풀어지고 화기가 돌아오고 그래 하는데, 그래서 인제 거기서 사는 거여, 같이. 같이 이제는 만났으니 같이 사는데.

그래서 어떻게 됐냐면은 또 그 놈을 친구를 어떻게 했냐며는 또 여자를 구해가지고서는 감천이 여, 여자를 구해가지고서는 결혼해가지곤 결혼이 아니고 그냥 살아가가고선. 그래 그 근네에다가선 집을 지었단 말이여.

아까 그 돌담 두 개 있었다고 했잖아요?

(조사자 : 아, 판서자리.)

(조사자 : 육판서.)

난 여기 삼정승이 나고 저기는 육판서가 난다는 얘기래요. 그래서 거기 가단 집을 거다 떡 지었단 말이에요.

짔구선 감천이를 거다가다 살게, 그래 거 거 감천이는 거게서 육판사가 나고서는 어 저게 지성이는 여기서 삼정승이 났단 말이여. 삼정승 육판서가 그래서 났다, 고런 얘기거든요. 그래서 뭐 인제 다들 잘 살면 고만이지 뭐.

알 낳라 딸 낳라 / 잠자리 부리는 소리

자료코드 : 03_10_FOS_20090217_KDH_NOH_0001
조사장소 : 강원도 정선군 화암면 화암리 453-2번지 화암2리경로당
조사일시 : 2009.2.17
조 사 자 : 강등학, 이영식, 박은영, 유태웅
제 보 자 : 남옥화, 여, 74세
청　　중 : 전옥화 외
구연상황 : 문옥출과 이자경이 '잠자리 잡는 소리'를 부른 후, 남옥화에게도 '잠자리 잡
　　　　　는 소리'를 불러달라고 요청했다. 정확하게 기억이 나지 않는 듯 어설프게 불
　　　　　렀다. 기억을 되살리는 의미에서 다시 한 번 불러줄 것을 요청했으나 처음과
　　　　　별 다를 바가 없었다. 다른 이들이 부르지 않았던, 잠자리를 잡은 후 알을 낳
　　　　　으라며 부르던 노래를 이어서 불렀다는 면에서 차별화가 된다.

　　　알 낳라 딸 낳라
　　　알 낳라 딸 낳라

하믄 알을 놓거든요?
알을 고만 입에다 대면 요게 홀짝 먹어요.

벌 날아가지 마라 / 벌 잡는 소리

자료코드 : 03_10_FOS_20090217_KDH_NOH_0002
조사장소 : 강원도 정선군 화암면 화암리 453-2번지 화암2리경로당
조사일시 : 2009.2.17
조 사 자 : 강등학, 이영식, 박은영, 유태웅
제 보 자 : 남옥화, 여, 74세
구연상황 : '잠자리 잡는 소리'에 대한 조사가 얼추 끝난 후, 호박꽃을 가지고 놀지 않았

느냐는 질문으로 조사를 이어갔다. 남옥화가 호박꽃 안에 벌이 들어가면 꽃잎을 오므려 휘휘 돌리며 놀았다고 했다. 그 때 노래를 부르지 않았냐는 질문에 이런 소리를 했다며 불러주었다.

벌 날아가지 말아라

벌 날아가지 말아라

니 날아가면 큰일난다

요 가만 엎드려 있어라

하고 휘휘 돌렸어요.

호랑밭에 불난다 / 풀뿌리 문지르는 소리

자료코드 : 03_10_FOS_20090217_KDH_NOH_0003
조사장소 : 강원도 정선군 화암면 화암리 453-2번지 화암2리경로당
조사일시 : 2009.2.17
조 사 자 : 강등학, 이영식, 박은영, 유태웅
제 보 자 : 남옥화, 여, 74세
구연상황 : 풀뿌리를 문지르며 부르던 노래가 없었느냐는 질문에 남옥화가 어릴 적 풀뿌리를 뜯어서 문지르며 이 노래를 불렀다고 한다. 뿌리를 문지르면 색깔이 빨갛게 변하기 때문에 '불난다'라고 노래했다고 한다.

[풀뿌리 문지르는 흉내를 내며]

풀뿌리를 캐가지구요 손으로 요래 문대미(문지르며),

호랑밭에 불난다

각시방에 불난다

느 집에 불난다

우리집에 불난다

불 꺼라

이랬지.

이집에 쏴라 저집에 쏴라 / 달팽이 부리는 소리

자료코드 : 03_10_FOS_20090217_KDH_NOH_0004
조사장소 : 강원도 정선군 화암면 화암리 453-2번지 화암2리경로당
조사일시 : 2009.2.17
조 사 자 : 강등학, 이영식, 박은영, 유태웅
제 보 자 : 남옥화, 여, 74세
구연상황 : 달팽이를 보고 부르던 노래가 없었느냐는 조사자의 질문에 남옥화가 달팽이
　　　　　뿔이 길게 나오는 것을 보고 이 노래를 불렀다고 했다. 이 노래를 부르면 뿔
　　　　　이 자꾸자꾸 길게 나온다고 했다.

달팽이가요, 이래 나면 뿔이 나잖아(나오잖아)?
지랗게(길다랗게) 나면은

　　　이 집에 쏴라
　　　저 집에 쏴라
　　　내 집에 쏘지 마라

이랬지.
그래면 질게 자꾸 질게 나와요.

개똥벌레 오너라 / 개똥벌레 잡는 소리

자료코드 : 03_10_FOS_20090217_KDH_NOH_0005
조사장소 : 강원도 정선군 화암면 화암리 453-2번지 화암2리경로당

조사일시 : 2009.2.17

조 사 자 : 강등학, 이영식, 박은영, 유태웅

제 보 자 : 남옥화, 여, 74세

구연상황 : 개울에서 목욕을 하다가 추워지면 해를 보고 부르던 노래가 없었느냐는 질문에 다들 불렀던 기억은 있으나 노래는 생각나지 않는다고 하였다. 이어서 개똥벌레를 잡으며 노래를 부르지 않았느냐는 질문에 남옥화가 이 노래를 떠올렸다. 손뼉을 치면서 노래를 부르기에 손뼉을 치지 말고 불러 달라 했더니, 이 노래는 원래 손뼉을 치며 부르던 노래라고 했다.

[손뼉을 치며]

개똥벌아 오너라

개똥벌아 오너라

이리 날아 오너라

잡자

이랬지.

풀무 소리 / 아기 어르는 소리

자료코드 : 03_10_FOS_20090217_KDH_NOH_0006

조사장소 : 강원도 정선군 화암면 화암리 453-2번지 화암2리경로당

조사일시 : 2009.2.17

조 사 자 : 강등학, 이영식, 박은영, 유태웅

제 보 자 : 남옥화, 여, 74세

구연상황 : 전옥화가 '쥐야 쥐야'를 부른 후, 문옥출이 자발적으로 아기 볼 때 부르던 노래를 불러주겠다고 했다. '세상달강'을 조금 부르다가 다른 노래를 불러주겠다며 '풀무 소리'를 불러주었다. 아기를 세워서 좌우로 흔들면서 부르던 노래라고 했다.

풀아 풀아

풀미 풀미 풀미 풀미

어데까지 풀미나

앞집에 가서 풀미나

뒷집에 가서 풀미나

우리집에서 풀미

다했다

별 하나 나 하나 / 별 헤는 소리

자료코드 : 03_10_FOS_20090217_KDH_NOH_0007
조사장소 : 강원도 정선군 화암면 화암리 453-2번지 화암2리경로당
조사일시 : 2009.2.17
조 사 자 : 강등학, 이영식, 박은영, 유태웅
제 보 자 : 남옥화, 여, 74세
구연상황 : 별 보면서 단숨에 부르던 노래가 없었느냐는 질문에 문옥출이 이 노래를 불렀다. 친구들과 밤에 별을 바라보면 부르던 노래로 숨 안 쉬고 빨리 부르는 사람이 이긴다고 했다.

별 하나 내 하나

별 둘 내 둘

별 셋 내 셋

별 셋 별 넷 내 넷

별 다섯 내 다섯

별 여섯 내 여섯

별 일곱 내 일곱

별 여덟 내 여덟

별 아홉 내 아홉

돌아간다 돌아간다 / 반지놀이 하는 소리

자료코드 : 03_10_FOS_20090217_KDH_NOH_0008

조사장소 : 강원도 정선군 화암면 화암리 453-2번지 화암2리경로당

조사일시 : 2009.2.17

조 사 자 : 강등학, 이영식, 박은영, 유태웅

제 보 자 : 남옥화, 여, 74세

구연상황 : '자치기 자치기'를 부른 문옥출이 반지를 돌리면서 이런 노래도 불렀다며 먼저 노래를 기억 해냈다. 다른 제보자들이 모두 문옥출의 기억력을 놀라워하며 어렸을 적 불머슴아 같아서 별 놀이를 다 했을 거라고 하여 한바탕 웃었다.

돌아간다 돌아간다

반지가 돌아간다

꼭꼭 숨겨라

돌아간다 돌아간다

찾지 못 하게 돌려라

이랬지!

앞니 빠진 갈가지 / 이 빠진 아이 놀리는 소리

자료코드 : 03_10_FOS_20090217_KDH_NOH_0009

조사장소 : 강원도 정선군 화암면 화암리 453-2번지 화암2리경로당

조사일시 : 2009.2.17

조 사 자 : 강등학, 이영식, 박은영, 유태웅

제보자 1 : 남옥화, 여, 74세

제보자 2 : 전옥화, 여, 57세

구연상황 : 이 빠진 아이를 놀리면서 부르던 노래가 없었느냐는 질문에 문옥출이 기억을
더듬어 조그맣게 노래를 불렀다. 뒤이어 전옥화가 자신은 이렇게 불렀다며 구
연해 주었다. 전옥화의 구연을 들은 다른 제보자들은 '호박줄에 걸려서 배가
터졌다'라고 불렀다고 했다. 윗니가 빠지면 지붕 위에 던지고 아랫니가 빠지
면 아궁이에 던진다고도 했다.

제보자 1 앞니 빠진 갈가지
　　　　　뒷집에 가다가
　　　　　뭐이?
　　　　　대글가, 대글가지 우는데
　　　　　이 빠진 걸 지붕에다 치뜨랬다.

　　　그 거밖에 몰라.
　　　(조사자 : 특이하게 하시네.) 다시 한 번만 부탁 드릴까요?
　　　제보자 1 : 아이, 그녀느 걸 뭐 꼴난 걸 자꾸 하라고.
　　　(조사자 : 약간 달리 하셔서.) 우리가 알고 있는 거랑 달라서.
　　　제보자 1 : 달라서요?
　　　제보자 2 : 또 이래잖아요?

　　　　　앞니 빠진 갈가지
　　　　　뒷집에 가다가
　　　　　호박줄에 걸려서
　　　　　앞니가 빠졌네

잠자리 꽁꽁 / 잠자리 잡는 소리

자료코드 : 03_10_FOS_20090217_KDH_MOC_0001
조사장소 : 강원도 정선군 화암면 화암리 453-2번지 화암2리경로당
조사일시 : 2009.2.17

조 사 자 : 강등학, 이영식, 박은영, 유태웅

제 보 자 : 문옥출, 여, 79세

구연상황 : 조사자들이 대부분 할머니들이었기 때문에 전래동요를 중심으로 조사를 진행
해 나갔다. 어릴 적 잠자리를 잡으면서 노래를 부르지 않았냐는 질문에, 문옥
출이 잠자리를 잡아 꼬리를 떼어낸 후 그 자리에 솔가지를 끼워서 날려보내
곤 했다는 이야기를 했다. 그 때 노래를 부르지 않았냐는 질문에 '소금쟁이
꼴꼴'을 불렀다. 세 번 연속으로 불러달라는 조사의 요청에 세 번 이어 불러
주었다.

소금쟁이(잠자리) 꼴꼴

앉을자리 좋다

소금쟁이 꼴꼴

앉을자리 좋다

소금쟁이 꼴꼴

앉을자리 좋다

길로 길로 가다가 / 가창유희요

자료코드 : 03_10_FOS_20090217_KDH_MOC_0002

조사장소 : 강원도 정선군 화암면 화암리 453-2번지 화암2리경로당

조사일시 : 2009.2.17

조 사 자 : 강등학, 이영식, 박은영, 유태웅

제 보 자 : 문옥출, 여, 79세

구연상황 : '달강달강'을 아느냐는 조사자의 질문에 남옥화가 이 노래를 불러주었다. 중
간중간 기억이 끊겨서 세 번에 걸쳐 다시 불렀다. '세상 달강 길로 길로 가다
가' 이렇게 부르지 않았느냐고 물었더니, 그냥 '길로 길로 가다가'라고 불렀
다고 한다. 친구들과 놀면서 부른 노래라고 한다.

질루 질루 가다가

참밤 한 되 주셨네(주웠네)

고무다락에 치트레야

머리 깎은 새양주(새앙쥐) 다 파먹었네

이빠진 통록에 삶아라

조리로 건져라

밥죽(밥주걱)으로 밍개라

아라리 / 가창유희요

자료코드 : 03_10_FOS_20090217_KDH_MOC_0003

조사장소 : 강원도 정선군 화암면 화암리 453-2번지 화암2리경로당

조사일시 : 2009.2.17

조 사 자 : 강등학, 이영식, 박은영, 유태웅

제 보 자 : 문옥출, 여, 79세

청   중 : 남옥화 외 9인

구연상황 : '칭칭이 소리'를 조사하기 위해 이야기를 꺼내었으나 선뜻 불러주는 이는 없
고 '칭칭이 소리'에 관한 이런저런 이야기만 한참 나누었다. 분위기를 바꾸기
위해 조사자가 '아라리'를 불러달라고 했더니, 제보자들이 문옥출에게 불러보
라고 청했다. 문옥출이 안 하겠노라고 여러 번 거절하다가 입을 열었다.

비가 올라나 눈이 올라나 억수야 장마가 질라나

망고산 검은 구름이 막 모여 든다

(청중 : 아이 잘 한다.)

니 팔자나 내 팔자나 이불 담요 깔고 살겠나

마틀마틀 장석자리나 깊은 정 두자.

잠자리 꽁꽁 / 잠자리 잡는 소리

자료코드 : 03_10_FOS_20090217_KDH_LJK_0001

조사장소 : 강원도 정선군 화암면 화암리 453-2번지 화암2리경로당

조사일시 : 2009.2.17

조 사 자 : 강등학, 이영식, 박은영, 유태웅

제 보 자 : 이자경, 여, 85세

청   중 : 정석화 외 9인

구연상황 : 문옥출이 '소금쟁이 꼴꼴'을 부른 후, 옆에 앉아있던 이자경에게 제보자 조사
를 한 후, 잠자리 잡으면서 불렀던 노래를 불러달라고 요청했다. 화천에서 태
어난 그녀는 문옥출과는 약간 다른 형태의 노래를 불러주었다. 동네마다 노래
가 다르다며 다들 재미있어 했다.

짬자라 꽁꽁

앉은자리 앉어라

짬자라 꽁꽁

앉을자리 앉어라

짬자라 꽁꽁

앉을자리 앉아라

이래곤 잡아가지곤 이래 짤라가지고 거다 말뚝을 박아가지고,

"잘 가십시오." 하고 날렸지.

(청중 : 니 장가 가라 했죠. 에이~)

이거리 저거리 갓거리 / 다리뽑기 하는 소리

자료코드 : 03_10_FOS_20090424_KDH_LJS_0001

조사장소 : 강원도 정선군 화암면 화암리 2001-3번지 이정순 자택

조사일시 : 2009.4.24

조 사 자 : 강등학, 이영식, 박은영, 유태웅

제 보 자 : 이정순, 여, 65세

청   중 : 이정희 외 1인

구연상황 : 이정순에게 어릴 적 동생들을 데리고 손뼉치기를 하며 부른 노래가 없었느냐
고 묻자 기억이 잘 나지 않는다고 했다. 다리뽑기하며 부른 노래는 없었냐는
조사자의 질문에 '이거리 저거리 갓거리'를 떠올렸다. 동생 이정희와 직접 다
리뽑기 놀이를 하며 이 노래를 불러주었다.

[다리뽑기를 하며]

　　　이거리 저거리 갓거리
　　　천두 맨두 도맨두
　　　조리 주머니 장두칼

이러면 이거 하나 이걸 빼구.

(청중 : 얼른 걷구.)

얼른 걷구 또 인제 이렇게 하구.

　　　이거리 저거리 갓거리
　　　천두 맨두 도맨두
　　　조리 주머니 장두칼

　　　이러구 내가 이겼다.
　　　이래, 먼저 먼저 되면 내가 이겼다!

(조사자 : 조리 주머니?)

장두칼 이러다라구, 옛날에.

(조사자 : 장두칼. 예.)

다복녀 / 가창유희요

자료코드 : 03_10_FOS_20090424_KDH_LJS_0002
조사장소 : 강원도 정선군 화암면 화암리 2001-3번지 이정순 자택
조사일시 : 2009.4.24
조 사 자 : 강등학, 이영식, 박은영, 유태웅
제 보 자 : 이정순, 여, 65세
구연상황 : '성님 성님 사촌성님' 노래를 해보았냐는 질문에 이정희가 그 노래는 모르나, '다복녀'는 불렀다고 했다. 그러나 기억이 잘 나지 않는다고 했다. 이정순이 옆에서 '다복녀'를 조금 불러보는 것을 조사자가 다시 한 번 불러줄 것을 요청했다.

다복 다복 다복녀야 너 어딜로 울면 가나
우리 엄마 죽은 골로 젖줄 바래 울면 간다
니 니네 우리엄마

(조사자 : 오마더라.)
응?
(조사자 : 오마더라.)

우리 엄마 오마더라
실광 밑에 삶은 팥이 싹트거든 오마더라
실광 밑에 삶은 팥이 썩기 쉽지 싹이 트나

우리 아기 잘도 잔다 / 아기 재우는 소리

자료코드 : 03_10_FOS_20090424_KDH_LJS_0003
조사장소 : 강원도 정선군 화암면 화암리 2001-3번지 이정순 자택
조사일시 : 2009.4.24
조 사 자 : 강등학, 이영식, 박은영, 유태웅

제 보 자 : 이정순, 여, 65세

구연상황 : 널뛰기하며 부른 노래가 있었느냐는 조사자의 질문에 '풀풀 풀무야'를 기억해
내었으나 제대로 구연하지는 못했다. 이어서 아기를 어르며 부르는 노래가 있
었냐는 질문에 이 노래를 불러주었다. 사설을 좀더 길게 붙여서 해달라고 요
구했으나, '아가가 울면 곶감쥐가 온다'는 사설이 있었다는 기억은 해내었으
나 노래로 부르지는 못했다.

자장 자장 우리 아가

예쁜 아가 잘도 잔다

우리 아가 이쁜 아가

옆집 애기는 미운 애기

우리 애기는 착하고 이쁘고

잘도 잔다

이런 식으로.

해야 해야 나오너라 / 몸 말리는 소리

자료코드 : 03_10_FOS_20090424_KDH_LJS_0004

조사장소 : 강원도 정선군 화암면 화암리 2001-3번지 이정순 자택

조사일시 : 2009.4.24

조 사 자 : 강등학, 이영식, 박은영, 유태웅

제 보 자 : 이정순, 여, 65세

구연상황 : 어릴 적 강에서 멱을 감다가 해가 구름 뒤에 숨으면 부르는 노래가 없었느냐
는 조사자의 질문에 이정순이 '해야 해야'를 떠올렸다. 노래가 짧기도 하지만
사설이 잘 기억이 나지 않는다고 하며 부르기를 꺼리는 것을 다시 불러달라
요청했다. 추우니까 빨리 해가 나오기를 바라며 부른 노래라고 했다.

해야 해야 나오너라

김칫국에 밥 말아먹고

물장구치며 나오너라

빨리 나와 따뜻하게

우리를야 비춰다오.

이렇죠, 뭐.

다람아 다람아 / 다람쥐 놀리는 소리

자료코드 : 03_10_FOS_20090424_KDH_LJS_0005
조사장소 : 강원도 정선군 화암면 화암리 2001-3번지 이정순 자택
조사일시 : 2009.4.24
조 사 자 : 강등학, 이영식, 박은영, 유태웅
제 보 자 : 이정순, 여, 65세
구연상황 : 다람쥐를 놀리며 부르는 노래가 없었느냐는 조사자의 질문에 '다람아 다람아'
를 불러주었다. 다른 지역에서 이 노래를 불러준 제보자들에 비해서는 그다지
부끄러워하지는 않으며 선뜻 불러 주었다. 다람쥐처럼 손으로 코를 비비는 흉
내를 내며 불러주었다. 다람쥐를 잡으며 불렀는지, 아니면 놀리며 불렀는지를
질문했더니, 얄밉게 구는 다람쥐를 놀려주기 위해 불렀다고 했다. 다람쥐를
잡기는 어려웠다고 했다.

다람아 다람아 동동

니미 씹이 동동

다람아 다람아 동동

니미 씹이 동동

별 하나 나 하나 / 별 헤는 소리

자료코드 : 03_10_FOS_20090424_KDH_LJS_0006
조사장소 : 강원도 정선군 화암면 화암리 2001-3번지 이정순 자택

조사일시 : 2009.4.24

조 사 자 : 강등학, 이영식, 박은영, 유태웅

제 보 자 : 이정순, 여, 65세

구연상황 : 밤하늘의 별을 보며 부른 노래가 없었느냐는 질문에 이 노래를 불렀다. 열 개
까지 단숨에 빠르게 부르는 사람이 이기는 노래라고 했다. 어릴 적에는 많은
별 중에 자신만의 별이 하나씩 있다는 이야기가 있어서 어느 것이 내 별일까
를 상상하며 이 노래를 불렀다고도 했다.

별 하나 나 하나

별 두 개 나 두 개

별 세 개 나 세 개

별 네 개 나 네 개

별 다섯 개 나 다섯 개

별 여섯 개 나 여섯 개

별 일곱 개 내 일곱개

별 여덟 개 내 여덟 개

별 아홉 개 내 아홉 개

별 열 개 내 열 개

했노 했노 고했노 / 방귀 뀐 사람 찾으며 하는 소리

자료코드 : 03_10_FOS_20090424_KDH_LJS_0007

조사장소 : 강원도 정선군 화암면 화암리 2001-3번지 이정순 자택

조사일시 : 2009.4.24

조 사 자 : 강등학, 이영식, 박은영, 유태웅

제 보 자 : 이정순, 여, 65세

구연상황 : 방귀 뀐 아이를 놀리며 부른 노래가 있었으냐는 질문에 이 노래를 떠올렸다.
방귀 뀐 아이를 놀리며 불렀다기보다는 방귀 뀐 아이가 누구인지를 알아맞히
는 노래라고 했다. '쿠사리 노!'라고 했을 때, '노'에 해당하는 아이가 방귀를

꿰었다고 생각했다 한다.

했노 했노 고 했노
방구 꿨다 쿠사리 노
니 꿨지?

이런 식으로.

경복궁 타령 / 가창유희요

자료코드 : 03_10_FOS_20090424_KDH_LJS_0008
조사장소 : 강원도 정선군 화암면 화암리 2001-3번지 이정순 자택
조사일시 : 2009.4.24
조 사 자 : 강등학, 이영식, 박은영, 유태웅
제보자 1 : 이정순, 여, 65세
제보자 2 : 이정희, 여, 58세
구연상황 : 이정희가 예닐곱 살 쯤, 언니들에게 맞고 화가 나서 언니들이 부르는 것을 듣고 배운 '경복궁 타령'에 맞추어 사설을 바꾸어 불렀다는 이야기를 했다. 마침 부엌에서 조사자를 위한 점심으로 칼국수를 준비하고 있던 이정순에게 먼저 '경복궁 타령'을 부른 후, 뒤이어 이정희가 어릴 적 부른 '경복궁 타령'을 불러달라고 요청했다. 이정순은 동네의 오빠로부터 이 노래를 배웠다고 했다.

제보자 1 헤~

남문을 여니 파래를 치니
계룡산 산천이 막 무너진다
헤~
허이야 더이야
허이야 더이야 허이야
허럴럴거리고 넘어간다 하

제보자 2 이 녀느 간나들 날 괄세 말아

　　　　나를야 괄세를 하면

　　　　죄를 받어 죽는다

　　　　헤~

　　　　헤이야 허이야

　　　　허이야 더이야 허이야

　　　　허렁럴거리고 방아를 논다

　　　　헤~

아라리 / 가창유희요

자료코드 : 03_10_FOS_20090424_KDH_LJS_0009

조사장소 : 강원도 정선군 화암면 화암리 2001-3번지 이정순 자택

조사일시 : 2009.4.24

조 사 자 : 강등학, 이영식, 박은영, 유태웅

제보자 1 : 이정순, 여, 65세

제보자 2 : 이정희, 여, 58세

청　　중 : 장석배

구연상황 : 판이 어느 정도 마무리 되는 분위기였고 마침 이정순이 그녀의 어머니가 부
　　　　르던 '아라리' 이야기를 꺼냈던 까닭에 조사자들이 '아라리'를 불러줄 것을
　　　　요청했다. 처음에는 이정순이 약간 마다하는 것을 재차 요구하자, 이정순과
　　　　이정희가 번갈아가면서 노래를 불렀다.

제보자 1 수백질 구댕이다가 망치 품을 팔어서

　　　　갈보년들 청초매 꼬리에다 다 씰어 넣네

우리 엄마 얼마나 속이 상하면 그랬겠나.

　　제보자 2 : 자꾸 해. 몇 마디 자꾸 쫓계서. 이정희 한 마디, 이정희 한

마디 주고받고 해.

　제보자 1 : 난 가사 몰라서.

　제보자 2 : 아무 거나.

　(청중 : 아라리 많은 거 뭐.)

제보자 2 울어서 될 일이라면 울어나 본다지
　　　　　울어서 안 될 일을 어떻게 하나

제보자 1 고향을 떠나올 때는 잘 살라고 왔는데
　　　　　당신은 나를 두구서 어데로 갔나

제보자 2 부모동기를 이별할 적에 눈물이 짤끔 나더니
　　　　　그대 당신을 이별하자니 하늘이 팽팽 돈다

제보자 1 하늘으는 높고 높아도 이슬에 비가 오는데
　　　　　우런 님은 머잖이(멀지 않게) 있어도 왜 아니 오나

제보자 2 가라면 날 가라며는 진작에나 가라지
　　　　　이태삼년 정들여 놓고서 날 가라고 하나

제보자 1 부모님 상세 나시면 조상님 옆에다 묻지만
　　　　　자식 새끼 죽은 것은 내 가슴에 묻었네

제보자 2 시집살이를 하다가 보면은 속상한 일도 많겠지
　　　　　한 번 참고 두 번 참으면 안 될 일 있겠나

제보자 1 노랑저고리 오실 앞에 줄줄이 맺힌 눈물이
　　　　　니 탓이냐 내 탓이냐 중신애비 탓이지

제보자 2 민둥산에 억새풀은 바람에 건들렁거리고

가신 님의 소식은 종문소식일세

제보자 1 아침저녁에 돌아가는 안개에는 산 끝에 돌고

예와이제(옛날과 지금) 흐르는 물으는 돌뿌래 온다

제보자 2 돈도 싫더라 사랑도 싫더라

속고 속는 이 세상에 살기도 싫더라

제보자 1 아질아질 꽃베루(북면 남평과 여량 사이에 있는 낭떠러지 길) 지

루하다 성마령

지옥거튼 정선 땅에를 왜 따러 왔나

제보자 2 구절노추산 오장폭포야 소리치며 흘러라

이성대의 율곡선생님 혼이 서린 폭포다

제보자 1 정선에 공명은 무릉도원이 아니냐

무릉도원은 다 어딜 가고서 산만 충충 하나

제보자 1, 2

아리랑 아리랑 아라리요

아리랑 고개고개로 나를 넘겨주게

잠자리 꽁꽁 / 잠자리 잡는 소리

자료코드 : 03_10_FOS_20090217_KDH_JOH_0001
조사장소 : 강원도 정선군 화암면 화암리 453-2번지 화암2리경로당
조사일시 : 2009.2.17
조 사 자 : 강등학, 이영식, 박은영, 유태웅
제 보 자 : 전옥화, 여, 57세

구연상황: '잠자리 잡는 소리'를 중심으로 판을 이어갔다. 흥미롭게 조사를 지켜보고 있던 전옥화에게도 질문을 던졌더니, 다른 이들에 비해 상대적으로 젊은 그녀는 여기에 끼일 바가 아니라고 했다. 지역에 따라서도 노래가 다르지만 연령에 따라서도 노래가 다를 수 있음을 알려준 후 불러달라고 요청했다. 앞선 제보자들이 부르는 것을 지켜보았던 까닭에 별 망설임 없이 불러주었다.

소금자리 꼴꼴
앉을자리 좋다
소금자리 꼴꼴
앉을자리 좋다
소금자리 꼴꼴
앉을자리 좋다

그래갖고 요 앉으며는 요래 붙들어가지고요 저기 나도 또 소금자리를,

알 낳라 딸 낳라
알 낳라 딸 낳라

이래가지고 그 알을 낳으면 고걸 요그 요 요 미주바리(꽁지)를 똑 떼가지고 욜로 멕였어요.

개똥벌레 오너라 / 개똥벌레 잡는 소리

자료코드 : 03_10_FOS_20090217_KDH_JOH_0002
조사장소 : 강원도 정선군 화암면 화암리 453-2번지 화암2리경로당
조사일시 : 2009.2.17
조 사 자 : 강등학, 이영식, 박은영, 유태웅
제 보 자 : 전옥화, 여, 57세
구연상황 : 남옥화가 개똥벌레를 잡으며 부르던 노래를 부를 때 옆에서 슬쩍 거들던 전옥화에게도 노래를 불러줄 것을 요청했다. 노래가 같기 때문에 부를 필요가

없다고 하는 것을 조사자가 재차 요청했다. 전옥화 역시 손뼉을 치면서 이 노래를 불렀다고 한다.

[손뼉을 치며]

개똥벌레 나오너라
이리 날아 오너라
개똥벌레 나오너라
이리 날아 나오너라

나도 그렇게 놀았어.

쥐야 쥐야 / 가창유희요

자료코드 : 03_10_FOS_20090217_KDH_JOH_0003
조사장소 : 강원도 정선군 화암면 화암리 453-2번지 화암2리경로당
조사일시 : 2009.2.17
조 사 자 : 강등학, 이영식, 박은영, 유태웅
제 보 자 : 전옥화, 여, 57세
구연상황 : '쥐야 쥐야'를 아느냐고 물었더니 전옥화가 바로 노래를 불렀다. 처음에는 기억이 완전하지 못하여 조금 부르다가 말았으나 조사자가 약간의 힌트를 주자 보다 완성된 형태로 노래를 불렀다. 친구들과 놀면서 부른 노래라고 했다. 특별한 놀이를 하면서 부르지는 않았느냐는 질문에는 아니라고 대답했다.

쥐야 쥐야
어디서 자나
부뚜막에 잔다
뭘 비고(베고) 자나
박죽(밥주걱) 비고 잔다
뭘 덮고 자나

행주 덮고 잔다

뭘 먹고 사나

밥풀 먹고 산다

이거리 저거리 갓거리 / 다리뽑기 하는 소리

자료코드 : 03_10_FOS_20090217_KDH_JOH_0004

조사장소 : 강원도 정선군 화암면 화암리 453-2번지 화암2리경로당

조사일시 : 2009.2.17

조 사 자 : 강등학, 이영식, 박은영, 유태웅

제보자 1 : 전옥화, 여, 57세

제보자 2 : 남옥화, 여, 74세

구연상황 : 다리 뽑기 놀이를 하며 부르던 노래가 없었느냐는 조사자의 질문에 문옥출이 '이거리 저거리 갓거리'를 떠올렸다. 기억이 완전하지 못하여 몇 번 연습을 하는 동안, 옆에서 전옥화가 사설이 약간 다른 노래를 불렀다. 두 분이 직접 다리 뽑기 놀이를 하며 이 노래를 각각 불러달라고 요청했다. 전옥화가 먼저 부른 후, 남옥화가 이어서 불렀다.

[다리 뽑기를 하며]

제보자 1 이거리 저거리 갓거리

촌두만두 두만두

짝발에 새양쥐

오리 김치 싸래육!

이래 걸었어.

제보자 2 그럼 이래면 이래 걷고 그랬지.

제보자 1 어, 그랬어. 그 전에.

(조사자 : 이거 또 어르신도 한 번 하셔야지.)

제보자 2 예요?

　(조사자 : 예.)

제보자 2 이거리　저거리　갓거리
　　　　　손서방네　자명영
　　　　　니　네　곰　되　소　리!

사치기 사치기 사뽀뽀 / 손뼉치기 하는 소리

자료코드 : 03_10_MFS_20090217_KDH_NOW_0001
조사장소 : 강원도 정선군 화암면 화암리 453-2번지 화암2리경로당
조사일시 : 2009.2.17
조 사 자 : 강등학, 이영식, 박은영, 유태웅
제 보 자 : 남옥화, 여, 74세
구연상황 : 새로운 사람들 몇이 노인회관에 들어오면서 판의 분위기가 어수선해졌다. 이
런 저런 이야기를 나누던 중, 조사자가 '자치기 자치기'하면서 부르던 노래를
아느냐고 물었더니 문옥출이 한 손으로 한 쪽 손바닥과 팔을 순서대로 치면
서 이 노래를 불렀다. 별 걸 다 안다며 다들 즐거워했다.

[놀이하는 흉내를 내며]

　　　자치기 자치기 자빠빠
　　　자치기 자치기 자빠빠
　　　자치기 자치기 자빠빠

　그 했지 뭐.

며느리도 벅벅 / 약 파는 소리

자료코드 : 03_10_MFS_20090217_KDH_LKT_0001
조사장소 : 강원도 정선군 화암면 화암리 453-2번지 화암2리경로당
조사일시 : 2009.2.17
조 사 자 : 강등학, 이영식, 박은영, 유태웅
제 보 자 : 이건태, 남, 60세
구연상황 : 뒤늦게 구연판에 합류한 이건태가 어릴 적 정선군 임계면 장터에 온 약장수

가 북과 장구를 치며 부르던 노래가 있었다고 하며 이 노래를 불렀다. 약과 비누 등 파는 품목에 따라 사설이 약간씩 달라졌는데, 제보자가 부끄러워하여 두 노래를 연달아 이어서 불러주지를 못했다. 몇 번씩 다시 불러달라고 요청했으나 깔끔한 음원을 얻기가 어려웠다.

메누리도 벅벅

시어머이도 벅벅

시누이도 벅벅

이 약 사시오

며느리도 조물락 / 비누 파는 소리

자료코드 : 03_10_MFS_20090217_KDH_LKT_0002
조사장소 : 강원도 정선군 화암면 화암리 453-2번지 화암2리경로당
조사일시 : 2009.2.17
조 사 자 : 강등학, 이영식, 박은영, 유태웅
제 보 자 : 이건태, 남, 60세
구연상황 : 뒤늦게 구연판에 합류한 이건태가 어릴 적 정선군 임계면 장터에 온 약장수가 북과 장구를 치며 부르던 노래가 있었다고 하며 이 노래를 불렀다. 약과 비누 등 파는 품목에 따라 사설이 약간씩 달라졌는데, 제보자가 부끄러워하여 두 노래를 연달아 이어서 불러주지를 못했다. 몇 번씩 다시 불러달라고 요청했으나 깔끔한 음원을 얻기가 어려웠다.

메누리도 조물락

시어머이도 조물락

시누이도 조물락

시아버이도 조물락

이래가지고 쓰시오

떵까라붕 / 가창유희요

자료코드 : 03_10_MFS_20090424_KDH_LJH_0001
조사장소 : 강원도 정선군 화암면 화암리 2001-3번지 이정순 자택
조사일시 : 2009.4.24
조 사 자 : 강등학, 이영식, 박은영, 유태웅
제보자 1 : 이정희, 여, 58세
제보자 2 : 장석배, 남, 62세
구연상황 : 이정희와 미리 약속을 한 후, 장석배와 함께 제보자의 집을 찾았다. 제보자에
　　　　　대한 조사를 마친 후, 아라리 외에 어릴 적 부르던 노래가 없었느냐는 질문을
　　　　　던졌다. 이정순이 그보다 열 살 어린 동생 이정희와 '떵까라붕'을 부르며 놀
　　　　　았다는 이야기를 했다. 이정희가 기억을 더듬어 구연을 해주자, 장석배가 그
　　　　　뒤를 받아 이정희의 기억을 도왔다. 정선군 여량면 봉정리 조사에서 장석배의
　　　　　아내인 김옥녀가 이 노래를 불러준 적이 있었으므로, 장석배는 이 노래를 잘
　　　　　알고 있었다.

제보자1 처갓집에 가기는 가야만이 하는데
　　　　　수중에 한 푼 없는 백수건달이
　　　　　떵까라붕 떵까라붕

제보자2 콩 한 되 짠스해서 백삼십 원 받아서
　　　　　서울로 갈 적에 여비합시다

이거도 있잖아?
제보자 1 : 예, 그런 거 하고.
그리고는 뭐,

　　　　　뒷동산에 올라갈 땐 오빠 동생하더니
　　　　　잔디밭에 누워서는 고랴 여보 당신하더라
　　　　　얼씨구절씨구.

너영나영 / 가창유희요

자료코드 : 03_10_MFS_20090424_KDH_LJH_0002

조사장소 : 강원도 정선군 화암면 화암리 2001-3번지 이정순 자택

조사일시 : 2009.4.24

조 사 자 : 강등학, 이영식, 박은영, 유태웅

제보자 1 : 이정희, 여, 58세

제보자 2 : 이정순, 여, 65세

구연상황 : 이정희와 미리 약속을 한 후, 장석배와 함께 제보자의 집을 찾았다. 제보자에
대한 조사를 마친 후, 아라리 외에 어릴 적 부르던 노래가 없었느냐는 질문을
던졌다. 이정희가 기억을 더듬어 '떵까라붕'을 구연했다. 그러면서 문득 이
노래가 떠올랐던지 이정희가 노래를 부르기 시작하자 이정순도 함께 불렀다.

아침에 우는 새는 배가 고파 울고요

저녁에 우는 새는 님 그리워 운단다

나이냐 너이너 두리둥실 놀고요

낮이 낮이나 밤이 밤이나

참사랑이로구나

떵까라붕 / 가창유희요

자료코드 : 03_10_MFS_20090424_KDH_LJH_0003

조사장소 : 강원도 정선군 화암면 화암리 2001-3번지 이정순 자택

조사일시 : 2009.4.24

조 사 자 : 강등학, 이영식, 박은영, 유태웅

제보자 1 : 이정희, 여, 58세

제보자 2 : 이정순, 여, 65세

구연상황 : '떵까라붕'을 부른 후 이어서 '너영나영'을 불렀다. 조사자가 '떵까라붕'을 기
억을 되살려 좀더 불러줄 것을 요청하자 이정희가 다른 사설을 기억하여 불
러주었다. 이정희가 노래를 부르기 시작하자 이정순도 함께 불렀다. 이정희는
자신이 열 서너 살 때 그보다 나이 많은 언니들이 부르던 것을 들었다고 했

으며, 그 나이의 또래들은 부르지 않았다고 했다.

꽃같은 처녀가 꽃밭을 매는데
반달같은 총각이 고랴 내 손목을 잡노라
얼씨구 절씨구

뱃노래 / 가창유희요

자료코드 : 03_10_MFS_20090424_KDH_LJH_0004
조사장소 : 강원도 정선군 화암면 화암리 2001-3번지 이정순 자택
조사일시 : 2009.4.24
조 사 자 : 강등학, 이영식, 박은영, 유태웅
제보자 1 : 이정희, 여, 58세
청   중 : 장석배, 이정순
구연상황 : 어릴 적 부르던 노래에 관한 이야기를 하던 중, '울고넘는 박달재', '전선야
곡'과 같은 유행가도 많이 불렀다고 했다. 그리고 민요 또한 그 당시 희한한
것을 불렀다며 이 노래를 불러주었다. 조사자가 다시 한 번 불러줄 것을 요청
해서 두 번째로 부른 노래이다.

남물이 들었네 남물이 들었네
이 산 저 산 도라지꽃이 남물이 들었네
(청중 : 에야.)

에이야루 누우야
에이야더이야 어기여차 뱃놀이 가잔다

망경 청파에 두둥실 뜬 배야
울렁술렁
(청중 : 노를 져라)
노를 져서

(청중 : 뱃놀이 가잔다)

　　　뱃놀이 가잔다

(청중 : 잊어먹어서 모르지 뭐.)

(청중 : 잊어먹었구만.)

■엮은이 소개

강등학 성균관대학교 국어국문학과를 졸업하고 동 대학원에서 문학박사 학위를 받
았다. 현재 강릉원주대학교 국문학과 교수이다. 한국민속학회장, 한국민요
학회장을 역임하였다. 주요 저서로 『정선아라리의 연구』(집문당, 1988), 『한
국민요의 현장과 장르론적 관심』(집문당, 1996), 『한국민요학의 논리와 시
각』(민속원, 2006), 『아리랑의 존재양상과 국면의 이해』(민속원, 2011) 등이
있다.

이영식 강릉원주대학교 국어국문학과를 졸업하고 동 대학원에서 문학박사 학위를
받았다. 현재 강릉원주대학교 국문학과 강사, 강원도문화재위원회 전문위원
이다. 주요 저서로 『양양군의 민요 자료와 분석』(공저, 민속원, 2002), 『횡성
의 구비문학 Ⅰ, Ⅱ』(공저, 횡성문화원, 2002), 『횡성의 회다지소리』(횡성회
다지소리 전승보존회, 2011) 등이 있다.

박은영 강릉원주대학교 국어국문학과를 졸업하고 동 대학원에서 박사과정을 수료하
였다. 현재 강릉원주대학교 국문학과 강사이다. 주요 저서로 『책과 가까워지
는 아이 책과 멀어지는 아이』(청출판사, 2008), 『뚝딱! 100권 엄마랑 그림책
놀이』(청출판사, 2009), 『시작하는 그림책』(청출판사, 2013) 등이 있다.

유태웅 강릉원주대학교 국어국문학과를 졸업하고 동 교육대학원에서 교육학석사 학
위를 받았다. 주요 논문으로 「신동엽의 서사시 <금강> 연구」(2009)가 있다.

증편 한국구비문학대계 2-11
강원도 정선군

초판 인쇄 2013년 10월 21일
초판 발행 2013년 10월 28일

엮 은 이 강등학 이영식 박은영 유태웅
엮 은 곳 한국학중앙연구원 어문생활사연구소
출판기획 장노현

펴 낸 이 이대현
펴 낸 곳 도서출판 역락
편   집 권분옥
디 자 인 이홍주

주   소 서울시 서초구 반포4동 577-25 문창빌딩 2층
등   록 1999년 4월 19일 제303-2002-000014호
전   화 02-3409-2058, 2060
팩   스 02-3409-2059
이 메 일 youkrack@hanmail.net

값 58,000원

ISBN 978-89-5556-086-2 94810
      978-89-5556-084-8(세트)